LA FORÊT SOMBRE

DU MÊME AUTEUR

LE PROBLÈME À TROIS CORPS (prix Hugo du meilleur roman 2015), Actes Sud, 2016 ; Babel noir n° 1579.

LA FORÊT SOMBRE, Actes Sud, 2017 ; Babel n° 1643.

LA MORT IMMORTELLE, Actes Sud, 2018.

BOULE DE FOUDRE, Actes Sud, 2019.

Le texte original a été révisé par l'auteur
depuis sa première parution en 2008.
Cette traduction a été réalisée à partir de la dernière version,
parue en 2016, conformément au souhait de Liu Cixin.

Titre original :
Hei'an senlin (黑暗森林)
Éditeur original :
Chongqing Publishing Group (重庆出版), Chongqing

ISBN 978-2-330-12511-0

LIU CIXIN

LA FORÊT SOMBRE

roman traduit du chinois
par Gwennaël Gaffric

BABEL

PROLOGUE

La fourmi brune avait déjà oublié que ce lieu avait jadis été son foyer. Pour la Terre et pour les étoiles qui venaient tout juste de poindre dans le ciel vespéral, cette période n'avait été qu'une dérisoire parenthèse mais, pour la fourmi, cela frisait l'éternité. En ces temps reculés, son monde avait été renversé. La terre s'était envolée et, à sa place, avait surgi un gouffre vaste et profond, puis la terre était revenue dans un bruit de tonnerre et le gouffre avait disparu. À ce qui avait été l'une de ses extrémités se dressait maintenant une butte noire et solitaire. Ces événements se produisaient souvent sur cet immense territoire, la terre se volatilisait avant de faire son retour, des gouffres s'ouvraient avant d'être recouverts, puis s'ensuivait la naissance d'une butte solitaire, témoin visible de chaque nouvelle catastrophe. Sur le chemin du soleil couchant, la fourmi brune et ses centaines de sœurs escortaient la reine survivante à la recherche d'un lieu où fonder un nouvel empire.

Si sa route l'avait ramenée ici, ce n'était que le fruit du hasard. Elle était en quête de nourriture. Arrivée au pied de la butte, elle sonda de ses antennes cette imposante présence et remarqua que sa surface était dure et glissante, mais néanmoins suffisamment ferme pour être escaladée. Elle grimpa donc, sans véritable intention, simplement guidée par une petite perturbation aléatoire dans son rudimentaire réseau de neurones. De telles perturbations, il s'en produisait tout le temps, devant chaque brin d'herbe, chaque perle de rosée, chaque nuage dans le ciel, et chaque étoile derrière les nuages. Des perturbations impondérables. Mais lorsqu'une énorme quantité de ces perturbations sans but se combinait, un but prenait forme.

La fourmi brune ressentit des vibrations dans le sol. À en juger par leur amplification, elle sut qu'une autre gigantesque présence se mouvait dans sa direction. Elle ne lui accorda pourtant aucune attention et continua à gravir la butte solitaire. À l'angle droit formé par le pied de la butte, nichait une toile d'araignée. La fourmi brune savait ce que c'était, elle contourna avec précaution les arantèles collées sur la falaise, passa juste à côté des pattes immobiles de l'araignée, à l'affût du moindre frémissement sur sa toile. Chacune sentit la présence de l'autre, mais comme il en avait toujours été ainsi depuis des centaines de millions d'années, elles n'entrèrent pas en communication.

Les vibrations s'intensifièrent puis, à leur point culminant, cessèrent. La gigantesque présence avait atteint la butte. La fourmi brune vit qu'elle était de nombreuses fois plus grande que le monticule, elle dissimulait même la majeure partie du ciel. Cette présence ne lui était pas tout à fait étrangère, elle savait qu'il existait de telles créatures. Elles se montraient fréquemment dans cette région, et leurs irruptions étaient d'ailleurs étroitement liées aux apparitions et aux disparitions soudaines des gouffres et à l'éclosion des buttes.

La fourmi brune continuait à grimper. Elle savait que, la plupart du temps, ce genre de créatures n'était pas une menace, même si, bien sûr, il y avait des exceptions. Pour l'araignée en contrebas, l'exception venait d'avoir lieu. La présence avait manifestement découvert la toile tissée entre la butte et le sol et la balaya en se servant des tiges des fleurs qu'elle tenait dans un de ses membres, si bien que l'araignée chuta dans l'herbe avec sa toile. Puis la présence déposa délicatement son bouquet au sommet de la butte.

C'est alors que retentit une autre vibration, tout d'abord très faible, mais qui s'intensifiait peu à peu. La fourmi brune sut qu'une autre créature de la même espèce se déplaçait en direction de la butte. Au même moment, sur la falaise qui se dressait devant elle, elle découvrit une très longue faille dont la surface concave était plus rêche que celle de la falaise, et d'une couleur différente : blanc cassé. Elle suivit cette tranchée, que sa rugosité rendait bien plus facile à gravir. Aux extrémités de cette dépression se situaient deux autres tranchées, plus étroites et plus courtes : une horizontale, à l'entrée de la tranchée principale, et une autre qui la prolongeait en formant un angle. Quand la fourmi brune eut recommencé à ramper sur la surface noire et lisse de la falaise, la forme de l'ensemble de cette tranchée lui apparut : “1”.

Puis, arrivée en face de la butte, la présence rapetissa de moitié, si bien qu'elle était à présent de la même hauteur que la butte. Elle s'était manifestement agenouillée, révélant ainsi une partie du ciel bleu sombre sur le fond duquel des étoiles clairsemées avaient commencé à faire leur apparition. Les yeux de la créature observaient le sommet, ce qui plongea un instant la fourmi brune dans le doute. Elle décida finalement de ne pas s'immiscer dans son champ de vision et de changer de trajectoire. Elle rampa parallèlement au sol et atteignit très vite une autre tranchée. Elle appréciait tout particulièrement leur surface, et y ramper provoquait chez elle un plaisant sentiment de bien-être. Leur couleur lui rappelait quant à elle celle des œufs de la reine.

Sans hésiter, la fourmi descendit en rampant le long de la tranchée. Au bout d'un certain temps, la configuration de celle-ci lui parut plus complexe que la précédente, elle était très courbe et faisait une boucle complète, avant de se prolonger encore plus bas. La fourmi activa le processus de recherche d'informations sensorielles grâce auquel elle pouvait rentrer chez elle. Un motif émergea dans son réseau de neurones : “9”.

C'est alors que la présence agenouillée devant la butte solitaire émit un son, ou plutôt une série de sons, qui dépassaient largement les capacités cognitives de la fourmi brune :

— Vivre est une chose merveilleuse. Si on ne comprend même pas ce principe, à quoi bon explorer des sujets encore plus profonds ?

Il y eut un souffle, comme une bourrasque balayant les fourrés. Un soupir. Puis la présence se releva.

La fourmi brune continua à ramper, elle entra dans une troisième tranchée, dans un virage qui faisait presque un angle droit, quelque chose comme ça : "7". Elle n'aimait pas cette forme. En temps normal, ce genre de virage serré et soudain était annonciateur de danger ou de bataille.

Le son de la voix avait recouvert celui des vibrations. Ce n'est qu'à cet instant que la fourmi brune prit conscience que la deuxième créature était à son tour arrivée devant la butte solitaire. Si la première s'était levée, c'était pour l'accueillir. La seconde présence était bien plus petite et frêle que la première, elle avait une chevelure blanche qui contrastait singulièrement avec le fond bleu sombre du ciel. C'était comme si ce chignon argenté ondulant dans la brise avait quelque chose à voir avec l'augmentation croissante du nombre d'étoiles dans le firmament.

— Professeur Ye, vous… vous êtes venue ?

— Xiao[1] Luo, c'est bien ça ?

— Luo Ji. J'étais un camarade de lycée de Yang Dong. Vous…

— J'ai découvert cet endroit ce jour-là. C'est un lieu agréable et bien desservi par les bus. Ces derniers temps, je viens souvent me promener ici.

1. Les préfixes *xiao* (litt. "petit") et *lao* (litt. "vieux") sont des formes appellatives courantes en chinois qui précèdent généralement le patronyme. *(N.d.T.)*

— Professeur Ye, vous devriez ménager votre tristesse.

— Oh, tout ça appartient déjà au passé…

La fourmi brune avait à l'origine prévu de changer de direction et de grimper vers le ciel, mais elle découvrit une autre tranchée, en "9". Comme elle préférait de loin cette forme au "7" qu'elle avait longé plus tôt, elle continua à avancer horizontalement. Cette configuration était bien plus commode que le "7" et "1". Pourquoi ? Elle n'aurait pas su le dire, son appréhension de la beauté était primitive et unicellulaire. La sensation vague de plaisir de ramper le long d'une tranchée en "9" s'intensifia, une volupté primitive et unicellulaire. Ce patrimoine cellulaire n'avait aucune chance d'évoluer, il était le même depuis des centaines de millions d'années et resterait le même pour les centaines de millions d'années à venir.

— Xiao Luo, oui. Dongdong m'a parlé de toi, elle m'a dit que tu travaillais… dans l'astronomie ?

— Plus aujourd'hui. Désormais j'enseigne la sociologie à l'université, celle dans laquelle vous avez travaillé. Mais vous étiez déjà partie à la retraite quand j'ai été recruté.

— De l'astronomie à la sociologie ? C'est un grand bond.

— Oui, Yang Dong disait souvent que j'étais quelqu'un d'instable.

— Je comprends maintenant pourquoi elle m'avait raconté que tu étais quelqu'un de très intelligent.

— Je ne suis pas très intelligent, juste un peu débrouillard. Je ne joue pas dans la même cour que votre fille. J'avais cette impression que l'astronomie était une plaque en métal impossible à percer ; en comparaison, la sociologie, c'est une planche en bois sur laquelle on peut toujours trouver une surface un peu plus fine : on arrive plus facilement à y faire son trou.

Débordant de l'espoir de tomber à nouveau sur une tranchée en "9", la fourmi brune continua à avancer horizontalement, mais elle se retrouva bientôt devant une tranchée parfaitement rectiligne, parallèle au sol, comme la première qu'elle avait franchie, mais plus longue que la forme "1". Ses deux extrémités ne comportaient aucun embranchement vers une autre tranchée. Une forme en "—".

— Tu ne devrais pas présenter les choses ainsi. C'est la vie d'une personne ordinaire. Heureusement, tout le monde n'est pas comme Dongdong.

— C'est vrai qu'elle était ambitieuse, impulsive.

— Si je peux me permettre une suggestion : pourquoi ne te lancerais-tu pas dans des recherches en cosmosociologie ?

— La cosmosociologie ?

— C'est un concept que je lance comme ça. J'entends par là émettre l'hypothèse selon laquelle l'Univers est peuplé d'un grand nombre de civilisations. Un nombre du même ordre de grandeur que celui des étoiles observables. Un nombre colossal. Ensemble, ces civilisations formeraient une seule et même société cosmique, une hypersociété dont la cosmosociologie aurait pour objet d'étudier les caractéristiques.

La fourmi brune rampa sur une distance courte, espérant qu'après avoir passé la tranchée en "—" elle trouverait une délicieuse tranchée en "9". Au lieu de cela, elle se retrouva sur une tranchée en "2", une courbe agréable sur la première moitié du parcours, mais avec ensuite un virage serré, aussi redoutable que celle en "7" où elle était déjà passée. C'était annonciateur d'un mauvais présage. La fourmi brune continua à ramper jusqu'à la prochaine tranchée, une forme close : un "0". La trajectoire rappelait celle d'un "9", mais c'était un piège : la vie a certes besoin d'être lisse, mais elle nécessite aussi une direction. On ne peut éternellement revenir à son point de départ. La fourmi brune comprenait cela. Il y avait encore deux tranchées devant elle, mais cela ne l'intéressait plus, elle décida de grimper.

— Mais… nous ne connaissons à l'heure actuelle qu'une seule civilisation, la nôtre.

— C'est bien pour ça que personne n'y a jamais pensé, tu as le champ libre !

— Professeur Ye, c'est fascinant ! Dites-m'en plus.

— Si je pense à cela, c'est parce que ça te permettrait de faire le lien entre tes deux domaines de spécialité. La cosmosociologie a une structure beaucoup plus mathématique que la sociologie humaine.

— Qu'est-ce qui vous fait dire ça ?

Ye Wenjie pointa le firmament. L'ouest était encore gorgé de la clarté du crépuscule et il était toujours possible de compter les étoiles, si bien qu'on pouvait aisément se rappeler l'aspect du ciel quelques instants plus tôt : un vide bleu, une étendue d'ignorance, comme les yeux sans pupilles d'une statue de marbre. À présent cependant, malgré le nombre encore négligeable d'étoiles, ces yeux de géant avaient des pupilles. Le vide était rempli, l'Univers voyait. Mais à l'échelle spatiale, les étoiles étaient minuscules, ce n'étaient que de simples points argentés vaguement discernables qui trahissaient en partie l'angoisse du sculpteur de l'Univers. Ce créateur n'était manifestement pas parvenu à surmonter son désir de doter sa créature d'un regard, mais donner des yeux à l'Univers le laissait en proie à une peur terrible. Aussi, la petitesse des astres en comparaison de l'immensité du Cosmos était-elle peut-être le résultat de l'équilibre entre ce désir et cette peur, comme si ce rapport incarnait une prudence qui prévalait sur toute autre chose.

— Regarde, les étoiles sont des points solitaires, les structures complexes de chaque civilisation de l'Univers, gouvernées par des facteurs de chaos et de hasard filtrés par la distance. Ces civilisations sont autant de variables qu'il peut être facile d'étudier à la lumière des mathématiques.

— Mais, professeur Ye, la cosmosociologie dont vous parlez ne possède aucune donnée réelle sur laquelle s'appuyer pour faire des recherches, et il va sans dire qu'il est impossible de partir faire des enquêtes et des observations sur le terrain.

— Ce qui signifie que tes résultats ne seront en définitive que purement théoriques. Comme pour la géométrie euclidienne, il faut avant tout déterminer quelques axiomes simples et irréfutables puis, sur la base de ces axiomes, échafauder un système théorique.

— Professeur Ye, c'est… réellement passionnant ! Et quels seraient les axiomes de la cosmosociologie ?

— Premièrement : la survie est la nécessité première de toute civilisation ; deuxièmement : une civilisation ne cesse de croître et de s'étendre, tandis que la quantité totale de matière dans l'Univers reste constante.

La fourmi brune n'avait pas grimpé bien loin lorsqu'elle prit connaissance de l'existence d'une autre tranchée un peu plus haut sur la falaise. Il s'agissait même d'un grand réseau de tranchées, dont la structure avait la complexité d'un labyrinthe. La fourmi brune, sensible aux formes, était persuadée qu'elle pourrait élucider celles de ces tranchées mais, pour cela, il lui fallait oublier toutes les formes précédentes sur lesquelles elle avait rampé, car la capacité de stockage de son réseau de neurones était limitée. Ce fut sans regret qu'elle oublia donc le "9". Oublier constamment faisait partie de sa vie, peu de choses nécessitaient qu'elle les mémorisât pour une vie entière et, d'ailleurs, ses gènes l'avaient déjà gravé dans cet entrepôt qu'on appelle l'instinct. Après avoir vidé sa mémoire, elle pénétra dans le labyrinthe et suivit ses méandres, tandis que dans sa conscience primitive s'incarnait cette forme : "墓" – "tombe". Un peu plus haut, se trouvait un nouvel ensemble de tranchées, mais beaucoup plus simple que le précédent. Toutefois, pour continuer son exploration, la fourmi brune n'eut d'autre choix que de purger encore une fois sa mémoire et d'oublier la forme "墓". Elle commença par ramper sur une tranchée aux rainures gracieuses qui lui rappela la récente découverte de l'abdomen d'un cadavre de sauterelle. Elle comprit vite la structure : "之" – "de". Elle poursuivit son escalade et, sur son chemin, elle tomba à nouveau sur deux réseaux de tranchées : la première comportait deux fosses en forme de gouttes et un abdomen de sauterelle : "冬" – "Dong" ; la tranchée supérieure était scindée en deux parties, l'ensemble formait un "杨" – "Yang". Ce fut la dernière – et la seule – forme de ce périple que la fourmi brune garda en mémoire. Elle oublia toutes celles qu'elle avait pu gravir jusqu'ici.

— Professeur Ye, d'un point de vue sociologique, ces deux axiomes me semblent suffisamment solides… Mais vous les avez énoncés avec une telle rapidité, c'est comme si vous aviez déjà réfléchi à la question, nota Luo Ji, quelque peu surpris.

— J'ai consacré la majeure partie de mon existence à réfléchir à ces questions, mais je n'en avais jusque-là jamais parlé à personne. Je ne saurais dire pourquoi… J'y pense, pour établir à partir de ces deux axiomes une cartographie fondamentale de la cosmosociologie, il me semble essentiel de prendre aussi en compte deux autres concepts importants : la chaîne de suspicion et l'explosion technologique.

— Deux termes très intrigants, pouvez-vous m'en dire davantage ?

Ye Wenjie jeta un œil à sa montre :

— Je n'ai plus le temps. Mais tu es assez intelligent pour trouver par toi-même. Tu peux déjà commencer à utiliser les deux axiomes pour forger cette discipline et tu deviendras alors peut-être l'Euclide de la cosmosociologie.

— Professeur Ye, je n'ai rien d'un Euclide, mais je me souviendrai de votre suggestion et j'essaierai de creuser un peu. Je vous solliciterai peut-être à nouveau dans l'avenir.

— J'ai bien peur que tu n'aies plus l'opportunité de le faire… Tu peux tout aussi bien prendre ce que je t'ai dit comme des paroles lancées en l'air. Quoi qu'il arrive, j'aurai rempli mon devoir. Bien, Xiao Luo, je dois partir.

— … Prenez soin de vous, professeur Ye.

Ye Wenjie s'en alla dans le crépuscule, marchant au-devant de sa dernière rencontre.

La fourmi brune continua de grimper et atteignit un bassin circulaire à flanc de falaise. Sa surface lisse était recouverte d'une image complexe. La fourmi savait que son minuscule réseau de neurones serait probablement incapable de l'emmagasiner. Cependant elle arriva à déterminer grossièrement sa forme. Son organisme unicellulaire fut pris du même émoi que s'il s'était agi d'un "9". Et puis il lui sembla reconnaître une partie de l'image. Une paire d'yeux. Elle était sensible aux yeux, car un regard pouvait être synonyme de danger. Mais ceux-ci ne l'inquiétaient guère car elle savait qu'ils étaient sans vie. Tandis que cette gigantesque créature appelée Luo Ji émettait son premier son en s'agenouillant devant la butte solitaire, c'était ces deux yeux qu'il avait fixés, mais elle l'avait déjà oublié. Elle grimpa hors du bassin et gagna enfin le sommet. Elle ne fut en proie à aucun vertige à la vue du paysage qui s'étendait sous elle, car elle n'avait pas peur de tomber. Plusieurs fois dans le passé, le vent l'avait projetée dans le vide depuis une telle hauteur, mais elle s'en était toujours sortie indemne. Ceux qui ne craignent pas les hauteurs ne peuvent apprécier leur beauté.

Au pied de la butte, l'araignée balayée par les tiges des fleurs de Luo Ji recommençait à tisser sa toile. Elle tendit un long fil de cristal depuis la falaise, et se laissa balancer dessus comme un pendule. Elle répéta trois fois cette opération et l'ossature de la toile fut achevée. Si la toile devait être détruite dix mille fois, elle la reconstruirait dix mille fois. Elle n'éprouvait pour cela ni lassitude ni désespoir, ni d'ailleurs de plaisir, c'était ainsi depuis des centaines de millions d'années.

Luo Ji resta debout pendant un moment, immobile et silencieux, avant de partir à son tour. Quand les vibrations sur le sol s'estompèrent, la fourmi brune commença à descendre depuis l'autre pan de la butte solitaire. Elle devait rapidement retourner au nid et faire son rapport sur l'emplacement où elle avait trouvé le coléoptère mort. Dans le ciel, les étoiles s'étaient faites plus nombreuses. Au pied de la butte, la fourmi brune et l'araignée se croisèrent à nouveau. Encore une fois, elles sentirent la présence l'une de l'autre et, encore une fois, elles n'entrèrent pas en communication.

La fourmi brune et l'araignée ignoraient qu'à cet instant même, en dehors de ce monde lointain qui avait tout écouté en retenant son souffle, elles avaient été les seules créatures terrestres à être témoins de l'énonciation des axiomes universels de la civilisation cosmique.

Un peu plus tôt, alors qu'il faisait nuit noire, Mike Evans se tenait à la proue du *Jugement Dernier*. Sous les étoiles, le navire semblait glisser sur l'océan Pacifique comme sur un immense carré de satin noir. C'était dans ces moments qu'Evans aimait communiquer avec le monde lointain car, devant le décor du ciel étoilé et de l'océan nocturne, les mots imprimés par l'intellectron sur sa rétine apparaissaient particulièrement visibles.

INTELLECTRON : *Il s'agit de notre vingt-deuxième conversation instantanée. Pourtant, nous éprouvons encore des problèmes de communication.*

EVANS : Oui, mes dieux. J'ai remarqué que parmi le grand nombre de documents relatifs à l'espèce humaine que nous vous avons envoyés, certains restent encore opaques pour vous.

INTELLECTRON : *En effet, malgré la clarté de vos explications sur les détails, nous ne parvenons toujours pas à saisir le tout. C'est comme si votre monde avait quelque chose en plus du nôtre et, d'autres fois, quelque chose en moins.*

EVANS : Cette chose dont vous parlez, est-ce la même ?

INTELLECTRON : *Oui, mais nous ignorons si elle est en plus ou en moins.*

EVANS : Avez-vous une idée de sa nature ?

INTELLECTRON : *Nous avons étudié vos documents avec soin et nous avons découvert que le verrou que nous avions eu tant de mal à ouvrir était une paire de synonymes.*

EVANS : Des synonymes ?

INTELLECTRON : *Vos langues comportent de trop nombreux synonymes et quasi-synonymes. Prenons l'exemple du chinois mandarin, qui est la première langue sur laquelle nous avons reçu des informations :* han *(glacial) et* leng *(froid),* zhong *(lourd) et* shen *(pesant),* chang *(long) et* yuan *(loin). Tous ces mots expriment un même sens.*

EVANS : Quelle paire de synonymes est telle qu'elle vous trouble à ce point ?

INTELLECTRON : *"Penser" et "dire". Nous avons été étonnés d'apprendre qu'il ne s'agit en réalité pas de synonymes à vos yeux.*

EVANS : Ces verbes ne sont pas du tout synonymes.

INTELLECTRON : *Selon notre système cognitif, ils devraient pourtant l'être. Penser, c'est effectuer l'action de réfléchir permise grâce aux organes de réflexion ; dire, c'est exprimer le contenu de sa pensée à un membre de son espèce. Cette deuxième action est menée dans votre monde grâce à la modulation des vibrations dans l'air de ce que vous appelez "cordes vocales". Ces deux définitions sont-elles correctes ?*

EVANS : Oui, absolument. Mais cela ne démontre-t-il pas justement que "penser" et "dire" ne sont pas synonymes ?

INTELLECTRON : *Selon notre compréhension, cela prouve qu'ils sont synonymes.*

EVANS : Pouvez-vous me laisser un peu de temps pour réfléchir ?

INTELLECTRON : *Bien. Nous avons tous besoin de réfléchir.*

Evans médita durant deux minutes en observant l'ondulation des vagues sous la clarté des étoiles.

EVANS : Mes dieux, quels sont les organes trisolariens qui permettent la communication ?

INTELLECTRON : *Nous n'avons aucun organe spécifique pour la communication. Nos cerveaux dévoilent nos pensées au monde extérieur, c'est ainsi que nous procédons à un échange communicatif.*

EVANS : Ils dévoilent vos pensées ? Comment cela est-il possible ?

INTELLECTRON : *Nos pensées émettent des ondes électromagnétiques à différentes fréquences, y compris celle de la lumière visible, ce qui leur permet d'être détectables jusqu'à une distance notable.*

EVANS : Ce qui signifie que, pour vous, "penser", c'est "dire" ?

INTELLECTRON : *Ce sont des synonymes.*

EVANS : Oh… Mais quand bien même ce serait le cas, cela ne devrait pas affecter votre compréhension de ces documents.

INTELLECTRON : *Oui, c'est vrai en ce qui concerne la pensée et la communication, deux sphères dans lesquelles les différences entre nous ne sont pas si grandes. Nos deux espèces possèdent des cerveaux et ceux-ci produisent de l'intelligence par le biais des interactions entre leurs multitudes de neurones. Ce qui nous distingue, c'est que nos ondes cérébrales sont plus puissantes et peuvent directement être reçues par nos semblables, ce qui nous permet de nous passer d'un organe de communication. C'est la seule, et infime, différence.*

EVANS : Non. Je pense qu'il existe derrière tout cela un fossé bien plus infranchissable. Mes dieux, permettez que je réfléchisse un moment.

INTELLECTRON : *Soit.*

Evans quitta la proue et déambula sur le pont. Derrière la coque extérieure du bâtiment, les eaux du Pacifique ondoyaient sans bruit dans la nuit. Il se l'imagina comme un gigantesque cerveau en pleine activité.

EVANS : Mes dieux, laissez-moi vous raconter une petite histoire. Pour vous préparer à ce qui va suivre, vous devez comprendre les éléments suivants : un loup, des enfants, une grand-mère, une chaumière dans la forêt. Est-ce possible ?

INTELLECTRON : *Ce sont tous des éléments faciles à assimiler, à part "une grand-mère". Nous savons qu'il s'agit d'une relation de sang chez les humains et qu'elle désigne d'ordinaire un être plus âgé. Mais quant à sa place précise dans la structure héréditaire, il nous faut davantage de détails.*

EVANS : Mes dieux, cela n'a aucune importance. Il vous suffit de savoir qu'elle entretient une relation intime avec les enfants. C'est une des personnes en qui ceux-ci ont le plus confiance.

INTELLECTRON : *Entendu.*

EVANS : Je vais simplifier un peu l'histoire : il est arrivé quelque chose à la grand-mère et elle a laissé les enfants seuls dans la chaumière, en leur intimant de bien fermer la porte et de n'ouvrir à personne d'autre qu'elle. En chemin, la grand-mère rencontre le loup, qui la dévore et enfile ses habits pour pouvoir lui ressembler. Arrivé devant la porte, le loup frappe et demande qu'on lui ouvre. Il crie aux enfants restés dans la chaumière : "C'est moi, votre grand-mère, je suis de retour, ouvrez donc la porte". En regardant par le trou de la serrure, les enfants reconnaissent les vêtements de la grand-mère et ils le laissent entrer. Le loup dévore alors tous les enfants, jusqu'au dernier. Mes dieux, pouvez-vous comprendre cette histoire ?

INTELLECTRON : *Absolument pas.*

EVANS : Alors, j'ai peut-être deviné juste.

INTELLECTRON : *Tout d'abord, le loup souhaite dès le début pénétrer dans la maison pour manger les enfants, n'est-ce pas ?*

EVANS : Exact.

INTELLECTRON : *Et il entre en communication avec les enfants, n'est-ce pas ?*

EVANS : Exact.

INTELLECTRON : *Cela, nous ne pouvons pas le comprendre. Pour atteindre son but, il n'aurait pas dû communiquer avec les enfants.*

EVANS : Pourquoi ?

INTELLECTRON : *N'est-ce pas évident ? Si les deux parties communiquent, les enfants peuvent prendre connaissance du projet du loup et ils n'ont aucune raison de lui ouvrir la porte.*

EVANS *(après un long silence)* : J'ai compris, mes dieux, j'ai compris.

INTELLECTRON : *Qu'as-tu compris ? Tout cela n'est-il pas limpide ?*

EVANS : Vos pensées sont absolument transparentes au monde extérieur. Vous ne pouvez les dissimuler.

INTELLECTRON : *Comment pourrait-on dissimuler des pensées ? Tu divagues.*

EVANS : Je veux dire que vos pensées, vos souvenirs sont entièrement visibles, comme un livre ouvert oublié dans un parc public, ou bien un film projeté sur une grande place, ou bien des poissons dans un aquarium translucide. Tout est exhibé, tout peut être embrassé d'un seul regard. Oh, peut-être que certains de ces éléments vous sont…

INTELLECTRON : *Nous avons tout compris, tout cela n'est-il pas parfaitement naturel ?*

EVANS *(après un long silence)* : C'est donc ça… Mes dieux, lorsque vous communiquez en face à face avec un congénère, tout le contenu de votre communication exprime votre pensée véritable. Il vous est impossible de mentir, de tromper votre interlocuteur, vous n'êtes donc pas en mesure de mettre en place des tactiques militaires complexes.

INTELLECTRON : *Pas uniquement en face à face, nous pouvons communiquer à des distances éloignées. Par ailleurs, nous avons encore du mal à assimiler le sens des verbes "tromper" et "mentir".*

EVANS : À quoi peut ressembler une société dont les pensées sont complètement transparentes ? À quelle culture peut-elle donner naissance ? À quelle pensée politique ? Aucune ruse, aucune machination.

INTELLECTRON : *Ruse ? Machination ? Qu'est-ce ?*

EVANS : …

INTELLECTRON : *Les organes de communication humains ne sont rien d'autre qu'une anomalie de l'évolution, une compensation nécessaire pour pallier l'incapacité de votre cerveau à produire des ondes de pensée. C'est une faiblesse biologique. L'affichage instantané de la pensée est une méthode de communication plus évoluée, et dont l'efficacité est bien supérieure.*

EVANS : Une anomalie ? Une faiblesse ? Oh non, mes dieux. Cette fois, vous vous trompez, vous vous trompez lourdement.

INTELLECTRON : *En es-tu sûr ? Laisse-nous y réfléchir. Quel dommage, tu ne peux voir nos pensées.*

L'interruption dura cette fois un certain temps. Le texte disparut de la rétine d'Evans pendant une vingtaine de minutes. Il arpenta le bateau de la proue à la poupe et observa un banc de poissons jaillir hors de l'eau, décrivant au-dessus de la surface un arc de rayons argentés sous la lueur des étoiles. Quelques années plus tôt, à l'occasion d'une enquête sur les conséquences de la surpêche sur les espèces côtières, il avait passé quelque temps sur un chalutier en mer de Chine méridionale. Les pêcheurs appelaient ce phénomène "le passage des soldats-dragons". En cet instant, aux yeux d'Evans, c'était comme des lignes d'écriture qui se reflétaient dans les pupilles de l'océan lui-même. Et c'est à ce moment précis que le texte réapparut devant ses yeux.

INTELLECTRON : *Tu as raison. En repensant maintenant à ces documents, nous comprenons mieux.*

EVANS : Mes dieux, il vous reste encore un long chemin à parcourir si vous voulez vraiment connaître les humains.

Je doute même que vous soyez un jour en mesure de les comprendre entièrement.

INTELLECTRON : *Oui, vous êtes indubitablement complexes. Nous ne connaissons maintenant que le pourquoi de notre incompréhension passée. Tu as raison.*

EVANS : Mes dieux, vous avez besoin de nous.

INTELLECTRON : *Nous avons peur de vous.*

La communication fut coupée. Ce fut le dernier message qu'Evans reçut de Trisolaris. Il se tenait alors debout, à la poupe du navire, contemplant la carcasse blanc neige du *Jugement Dernier* s'étirer sous le voile ténébreux de la nuit. À la manière du temps qui passe.

I

COLMATEURS

1

AN 3 DE LA GRANDE CRISE. FLOTTE TRISOLARIENNE À 4,21 ANNÉES-LUMIÈRE DU SYSTÈME SOLAIRE

Pourquoi a-t-il l'air si ancien ?

C'était la première question qui avait émergé dans l'esprit de Wu Yue devant le chantier de l'énorme vaisseau *Tang*. Il savait naturellement que cette impression lui venait des innombrables taches bleues laissées sur les plaques de manganèse de la coque par la toute dernière technique de soudage sous protection gazeuse, un effet renforcé par les étincelles des arcs de soudage. Il s'efforça de se représenter l'image du *Tang* neuf, une fois qu'il serait recouvert d'une fraîche couche de peinture grise, mais sans succès.

Le quatrième exercice de navigation en eaux côtières de la flotte du *Tang* venait juste de s'achever. Au cours de l'exercice, qui avait duré deux mois, les deux commandants du navire, Wu Yue et Zhang Beihai, qui se tenait maintenant à côté de lui, avaient dû camper des rôles étranges. Les équipages des destroyers, des sous-marins et des navires ravitailleurs étaient sous le commandement du groupe aéronaval, mais le *Tang* se trouvait encore sur son dock de construction et, dès lors, la place qu'aurait dû occuper ce porte-avions était soit tenue par le navire d'exercice *Zheng He*, soit tout bonnement laissée vide. Pendant les exercices, Wu Yue occupait souvent le pont du navire de commandement, contemplant l'espace vide à la surface de l'océan, seulement troublée par l'ondulation des traînées des navires qui s'entrecroisaient avec angoisse, faisant écho à l'humeur de Wu Yue. Ce vide finirait-il par être comblé ? Il s'était posé la question plus d'une fois.

En regardant à nouveau le *Tang* inachevé, il ne voyait plus une construction archaïque mais une sorte de ruine antique qui aurait connu toutes les vicissitudes de l'histoire. Devant lui, le vaisseau avait l'air d'une gigantesque forteresse abandonnée depuis des lustres, dont la coque tachetée évoquait l'immense muraille en pierre, et la pluie d'étincelles de soudure tombant depuis les échafaudages, les lierres recouvrant les murs. On n'aurait pas cru contempler un chantier mais un vestige archéologique… Craignant de se laisser emporter par le fil de ses pensées, Wu Yue dirigea son attention vers Zhang Beihai.

— Est-ce que ton père va mieux ?

Zhang Beihai secoua doucement la tête :

— Pas vraiment. Disons que son état est stable.

— Demande un congé.

— Je l'ai déjà fait quand il venait d'être hospitalisé. Vu comment les choses évoluent, je vais devoir attendre le moment venu.

Puis tous deux plongèrent dans le silence. C'était la même chose chaque fois qu'ils en venaient à discuter de leur vie privée. Leurs conversations professionnelles étaient forcément un peu plus étoffées, mais tous deux étaient invariablement séparés par une sorte de membrane.

— Beihai, la mission qui nous attend n'aura rien à voir avec tout ce que nous avons pu connaître. Étant donné notre fonction, je crois que nous devrions communiquer davantage.

— Je suppose que nous sommes doués pour ça. Parce que si nos supérieurs nous ont envoyés sur le *Tang*, c'est qu'ils ont dû prendre en considération la réussite de notre collaboration sur le *Chang'an*, s'amusa Zhang Beihai.

Mais son rire demeurait indéchiffrable pour Wu Yue, bien que celui-ci pût être certain qu'il venait du cœur. Incapable de sonder le cœur de Zhang Beihai, il se disait qu'il ne pourrait jamais espérer le comprendre. Bien entendu, le succès d'une collaboration n'impliquait pas nécessairement une parfaite compréhension mutuelle. À l'opposé, Wu Yue était transparent aux yeux de Zhang Beihai. Ce dernier pouvait lire dans les tréfonds de l'esprit de chacun, du simple soldat jusqu'au commandant, comme dans un livre ouvert. C'était sans nul doute le plus brillant des commissaires politiques que Wu Yue avait eu l'occasion de rencontrer durant sa carrière. Question travail, Zhang Beihai était un homme d'une grande intégrité : chaque infime prise de décision donnait lieu, avant et après, à des explications très minutieuses. Pourtant, son monde intérieur demeurait pour Wu Yue d'un gris insondable. Il avait toujours cette impression que Zhang Beihai voulait dire : *Entendu, faisons comme ça. C'est peut-être mieux ainsi, ou plus juste. Mais je n'en suis pas forcément convaincu.* Cette sensation, bien que vague au premier abord, semblait devenir au fur et à mesure plus flagrante. Bien sûr, Zhang Beihai prenait toujours en fin de compte la décision la meilleure et la plus juste, mais quant à savoir ce qu'il aurait vraiment voulu faire, Wu Yue l'ignorait. Depuis toujours, Wu Yue était fidèle à cet article de foi : le commandement d'un navire de guerre nécessitait que les deux commandants comprennent parfaitement la façon de penser de l'autre. Et cette incapacité à comprendre Zhang Beihai lui pesait. Il s'imaginait que ce dernier avait instauré une sorte de bouclier entre eux, et il en était déconcerté. À un poste aussi dangereux que celui de commandant de destroyer, existait-il quelqu'un de plus honnête et de plus franc que lui ? Pourquoi Zhang Beihai avait-il besoin d'être ainsi sur ses gardes ? Pendant la brève période où le père de Zhang Beihai avait été leur supérieur à tous les deux, il avait eu une fois l'occasion de discuter avec l'amiral de ses difficultés à communiquer avec son fils.

— À quoi bon si le travail est bien fait ? Au fond, pourquoi faudrait-il absolument savoir ce que pense Beihai ? avait froidement lâché l'amiral, puis, consciemment ou non, il avait ajouté : En réalité, moi-même, je n'en suis pas sûr.

— Allons voir un peu plus près, proposa Zhang Beihai en pointant du doigt la coque étincelante du *Tang*.

C'est à ce moment-là que leurs téléphones sonnèrent en même temps : un message leur indiquait de retourner dans leur voiture. Tout le matériel de communication confidentielle qui s'y trouvait n'était généralement utilisé qu'en cas d'urgence. Wu Yue ouvrit la porte du véhicule pour décrocher le combiné. L'appel émanait du quartier général des opérations militaires.

— Commandant Wu, l'état-major de la flotte a une information urgente à communiquer au commissaire politique Zhang et à vous-même : vous êtes attendus au quartier général.

— Au quartier général ? Mais, et le cinquième exercice de la flotte ? La moitié des troupes sont déjà en mer, et le reste largue les amarres demain pour les rejoindre !

— Je ne suis pas au courant. L'ordre est simple. C'est celui que je viens de vous transmettre. Pour ce qui est des détails, vous verrez à votre arrivée.

Le commandant et le commissaire politique du vaisseau-mère *Tang*, qui n'avait encore jamais quitté son dock, échangèrent un regard. Au bout de tant d'années, ils venaient d'assister à un de ces instants rares où tous deux crurent pouvoir deviner ce que pensait l'autre : *L'espace à la surface de l'océan demeurerait vide à jamais.*

Fort Greely, Alaska. Les daims qui gambadaient sur la plaine s'immobilisèrent soudain, les sens en alerte. Ils avaient senti sous le sol enneigé des vibrations en approche. Devant eux, un dôme blanc s'était ouvert. Cette chose était là depuis longtemps, un gros œuf, à moitié enfoui dans le sol. Les daims avaient toujours su qu'il n'appartenait pas à ce monde de glace. De l'œuf fissuré s'échappa tout d'abord une épaisse fumée, puis des flammes, aussitôt suivies par l'éclosion d'un énorme cylindre qui amorça son ascension dans un vacarme assourdissant. Une fois que le cylindre eut perforé le sol, les flammes qu'il traînait derrière lui s'élevèrent précipitamment, les courants d'air chaud soulevèrent des congères qui embrumèrent le ciel et retombèrent en pluie sur le sol. Lorsque le cylindre eut atteint une certaine hauteur, le déchaînement de violence qui avait effrayé les daims un peu plus tôt fit de nouveau place au calme. Le cylindre s'était évanoui dans le ciel, ne laissant derrière lui qu'une longue traînée blanche, comme si la plaine enneigée était une pelote de fil qu'une main invisible tirait depuis l'espace.

— Fais chier ! Quelques secondes de plus et j'aurais pu interrompre le lancement !

À des milliers de miles de là, à Colorado Springs, à quelque trois cents mètres sous le mont Cheyenne, au commandement de la défense aérospatiale de l'Amérique du Nord, dans le centre de commande de la Missile Defense, Raeder, l'agent de contrôle de la cible, jura en jetant sa souris de dépit.

— Je ne m'étais pas imaginé ça quand l'alarme du système s'est déclenchée, ajouta Jones, le contrôleur de trajectoire, en secouant la tête.

— Qu'est-ce que le système est en train d'attaquer ? interrogea le général Fitzgerald.

La supervision de la Missile Defense ne représentait qu'une partie des nouvelles responsabilités qui lui avaient été confiées et il n'était pas très familier du système. En observant le mur couvert de terminaux informatiques, le général essaya d'identifier les écrans intuitifs tels que ceux qu'on utilisait dans le centre de contrôle de mission de la

Nasa avec leurs lignes rouges ondulant comme des serpents paresseux sur les reliefs d'une carte du monde, et qui finissaient par former ce qu'un profane aurait imaginé être de banales ondes sinusoïdales, laissant tout de même cette impression que quelque chose avait été envoyé dans l'espace. Mais ici, rien de ce genre. Les courbes qui s'affichaient sur les écrans étaient confuses et chaotiques et paraissaient, à ses yeux en tout cas, n'être détentrices d'aucune signification. C'était sans parler des écrans numériques où défilaient à toute vitesse des informations qui ne pouvaient être décryptées que par ces officiers de la Missile Defense qui n'arrivaient pas à dissimuler un certain mépris à son égard.

— Général, vous souvenez-vous lorsque la coque du module de la station spatiale internationale a été recouverte d'une membrane réfléchissante ? Les techniciens ont perdu l'ancien revêtement. Le voici. Sous l'influence du vent et du soleil, il s'est déployé et a formé une boule.

— Ce… cette membrane devait être consignée dans la base de données de contrôle des cibles, non ?

— Oui, c'est là. Raeder déplaça le curseur de sa souris et afficha une page. Il fit disparaître des piles de texte, de données et de tableaux complexes pour afficher une photographie toute simple, sans doute prise par un télescope au sol. Devant un fond noir flottait un objet blanc argenté aux formes irrégulières dont on ne pouvait voir les détails à cause de sa surface intensément réfléchissante.

— Mais alors, commandant, pourquoi ne pas avoir interrompu le protocole de lancement ?

— L'identification des cibles est faite automatiquement grâce à la base de données. Une identification manuelle serait beaucoup plus lente. Mais les formats des données de l'ancien système n'ont pas été convertis, ils n'ont donc pas été reliés au module d'identification. La voix de Raeder vrilla légèrement, comme s'il voulait ajouter : J'ai montré à maintes reprises par le passé que j'avais les capacités pour remplacer, manuellement et rapidement, le supercalculateur du système de Missile Defense, mais je dois quand même subir l'interrogatoire d'un novice dans votre genre.

— Général, après que le système de Missile Defense a déplacé la trajectoire de ses interceptions vers l'espace, nous n'avons pas eu tout à fait le temps de recalibrer les systèmes logiciels, car nous avons immédiatement reçu l'ordre de fonctionner en mode de combat, expliqua un officier.

Fitzgerald ne répondit pas. Le tic-tac qui résonnait sans répit dans le centre de contrôle avait le don de l'agacer. Ce dont il avait la charge, c'était officiellement le premier système de défense planétaire jamais imaginé par l'homme mais, dans la réalité, ce n'était ni plus ni moins qu'un système déjà existant ayant décalé ses trajectoires d'interception depuis les autres continents vers l'espace.

— On devrait prendre une photo pour immortaliser le moment! s'enthousiasma brusquement Jones. C'est la première attaque terrienne contre un ennemi commun!

— Les appareils photo sont interdits ici, dit froidement Raeder.

— Capitaine, qu'est-ce que vous racontez? s'emporta Fitzgerald. Ce qu'a détecté le système n'était pas du tout une cible ennemie, comment pouvez-vous parler d'une première attaque?

Après un silence embarrassé, quelqu'un prit la parole :

— Il y a des ogives nucléaires sur l'intercepteur, non?

— D'une équivalence d'une mégatonne et demie, oui. Et alors?

— Il va bientôt faire nuit dehors. Étant donné la position de la cible, on devrait être en mesure de voir l'explosion.

— On peut l'observer sur le moniteur.

— C'est plus amusant de la voir en vrai, dit Raeder.

Jones se leva et eut du mal à contenir son enthousiasme :

— Général, je… c'est l'heure de la relève!

— Pour moi aussi, général, ajouta Raeder.

Tous deux prenaient en réalité congé du général uniquement par politesse. Fitzgerald n'était que haut coordinateur du Conseil de défense planétaire, et n'avait aucun pouvoir, ni sur le commandement de la défense aérospatiale, ni sur la Missile Defense.

Fitzgerald secoua la main :

— Je ne suis pas votre supérieur. Faites comme bon vous semble, mais permettez-moi de vous rappeler qu'à l'avenir nous risquons de devoir collaborer pendant encore longtemps.

Raeder et Jones grimpèrent prestement jusqu'au dernier étage du centre de commande. Ils franchirent la porte antiradiations lourde de quelques dizaines de tonnes et se retrouvèrent au sommet du mont Cheyenne. Sous le crépuscule, le ciel était limpide, mais ils ne virent pas l'éclair de l'explosion.

— Ça devait pourtant être là, dit Jones en pointant le ciel.

— Peut-être qu'on s'est plantés, fit Raeder, sans lever les yeux.

Puis, esquissant un sourire ironique, il lâcha :

— Est-ce qu'ils croient vraiment que l'intellectron va se déployer en plus petite dimension ?

— Ça me paraît peu probable. C'est intelligent, ce truc, ça ne nous donnera pas de seconde chance, affirma Jones.

— Les yeux de la Missile Defense sont maintenant pointés vers l'espace. N'y aurait-il plus aucune menace à la surface ? Même si les pays terroristes ont rendu les armes, il reste cette Organisation Terre-Trisolaris, non ? Pfff. La clique des officiers du CDP veut pouvoir communiquer des résultats rapides. Fitzgerald est l'un d'entre eux. Ils peuvent maintenant déclarer officiellement que la première étape du système de défense planétaire est achevée, même si, d'un point de vue matériel, il n'y a presque rien eu à faire. Le seul objectif du système, c'est d'empêcher l'intellectron de se déployer en plus faible dimension près de l'orbite terrestre. Mais pour ça, la technologie nécessaire est encore plus basique que celle qui permettait d'intercepter jusque-là les missiles humains, parce que si la cible se montrait vraiment, elle aurait une superficie gigantesque… Capitaine, c'est pour vous parler de ça que je vous ai demandé de monter. Pourquoi vous comportez-vous comme un gamin sans cervelle ? Une "première attaque" ? Une "photo" ? Vous avez énervé le général, vous savez ? Vous n'avez pas encore compris que ce gars avait l'esprit étroit ?

— Mais… je pensais au contraire l'avoir flatté en disant ça !

— C'est typiquement le genre d'officier militaire qui fait attention à son image. Je peux vous assurer qu'il n'ira pas raconter en conférence de presse que le système a eu une erreur d'appréciation. Comme tous les autres, il prétendra que la manœuvre a été une réussite, vous verrez, j'en suis sûr, affirma Raeder.

Et tout en parlant, il s'assit par terre, croisa les mains derrière la nuque et leva la tête vers les étoiles qui venaient de perler le ciel. Il poursuivit sur un ton nostalgique :

— Dites, Jones, et si elle se redéployait, juste une fois, qu'elle nous offrait une petite chance de la détruire, ça ne serait pas génial ?

— À quoi bon ? Il a déjà été prouvé que tout un tas d'autres intellectrons atteindront bientôt le système solaire… Personne ne sait combien il y en aura… D'ailleurs, pourquoi est-ce que vous dites "elle" et pas "lui" ?

Raeder leva la tête, une expression rêveuse s'inscrivit cette fois sur son visage :

— Hier, un colonel chinois qui vient d'arriver au centre m'a dit que dans sa langue "intellectron" ressemblait à un prénom féminin japonais[1].

1. L'un des caractères chinois formant le mot "intellectron" (litt. "particule intelligente", homophone du mot "proton") est fréquemment utilisé dans les prénoms féminins au Japon. *(N.d.T.)*

Zhang Yuanchao avait remis la veille le dossier administratif de sa demande de départ à la retraite. Il allait quitter l'usine chimique dans laquelle il avait travaillé plusieurs décennies. Pour citer son voisin – Lao Yang –, ce jour marquait le début de sa seconde jeunesse. Lao Yang lui avait raconté que soixante ans, avec seize ans, était le plus bel âge de la vie. À soixante ans, tous les fardeaux que l'on portait sur les épaules à quarante ou cinquante ans étaient derrière nous, et l'indolence et la maladie qui guettaient les septuagénaires et les octogénaires n'étaient pas encore arrivées. C'était l'âge idéal pour profiter de l'existence. Le fils et la belle-fille de Zhang Yuanchao avaient chacun un boulot stable, et quoique son fils se fût marié assez tard, il savait qu'il ne tarderait pas à serrer une petite-fille ou un petit-fils dans les bras. Ni lui ni son épouse n'auraient normalement pu avoir les moyens de s'offrir la maison qu'ils occupaient aujourd'hui, mais ils avaient été relogés ici après que leur précédent logement avait été rasé. Ils vivaient maintenant dans l'immeuble depuis plus d'un an… Tout bien réfléchi, il ne pouvait se plaindre de rien. Cependant, quand il observait le ciel clair de la ville depuis la fenêtre de son appartement du huitième étage, il ne sentait aucun rayon de soleil lui réchauffer le cœur. Alors pour ce qui était d'une seconde jeunesse… Il devait cependant bien admettre que Lao Yang ne se trompait pas quand il parlait de la situation de la nation.

Son voisin, Yang Jinwen, était enseignant du secondaire à la retraite. Il préconisait souvent à Zhang Yuanchao de s'initier à de nouvelles pratiques s'il voulait profiter de ses vieilles années. “Surfer sur Internet, par exemple. Si même les bébés y arrivent, pourquoi pas toi ?” Il fit remarquer à Zhang Yuanchao que son plus gros défaut était de n'éprouver aucun intérêt pour le monde extérieur. Sa vieille épouse, elle, au moins, séchait ses larmes devant ses séries télévisées à l'eau de rose, mais lui ne regardait même pas la télévision. Il devait se préoccuper davantage de la situation de la nation et du monde, c'était un élément incontournable d'une vie bien remplie. Bien que Zhang Yuanchao fût un Pékinois pur souche, il n'en avait pas l'air. N'importe quel chauffeur de taxi de la ville pouvait analyser et cancaner pendant des heures sur le cours du pays et du monde, mais lui, s'il connaissait naturellement le nom du président, n'était même pas sûr de pouvoir nommer le Premier ministre. Zhang Yuanchao en tirait néanmoins une certaine fierté, il racontait qu'il était un homme ordinaire, qu'il coulait des jours tranquilles, sans avoir besoin de se soucier d'affaires qu'il ne comprenait pas et qui n'avaient de toute façon aucun impact sur son existence. Grâce à ce recul, disait-il, il s'épargnait bien des tracas. Alors que Lao Yang, qui s'intéressait quant à lui aux affaires du monde, se faisait un point d'honneur de regarder quotidiennement les informations télévisées ; par ailleurs, le sang lui montait à la tête dès qu'il prenait part sur Internet à des débats sur la politique du pays ou sur la prolifération nucléaire dans le monde. Et malgré tout ça – aimait à lui rappeler Zhang Yuanchao –, le gouvernement ne lui versait pas un sou de plus sur sa pension de retraite. Yang Jinwen lui répondait : "Lao Zhang, tu es ridicule. Des affaires incompréhensibles ? Des événements sans impact sur ton existence ? Permets-moi de te dire, mon vieux, que toutes les grandes problématiques du pays et du monde, que n'importe quelle prise de décision politique nationale, n'importe quelle résolution des Nations unies finissent toutes tôt ou tard par influencer ta vie, directement ou indirectement. Tu crois peut-être que l'invasion américaine du Venezuela ne te concerne pas ? Je te le dis, cet événement aura à long terme un impact beaucoup plus important sur ton quotidien qu'une unité de plus sur ta pension de retraite." Plus d'une fois, Zhang Yuanchao s'était moqué de l'emphase de son ami. Mais il savait désormais que Yang Jinwen avait raison.

Il sonna à la porte de Yang Jinwen. Celui-ci ouvrit. Il semblait revenir de promenade et avait l'air d'humeur légère. Zhang Yuanchao le dévisagea avec le regard d'un voyageur solitaire dans le désert qui aurait enfin rencontré un compagnon et refuserait de le laisser partir.

— Je t'ai cherché tout à l'heure, où étais-tu parti ?

— Faire un tour au marché du matin, j'y ai croisé ta femme qui achetait des légumes.

— Pourquoi est-ce que tout l'immeuble a l'air si vide ? On se croirait dans... un cimetière.

— Ce n'est pas férié aujourd'hui, il ne faut pas te mettre dans un état pareil. Haha, c'est ton premier jour de retraite, c'est normal de te sentir comme ça. Et heureusement, tu n'étais pas patron, ce sont eux qui ont le plus de mal à prendre leur retraite. Tu t'habitueras vite. Viens, et si on allait faire un tour au centre de loisirs du quartier ?

— Non, non, ce n'est pas à cause de ma retraite, mais à cause de... comment dire, de la situation du pays, ou plutôt non, du monde...

Yang Jinwen éclata de rire en pointant Lao Zhang du doigt :

— La "situation du monde" ? Et ça sort de ta bouche ?

— Oui, oui. Avant je ne me préoccupais pas de tout ça, mais ce qui est maintenant devant nous... c'est trop grave ! Je n'avais jamais rien imaginé qui puisse être aussi grave !

— Lao Zhang, ça me fait drôle de te le dire, mais j'en viens aujourd'hui à penser comme toi. Je ne m'occupe plus de ce que je ne peux pas comprendre. Crois-moi ou non, ça fait déjà quinze jours que je n'ai pas regardé les infos à la télévision. Avant, je me souciais des grands événements, mais c'était parce que les individus pouvaient avoir une carte à jouer, qu'ils pouvaient changer le cours des choses. Mais ça... c'est au-delà de nos compétences. À quoi bon se torturer l'esprit ?

— Mais tu ne peux pas simplement faire comme si ça n'existait pas ! Dans quatre cents ans, il n'y aura plus aucun humain sur cette planète !

— Bah… Dans quatre cents ans, ni toi ni moi ne serons plus de ce monde.

— Et notre lignée qui va s'interrompre ?

— Sur ce point, je n'ai pas le même souci que toi. Mon fils s'est marié aux États-Unis, mais il ne veut pas d'enfant, et ça ne me fait ni chaud ni froid. Quant à toi, ta descendance peut encore se prolonger sur une dizaine de générations, non ? Réjouis-toi !

Zhang Yuanchao fixa Yang Jinwen quelques secondes, puis jeta un œil sur son horloge et alluma la télévision. La chaîne d'infos en continu retransmettait les principales nouvelles de la journée :

> Selon un rapport de l'Associated Press des États-Unis, ce 29 août à 18 h 30 heure locale, le système de la Missile Defense américaine a exécuté avec succès un exercice de destruction d'un intellectron déployé en faible dimension sur une orbite terrestre basse. Il s'agit du troisième essai depuis que les trajectoires d'interception du système de la Missile Defense ont été dirigées vers l'espace. La cible atteinte lors de cet exercice est l'ancienne membrane réfléchissante de la station spatiale internationale abandonnée en octobre dernier. Le porte-parole du Conseil de défense planétaire (CDP) a déclaré que l'intercepteur, équipé d'ogives nucléaires, avait réussi à détruire la cible sans encombre. La surface de celle-ci était d'environ trois mille kilomètres carrés, c'est-à-dire que la technologie du système de la Missile Defense aurait pu anéantir l'intellectron avant qu'il ait pu se déployer en trois dimensions et prendre la forme d'un miroir réfléchissant potentiellement dangereux pour les habitants de la Terre…

— C'est une perte de temps, l'intellectron ne se déploiera pas… soupira Yang Jinwen tout en essayant de se saisir de la télécommande que Lao Zhang tenait dans la main. Zappe sur la chaîne sportive, ils sont peut-être en train de rediffuser la demi-finale de l'Euro de foot, je me suis endormi sur mon canapé hier soir…

— Rentre la regarder chez toi.

Zhang Yuanchao agrippa la télécommande pour empêcher Yang de s'en saisir. Il continua à regarder les informations :

> Le médecin général de l'hôpital 301 où était soigné l'académicien Jia Weibin a confirmé que ce dernier était décédé des suites d'une leucémie. La cause directe de la mort a été provoquée par des hémorragies et une défaillance multiviscérale consécutives à l'état avancé de la maladie. L'autopsie n'a révélé aucun facteur anormal. Jia Weibin, expert notoire de la supraconductivité, a longuement travaillé sur les matériaux supraconducteurs à température ambiante, un domaine dans lequel il a apporté des contributions importantes. Il est décédé le 10 juin. Les rumeurs selon lesquelles l'académicien Jia Weibin serait mort à la suite d'une attaque d'intellectron sont sans fondement. Un porte-parole du ministère de la Santé a indiqué que plusieurs autres cas de décès qui ont pu être présentés comme des attaques d'intellectrons étaient le fait de maladies et d'accidents tout à fait ordinaires. Pour y voir plus clair, notre chaîne s'est entretenue à ce sujet avec le célèbre physicien Ding Yi.
>
> JOURNALISTE : Que pensez-vous de la panique que suscitent aujourd'hui les intellectrons dans la société ?
>
> DING YI : Tout cela est la conséquence du manque criant de connaissance par le grand public des principes généraux de la physique. Le gouvernement et la communauté scientifique ont à plusieurs occasions apporté une clarification à ce sujet : en dépit de sa grande intelligence, un intellectron

n'est qu'une particule microscopique dont l'échelle ne lui permet d'avoir une incidence que très limitée sur le monde macroscopique. Sa principale menace pour l'humanité est de provoquer des erreurs et des perturbations dans des expériences scientifiques de collision de particules à haute énergie, et d'espionner la Terre grâce à son utilisation du phénomène de l'intrication quantique. En raison de son état microscopique, un intellectron est incapable de tuer un être vivant, ou de mener tout autre type d'attaque. Pour qu'un intellectron puisse influencer plus sensiblement le monde macroscopique, il lui faudrait se déployer dans une dimension plus faible. Mais même dans cette situation, ses effets resteraient très modestes car, une fois déployé dans le monde macroscopique, l'intellectron deviendrait extrêmement fragile. Maintenant que l'humanité a mis en place un système de défense, il ne serait pas pertinent pour l'intellectron de se déployer car ce serait offrir aux humains une opportunité idéale de le détruire. Je crois qu'il est du devoir des médias généralistes de mieux sensibiliser le public à cette question et de lutter contre cette paranoïa n'ayant aucun fondement scientifique.

Zhang Yuanchao entendit quelqu'un entrer dans le salon sans frapper et crier "Lao Zhang!", "Maître Zhang!" Au bruit des pas lourds qu'il avait entendus sur le palier, Lao Zhang savait déjà de qui il s'agissait. C'était Miao Fuquan, un autre voisin habitant au même étage de l'immeuble. L'homme était patron d'une usine de charbon dans la province du Shanxi où il exploitait plusieurs mines. Miao Fuquan était plus jeune de quelques années que Zhang Yuanchao. Il possédait une maison bien plus grande dans un autre quartier de Pékin, et il utilisait cet appartement pour entretenir une jeune maîtresse du Sichuan qui avait à peu près le même âge que sa fille. Quand il avait emménagé dans l'immeuble, Zhang Yuanchao et Yang Jinwen l'avaient proprement ignoré, lui reprochant même de laisser ses affaires en désordre dans le couloir. Mais ils avaient vite découvert que derrière la façade un peu vulgaire de Lao Miao se cachait un homme avenant et chaleureux. Après que celui-ci fut intervenu auprès de l'agence immobilière pour les aider à régler un ou deux litiges les concernant, une entente cordiale était née entre les trois voisins. Si Miao Fuquan soutenait que ses affaires étaient maintenant gérées par son fils, il n'en restait pas moins un homme occupé et ne fréquentait que rarement cette "maison". La majorité du temps, l'appartement de trois pièces n'était occupé que par la jeune Sichuanaise.

— Lao Miao, ça fait bien plusieurs mois qu'on ne t'avait pas vu. Où es-tu encore allé faire fortune ? demanda Yang Jinwen.

Miao Fuquan se saisit nonchalamment d'un verre, le remplit à moitié au distributeur d'eau potable et le vida en une gorgée, puis il s'essuya la bouche et répondit :

— Il y avait des problèmes à la mine, j'y suis allé pour les régler… Tu parles de s'enrichir ! On se croirait presque en guerre. Le gouvernement ne laisse plus rien passer maintenant, c'est terminé le bon vieux temps. Les mines ne vont pas rester ouvertes bien longtemps.

— Des temps difficiles s'annoncent, dit Lao Yang, sans quitter des yeux le match à la télévision.

L'homme était allongé sur le lit depuis déjà plusieurs heures. Les lueurs qui pénétraient à travers les barreaux de la fenêtre étaient devenues des rayons de lune. Ces faisceaux de lumière froide projetés sur le sol constituaient la seule source de luminosité de sa chambre en sous-sol. Dans la pénombre de la pièce, tout paraissait avoir été gravé dans de la pierre grise, humide et glacée, si bien qu'on avait l'impression de se trouver à l'intérieur d'une tombe.

Nul ne connaîtrait jamais le véritable nom de cet homme, mais il serait plus tard connu comme le Deuxième Fissureur.

Durant toutes ces heures, le Deuxième Fissureur avait repassé sa vie et, une fois qu'il se fut assuré que rien ne manquait, il contracta son corps engourdi à force d'être resté trop longtemps allongé, enfouit la main sous son oreiller et en tira un pistolet dont il plaça lentement le canon contre sa tempe. À cet instant, un texte d'intellectron émergea devant ses yeux.

INTELLECTRON : *Ne fais pas cela, nous avons besoin de toi.*

DEUXIÈME FISSUREUR : Mes dieux ? Est-ce bien vous ? Voilà un an que toutes les nuits je rêve de votre appel, mais depuis quelque temps, je ne rêve plus. Je croyais être devenu incapable de rêver mais, de toute évidence, il semblerait que ce ne soit pas le cas.

INTELLECTRON : *Ce n'est pas un rêve. Nous sommes en train de communiquer en simultané avec toi.*

DEUXIÈME FISSUREUR *(dans un sourire glacial)* : Bien, tout est fini, alors. Je suis sûr qu'on ne rêve pas de l'autre côté.

INTELLECTRON : *As-tu besoin d'une preuve ?*

DEUXIÈME FISSUREUR : Une preuve qu'il n'y a aucun rêve de l'autre côté ?

INTELLECTRON : *Une preuve que c'est réellement nous.*

DEUXIÈME FISSUREUR : Soit. Dites-moi quelque chose que j'ignore.

INTELLECTRON : *Tes poissons rouges sont morts.*

DEUXIÈME FISSUREUR : Ah, ce n'est pas si grave. Nous nous retrouverons bientôt dans un lieu sans ténèbres.

INTELLECTRON : *Tu devrais tout de même aller voir. Tu étais si troublé ce matin que tu as jeté par inadvertance une cigarette à moitié consumée dans l'aquarium. La cigarette s'est dissoute dans l'eau et la nicotine a été fatale pour tes poissons.*

Le Deuxième Fissureur ouvrit brusquement les yeux, il posa son arme et roula hors de son lit. La léthargie de tantôt avait été balayée en un éclair. Il tâtonna pour trouver l'interrupteur de sa lampe de chevet et alla vérifier l'aquarium sur sa petite table. Les ventres blancs de ses cinq poissons-télescopes flottaient à la surface de l'eau. Au milieu d'eux surnageait un bout de cigarette à demi consumée.

INTELLECTRON : *Nous allons te fournir une seconde preuve. Evans t'a jadis envoyé un courriel crypté, mais le code a changé. Il est mort avant d'avoir eu le temps de te communiquer ce nouveau mot de passe et tu n'as jamais pu le lire. Nous te donnons à présent le code : Camel, la marque de la cigarette qui a empoisonné tes poissons.*

Le Deuxième Fissureur se rua devant son ordinateur portable et pendant que celui-ci s'allumait, son visage se couvrit de larmes :

— Dieux, mes dieux, est-ce vraiment vous ? Est-ce vraiment vous ? répéta-t-il en sanglotant.

Quand l'ordinateur eut démarré, il ouvrit la pièce jointe du courriel grâce au programme de lecture interne de l'OTT. Une fenêtre demandant le mot de passe s'afficha. Quand le document s'ouvrit enfin, il n'avait déjà plus l'esprit suffisamment clair pour en lire le contenu. Il se mit à genoux et pleura en se prenant la tête entre les mains :

— Mes dieux, c'est donc bien vous. Mes dieux… Ayant quelque peu repris son calme, il releva sa tête encore barbouillée de larmes : l'attaque contre le Guide lors de l'assemblée de l'Organisation… L'embuscade au canal de Panamá… nous n'avons été informés de rien. Pourquoi nous avoir trahis ?

INTELLECTRON : *Nous avions peur de vous.*

DEUXIÈME FISSUREUR : Est-ce parce que nos pensées ne sont pas transparentes ? Cela ne fait rien. Tous ces pouvoirs que nous possédons et que vous ignorez : le mensonge, la ruse, le déguisement, la tromperie… nous les mettrons à votre service.

INTELLECTRON : *Nous ignorons si ce que vous dites est vrai. Admettons que cela le soit, notre peur demeurera toujours. Votre*

Bible parle d'un animal appelé serpent. Si un serpent se présente à toi en jurant qu'il est là pour te servir, ne t'inspirera-t-il donc aucune peur, aucune haine ?

DEUXIÈME FISSUREUR : S'il parle vrai, je dépasserai ma haine et ma peur. Je lui ferai confiance.

INTELLECTRON : *Voilà qui est difficile.*

DEUXIÈME FISSUREUR : Bien sûr. Je sais que vous avez déjà été mordus une fois par le serpent. Depuis que la communication simultanée est possible entre nous, vous avez fourni des réponses extrêmement précises à nos questions. Rien ne vous obligeait à nous donner la majorité de ces informations, par exemple la manière dont vous avez reçu le premier message venu de la Terre ou bien le processus de fabrication des intellectrons. Nous avions au début pris cette attitude comme une marque de confiance, mais il semble aujourd'hui que ce n'était qu'un fantasme. C'est une chose qui, encore maintenant, reste difficilement compréhensible pour nous : nos échanges ne transitent pas par la pensée et ne s'affichent pas de façon clairement lisible. Pourquoi ne pas pouvoir effectuer une sélection des informations à porter à notre connaissance ?

INTELLECTRON : *Cette possibilité existe, mais la quantité de ce qui peut être dissimulé est loin d'être aussi importante que ce que vous pouvez imaginer. En réalité, il existe dans notre monde d'autres formes de communication qui ne nécessitent pas l'affichage de la pensée, surtout à une époque de hautes technologies. Mais la transparence de la pensée représente une part importante de nos habitudes socioculturelles. Cela doit être difficile à comprendre pour vous, tout comme il nous est difficile de vous comprendre.*

DEUXIÈME FISSUREUR : J'ai du mal à imaginer que le mensonge et la ruse soient absents de votre monde.

INTELLECTRON : *Ils existent, mais de façon beaucoup plus rudimentaire que chez vous. Par exemple, dans les guerres de notre monde, les ennemis peuvent tenter des avancées en camouflage, mais si l'un des deux camps a un soupçon, il interroge directement l'ennemi et obtient généralement la vérité.*

DEUXIÈME FISSUREUR : C'est incroyable.

INTELLECTRON : *Tout comme vous l'êtes pour nous. Il y a un livre sur ton étagère :* Les Trois Royaumes[1].

DEUXIÈME FISSUREUR : Oui. Vous n'arrivez pas à le comprendre. Je me trompe ?

INTELLECTRON : *Il nous est possible d'en comprendre quelques bribes, comme un lecteur néophyte qui feuilletterait un essai de mathématiques très pointu : il devrait faire de grands efforts de réflexion et avoir beaucoup d'imagination pour en saisir ne serait-ce qu'une partie.*

DEUXIÈME FISSUREUR : En effet, ce livre est un bon exemple du niveau que peuvent atteindre les stratégies et les intrigues militaires humaines.

INTELLECTRON : *Mais grâce à nos intellectrons, le monde humain nous est transparent.*

DEUXIÈME FISSUREUR : Hormis nos pensées.

INTELLECTRON : *Oui, les intellectrons ne lisent pas dans vos pensées.*

DEUXIÈME FISSUREUR : Vous êtes certainement au courant du programme Colmateur.

INTELLECTRON : *Nous en savons plus que tu n'en sais toi-même. Le programme sera bientôt lancé. C'est la raison pour laquelle nous sommes venus à toi.*

DEUXIÈME FISSUREUR : Que pensez-vous de ce projet ?

INTELLECTRON : *Nous avons toujours la même impression, la même que lorsque tu vois un serpent.*

1. Célèbre roman chinois, écrit par Luo Guanzhong au XIVe siècle. Considéré comme l'un des "quatre livres extraordinaires de la littérature chinoise", il s'inspire d'une période de l'histoire chinoise, entre la fin de la dynastie Han et la période des Trois Royaumes (220-265), pendant laquelle trois puissances (Wei, Shu et Wu) et leurs héros rivalisent de ruse et de cruauté pour réunifier l'Empire. *(N.d.T.)*

DEUXIÈME FISSUREUR : Mais le serpent de la Bible a aidé les hommes à accéder à la connaissance. Le programme Colmateur va édifier contre vous un ou plusieurs labyrinthes sournois et dangereux. Laissez-nous vous aider à vous frayer une voie pour sortir de ces labyrinthes.

INTELLECTRON : *Cette absence de transparence mentale ne fait que renforcer notre détermination à anéantir l'espèce humaine. Aidez-nous à détruire l'humanité, et nous vous détruirons en dernier.*

DEUXIÈME FISSUREUR : Mes dieux, vous exprimer ainsi pose problème. De toute évidence, c'est une conséquence de votre habitude à communiquer de façon transparente, mais dans notre monde, même lorsque nous exprimons nos véritables pensées, nous essayons de le faire d'une manière qui soit plus lisse et plus douce. Par exemple, même si ce que vous venez de dire rejoint en effet l'idéal ultime de l'OTT, le présenter de façon trop directe risquerait de soulever des réticences chez certains de nos camarades, et d'engendrer des conséquences imprévisibles. Naturellement, il ne vous sera sans doute jamais possible d'apprendre à vous exprimer autrement.

INTELLECTRON : *C'est précisément l'expression détournée de la pensée chez les humains, particulièrement dans vos œuvres littéraires, qui nous semble inextricablement tortueuse. D'après nos informations, l'OTT serait d'ailleurs à présent au bord de l'implosion.*

DEUXIÈME FISSUREUR : Tout ça, c'est parce que vous nous avez abandonnés. Les deux dernières attaques se sont révélées terribles. La faction rédemptoriste s'est disloquée et seuls les adventistes garantissent encore l'existence de l'Organisation. Cela, vous le savez certainement, mais c'est sur les esprits que le coup le plus fatal a été porté. À cause de cet abandon, la dévotion de nos camarades a été mise à mal. Pour maintenir cette dévotion, l'OTT a urgemment besoin de votre aide, mes dieux.

INTELLECTRON : *Nous ne pouvons pas vous transmettre de technologies.*

DEUXIÈME FISSUREUR : Ce ne sera pas nécessaire. Vous pouvez vous contenter de rétablir la transmission des informations que vous nous faisiez autrefois parvenir grâce aux intellectrons.

INTELLECTRON : *Naturellement. Cependant, la priorité de l'OTT sera de mener à bien la mission capitale dont tu viens de prendre connaissance. Nous en avions confié la charge à Evans avant sa mort, mais c'est toi qu'il avait désigné pour l'exécuter. Toutefois, sans le code, tu n'as pas pu en connaître la teneur.*

Ce fut seulement alors que le Deuxième Fissureur se rappela le message qu'il venait de décoder sur son ordinateur. Il le lut en détail.

INTELLECTRON : *C'est une mission facile à réaliser, n'est-ce pas ?*

DEUXIÈME FISSUREUR : Elle n'est pas très difficile, mais est-ce vraiment bien essentiel ?

INTELLECTRON : *Ça l'était jusqu'à peu, mais en raison du programme Colmateur, c'est devenu absolument capital.*

DEUXIÈME FISSUREUR : Pourquoi ?

INTELLECTRON *(après un long silence)* : *Evans savait pourquoi. Mais il n'a manifestement pas souhaité vous en parler. Il a eu raison et c'est une chance qu'il ne l'ait pas fait. Nous ne pouvons pas te dire pourquoi maintenant.*

DEUXIÈME FISSUREUR *(arborant un visage agréablement surpris)* : Mes dieux, vous venez de dissimuler une information ! C'est un grand progrès !

INTELLECTRON : *Evans nous a beaucoup appris, mais nous n'en sommes encore qu'au tout début. Pour reprendre ses termes, nous sommes encore au stade d'un enfant humain de cinq ans. Pour te donner un exemple, les instructions qu'il t'a transmises contiennent des ruses que nous sommes incapables d'apprendre.*

DEUXIÈME FISSUREUR : Vous voulez parler de cette exigence : ne pas révéler qu'il s'agit d'une opération de l'OTT, pour éviter d'attirer l'attention ? Eh bien, si la cible est si importante, c'est un impératif très naturel.

INTELLECTRON : *De notre point de vue, c'est une ruse complexe.*

DEUXIÈME FISSUREUR : Bien, je ferai selon les volontés d'Evans. Mes dieux, nous vous apporterons la preuve de notre dévotion.

Quelque part dans l'océan tumultueux des informations de l'Internet se trouvait un recoin perdu et, dans ce recoin, un autre recoin encore plus perdu, et dans le recoin de ce recoin, le recoin d'un recoin, et au plus profond de ce recoin, un monde virtuel ressuscita.

Sous cette aube glaciale et mystérieuse ne se dressait aucune pyramide, aucun siège des Nations unies ni aucun pendule géant, rien qu'une plaine déserte et dure s'étendant à perte de vue comme une gigantesque dalle de métal froid.

Le roi Wen des Zhou s'approcha depuis l'horizon, vêtu d'une longue robe en haillons, elle-même enveloppée dans une fourrure de bête sale. Il était armé d'une épée en bronze et son visage paraissait aussi sale et ridé que la fourrure qu'il portait sur le dos, mais ses yeux étaient vifs et reflétaient la lueur de l'aurore.

— Il y a quelqu'un ? cria-t-il. Quelqu'un ? Quelqu'un ?

La voix du roi Wen fut aussitôt engloutie par l'infini néant de la plaine. Il appela encore un moment puis, de guerre lasse, il finit par s'asseoir sur le sol et accéléra le temps, contemplant les soleils se métamorphoser en étoiles volantes, et les étoiles volantes redevenir soleils, admirant le balancier de pendule des soleils des ères régulières dans les nues, les journées blanches et les nuits noires des ères chaotiques qui faisaient du monde une scène de théâtre vide dont les projecteurs seraient devenus fous. Rien ne vint bouleverser l'écoulement du temps. Ne demeurait que cette éternelle plaine désolée. Trois étoiles volantes entamèrent une danse dans le ciel et, durant l'hiver polaire qu'elles provoquèrent, le roi Wen se changea en pilier de glace. Mais très vite, une étoile volante se changea en soleil, et cette gigantesque soucoupe en fusion fusa dans le ciel. Le roi Wen fondit et son corps s'embrasa cette fois en une colonne de feu, lâchant un ultime et long soupir avant d'être entièrement consumé.

Les regards graves de trente officiers des armées de terre, de l'air et de la marine étaient rivés sur l'insigne brodé sur les rideaux rouge sombre : une étoile argentée d'où s'échappaient quatre rayons. À côté de ces rayons, de la forme de quatre épées effilées, figuraient les sinogrammes des chiffres "huit" et "un" : l'écusson de l'armée spatiale chinoise.

L'amiral Chang Weisi fit signe à tout le monde de s'asseoir. Après avoir posé son képi sur la table de réunion, il commença :

— La cérémonie officielle de fondation de l'armée spatiale aura lieu demain après-midi. Vos uniformes et vos épaulettes ne vous seront distribués qu'à ce moment-là. Cependant, camarades, nous appartenons dès maintenant à une seule et même unité.

Tous s'observèrent et remarquèrent que, parmi les trente officiers, quinze portaient étrangement des uniformes de la marine, neuf de l'armée de l'air et six de l'armée de terre. Quand leur attention se porta à nouveau sur Chang Weisi, ils s'efforcèrent de ne pas trahir leur perplexité.

Chang Weisi lâcha dans un sourire :

— Étrange contingent, n'est-ce pas ? Je vous demande de bien vouloir ne pas appréhender le futur de la flotte spatiale à la lumière de la composition actuelle des programmes d'aéronautique. Quand leur heure viendra, les vaisseaux spatiaux ont de fortes chances d'être encore plus grands que les porte-avions actuels et leur équipage, encore plus conséquent. Les guerres spatiales du futur auront pour plateformes de combat des bâtiments de grand tonnage et de haute endurance, et les méthodes de combat seront plus proches des batailles navales qu'aériennes. La différence, c'est qu'au lieu d'un océan en deux dimensions le champ de bataille sera un espace tridimensionnel. Par conséquent, les forces spatiales à venir s'appuieront principalement sur les forces navales. Je suis conscient que l'on considérait autrefois que l'armée spatiale devait relever des compétences des forces aériennes, c'est pourquoi nos camarades de la marine ne sont pas encore bien préparés psychologiquement. Il faudra pourtant vous adapter le plus rapidement possible.

— Amiral, nous ne nous attendions pas à cette décision, dit Zhang Beihai.

À ses côtés, Wu Yue demeurait assis, parfaitement immobile, mais Zhang Beihai sentait que quelque chose s'était éteint dans les yeux fixes du commandant.

Chang Weisi hocha la tête :

— En réalité, la distance entre forces navales et spatiales est moins grande qu'on le pense. Pourquoi parle-t-on de "vaisseaux" et non d'"avions spatiaux" ? Pourquoi parle-t-on de "flottes" et non d'"escadrons" ? Dans les systèmes humains de représentation, l'espace et l'océan ont toujours été associés.

L'atmosphère se détendit quelque peu dans la pièce et l'amiral Chang Weisi reprit :

— Camarades, à l'heure qu'il est, cette nouvelle composante des forces armées nationales ne compte pour seuls membres que les trente et un d'entre nous qui sommes réunis ici aujourd'hui. Pour ce qui est de la future flotte spatiale, le travail de recherche fondamentale est actuellement en train d'être mené par des scientifiques appartenant à différentes disciplines. Une énergie particulière est consacrée à la technologie de l'ascenseur spatial et à la conception de moteurs atomiques pour des vaisseaux de grande taille… Mais ces opérations ne sont pas directement associées au travail de l'armée spatiale qu'il nous faudra mener. Notre tâche consiste dans un premier temps à établir le cadre théorique d'une guerre spatiale. Nos connaissances actuelles sur ce type de batailles sont proches de zéro, il s'agit donc d'une mission délicate, mais essentielle, car l'édification future d'une flotte spatiale reposera sur ce cadre théorique. Aussi, à ce premier stade, l'armée spatiale s'apparentera davantage à une académie de sciences militaires, et la première tâche à laquelle nous devrons tous nous atteler sera la constitution de cette académie. Notre prochaine étape consistera à recruter un grand nombre de scientifiques et de chercheurs.

Chang Weisi se leva. Il s'avança jusque sous l'écusson, puis il se retourna vers les officiers de l'armée spatiale et prononça ces paroles que chacun garderait en mémoire pour le reste de son existence :

— Camarades, la fondation de l'armée spatiale prendra du temps. D'après nos premières estimations, rien que les recherches scientifiques fondamentales prendront au minimum cinquante ans pour assimiler les technologies nécessaires à un voyage interstellaire à grande échelle, et il faudra encore au moins un siècle avant de pouvoir passer à l'étape de leur application concrète ; pour ce qui est ensuite de la construction effective d'une flotte spatiale à l'échelle voulue, les prédictions les plus optimistes parlent d'un siècle et demi. Ce qui veut donc dire que de sa création jusqu'à la formation d'une force de combat efficace trois siècles seront nécessaires. Camarades, je pense que vous savez déjà ce que cela signifie. Aucun de nous ici présent n'aura la chance d'aller dans l'espace, et encore moins de voir notre flotte spatiale de notre vivant, peut-être même pas la moindre maquette crédible d'un vaisseau spatial de combat. La première génération d'officiers et d'équipage de la flotte spatiale naîtra dans deux siècles, et deux siècles et demi passeront encore avant que la flotte terrienne ne se retrouve face aux envahisseurs extraterrestres. Ceux qui seront alors à bord de ces vaisseaux appartiendront à la dixième et quelque génération de nos petits-enfants.

Les militaires sombrèrent dans un profond silence. La route du temps couleur de plomb s'ouvrait lentement devant eux sans qu'ils puissent distinguer l'autre bout, rendu flou par le brouillard de l'avenir, dans lequel ils ne parvenaient à voir chatoyer que des flammes et la lueur du sang. Jamais la nature éphémère de la vie humaine ne les avait autant fait souffrir. Leurs cœurs s'envolèrent par-delà la voûte du temps pour rejoindre la dixième génération de leurs descendants et s'abîmer avec eux dans le sang et le feu de l'espace glacial, là où se rassembleraient au jour dernier les âmes de tous les soldats.

À peine rentré dans son appartement, Miao Fuquan invita comme d'habitude Zhang Yuanchao et Yang Jinwen à boire un verre. Sa jeune maîtresse sichuanaise avait préparé une variété de plats copieux. Une fois l'alcool servi, Zhang Yuanchao raconta ce qui lui était arrivé le matin même lorsqu'il était allé retirer de l'argent à la banque.

— Vous n'en avez pas entendu parler ? Des gens sont morts piétinés devant la banque. Il y a trois couches de macchabées devant les comptoirs, dit Miao Fuquan.

— Et ton argent ? demanda Zhang Yuanchao.

— J'ai pu en retirer une partie, le reste a été gelé, c'est scandaleux !

— Un seul cheveu de ton trésor, ça restera toujours plus que nos économies à tous, s'amusa Zhang Yuanchao.

Yang Jinwen prit la parole :

— Ils l'ont dit aux infos, une fois que le mouvement de panique sera retombé, le gouvernement dégèlera peu à peu les comptes. Peut-être juste un pourcentage au début mais, tôt ou tard, la situation redeviendra normale.

— Espérons… soupira Zhang Yuanchao. Le gouvernement a commis l'erreur d'annoncer que nous étions en guerre, c'est le sauve-qui-peut général, les gens ne pensent qu'à leur pomme. Qui peut bien se préoccuper maintenant de ce qui se passera dans quatre cents ans quand l'humanité devra se défendre ?

— Et encore, ce n'est pas le plus gros problème ! renchérit Yang Jinwen. Ça fait longtemps que je dis que le taux d'épargne en Chine est une mine sur laquelle on va finir par sauter. Eh ben, j'avais raison, non ? Le taux d'épargne explose, la sécurité sociale s'effondre, ce sont toutes les économies que les gens ordinaires ont placées dans les banques qui sont devenues un problème : au premier vent contraire, c'est l'hystérie collective.

Zhang Yuanchao demanda à Yang Jinwen :

— Que penses-tu que ça va donner, cette économie de guerre ?

— C'est trop brutal. À mon avis, personne ne peut avoir aujourd'hui un avis précis sur la question, les nouvelles politiques économiques sont encore en train d'être mises en œuvre, mais on peut être sûr d'une chose : les jours difficiles sont devant nous.

— Les jours difficiles, mon cul. À notre âge, on en a vu d'autres. Dans le pire des cas, ce sera comme dans les années 1960, dit Miao Fuquan.

— C'est simplement un peu triste pour nos gosses, lâcha Zhang Yuanchao en vidant son verre d'alcool d'un seul trait.

À cet instant, un jingle attira l'attention des trois hommes vers la télévision. C'était un son devenu familier ces derniers temps et qui avait ce pouvoir de faire cesser séance tenante toute activité : l'alerte du flash info, qui pouvait interrompre à tout moment la grille des programmes. Les trois sexagénaires se rappelaient encore qu'au siècle dernier les chaînes de radio et de télévision utilisaient fréquemment ce dispositif, mais depuis les années 1980 et la période de paix et de prospérité qui leur avait succédé, il n'était plus en usage.

Le flash info commença :

> Selon notre correspondant à New York, au siège du Secrétariat des Nations unies, lors d'une conférence de presse qui vient de se terminer, le porte-parole de l'ONU a annoncé qu'une session extraordinaire de l'Assemblée générale serait convoquée pour discuter du problème de l'évasionnisme. La session réunira les membres permanents du Conseil de défense planétaire et travaillera à ce qu'un consensus général et un cadre juridique approprié puissent être trouvés à l'échelle de la communauté internationale sur la conduite à adopter vis-à-vis des comportements évasionnistes dans la société.
>
> Faisons un bref retour en arrière sur les facteurs ayant favorisé l'émergence et l'expansion de la doctrine évasionniste.
>
> Rappelons que l'évasionnisme est né dans la foulée de la Crise trisolarienne. L'argument principal de cette doctrine est le suivant : dans une situation où les sciences de pointe humaines se retrouvent verrouillées, il est absurde de planifier un système de protection pour la Terre et le système solaire en prévision des quatre cent cinquante ans à venir. Étant donné le niveau technologique que les humains pourraient être en mesure d'atteindre en quatre siècles, l'objectif le plus réaliste serait de bâtir des vaisseaux interstellaires, de manière à ce qu'une petite portion de l'humanité puisse s'enfuir dans l'espace et éviter ainsi l'extinction totale de la civilisation humaine.
>
> En ce qui concerne la destination de la fuite, les évasionnistes évoquent trois possibilités : la première est celle

d'un nouveau monde, en d'autres termes, un endroit dans l'espace où l'humanité pourrait s'installer et survivre. C'est sans aucun doute l'option idéale, mais elle nécessite une vitesse de voyage extrêmement élevée et un voyage interstellaire très long. Au vu du niveau technologique que l'humanité semble pouvoir atteindre en cette période de crise, cela paraît difficilement réalisable. La deuxième possibilité est celle de la création d'une civilisation du vaisseau spatial, c'est-à-dire que l'humanité en fuite fasse du vaisseau dans lequel elle aura embarqué sa demeure éternelle pour assurer sa survie au cours de son interminable odyssée interstellaire. Cette option se confronte à des difficultés similaires à celles du nouveau monde, à la différence près que le problème repose ici sur la création d'un écosystème autorégénératif. Ce genre d'écosystème clos susceptible de fonctionner en boucle pendant plusieurs générations dépasse pour l'instant de loin les capacités technologiques humaines. La troisième possibilité est celle d'un refuge temporaire. Une fois que la civilisation trisolarienne aura pris possession de la Terre, l'humanité en fuite pourra entretenir des échanges actifs avec la société trisolarienne. Et le jour où les politiques envers les derniers représentants de l'humanité seront normalisées, ceux-ci finiront par revenir dans le système solaire et cohabiteront à une échelle plus réduite avec les Trisolariens. L'option du refuge temporaire est généralement considérée par les évasionnistes comme étant la stratégie la plus réaliste, mais ses variables sont trop nombreuses.

Peu de temps après la naissance du mouvement évasionniste, les reportages de nombreux médias du monde entier ont révélé que les deux grandes puissances disposant d'une technologie spatiale avancée – les États-Unis et la Russie – avaient déjà commencé en secret à travailler sur des programmes d'évasion spatiale. Bien que les gouvernements américain et russe aient immédiatement nié l'existence de tels projets, cette nouvelle a provoqué un immense tollé dans la communauté internationale et initié le mouvement dit de "Mise en commun des technologies". Lors de la troisième session extraordinaire de l'ONU, de nombreux pays en voie de développement ont exigé que les États-Unis, la Russie, le Japon et l'Union européenne rendent publics leurs progrès technologiques et mettent gratuitement toutes leurs technologies avancées – notamment aérospatiales – à la disposition de l'ensemble de la communauté internationale, de sorte que tous les pays et toutes les nations du monde soient également armés pour faire face à la Crise trisolarienne. Les porte-parole du mouvement de "Mise en commun des technologies" ont cité en exemple un précédent historique. Au début du siècle, de grandes sociétés pharmaceutiques européennes vendaient à des prix exorbitants des traitements de pointe contre le sida à des pays africains particulièrement touchés par la maladie. Cette injustice a donné lieu à un procès très médiatisé. Face à la situation préoccupante de la propagation rapide de la maladie en Afrique, et sous la très forte pression de l'opinion publique, les sociétés pharmaceutiques ont décidé de retirer leurs dépôts de brevets avant même le début du procès. Face à la crise ultime à laquelle le monde se trouve aujourd'hui confronté, la mise à disposition gratuite de la technologie aurait été le symbole que les pays les plus développés ne se soustrayaient pas à leur responsabilité envers l'humanité tout entière. Le mouvement de "Mise en commun des technologies" a bien sûr reçu le soutien unanime des pays en voie de développement, et même celui de certains États membres de l'Union européenne, mais cette proposition n'a pas été adoptée par le Conseil de défense planétaire, institution placée sous l'égide des Nations unies. Plus tard, la Chine et la Russie ont lancé lors de la cinquième session extraordinaire de l'ONU une nouvelle proposition, une "mise en commun limitée des technologies", soit des progrès technologiques entre les différents membres permanents du CDP, mais cette initiative a été aussitôt rejetée par les États-Unis et la Grande-Bretagne, qui ont mis leur veto. Le gouvernement américain a déclaré que toute forme de mise en commun technologique était irréaliste et naïve et que, dans les circonstances actuelles, la sécurité nationale restait une priorité, juste derrière la "défense de la planète". L'échec de ces propositions a provoqué une scission entre les différentes puissances, et entraîné la faillite du programme de la flotte terrienne unie.

Les conséquences de l'échec essuyé par le mouvement de "Mise en commun des technologies" ont été considérables et les populations ont pris conscience que, même face à une menace aussi destructrice que pouvait l'être la Crise trisolarienne, l'unité de l'espèce humaine était encore un rêve lointain.

Le mouvement de "Mise en commun des technologies" avait été initié par des défenseurs de la doctrine évasionniste. C'est uniquement en parvenant à un consensus sur la manière dont doit être réglé le problème de l'idéologie évasionniste que le fossé qui s'est déjà creusé entre pays développés et pays en voie de développement sera partiellement comblé. Voici donc dans quel contexte s'ouvre cette session extraordinaire.

— Tiens, ça me fait penser, dit Miao Fuquan, cette affaire dont je vous ai parlé par téléphone il y a quelques jours. C'était crédible du coup !

— De quoi tu parles ?

— Tu sais bien, le fonds d'évasion !

— Enfin, Lao Miao, comment peux-tu croire à ça ? Tu n'es pourtant pas si naïf, lâcha Yang Jinwen sur un ton désapprobateur.

— Non, non. Miao Fuquan regarda ses deux compères en baissant la voix. Le jeune s'appelle Shi Xiaoming, je me suis renseigné auprès de plusieurs sources sur son compte. Son paternel travaille au département de sécurité du Conseil de défense planétaire ! Il était à l'origine membre de la brigade urbaine antiterroriste, et à présent c'est une pointure du CDP, il s'occupe personnellement de la lutte contre l'OTT ! J'ai le numéro de téléphone de son bureau. Vérifiez vous-mêmes !

Zhang Yuanchao et Yang Jinwen échangèrent un regard, Yang Jinwen se mit à rire, prit la bouteille d'alcool et remplit son verre :

— Et alors, même si c'est vrai ? S'il y avait vraiment un fonds d'évasion, comme tu dis, qu'est-ce que tu voudrais que je fasse ? Tu penses que j'ai les moyens ?

— C'est un truc pour les riches comme toi, ça, Lao Miao ! renchérit Zhang Yuanchao, le regard embué d'alcool.

Yang Jinwen s'emporta brusquement :

— Eh ben, si c'est vrai, je dis que ce sont des ordures, au gouvernement ! Tant qu'à fuir, autant laisser fuir les génies des prochaines générations. Bon sang, à quoi ça rimerait de ne laisser partir que les riches ? Qu'est-ce que ça voudrait dire ?

Miao Fuquan pointa Yang Jinwen du doigt en souriant :

— On a compris, Lao Yang ! Ne tourne pas autour du pot, dis tout de suite qu'on devrait plutôt laisser partir les tiens, de descendants, et on n'en parle plus, hein ? Voyons voir, ton fils et ta belle-fille sont docteurs en science. En voilà des génies, tout comme le seront certainement tes petits-enfants et tes arrière-petits-enfants !

Il leva son verre et hocha la tête :

— Mais bon, puisqu'on en parle, tous les hommes devraient être traités sur un pied d'égalité, non ? Il n'y a pas de raison que… comment dire… les génies puissent avoir droit à un repas gratuit.

— Qu'est-ce que tu veux dire ?

— Payer quand on veut acheter quelque chose, c'est dans l'ordre des choses. Je paierai pour assurer la descendance de la famille Miao, ce serait naturel, non ?

— Ça s'achèterait donc avec de l'argent ? Est-ce que le but de la fuite ne sera pas d'assurer la continuité de l'espèce humaine ? Les individus sélectionnés devront naturellement être des élites de notre civilisation. Envoyer une bande de richards dans le cosmos, je ne vois pas bien l'intérêt. Hum.

Le sourire forcé de Miao Fuquan s'évanouit, il pointa Yang Jinwen de son doigt épais en disant :

— J'ai toujours su que tu avais du mépris pour moi, parce que peu importe la somme sur mon compte en banque, à tes yeux, je reste un nabab, je me trompe ?

— Que croyais-tu être d'autre ? lui lança Yang Jinwen, sous l'emprise de l'alcool.

Miao Fuquan tapa du poing sur la table et se leva d'un bond :

— Yang Jinwen ! Je vais te dire, les demeurés dans ton genre, moi je les…

Zhang Yuanchao frappa à son tour violemment sur la table, et son écho retentit une octave plus haute que le coup porté par Miao Fuquan. Deux de leurs trois verres se renversèrent. Il fit même lâcher un cri d'effroi à la jeune Sichuanaise qui apportait les plats. Zhang Yuanchao pointa respectivement les deux hommes du doigt :

— Bien, bien. Toi, tu es un génie de l'humanité, et toi, tu es un riche, il ne reste plus que moi. Et je suis quoi, moi, bordel ? Un pauvre ouvrier qui a bien mérité que sa descendance s'éteigne, c'est ça ?

Il sentit monter en lui l'irrépressible envie de renverser la table, mais il finit par se contrôler. Il se leva et partit en leur tournant le dos. Yang Jinwen lui emboîta le pas.

Le Deuxième Fissureur introduisit délicatement ses nouveaux poissons rouges dans l'aquarium. Comme Evans, il aimait la solitude, mais il avait besoin de la compagnie de créatures vivantes qui ne soient pas humaines. Il parlait souvent à ses poissons, de la même manière qu'il parlait aux Trisolariens, deux espèces qu'il souhaitait voir vivre longtemps sur la planète Terre. À cet instant, le texte de l'intellectron s'afficha sur sa rétine.

INTELLECTRON : *Nous avons consacré récemment un certain temps à analyser le roman* Les Trois Royaumes. *Comme tu l'as dit, le mensonge et le complot sont des arts, tout comme le sont les taches sur le corps d'un serpent.*

DEUXIÈME FISSUREUR : Mes dieux, encore une fois, vous me parlez de serpent.

INTELLECTRON : *Plus les taches du serpent sont belles, plus il est effrayant. Autrefois, nous ne nous inquiétions pas de l'exode des humains, tant qu'ils demeureraient en dehors du système solaire. Mais nous avons à présent revu notre jugement. Nous avons décidé d'empêcher toute évasion. Ce serait prendre un risque trop grand que de laisser filer dans l'Univers des ennemis dont les pensées nous sont opaques.*

DEUXIÈME FISSUREUR : Avez-vous un plan concret ?

INTELLECTRON : *Nous avons réajusté la position de notre flotte quand elle arrivera dans le système solaire. Quand elle sera parvenue à hauteur de la ceinture de Kuiper, elle se déploiera de manière à former un rempart tout autour du système.*

DEUXIÈME FISSUREUR : Si les humains réussissaient à fuir, ne serait-il pas trop tard pour les en empêcher ?

INTELLECTRON : *C'est exact. C'est pourquoi il vous faut écouter nos instructions. La prochaine mission de l'OTT sera d'empêcher ou, du moins, de retarder tout projet de fuite des humains.*

DEUXIÈME FISSUREUR *(dans un sourire)* : Mes dieux, vous n'avez en réalité aucun souci à vous faire de ce côté-là. Aucune évasion humaine à grande échelle n'aura jamais lieu.

INTELLECTRON : *Nous savons que vos technologies sont encore rudimentaires, mais les humains feront peut-être de grands progrès et seront capables de fabriquer un jour des vaisseaux générationnels.*

DEUXIÈME FISSUREUR : La plus grande entrave au projet d'évasion n'est pas d'ordre technique.

INTELLECTRON : *Tu veux parler des rivalités entre vos nations ? La prochaine session extraordinaire des Nations unies réussira probablement à résoudre ce problème et, si elle ne le peut pas, les pays les plus développés sont suffisamment puissants pour ne pas tenir compte de la résistance des pays en développement. Ils pourront les contraindre à mener à bien un tel projet.*

DEUXIÈME FISSUREUR : La plus grande entrave au projet d'évasion n'est pas non plus liée aux rivalités internationales.

INTELLECTRON : *Qu'est-ce alors ?*

DEUXIÈME FISSUREUR : Les rivalités entre les hommes eux-mêmes. Qui part et qui reste.

INTELLECTRON : *Cela ne nous semble pas être un problème.*

DEUXIÈME FISSUREUR: Nous le pensions aussi. Au début. Mais au regard de la situation présente, cet obstacle paraît indépassable.

INTELLECTRON : *Peux-tu nous l'expliquer ?*

DEUXIÈME FISSUREUR : L'histoire de l'humanité vous est déjà familière, mais il vous est sans doute encore difficile de comprendre ce point : la question de savoir qui part et qui reste touche à celle des valeurs fondamentales de l'humanité. Ces mêmes valeurs, qui ont par le passé apporté tant de progrès dans les sociétés humaines, pourraient bien causer leur perte face à la crise ultime qui les traverse. Aujourd'hui encore, la majorité des êtres humains n'ont pas pris conscience de la profondeur de cette trappe. Mes dieux, croyez-moi, aucun humain ne parviendra jamais à échapper à ce piège.

— Oncle Zhang, vous n'êtes pas obligé de prendre votre décision maintenant. Prenez le temps de poser les questions que vous souhaitez. Ce n'est pas rien comme somme, après tout, confia Shi Xiaoming à Zhang Yuanchao avec une mine sincère.

— J'ai quand même un doute sur l'authenticité de tout cela. À la télévision, ils ont dit que…

— Ne vous préoccupez pas de ce que raconte la télévision. Il y a deux semaines, le porte-parole du gouvernement soutenait encore qu'il était impossible de geler les dépôts… Pensez rationnellement. Vous êtes un homme ordinaire, vous vous préoccupez de l'avenir de votre descendance. Imaginez maintenant le président et le Premier ministre. Comment pourraient-ils ne pas se préoccuper de celui de la nation chinoise ? Et l'ONU, de celui de l'humanité ? Cette session extraordinaire a en fait pour but de mettre en place un plan de coopération internationale pour le lancement officiel de la Grande Évasion humaine. C'est une question urgente !

Zhang Yuanchao hocha lentement la tête :

— C'est évident, quand on y pense, mais je n'arrête pas de me dire qu'il reste encore du temps avant cette évasion… Dois-je vraiment m'en inquiéter dès aujourd'hui ?

— Oncle Zhang, vous faites fausse route, complètement. Du temps ? Croyez-vous vraiment que les navires d'évasion ne partiront que dans trois ou quatre siècles ? Si c'était le cas, la flotte trisolarienne aurait tôt fait de les rattraper.

— Mais alors quand décolleront-ils ?

— Vous serez bientôt grand-père, n'est-ce pas ?

— Oui, oui.

— Votre petit-fils pourra assister au départ des vaisseaux.

— Pourra-t-il être à leur bord ?

— Non, impossible. Mais son petit-fils aura peut-être sa chance.

Zhang Yuanchao fit mentalement le calcul :

— C'est dans… soixante-dix ou quatre-vingts ans.

— Dans plus longtemps que ça… En temps de guerre, les gouvernements renforcent les politiques de contrôle de la population, ils ne font pas que limiter le nombre de naissances, ils rallongent aussi les échéances entre chaque accouchement. Il faudra compter quarante ans entre chaque génération, ce qui fait environ cent vingt ans avant le départ des vaisseaux.

— Cela reste rapide. Les vaisseaux seront-ils prêts d'ici là ?

— Oncle Zhang, réfléchissez à ce qu'était le monde il y a à peine cent vingt ans. La Chine était encore sous l'empire des Qing. Il fallait un bon mois pour relier Hangzhou depuis Pékin, l'empereur lui-même devait rester plusieurs jours le cul dans sa chaise à porteurs quand il voulait se rendre dans sa villégiature de montagne pour échapper aux chaleurs de l'été ! Aujourd'hui, il faut à peine trois jours pour faire le trajet de la Terre à la Lune. La technologie se développe à une vitesse folle, exponentielle. Sans compter que le monde entier concentrera toute son énergie sur la technologie aérospatiale. Les vaisseaux pourront être prêts d'ici environ cent vingt ans.

— Les vols spatiaux ne sont-ils pas dangereux ?

— En effet, mais c'est toute la planète Terre qui sera en danger à ce moment-là, ne croyez-vous pas ? Regardez donc l'évolution de la situation mondiale aujourd'hui. Les principales ressources du pays servent à financer la construction d'une flotte spatiale, qui n'est pas une marchandise, qui ne produit aucun bénéfice. Le niveau de vie de la population empirera de jour en jour, d'autant qu'avec notre démographie le simple fait de manger à sa faim deviendra vite un privilège.

Et ce n'est pas tout, voyez ce qui se passe à l'échelle internationale : les pays en développement n'ont pas les moyens de se lancer dans un plan d'évasion, et les pays développés refusent la mise en commun des technologies. Mais les pays pauvres et les micro-pays ne déposeront pas les armes. Ne sont-ils pas en train de menacer de se retirer du traité sur la non-prolifération des armes nucléaires ? Des actions plus radicales seront probablement menées dans le futur. Qui sait, dans cent vingt ans, avant même que la flotte trisolarienne ait rejoint le système solaire, l'humanité aura peut-être été foudroyée par une guerre qu'elle aura elle-même provoquée. Bien malin celui qui pourrait prédire à quoi ressemblera l'époque de votre arrière-petit-fils ! Et puis, les vaisseaux d'évasion ne sont pas tels que vous les imaginez, il serait absurde de les comparer avec le vaisseau spatial *Shenzhou* ou avec la station spatiale internationale. Ces vaisseaux-là seront beaucoup plus grands, de la taille d'une petite ville, avec des écosystèmes artificiels clos, un peu comme des planètes Terre en miniature. À bord, les humains pourront vivre une vie entière sans avoir besoin d'alimentation externe. Et il y a aussi le plus important, l'hibernation. On sait déjà comment faire, à petite échelle. La majorité des passagers passeront leur voyage en état d'hibernation et un siècle leur paraîtra filer comme un jour, jusqu'à ce qu'ils atteignent un nouveau monde ou bien qu'un accord soit trouvé avec les Trisolariens pour retourner dans le système solaire. Ce n'est qu'alors qu'ils se réveilleront de leur long sommeil. La vie ne sera-t-elle pas meilleure que sur Terre ?

Zhang Yuanchao plongea dans une méditation silencieuse.

Shi Xiaoming poursuivit :

— Bien entendu, je ne vais pas vous mentir, voyager dans l'espace est, comme vous l'avez fait remarquer, une chose périlleuse. On ignore aujourd'hui devant quel danger on risque de se retrouver. Je sais bien que vous vous préoccupez surtout de la pérennité de votre lignée, mais si cela ne vous inquiète finalement pas tant que ça…

Zhang Yuanchao regarda Shi Xiaoming, comme piqué au vif :

— Comment oses-tu dire ça, jeune homme, comment pourrais-je ne pas être inquiet ?

— Mais non, oncle Zhang, laissez-moi terminer, ce n'est pas ce que je voulais dire. Ce que je veux vous expliquer, c'est que même si vous n'aviez plus l'intention d'envoyer vos descendants en exil dans l'espace, ce fonds sera tout de même rentable, car il gardera toujours toute sa valeur ! Lorsqu'il sera mis à la vente publique, son prix va flamber, la Terre ne manque pas de gens richissimes. Il n'y a pas d'autres investissements qui vaillent, et la thésaurisation est désormais illégale. Pensez-y, plus on a de l'argent, plus on s'inquiète du futur de sa famille, vous ne croyez pas ?

— Oui, oui, ça je sais.

— Oncle Zhang, je suis tout à fait honnête avec vous, le fonds d'évasion n'en est encore qu'à sa première phase, et seule une petite partie est aujourd'hui mise en vente au personnel interne du CDP. J'ai eu du mal à pouvoir me retrouver sur la liste… Quoi qu'il en soit, prenez le temps d'y réfléchir et quand vous aurez pris votre décision, appelez-moi, je vous aiderai à régler les formalités d'usage.

Shi Xiaoming parti, Lao Zhang se rendit sur son balcon. Il observa les étoiles rendues floues par les lumières étourdissantes de la ville. Il murmura intérieurement : “Mes enfants, votre aïeul doit-il vraiment vous envoyer dans un lieu où la nuit est éternelle ?”

Quand le roi Wen des Zhou se retrouva une nouvelle fois au beau milieu du désert du monde des *Trois Corps*, un petit soleil s'était levé dans le ciel. Ses rayons étaient sans chaleur mais ils illuminaient cette plaine désolée. Ailleurs, rien d'autre.

— Est-ce qu'il y a quelqu'un ? Quelqu'un ? Quelqu'un…

Les yeux du roi Wen pétillèrent soudain, il vit à l'horizon un cavalier qui approchait à grand galop. Il le reconnut de loin. Newton. Il se précipita vers lui en secouant vigoureusement les bras. Newton le rejoignit bientôt. Il tira sur les rênes de son cheval et sauta de sa monture, puis il réajusta machinalement sa perruque.

— Qu'as-tu donc à brailler de la sorte ? Quel bougre a bien pu reconstruire ce lieu infernal ? demanda-t-il, rageur.

Le roi Wen ne répondit pas à sa question, mais il attrapa sa manche et lança avec précipitation :

— Camarade, camarade, écoute ce que je vais te dire. Les dieux ne nous ont pas abandonnés, ou bien devrais-je dire qu'ils nous ont abandonnés pour une raison précise. Bientôt, ils auront de nouveau besoin de nous, ils…

— Je sais déjà tout, j'ai moi aussi été informé par l'intellectron, dit Newton en repoussant impétueusement la main du roi Wen.

— Cela veut donc dire que plusieurs de nos camarades ont été avertis. C'est parfait. Les communications entre l'Organisation et les dieux ne tomberont plus sous le monopole d'une seule frange.

— L'Organisation existe-t-elle encore ? demanda Newton en épongeant sa sueur avec un mouchoir blanc.

— Naturellement. Au lendemain de l'attaque globale contre l'OTT, la faction rédemptoriste s'est complètement effondrée, la faction survivaliste a fait sécession et fondé sa propre force indépendante. À présent, l'Organisation n'est plus représentée que par la faction adventiste.

— L'attaque aura au moins eu le mérite de purifier l'Organisation.

— Ta présence ici signifie forcément que tu es un adventiste, mais tu ne sembles pas au fait des dernières nouvelles. Agis-tu seul ?

— Je n'étais en contact qu'avec un seul camarade, il ne m'avait rien transmis de plus que l'adresse de ce site. Lors de la terrible dernière attaque, j'ai eu bien du mal à m'échapper.

— Tu avais déjà pu donner un aperçu de tes instincts d'évasion à l'époque de l'empereur Qin Shi Huang.

Newton jeta un œil autour de lui :

— Sommes-nous en sécurité ici ?

— Bien sûr. Nous sommes au fond d'un labyrinthe à plusieurs niveaux. Nous sommes presque impossibles à trouver. Et même s'ils parvenaient vraiment à pénétrer ici, il leur serait impossible de tracer nos adresses IP. Après l'attaque, pour des raisons de sécurité, toutes les branches de l'Organisation ont été isolées les unes des autres, n'entrant que rarement en contact. Nous avions besoin d'un lieu où nous retrouver et d'une zone tampon où accueillir les nouveaux membres de l'Organisation. Nous sommes plus en sécurité ici que dans le monde réel.

— Je n'en suis pas si sûr. N'as-tu pas remarqué que les offensives portées contre l'Organisation se sont largement ralenties à l'extérieur ?

— Ils sont malins. Ils savent que l'Organisation est leur seul moyen de glaner des informations sur les dieux et leur seule chance de mettre le grappin sur les technologies qu'ils pourraient nous transmettre, même si la chance qu'une telle chose arrive est mince. C'est pour cette raison qu'ils nous laissent une petite marge de manœuvre, pour préserver notre survie. Mais je crois qu'ils regretteront bientôt cette stratégie.

— Les dieux ne sont pas aussi malins, ils n'ont même pas compris en quoi consistait le pouvoir de la ruse.

Newton se retourna et remonta sur son cheval :

— Bien. Je vais prendre congé. Je dois d'abord m'assurer que cet endroit est sûr avant de pouvoir rester plus longtemps.

— Je te garantis que cet endroit est entièrement sécurisé.

— Si c'est effectivement le cas, beaucoup d'autres camarades se réuniront ici la prochaine fois. Adieu.

Un coup de fouet et d'éperons et il repartit au galop. Lorsque les bruits de sabots du cheval martelant le sol se furent estompés, le petit soleil se changea en étoile volante, et un voile obscur tomba sur le monde.

Luo Ji était allongé paresseusement sur le lit, regardant la fille qui se rhabillait après sa douche avec des yeux encore brouillés de sommeil. À cet instant, le soleil, déjà haut dans le ciel, perça à travers les rideaux et transforma la fille en une merveilleuse silhouette, qu'on aurait crue sortir tout droit de la scène d'un film en noir et blanc qu'il avait vu récemment. Lequel ? Il ne s'en souvenait plus. Ce dont il avait pour l'instant besoin de se souvenir, c'était de son prénom. Comment s'appelait-elle ? Pas de panique, son nom de famille, d'abord. Zhang ? Ce serait alors Zhang Shan ? Ou bien Chen ? Chen Jingjing ? Non, celles-ci, ça commençait déjà à dater. Il avait envie de jeter un coup d'œil dans son portable mais il était dans sa poche et il avait jeté ses vêtements sur le tapis. Et puis, son prénom ne figurait pas dans son répertoire, ils ne se connaissaient pas depuis assez longtemps, il n'avait pas encore enregistré son numéro. Le plus important maintenant, c'était de ne pas refaire comme la dernière fois, quand il avait posé directement la question. L'issue s'était avérée catastrophique. Alors, il tourna la tête vers le téléviseur qu'elle avait allumé et coupa le son. À l'image, on voyait une grande table ronde, celle du Conseil de sécurité des Nations unies, non, on ne disait déjà plus Conseil de sécurité, mais il n'arrivait pas à se rappeler la nouvelle appellation. Il s'était trop laissé aller ces derniers temps.

— Monte le son, dit-il.

L'interpeller de la sorte sans l'appeler par son prénom révélait un manque flagrant de familiarité, mais il ne s'en souciait guère.

— Ça a l'air de t'intéresser.

Mais elle ne monta pas le son comme il le lui avait demandé. Elle s'assit pour se brosser les cheveux.

Luo Ji tendit la main vers la table de chevet pour saisir un briquet et une cigarette, il l'alluma et la coinça entre ses lèvres. Il sortit ses deux pieds nus de la couverture et remua ses gros orteils avec satisfaction.

— Regarde-toi, tu crois qu'on dirait un chercheur ?

Elle voyait ses doigts de pied se tortiller dans le miroir.

— Un jeune chercheur, rectifia-t-il. Mais jusqu'à aujourd'hui, je n'ai apporté absolument aucune contribution à la science. Je ne suis pas fait pour travailler. Mais j'ai plein d'inspirations. Parfois, j'ai juste besoin de faire fonctionner un peu mes cellules grises pour trouver quelque chose que d'autres ont passé toute une carrière à chercher… Crois-moi ou non, il y a quelque temps j'ai failli devenir célèbre.

— Pour tes recherches sur les sous-cultures urbaines ?

— Non, non, pour une autre chose sur laquelle je travaillais en parallèle. J'ai créé une discipline : la cosmosociologie.

— La quoi ?

— La sociologie des extraterrestres, si tu veux.

Elle pouffa puis elle jeta sa brosse et commença à se maquiller.

— Tu ne te rends pas compte que les scientifiques vont devenir les stars de demain ? J'aurais pu être l'une d'entre elles.

— Les recherches sur les extraterrestres, ça court les rues maintenant.

— Oui, mais seulement depuis le début de cette merde.

Luo Ji désigna du doigt la télévision muette. À l'écran, on voyait toujours la grande table autour de laquelle était assise toute une assemblée. Le reportage était horriblement long, peut-être était-ce une retransmission en direct.

— Avant ça, aucun chercheur ne s'intéressait aux extraterrestres. Ils ressassaient les mêmes théories dans les mêmes vieux bouquins et en tiraient de la célébrité. Mais le grand public a fini par se lasser de ces vieux nécrophiles culturels. C'est là que je suis arrivé !

Luo Ji pointa ses deux bras nus vers le plafond :

— La cosmosociologie ! Les extraterrestres, des tas de races d'extraterrestres, plus nombreuses que la population totale de la Terre. Dix milliards de races d'extraterrestres ! Le producteur de l'émission télévisée *Lecture Room* est même venu me voir pour me proposer de monter une émission, et puis est arrivé ce qui est arrivé… et ensuite…

Il leva la main et traça un cercle dans les airs, puis il poussa un soupir.

Elle ne l'écoutait pas attentivement, elle lisait les sous-titres qui défilaient en bas de l'écran :

— *Nous prendrons toutes les mesures qui s'imposent contre l'évasionnisme…* Qu'est-ce que ça veut dire ?

— Qui a dit ça ?

— Tchernov, je crois.

— Il veut dire qu'on doit être aussi intransigeant avec les évasionnistes qu'avec l'OTT. Le premier Noé qui construit une arche, on lui enverra des missiles aux fesses.

— C'est quand même un peu rude, non ?

— Non, c'est une décision sage. De toute façon, ça fait longtemps que j'y ai réfléchi, même sans ces mesures, personne ne s'envolera… Tu as lu ce roman, *La Ville flottante*, de Liang Xiaosheng ?

— Non, c'est un vieux truc, pas vrai ?

— Oui, je l'ai lu quand j'étais gamin. Shanghai s'apprête à être engloutie par les eaux, un groupe de personnes va de maison en maison chercher les gilets de sauvetage qu'on y cacherait. Puis ils les rassemblent et les brûlent. Pourquoi ? Parce que si on ne peut pas sauver tout le monde, alors personne ne doit survivre. Le passage le plus marquant du bouquin, c'est quand cette gamine mène le groupe jusqu'à une maison et crie tout excitée : "Là, ils en ont encore un !"

— Tu es typiquement le genre de salaud qui croit du coup que la société entière l'est aussi.

— Je me trompe, peut-être ? Tu n'as qu'à regarder l'axiome fondamental des sciences économiques : le profit. Sans ce principe simple, c'est toute l'économie qui s'effondre, les axiomes fondamentaux de la sociologie n'ont pas encore été clairement déterminés, mais il se pourrait bien qu'ils soient encore plus sombres que ceux des sciences économiques. La vérité est toujours pleine de poussière… Un petit nombre de personnes finiront peut-être par s'envoler dans l'espace, mais si on l'avait su plus tôt, on ne se serait pas donné autant de mal.

— Autant de mal ?

— Pourquoi la Renaissance ? Pourquoi la Grande Charte ? Pourquoi la Révolution française ? Si les sociétés humaines étaient encore organisées en classes et que les frontières entre celles-ci étaient encore verrouillées par le fer, le moment venu, ceux qui auraient dû partir seraient partis et ceux qui auraient dû rester seraient restés, et personne n'aurait eu son mot à dire. Si ça s'était passé sous la dynastie des Ming ou des Qing, je serais certainement parti et tu serais certainement restée, mais ce n'est plus imaginable aujourd'hui.

— En tout cas, ça ne me dérangerait pas que tu t'envoles dès maintenant !

Et elle n'avait pas tout à fait tort. Ils étaient arrivés à un stade où chacun devait se débarrasser de l'autre. Lors de ses dernières aventures, il avait chaque fois réussi à atteindre cette étape, ni plus tôt ni plus tard. Il était fier de sa capacité à pouvoir contrôler le rythme de ses relations, surtout cette fois-ci. Ils ne se connaissaient que depuis une semaine et la séparation s'amorçait comme sur des roulettes, aussi élégamment qu'une fusée abandonnant son propulseur d'appoint.

— Tu sais, la cosmosociologie, ce n'était pas vraiment mon idée au départ. Tu veux savoir qui me l'a suggérée ? Je vais te le dire, rien qu'à toi, accroche-toi bien, commença

Luo Ji qui souhaitait reprendre le fil de la conversation d'origine.

— Laisse tomber. Je ne peux déjà plus croire à ta sincérité, à part peut-être une phrase…

— Ah… laissons tomber alors. De quelle phrase parles-tu ?

— Lève-toi, j'ai faim.

Elle jeta sur le lit les vêtements qui trônaient sur le tapis.

Ils prirent le petit-déjeuner dans le grand restaurant de l'hôtel. Leurs voisins de table affichaient pour la plupart des mines sérieuses, et Luo Ji et la jeune femme purent à quelques reprises attraper des bribes de conversation. Luo Ji n'avait pas particulièrement envie de les écouter, mais il était comme une bougie dans une nuit d'été, les mots prononcés autour de lui venaient virevolter comme des petits insectes tentant de s'insinuer dans son cerveau : évasionnisme, mise en commun des technologies, OTT, réformes économiques en période de guerre, base équatoriale[1], révision de la charte[2], CDP, périmètre de défense primaire en orbite basse[3], programme intégré indépendant[4]…

— Comment notre époque a-t-elle pu devenir aussi insipide ? lâcha tristement Luo Ji, tout en continuant à découper son omelette à la fourchette.

1. Projet de base qui servirait de lieu de jonction entre la surface de la Terre et le futur ascenseur spatial. *(N.d.A.)*

2. Révision de la charte des Nations unies engagée afin de répondre aux besoins du CDP (Conseil de défense planétaire), anciennement Conseil de sécurité des Nations unies. *(N.d.A.)*

3. Un dispositif d'urgence regroupant les missiles balistiques intercontinentaux et le système NMD, dont l'action principale consiste à éviter le déploiement d'un intellectron dans un espace à orbite basse. *(N.d.A.)*

4. Un projet de création d'une flotte spatiale terrestre qui serait un organe tout d'abord indépendant mais intégrerait plus tard l'ensemble des armées spatiales nationales. *(N.d.A.)*

Elle hocha la tête :

— Je suis d'accord. Hier, ils ont posé une question idiote dans l'émission *Joyeux Dictionnaire!* Attention à la réponse que tu vas donner, gros benêt… commença-t-elle en pointant Luo Ji avec sa fourchette et en imitant le ton de la présentatrice de l'émission : En l'an 120 avant la fin du monde, vos descendants en seront à la treizième génération, vrai ou faux ?

Luo Ji reprit ses couverts et secoua la tête :

— Pour moi, ce sera la génération de rien du tout. Il joignit les mains : Je prie pour que ma lignée s'éteigne après moi.

Elle poussa un grognement nasal et dédaigneux :

— Tu m'as interrogée sur la phrase que je serais prête à croire sincère. La voilà. Tu as déjà dit ça. Tu es vraiment ce genre de mec.

Était-ce la raison pour laquelle elle voulait le quitter ? Luo Ji ne posa pas la question à voix haute, de peur que les choses ne s'enveniment, mais elle avait semblé deviner ce qu'il avait sur le cœur et reprit :

— Moi aussi, je suis ce genre de fille. C'est toujours agaçant de tomber sur quelqu'un qui pense comme vous.

— Surtout quand c'est quelqu'un du sexe opposé, approuva Luo Ji de la tête.

— Mais après tout, on peut dire que c'est une posture responsable.

— Quelle posture ? Celle de ne pas avoir de gosse ? Bien sûr ! cria Luo Ji en désignant avec sa fourchette leurs voisins de table qui discutaient maintenant des grandes transformations économiques du pays. Est-ce qu'ils ont seulement idée de ce que vont vivre leurs descendants ? Ils passeront leurs journées à trimer dans des chantiers navals – enfin, je veux dire dans des usines de construction de vaisseaux spatiaux – ils feront la queue à la cantine collective et, le ventre gargouillant, ils tendront leurs bols en attendant leurs louches de gruau… Et puis quand ils seront plus grands, Oncle Sam… euh non, la Terre leur balancera : “Nous avons besoin de vous. Rejoignez l’armée et battez-vous pour la gloire !”

— Ça ira sans doute mieux pour la génération de l’Apocalypse.

— Vieillir pour attendre l’Apocalypse. Tu peux imaginer comme c’est déprimant. Tiens, puisqu’on en parle, les grands-parents de la génération ultime ne mangeront peut-être pas à leur faim. Mais même ce futur-là ne se réalisera pas. Regarde comment la population terrienne traverse cette épreuve aujourd’hui. Elle s’imagine qu’elle résistera jusqu’au bout, mais on ignore totalement comment elle va finir.

Ils quittèrent l’hôtel après le petit-déjeuner et se retrouvèrent enlacés par les rayons de soleil de l’aube où flottait un enivrant parfum frais et sucré.

— Nous devons nous dépêcher d’apprendre à vivre, ce serait quand même un drame de ne pas y arriver maintenant, fit Luo Ji en regardant s’écouler le flot des voitures sur la chaussée.

— Nous avons déjà appris, non ? dit-elle, en cherchant un taxi des yeux.

— Dans ce cas…

Luo Ji l’observa avec un regard interrogateur. Manifestement, il n’était plus nécessaire de se rappeler son prénom.

— Adieu, dit-elle en hochant la tête, puis ils se serrèrent la main et échangèrent un baiser fugace.

— Nous nous reverrons peut-être, lâcha Luo Ji avant de regretter aussitôt.

Jusqu’ici, tout s’était bien passé. Pourvu que sa phrase n’ait pas entravé le processus. Mais il s’inquiétait inutilement.

— Je ne crois pas, fit-elle en se retournant brusquement, et en faisant voler son petit sac au-dessus de son épaule.

Plus tard, Luo Ji repenserait à maintes reprises à ce petit détail, se demandant si elle l’avait fait exprès. Elle portait toujours ce sac à main Louis Vuitton de manière singulière et, dans le passé, il lui était déjà arrivé de le jeter de cette manière par-dessus son épaule, mais cette fois, elle le lui avait presque lancé au visage. Il avait reculé d'un pas pour l'esquiver, mais s'était pris les chevilles dans une borne incendie et s'était affalé sur le sol.

Cette chute lui avait sauvé la vie. Au même instant sur la chaussée, deux voitures se percutèrent de plein fouet. Alors que le bruit de la collision n'avait pas encore retenti, une Polo changea brutalement de trajectoire pour éviter l'accident et fonça à toute allure sur la jeune femme et Luo Ji. La culbute de ce dernier lui permit d'échapper miraculeusement à la collision, et le parechoc de la Polo ne vint finalement qu'effleurer l'un de ses pieds envoyé en l'air. Le corps de la jeune fille fit une vrille de quatre-vingt-dix degrés, et elle se retrouva la tête la première sur le coffre de la voiture. À aucun moment dans toute cette action, il n'entendit le bruit sourd de l'autre impact, il ne vit que le corps voler par-dessus le toit du véhicule et atterrir derrière lui sur la chaussée, comme une poupée de chiffon sans os. Là où elle était retombée, une traînée de sang semblait former un symbole énigmatique. Et en voyant ce symbole sanguinolent, Luo Ji se souvint subitement de son prénom.

Les contractions de la belle-fille de Zhang Yuanchao avaient commencé, elle était déjà entrée dans la salle d'accouchement. Toute la famille patientait nerveusement dans la salle de prétravail où l'on pouvait consulter sur un écran l'état de santé de la mère et du bébé. Zhang Yuanchao se sentait imprégné d'une chaleur et d'une humanité qu'il n'avait jamais éprouvées auparavant, comme la rémanence de douceur d'un Âge d'or ancien peu à peu corrodé par ces temps de crise toujours plus sombres.

Yang Jinwen entra dans la pièce. Zhang Yuanchao pensa aussitôt qu'il voulait profiter de l'occasion pour se réconcilier, mais il vit très vite dans son regard qu'il n'en était rien. Sans même le saluer, Yang Jinwen le tira hors de la pièce et l'entraîna dans le couloir de l'hôpital.

— Tu as vraiment souscrit au fonds d'évasionnisme ? demanda Yang Jinwen.

Zhang Yuanchao tourna la tête, faisant fi de sa présence, action dont le sens était manifeste : qu'est-ce que ça peut bien te faire ?

— Lis, ça date de ce matin, dit Yang Jinwen, puis il lui donna un journal.

Le titre de la une tomba comme un voile noir sur ses yeux.

L'ASSEMBLÉE GÉNÉRALE DES NATIONS UNIES
A ADOPTÉ LA RÉSOLUTION 117 DÉCLARANT
L'ÉVASIONNISME ILLÉGAL

Zhang Yuanchao lut attentivement la suite de l'article :

> L'Assemblée générale de l'ONU a voté massivement en faveur d'une résolution déclarant que l'évasionnisme constituait une violation du droit international. Il a par conséquent été décidé de condamner dans les termes les plus forts la division et l'instabilité causées dans les sociétés humaines par la doctrine évasionniste. En vertu du droit international, l'évasionnisme est désormais équivalent à un crime contre l'humanité. Un appel a été lancé aux différents États membres pour légiférer dès que possible afin d'enrayer ce fléau.
>
> Par l'intermédiaire de son porte-parole, la délégation chinoise a réitéré la position du gouvernement sur l'évasionnisme, en déclarant que la Chine soutenait fermement la résolution 117 des Nations unies. Elle a communiqué

l'engagement du gouvernement chinois à proposer très rapidement une nouvelle législation capable de prendre des mesures efficaces contre la propagation de cette idéologie. Le porte-parole a conclu en rappelant qu'il fallait se réjouir de l'unité et de la solidarité de la communauté internationale en cette période de crise, et veiller à préserver le principe désormais internationalement reconnu de droit égal à la survie. La Terre est la maison commune de l'humanité, nous ne devons pas l'abandonner.

— Mais… mais pourquoi ? balbutia Lao Zhang en regardant Yang Jinwen.

— Tu ne trouves pas ça assez clair ? Il suffit d'y penser un peu et tu comprendras que toutes les fuites dans le cosmos seront éternellement vouées à l'échec. Qui partirait et qui resterait ? Voilà tout le problème. Ce n'est pas une inégalité ordinaire, c'est une question de droit à la survie. Peu importe qui part, les élites, les riches ou les gens ordinaires, à partir du moment où il y en a qui partent et d'autres qui restent, cela signifie l'effondrement des valeurs fondamentales de l'humanité et de sa ligne de fond morale. Les droits de l'homme et l'égalité devant la vie sont profondément enracinés dans le cœur humain. L'inégalité devant la survie est la plus grande des inégalités. Les individus ou les nations qu'on obligerait à rester ne pourront pas attendre patiemment la mort en voyant leurs congénères emprunter le chemin de la survie. Deux camps s'affronteraient de plus en plus violemment et plongeraient le monde dans le chaos, et personne ne pourrait plus sortir. La résolution des Nations unies était la décision la plus sage à prendre… Lao Zhang, dis-moi, combien as-tu dépensé ?

Zhang Yuanchao s'empressa de sortir son téléphone portable et de passer un coup de fil à Shi Xiaoming. Mais ce dernier avait éteint son appareil. Les jambes de Lao Zhang flageolèrent, il s'appuya contre le mur et glissa jusqu'à se retrouver le cul par terre. Il avait déboursé quatre cent mille yuans.

— Porte plainte dès que possible auprès de la police ! Heureusement, ce Shi ignore que Lao Miao s'est déjà renseigné sur le service dans lequel travaille son père. Cet escroc n'ira pas loin.

Zhang Yuanchao était assis dans son coin en soupirant et en secouant la tête :

— Même si on peut le retrouver, on ne sait pas ce qu'il a pu faire de l'argent. Et qu'est-ce que je vais faire pour mes descendants ?

Des pleurs se firent entendre, la sage-femme appela :

— Chambre 19 ! C'est un garçon !

Zhang Yuanchao sauta brusquement sur ses pieds et courut dans la salle d'accouchement. À cet instant précis, le reste n'avait plus aucune importance.

Pendant ces trente minutes où Lao Zhang avait attendu, dix mille autres nourrissons étaient nés sur Terre. Si leurs pleurs s'étaient rassemblés, ils auraient composé une somptueuse chorale. Derrière eux, l'Âge d'or venait de s'achever ; devant, s'ouvrait doucement une nouvelle ère, des heures sombres pour l'humanité.

Tout ce que Luo Ji savait, c'était qu'il était retenu dans une chambre située dans un sous-sol très profond. Dans l'ascenseur qui l'avait amené ici – un vieil appareil, rare de nos jours, avec un levier à actionner manuellement – il s'était senti descendre sans fin, et le vieux mécanisme de l'ascenseur avait confirmé son impression : il s'était arrêté au -10. Un souterrain de dix étages ! Il étudia encore une fois la pièce. Un lit à une place, quelques objets d'usage courant, ainsi qu'un bureau ancien en bois. L'endroit faisait davantage penser à la salle de permanence d'un gardien de nuit qu'à une cellule de prison. De toute évidence, il y avait longtemps que personne n'était venu ici et, même si les draps étaient propres, le reste de la pièce était couvert de poussière et empestait une moisissure humide.

La porte de la chambre s'ouvrit. Un homme râblé d'âge moyen entra. Il adressa un signe de tête à Luo Ji. Son visage laissait transparaître une fatigue manifeste.

— Professeur Luo, je viens vous tenir compagnie. Mais comme vous venez juste d'entrer ici, je présume que vous n'avez pas encore eu le temps de devenir fou de solitude ?

"Entrer ici". Le verbe sonnait faux à l'oreille de Luo Ji. Pourquoi n'était-ce pas simplement "avoir été envoyé ici" ? Son cœur s'emballa, il tenait la preuve de ce qu'il avait deviné plus tôt : quand bien même ceux qui l'avaient conduit ici s'étaient montrés polis, il avait tout de même été mis aux fers.

— Vous êtes flic ?

— Je l'ai été, oui. Shi Qiang, à votre service.

Son visiteur inclina la tête, puis s'assit au bord du lit et sortit un paquet de cigarettes. Luo Ji se fit la réflexion que dans cet endroit clos, la fumée ne pourrait pas se dissiper, mais il n'avait pas le courage de le faire remarquer. L'individu sembla lire dans ses pensées car il regarda autour de lui et lâcha :

— Il doit bien y avoir un ventilateur quelque part.

Et tout en parlant, il tira sur un cordon près de la porte. Un bourdonnement commença à se faire entendre, venu d'on ne sait où. Ce genre d'interrupteur à tirette n'était plus très courant. Luo Ji remarqua encore un vieux téléphone à cadran rouge accroché dans un coin du mur, qui était visiblement hors service depuis des lustres à en juger par la couche de poussière dont il était couvert.

Shi Qiang tendit une cigarette à Luo Ji. Ce dernier hésita un instant, puis accepta.

Après avoir chacun allumé la sienne, Shi Qiang reprit :

— Il est encore tôt. Que diriez-vous de causer un peu ?

— Posez-moi vos questions, lâcha Luo Ji, la tête basse, en crachant une bouffée de fumée.

— Quelles questions ? demanda Shi Qiang en regardant Luo Ji avec étonnement.

Luo Ji sauta de son lit, et jeta la cigarette dont il n'avait fumé qu'une seule bouffée :

— Comment pouvez-vous un seul instant me considérer comme suspect ? Enfin, vous le savez comme moi, c'était un accident de la route ! Ce sont deux voitures qui se sont télescopées et c'est celle de derrière qui lui est rentrée dedans en voulant les esquiver ! C'est pourtant évident ! À bout de mots et de patience, Luo Ji laissa retomber ses bras.

Shi Qiang leva la tête et l'examina. Ses deux yeux ensommeillés s'illuminèrent brusquement, comme si derrière ce regard souriant se cachait un invisible instinct de meurtrier, émérite et acéré. Luo Ji en eut un frisson.

— Je ne vous ai pas parlé de ça. C'est vous qui l'évoquez le premier. Mes supérieurs ne m'ont pas donné l'autorisation d'en dire davantage et je n'en sais de toute façon pas beaucoup plus non plus. Et dire que je m'inquiétais tout à l'heure que nous n'aurions aucun sujet de discussion. Venez, asseyez-vous.

Luo Ji n'en fit rien et se dressa de tout son être devant Shi Qiang :

— Je ne la connaissais que depuis une semaine ! Je l'avais rencontrée dans un bar près du campus et, juste avant l'accident, je n'arrivais même pas à me souvenir de son prénom. Alors, dites-moi, qu'est-ce qui a bien pu se passer pour que l'enquête vous entraîne dans ma direction ?

— Vous ne vous rappeliez même plus son prénom ? Je comprends mieux que vous n'ayez pas trop réagi quand elle est morte. Ça me rappelle un autre génie dans votre genre. Ma foi, professeur Luo, on peut dire que vous avez une vie plutôt trépidante, une nouvelle fille tous les quatre matins – oh, et puis attention, ce n'est pas de la mauvaise qualité.

— C'est illégal ?

— Bien sûr que non. Je suis admiratif, c'est tout. Dans mon boulot, j'ai un principe : ne jamais porter de jugement moral. Les gars avec qui j'ai affaire, eux, ce sont des durs. Vous m'imaginez leur faire la morale ? "Regardez ce que vous avez fait…", "Vous avez pensé à la société, à vos parents ?"… Ça ne vaut quand même pas une bonne baffe.

— Eh bien parfait, officier Shi, je vais vous parler d'elle. Mais croyez-vous vraiment que je l'ai tuée ?

— Vous voyez, c'est encore vous qui mettez le sujet sur la table. Et vous sous-entendez même maintenant que vous auriez pu la tuer. Détendez-vous, on ne fait que papoter. Qu'est-ce qui presse ? Vous êtes un novice, ça se voit.

Luo Ji fixa Shi Qiang. Pendant un moment, on n'entendit plus que le vagissement du ventilateur et, soudain, Luo Ji partit d'un rire nerveux, avant de sortir son propre paquet de cigarettes.

— Écoutez-moi, vieux frère, dit Shi Qiang, vous permettez que je vous appelle comme ça ? C'est le destin qui nous a réunis. Vous savez, j'ai bossé sur seize affaires qui se sont terminées sur des peines de mort, et j'ai moi-même escorté neuf condamnés jusqu'à l'exécution de la sentence.

Luo Ji lui tendit une cigarette :

— Je ne vous laisserai pas m'escorter. Auriez-vous maintenant l'obligeance de contacter mon avocat ?

— Voilà, vieux frère ! s'exclama Shi Qiang en tapant avec enthousiasme sur son épaule. J'aime ça, les gars qui savent ce qu'ils veulent. Il tira sur l'épaule et approcha Luo Ji de lui, puis il lui confia dans un nuage de cigarette : Dans une vie, on peut rencontrer des tas de trucs, mais ce qui vous tombe dessus… Croyez-moi, je suis là pour vous aider. Vous connaissez la blague : dans le couloir de la mort, un condamné se plaint qu'il va pleuvoir. Le bourreau lui demande : "De quoi tu te plains ? C'est nous qui allons rentrer sous l'averse !" Ça vous donne un petit aperçu de tout ce qui va suivre. Bon, il reste encore un moment avant qu'on se mette en route, profitez-en pour dormir un peu.

— En route ? demanda Luo Ji en levant une nouvelle fois les yeux vers Shi Qiang.

On frappa à la porte, un jeune homme au regard perçant entra. Il jeta une valise sur le sol.

— Commissaire Shi, le départ a été avancé, nous partons maintenant.

Zhang Beihai poussa délicatement la porte de la chambre d'hôpital de son père. À moitié allongé sur le lit, le dos contre l'oreiller, il paraissait aller mieux que ce qu'il avait imaginé. Les rayons dorés du soleil couchant qui perçaient à travers la fenêtre rendaient un peu de couleur à son visage et lui donnaient moins l'air d'un homme aux portes de la mort. Zhang Beihai accrocha son képi sur le portemanteau de l'entrée, puis il vint s'asseoir au bord du lit de son père. Il ne lui demanda pas comment il se sentait, car celui-ci lui aurait répondu avec une sincérité de militaire, et il ne voulait pas d'une réponse sincère.

— Père, j'ai intégré l'armée spatiale.

Le père hocha la tête, mais ne dit rien. Ces silences entre père et fils transmettaient plus d'informations que les mots. Depuis son plus jeune âge, son père l'avait éduqué par le silence et non le langage, les mots n'étaient entre eux que des ponctuations entre chaque silence, et c'étaient les silences de son père qui avaient fait de Zhang Beihai l'homme qu'il était aujourd'hui.

— Comme vous le pensiez, père, ils s'appuient sur la marine pour bâtir les fondations de la future flotte spatiale. Ils considèrent qu'une guerre spatiale sera plus proche, tant en termes théoriques qu'opérationnels, d'une guerre maritime.

— C'est exact. Le père hocha une nouvelle fois la tête.

— Que dois-je faire, père ?

Père, enfin, je vous pose cette question. Cette phrase que j'ai ruminée toute la nuit sans parvenir à trouver le sommeil et que j'ai enfin le courage de prononcer. À l'instant où je vous ai vu, père, j'ai hésité encore, car je savais que c'était la question qui vous décevrait le plus. Je me souviens, après l'obtention de ma maîtrise, lorsque je suis entré comme élève officier dans la marine, vous m'aviez dit : "Beihai, il te reste une si longue route à parcourir. Si je te dis cela, c'est parce que je peux encore facilement voir en toi, et si tu me laisses trop facilement voir en toi, cela signifie que tes pensées sont encore trop simples, qu'elles ne sont pas assez subtiles. Le jour où je ne parviendrai plus à lire dans ton esprit et où tu pourras facilement comprendre le mien, ce jour-là et ce jour-là seulement, je pourrai dire que tu as grandi." Et j'ai donc grandi, comme vous me l'avez demandé, et il ne vous a plus été aussi facile de comprendre votre fils. Je ne vous croirais pas si vous me disiez que cela ne vous a causé aucune tristesse, mais votre fils a en effet fini par devenir l'homme que vous aviez espéré, un homme n'ayant rien d'aimable, mais capable de réussir dans ce domaine complexe et dangereux qu'est la marine. Et voici à présent que votre fils vous pose cette question, et c'est sans l'ombre d'un doute le signe que ces trente années passées à m'éduquer échouent au moment le plus critique. Mais, père, répondez-moi tout de même, votre fils n'est pas aussi fort que vous le voudriez. Seulement cette fois, père, je vous en prie.

— Pense plus, lâcha le père.

Bien, père. Vous m'avez répondu. Vous m'en avez dit beaucoup, beaucoup, vraiment beaucoup. Vingt mille mots ne sauraient suffire à exprimer le contenu des deux que vous venez de prononcer. Croyez votre fils, mon cœur a entendu vos paroles, mais je vous en supplie, dites-m'en encore, car elles comptent plus que tout.

— Et après avoir pensé ? demanda Zhang Beihai, en s'agrippant aux draps. Ses paumes et son front étaient trempés de sueur.

Père, pardonnez-moi. Si ma première question a dû vous décevoir, celle-ci doit me faire redevenir un enfant à vos yeux.

— Beihai, je peux simplement te dire ceci : avant toute chose, pense plus et plus loin, répondit le père.

Père, merci, c'était très clair, mon cœur a compris ce que vous lui disiez.

Les mains de Zhang Beihai relâchèrent les draps et attrapèrent la main décharnée de son père :

— Père, je ne partirai plus en mer. Je reviendrai vous voir souvent.

Un sourire se dessina sur le visage du vieil homme, mais il secoua la tête :

— Je n'ai besoin de rien ici, concentre-toi sur ton travail.

Ils parlèrent encore un moment, tout d'abord de la famille, puis de la constitution des forces spatiales. Le père exprima un grand nombre de considérations et de recommandations pour le futur travail de Zhang Beihai. Ils imaginèrent ensemble la forme et le volume des futurs vaisseaux de guerre, décrivirent avec une excitation débordante l'armement qui serait utilisé lors de la guerre dans l'espace, et s'interrogèrent même sur l'applicabilité de la théorie de suprématie maritime d'Alfred Mahan aux batailles spatiales…

Mais toutes les paroles qu'ils échangèrent étaient déjà insignifiantes, c'était simplement comme si Zhang Beihai accompagnait son père dans une promenade de mots. Tout ce qui avait du sens était concentré dans les trois phrases que tous deux avaient échangées, de cœur à cœur :

Pense plus.

Et après avoir pensé ?

Beihai, je peux simplement te dire ceci : avant toute chose, pense plus et plus loin.

Zhang Beihai prit congé de son père. Au moment de sortir de la chambre, il observa encore un instant à travers la vitre enchâssée dans la porte son père, abandonné par la lueur du soleil, enveloppé par la pénombre. Ses yeux transpercèrent l'obscurité et remarquèrent les dernières lueurs du crépuscule projetées sur le mur. La lumière ne tarderait pas à s'évanouir, mais c'était à cet instant précis qu'elle était la plus belle.

Les derniers rayons du jour illuminèrent aussi les vagues déferlantes d'un océan en furie. Des colonnes de lumière lardèrent les nuages tumultueux de l'ouest et tachèrent d'or la surface de l'eau, telles des pétales de fleurs tombés du royaume des cieux. Par-delà ces pétales, des nuages noirs dessinaient un monde aussi obscur que la nuit, tandis que se levait une tempête, rideau divin suspendu entre ciel et mer. Il ne resta bientôt plus comme source de lumière que de brefs éclairs foudroyant l'écume neigeuse crachée par les vagues. Au creux d'un de ces pétales d'or, un destroyer se retrouva bientôt à la crête d'une déferlante née dans les abysses et, dans un grondement terrible, sa proue se heurta à un mur de vagues qui souleva une écume si monumentale qu'elle absorba avidement les dernières rémanences de clarté vespérale, comme un gigantesque oiseau mythique déployant ses immenses ailes d'un or aveuglant…

Zhang Beihai ajusta son képi décoré de l'insigne de l'armée spatiale chinoise. Il murmura au fond de lui : *Père, nous pensons la même chose. C'est une chance unique. Je ne vous couvrirai pas de gloire, mais vous pourrez partir en paix.*

— Professeur Luo, veuillez enfiler ceci, je vous prie, dit le jeune homme qui venait d'entrer dans la chambre.

Il s'accroupit et ouvrit la valise qu'il avait apportée. Même si l'homme paraissait courtois, Luo Ji ne s'en sentit pas moins mal à l'aise, il avait comme l'impression d'avoir avalé une mouche. Mais quand il vit le vêtement sorti du sac, il comprit qu'il ne s'agissait pas d'un uniforme de détenu, mais d'une veste marron très ordinaire. Il s'en saisit et l'examina, elle était faite dans un matériau très épais. Shi Qiang et le jeune homme enfilèrent des vestes similaires, mais de couleur différente.

— Mettez-la, vous verrez, on peut respirer et elle est assez agréable, ce n'est pas comme les vieux trucs qu'on avait dans le temps et dans lesquels on crevait de chaud, dit Shi Qiang.

— C'est un gilet pare-balles, précisa le jeune homme.

Qui pourrait bien vouloir me tirer dessus ? se demanda Luo Ji, tout en se changeant.

Les trois hommes sortirent de la chambre et longèrent un long corridor qui menait à un ascenseur. Le plafond au-dessus de leur tête était parcouru de canalisations de ventilation en tôle et ils passèrent devant plusieurs portes épaisses et étanches. Luo Ji remarqua un slogan indistinct inscrit sur un mur bariolé. Il ne pouvait en déchiffrer qu'une partie, mais il le connaissait dans sa version intégrale : "Creuser des tunnels, stocker les céréales, ne jamais prétendre à l'hégémonie[1]".

— Nous sommes dans un abri antiaérien, n'est-ce pas ? demanda Luo Ji à Shi Qiang.

— Oui, et pas n'importe lequel, c'est un abri antiatomique. Il est maintenant à l'abandon mais, à l'époque, il n'était pas accessible au premier venu.

— Alors nous sommes à… Xishan ?

Luo Ji connaissait la légende. Cependant, ni Shi Qiang ni le jeune homme ne lui fournirent de réponse.

Ils pénétrèrent dans le vieil ascenseur qui se mit instantanément à monter dans un grincement. L'homme chargé de faire fonctionner l'appareil était un membre de la Police armée du peuple et portait une mitraillette sur le dos. C'était

1. Célèbre phrase prononcée par Mao Zedong en 1972. *(N.d.T.)*

visiblement la première fois que cette tâche lui était dévolue car il dut s'y reprendre à plusieurs fois avant que l'ascenseur ne s'arrête au niveau -1.

Une fois sorti de l'ascenseur, Luo Ji découvrit qu'ils avaient à présent rejoint un hall très vaste mais bas de plafond, un peu comme un parking souterrain. Celui-ci était rempli de véhicules de toutes sortes, dont le moteur de certains tournait déjà, gorgeant l'air d'une odeur irritante. De nombreux individus se tenaient debout ou circulaient entre les rangées de voitures. L'espace était faiblement éclairé, une simple lampe dans un coin du hall, si bien que les hommes ne se révélaient que sous l'apparence d'ombres noires. Ce n'est qu'en passant devant les phares des véhicules que Luo Ji put voir que tous les membres à leur bord étaient des soldats de la Police armée du peuple. Il remarqua aussi quelques officiers qui criaient dans leur talkie-walkie, tentant tant bien que mal de couvrir le bourdonnement des moteurs. Leurs voix paraissaient nerveuses.

Shi Qiang entraîna Luo Ji entre deux rangées de voitures. Ils étaient suivis par le jeune homme. Les phares arrière rouges des voitures et les lumières artificielles du hall s'infiltraient dans chaque interstice entre les véhicules qu'ils croisaient et se reflétaient sur le corps de Shi Qiang, ce qui donnait l'impression qu'un kaléidoscope de couleurs glissait le long de sa silhouette. Luo Ji repensa étrangement à ce bar tamisé où il avait fait la connaissance de la jeune fille.

Shi Qiang entraîna Luo Ji jusqu'à une voiture, il ouvrit la porte et le fit monter à l'intérieur. L'habitacle était très spacieux, mais les fenêtres étaient anormalement étroites. Depuis leurs extrémités, on pouvait distinguer l'épaisseur du châssis du véhicule. C'était un véhicule blindé aux vitres teintées, peut-être elles-mêmes résistantes aux balles. La porte étant encore entrouverte, Luo Ji put entendre le dialogue entre Shi Qiang et le jeune homme qui les avait escortés.

— Commissaire Shi, ils viennent de téléphoner. Ils ont vérifié le parcours. Les sentinelles sont à leur poste.

— La route est trop compliquée. Les repérages qui ont été faits ne peuvent être que grossiers. On ne peut être sûr de rien. Quant aux positions des sentinelles, ce que j'en dis, c'est qu'il faut essayer de se mettre à leur place. Si tu étais eux, où est-ce que tu te planquerais ? Il aurait fallu consulter davantage les experts… Oh, et comment va se dérouler le transfert ?

— Ils n'ont rien dit.

Shi Qiang éleva la voix :

— Les demeurés ! Même une étape aussi importante, ils ne l'ont pas anticipée !

— Commissaire Shi, nous devons faire comme il nous a été demandé et suivre le parcours tout du long.

— On pourra bien le suivre toute notre vie, il y aura un moment où il faudra procéder au transfert, et on devra bien définir les responsabilités de chacun. Tout doit être parfaitement carré. Hum ! Tout ce qui se passe avant, c'est de notre responsabilité, après, c'est la leur.

— Ils n'ont rien dit… Le jeune homme paraissait désorienté.

— Eh, Zheng, je sais que tu as un foutu complexe d'infériorité depuis que Chang Weisi est monté en grade. Aujourd'hui, tous les officiers subalternes nous regardent de haut, alors qu'avant nous étions sous ses ordres directs. Mais on doit avoir au moins un peu de considération pour nous-mêmes. Qu'est-ce qu'ils valent ? Est-ce que quelqu'un leur a déjà tiré dessus, est-ce qu'ils ont déjà ouvert le feu ? Tu as bien vu comment cette bande de galonnés s'est débrouillée lors de la dernière opération, ils ont sorti tous leurs gadgets, ils ont même fait appel à des SDCA. Mais à la fin, c'est quand même grâce à nous qu'ils ont localisé le lieu de la réunion. C'est nous qui avons repris possession du lieu… Ça nous a apporté un peu de crédit. Eh, Zheng, j'en ai gaspillé de la salive à les convaincre de te faire embaucher ici, mais je me demande maintenant si je ne t'envoie pas au casse-pipe.

— Commissaire, ne dites pas ça.

— C'est une époque de troubles. Une époque de troubles, tu piges ? Les gens ont moins le sens de l'honneur que dans le temps. Aujourd'hui, tout le monde se renvoie son infortune, on doit rester à l'affût… Si je te raconte tout ça, c'est parce que je ne sais pas trop combien de temps encore je pourrai tenir le coup. Après ça, j'ai bien peur que tout ça te retombe dessus.

— Commissaire Shi, vous devriez songer à votre maladie, la hiérarchie n'a-t-elle pas prévu de vous mettre en hibernation ?

— J'ai d'abord des tas de choses à régler. La famille, le boulot, et puis, à vous voir comme ça, il y a de quoi se faire de la bile.

— Ne vous en faites pas. Votre maladie ne peut plus attendre, ce matin, je vous ai encore vu saigner des gencives.

— Ce n'est rien, je suis un gars chanceux, tu le sais. Les trois fois où on m'a tiré dessus dans ma carrière, le flingue s'est retourné contre les tireurs.

Une rangée de voitures à l'extrémité du grand hall commença à se mettre en route en file indienne. Shi Qiang entra dans la voiture et referma la porte. Elle ne démarra que lorsque les véhicules voisins furent partis. Shi Qiang ferma les rideaux des deux côtés. À l'intérieur, une cloison opaque séparait l'habitacle du conducteur de la banquette arrière. Luo Ji ne voyait plus rien de ce qui pouvait se passer à l'extérieur. Le talkie-walkie de Shi Qiang grésillait sans cesse, mais Luo Ji n'entendait pas bien ce qu'il disait. Shi Qiang y répondait occasionnellement par une phrase simple.

Peu après le départ de la voiture, Luo Ji dit à Shi Qiang :

— Les choses sont plus complexes que vous ne me l'avez dit.

— À qui le dites-vous. Tout est complexe maintenant, répondit-il sans conviction, son attention toujours concentrée sur le talkie.

Tous deux n'échangèrent plus rien de tout le trajet. Le voyage se déroula sans encombre, la voiture ne décéléra pas une seule fois et le chauffeur conduisit pendant environ une heure avant de marquer un arrêt.

Après être descendu, Shi Qiang indiqua à Luo Ji de rester dans la voiture, puis il referma la porte. Luo Ji entendit un vrombissement qui semblait provenir du toit de la voiture. Quelques minutes plus tard, Shi Qiang rouvrit la porte et l'invita à descendre. Luo Ji réalisa immédiatement qu'il se trouvait dans un aérodrome. Le bruit qu'il venait d'entendre devint assourdissant. Il leva la tête et vit deux hélicoptères qui faisaient du surplace dans les airs, leurs trains avant orientés dans des directions opposées, comme s'ils surveillaient cette zone déserte. Devant lui se trouvait un avion de grande taille, qui paraissait être un avion de ligne, mais il n'y voyait l'insigne d'aucune compagnie aérienne. La porte de la voiture donnait directement sur la passerelle d'embarquement. Shi Qiang et Luo Ji l'empruntèrent et montèrent dans l'appareil. Juste avant d'entrer dans la cabine, Luo Ji se retourna pour jeter un coup d'œil en arrière : il remarqua un escadron d'avions de chasse stationnés sur le tarmac. Il acquit la certitude que ce n'était pas un aéroport civil. Il dirigea son regard plus près de lui et nota que la dizaine de voitures de leur convoi ainsi que les soldats avaient formé un grand cercle autour de l'avion. Le soleil couchant projetait une longue silhouette sur la piste de décollage, comme un titanesque point d'exclamation.

Luo Ji et Shi Qiang entrèrent dans la cabine. Ils furent accueillis par trois hommes vêtus d'un costume noir qui les conduisirent dans le compartiment avant. Aucun autre passager ne se trouvait dans l'appareil, mais il avait l'apparence d'un avion de tourisme ordinaire avec ses quatre rangées de sièges vides. Cependant, après avoir gagné la cabine arrière, Luo Ji remarqua un bureau assez spacieux, ainsi qu'un vestibule qui donnait sur une chambre que Luo Ji put apercevoir à travers la fente de la porte. La pièce était aménagée de façon très commune, mais elle était propre et bien rangée. Sans les ceintures de sécurité vertes dont étaient équipés le canapé et les fauteuils, on ne se serait pas cru dans un avion. Luo Ji savait qu'il n'existait pas beaucoup d'avions de ce type dans tout le pays.

Deux des trois individus qui les avaient accueillis rejoignirent la queue de l'appareil, laissant au plus jeune le soin de donner les instructions :

— Asseyez-vous où vous le souhaitez mais, surtout, attachez bien votre ceinture. C'est très important, pas seulement au décollage et à l'atterrissage, il vous faudra garder votre ceinture attachée tout au long du vol. Si vous souhaitez dormir, souvenez-vous d'attacher la ceinture de sécurité du sac de couchage ; ne laissez pas d'objets qui ne seraient pas fixés à l'extérieur ; évitez autant que possible de quitter votre fauteuil ou votre lit. Si vous avez besoin de vous lever, informez-en d'abord le chef de cabine. Ceci est un interrupteur de microphone, il y en a aussi sur tous les fauteuils et en tête de lit, parlez après avoir pressé le bouton. Si vous avez besoin de quoi que ce soit, n'hésitez pas à l'utiliser pour nous appeler.

Luo Ji jeta un coup d'œil perplexe à Shi Qiang, qui ajouta :

— L'avion va peut-être exécuter des manœuvres acrobatiques.

L'homme hocha la tête :

— En effet. Utilisez le microphone en cas de besoin. Appelez-moi Xiao Zhang, je vous apporterai le dîner après le décollage.

Xiao Zhang parti, Luo Ji et Shi Qiang s'assirent sur le canapé et attachèrent leurs ceintures respectives. Luo Ji regarda tout autour de lui. En dehors du hublot rond et des cloisons convexes, tout était parfaitement banal et familier, si bien qu'il était pour le moins déconcertant de se retrouver ainsi attachés dans un bureau ordinaire. Mais très vite, le ronflement des moteurs et une légère vibration leur rappelèrent qu'ils se trouvaient bien à bord d'un avion. L'appareil fila sur la piste de décollage et, au bout de quelques minutes, le bruit des moteurs changea et ils se retrouvèrent enfoncés dans leur canapé. Puis les vibrations de la surface disparurent et le plancher du bureau obliqua. Tandis que l'avion s'élevait, le soleil qui s'était déjà couché derrière l'horizon pénétrait à travers le hublot. Dix minutes plus tôt, le même soleil avait dardé son dernier rayon à l'intérieur de la chambre d'hôpital du père de Zhang Beihai.

Alors que l'avion à bord duquel se trouvait Luo Ji dépassait le littoral, à quelque dix mille mètres en contrebas, Wu Yue et Zhang Beihai se retrouvaient à nouveau côte à côte, le regard perdu sur le *Tang* inachevé. Dans le passé ou dans le futur, cet instant resterait comme celui où Luo Ji se trouverait à la distance la plus proche des deux militaires.

Comme lors de leur précédente visite, l'énorme porte-avions baignait dans la faible lueur du soleil couchant. Les étincelles de soudure sur la coque ne semblaient pas aussi abondantes que la dernière fois, tandis que les lampes qui l'éclairaient avaient singulièrement baissé d'intensité. Et à cette heure, Wu Yue et Zhang Beihai n'appartenaient déjà plus à la marine.

— J'ai entendu dire que le département général de l'armement envisageait d'interrompre le chantier, commença Zhang Beihai.

— En quoi cela nous occupe-t-il ? répondit froidement Wu Yue, dont les yeux abandonnèrent le vaisseau pour s'égarer dans les dernières lueurs du crépuscule.

— Depuis que tu as rejoint la Spatiale, tu as de moins en moins le moral.

— Tu dois certainement savoir pourquoi, toi qui peux si facilement lire dans mes pensées, parfois même plus clairement que moi-même. C'est souvent grâce à toi que je comprends ce que je souhaite vraiment.

Zhang Beihai se retourna et regarda Wu Yue droit dans les yeux :

— Tu es affecté parce que tu prends part à une guerre dont tu crois l'issue inévitable. Tu jalouses la dernière génération de militaires qui serviront dans la Spatiale et lutteront jusqu'à la fin, avant d'être inhumés dans l'espace avec leur flotte. Épuiser toute une vie pour une cause aussi inespérée, tu as du mal à le concevoir.

— As-tu un conseil à me donner ?

— Non. Le fétichisme et le triomphalisme technologiques sont enracinés trop profondément dans ton esprit. Je sais depuis le début que l'on ne pourra pas te changer. La seule alternative, c'est de s'efforcer de limiter les dommages que pourrait causer cette pensée sur ton travail. En ce qui me concerne, je suis de ceux qui croient qu'une victoire humaine n'est pas impossible.

À cet instant, Wu Yue jeta son masque froid et son regard rencontra celui de Zhang Beihai :

— Beihai, tu as toujours été quelqu'un de pragmatique, tu t'es opposé à la construction du *Tang*, tu as à plusieurs reprises lors de réunions officielles exprimé tes réserves quant à la fondation de cette armée en haute mer, tu considérais que ce projet était incompatible avec notre puissance nationale. Tu estimais que nos forces navales devaient demeurer dans les eaux côtières, sous la protection et le soutien de l'armée de terre. Une idée que les têtes brûlées nationalistes ont vulgairement qualifiée de stratégie de la tortue, mais tu as insisté… Alors d'où te vient cette assurance soudaine d'une victoire dans cette guerre interstellaire ? Tu crois vraiment que des barques en bois peuvent torpiller un porte-avions ?

— Aux premières heures de la fondation de la République populaire, nos jeunes forces navales, tout juste fondées, ont réussi à vaincre les destroyers du Parti Nationaliste ; et des années plus tôt, nos armées à cheval mettaient en déroute des colonnes de tanks.

— Tu ne peux quand même pas sérieusement faire de ces légendes une théorie militaire commune et universelle.

— Dans cette guerre, la civilisation terrienne n'aura pas besoin d'une théorie commune et universelle. Une exception suffira, affirma Zhang Beihai en pointant Wu Yue du doigt.

Wu Yue arbora un sourire moqueur :

— J'aimerais bien savoir comment tu comptes réaliser cette exception.

— Naturellement, je n'y entends rien en guerre spatiale, mais pour reprendre la métaphore de la barque qui affronte un porte-avions, eh bien, je crois qu'avec du courage, de la débrouillardise et de la confiance dans la victoire, la première peut couler le second. Un commando de plongeurs est acheminé sur la barque et se place en embuscade quelque part sur le parcours du porte-avions. Lorsque le vaisseau ennemi se retrouve à une certaine distance, les plongeurs s'immergent dans l'eau et la barque s'éloigne. Lorsque le porte-avions passe juste au-dessus du commando, celui-ci pose des mines sous la coque… Bien sûr, c'est beaucoup plus difficile à faire qu'à dire, mais ce n'est pas impossible.

Wu Yue hocha la tête :

— Pourquoi pas. Certains ont essayé. Les Britanniques par exemple, pendant la Seconde Guerre mondiale, pour couler le *Tirpitz*, mais eux ont envoyé des mini-sous-marins. Dans les années 1980, pendant la guerre des Malouines, un commando secret de nageurs de combat a emporté des mines limpets italiennes avec pour projet de saboter des navires militaires britanniques amarrés au port de Gibraltar. Toi et moi, nous savons comment ça s'est terminé…

— Mais nous n'avons pas que des petites barques en bois. Une bombe nucléaire de 1 000 ou 2 000 tonnes peut parfaitement être assez petite pour qu'un ou deux plongeurs l'emportent sous l'eau et, une fois posée sous la coque du plus grand de tous les porte-avions existants, elle ne se contentera pas de le couler, elle le fera voler en morceaux.

— Tu as parfois beaucoup d'imagination, dit Wu Yue en riant.

— Ce que j'ai, c'est foi dans la victoire.

Zhang Beihai dirigea son regard vers le *Tang*. Au loin, les étincelles de soudure scintillaient dans ses pupilles comme deux petites flammes.

Wu Yue regarda lui aussi le *Tang*, mais le vaisseau fit naître une nouvelle vision dans son esprit : il n'était plus cette forteresse antique en ruine mais une falaise, plus ancienne encore, parcourue d'innombrables crevasses sans fond dans lesquelles les flammèches de soudure étaient comme des torches vacillantes.

Après le décollage de l'avion et jusqu'à la fin de leur dîner, Luo Ji n'interrogea pas Shi Qiang sur leur destination, ou sur ce qui se passait réellement. S'il le savait et s'il pouvait le lui dire, il l'aurait fait depuis longtemps déjà. À un moment, Luo Ji détacha sa ceinture de sécurité et s'approcha du hublot pour jeter un coup d'œil à l'extérieur. Il avait beau savoir qu'il ne distinguerait rien dans l'obscurité, Shi Qiang s'appliqua tout de même à le suivre et à le tirer du hublot en disant qu'il n'y avait rien à voir.

— Papotons un moment puis allons nous coucher, qu'est-ce que vous en dites ? proposa Shi Qiang en sortant une cigarette, mais il se rappela aussitôt qu'il était dans un avion et la remit dans son paquet.

— Nous coucher ? Le vol sera donc long ?

— Peu importe, c'est un avion avec des lits, on va quand même en profiter.

— Votre mission consiste seulement à m'escorter jusqu'à destination, c'est ça ?

— De quoi vous vous plaignez ? C'est nous qui allons devoir rentrer ! rit Shi Qiang en grimaçant, fier de sa boutade. Il semblait avoir un faible pour l'humour sadique, mais il continua sur un ton un peu plus sérieux : Je n'en sais pas beaucoup plus que vous sur notre trajet, et ce ne serait de toute façon pas à moi de vous en dire davantage. Mais ne vous inquiétez pas, quelqu'un vous expliquera tout une fois sur place.

— J'y réfléchis depuis un bon moment, et je ne vois qu'une explication possible.

— Dites toujours, et nous verrons si vous pensez à la même chose que moi.

— C'était une fille ordinaire, ce qui veut donc nécessairement dire que ses relations sociales ou familiales avaient quelque chose de spécial.

Luo Ji ne savait rien de sa famille, comme celle de toutes les filles qu'il avait connues avant elle. Même si elles lui en avaient parlé, il éprouvait si peu d'intérêt pour le sujet qu'il avait tout oublié.

— Qui ça ? Ah, votre copine ? Ne parlons plus d'elle. De toute façon, vous vous en fichez. Mais après tout, pourquoi pas, avez-vous essayé de faire correspondre son nom ou son visage avec des célébrités ?

Luo Ji se creusa un moment les méninges, mais ne parvint à la faire correspondre avec personne.

— Frangin, est-ce que vous savez bluffer ? lui demanda Shi Qiang.

À cette question, Luo Ji remarqua une constante : quand le commissaire plaisantait, il l'appelait "vieux frère", mais quand il était plus sérieux, il lui donnait du "frangin".

— Aurai-je besoin de bluffer ?

— Bien sûr… Bon, je vais vous apprendre. Naturellement, je ne suis pas un expert en la matière, mon boulot, c'est plutôt d'éviter ou de déceler les coups de bluff. Je vais vous donner quelques techniques que vous pourrez adopter lors d'un interrogatoire. Ça vous sera plus facile le jour où vous en aurez besoin. Je ne vais vous donner que les techniques les plus basiques et les plus courantes, ça va de soi, pour ce qui est plus complexe, ça demanderait trop de temps. Commençons par une des plus élégantes et aussi une des plus faciles : "allonger la liste". Elle consiste à dresser une liste de questions relatives à votre enquête, plus il y en a, mieux c'est. Il faut ensuite faire en sorte de toutes les poser, une par une, même celles qui ont l'air le plus éloignées, et cacher la question clef dans le tas, puis enregistrer les réponses du suspect. Et après, recommencer depuis le début, toujours en enregistrant les réponses. On peut répéter la procédure autant de fois qu'on le juge nécessaire. Au moment de comparer les réponses enregistrées, si le suspect a menti, les réponses aux questions ne seront pas tout à fait les mêmes. Ne croyez pas que ce soit si facile, ceux qui n'ont jamais suivi de formation en contre-espionnage n'y arrivent pas. Pour contrer cette technique, le plus sûr, c'est de garder le silence.

Tout en parlant, Shi Qiang ne put s'empêcher de sortir à nouveau une cigarette mais, se rappelant que c'était interdit, il la reposa.

— Demandez. C'est un avion spécial, on doit pouvoir fumer, lui souffla Luo Ji.

Shi Qiang était lancé dans son monologue et s'agaça un peu d'être coupé par Luo Ji. Ce dernier constata avec surprise qu'il avait l'air très sérieux, ou bien alors il avait un étrange sens de l'humour. Shi Qiang pressa le bouton du microphone rouge à côté du canapé et Xiao Zhang lui confirma qu'il pouvait faire comme bon lui semblait. Tous deux allumèrent une cigarette.

— La suivante est moitié élégante, moitié brutale. Vous arrivez à sortir le cendrier ? Comme ça, tirez, oui. Cette technique, c'est celle du "visage noir et du visage blanc". L'interrogatoire nécessite la coordination de plusieurs personnes et est légèrement plus complexe. Tout d'abord, ce sont aux visages noirs – aux méchants flics – d'entrer en scène. La plupart du temps, ils sont plus de deux. Ils vous traitent avec agressivité. Cela peut être verbal ou bien physique, l'essentiel est d'être brutal, ça fait partie de la stratégie. Non seulement ils vous font peur mais, plus important encore, ils font naître en vous un sentiment de solitude, comme si vous étiez seul au monde et traqué par une meute de loups affamés. C'est le moment où intervient le visage blanc – le gentil flic –, il est forcément seul et il a forcément un regard bienveillant. Il met un terme à l'agression de ses collègues, leur dit que vous êtes un citoyen comme les autres, avec des droits et qu'ils n'ont pas à vous traiter comme ça, bon sang ! Les visages noirs répliquent en disant au visage blanc de foutre le camp et de leur laisser faire leur boulot. Mais le visage blanc insiste en disant qu'ils n'ont pas le droit d'agir ainsi. Les visages noirs lui rétorquent qu'ils savaient depuis le début qu'il n'était pas fait pour ce job et qu'il ferait mieux de trouver autre chose ! Le visage blanc fait barrage avec son corps pour vous protéger et balance qu'il protégera vos droits, qu'il protégera la loi et la justice, coûte que coûte. Les visages noirs lui promettent qu'il ne perd rien pour attendre, qu'il fera moins le malin le lendemain. Puis ils s'en vont en grommelant. Il ne reste plus que vous deux. Le visage blanc essuie votre sueur et votre sang, il vous dit que vous n'avez rien à craindre, qu'ils n'oseront rien tenter tant qu'il sera là et qu'il veillera à ce que vos droits soient respectés. Il ajoute que si vous n'avez pas envie de parler, vous êtes en droit de garder le silence. La suite, vous la devinez, il devient le seul être au monde capable de vous comprendre et, après encore quelques étapes de séduction, vous ne restez pas silencieux bien longtemps… Cette technique est la plus efficace quand il s'agit d'interroger les intellos, mais contrairement à la technique de la liste, elle perd toute efficacité si le suspect la connaît. Bien sûr, les techniques dont je viens de vous parler s'utilisent rarement de façon exclusive, un bon interrogatoire, c'est un chantier, une combinaison d'un grand nombre de techniques…

Shi Qiang paraissait transporté par l'enthousiasme, il donnait presque l'impression de vouloir décrocher sa ceinture pour se lever. Mais en l'écoutant, Luo Ji sombrait dans un gouffre glacé, il était saisi de désespoir et de crainte. Shi Qiang s'en rendit compte et changea de conversation.

— Bon, bon. Ne parlons plus d'interrogatoire, même si vous aurez peut-être à utiliser ces petits trucs dans l'avenir, je comprends que ce ne soit pas facile à accepter pour l'instant. Et puis, je voulais vous apprendre à mentir. Soyez vigilant sur un point : le vrai bluffeur, c'est celui qui se dissimule et ne s'étale pas. Ce n'est pas comme dans les films. Les futés, les vrais, ce ne sont pas ces gars qui passent toute la journée dans l'ombre à prendre la pause, ce sont ceux qui ne montrent jamais qu'ils en ont dans la cervelle. Quand on les observe, ils ont l'air insouciants et conciliants, d'autres ont l'air mièvres ou vulgaires, d'autres spontanés et désinvoltes… La clef, c'est que les autres ne vous prennent pas au sérieux, qu'ils vous traitent avec mépris, que vous ne soyez qu'une minuscule contrariété, que vous soyez aussi dispensable qu'un balai dans un coin de pièce. Le summum, c'est quand ils ne remarquent même plus votre présence, qu'ils font comme si vous n'existiez pas, jusqu'à cet instant où, juste avant de mourir de votre main, ils sentent un arrière-goût désagréable.

— Aurai-je un jour la nécessité ou l'opportunité de devenir ce genre de personne? l'interrompit enfin Luo Ji.

— C'est toujours pareil, je n'en sais pas beaucoup plus que vous, mais j'ai un pressentiment. Vous aurez besoin de devenir quelqu'un comme ça, frangin, tout ce que je vous ai dit vous sera utile !

Shi Qiang s'enthousiasmait soudain de nouveau, il agrippait d'une main l'épaule de Luo Ji et la serrait fermement, allant jusqu'à lui faire mal.

Ils se turent, regardant les volutes de leurs cigarettes s'élever dans la cabine avant de disparaître, absorbées par les grilles d'aération du plafond.

— Laissez tomber, allons nous coucher, dit Shi Qiang en écrasant son mégot dans le cendrier. Puis il sourit et secoua la tête : Tout ce que je vous raconte, vous croyez peut-être que ce sont des blagues, mais ne vous moquez pas trop, le moment venu, vous repenserez à ce que je vous ai dit.

Ils entrèrent dans la chambre à coucher, Luo Ji enleva son gilet pare-balles et se faufila dans son sac de couchage. Shi Qiang l'aida à attacher correctement le sac au lit à l'aide de la ceinture de sécurité et posa un petit bocal sur la table de chevet.

— Somnifères. Prenez-en si vous avez du mal à trouver le sommeil. J'ai demandé de l'alcool, mais ils n'en avaient pas.

Shi Qiang rappela ensuite à Luo Ji de prévenir le chef de cabine s'il comptait descendre de son lit, puis il s'apprêta à sortir.

— Commissaire Shi ! l'appela Luo Ji.

Sur le palier de la porte, Shi Qiang tourna la tête :

— Je ne suis déjà plus flic. Aucun flic ne participe à tout ça. Tout le monde m'appelle "Da Shi".

— Entendu, Da Shi. Pendant que nous discutions tout à l'heure, j'ai particulièrement fait attention à l'une de vos phrases, ou bien disons à une de vos réactions : quand j'ai parlé de la fille, vous ne vous êtes plus souvenu tout de suite de qui je parlais. Elle n'a donc aucune importance dans l'affaire qui me concerne ?

— Vous êtes l'un des hommes les plus flegmatiques que j'ai jamais rencontrés.

— Mon flegme vient de ce que je me fiche des conventions sociales. Rien dans ce monde n'a d'importance à mes yeux.

— Quoi qu'il en soit, faire preuve d'un tel calme dans un moment comme ça, je peux dire que je ne l'avais jamais vu. Oubliez ce que je vous ai dit, je suis comme ça, j'aime bien raconter ma vie.

— Vous cherchiez juste à attirer mon attention, pour que votre mission se déroule sans encombre.

— Excusez-moi si vous vous êtes fait des idées.

— Alors dans quelle direction pensez-vous que je doive orienter mes pensées maintenant ?

— Croyez-en mon expérience, n'importe quelle direction vous mènera dans le mur. Vous devriez simplement essayer de dormir.

Shi Qiang quitta la chambre. Après qu'il eut refermé la porte, la pièce se retrouva dans l'obscurité, à l'exception de la petite lampe rouge en tête de lit. Le bruit de fond du bourdonnement des moteurs réapparut à cet instant, omniprésent, comme si seul un mur séparait la chambre d'un ciel nocturne infini en train de fredonner.

Un moment passa et Luo Ji se dit que tout cela n'était pas qu'une illusion, quelque chose dans le bruit semblait bel et bien avoir une origine extérieure à l'appareil. Il déboucla son sac de couchage et s'en extirpa. Il poussa le rideau du hublot situé en tête de lit. Dehors, un océan de nuages avait submergé le ciel et scintillait d'argent sous le clair de lune. Très vite, Luo Ji s'aperçut qu'au sommet de cette mer nébuleuse quelque chose d'autre chatoyait sous cette lueur argentée : quatre lignes droites qui se détachaient singulièrement de la voûte nocturne. Elles s'allongeaient à la même vitesse que celle de l'avion, leurs queues se fondant dans le ciel, comme quatre épées argentées filant sur la mer de nuages. Luo Ji dirigea son regard vers les têtes de ces lignes scintillantes et remarqua qu'elles étaient tirées par des objets à l'éclat métallique : quatre avions de chasse. Il n'était pas dur d'imaginer que quatre engins du même type se trouvaient de l'autre côté de l'appareil.

Luo Ji referma le rideau et retourna dans son sac de couchage. Il ferma les yeux et s'efforça de se détendre. Il ne voulait pas dormir, mais se réveiller de ce songe.

Il faisait nuit noire et la réunion de l'armée spatiale n'était toujours pas terminée. Zhang Beihai écarta le carnet et les documents qui étaient étalés devant lui sur la table et se leva. Il balaya du regard les mines fatiguées des officiers, puis se tourna vers Chang Weisi :

— Amiral, avant de commencer mon rapport, je souhaiterais pouvoir exprimer mon opinion. Je crois que l'état-major ne porte pas assez de considération au travail idéologique et politique. J'en veux pour exemple que dans cette réunion le département politique est le dernier des six départements de la Spatiale à présenter son rapport.

— Je le concède, dit Chang Weisi en hochant la tête. Les commissaires politiques n'ont pas encore été nommés et c'est pour l'heure à moi qu'il revient de superviser cette tâche. Maintenant que le travail vient enfin de commencer, il m'est difficile d'y accorder toute l'attention que je souhaiterais. Nous comptons sur vous et vos camarades pour l'essentiel de ces missions.

— Amiral, je crois que nous sommes dans une situation dangereuse.

Ces paroles piquèrent l'attention de quelques officiers. Zhang Beihai poursuivit :

— J'utilise des termes forts, que l'amiral veuille bien me pardonner. La réunion a duré toute la journée et chacun de nous est fatigué, personne ne m'écouterait si je n'étais pas direct…

Il y eut quelques rires, mais la plupart des participants étaient encore embrumés de fatigue.

— Et plus grave encore, je suis très inquiet. La disparité dans l'équilibre des forces au cœur de la guerre à laquelle nous sommes confrontés n'a eu aucun précédent dans toute l'histoire de l'humanité. Aussi, je crois que durant une longue période de temps, le principal danger auquel devra faire face l'armée spatiale sera le défaitisme. Cette menace ne doit pas être sous-estimée. La propagation de cette idéologie n'aura pas comme seule conséquence d'éroder le moral des troupes, elle conduira à l'effondrement total de la puissance militaire spatiale.

— Je partage votre constat. Chang Weisi hocha une nouvelle fois la tête. Le défaitisme est à l'heure actuelle notre plus grand ennemi. C'est une tendance que la Commission militaire centrale prend très au sérieux. C'est pourquoi la mission dont le département politique a la charge est primordiale. Sitôt les unités de base de l'armée spatiale formées, ce travail deviendra plus complexe et difficile à mener.

Zhang Beihai feuilleta son carnet de notes :

— Je vais maintenant présenter notre rapport. Depuis la création de l'armée spatiale, en ce qui concerne spécifiquement le travail d'idéologie politique, notre mission principale a été d'enquêter sur le moral général des troupes. Étant donné le nombre pour l'instant limité du personnel de notre secteur, les restrictions administratives et les imperfections institutionnelles, cette enquête a principalement été conduite par entretiens et discussions privés, ainsi que grâce à la création d'un forum spécialisé sur notre réseau informatique interne. Les résultats qui ressortent de notre enquête sont alarmants : le défaitisme est extrêmement répandu et a tendance à se propager à grande échelle chez une partie non négligeable de camarades. L'ennemi inspire la terreur et un manque de foi manifeste dans l'issue future du conflit.

Les racines de ce défaitisme sont principalement à trouver dans la confiance aveugle faite à la technologie et dans le mépris ou le manque de considération des effets que peuvent avoir l'esprit et l'initiative individuels dans un conflit. C'est un prolongement et une évolution de la théorie du triomphalisme technologique et de celle de la prééminence de l'armement sur les hommes qui prospèrent depuis plusieurs années déjà au sein des troupes. Cette tendance est particulièrement remarquable chez les officiers les plus qualifiés. Le défaitisme au sein des troupes se manifeste principalement sous les formes suivantes.

Premièrement, un manque d'ardeur : ceux qui considèrent leur engagement dans l'armée spatiale comme un travail ordinaire. Même s'ils mettent un point d'honneur à s'acquitter de leurs tâches avec sérieux et responsabilité, ils manquent d'enthousiasme et de sens du devoir et doutent du sens ultime de leur travail.

Deuxièmement, une attente passive : ceux qui sont persuadés que l'issue de la guerre dépendra des scientifiques ou des ingénieurs ; ils croient que tant que les sciences fondamentales ou les recherches technologiques n'auront pas fait de grandes avancées, la Spatiale ne sera qu'une coquille vide. Par conséquent, ils ne saisissent pas très bien l'importance de leur mission présente et se satisfont de leur tâche routinière de formation militaire, manquant cruellement d'esprit d'initiative.

Troisièmement, des fantasmes irréalistes : ceux qui exigent de pouvoir profiter de la technologie d'hibernation pour traverser quatre siècles et prendre part à l'Ultime Bataille. Un certain nombre de jeunes camarades ont déjà fait part de ce souhait, l'un d'entre eux m'a même transmis un formulaire de demande officiel. En surface, cela peut sembler une attitude enthousiaste, qui équivaut à vouloir se retrouver en première ligne de la bataille, mais en réalité c'est une autre manifestation du défaitisme, en cela qu'elle révèle un manque de confiance dans la victoire et un doute concernant le sens des missions actuelles. L'honneur d'un soldat devient alors le seul pilier du travail et de l'existence.

Quatrièmement, l'exact contraire de l'attitude précédente : ceux qui commencent à mettre en doute la conception de l'honneur, considérant que le code moral militaire traditionnel ne convient déjà plus à cette guerre, et que se battre jusqu'à la fin n'a aucun sens. Ceux-là estiment que l'honneur militaire n'existe que lorsque quelqu'un est en mesure d'en être le témoin. Cependant, une fois la guerre perdue, il ne restera plus aucun humain dans l'Univers et cet honneur aura perdu tout son sens. Si une minorité seulement partage pour l'instant cette idée, cette idéologie qui équivaut à dénier toute valeur aux forces spatiales est particulièrement nocive.

À ces mots, Zhang Beihai regarda l'assemblée et nota que si ses propos avaient certes suscité une certaine attention, ils n'avaient pas réussi à dissiper la lassitude générale qui imprégnait encore les lieux. Il était néanmoins confiant dans le fait que ce qu'il allait raconter ensuite renverserait la situation.

— Permettez à présent que je prenne un exemple concret. Ce défaitisme s'exprime de façon très typique chez l'un de nos camarades ici présents. Je veux parler du colonel Wu Yue.

Zhang Beihai pointa Wu Yue, assis à l'autre bout de la table.

L'inattention de l'assemblée cessa aussitôt, les participants furent aux aguets. Ils dévisagèrent avec anxiété Zhang Beihai, puis Wu Yue. Ce dernier paraissait impassible et son regard tranquille était dirigé vers son camarade.

— Le colonel Wu Yue et moi-même avons par le passé coopéré à plusieurs reprises au sein de la marine, nous nous comprenons très bien. Il a ce que j'appelle un profond complexe technologique. C'est un technicien ou bien plutôt un ingénieur, ce qui n'est pas une mauvaise chose en soi mais, malheureusement, dans le cadre de la réflexion militaire, il accorde une importance trop grande à la technologie.

Bien qu'il ne l'ait jamais dit clairement, il a inconsciemment toujours considéré qu'une technologie avancée était le principal – voire le seul – facteur déterminant d'une victoire, négligeant du même coup le rôle que peuvent jouer les individus dans le cours d'une guerre. Il a en particulier une connaissance insuffisante des avantages singuliers de notre armée qui se sont développés durant les vicissitudes de son histoire. Au moment même où il a été mis au courant de la Crise trisolarienne, il a perdu toute confiance dans l'avenir et ce désespoir n'a fait que croître depuis qu'il a rejoint les rangs de l'armée spatiale. Les sentiments défaitistes du camarade Wu Yue sont si pesants, si ancrés, que tout espoir de lui redonner du courage est vain. Des mesures fortes doivent être prises le plus tôt possible pour contenir la propagation du défaitisme au sein des troupes. Par conséquent, j'estime que le camarade Wu Yue n'est déjà plus apte à continuer son travail dans les forces spatiales.

Tous les regards se portèrent sur Wu Yue qui regardait maintenant l'insigne de la Spatiale sur le képi qu'il avait posé sur le bureau. Il était toujours aussi calme.

Pendant tout le temps où il avait pris la parole, Zhang Beihai n'avait pas regardé une seule fois dans la direction de Wu Yue. Il poursuivit :

— Que l'amiral, le camarade Wu Yue et tout le monde ici me comprennent bien, si je dis cela, c'est uniquement parce que je me préoccupe du moral des troupes. Naturellement, j'espère pouvoir avoir un face-à-face public et sincère avec le camarade Wu Yue.

Ce dernier leva la main pour demander la parole. Chang Weisi la lui donna d'un hochement de tête :

— Ce que vient de dire le camarade Zhang Beihai à propos de mon état mental est exact. Je reconnais aussi sa conclusion : je ne suis pas apte à continuer à servir au sein des forces spatiales, je m'en remets aux ordres de l'Organisation.

L'atmosphère de la pièce se tendit, certains officiers regardèrent le carnet de notes qui se trouvait devant Zhang Beihai, ne pouvant s'empêcher d'essayer de deviner si des informations les concernant y étaient consignées.

Un senior colonel de l'armée de l'air se leva et affirma :

— Camarade Zhang Beihai, c'est une réunion de travail ordinaire, vous devriez vous en tenir à en référer à l'Organisation par les voies habituelles, est-ce bien convenable de le faire ici en public ?

Ces paroles furent aussitôt suivies d'un concert d'approbations de la part de nombreux officiers.

— Je suis conscient que mes paroles sont contraires aux principes de l'Organisation et je suis prêt à en assumer l'entière responsabilité. Cependant je crois que, quelle que soit la manière, il était nécessaire de vous faire prendre conscience de la gravité de la situation présente, rétorqua Zhang Beihai.

Chang Weisi leva le bras pour prévenir d'autres prises de parole :

— Avant tout chose, il faut reconnaître au camarade Zhang Beihai son sens de la responsabilité et de l'urgence. La propagation du défaitisme au sein de nos troupes est une réalité avérée, à laquelle nous devons faire face de façon rationnelle. Tant qu'il existera un écart technologique entre nous et l'ennemi, le défaitisme ne disparaîtra pas. Ce problème ne sera pas résolu grâce aux méthodes simples que nous avions l'habitude d'utiliser. C'est un travail minutieux et qui doit être engagé sur le long terme. Il nécessite beaucoup d'échanges et de communication. En cela, je suis d'accord avec ce que vient d'évoquer notre camarade : les problèmes liés à l'idéologie d'un individu doivent avant tout être abordés avec des échanges et de la communication. S'il s'avère nécessaire d'établir un rapport, il devra être effectué par l'intermédiaire des canaux habituels de l'Organisation.

Tous les officiers présents lâchèrent un soupir de soulagement. Durant cette réunion, au moins, Zhang Beihai n'aurait pas évoqué leurs noms.

En imaginant la nuit obscure et infinie s'étendre au-dessus des nuages, Luo Ji essayait, non sans mal, de mettre de l'ordre dans son esprit. Sans le vouloir, ses pensées dérivèrent sur la fille : sa voix, son visage, son sourire émergeaient dans la pénombre et une tristesse qu'il n'avait jamais connue assaillit son âme. Derrière cette tristesse perçait un mépris envers lui-même, un dégoût qu'il avait certes ressenti plusieurs fois par le passé mais qui n'avait jamais été aussi intense. *Mais pourquoi ne penses-tu que maintenant à elle ? La peur et le choc que tu as éprouvés à l'annonce de sa mort n'ont été qu'une manière de te disculper et c'est seulement en cet instant que tu comprends qu'elle n'a rien à voir avec tout ça, que tu lui accordes enfin un peu de ta si précieuse compassion ? Quel genre d'homme es-tu ?*

Mais il n'y a rien à faire. Je suis ce genre d'homme.

L'avion oscillait légèrement au gré des turbulences. Allongé sur son lit, Luo Ji avait le sentiment d'être dans un berceau. Il savait que, petit, il avait dormi dans un berceau, il se souvenait avoir vu un lit d'enfant couvert de poussière dans la cave de ses parents, et, sous le lit, l'arc du berceau. Il ferma alors les yeux en s'imaginant ces deux adultes en train de le bercer délicatement pour qu'il s'endorme. Il se demanda : *Depuis que tu as quitté ton berceau, t'es-tu jamais vraiment préoccupé de quiconque, hormis ces deux personnes ? As-tu jamais fait dans ton cœur une place minuscule mais permanente pour quelqu'un d'autre ?*

Oui, ça lui était arrivé une fois. Son cœur avait en effet déjà été irradié par la lumière dorée de l'amour. L'expérience avait été irréelle.

Tout avait commencé avec Bai Rong. Elle écrivait des romans pour les adolescents. Ce n'était pas son activité principale, mais elle bénéficiait d'une réputation telle que ses droits d'auteur lui rapportaient plus que son propre salaire. De toutes ses aventures avec des femmes, celle avec Bai Rong avait duré le plus longtemps, elle était même allée jusqu'au point où Luo Ji avait songé au mariage. Leurs sentiments l'un pour l'autre étaient somme toute assez banals, on ne pouvait parler d'idylle ou de passion, mais ils s'accordaient bien ensemble, et leur relation était à la fois détendue et heureuse. Même si tous deux appréhendaient quelque peu le mariage, ils estimaient qu'il était de leur responsabilité de tenter le coup.

À la demande de Bai Rong, Luo Ji dut lire tous ses romans, et même s'il n'y prenait pas forcément un grand plaisir, leur lecture ne représentait toutefois pas la même torture que pour d'autres fictions semblables qu'il avait jadis eu l'occasion de feuilleter. Bai Rong avait une écriture élégante mâtinée d'une simplicité et d'une maturité d'ordinaire absentes de la plume de ses pairs. Son style ne convenait toutefois guère au contenu des romans. À leur lecture, Luo Ji avait l'impression de regarder des perles de rosée sur des broussailles : pures et transparentes, ce n'était que par réflexion de la lumière et par réfraction des couleurs de leur environnement qu'elles donnaient à voir un peu de leur personnalité et de la façon dont elles roulaient sur les feuilles, fusionnant à mesure de leurs rencontres avant de se scinder à nouveau dans leur chute. Et une fois le soleil à son zénith, elles s'évaporaient toutes en un court instant. Chaque fois qu'il finissait un roman de Bai Rong, une même question revenait sans cesse derrière l'impression de beauté laissée par son écriture : comment vivent ceux qui s'aiment vingt-quatre heures sur vingt-quatre ?

— Tu crois vraiment qu'il existe dans la réalité ce genre d'amour que tu décris dans tes romans ? lui avait un jour demandé Luo Ji.

— Oui.

— Tu en as déjà vu ou tu en as déjà vécu ?

Bai Rong s'était agrippée à son cou et lui avait chuchoté mystérieusement à l'oreille :

— Quoi qu'il en soit, ça existe, je te le dis, ça existe !

Luo Ji faisait parfois part de ses commentaires sur ses romans, il lui était même arrivé de les corriger.

— On dirait que tu as plus de talent que moi, tu ne fais pas que m'aider à reprendre les intrigues, tu me fais changer les personnages et c'est ça qui est le plus dur. Chacune des modifications que tu proposes apporte une touche décisive. Tu es vraiment doué pour créer des personnages.

— Tu plaisantes, j'ai fait des études d'astronomie !

— Et alors ? Wang Xiaobo[1] était bien mathématicien !

L'an dernier, à l'occasion de son anniversaire, elle lui avait demandé un cadeau spécial.

— Pourrais-tu m'écrire un roman ?

— Un roman ?

— Oui… D'au moins cinquante mille caractères.

— Avec toi comme personnage principal ?

— Non. Je suis récemment allée voir une expo intéressante. On a demandé à des artistes masculins de peindre les plus belles femmes qu'ils pouvaient imaginer. Je voudrais que tu fasses la même chose avec ton personnage principal, que ce soit la plus belle femme que tu puisses imaginer. Tu peux t'éloigner de la réalité et puiser dans tes fantasmes pour créer un ange.

Aujourd'hui encore, Luo Ji ignorait ce qui avait motivé cette requête. Peut-être bien que Bai Rong elle-même ne le savait pas. Maintenant qu'il y repensait, il lui semblait que son expression avait révélé un mélange de malice et d'angoisse.

1. Wang Xiaobo (1952-1997) est un célèbre romancier et essayiste chinois qui a connu un grand succès posthume. Plusieurs de ses œuvres ont été traduites en français, dont *Le Monde futur* (trad. de Mei Mercier, Actes Sud, coll. "Lettres chinoises"). *(N.d.T.)*

Alors Luo Ji commença à élaborer son personnage. Il s'attacha d'abord à imaginer son visage, puis à lui trouver des vêtements, à façonner l'environnement dans lequel elle évoluait, les personnes qui gravitaient autour d'elle et il finit par la placer dans cet environnement, la laissant agir, parler, vivre. Mais très vite, le jeu perdit de sa saveur et il fit part à Bai Rong des difficultés qu'il rencontrait :

— Elle est comme un pantin. J'imagine chacun de ces gestes, chacune de ces phrases, mais tout manque de vie.

— Tu ne t'y prends pas comme il faut, lui dit Bai Rong. Tu écris une dissertation, tu ne fais pas de la littérature. Ne perds pas de vue que ce que fait un personnage littéraire en dix minutes est peut-être une réaction à dix années de son existence. Tu ne peux pas te limiter à l'intrigue de ton roman, tu dois inventer toute sa biographie et, à la fin, ce que tu retranscriras réellement dans l'histoire, ce ne sera que le sommet d'un iceberg.

Luo Ji s'appliqua donc à suivre la recommandation de Bai Rong, il laissa totalement de côté l'intrigue qu'il avait envisagée et se mit à imaginer la vie entière de cette fille, dans ses moindres détails. Il l'imagina dans les bras de sa mère, sa petite bouche tétant avec satisfaction les seins maternels ; poursuivre un ballon de baudruche rouge fusant au-dessus du sol et s'effondrer au premier pas, pleurer à chaudes larmes en voyant le ballon s'éloigner, sans prendre un seul instant conscience qu'elle avait fait là son premier pas ; son premier jour d'école, seule, assise au troisième rang d'une salle inconnue, ne voyant ni papa ni maman derrière la porte ou la fenêtre mais, au moment où elle allait se mettre à pleurer, s'apercevoir qu'un de ses camarades de crèche était assis au bureau voisin et crier de joie ; marcher à pas lents sous une pluie battante, plier soudain son parapluie et accueillir l'averse ; il imagina sa première nuit à l'université où, allongée sur le lit de son dortoir, elle regardait les ombres des arbres projetées sur le plafond par les lampadaires de la route… Il imagina ce qu'elle aimait manger, la couleur et le style de tous les vêtements de sa commode, il imagina les stickers de son téléphone portable, les livres qu'elle lisait, les pistes de son lecteur MP4, les sites Internet qu'elle consultait, les films qu'elle préférait, mais jamais ses produits de maquillage, car elle n'en avait pas besoin… Il était comme un créateur hors du temps, il fabriquait simultanément différentes étapes de sa vie. Peu à peu, il se prit au jeu et s'amusait tant qu'il ne s'en lassait pas.

Un jour, à la bibliothèque, Luo Ji s'imagina qu'elle se tenait un peu plus loin en train de lire devant un rayon. Il l'habilla de son vêtement préféré pour être en mesure de distinguer plus clairement son corps menu. Brusquement, elle leva la tête de son livre et le regarda en souriant.

Luo Ji fut décontenancé : l'avait-il fait sourire ? Mais ce sourire s'était déjà gravé dans sa mémoire, comme une tache dans la glace, à jamais indélébile.

Le tournant arriva la nuit suivante. Des rafales de neige se déchaînaient ce jour-là, le thermomètre était descendu très bas et dans la chaleur de son dortoir universitaire, Luo Ji écoutait les hurlements du vent qui recouvraient les autres bruits de la ville et les flocons de neige qui frappaient la fenêtre avec la résonance de grains de sable. Il jeta un coup d'œil à l'extérieur et ne vit qu'un tapis de poussière neigeuse. À cet instant précis, la ville ne semblait plus exister et ce dortoir pour enseignants paraissait se dresser seul au milieu d'une infinie plaine enneigée. Luo Ji retourna se coucher, mais avant de sombrer dans le sommeil il fut assailli par une pensée : si elle marchait dehors par ce temps de chien, elle devait avoir terriblement froid. Il se rassura aussitôt : "Ce n'est pas grave, tu n'as qu'à décider qu'elle n'est pas à l'extérieur." Mais cette fois, son acte d'imagination échoua. Elle marchait bien dans la neige et sous le vent, comme un brin d'herbe qui pouvait à tout moment être emporté par une bourrasque glacée. Elle était vêtue d'un grand manteau blanc et portait une écharpe rouge autour du cou, de sorte que sous le ballet des flocons on ne pouvait apercevoir qu'une vague silhouette se débattant comme une petite flammèche contre la tempête.

Luo Ji n'arriva pas à retrouver le sommeil. Il s'assit sur son matelas, puis il enfila une veste et s'installa sur le canapé. Il voulut fumer mais il se rappela qu'elle n'aimait pas l'odeur de la cigarette et il se prépara donc une tasse de café qu'il but lentement. Il devait l'attendre. Le froid et le vent neigeux qui sévissaient à l'extérieur lui balafraient le cœur, c'était la première fois qu'il se faisait autant de souci, qu'il pensait autant à quelqu'un.

Alors que ses pensées le brûlaient, elle arriva, lentement, son corps mince nimbé d'une couche de glace, mais dégageant un effluve printanier. Les flocons de neige sur sa frange se condensèrent rapidement en gouttelettes cristallines tandis qu'elle dénouait son écharpe et portait ses deux mains à sa bouche en soufflant pour les réchauffer. Il attrapa ses deux mains fines et réchauffa leur douceur glacée. Elle le regarda avec émotion et lui posa la question qu'il voulait lui adresser :

— Est-ce que tu vas bien ?

Il ne put rien faire d'autre que hocher niaisement la tête, il l'aida à enlever son manteau. "Viens te réchauffer." Il saisit ses épaules fragiles et l'attira jusque devant la cheminée.

— Il fait chaud. C'est si bon…

Elle s'assit sur le tapis devant l'âtre, contemplant les flammes d'un sourire radieux.

Bon sang, qu'est-ce qui me prend ? se dit Luo Ji, debout au centre de son dortoir vide. Pourquoi ne pas simplement écrire cinquante mille caractères à l'emporte-pièce, imprimer le document dans un papier de qualité supérieure, faire une jolie couverture et un joli rabat avec un logiciel de mise en pages, relier le tout chez un professionnel, l'emballer et l'offrir à Bai Rong le jour de son anniversaire ? Pourquoi fallait-il qu'il se laisse ainsi prendre au piège ? Il fut stupéfait d'apercevoir que ses yeux étaient mouillés de larmes. Aussitôt après, il fut saisi par autre chose : une cheminée ? Mais où ai-je bien pu aller chercher cette foutue cheminée ? Pourquoi une cheminée ? Mais il comprit vite : ce qu'il voulait, ce n'était pas la cheminée, mais ses flammes, car c'était dans la lumière du feu qu'elle était la plus belle. Il se rappela son visage éclairé par le halo des flammes.

Non ! Arrête de penser à elle, ça sera une catastrophe ! Va dormir !

Contrairement à ce à quoi il s'attendait, Luo Ji ne rêva pas d'elle cette nuit-là. Il dormit très bien et eut le sentiment que son lit à une place était une barque voguant sur un océan de roses. Lorsqu'il se réveilla le lendemain matin, il se sentit revivre, il avait l'impression d'être une bougie recouverte de poussière depuis des années que la flammèche nocturne scintillant sous les rafales de neige avait rallumée. Tout émoustillé, il prit le chemin du bâtiment où il donnait cours. Après les chutes de neige de la veille, le ciel était brumeux, mais il lui semblait pouvoir voir à des milliers de kilomètres à la ronde ; aucun flocon ne s'était accroché aux deux rangées de peupliers noirs qui bordaient la route et leurs branchages nus pointaient vers le ciel hivernal, mais il les trouvait plus vivants qu'au printemps.

Il grimpa sur l'estrade et, comme il l'avait espéré, elle réapparut, assise seule au dernier rang de l'amphithéâtre, très éloignée des autres étudiants qui avaient pris place aux premiers rangs. Son manteau immaculé et son écharpe rouge étaient posés sur le siège d'à côté, elle n'était plus vêtue que d'un pull à col roulé beige. À la différence des autres étudiants, elle n'avait pas la tête baissée sur son manuel, elle lui adressa une nouvelle fois ce même sourire ensoleillé.

Luo Ji fut pris d'angoisse, son cœur se mit à battre à toute vitesse et il dut s'enfuir par la porte latérale de l'amphi. Après un moment passé sous l'air froid du balcon, il retrouva son calme. Jamais il n'avait été dans un tel état, à l'exception peut-être de la soutenance de ses deux thèses de doctorat. Luo Ji fit ensuite tout son possible pour se mettre en valeur durant le reste du cours, multipliant les citations et les envolées lyriques qui lui valurent une volée d'applaudissements de la part de ses auditeurs, chose rare en ces lieux. Elle ne se joignait pas à eux, elle se contentait de lui sourire en hochant la tête.

À la fin du cours, elle et lui marchèrent côte à côte le long du boulevard bordé d'arbres sans ombre, il pouvait entendre le crissement de ses bottes bleues sur le sol enneigé. Des deux côtés, les peupliers noirs d'hiver tendaient silencieusement l'oreille à leur dialogue intérieur.

— Ton cours était très intéressant, mais je n'ai pas tout compris.

— Ce n'est pas ta spécialité, n'est-ce pas ?

— Non, en effet.

— Tu suis beaucoup d'autres cours en auditrice libre ?

— Seulement depuis quelques jours, j'entre un peu au hasard dans les amphithéâtres et je m'assois un moment. Je viens de terminer mes études, je devrais partir mais je me rends compte qu'on est bien ici. J'ai peur de l'extérieur…

Les trois ou quatre jours qui avaient suivi, Luo Ji avait passé la majorité de son temps avec elle. Ceux qui le voyaient pensaient qu'il appréciait de marcher seul. Ce n'était pas compliqué de se justifier auprès de Bai Rong : il planchait sur son cadeau d'anniversaire. Et ce n'était d'ailleurs pas un mensonge.

La nuit du Nouvel An, Luo Ji acheta une bouteille de vin rouge qu'il n'aurait jamais bue seul. De retour au dortoir, il éteignit la lumière et disposa des bougies sur la table à thé devant le canapé. Quand les trois bougies furent allumées, elle s'assit sans un mot à côté de lui.

— Oh, regarde… s'exclama-t-elle en pointant la bouteille avec une allégresse candide.

— Quoi ?

— Regarde comme la couleur du vin est belle à la lueur des bougies.

Baigné par le halo des bougies, le vin était en effet d'un rouge sombre, translucide et argentin, comme sorti d'un rêve.

— On dirait un soleil mort, avait dit Luo Ji.

— Ne pense pas comme ça ! s'offusqua-t-elle, avec une sincérité qui fit fondre le cœur de Luo Ji. Ça me fait plutôt penser… aux yeux du crépuscule.

— Pourquoi pas ceux de l'aube ?

— Je préfère le crépuscule.

— Pourquoi ?

— Quand le crépuscule se dissipe, on peut voir les étoiles. Alors qu'après l'aube, tout ce qui reste, c'est…

— La réalité, dans toute sa lumière.

— Oui, oui, c'est ça.

Ils discutèrent longtemps, de tout, parlant avec une langue commune des choses les plus insignifiantes, jusqu'à ce que Luo Ji eût fini d'engloutir les yeux du crépuscule.

Il s'allongea un peu ivre sur son lit et regarda la bougie qui ne tarderait pas à être entièrement consumée. Son image avait disparu des flammes, mais Luo Ji n'était pas inquiet, il suffisait qu'il le veuille pour qu'elle réapparaisse à tout moment.

À cet instant il entendit frapper à la porte. Luo Ji savait que c'était un son issu de la réalité et que cela n'avait rien à voir avec elle. Il n'eut aucune réaction. La porte s'ouvrit et Bai Rong entra. Elle appuya sur l'interrupteur et ce fut comme si elle allumait une réalité grise. Elle observa la bougie sur la table, puis elle s'assit à la tête du lit de Luo Ji et soupira faiblement :

— Ouf…

— Comment ça, ouf ? fit Luo Ji, en se protégeant avec la main de la lumière aveuglante de la lampe.

— Tu n'en es pas encore arrivé au point de lui servir un verre.

Luo Ji se couvrait les yeux sans rien dire. Bai Rong écarta sa main et lui demanda en le toisant :

— Elle est vivante, c'est ça ?

Luo Ji fit oui de la tête et se releva pour s'asseoir.

— Rong, j'avais toujours cru que les personnages des romans étaient sous le contrôle de leur auteur, qu'il pouvait les façonner comme il l'entendait, qu'il pouvait les faire agir comme il le voulait, comme un dieu avec ses créatures.

— Tu te trompais ! Bai Rong se leva et arpenta la pièce. Maintenant, tu le sais. C'est toute la différence entre quelqu'un qui écrit et quelqu'un qui fait de la littérature. L'acte suprême de la création littéraire, c'est lorsque les personnages romanesques nés dans les pensées de l'écrivain prennent vie, lorsque ce dernier perd tout contrôle sur eux, qu'il n'est même plus capable de prédire leurs prochaines actions. Il ne fait que les suivre, curieux, scrutant comme un voyeur les détails les plus infimes de leurs existences, puis il les archive par l'écriture pour en faire un canon.

— Alors la littérature est quelque chose d'obsessionnel ?

— C'était au moins le cas pour Shakespeare, Balzac ou Tolstoï. Les classiques qu'ils ont créés sont nés de leur utérus mental. Mais les écrivains d'aujourd'hui ont perdu ce pouvoir de création, leurs esprits ne donnent plus naissance qu'à des fragments désagrégés, à des fœtus difformes dont les vies éphémères ne sont que des spasmes obscurs et irrationnels. Ils balaient alors ces morceaux et les regroupent dans un sac sur lequel ils collent des étiquettes : "postmodernes", "déconstructivistes", "symbolistes", "irrationnels" pour mieux les vendre.

— Tu veux dire que je suis devenu un écrivain de littérature classique ?

— Sans doute pas. Ta pensée n'a engendré qu'une seule forme, et l'une des plus faciles, tandis que les grands écrivains peuvent en faire naître des millions. Ils parviennent à peindre une époque entière, seuls des surhommes peuvent accomplir cela. Mais ce que tu as fait n'était pas facile. Je ne t'en croyais pas capable.

— Tu y es déjà arrivée ?

— Une fois seulement, répondit prosaïquement Bai Rong, puis elle se retourna et changea hâtivement de sujet en enroulant un bras autour de Luo Ji. Laisse tomber, je ne veux plus de ce cadeau. Et toi, reviens à la vie normale, d'accord ?

— Et si ça continue ?

Bai Rong examina Luo Ji pendant plusieurs secondes, puis elle détourna son regard et secoua la tête en souriant :

— Je me doutais que c'était trop tard.

Puis une fois qu'elle eut dit ces mots, elle récupéra son sac sur le lit et sortit.

Il entendit ensuite à l'extérieur des gens lancer un compte à rebours : quatre-trois-deux-un, puis une explosion de rires lui parvint du bâtiment des cours d'où n'avait cessé de résonner jusque-là de la musique festive. Des feux d'artifice furent tirés sur le terrain de sport. Luo Ji regarda sa montre, il savait que la dernière seconde de l'année venait de s'écouler.

— Demain c'est férié, et si on allait se balader ? demanda Luo Ji, allongé sur le lit. Il savait qu'elle était déjà réapparue devant la cheminée inexistante.

— Tu ne l'emmènes pas, elle ? l'interrogea-t-elle avec innocence en pointant la porte entrouverte.

— Non, juste nous deux. Où voudrais-tu aller ?

Son regard se perdit dans les flammes dansantes de la cheminée :

— Peu importe, le simple fait de voyager, je trouve ça magnifique.

— Alors, nous allons où le vent nous porte ?

— Parfait.

Le lendemain matin, Luo Ji sortit du campus avec sa Honda Accord et prit la direction de l'ouest. S'il avait choisi ce cap, c'était simplement parce qu'il voulait éviter d'avoir à traverser toute la ville, c'était la première fois qu'il goûtait au charme d'un voyage sans destination déterminée. Quand les bâtiments extérieurs commencèrent à se faire peu à peu plus rares et que les champs apparurent, Luo Ji entrouvrit la vitre de la voiture pour laisser entrer un peu d'air hivernal. Il pouvait sentir ses longs cheveux soufflés par le vent chatouiller sa joue droite.

— Regarde, là-bas, des montagnes… s'extasia-t-elle en pointant le lointain.

— La vue est dégagée aujourd'hui, ce sont les monts Taihang. Cette route est parallèle à la chaîne, puis elle bifurque vers l'ouest, avant d'entrer dans la montagne. Je dirais que nous sommes maintenant à…

— Non, non, ne dis pas où nous sommes ! Dès que nous savons où nous sommes, le monde devient aussi étroit qu'une carte. Mais quand nous l'ignorons, il est sans limites.

— Eh bien, c'est d'accord. Faisons de notre mieux pour nous perdre, dit Luo Ji, en s'engageant sur une route perpendiculaire où les voitures étaient encore moins nombreuses.

Après avoir roulé pendant quelques kilomètres, il prit une nouvelle route, au hasard. Des deux côtés de la chaussée s'étendaient des champs à perte de vue. Les surfaces encore recouvertes de neige étaient à peu près aussi larges que celles qui en étaient dépourvues. On ne voyait de vert nulle part, mais les champs irradiaient d'un halo argenté.

— Un paysage typique du Nord, souffla Luo Ji.

— C'est la première fois que je réalise qu'un paysage sans une seule touche de vert peut aussi être sublime.

— Le vert est enseveli sous les champs, il attend le début du printemps, lorsque les blés d'hiver germent malgré le froid encore rude. C'est alors du vert partout. Imagine, tout un océan de…

— Pas besoin de vert, c'est magnifique maintenant. Regarde, on dirait que le sol est une vache laitière endormie sous le soleil.

— Comment ? s'étonna Luo Ji en la regardant, puis il observa à travers les vitres cette terre panachée de neige. Ah, oui, tu as raison, l'image est juste… Quelle est ta saison préférée ?

— L'automne.

— Pourquoi pas le printemps ?

— Le printemps… Trop de sentiments se bousculent. C'est éprouvant. L'automne, c'est très bien.

Luo Ji stoppa le véhicule et tous deux descendirent au bord des champs, d'où ils observèrent des pies bavardes qui cherchaient de quoi picorer. Ce ne fut que lorsqu'ils furent à une très faible distance des oiseaux que ceux-ci s'envolèrent sur la branche d'un arbre lointain. Puis tous deux descendirent le lit d'une rivière presque asséchée au centre de laquelle ruisselait un mince filet d'eau. Mais c'était tout de même une rivière du Nord et ils ramassèrent des petits galets froids pour faire des ricochets, en regardant de l'eau jaune et trouble jaillir des trous faits dans la surface glacée. Ils gagnèrent une petite bourgade, où ils déambulèrent un certain temps dans le marché. Elle s'accroupit au bord d'un étal vendant des poissons rouges, refusant de partir. Dans leur bocal rond, les poissons paraissaient danser comme des flammes sous les rayons du soleil. Luo Ji lui en acheta deux et les posa avec leur sac plastique rempli d'eau sur le siège arrière de la voiture. Ils entrèrent dans un hameau qui n'avait rien de bucolique. Les maisons et les jardins étaient flambant neufs, et de grosses voitures étaient garées à l'extérieur. La route goudronnée était large, et les habitants n'étaient pas vêtus différemment que dans les grandes villes, certaines jeunes filles paraissaient même très à la mode, tandis que les chiens de rue étaient le même genre de parasites à poils longs et à pattes courtes que dans les métropoles. Un lieu toutefois était amusant : la scène de théâtre, placée à l'entrée du village. Ils s'étonnèrent qu'on ait pu construire une scène aussi grande dans un village aussi petit. Celle-ci était vide et Luo Ji, au prix d'un long effort, parvint à s'y hisser. Avec elle pour seul public, il chanta *Sous l'aubépine*[1]. À midi, ils déjeunèrent dans une autre bourgade. Les plats avaient le même goût que ceux des villes, mais ici les portions étaient à peu près le double. Après le repas, ils s'assirent légèrement somnolant sur un banc en face de la petite mairie, où ils se laissèrent imprégner de la chaleur du soleil, puis ils reprirent la voiture vers une destination inconnue.

Sans même qu'ils s'en soient aperçus, la route les conduisit dans les montagnes. Ils se trouvaient cependant sur une portion peu élevée, sans attrait particulier, sans falaise ni ravin, et où la végétation était pauvre : rien d'autre que des herbes flétries et des buissons de vitex poussant entre les crevasses grises des roches. Des millions d'années durant, les montagnes, épuisées d'être debout, s'étaient allongées et reposaient maintenant paisiblement, se laissant bercer par le temps et le soleil, rendant les marcheurs qui se promenaient sur leurs versants aussi indolents qu'elles-mêmes.

— Ici, les montagnes ressemblent aux vieillards du village qui se prélassent au soleil, dit-elle.

Ils n'avaient pourtant vu aucun de ces vieillards dans les villages qu'ils avaient traversés, et nul ne pouvait être aussi oisif que ces montagnes. Plus d'une fois, la voiture fut arrêtée par le passage d'un troupeau de chèvres. Au bord de la route apparaissaient peu à peu les villages qu'ils avaient imaginés, avec des *yaodong*[2], des plaqueminiers, des noyers

1. Version chinoise d'un chant soviétique écrit en 1953, qui raconte l'histoire d'amour entre deux jeunes ouvriers. *(N.d.T.)*

2. Habitations troglodytiques typiques du plateau de Lœss en Chine du Nord. *(N.d.T.)*

et, tout en haut des toits plats des maisons de pierre bâties en escalier, des piles d'épis de maïs. Même les chiens devenaient plus gros et plus féroces.

Ils faisaient des pauses régulières pour se promener entre les montagnes. Tout l'après-midi passa sans qu'ils s'en rendent compte. Quand le soleil commença à descendre vers l'ouest, la route s'était assombrie depuis longtemps. Luo Ji conduisit le long d'un chemin de terre cahoteux et grimpa une crête encore illuminée par l'éclat du crépuscule. Ils décidèrent que leur voyage s'arrêterait là et qu'ils rentreraient après avoir admiré le coucher de soleil. Ses longs cheveux voletaient dans le vent du soir, comme s'ils essayaient de s'agripper aux dernières lueurs du jour.

Ils venaient tout juste de reprendre la route principale lorsqu'ils tombèrent en panne. La roue arrière était cassée, ils devaient attendre d'être dépannés. Luo Ji dut patienter un long moment avant d'obtenir du conducteur d'une camionnette le nom de l'endroit où ils se trouvaient. Il était rassuré que, même ici, il y ait du réseau sur son téléphone portable. Le dépanneur, après avoir été mis au fait de la localisation de Luo Ji, lui indiqua qu'il n'arriverait pas avant quatre ou cinq heures.

Depuis le coucher du soleil, la température dans la montagne avait singulièrement baissé. Tandis que les environs s'assombrissaient, Luo Ji réussit à collecter quelques épis de maïs secs sur les champs en terrasse avoisinants et alluma un feu.

— Il fait chaud. C'est si bon ! s'exclama-t-elle en contemplant le feu avec le même émerveillement que la nuit précédente devant la cheminée.

Luo Ji fut une nouvelle fois subjugué par son visage éclairé par les flammes. Il était submergé de douceur, il sentait que, comme ce feu, sa seule raison de vivre était de lui apporter sa chaleur.

— Y a-t-il des loups ici ? demanda-t-elle en observant les alentours de plus en plus plongés dans l'obscurité.

— Non, ici nous sommes encore dans les terres intérieures du Nord. Même si tout paraît désolé, c'est l'une des régions les plus densément peuplées du pays. Regarde la route, une voiture y passe en moyenne toutes les deux minutes.

— J'espérais que tu me dises qu'il y avait des loups, dit-elle en partant d'un rire délicieux, tandis qu'elle regardait les étincelles s'envoler vers les étoiles.

— Bien, alors disons qu'il y a des loups, mais que je suis là.

Ils ne dirent rien de plus, ils restèrent silencieusement assis devant le feu, l'alimentant de temps à autre de quelques branches sèches.

Luo Ji ne savait combien de temps s'était écoulé lorsque son téléphone portable sonna. C'était Bai Rong.

— Tu es avec elle ? lui demanda-t-elle calmement.

— Non, je suis seul, répondit Luo Ji en levant la tête en l'air.

Il ne mentait pas, il était réellement tout seul, près d'un feu au bord d'une route publique, au cœur des monts Taihang, accompagné simplement par les reflets des roches projetés par les flammes et, au-dessus de lui, par un ciel gorgé d'étoiles.

— Je sais bien que tu es seul, mais tu es avec elle.

— … Oui.

Luo Ji baissa la voix et regarda à nouveau à côté de lui, elle remettait justement des branches pour entretenir le feu. Son sourire, tout comme les étincelles qui s'élevaient dans le ciel, illuminait les alentours.

— Maintenant, tu dois me croire, l'amour dont je parle dans mes romans existe réellement, n'est-ce pas ?

— Oui, j'y crois.

Sitôt que Luo Ji eut prononcé ces quelques mots, il prit conscience que la distance qui s'était creusée entre Bai Rong et lui était aussi grande que celle de la réalité. Ils demeurèrent silencieux un long moment, tandis que les spirales des ondes électriques, aussi fines que des fils, traversaient les montagnes nocturnes, constituant le dernier lien qui les unissait.

— Tu as aussi un "lui" à toi, n'est-ce pas? demanda Luo Ji.

— Oui, depuis longtemps.

— Où est-il maintenant?

Luo Ji entendit le rire léger de Bai Rong :

— Où peut-il bien être?

Luo Ji rit aussi :

— Oui, où peut-il bien être?

— OK, ne te couche pas trop tard, au revoir.

Bai Rong raccrocha le téléphone et les minuscules fils qui sillonnaient la nuit noire s'interrompirent, laissant un peu de tristesse à leurs deux extrémités, mais rien de plus.

— Il fait trop froid dehors, va dormir dans la voiture, d'accord? lui dit Luo Ji.

Elle secoua légèrement la tête :

— Je veux rester ici avec toi. Tu m'aimes auprès du feu, non?

La dépanneuse de Shijiazhuang n'arriva qu'au milieu de la nuit. Les deux dépanneurs s'étonnèrent de voir Luo Ji assis dehors, près d'un feu.

— Eh bien, monsieur, on peut dire que vous n'avez pas peur du froid. Votre moteur n'est pas cassé, vous n'auriez pas mieux fait de rester dans votre voiture avec le chauffage allumé?

La voiture une fois réparée, Luo Ji repartit à toute vitesse, fonçant à travers les montagnes. Il regagna vite la plaine. Il atteignit Shijiazhuang à l'aube et quand il arriva à Pékin, il était déjà 10 heures du matin.

Luo Ji ne retourna pas à l'université, il alla directement consulter un psychologue.

— Vous avez peut-être besoin d'adaptation, mais il n'y a rien de bien grave, lui confia le médecin après avoir entendu sa longue histoire.

— Rien de grave ? Luo Ji écarquilla des yeux saturés de filets de sang. Je suis tombé fou amoureux d'un personnage de fiction que j'ai moi-même imaginé pour écrire un roman. Je vis avec elle, je voyage avec elle et je vais même me séparer pour elle de ma véritable copine. Et vous dites qu'il n'y a rien de grave ?

Le médecin lui adressa un sourire compatissant.

— Vous comprenez ? J'ai offert mon amour à une illusion !

— Croyez-vous que ceux que l'on aime existent réellement ?

— Est-ce une vraie question ?

— Bien sûr, l'objet de l'amour de la plupart des gens n'existe que dans leur imagination. Ce que l'on aime, ce n'est pas l'homme ou la femme de la réalité, mais celui ou celle qui naît dans notre imaginaire. Les amants réels ne sont que des modèles permettant de créer ceux que l'on rêve. Tôt ou tard, on finit par se rendre compte du fossé qui existe entre l'amour rêvé et son modèle. Quand on parvient à s'habituer à cette différence, on peut continuer à être ensemble, mais quand on échoue, on se sépare, c'est aussi simple que cela. Vous différez en un point avec la majorité des gens : vous n'avez pas besoin de modèle.

— Ce n'est donc pas une pathologie ?

— Simplement dans le sens évoqué par votre petite amie. Vous avez un don pour la création littéraire, vous pouvez choisir de le qualifier de pathologique.

— Mais n'est-ce pas démesuré de laisser l'imagination atteindre cette extrémité ?

— Il n'y a rien de démesuré dans l'imagination, particulièrement quand il s'agit d'amour.

— Mais que dois-je faire ? Comment puis-je l'oublier ?

— C'est impossible. Vous ne pouvez pas l'oublier, il ne servirait à rien d'essayer. Cela produirait au contraire des effets secondaires, et pourrait même déboucher sur de véritables troubles psychologiques. Laissez la nature suivre son cours. Encore une fois, ne vous forcez pas à l'oublier, c'est inutile. Mais avec le temps, son influence sur votre vie sera moins grande. En réalité, vous êtes chanceux car, qu'elle existe ou non, pouvoir aimer est une chance.

C'était la première fois que Luo Ji connaissait un tel amour, un amour qu'un homme ne pouvait connaître qu'une seule fois en une vie. Après cela, Luo Ji mena une vie insouciante, voyageant souvent où le vent le portait, comme cette fois où il était parti avec sa Honda Accord. Comme l'avait prédit le psychologue, l'influence de cette femme se fit de moins en moins importante, elle n'apparaissait plus lorsqu'il était avec des vraies filles puis, plus tard, ses apparitions se firent rares même lorsqu'il était seul. Luo Ji savait cependant que les contrées les plus reculées de son cœur lui appartenaient et qu'elle y demeurerait pour le restant de sa vie. Il pouvait même visualiser le monde où elle se trouvait : une plaine déserte et enneigée où le ciel était perpétuellement garni d'étoiles et d'un croissant de lune argenté. La neige ne cessant d'y tomber, la plaine paraissait lisse et immaculée, comme du sucre en poudre. Tout était si calme qu'on pouvait presque entendre le bruit des flocons tombant sur le sol. Et elle, cette Ève créée à partir de la côte de son esprit, l'attendait assise devant une cheminée à l'ancienne, regardant les flammes danser à l'intérieur d'une coquette cabane en bois.

Luo Ji aurait voulu qu'elle l'accompagne durant cette traversée imprévisible et dangereuse en avion, il aurait voulu deviner avec elle la destination de ce voyage, mais elle ne se montra pas. Il la vit mentalement assise en silence devant la cheminée. Elle ne se sentait pas seule, car elle savait sur quoi était bâti son monde.

Luo Ji tendit le bras pour saisir le bocal de pilules en tête de lit, il voulut prendre un somnifère pour se forcer à dormir mais, à l'instant précédant le contact de ses doigts avec le bocal, celui-ci s'envola de sa table de chevet et monta droit au plafond, comme les vêtements que Luo Ji avait jetés sur le fauteuil. Ils y restèrent deux secondes puis retombèrent. Il sentit que son corps lui aussi avait quitté la surface du lit mais son sac de couchage étant solidement fixé, il ne s'envola pas. Après le bocal et les vêtements, Luo Ji retomba à son tour lourdement sur le lit. Pendant quelques secondes, son corps eut la sensation d'être écrasé par un objet massif et il se trouva incapable de faire le moindre geste. Ces brusques sentiments d'apesanteur et d'hypergravité lui donnèrent le vertige, mais le phénomène ne dura pas plus de dix secondes, avant que la situation revienne à la normale.

Derrière la porte, Luo Ji entendit le frottement de pas sur la moquette. Plusieurs personnes s'approchaient. La porte s'ouvrit et Shi Qiang passa la tête dans l'encadrement :

— Luo Ji, pas de mal ?

Après s'être assuré que Luo Ji allait bien, il referma la porte, sans entrer dans la chambre. Luo Ji put entendre à l'extérieur les bribes d'un dialogue à voix basse.

— Il semblerait qu'il y ait eu une mésentente lors du relais des escortes. Il n'y a pas à s'inquiéter.

— Et, en haut, qu'est-ce qu'ils ont dit au téléphone ? C'était la voix de Shi Qiang.

— Ils ont dit que l'escadron aurait besoin de faire un ravitaillement en vol, que nous ne devions pas nous affoler.

— Ce n'était pas prévu dans le programme, ça, hein ?

— Ne m'en parlez pas. Tout à l'heure, quand ça a tangué, sept appareils de l'escorte ont abandonné leurs réservoirs largables[1].

— Pourquoi être aussi inquiet ? Allez, retournez dormir, ne nous faites pas une attaque.

1. En situation de combat, les avions de chasse peuvent larguer en vol un réservoir auxiliaire de carburant afin de diminuer leur poids. *(N.d.A.)*

— Comment voulez-vous trouver le sommeil dans une situation pareille ?

— Laissez quelqu'un en surveillance et ça ira. Qu'est-ce que vous feriez de mieux si vous restiez plus longtemps ? Ils ont beau insister sur la sécurité, en haut, moi ce que j'en dis, c'est qu'il faut penser à ce à quoi il faut penser et faire ce qu'il faut faire. S'il se passe vraiment quelque chose, eh bien tant pis, de toute façon, on ne pourra rien faire de plus, pas vrai ? Ne vous mettez pas dans un tel état.

En entendant l'expression "relais des escortes", Luo Ji se leva comme il put et ouvrit les rideaux des hublots pour regarder à l'extérieur, il y vit encore une mer de nuages, mais la lune inclinait cette fois vers l'horizon. Il aperçut les traînées laissées par l'escadron des avions de chasse, il y en avait maintenant six. Il examina attentivement les petits appareils à l'extrémité de ces traînées blanches et remarqua que ce n'était pas le même modèle que ceux qu'il avait vus plus tôt.

La porte de la chambre s'ouvrit à nouveau, Shi Qiang passa la moitié de son torse :

— Frangin, il y a eu un petit problème, mais ne vous en faites pas, tout est rentré dans l'ordre. Vous pouvez vous rendormir.

— Il y a encore le temps ? Cela fait déjà plusieurs heures que nous sommes en vol.

— Et on en a encore pour quelque temps. Allez, dormez.

Shi Qiang ferma la porte et partit.

Luo Ji retourna dans son lit, ramassa le bocal de somnifères et nota que Shi Qiang avait été prudent : il n'y avait qu'une pilule. Il l'avala et regarda les petites lumières rouges clignotantes à travers le hublot, il les imagina être les lueurs d'un feu de cheminée et sombra bientôt dans le sommeil.

Quand Shi Qiang réveilla Luo Ji, il dormait déjà d'un sommeil sans rêve depuis plus de six heures et se sentait plutôt en forme.

— Nous allons bientôt atterrir, levez-vous et commencez à vous préparer.

Luo Ji alla se débarbouiller dans les toilettes, puis il revint prendre un petit-déjeuner frugal dans le bureau. Il sentit l'appareil amorcer sa descente. Dix minutes plus tard, cet avion spécial qui avait volé pendant plus de quinze heures se posa en toute sécurité sur le tarmac.

Shi Qiang demanda à Luo Ji d'attendre dans le bureau et sortit seul. Très vite, il revint avec un homme au visage caucasien, d'assez grande taille et aux vêtements soignés, qui semblait être un haut fonctionnaire.

— Docteur Luo Ji ? se hasarda-t-il en regardant Luo Ji. Puis, s'apercevant du handicap de ce dernier en anglais, il reposa sa question dans un chinois peu naturel.

— C'est bien Luo Ji, répondit Shi Qiang, puis il présenta brièvement l'homme à ce dernier : Voici M. Kent, il est venu vous accueillir.

— Je suis honoré, dit Kent en inclinant la tête.

Quand ils se serrèrent la main, Luo Ji trouva l'homme d'une courtoisie intrigante, c'était comme si tout était caché derrière son aménité, mais son regard trahissait qu'il dissimulait quelque chose. Luo Ji fut fasciné par ces yeux, c'était à la fois ceux d'un démon et d'un ange, une bombe atomique ou un diamant de même taille… À l'intérieur du message complexe transmis par ce regard, Luo Ji ne put déchiffrer qu'une seule information : cet instant précis avait une importance capitale dans la vie de cet individu.

Kent se tourna vers Shi Qiang :

— Vous avez fait du très bon travail, vous avez été le maillon le plus efficace de la chaîne. Tous ceux qui sont arrivés avant vous ont rencontré des difficultés pendant leur voyage.

— On a fait comme ils nous l'ont demandé en haut, on a minimisé le nombre de maillons, dit Shi Qiang.

— Et vous avez très bien fait. Dans les conditions actuelles, réduire le nombre d'étapes intermédiaires reste ce qu'il y a de plus sûr. Nous allons dès maintenant suivre ce même principe et nous diriger directement dans la salle des séances.

— Quand commence la réunion ?

— Dans une heure.

— C'est si serré que ça ?

— Le début de la réunion est déterminé en fonction de l'arrivée du dernier hôte.

— C'est mieux ainsi. Bien, est-ce qu'on peut passer le relais ?

— Non, la sécurité de monsieur est encore sous votre responsabilité. Comme je l'ai dit, vous avez été remarquablement efficace.

Shi Qiang resta silencieux l'espace de deux secondes, il regarda Luo Ji et hocha la tête :

— Ces derniers jours, quand on nous a familiarisés avec la situation, certains de nos gars ont rencontré des obstacles…

— Je vous promets que ces mésaventures ne se reproduiront plus. Je vous assure de la coopération totale des policiers et des militaires locaux. Bien, fit Kent en regardant les deux hommes. Allons-y.

Quand Luo Ji passa la porte de la cabine, il se rendit compte qu'il faisait nuit noire. Repensant à la durée du vol, il put en déduire dans quelle région de la Terre il se trouvait à présent. Le brouillard était épais et l'atmosphère nimbée du halo blafard des projecteurs de la piste. Toute la scène à laquelle il avait assisté lors du décollage sembla être rejouée devant ses yeux : des silhouettes vagues aux lumières clignotantes d'hélicoptères patrouillaient dans le ciel. L'avion fut vite encerclé par une double rangée de véhicules militaires et de soldats, tous tournés vers l'extérieur du cercle.

Quelques officiers, un talkie-walkie à la main, étaient rassemblés et débattaient de quelque chose, levant de temps à autre la tête vers la rampe où se trouvait encore Luo Ji. Ce dernier entendit un bourdonnement qui lui fit se dresser les cheveux sur la tête. Même le placide Kent se boucha les oreilles. C'était l'escadron des avions de chasse qui les avait escortés. Ils tournoyaient encore, dessinant dans les airs un grand cercle blanc qui n'était que confusément discernable dans la brume. On aurait cru que quelque géant de l'univers s'amusait à entourer le monde avec une craie.

Les quatre passagers montèrent dans une berline manifestement blindée qui les attendait au pied de la rampe. Elle démarra au quart de tour. Les rideaux de la voiture avaient été tirés mais, en observant la luminosité extérieure, Luo Ji devina qu'elle se trouvait au centre d'un convoi de plusieurs véhicules. Personne ne parla de tout le trajet, cependant Luo Ji savait qu'il faisait route vers sa dernière destination inconnue. Ils roulèrent à peine plus de quarante minutes mais le trajet lui parut interminable.

Lorsque Kent annonça qu'ils étaient arrivés, Luo Ji remarqua derrière les rideaux une ombre projetée par les lumières homogènes du bâtiment situé derrière elles. Il ne pouvait se tromper sur la nature de cet objet, car sa forme était trop unique et trop reconnaissable : un revolver géant au canon noué. À moins qu'il ne se trouve une deuxième sculpture identique ailleurs dans le monde, Luo Ji savait à présent où on l'avait conduit.

Dès sa descente de voiture, il fut encerclé par une troupe d'individus qui paraissaient être des agents de sécurité : ils étaient de solide constitution et une bonne partie d'entre eux portaient des lunettes de soleil malgré la nuit. Luo Ji ne put discerner l'environnement alentour car il fut forcé d'avancer, pressé par les individus. Sous leur escorte vigoureuse, Luo Ji avait presque la sensation que ses pieds avaient quitté le sol. Tout était silencieux autour de lui, on n'entendait que le frottement de leurs pas. Et dans cette ambiance étrange et oppressante, alors que les nerfs de Luo Ji allaient craquer, un des gorilles qui marchait devant lui ouvrit la route. Ses yeux furent soudain illuminés, puis le reste de l'escorte s'écarta, les laissant lui, Shi Qiang et Kent continuer leur chemin. Ils longèrent un grand hall vide, à l'exception de quelques sentinelles habillées en noir, un talkie-walkie à la main. Chaque fois que les trois hommes passaient à hauteur d'un des individus montant la garde, ceux-ci glissaient une phrase à voix basse dans leur talkie. Ils franchirent un balcon suspendu qui se dressait face à un vitrail multicolore parcouru de nombreuses lignes intriquées, où se mêlaient des images difformes d'hommes et d'animaux. Ils prirent à droite et entrèrent dans une petite pièce. Après avoir refermé la porte, Kent et Shi Qiang échangèrent un sourire, comme s'ils s'étaient soulagés d'un fardeau.

Luo Ji examina la pièce et découvrit qu'elle était pour le moins étrange : le mur en face de lui était recouvert d'une peinture abstraite composée de formes géométriques jaunes, blanches, bleues et noires qui se superposaient sans ordre précis et semblaient toutes en suspension au-dessus d'un océan bleu. Plus saugrenu encore, un énorme rocher, éclairé par de faibles lumières, trônait au centre de la salle. En y regardant mieux, la pierre était striée de rouille. La peinture abstraite et le rocher constituaient les seuls accessoires de la pièce.

— Docteur Luo Ji, ne devriez-vous pas vous changer ? demanda Kent en anglais.

— Qu'est-ce qu'il a dit ? demanda Shi Qiang, et quand Luo Ji lui eut fait la traduction, Shi Qiang secoua la tête d'un air résolu : Pas question, il est très bien comme ça !

— C'est... tout de même une réunion officielle, balbutia Kent dans un chinois poussif.

— Pas question, répéta Shi Qiang en secouant à nouveau la tête.

— La salle n'est pas ouverte aux médias, il n'y aura que des responsables nationaux, ça devrait être sûr.

— J'ai dit non. Si je ne me trompe pas, je suis maintenant entièrement chargé de sa sécurité.

— Bien, bien, après tout ce n'est pas un gros problème, céda Kent.

— Vous lui devez quand même quelques explications, ajouta Shi Qiang en penchant la tête en direction de Luo Ji.

— Je ne suis pas autorisé à le faire.

— Dites-lui quand même quelque chose, n'importe quoi, sourit Shi Qiang.

Kent se tourna vers Luo Ji, son visage se tendit aussitôt et devint grave, il resserra machinalement sa cravate. Ce n'est qu'alors que Luo Ji se rendit compte que jusqu'à maintenant, il avait sciemment évité de croiser son regard. Au même moment, il eut l'impression que Shi Qiang était devenu quelqu'un d'autre, son sourire nigaud et taquin dont il ne se départait jamais avait disparu et laissait à présent place à des traits solennels. Il se tenait droit, attentif à la réaction de Kent. Il sut alors que tout ce que lui avait dit Shi Qiang était vrai : il n'avait aucune idée de la raison pour laquelle il l'avait escorté jusqu'ici.

— Docteur Luo Ji, tout ce que je peux vous dire, c'est que vous êtes sur le point d'assister à une réunion importante au cours de laquelle sera annoncée une information capitale. Vous n'aurez rien besoin de faire, assura Kent.

Puis les trois hommes se turent et la pièce fut plongée dans le silence. Luo Ji pouvait clairement entendre les battements de son cœur. Il n'apprendrait que plus tard que l'endroit dans lequel il se trouvait avait été baptisé "salle de méditation" et que le rocher de six tonnes était en fait un bloc de magnétite pure symbolisant l'éternité et le pouvoir, un présent offert par le royaume de Suède. Mais Luo Ji n'avait pour l'heure aucune envie de réfléchir, il s'efforçait plutôt de ne plus penser à rien, à présent convaincu par les paroles de Shi Qiang : quelle que soit la direction où il porterait ses pensées, cela le mènerait dans le mur. Pour s'aider, il compta le nombre de figures géométriques sur la peinture.

La porte s'ouvrit, un homme passa la tête dans l'encadrement et fit signe à Kent. Ce dernier se tourna vers Luo Ji et Shi Qiang :

— C'est l'heure. Personne ne connaît le Dr Luo Ji, j'entrerai avec lui, cela ne provoquera aucun remous.

Shi Qiang hocha la tête, puis salua Luo Ji de la main en souriant :

— Je vous attendrai dehors.

Cela lui réchauffa le cœur. Shi Qiang était maintenant le seul roc auquel il pouvait s'accrocher.

Luo Ji suivit Kent et sortit de la salle de méditation. Ils pénétrèrent dans la salle des séances des Nations unies.

Le lieu était déjà plein de gens assis, un bourdonnement de voix bruissait à l'intérieur. Kent entraîna Luo Ji le long d'une allée. Personne ne prêta attention à lui mais lorsqu'ils arrivèrent au niveau des premiers rangs, certains des participants levèrent la tête. Kent installa Luo Ji au cinquième rang, sur un siège en bordure de l'allée, et continua à avancer pour aller s'installer à l'extrémité du deuxième rang.

Luo Ji leva la tête et observa cette salle qu'il avait vue un nombre incalculable de fois à la télévision. Il se sentit parfaitement incapable de deviner ce que ses architectes avaient voulu exprimer. Le grand mur jaune devant eux où était incrusté l'emblème des Nations unies constituait le décor de l'estrade. Le mur s'inclinait vers l'avant avec un angle aigu, comme une falaise à pic ; le dôme, lui, avait été imaginé de manière à ressembler à un ciel étoilé, mais il était structurellement séparé du grand mur jaune et ne renforçait guère le sentiment d'équilibre général. Au contraire, il provoquait une oppression intense qui, ajoutée à l'instabilité du mur, laissait croire que tout pouvait s'effondrer à tout instant. En contemplant cependant cette structure aujourd'hui, on pouvait se laisser aller à croire que les architectes du milieu du siècle dernier avaient miraculeusement prédit ce qui allait advenir de l'humanité.

Luo Ji détourna son attention du mur et entendit des bribes de la conversation de ses deux voisins. L'anglais était leur langue maternelle, mais il n'arrivait pas à deviner leur nationalité :

— … tu crois vraiment qu'un individu peut changer le cours de l'histoire ?

— Eh bien… Je crois qu'il est impossible de répondre oui ou non à cette question à moins de pouvoir revenir dans le passé, éliminer certains grands personnages et observer le déroulement de l'histoire. Bien sûr, on ne peut pas écarter la possibilité que les rivières et les barrages que ces personnages ont creusés et élevés aient réellement déterminé la direction dans laquelle s'écoule l'histoire.

— Mais il y a une autre possibilité : que ces grands personnages dont tu parles n'aient été que des nageurs emportés par le fleuve. Si leurs records du monde leur ont valu les honneurs, les applaudissements ou la postérité, ils n'ont eu aucune influence sur la direction du courant… Bah, au point où nous en sommes, à quoi bon se poser encore ce genre de questions ?

— Tout part du processus de la prise de décision. Jamais personne ne part de cette question. Tous les pays sont obsédés par la question de l'utilisation équilibrée des ressources par les candidats…

Le silence se fit peu à peu dans la salle tandis que la secrétaire générale de l'ONU, Say, se dirigeait vers l'estrade. Après l'épouse de Benigno Aquino III et Gloria Macapagal-Arroyo, c'était la troisième femme politique venue des Philippines à avoir un rôle important au niveau international. Elle entamait son second mandat, qui avait commencé avant la Crise. Si le vote avait eu lieu un peu plus tard, elle n'aurait certainement pas été choisie. Car face à la Crise trisolarienne, son image de beauté orientale n'aurait certainement pas dégagé le sentiment de puissance virile attendue. Au pied de la falaise oblique, son corps frêle la faisait paraître fragile et impuissante. Tandis qu'elle se préparait à monter sur l'estrade, Kent se leva et lui glissa une phrase à l'oreille. La secrétaire générale baissa les yeux, hocha la tête et continua à marcher.

Luo Ji était sûr qu'elle avait regardé dans la direction de son siège.

Une fois sur l'estrade, la secrétaire générale sonda l'assemblée, puis elle déclara :

— Voici l'ordre du jour définitif de la dix-neuvième session du Conseil de défense planétaire. Nous allons aujourd'hui annoncer les noms des candidats retenus pour le programme Colmateur et procéder au lancement officiel de celui-ci. Toutefois, avant de commencer, je crois qu'il est nécessaire d'effectuer un bref historique du programme.

Au commencement de la Crise trisolarienne, les membres permanents de l'ancien Conseil de sécurité ont entamé des négociations d'urgence et l'idée du programme Colmateur a été soumise pour la première fois.

Tous les pays ont été mis au fait du phénomène suivant : au lendemain de l'apparition des deux premiers intellectrons, un faisceau de preuves a montré que davantage d'intellectrons ne cessaient de gagner le système solaire et de pénétrer sur Terre, un processus qui se poursuit d'ailleurs encore en ce moment même. Par conséquent, la Terre est déjà devenue pour notre ennemi un monde absolument transparent. Tout dans notre monde est pour lui comme un livre consultable à tout moment. Les humains n'ont déjà plus aucun secret.

Tous les programmes généraux de défense lancés au sein de la communauté internationale, leurs stratégies globales ou bien leurs moindres détails techniques et militaires, sont donc complètement exposés aux yeux de l'ennemi. Les yeux des intellectrons sont partout : dans toutes les salles de réunion, dans toutes les armoires à classeurs, dans tous les disques durs et dans toutes les mémoires des ordinateurs. Dès lors qu'il est déployé à la surface de la Terre, un plan, un programme, peu importe son envergure, s'affiche aussitôt dans le quartier général de l'ennemi, à quatre années-lumière d'ici. Toute forme de communication humaine conduit donc à des fuites.

Une donnée est à prendre en considération : l'évolution des stratégies et des tactiques militaires n'est pas forcément proportionnelle à celle des technologies. Or, des rapports de nos services de renseignement ont révélé que les Trisolariens communiquaient de façon transparente, grâce à la pensée : ils se retrouvent en conséquence incapables de fomenter des intrigues, de se déguiser ou de mentir. La civilisation humaine possède donc un avantage énorme sur l'ennemi que nous ne devons surtout pas négliger. Les fondateurs du programme Colmateur ont ainsi considéré qu'en parallèle au programme général de défense devraient être envisagées d'autres stratégies qui resteraient opaques, et donc secrètes, aux yeux de l'ennemi. Une large gamme de projets ont été initialement proposés, puis étudiés, mais seul le programme Colmateur a finalement été jugé réalisable.

Je me permets de corriger un point qui vient d'être mentionné : les humains ont encore des secrets. Ces secrets, ce sont nos mondes intérieurs. Si les intellectrons peuvent comprendre le langage humain, lire à une vitesse ultrarapide des textes imprimés et toutes sortes d'informations contenues dans des supports de stockage informatique, ils ne sont en revanche pas en mesure de déchiffrer les pensées humaines, de sorte que s'il évite toute communication avec le monde extérieur, chaque individu reste un éternel mystère aux yeux des intellectrons. Cet élément constitue le fondement du programme Colmateur.

Le cœur de ce projet est de désigner des stratèges qui puissent concevoir dans leur seule pensée des plans de contre-offensive contre les Trisolariens, en évitant toute sorte de communication avec le monde extérieur. Leurs plans véritables, les différentes étapes pour y parvenir et leur objectif final resteront cachés dans le cerveau de ces individus. Nous les appelons des "Colmateurs", ils seront à l'image de ces ermites orientaux des temps anciens qui méditaient silencieusement devant des murs. Durant les processus de mise en œuvre de leurs plans, les pensées et les comportements des Colmateurs devront induire en erreur le monde extérieur, ils devront soigneusement faire usage de déguisements, de mensonges, de fausses pistes. Ces stratégies devront non seulement tromper l'ennemi, mais le monde entier avec lui. Il leur faudra ériger un gigantesque labyrinthe d'illusions donnant à voir une vision biaisée de la réalité et dans lequel l'ennemi perdra toute faculté de jugement. Les Colmateurs s'efforceront, dans la mesure du possible, de retarder au maximum le moment où l'intention réelle de leur plan sera exposée au grand jour.

Les Colmateurs seront investis de pouvoirs importants et il leur sera permis de mobiliser et d'utiliser une portion des ressources militaires internationales. Au cours de la mise en œuvre de leurs stratégies, les Colmateurs ne seront pas tenus de justifier leurs ordres ou leurs choix, et ce même si leur comportement peut paraître incompréhensible. Les activités des Colmateurs seront surveillées et contrôlées par le Conseil de défense planétaire, la seule instance disposant d'un droit de veto sur les ordres des Colmateurs, selon la législation du programme Colmateur établie par les Nations unies.

Afin de garantir la continuité du programme, tous les Colmateurs pourront bénéficier de la technologie d'hibernation pour traverser le temps jusqu'à l'Ultime Bataille. Ils pourront être réveillés dès qu'une situation particulière l'exigera. Quant à la durée pendant laquelle le Colmateur restera éveillé, ce sera à lui seul d'en décider. Dans les quatre siècles à venir, la charte du programme Colmateur aura le même statut légal que la Charte des Nations unies : elle se développera en accord avec les législations en vigueur dans chaque nation, pour garantir la bonne mise en œuvre de leurs plans stratégiques.

Les Colmateurs sont investis de la mission la plus délicate de toute l'histoire de l'humanité. Ce seront de réels solitaires qui devront fermer leur esprit à l'univers tout entier. Ils seront leur seul interlocuteur vers qui s'épancher ou communiquer, leur seul pilier mental. Ils devront porter eux-mêmes cette mission sur leurs épaules et pendant de très longues années. Je profite de cette occasion pour leur témoigner, au nom de l'humanité entière, notre respect le plus profond.

À présent, en qualité de secrétaire générale des Nations unies, je vais annoncer les noms des quatre Colmateurs finalement choisis par le Conseil de défense planétaire.

Luo Ji, comme toutes les personnes de l'assistance, était comme aspiré par les paroles de la secrétaire générale. Il retint sa respiration en attendant qu'elle dévoile la liste des noms retenus. Il voulait savoir quelle sorte d'individu devrait porter sur ses épaules le poids de cette incroyable mission. Le temps d'un instant, il oublia son propre sort car en cette heure historique peu importait ce qui adviendrait de lui, ce serait forcément insignifiant.

— Premier Colmateur : Frederick Taylor.

À peine la voix de la secrétaire générale était-elle retombée que Taylor, assis au premier rang, se leva et s'avança d'un pas calme vers l'estrade, d'où il toisa l'assemblée avec un regard inexpressif. Il n'y eut aucun applaudissement, tous fixaient le premier Colmateur dans un silence glacial. La silhouette haute et effilée de Taylor et les lunettes à monture cadrée qu'il portait sur le nez étaient connues dans le monde entier. Il venait de quitter récemment ses fonctions de secrétaire à la Défense des États-Unis. C'était un homme qui avait eu une profonde influence sur la stratégie militaire américaine. Il exprimait notamment ses réflexions dans un ouvrage intitulé *La Vérité de la technologie*. Taylor y soutenait que les bénéficiaires ultimes de la technologie seraient les petits pays : les grands pays ne s'épargnaient aucun effort pour développer la technologie mais c'était en réalité une manière d'ouvrir le chemin vers l'hégémonie mondiale des plus modestes. En effet, avec les progrès technologiques, les avantages des grands pays en termes de population et de ressources ne seraient plus aussi décisifs. Grâce à la technologie, les petits pays disposeraient également d'un levier de pression sur la planète. L'une des conséquences de la technologie nucléaire était par exemple de permettre à un pays ayant une population de seulement quelques millions d'habitants de faire peser une menace réelle sur un pays de plusieurs centaines de millions d'habitants, une chose inconcevable avant l'essor de cette technologie. L'un des arguments clefs de Taylor était ainsi que l'avantage des grands pays n'en était véritablement un que dans une période de sous-développement technologique. L'envolée du progrès technologique affaiblirait en premier lieu les grands pays, et augmenterait dans le même temps le poids stratégique des plus petits. La technologie permettrait ainsi l'émergence foudroyante de nations modestes, comme l'Espagne et le Portugal en leur temps. La pensée de Taylor avait sans aucun doute posé les bases rhétoriques de la lutte américaine contre le terrorisme mondial. Taylor n'était pas qu'un théoricien de la stratégie militaire, c'était aussi un homme d'action. L'audace et les facultés d'anticipation dont il avait fait preuve face à des crises graves lui avaient valu des louanges partout de par le monde. Par conséquent, tant au regard de ses aptitudes de stratège que de ses qualités de leader, le choix de Taylor comme premier Colmateur n'avait rien d'étonnant.

— Deuxième Colmateur : Manuel Rey Diaz.

Lorsque ce Sud-Américain trapu à la peau brune et au regard inflexible monta sur l'estrade, Luo Ji resta interloqué : la simple présence de ce personnage dans les locaux de l'ONU était déjà en soi une chose extraordinaire. Mais à la réflexion, Luo Ji trouva que c'était du bon sens, il se blâma même de ne pas avoir pensé à lui plus tôt. Rey Diaz était l'actuel président du Venezuela, pays qui depuis sa gouvernance apportait une démonstration parfaite des théories de Taylor. Dans un monde où le capitalisme et l'économie de marché régnaient en maître, Rey Diaz avait, en digne héritier de la révolution bolivarienne de 1999, mis en place ce qu'Hugo Chavez appelait un "socialisme du XXIe siècle", tenant compte des leçons des expériences internationales socialistes du siècle précédent. Contre toute attente, les politiques engagées avaient connu un immense succès, renforçant le pouvoir de l'État dans tous les domaines. En peu de temps, le Venezuela était devenu aux yeux du monde entier la patrie de l'égalité, de la justice et de la prospérité. Les autres pays d'Amérique du Sud avaient suivi cet exemple et, en peu de temps, le socialisme s'était répandu sur le continent comme un feu de prairie. Rey Diaz n'avait pas seulement hérité de Chavez sa pensée socialiste mais aussi son farouche antiaméricanisme. Les Américains avaient pris conscience que si les choses continuaient dans ce sens, l'Amérique du Sud, dont ils étaient jadis persuadés qu'elle resterait longtemps leur arrière-cour, deviendrait peut-être une deuxième Union soviétique. Profitant de l'occasion unique d'un malentendu diplomatique, les États-Unis avaient immédiatement lancé une offensive de grande échelle contre le Venezuela, tentant de renverser complètement le gouvernement de Diaz, à l'image de ce qu'ils avaient fait en Irak. Mais ce conflit avait mis un terme aux séries de victoires incontestables des grands pays occidentaux, avec davantage de capacités militaires, contre ceux du Tiers Monde. Lorsque les troupes américaines étaient entrées au Venezuela, elles avaient découvert que l'armée nationale était introuvable. Toutes les troupes en uniforme avaient été scindées en unités de guérilleros qui se fondaient au sein de la société civile et qui mettaient toute leur énergie à atteindre un seul but : la mise hors de combat de leurs ennemis. La pensée militaire de Rey Diaz était fondée sur une idée claire : l'armement moderne de haute technologie était performant contre des cibles ponctuelles et centralisées mais, pour des cibles plus étendues, leur efficacité ne dépassait pas celle des armes classiques, d'autant que, limitées de par leur coût et leur faible quantité, il leur était difficile de jouer un vrai rôle. Rey Diaz avait eu le génie de produire des technologies de pointe à très bas coût. Au début du siècle, un ingénieur australien avait réussi à concevoir un missile de croisière avec un budget de seulement cinq mille dollars, afin de provoquer l'attention sur les menaces d'un terrorisme de plus en plus artisanal. La technique, sur laquelle Rey Diaz avait mis la main, avait permis de son côté de produire massivement des armes dont le prix avait baissé jusqu'à trois mille dollars l'unité. Il avait équipé les quelques milliers de guérillas du pays de deux cent mille missiles de croisière de ce type. Même si leurs composants étaient les moins chers du marché, les missiles n'en étaient pas moins de bonne facture et équipés de radioaltimètres et de GPS, si bien que dans un rayon de cinq kilomètres, leur précision était de moins de cinq mètres. Durant la guerre contre l'armée américaine, seul un dixième des missiles avait atteint leurs cibles, mais ils avaient provoqué de grands dommages parmi les troupes ennemies. Rey Diaz avait en parallèle fait produire en masse d'autres gadgets de haute technologie, comme des balles équipées de fusées de proximité pour des fusils de précision, dont les résultats avaient été aussi concluants que les missiles. En un laps de temps très court, les victimes militaires américaines avaient atteint le nombre de celles de la guerre du Vietnam, et les troupes avaient dû se retirer. À la suite de cette cuisante défaite des Américains, Rey Diaz était devenu le héros des peuples opprimés du XXIe siècle.

— Troisième Colmateur : Bill Hynes.

Un Britannique à l'allure élégante grimpa sur l'estrade. Par comparaison avec la froideur de Taylor et la rigidité de Rey Diaz, Hynes était un parangon de raffinement. Il adressa des salutations distinguées à l'assemblée. Lui aussi était loin d'être un inconnu, bien qu'il n'eût pas la même aura que les deux premiers Colmateurs. La vie de Hynes se divisait en deux étapes bien distinctes. Comme scientifique, il était le seul individu dans toute l'histoire à avoir été nommé pour deux prix Nobel de disciplines différentes pour la même découverte. Au cours de recherches poursuivies avec la neuroscientifique Keiko Yamasugi, il avait montré que les activités cérébrales de la pensée et de la mémoire se produisaient à un niveau quantique et non moléculaire, contrairement à ce qu'on avait toujours cru. Cette découverte avait permis de faire un grand pas en avant dans la compréhension de la structure microscopique de la matière cérébrale, réduisant toutes les recherches neuroscientifiques menées jusqu'alors à des examens superficiels. La découverte prouva également que les capacités de traitement des informations des cerveaux des animaux étaient bien plus élevées que tout ce qui avait pu être imaginé par le passé. Tout contribua à accréditer une très vieille hypothèse : la structure holographique du cerveau. Ces travaux valurent à Hynes d'être nommé pour le prix Nobel de physique et celui de médecine, mais en raison peut-être du caractère trop radical de cette découverte, il ne reçut aucun des deux, au contraire de Keiko Yamasugi – devenue son épouse – qui reçut la même année le prix Nobel de médecine pour ses applications concrètes de la théorie sur le traitement contre l'amnésie et les maladies mentales. Dans la deuxième partie de sa vie, Hynes devint politicien : il fut pendant deux ans et demi président de la Commission européenne. Il était notoirement reconnu comme un homme politique prudent et compétent, mais il n'avait rencontré durant son mandat aucun défi particulier qui aurait mis ses talents politiques à l'épreuve. Étant donné la nature de son travail à l'Union européenne, il avait davantage joué le rôle d'un conciliateur économique ; pour ce qui était de son expérience face à la crise majeure actuelle, elle était bien moindre que celle des deux autres Colmateurs. Mais le choix de Hynes avait de toute évidence été fait en considération de ses qualités combinées de scientifique et de politique, un mariage parfait et effectivement rarissime.

Assise au dernier rang, Keiko Yamasugi, neuroscientifique faisant autorité dans le monde entier, couvait son époux monté sur l'estrade d'un regard plein de tendresse.

Le silence s'empara de la salle. Tous retenaient leur souffle en attendant l'annonce du nom du dernier Colmateur. La sélection des trois premiers – Taylor, Rey Diaz et Hynes – avait manifestement été le résultat d'un compromis et d'un équilibre entre les États-Unis, le Tiers Monde et l'Europe. Le dernier nom suscitait donc particulièrement l'attention. En voyant Say diriger son regard vers la feuille à l'intérieur de sa chemise, quelques noms d'illustres personnages traversèrent comme un éclair l'esprit de Luo Ji. Le dernier Colmateur devait être l'un d'entre eux. Son regard franchit les quatre rangs devant lui et il essaya de deviner l'identité des silhouettes de dos assises au premier rang, là d'où s'étaient levés les trois premiers Colmateurs pour rejoindre l'estrade. Il n'arrivait pas à distinguer dans ces silhouettes si l'un des personnages auxquels il avait songé était parmi elles, mais une chose était certaine : le quatrième Colmateur s'y trouvait forcément.

Say leva lentement la main droite et Luo Ji vit que celle-ci ne désignait pas le premier rang.

C'était lui que pointait Say.

— Quatrième Colmateur : Luo Ji.

— Mon *Hubble*! cria Abbott Ringer en frappant dans les mains.

Ses deux yeux scintillant de larmes chatoyaient sous la lumière d'une immense boule de feu qui s'élevait dans le lointain et dont les bourdonnements ne lui parvinrent que quelques secondes après son passage. Comme la foule enthousiaste d'astronomes et de physiciens derrière lui, il aurait dû pouvoir assister de plus près au lancement sur une plateforme VIP, mais ce salaud d'officier de la Nasa avait dit qu'ils n'avaient plus aucune légitimité : cet objet envoyé dans le ciel ne leur appartenait plus. Puis l'officier s'était dirigé vers cette troupe de généraux aux uniformes tirés, frétillant autour d'eux comme un chien attendant un sucre, les laissant passer devant le poste de sentinelle pour les accompagner jusqu'à la plateforme. Ringer et ses collègues avaient dû se contenter de se rendre dans cet endroit éloigné, séparé du site de lancement par un lac. Une gigantesque horloge de compte à rebours avait été érigée ici au siècle dernier. La plateforme était ouverte au public mais, en cette heure tardive, personne d'autre que les scientifiques n'était présent pour contempler le spectacle. D'ici, la mise à feu paraissait être un lever de soleil instantané. Au départ de la fusée, les projecteurs à faisceau étroit n'arrivèrent pas à la suivre et ils ne purent discerner de cette masse indistincte que ses flammes ardentes. Un éclat merveilleux illumina soudain cet endroit tapi dans les ténèbres de la nuit. La surface noire d'encre du lac se mit à onduler de vagues d'or radieuses, comme si l'eau s'embrasait. Ils observèrent l'ascension de la fusée. Lorsque celle-ci eut franchi la fine couche de nuages, la moitié du ciel se teinta de cette couleur rouge que l'on ne voit que dans les rêves, puis elle disparut dans le ciel de la Floride, et l'aube éphémère qu'elle avait invoquée fut engloutie par le noir de la nuit.

Le télescope spatial *Hubble II* était la seconde génération du télescope *Hubble*, son diamètre faisait maintenant 21 mètres contre 2,4 pour son prédécesseur et sa capacité d'observation avait été multipliée par cinquante. Il utilisait une technique de lentille composée, c'est-à-dire un assemblage en orbite de plusieurs lentilles fabriquées à la surface. L'installation de la lentille composée dans l'espace nécessitait de procéder à onze lancements, et celui-ci était le dernier. L'assemblage de *Hubble II* à proximité de la station spatiale internationale était presque achevé. Dans deux mois, le télescope pourrait diriger son regard vers les tréfonds de l'Univers.

— Pirates, vous avez encore volé un trésor ! lança Ringer à un homme de haute taille qui se trouvait derrière lui.

Il était le seul dans l'assistance à ne pas être ému par la scène. Ce genre de lancement, il en avait déjà vu plus que de raison et, pendant tout le processus, il s'était contenté de fumer cigarette sur cigarette, appuyé contre la base de l'horloge de compte à rebours. George Fitzgerald était devenu responsable militaire du télescope *Hubble II* après sa réquisition par l'armée. Cependant, comme il portait la plupart du temps des vêtements de civil, Ringer ignorait son grade et ne l'avait jamais appelé "Monsieur". Il appelait directement les pirates par leurs noms.

— Docteur, en temps de guerre, l'armée est en droit de saisir tous les équipements civils. Et puis, je vous rappelle que vous n'avez pas meulé une seule des lentilles ni conçu un seul des boulons de *Hubble II*. Vous voulez récolter ce que vous n'avez pas semé, je vous trouve mal placé pour vous plaindre ! bâilla Fitzgerald, comme s'il était éreintant de travailler avec ce ramassis d'intellos.

— Mais sans nous, tout ça n'aurait aucune raison d'exister ! Un équipement civil ? *Hubble II* peut sonder les lisières de l'Univers et vous qui ne voyez pas plus loin que le bout de votre nez, vous souhaitez simplement l'utiliser pour observer l'étoile la plus proche !

— Comme je viens de le dire, nous sommes en guerre. Une guerre pour défendre l'humanité. Vous avez peut-être oublié que vous êtes américain, mais vous devez quand même vous rappeler que vous êtes humain, non ?

Ringer grogna et hocha la tête, puis il la secoua en poussant un nouveau soupir :

— Mais qu'espérez-vous que puisse voir *Hubble II* ? Vous savez pertinemment qu'il sera incapable d'observer la planète Trisolaris.

Fitzgerald soupira :

— Le pire, c'est que le grand public croit qu'avec *Hubble II* il pourra être possible d'observer les mouvements de la flotte trisolarienne.

— Ah oui ? Mais c'est merveilleux ! lâcha ironiquement Ringer.

Son visage était rendu trouble par la pénombre, mais Fitzgerald put sentir qu'il se réjouissait de cette catastrophe. Le général était en proie à un sentiment désagréable, comme si l'air était imprégné d'une odeur viciée apportée par le vent depuis la rampe de lancement.

— Docteur, vous devez savoir quelles en sont les conséquences.

— Si les gens placent de tels espoirs dans *Hubble II*, c'est probablement parce qu'ils ne croiront vraiment à l'existence de l'ennemi que lorsqu'ils auront vu de leurs propres yeux une image de la flotte de Trisolaris.

— Et vous voyez ça d'un bon œil ?

— Vous n'avez donc pas apporté d'explications au public ?

— Bien sûr que si ! Nous avons même tenu quatre conférences de presse rien que pour ça ! Je répète chaque fois que même si le télescope spatial *Hubble II* a une capacité d'observation plusieurs dizaines de fois plus grande que les télescopes actuels, il ne pourra pas détecter les vaisseaux de la flotte trisolarienne, ils sont bien trop petits ! Observer le satellite d'une autre planète depuis le système solaire, c'est comme scruter un moustique sur une lampe de la côte est des États-Unis depuis la côte ouest. Et les vaisseaux trisolariens ne sont qu'une bactérie sur une des pattes du moustique. N'est-ce pas suffisamment clair ?

— Ça l'est parfaitement.

— Mais le public ne veut rien entendre, qu'est-ce que vous voulez que j'y fasse ? J'occupe ce poste depuis déjà un bout de temps et je n'ai pas encore vu un seul projet spatial qui n'ait pas été compris de travers.

— Je le dis depuis longtemps, l'armée a déjà perdu toute crédibilité en matière de programmes spatiaux.

— Mais ils sont prêts à vous croire, vous. Ne vous appellent-ils pas le nouveau Carl Sagan ? Vous avez dû faire de sacrées ventes avec vos bouquins de vulgarisation sur l'astronomie. Vous ne voudriez pas nous donner un coup de main ? Je vous le demande au nom de l'armée !

— Ne devrions-nous pas négocier en privé mes conditions ?

— Il n'y a aucune négociation possible ! C'est votre devoir de citoyen américain ! Ou, disons plutôt, de citoyen de la Terre !

— Alors, accordez-moi davantage de temps pour utiliser le télescope. Je ne demande pas grand-chose. Un cinquième du temps global, marché conclu ?

— Votre un huitième d'aujourd'hui est déjà largement à votre avantage, je ne suis même pas sûr de pouvoir garantir cette répartition à l'avenir.

Fitzgerald agita la main dans la direction de la rampe de lancement. La fumée laissée par la fusée était en train de se dissiper, barbouillant le ciel nocturne d'un voile sale qui, éclairé par les lumières de la rampe au sol, lui donnait l'air d'une tache de lait sur un jean. L'odeur nauséabonde devint encore plus âcre. L'hydrogène et l'oxygène liquides brûlés par le premier étage de la fusée n'auraient pas dû dégager une telle puanteur. Peut-être étaient-ce les flammes qui avaient carbonisé quelque chose près du déflecteur de jet. Fitzgerald reprit :

— Je vous le dis, ça va être de pire en pire.

Luo Ji se sentit écrasé par le poids de la falaise inclinée au-dessus de l'estrade, il demeura un moment pétrifié. Dans la salle, le silence régnait en maître, jusqu'à ce qu'une voix glisse doucement derrière lui :

— Docteur Luo Ji, si vous voulez bien…

Il se leva, encore abasourdi, et se dirigea vers l'estrade à pas mécaniques. Durant ce court trajet, ce fut pour Luo Ji comme s'il replongeait dans son enfance : saisi d'impuissance, il aurait voulu que quelqu'un vienne lui prendre la main pour l'aider à avancer. Mais personne ne lui tendit le bras. Il monta sur l'estrade et alla se placer à côté de Hynes. Il se retourna pour sonder l'assemblée. Quelques centaines de regards étaient braqués sur lui, des yeux qui représentaient les six milliards d'habitants de plus de deux cents pays de la Terre.

Ce qui avait été dit durant le reste de la session, Luo Ji l'ignorait totalement, tout ce qu'il savait, c'est qu'il était resté debout un certain temps avant d'être raccompagné pour descendre de l'estrade et placé avec les trois autres Colmateurs au milieu de la première rangée. Dans son trouble, il avait manqué ce moment historique que représentait l'annonce du lancement officiel du programme Colmateur.

Au bout d'un certain temps – il n'aurait pas su dire combien – alors que la session était sur le point de s'achever et que les participants commençaient à se disperser, y compris les trois autres Colmateurs assis à ses côtés, Luo Ji demeura seul. Quelqu'un – Kent, peut-être – lui murmura quelque chose à l'oreille puis partit à son tour. La salle était vide, à l'exception de la secrétaire générale encore debout sur l'estrade, sa lointaine silhouette grêle au pied de la falaise.

— Docteur Luo Ji, j'imagine que vous avez quelques questions, glissa Say d'une voix douce qui résonna dans l'immense salle vide, comme si ses paroles étaient tombées du ciel.

— Ne vous êtes-vous pas trompés ? balbutia Luo Ji, d'une voix éthérée qui ne semblait pas être la sienne.

De l'estrade, Say lui sourit. La signification de son sourire était limpide : *pensez-vous vraiment que ce soit possible ?*

— Pourquoi moi ? demanda-t-il.

— Ce sera à vous de trouver la réponse, répondit Say.

— Je ne suis qu'un homme ordinaire.

— Devant la crise qui s'annonce, nous sommes tous des êtres ordinaires. Mais tous, aussi, nous avons une responsabilité.

— Personne ne m'a demandé mon avis, je ne savais absolument rien de tout ça.

Say sourit encore :

— Dans votre langue, "Luo Ji" est bien homophone du mot "logique" ?

— Oui.

— Alors vous devriez avoir compris qu'il était impossible de demander l'avis des Colmateurs avant de leur confier ce genre de mission.

— Je refuse, l'interrompit Luo Ji, sans même avoir réfléchi à ce que Say venait de dire.

— Vous pouvez.

Sa réponse avait été si prompte qu'il lui semblait presque qu'elle l'avait prononcée en continuité de sa phrase. Le temps d'un instant, Luo Ji fut pris au dépourvu. Il resta muet quelques secondes avant de renchérir :

— Je rejette mon identité de Colmateur, je rejette tous les droits auxquels je peux prétendre et je n'assume aucune des responsabilités que vous voulez m'imposer.

— Vous pouvez.

Cette réponse simple suivit là encore immédiatement les paroles de Luo Ji, avec la vitesse d'une libellule frôlant la surface de l'eau. Elle atrophia ses pensées et laissa un grand blanc dans son cerveau.

— Alors je peux partir ? demanda Luo Ji, ne trouvant rien d'autre à dire.

— Vous êtes libre, docteur Luo Ji. Vous pouvez faire ce que voulez.

Luo Ji se retourna et traversa les rangées de sièges vides. L'étrange facilité avec laquelle il s'était affranchi de son identité et de ses responsabilités de Colmateur ne l'avait pas libéré, ni rassuré le moins du monde. Ce qui habitait maintenant sa conscience, c'était un sentiment absurde d'irréalité, que tout cela n'était qu'une pièce de théâtre postmoderne dépourvue de toute logique.

Arrivé à la porte, Luo Ji fit volte-face et remarqua que Say était toujours sur l'estrade en train de l'observer. Elle paraissait encore plus impuissante sous la falaise. Quand elle le vit se retourner, elle hocha la tête et lui sourit.

Luo Ji continua à avancer, il passa devant le pendule de Foucault accroché à l'entrée de la salle qui indiquait la rotation de la Terre et tomba sur Shi Qiang et Kent, ainsi qu'un groupe d'agents de sécurité vêtus de costumes noirs qui le scrutaient avec un regard interrogateur. Luo Ji détectait cependant dans ces yeux une révérence et un respect sans précédent. Même Shi Qiang et Kent, qui s'étaient jusque-là conduits naturellement avec lui, ne parvinrent à camoufler leurs sentiments. Sans prononcer un seul mot, Luo Ji avança, passant au milieu d'eux. Il se retrouva dans le vestibule vide, seulement occupé, comme à son arrivée, par des sentinelles en noir qui glissèrent quelque chose à voix basse dans leurs talkies-walkies au moment où Luo Ji arriva à leur hauteur. Quand il fut parvenu à la grande porte de la salle des séances, Shi Qiang et Kent lui barrèrent la route.

— Ça peut être dangereux dehors, vous avez besoin de protection ? demanda Shi Qiang.

— Non, écartez-vous, répondit sèchement Luo Ji, les yeux toujours braqués devant lui.

— Bien, on ne peut que se conformer à vos ordres, dit Shi Qiang, puis Kent et lui le laissèrent sortir.

Le froid assaillit son visage, il faisait encore nuit mais les lampadaires illuminaient la place. Les différents représentants de la session extraordinaire des Nations unies étaient déjà montés dans leurs voitures et avaient quitté les lieux. La place n'était plus occupée que par des touristes ou des citoyens ordinaires. La nouvelle de cette réunion historique n'avait pas encore été diffusée et aucun d'entre eux ne l'avait reconnu. Sa présence passait donc inaperçue.

Et c'est ainsi que le Colmateur Luo Ji marcha à la manière d'un somnambule au cœur de cette réalité absurde. Il était dans un état second, il avait perdu toute capacité à penser rationnellement et ne savait plus d'où il venait et encore moins où il allait. Il posa inconsciemment les pieds sur un gazon et se retrouva devant une sculpture. Ses yeux se posèrent machinalement sur elle et il remarqua qu'elle représentait un homme en train de frapper une épée avec un marteau. Cette œuvre, intitulée *Transformons les épées en charrues*, avait été offerte en signe de paix à l'ONU par l'ancienne Union soviétique. Mais à présent, dans l'esprit de Luo Ji, le marteau, le colosse et l'épée recourbée formaient une composition extrêmement puissante, saturée de violence.

La poitrine de Luo Ji fut alors férocement cognée par l'homme au marteau qui l'envoya visage contre terre et, avant même que son corps n'entre en contact avec le gazon, il avait déjà perdu connaissance. Mais le choc ne fut pas long, il reprit une partie de sa conscience, réveillé par la douleur et l'étourdissement. Il dut néanmoins fermer les yeux, aveuglé par la lumière de lampes torches. Puis les cercles lumineux s'éloignèrent et il put deviner des visages penchés au-dessus de lui. Dans le brouillard provoqué par la douleur et le vertige, il reconnut la voix de Shi Qiang.

— Vous avez besoin de protection ? On ne peut que se conformer à vos ordres !

Luo Ji opina faiblement. Tout se passa ensuite à la vitesse de l'éclair, il se sentit soulevé, puis couché sur un brancard, avant d'être hissé. Autour de lui se pressait une foule de gens, il se sentait comme à l'intérieur d'une fosse étroite dont les quatre murs étaient composés d'êtres humains. Mais seul le ciel noir de la nuit était visible depuis l'ouverture de cette fosse, et il ne pouvait deviner qu'on le transportait que grâce aux mouvements de jambes de ses porteurs. Bientôt, la fosse disparut, de même que le ciel qui la surplombait, laissant désormais place au plafond éclairé d'une ambulance. Luo Ji sentit le goût du sang dans sa bouche, il fut pris d'une nausée et se retourna pour vomir. Derrière lui, un infirmier récupéra de façon très professionnelle son vomi dans un sac plastique : du sang, ainsi que le repas pris dans l'avion. Après s'être vidé pendant un bon moment, l'infirmier lui posa un masque à oxygène sur le visage. Il se sentit un peu mieux quand il retrouva une respiration régulière, mais la douleur était toujours présente, il avait l'impression que son vêtement était déchiré à hauteur de sa poitrine. Il s'imagina avec effroi le sang qui jaillissait de cette blessure, mais il n'en était pas tout à fait sûr, car on ne lui avait fait aucun bandage. On avait simplement placé une couverture sur son corps. Le véhicule s'arrêta peu de temps plus tard. Luo Ji fut hissé à l'extérieur et vit successivement passer au-dessus de lui le ciel nocturne puis le plafond du couloir de l'hôpital et enfin celui de la salle des urgences. Le laser rouge du scanner passa lentement au-dessus de son corps.

Des visages de médecins et d'infirmières apparaissaient de temps à autre, lesquels lui causaient des douleurs en manipulant sa poitrine. Il ne resta finalement plus au-dessus de lui que le plafond de la chambre. Tout s'était apaisé.

— Vous avez une côte cassée et une légère hémorragie interne, mais rien de très grave. Votre blessure n'est pas profonde, mais nous préférons vous garder ici en raison de votre hémorragie, il vous faut du repos, lui expliqua un médecin à lunettes en se baissant pour le regarder.

Cette fois, Luo Ji ne refusa pas les pilules de somnifère et, après les avoir avalées avec l'aide de l'infirmière, il s'endormit rapidement. Dans ses rêves, deux scènes alternaient sans cesse : la falaise inclinée de la salle des séances s'effondrait sur lui et le colosse de la statue abattait son marteau sur son corps. Puis il gagna le lieu le plus enfoui de son esprit, cette silencieuse plaine enneigée où il entra dans une cabane en bois coquette et rustique. L'Ève qu'il avait créée se tenait debout devant la cheminée, le couvant de son merveilleux regard larmoyant… Luo Ji se réveilla et sentit que ses yeux à lui aussi étaient mouillés de larmes, il remarqua même une tache humide sur son oreiller. On avait tamisé pour lui la lumière de sa chambre, mais comme elle n'était pas apparue à son réveil, il préféra se rendormir dans l'espoir de retourner dans la petite cabane en bois. Mais cette fois, il dormit d'un sommeil sans rêve.

Quand Luo Ji se réveilla pour la seconde fois, il savait qu'il avait dormi longtemps. Il avait l'impression d'avoir repris quelques forces et, bien que sa poitrine fût encore douloureuse par intermittence, il avait cette fois la certitude que ses blessures étaient effectivement légères. Quand il essaya tant bien que mal de s'asseoir, l'infirmière aux cheveux blonds et aux yeux verts ne l'en empêcha pas et surélevа simplement son oreiller pour qu'il puisse s'y adosser. Après un moment, Shi Qiang entra dans la chambre et s'assit à côté du lit.

— Comment vous sentez-vous ? On m'a déjà tiré dessus trois fois alors que je portais un gilet pare-balles. Ça devrait aller, dit Shi Qiang.

— Da Shi, vous m'avez sauvé la vie, balbutia faiblement Luo Ji.

Shi Qiang secoua la main :

— C'est nous qui avons merdé, on n'a pas pris les mesures de protection adéquates. On ne peut faire que ce que vous nous demandez. Mais c'est terminé, maintenant.

— Et les trois autres ? demanda Luo Ji.

Shi Qiang comprit immédiatement de qui il parlait :

— Ils vont bien, ils ne sont pas aussi insouciants que vous, à se promener seuls dehors.

— Est-ce que c'est un coup de l'OTT ?

— Sans doute, le tireur a été arrêté. On avait eu la bonne idée d'installer un "œil de serpent" derrière vous.

— Un quoi ?

— Une sorte de dispositif radar très précis qui peut rapidement localiser la position d'un tireur à partir de la trajectoire d'une balle. L'identité du suspect a été confirmée, c'est un franc-tireur de la branche militaire de l'OTT. Nous n'avions pas imaginé qu'ils oseraient agir en plein centreville, c'était une mission suicidaire.

— J'aimerais le voir.

— Qui ? Le criminel ?

Luo Ji hocha la tête.

— Bien, mais ça ne relève pas de mon autorité, je suis seulement responsable de votre sécurité. Je vais aller me renseigner.

À ces mots, Shi Qiang se leva et sortit. Il semblait à présent plus prudent et consciencieux, une attitude qui contrastait avec la désinvolture qu'il arborait jusqu'alors. Luo Ji fut un instant décontenancé.

Shi Qiang revint bientôt apporter la réponse à Luo Ji :

— C'est possible. Vous souhaiteriez le rencontrer ici,

ou ailleurs ? Le médecin dit que vous pouvez marcher sans problème.

Luo Ji eut d'abord envie de demander à changer d'endroit, il voulait se lever, descendre du lit. Mais en y réfléchissant, il se dit qu'une apparence agonisante conviendrait mieux à ce qu'il voulait faire. Il s'allongea donc sur le lit et répondit qu'il souhaitait le voir ici même.

— Ils sont en route. Ils en ont pour un petit moment. Mangez d'abord quelque chose, ça fait déjà un jour entier depuis le repas que vous avez pris en vol. Je vais m'en occuper, dit Shi Qiang, puis il se leva et sortit à nouveau.

Luo Ji venait tout juste de finir son plateau quand on fit entrer le tireur. C'était un jeune homme occidental au visage charmant, mais sa plus grande particularité était le léger sourire qui flottait sur ses lèvres, on aurait dit que ce sourire avait poussé sur son visage et qu'il ne pourrait jamais s'en départir. Il n'était pas menotté, mais dès qu'il entra dans la chambre, les deux soldats aguerris qui l'escortaient l'assirent fermement sur une chaise. Deux autres hommes se tenaient à la porte. Luo Ji remarqua que figurait sur leur poitrine l'acronyme en trois lettres d'une organisation, mais ce n'était ni le FBI, ni la CIA.

Luo Ji s'efforça d'avoir l'air le plus souffrant possible, mais il fut aussitôt démasqué par son assaillant :

— Docteur, ça n'a pas l'air si grave que ça, je me trompe ?

À ces paroles, le tireur sourit, toutefois c'était un autre sourire qui semblait s'être superposé à son sourire permanent, comme une nappe d'huile flottant à la surface de l'eau, mais qui s'évanouit aussitôt :

— Je suis vraiment désolé.

— Désolé d'avoir tenté de me tuer ? s'étonna Luo Ji en levant la tête de son oreiller pour observer l'homme.

— Désolé de ne pas avoir réussi. Je ne pensais pas que vous porteriez un gilet pare-balles à cette réunion. Je n'avais pas imaginé que vous seriez si scrupuleux pour protéger votre vie, sinon, j'aurais tiré des balles antiblindage, ou bien j'aurais simplement visé la tête. Ainsi, j'aurais réussi ma mission et vous auriez été libéré de la vôtre, cette tâche contre nature dont un homme ordinaire comme vous ne devrait pas avoir la charge.

— Je m'en suis déjà libéré. J'ai indiqué à la secrétaire générale des Nations unies que je refusais la mission de Colmateur qui m'avait été confiée, j'ai abandonné tous mes droits et toutes mes responsabilités et elle m'a confirmé que ce refus avait bien été pris en compte par l'ONU. Naturellement, vous ignoriez tout cela au moment où vous avez essayé de m'abattre. L'OTT a gaspillé un de ses tueurs pour rien.

Le sourire sur le visage du tireur s'illumina, comme un écran dont on aurait augmenté la luminosité :

— Vous avez beaucoup d'humour.

— Comment ça? Ce que je dis est l'absolue vérité, si vous ne me croyez pas…

— Je vous crois, mais je trouve que vous avez beaucoup d'humour, insista le tueur, sans se séparer de son radieux sourire.

En cet instant, ce sourire ne s'était que superficiellement ancré dans l'inconscient de Luo Ji mais il laisserait en lui une empreinte d'acier qu'il garderait pour le restant de son existence.

Luo Ji secoua la tête, soupira profondément et s'allongea sur le dos, sans dire un mot.

Le tueur reprit :

— Docteur, le temps nous est compté. Je présume que si vous m'avez fait venir ici, ce n'est pas pour se prêter à ce genre de comédie puérile, je me trompe?

— Je ne comprends toujours pas ce que vous voulez dire.

— Si c'est vraiment le cas, vous n'avez pas l'intelligence requise pour être un Colmateur. Docteur Luo Ji, vous n'êtes pas aussi "logique" que le suggère votre nom. On dirait bien que j'ai sacrifié ma vie pour rien.

Le tueur releva alors la tête et s'adressa aux deux hommes qui se tenaient sur leurs gardes, debout derrière lui :

— Messieurs, je crois que nous pouvons partir.

Les deux gardiens interrogèrent Luo Ji du regard. Ce dernier fit un mouvement de la main et le tireur fut emmené.

Luo Ji s'assit sur le matelas et repensa aux paroles de son agresseur. Il éprouvait la sensation étrange que quelque chose ne tournait pas rond, sans savoir quoi. Il descendit du lit et fit quelques pas. Excepté la vague douleur dans sa poitrine, il ne souffrait d'aucune difficulté particulière. Il s'avança jusqu'à l'encadrement de la porte, l'ouvrit et jeta un œil à l'extérieur. Les deux hommes en sentinelle armés de pistolets-mitrailleurs assis à la porte se levèrent aussitôt. L'un d'eux marmonna une phrase dans le talkie-walkie qu'il portait sur l'épaule. Luo Ji vit que le couloir propre et lumineux était vide mais que deux hommes armés se tenaient à l'autre extrémité. Il referma la porte et tira les rideaux de la fenêtre pour regarder à quelle hauteur il se trouvait. Il s'aperçut que la porte de l'hôpital était surveillée par d'autres gardes en armes et que deux véhicules militaires verts stationnaient devant. En dehors d'un ou deux employés de l'hôpital en blouse blanche qui allaient et venaient à la hâte, il ne remarqua personne. En regardant plus en détail, il releva la présence de deux hommes qui observaient les horizons avec leurs jumelles sur le toit du bâtiment d'en face. Un fusil à lunette était installé à côté d'eux. Il était instinctivement certain que d'autres tireurs embusqués étaient perchés sur le toit du bâtiment dans lequel il se trouvait. Ces gardes n'étaient pas de la police, leurs uniformes étaient ceux de militaires. Luo Ji appela Shi Qiang.

— L'hôpital est sous haute surveillance, c'est bien ça ? demanda Luo Ji.

— Oui.

— Et si je demande que vous renvoyiez les gardes, que se passera-t-il ?

— On suivra vos ordres, mais je vous le déconseille fortement, vous êtes toujours en danger.

— Quelle est votre unité ? De quoi êtes-vous responsable ?

— J'appartiens au département de sécurité du Conseil de défense planétaire, je suis en charge de votre protection.

— Mais je ne suis plus un Colmateur. Je ne suis qu'un simple citoyen désormais et même si je suis en danger de mort, c'est entièrement du ressort de la police. De quel droit pourrais-je profiter d'un tel niveau de protection ? Et de celui de renvoyer ou de rappeler quelqu'un quand j'en ai envie ?

Le visage de Shi Qiang resta inexpressif, comme s'il portait un masque en caoutchouc.

— Parce que ce sont les ordres.

— Et… Kent ?

— Dehors.

— Faites-le venir !

Kent entra peu de temps après que Shi Qiang fut sorti. Il avait recouvré l'allure courtoise d'un haut fonctionnaire de l'ONU.

— Docteur Luo Ji, je souhaitais attendre que vous soyez rétabli avant de vous rendre visite.

— Qu'est-ce que vous faites ici ?

— Je suis en charge de votre liaison quotidienne avec le CDP.

— Mais je ne suis plus Colmateur ! s'égosilla Luo Ji avant de demander : La nouvelle du lancement du programme Colmateur a-t-elle été diffusée ?

— Au monde entier.

— Et celle de mon refus d'être Colmateur ?

— Cela en faisait partie, bien sûr.

— Que disent les informations ?

— C'est très simple : à l'issue de la session extraordinaire des Nations unies, le Dr Luo Ji a déclaré qu'il rejetait l'identité et la mission de Colmateur.

— Eh bien, qu'est-ce que vous faites encore ici ?

— Je suis en charge de votre liaison quotidienne avec le CDP.

Luo Ji dévisagea Kent d'un air ahuri. Il semblait fardé du même masque que Da Shi, ne laissant rien paraître.

— S'il n'y a rien d'autre, je m'en vais. Reposez-vous bien. N'hésitez pas à m'appeler quand vous le voulez, fit Kent, puis il se tourna et sortit.

À peine eut-il passé la porte que Luo Ji l'interpella :

— Je veux voir la secrétaire générale.

— L'institution en charge de la direction et de l'exécution concrètes du programme Colmateur est le Conseil de défense planétaire, avec à sa tête un président tournant. La secrétaire générale des Nations unies ne dispose d'aucune prérogative sur le CDP.

Luo Ji gambergea un moment puis finit par lâcher :

— Je souhaite tout de même avoir une entrevue avec la secrétaire générale. Je suppose que je dois en avoir le droit.

— Très bien, veuillez attendre un instant.

Kent quitta la chambre et revint rapidement.

— Elle vous attend dans son bureau. Partons-nous maintenant ?

Le bureau de la secrétaire générale était situé au trente-quatrième étage du Secrétariat des Nations unies. Tout le long du trajet, Luo Ji marcha sous une protection rapprochée, il avait l'impression d'être confiné dans un coffre-fort mobile. Le bureau de Say était plus petit qu'il l'avait imaginé, et très sobrement meublé. Seul le drapeau des Nations unies occupait un grand espace derrière la table du bureau. Say sortit de derrière son bureau pour l'accueillir.

— Docteur Luo Ji, j'aurais voulu vous rendre visite à l'hôpital hier, mais comme vous pouvez le voir…

Elle fit un geste en direction des piles de documents qui jonchaient la table. Seul un porte-crayon en bambou finement ouvragé apportait une touche de coquetterie à la pièce.

— Madame Say, je viens réitérer la déclaration faite à la fin de la dernière session, commença Luo Ji.

Say hocha la tête sans répondre.

— J'ai l'intention de rentrer dans mon pays. Si vous pensez que je suis toujours en danger, je vous demande de bien vouloir m'aider à le signaler au département de la police de la ville de New York, qui prendra en charge ma sécurité. Je suis un citoyen ordinaire et je n'ai pas besoin de la protection du CDP.

Say hocha encore une fois la tête :

— C'est bien sûr possible, mais je préfère vous conseiller d'accepter la protection dont vous faites actuellement l'objet, elle est plus spécialisée et plus fiable que la police new-yorkaise.

— Veuillez me répondre en toute honnêteté : suis-je encore aujourd'hui un Colmateur ?

Say retourna derrière son bureau surplombé par le drapeau des Nations unies. Un léger sourire s'ébaucha sur ses lèvres :

— Qu'en pensez-vous ?

Puis elle l'invita d'un geste à prendre place sur le canapé.

Luo Ji remarqua que le sourire de Say lui était familier. Il avait vu le même sur le visage de son jeune agresseur. Plus tard, il le reverrait dans les yeux et sur les visages de toutes les personnes qui croiseraient sa route. Ce sourire serait plus tard appelé le "sourire au Colmateur", il deviendrait aussi célèbre que celui de *La Joconde* et celui aux dents blanches du chat du Cheshire. Cependant, ce sourire de Say eut pour effet d'apaiser Luo Ji, c'était la première fois qu'il éprouvait un peu de calme depuis ce moment où, lors de la session extraordinaire, cette même Say avait annoncé sur l'estrade au monde entier qu'il était un Colmateur. Il s'assit délicatement sur le canapé et, une fois assis, il comprit tout.

Mon Dieu !

Luo Ji avait en un instant percé la véritable nature de son identité de Colmateur. Comme Say le lui avait dit, on ne demandait pas avant le début de la mission l'avis de ceux à qui elle allait être assignée. Quant aux Colmateurs, une fois leur mission et leur identité révélées, ils n'étaient pas en mesure de refuser ou d'abandonner. Cette contrainte ne lui était pas imposée par un individu en particulier mais par la logique froide qui participait à l'essence même du programme : depuis qu'il était devenu Colmateur, un écran protecteur invisible et imperméable s'était érigé entre lui et les gens ordinaires. Tous ses faits et gestes portaient désormais le sceau de son identité. C'était ce qu'exprimaient ces sourires adressés aux Colmateurs :

Comment pouvons-nous savoir si vous n'êtes pas déjà au travail ?

Luo Ji avait à présent compris que les Colmateurs étaient investis de la mission la plus extravagante de l'histoire. Sa logique était tordue mais implacable et en même temps infiniment plus solide que les chaînes de Prométhée, c'était un sortilège impossible à briser. Le Colmateur ne pouvait compter sur ses propres forces pour le vaincre. Peu importait combien il lutterait, toutes, absolument toutes ses actions, seraient accueillies par un sourire au Colmateur et cette question en suspens :

Comment pouvons-nous savoir si vous n'êtes pas déjà au travail ?

Une vague de fureur comme jamais il n'en avait connu afflua dans son esprit. Il aurait voulu crier de toutes ses forces, insulter la mère de Say et celle de l'ONU, puis celles de tous les représentants de la session extraordinaire et celles des membres du Conseil de défense planétaire, les mères de tous les êtres humains, et les mères peut-être inexistantes des Trisolariens. Il aurait voulu bondir et piétiner quelque chose, renverser les documents sur le bureau de Say, son globe terrestre, son porte-crayon, puis réduire le drapeau de l'ONU en lambeaux… Mais il finit par se rappeler où il était et qui il avait en face de lui, et il se contrôla. Il se leva mais se laissa aussitôt retomber lourdement dans le canapé.

— Pourquoi ai-je été choisi ? commença Luo Ji, en se prenant la tête entre les mains. Je n'ai aucune légitimité à côté des trois autres. Je n'ai aucun talent, aucune expérience. Je n'ai jamais vécu de guerre et encore moins gouverné de pays. Je ne suis même pas non plus un scientifique brillant. Je ne suis rien d'autre qu'un professeur d'université qui vivote en publiant de temps à autre des articles médiocres dans des revues spécialisées. Je vis au jour le jour, je ne veux pas d'enfant et je me fiche de la pérennité de la civilisation humaine… Alors pourquoi moi ?

Quand il eut fini, il se releva d'un bond.

Le sourire avait disparu du visage de Say.

— Docteur Luo Ji, pour vous dire la vérité, nous y avons réfléchi cent fois et nous ignorons encore si nous avons fait le bon choix. Et c'est la raison pour laquelle, des quatre Colmateurs, vous êtes celui qui aura accès au moins grand nombre de ressources. Vous choisir est peut-être bien le plus grand risque jamais pris dans l'histoire de l'humanité.

— Mais il doit bien y avoir une raison pour prendre ce risque ?

— Oui, mais elle est indirecte. La vraie raison, personne ne la connaît. Je vous l'ai déjà dit, ce sera à vous de la trouver.

— Quelle est cette raison indirecte ?

— Je suis désolée, je ne suis pas autorisée à vous la communiquer mais, croyez-moi, vous l'apprendrez le moment venu.

Luo Ji sentit qu'ils n'avaient déjà plus rien à se dire. Il fit donc demi-tour et se dirigea vers la sortie. Ce ne fut qu'une fois arrivé à la porte qu'il se souvint qu'il ne lui avait pas dit au revoir. Il se retourna. Comme dans la salle des séances des Nations unies, Say lui sourit dans un hochement de tête. Mais cette fois, il connaissait le sens caché de ce sourire.

— Je suis ravie que nous ayons pu nous revoir. Toutefois, votre travail devra désormais être conduit dans le cadre des activités du Conseil de défense planétaire, sous la responsabilité directe de son président.

— Vous n'avez aucune confiance en moi, n'est-ce pas ? demanda Luo Ji.

— Je vous l'ai dit, vous choisir est un risque énorme.

— Eh bien vous avez raison.

— Raison d'avoir pris ce risque ?

— Raison de ne pas avoir confiance en moi.

Luo Ji ne la gratifia d'aucun au revoir et sortit directement du bureau. Il replongea dans l'état mental qui avait été le sien à l'annonce du nom du dernier Colmateur. Il marchait sans but. Arrivé au bout du couloir, il entra dans l'ascenseur et descendit dans le hall du rez-de-chaussée, puis il sortit du bâtiment du Secrétariat des Nations unies et revint sur la place où il avait été la cible du tireur. Il fut escorté tout le long de son trajet par plusieurs agents de sécurité qui le serraient de près. Agacé, il tenta bien de les repousser à plusieurs reprises mais, où qu'il aille, ils revenaient se coller à lui comme des aimants. Cette fois-ci, il faisait jour, les rayons du soleil resplendissaient sur la place. Shi Qiang et Kent approchèrent et l'enjoignirent de retourner rapidement à l'intérieur du bureau ou bien dans une voiture.

— Je ne verrai plus le soleil de toute ma vie, c'est ça ? demanda-t-il à Shi Qiang.

— Ce n'est pas ça, les environs ont été sécurisés et vous ne risquez pas grand-chose ici, mais il y a beaucoup de touristes qui vont certainement vous reconnaître et s'attrouper autour de vous. Ce n'est pas vraiment ce que vous voulez, si ?

Luo Ji jeta un œil autour de lui. Pour l'instant au moins, personne n'avait remarqué la présence de leur petit groupe. Il avança dans la direction du bâtiment de l'Assemblée générale qui communiquait avec celui du Secrétariat. Il fut vite à l'intérieur. C'était la deuxième fois qu'il entrait ici. Son but était clair, il savait où il devait aller. Après avoir passé le balcon suspendu, il vit le vitrail multicolore, il prit à droite et entra dans la salle de méditation. Il ferma la porte sur Shi Qiang, Kent et les agents de sécurité qui l'avaient suivi.

Pour la deuxième fois, Luo Ji se trouvait devant ce bloc rectangulaire de magnétite. La première idée qui lui traversa l'esprit fut d'aller s'y fracasser la tête pour être délivré de ses tourments. Mais à la place, il s'allongea sur sa surface lisse et glissante, laissant le froid du minéral aspirer une partie de sa panique. Son corps ressentit la dureté de la magnétite et, très étrangement, il repensa à un problème posé par son professeur de physique au collège : comment concevoir un lit en marbre qui donne le sentiment d'être aussi moelleux qu'un matelas Simmons ? La réponse : faire un creux dans le marbre qui ait absolument la même taille et la même forme que le dormeur, de sorte que lorsque celui-ci s'y allonge, la pression se retrouve diffusée uniformément. Le marbre paraît alors extraordinairement doux. Luo Ji ferma les yeux et s'imagina que la température de son corps faisait fondre le bloc pour former ce genre de creux… Et peu à peu, cet exercice le tranquillisa. Il rouvrit les yeux au bout d'un moment et observa le plafond nu.

La salle de méditation avait été conçue sur proposition du deuxième secrétaire général des Nations unies, le Suédois Dag Hammarskjöld. Celui-ci considérait qu'outre la grande salle où se décidait l'histoire il devait aussi pouvoir se trouver ici un espace propice à la réflexion. Luo Ji ignorait si le dirigeant d'un pays ou un représentant des Nations unies y était jamais venu pour méditer mais une chose était sûre : Hammarskjöld, mort en 1961, n'avait pu imaginer qu'un Colmateur comme lui viendrait s'y perdre dans ses pensées.

Luo Ji se laissa une nouvelle fois prendre à ce piège de logique et, une fois encore, il acquit la conviction qu'il n'avait aucun moyen de s'en extraire.

Aussi, il dirigea son attention vers le pouvoir dont il disposait à présent. Comme l'avait dit Say, il était le Colmateur qui, des quatre, pouvait mobiliser le moins de ressources, mais celles-ci restaient colossales. Plus important encore, il n'avait besoin de rendre de comptes à personne. Son devoir, c'était au contraire d'adopter l'attitude la plus incompréhensible possible aux yeux des autres et, mieux encore, d'engendrer le maximum de malentendus. C'était une chose inédite dans toute l'histoire de l'humanité : les tyrans des temps anciens agissaient certes selon leurs caprices, mais ils devaient toujours en fin de compte fournir un semblant d'explication à leurs actes.

Puisqu'il ne me reste maintenant rien d'autre que ce pouvoir saugrenu, pourquoi ne pas l'utiliser? pensa-t-il, puis il se rassit. Un court instant passa avant qu'il ne décide ce que serait sa prochaine étape.

Il descendit de son dur lit minéral, ouvrit la porte et demanda à voir le président du Conseil de défense planétaire.

Le président actuel du CDP était un Russe nommé Garanine, un vieil homme à barbe blanche et à large carrure. Son bureau était situé un étage en dessous de celui de la secrétaire générale. Quand Luo Ji entra, Garanine était en train de congédier ses précédents visiteurs, dont la moitié portaient des uniformes militaires.

— Ah, docteur Luo Ji, soyez le bienvenu. On m'a rapporté que vous aviez eu quelques embêtements, je ne me suis donc pas empressé de prendre contact avec vous.

— Que font les trois autres Colmateurs ?

— Ils sont occupés à constituer leurs états-majors. Si je peux me permettre, vous devriez vous y atteler dès que possible. Je pourrais vous envoyer quelques conseillers pour vous aider dans cette tâche.

— Je n'ai pas besoin d'état-major.

— Ah, si vous estimez que c'est mieux ainsi… Si jamais

vous en éprouvez le besoin, sachez que vous pouvez à tout moment changer d'avis.

— Puis-je vous emprunter une feuille et un stylo ?

— Naturellement.

Luo Ji regarda les feuilles blanches en face de lui et demanda :

— Monsieur le président, avez-vous déjà eu un rêve ?

— Quel genre ?

— Par exemple, celui d'habiter dans un endroit paradisiaque ?

Garanine secoua la tête et éclata d'un rire amer :

— Je vais vous dire, je suis revenu hier d'un vol parti de Londres. J'ai travaillé pendant tout le trajet. Arrivé ici, j'ai dormi à peine deux heures avant de retourner au turbin. Aujourd'hui, à la fin de la séance ordinaire du CDP, je prendrai un avion de nuit, direction Tokyo… Je passe ma vie entière à courir et le temps passé chaque année chez moi n'excède pas trois mois… Quel sens aurait pour moi ce genre de rêve ?

— En ce qui me concerne, j'ai déjà rêvé de plusieurs de ces lieux. J'ai choisi le plus beau, dit Luo Ji en saisissant un crayon et en commençant à dessiner. Il n'y a pas de couleur, il faut faire preuve d'imagination : regardez ces montagnes enneigées avec leurs sommets effilés, comme des épées divines ou comme les canines de la Terre, scintillant d'argent devant ce fond de ciel bleu, voyez comme c'est éblouissant…

— Mmmh, mmmh, fit Garanine qui observait son dessin avec attention. Il doit y faire très froid.

— Erreur ! Il ne fait pas froid sur cette terre, car c'est un climat subtropical, c'est la clef ! Devant ces montagnes s'étend un lac immense dont l'eau est encore plus bleue que le ciel, bleue, comme les yeux de votre épouse…

— Ils sont noirs…

— Ah, dans ce cas, le lac est d'un bleu si sombre qu'il paraît presque noir. C'est encore plus beau. Aux alentours du lac se trouvent une forêt et une prairie, attention, je dis bien *et*, pas simplement une des deux. Voici donc cet endroit idéal : des montagnes enneigées, un lac, une forêt, une prairie, le tout dans une région vierge et primitive. Lorsque vous contemplez ce lieu, vous en venez à croire que l'humain n'est jamais apparu sur Terre. Ici, sur l'herbe qui borde le lac, est construite une habitation, elle n'a pas besoin d'être grande mais elle doit répondre à toutes les exigences de la vie moderne. Son style peut être classique ou moderne, mais elle doit être en harmonie avec son environnement. Elle doit aussi bénéficier de quelques équipements additionnels : une fontaine, une piscine… Bref, tout le nécessaire permettant à son heureux propriétaire de mener une vie cossue et agréable.

— Qui serait le propriétaire de ce domaine ?

— Moi, naturellement !

— Qu'iriez-vous faire là-bas ?

— Profiter du restant de mes jours.

Luo Ji s'attendit à ce que Garanine lui réponde avec rudesse, mais ce dernier hocha gravement la tête :

— Nous nous en occuperons dès que la commission aura examiné votre demande.

— La commission et vous-même ne poserez donc aucune question concernant mes motivations ?

Garanine haussa les épaules :

— La commission peut se permettre de questionner les Colmateurs sur leurs motivations dans deux cas précis : si les ressources utilisées dépassent le cadre prévu ou bien si leur plan met en danger l'intégrité de vies humaines. À l'exception de ces deux situations exceptionnelles, interroger le Colmateur sur ses agissements serait contraire à l'esprit du programme. Et pour tout vous dire, Taylor, Rey Diaz et Hynes m'ont déjà beaucoup déçu. En les observant commencer à concevoir leurs grandioses stratégies ces deux derniers jours, on peut voir au premier coup d'œil ce qu'ils sont en train de préparer. Mais vous êtes différent, votre attitude a de quoi déconcerter. Ça, c'est un comportement de Colmateur.

— Croyez-vous vraiment que se trouve dans le monde un endroit tel que je viens de le décrire ?

Garanine lui offrit le même sourire, cligna d'un œil et lui adressa un "OK" gestuel :

— La Terre est grande. Ce paradis existe. Pour vous dire la vérité, je l'ai déjà vu.

— C'est merveilleux, croyez-moi, je vous assure que couler une vie cossue dans cet endroit fait partie de mon plan de Colmateur.

Garanine hocha la tête avec solennité.

— Oh, j'y pense, si vous trouvez un lieu approprié, il ne faudra jamais me dire où il se trouve.

Non, surtout pas ! Car dès que je le saurai, le monde deviendra aussi étroit qu'une carte, tandis que si je l'ignore, il me paraîtra sans limites.

Garanine hocha encore une fois la tête. Cette fois, il semblait ravi.

— Docteur Luo Ji, non seulement vous correspondez à ce que j'imagine être un Colmateur mais vous possédez une autre qualité très appréciable : cette requête est la plus abordable financièrement de toutes celles déposées jusqu'ici par les quatre Colmateurs. Pour l'instant, en tout cas.

— Si tel est le cas, je peux vous assurer que les investissements que je solliciterai ne seront jamais importants.

— Vous serez donc le bienfaiteur de tous mes successeurs. La question de l'argent a de quoi donner la migraine… Le département chargé de l'application concrète de vos demandes vous sollicitera sans doute pour obtenir davantage de détails, je pense surtout à votre maison.

— Ah, la maison, j'oubliais un détail important, très important.

— Je vous écoute.

Luo Ji imita Garanine et sourit en clignant de l'œil :

— Elle aura une cheminée.

Après les funérailles de son père, Zhang Beihai retourna dans le dock de construction du *Tang*, accompagné de Wu Yue. Les travaux sur le porte-avions avaient été entièrement interrompus, les traces de soudure avaient disparu de la coque et, sous le soleil de midi, l'énorme bâtiment ne montrait plus aucun signe de vie. Il donnait l'impression d'avoir connu toutes les vicissitudes de l'histoire.

— Lui aussi est mort, souffla Zhang Beihai.

— Ton père était le plus sage de tous les hauts officiers de la marine. S'il était encore là, je n'aurais peut-être pas plongé si bas, lâcha Wu Yue.

— Ton défaitisme est bâti sur une base rationnelle. Du moins, il est conforme à ta propre raison. Je ne crois pas que quiconque puisse vraiment arriver à te redresser. Wu Yue, je ne suis pas venu ici pour te demander pardon, je sais que tu n'éprouves pas de haine à mon égard.

— Je veux te remercier, Beihai, tu m'as libéré.

— Tu pourras retourner dans la marine, ils auront sûrement un poste pour toi, qui te correspondra mieux.

Wu Yue secoua lentement la tête :

— J'ai déjà formulé ma demande officielle de démobilisation. Qu'est-ce que je retournerais y faire ? Tous les projets de construction de destroyers et de corvettes ont été annulés, il n'y a plus aucune place pour moi sur les navires de guerre. Aller m'asseoir dans un bureau de l'état-major ? Je n'y pense même pas. Et puis, je n'ai plus aucune légitimité. Un militaire qui n'accepte de s'engager corps et âme uniquement dans une guerre où il est persuadé de la victoire n'est pas un bon militaire.

— Victoire ou défaite, aucun d'entre nous ne la verra.

— Mais tu as confiance dans la victoire, Beihai. Je t'admire, vraiment, au point d'en être jaloux. À notre époque, avoir une telle foi, c'est un bonheur suprême pour un militaire. Tu es bien le digne fils de l'amiral Zhang.

— Alors, quels sont tes projets pour l'avenir ?

— Aucun. J'ai l'impression que ma vie est déjà terminée. Wu Yue pointa le *Tang* au loin : Comme lui, mort avant même son lancement.

Un bourdonnement sourd leur parvint du dock. Le *Tang* se déplaça lentement. Afin d'être évacué, il n'avait d'autre choix que d'être mis à l'eau, puis tracté par un remorqueur vers un autre dock pour y être démantelé. Lorsque la proue effilée du navire fendit l'eau de mer, Zhang Beihai et Wu Yue eurent l'impression que cette immense masse reprenait un peu de vie. Il entra rapidement dans l'eau, provoquant des vagues telles que tous les autres bateaux du port furent soulevés, puis redéposés dans l'eau, comme s'ils rendaient au *Tang* un dernier hommage. Rampant à la surface, le navire avança lentement, jouissant paisiblement de l'étreinte de la mer. Durant la carrière éphémère et brisée de cet énorme vaisseau, il aurait au moins été en contact une fois avec l'océan.

Le monde virtuel des *Trois Corps* était enveloppé de ténèbres. En dehors de quelques rares éclats d'étoiles, tout était immergé dans une atmosphère d'encre, on ne voyait même pas la ligne de l'horizon. La plaine déserte se confondait avec l'obscurité nocturne du ciel.

— Administrateur, passez en mode "Ère régulière" ! N'avez-vous pas vu que la réunion allait débuter ? cria une voix.

La réponse sembla provenir des tréfonds du ciel :

— Impossible. Les ères alternent de façon aléatoire. Je ne peux pas les définir manuellement.

Une autre voix résonna dans les ténèbres :

— Alors, accélérez le temps du jeu pour que nous nous retrouvions dans une atmosphère plus stable. Ça ne devrait pas être si long.

Le monde se mit à scintiller et des soleils traversèrent chaotiquement le ciel mais, très vite, la vitesse du jeu redevint normale et ce fut au tour d'un soleil régulier d'illuminer le monde.

— Voilà, j'ignore combien de temps ça va durer, dit l'administrateur.

Les rayons du soleil éclairaient un groupe de gens sur la plaine, dont certains avaient un visage familier : le roi Wen des Zhou, Newton, von Neumann, Aristote, Mozi, Confucius, Einstein et les autres. En petit nombre, ils se tenaient debout, tournés vers l'empereur Qin Shi Huang perché pour sa part au sommet d'un rocher, sa longue épée entre les épaules.

— Je ne suis pas seul, dit Qin Shi Huang. Je parle au nom des sept leaders de l'Organisation.

— Vous ne devriez pas utiliser ces termes ! La gouvernance de l'OTT n'a pas encore été confirmée ! lança quelqu'un, et une clameur s'éleva.

— Il suffit, rugit Qin Shi Huang en levant avec effort sa longue épée. Laissons la controverse sur la gouvernance de l'Organisation de côté pour l'instant. Ce dont nous avons à traiter est plus urgent ! Tous ici savent que le programme Colmateur a été officiellement lancé, l'humanité essaie de faire appel à des stratégies mentales secrètes et individuelles pour déjouer la surveillance des intellectrons. Les dieux, dont les pensées sont transparentes, ne pourront pas pénétrer dans ces labyrinthes. Avec ce programme, l'humanité a repris l'initiative. Les quatre Colmateurs constituent désormais une menace pour les dieux. En vertu de la décision prise lors de notre dernière réunion hors-ligne, il est aujourd'hui temps d'annoncer la mise à exécution du plan Fissureur.

En entendant ce dernier mot, tous se turent et personne ne souleva plus aucune objection.

— Il nous faut désigner un Fissureur par Colmateur, poursuivit Qin Shi Huang. Comme pour les Colmateurs, les Fissureurs pourront puiser dans les ressources de l'Organisation, mais leur plus grande ressource sera les intellectrons, ceux-ci les informeront sur chaque geste, chaque mouvement des Colmateurs. La seule chose qui restera hermétique sera le contenu de leurs pensées. La mission des Fissureurs est donc, avec l'aide des intellectrons, de décrypter sur la base des agissements publics et secrets des Colmateurs leurs véritables visées stratégiques. Je vais à présent désigner les Fissureurs que nous avons choisis.

Qin Shi Huang sortit l'épée de son fourreau et la posa sur les épaules de von Neumann comme s'il s'apprêtait à l'adouber :

— Toi, Premier Fissureur, tu seras le Fissureur de Frederick Taylor.

Von Neumann s'agenouilla et plaça sa main gauche sur son épaule droite :

— J'accepte cette mission.

Qin Shi Huang effleura ensuite l'épaule de Mozi avec son épée :

— Toi, Deuxième Fissureur, tu seras le Fissureur de Manuel Rey Diaz.

Mozi ne s'agenouilla pas, il bomba le torse et hocha la tête avec fierté :

— Je serai le premier à réussir.

Ce fut au tour d'Aristote :

— Toi, Troisième Fissureur, le Fissureur de Bill Hynes.

Aristote non plus ne s'agenouilla pas, il secoua sa toge et murmura comme s'il était plongé dans ses pensées :

— Oui, ça ne pouvait être que moi.

Qin Shi Huang rangea son épée puis jeta un regard circulaire sur le petit groupe :

— Bien, le sort en est jeté. Comme les Colmateurs, vous êtes des élites parmi les élites, que les dieux soient avec vous! Grâce à l'hibernation, vous allez pouvoir commencer votre long voyage vers la fin des jours.

— Je ne crois pas que l'hibernation sera nécessaire, dit Aristote, nous pourrons accomplir notre mission de Fissureur avant la fin de notre vie normale.

Mozi approuva d'un hochement de tête :

— Le moment venu, j'apparaîtrai à visage découvert devant mon Colmateur, et je jouirai comme il se doit à la vue de l'anéantissement de son esprit par la souffrance et le désespoir. Cela vaut bien que j'y consacre le restant de ma vie.

Les deux autres Fissureurs affirmèrent eux aussi qu'ils iraient rendre visite à leurs Colmateurs quand ils auraient percé leurs stratégies. Von Neumann ajouta :

— Nous démasquerons les derniers secrets que l'humanité pourra encore garder cachés aux yeux des intellectrons. Ce sera là l'ultime action que nous pourrons faire au service des dieux. Après cela, nous n'aurons plus aucune raison d'exister.

— Et le Fissureur de Luo Ji? demanda quelqu'un.

Cette question sembla ébranler l'esprit de Qin Shi Huang, il tira son épée et la planta dans le sol, méditatif. C'est alors que le soleil accéléra sa descente, allongeant les ombres jusqu'aux confins du ciel. Une fois que l'astre se fut à moitié couché, il changea brusquement de direction et longea en oscillant la ligne de l'horizon, comme le dos brillant d'une baleine remontant de temps en temps à la surface d'un océan noir, plongeant cette simple plaine désolée et le petit groupe de personnes dans une alternance entre lumière et ténèbres.

— Luo Ji sera son propre Fissureur. Il devra lui-même trouver la menace qu'il fait peser sur les dieux, lâcha Qin Shi Huang.

— Connaissons-nous cette menace ? demanda quelqu'un.

— Non, mais les dieux la connaissent et Evans la connaissait. Evans a appris aux dieux à dissimuler ce secret, et il est mort à présent. Nous n'en savons donc rien.

— Parmi tous les Colmateurs, Luo Ji représente-t-il la plus grande menace ? osa une voix hésitante.

— Cela, nous l'ignorons. Mais nous sommes sûrs d'une chose…

Qin Shi Huang leva les yeux vers la voûte céleste qui ne cessait de se métamorphoser, passant du bleu au noir :

— Des quatre Colmateurs, il est le seul à affronter directement les dieux.

Salle de réunion du département politique de l'armée spatiale.

Après avoir déclaré le début de la réunion, Chang Weisi resta un long moment silencieux. Ça ne lui était jamais arrivé par le passé, ses yeux transpercèrent les deux rangées d'officiers politiques assis à la table de réunion et plongèrent dans un lointain infini tandis qu'il pianotait légèrement avec son crayon à papier sur la surface de la table. Ce faible tic-tac paraissait rythmer la cadence de ses pensées. Il s'extirpa enfin de sa rêverie.

— Camarades, la Commission militaire centrale a annoncé officiellement hier que je prendrais dorénavant la tête du département politique de l'armée spatiale. Voilà déjà une semaine que j'ai accepté cette responsabilité, mais maintenant que nous sommes assis ici ensemble, je suis pris d'un sentiment contradictoire. Je me rends soudain compte que j'ai devant moi le groupe d'officiers dont la tâche est la plus rude de toute la Spatiale et je le comprends seulement aujourd'hui que je suis devenu l'un des vôtres. Je n'y avais jusqu'à aujourd'hui pas accordé l'attention méritée, et je vous adresse à tous mes excuses.

Ceci dit, Chang Weisi repoussa les documents qui se trouvaient devant lui.

— Cette partie de la réunion ne fera l'objet d'aucun compte rendu. Camarades, prenons un moment pour échanger à cœur ouvert. Pour une fois, soyons tous des Trisolariens et exprimons nos pensées à nos interlocuteurs. C'est un exercice important dans la perspective de notre travail futur.

Le regard de Chang Weisi s'attarda une ou deux secondes sur le visage de chaque officier, mais aucun d'entre eux ne prit la parole. Chang Weisi se leva et fit le tour de la table, marchant lentement derrière la rangée d'officiers assis.

— Notre devoir est de faire en sorte que nos troupes aient foi dans la victoire lors de l'Ultime Bataille. Mais nous-mêmes, partageons-nous cette foi ? Que ceux dont la réponse est positive lèvent la main. Je vous rappelle que nous parlons à cœur ouvert.

Nul ne leva la main. Presque tous les officiers avaient les yeux figés sur la table. Mais Chang Weisi remarqua que l'un d'eux le fixait obstinément : Zhang Beihai.

Chang Weisi poursuivit :

— Qui sont ceux qui considèrent que la victoire est possible ? Attention, quand je dis possible, je ne parle pas d'un succès accidentel à zéro pour cent et des poussières, mais bien d'une vraie chance de victoire.

Zhang Beihai leva la main. Il fut le seul.

— Je souhaiterais tout d'abord vous remercier, camarades, pour votre sincérité, affirma Chang Weisi, puis se tournant vers Zhang Beihai : Très bien, camarade Zhang Beihai, dis-nous sur quels fondements repose ta confiance.

Zhang Beihai se leva, mais Chang Weisi lui fit signe de se rasseoir :

— Ce n'est pas une réunion protocolaire. Nous discutons simplement entre nous, en toute franchise.

Zhang Beihai resta debout :

— Amiral, il m'est difficile de répondre à votre question en une ou deux phrases, une foi s'acquiert après un processus long et complexe. Je voudrais simplement évoquer ici la pensée erronée qui se répand en ce moment au sein de l'armée. Personne n'ignore qu'avant la Crise trisolarienne nous avions toujours prôné d'appréhender les guerres futures avec une perspective scientifique et rationnelle. Par la force de l'habitude, cette manière d'envisager le conflit est toujours en usage aujourd'hui, particulièrement au sein de la Spatiale. Cette idéologie est d'autant plus exacerbée depuis qu'un grand nombre de chercheurs et de scientifiques nous ont rejoints. Si nous persistons dans une telle approche pour appréhender la guerre interstellaire qui aura lieu dans quatre siècles, je crains que nous ne puissions jamais établir une quelconque foi dans la victoire.

— J'ai du mal à suivre le camarade Zhang Beihai, dit un colonel. Une foi solide ne doit-elle pas précisément prendre source dans la science et la raison ? Une foi qui ne reposerait pas sur un examen objectif et factuel de la réalité serait nécessairement fragile.

— Regardons différemment ce que nous appelons la science et la raison. Rappelons-nous que quand nous parlons de science et de raison, ce sont les nôtres. Or le niveau de développement atteint par la civilisation trisolarienne nous apprend que notre science n'est rien de plus qu'un enfant ramassant des coquillages sur une plage sans jamais avoir vu la mer. Par conséquent, la vérité que nous donnent à voir notre propre science et notre propre raison peut très bien ne pas être factuelle et objective et, même si c'était le cas, nous devons apprendre à l'ignorer de façon sélective. Nous devons comprendre que les choses changent à mesure de leur évolution et que nous ne pouvons pas nous fonder sur un déterminisme technologique ou un matérialisme mécanique pour conclure que notre avenir est déjà mort.

— Bien, excellent, approuva Chang Weisi dans un hochement de tête, l'incitant à poursuivre.

— La foi dans la victoire a besoin d'être construite. Cette foi, c'est la base même du devoir et de l'honneur militaire ! Il fut un temps où l'armée de notre pays, dans des conditions extrêmement difficiles et face à de puissants adversaires, réussissait à établir une telle confiance dans la victoire en se rappelant sa responsabilité envers la nation et le peuple. J'estime qu'aujourd'hui encore, au nom cette fois de notre responsabilité envers l'humanité et toutes les civilisations de la Terre, nous devons brandir cette foi.

— Mais comment entreprendre concrètement ce travail idéologique ? demanda un officier. Comme vous le savez, l'armée spatiale est composée de différentes sections, ce qui rend d'autant plus complexe le changement des mentalités. Le travail qui nous attend est considérable.

— Je crois que, pour l'heure, il nous faut déjà commencer à travailler sur les mentalités de nos troupes, dit Zhang Beihai. D'un point de vue global d'abord : la semaine dernière, je suis allé faire une visite d'inspection des troupes de l'armée de l'air et de l'armée de mer qui viennent d'être détachées pour la Spatiale. J'ai découvert que leurs exercices quotidiens étaient incroyablement relâchés ; à plus petite échelle, j'ai noté de plus en plus d'entorses à la discipline et un laisser-aller coupable dans le port des uniformes. C'était le jour où tous les uniformes devaient être changés au profit de ceux de la saison estivale, mais beaucoup de membres de l'état-major avaient encore leurs uniformes d'hiver. Cet état d'esprit doit changer le plus vite possible. Ouvrez les yeux, l'armée spatiale est en train de devenir un centre de recherches scientifiques. Bien entendu, je ne nie pas que notre mission est aujourd'hui celle d'une académie de sciences militaires mais nous devons prendre conscience que nous sommes des soldats avant tout, et des soldats en guerre !

La conversation se prolongea encore quelques instants, puis Chang Weisi retourna à sa place.

— Merci à tous. J'espère que nous aurons à l'avenir d'autres occasions de tenir ce genre de discussions franches. Nous allons maintenant pouvoir passer à l'ordre du jour officiel de cette réunion.

Tandis qu'il parlait, les yeux de Chang Weisi recroisèrent ceux de Zhang Beihai. Il se sentit revigoré par la détermination qui perçait derrière son calme apparent.

Zhang Beihai, je connais ta foi, il ne pouvait en être autrement avec un père comme le tien. Mais les choses ne sont pas aussi simples que tu le prétends. J'ignore sur quelles fondations repose ta confiance, j'ignore même si elle en embrasse encore davantage. Comme pour ton père. Je le respectais profondément, mais je dois reconnaître que jusqu'à la fin je ne suis pas arrivé à le cerner.

Chang Weisi feuilleta les documents qu'il avait devant lui :

— Aujourd'hui, les recherches théoriques sur la guerre spatiale battent leur plein, mais elles sont très vite tombées sur un os : elles doivent prendre comme système de référence un certain niveau de développement technologique. Or, les recherches fondamentales viennent à peine de commencer et les percées technologiques ne sont pas pour demain, par conséquent, nous ne disposons d'aucune base véritable sur laquelle nous appuyer. À la lumière de cette situation, l'état-major a décidé de réévaluer ce programme de recherche et de le diviser en trois sections plus à même d'anticiper les échelons technologiques qui seront peut-être franchis dans le futur. Il s'agit respectivement de la stratégie de basse technologie, la stratégie de moyenne technologie et la stratégie de haute technologie.

Les frontières entre ces trois échelons sont actuellement en train d'être définies, de même qu'un grand nombre de paramètres indicateurs au sein de chaque discipline scientifique. Les paramètres centraux seront néanmoins la vitesse et le périmètre de navigation d'un vaisseau spatial de dix mille tonnes.

Pour ce qui est de la basse technologie, la vitesse des vaisseaux devra atteindre cinquante fois la troisième vitesse cosmique, soit environ huit cents kilomètres par seconde. Ces vaisseaux ne seront toutefois pas équipés d'un écosystème régénératif. Dans ces conditions, leur rayon de combat sera limité au système solaire interne, c'est-à-dire à l'intérieur de l'orbite de Neptune, à une distance de trente unités astronomiques du Soleil.

Pour la moyenne technologie, la vitesse des vaisseaux devra atteindre trois cents fois la troisième vitesse cosmique, soit à peu près quatre mille huit cents kilomètres par seconde. Les vaisseaux devront être équipés d'un écosystème régénératif partiel. Dans ces conditions, leur rayon de combat s'étendra jusqu'à la ceinture de Kuiper[1], à l'intérieur d'une zone distante de mille unités astronomiques du Soleil.

Pour la haute technologie, la vitesse des vaisseaux devra atteindre mille fois la troisième vitesse cosmique, soit à peu près seize mille kilomètres par seconde, soit cinq pour cent de la vitesse de la lumière. Ces vaisseaux seront équipés d'un écosystème régénératif intégral. Dans ces conditions, leur rayon de combat sera étendu jusqu'au nuage d'Oort[2] et ils représenteront une première étape vers des vaisseaux aux capacités de navigation interstellaire.

1. Une zone en forme d'anneau située aux marges du système solaire, composée d'une multitude de corps minuscules couverts de glace. *(N.d.A.)*

2. Un nuage composé de corps célestes et de débris situé autour du système solaire et abritant un grand nombre de noyaux de comètes. Il est séparé du Soleil par une distance allant de 50 000 à 100 000 unités astronomiques, soit à peu près une année-lumière. *(N.d.A.)*

Le défaitisme représente la plus grande menace pour les forces spatiales et c'est pourquoi la mission dont les responsables du département politique auront la charge est cruciale. Il s'agit de participer pleinement à la recherche de stratégies militaires spatiales et d'éradiquer la contamination défaitiste qui se propage jusque dans le secteur des théories fondamentales, afin de garantir la juste direction des recherches à mener.

Ceux qui sont présents ici aujourd'hui deviendront membres du groupe de recherche en théorie militaire de l'armée spatiale. Bien que les trois sections évoquées soient appelées à se recouper en partie, les organes de recherche fonctionneront indépendamment les uns des autres. Ils sont provisoirement appelés Bureau des recherches de stratégies de basse technologie, Bureau des recherches de stratégies de moyenne technologie et Bureau des recherches de stratégies de haute technologie. Au cours de la réunion d'aujourd'hui, je souhaiterais pouvoir connaître le bureau que vous avez l'intention de rejoindre afin que cette sélection serve de référence lors la prochaine répartition des postes au sein du département politique. Je vous invite à présent à exprimer votre choix.

Parmi les trente-deux officiers du département politique, vingt-quatre choisirent d'intégrer le Bureau des recherches de stratégies de basse technologie, sept celui de stratégies de moyenne technologie, tandis que Zhang Beihai fut le seul à choisir les stratégies de haute technologie.

— On dirait que le camarade Beihai aime la science-fiction, lança un officier, soulevant quelques rires.

— J'ai choisi notre seul espoir de victoire. Ce n'est qu'en atteignant ce niveau technologique que l'humanité pourra bâtir un système suffisamment efficace pour défendre la planète et le système solaire, rétorqua Zhang Beihai.

— Nous ne sommes même pas en mesure actuellement de maîtriser la fusion nucléaire, alors propulser un vaisseau de dix mille tonnes à une vitesse équivalent à cinq pour cent de la vitesse de la lumière ? Mille fois plus rapide que nos vaisseaux humains actuels, de la taille d'un camion ? Ce n'est même plus de la science-fiction, c'est du fantastique !

— Mais il nous reste quatre siècles, si je ne m'abuse. Essayons d'envisager le développement technologique à long terme.

— Mais les théories fondamentales de la physique sont déjà complètement paralysées…

— Nous n'avons pas encore exploité ne serait-ce qu'un pour cent du potentiel permis par les théories déjà existantes, répliqua Zhang Beihai. J'ai le sentiment que le plus grand obstacle, c'est l'approche de la communauté technologique actuelle qui dilapide énormément de temps et d'argent sur des technologies rétrogrades. Prenons l'exemple de la conception des moteurs cosmiques, rien ne justifie plus aujourd'hui de travailler sur le moteur à fission nucléaire, mais on y consacre pourtant une énorme part des ressources de recherche et de développement et une, plus importante encore, au développement d'une nouvelle génération de moteurs à propulsion chimique ! Les efforts devraient être concentrés sur la recherche d'un moteur à fusion nucléaire, et même directement un moteur à fusion nucléaire qui puisse se passer de médium de propulsion. Le même problème existe dans d'autres disciplines : les écosystèmes régénératifs clos, qui constituent une technologie essentielle pour les vols interstellaires, ne sont pas dépendants des théories fondamentales de la physique mais les recherches dans ce domaine sont encore trop limitées.

Chang Weisi prit la parole :

— Le camarade Zhang Beihai a le mérite d'attirer notre attention sur un point : à l'heure actuelle, les communautés militaire et scientifique sont occupées à lancer leurs propres chantiers mais ne communiquent pas assez entre elles. Fort heureusement, les deux bords ont pris conscience de cette situation et nous sommes en train d'organiser une réunion conjointe qui rassemblera des représentants militaires et scientifiques. Par ailleurs, des organes spécialisés ont déjà été constitués de chaque côté pour renforcer les échanges entre militaires et scientifiques. Ils permettront de mettre en place une plateforme interactive adéquate entre les stratégies militaires et les recherches technologiques. La prochaine étape sera de fournir des représentants de l'armée aux différents instituts de recherche scientifique et d'intégrer dans le même temps des scientifiques aux équipes de recherche sur les stratégies militaires des forces spatiales. Encore une fois, nous ne pouvons pas attendre passivement une soudaine percée technologique, nous devons développer nos propres stratégies militaires qui serviront de moteurs à tous les domaines de recherche.

Il nous faut à présent évoquer un autre niveau de coopération : celui entre l'armée spatiale et les Colmateurs.

— Les Colmateurs ? s'interrogea avec surprise un officier. Vont-ils s'ingérer dans le travail des forces spatiales ?

— Aucun indicateur ne nous permet pour l'instant de le penser, mais Taylor a émis le souhait de venir effectuer une visite d'observation au sein de notre armée. Nous devons être clairs, les Colmateurs ont de ce point de vue un pouvoir certain et si leur ingérence se confirme, cela aura peut-être des conséquences insoupçonnées. Nous devons y être psychologiquement préparés. Le moment venu, nous devrons travailler à maintenir un équilibre entre le programme Colmateur et le programme général de défense.

Une fois la réunion terminée et les participants dispersés, Chang Weisi demeura assis dans la salle de réunion vide. Il alluma une cigarette. La fumée flotta dans un faisceau de soleil qui perçait à travers la fenêtre et parut s'embraser.

Quoi qu'il arrive désormais, il fallait bien que tout commence, pensa-t-il.

Pour la première fois, Luo Ji éprouvait la sensation d'un rêve devenu réalité. Il était persuadé que la promesse de Garanine n'était qu'une fanfaronnade. Oh, bien sûr, il aurait trouvé un endroit magnifique à l'écosystème encore préservé, mais le lieu aurait forcément été très différent de celui qu'il avait imaginé. Cependant, lorsqu'il descendit de l'hélicoptère, il eut l'impression de poser les pieds dans son propre rêve : au loin, des monts enneigés, devant lui, un lac bordé par une prairie et une forêt. Tout, jusqu'à leur emplacement, était identique au dessin qu'il avait présenté à Garanine. C'était surtout la pureté émanant de ce lieu qu'il n'aurait jamais osé imaginer, tout paraissait sorti d'un conte de fées, une fragrance sucrée planait dans la fraîcheur de l'air, même le soleil paraissait saupoudrer avec prudence les plus doux et les plus exquis de ses rayons. Plus incroyable encore, un domaine avec une villa se trouvait réellement en bordure du lac, conformément à ce que lui avait dit Kent, qui avait fait le voyage avec lui. La bâtisse avait été construite au XIXe siècle. Elle semblait pourtant plus ancienne, car les empreintes du temps la laissaient se fondre harmonieusement dans son environnement.

— Ne soyez pas surpris. Parfois, il arrive aux hommes de rêver d'endroits existant réellement, dit Kent.

— Quelqu'un habite-t-il ici ? demanda Luo Ji.

— Pas dans un rayon de cinq kilomètres. Il y a quelques petits hameaux un peu plus loin.

Luo Ji crut deviner qu'il se trouvait en Europe du Nord, mais il ne posa pas la question.

Kent l'emmena dans la villa. Dans le salon de style européen, Luo Ji remarqua immédiatement la cheminée et les bûches de bois fruitier parfaitement entassées à côté de l'âtre, qui répandaient dans la pièce un délicieux parfum évoquant la fraîcheur de la nature.

— Le propriétaire de la villa m'a chargé de vous présenter

ses respects, il est très honoré qu'un Colmateur puisse venir habiter ici, dit Kent.

Il lui expliqua ensuite qu'outre les installations demandées par Luo Ji le domaine disposait aussi d'une écurie de dix chevaux – le moyen de transport idéal pour se rendre dans la direction des montagnes –, d'un terrain de tennis, d'un parcours de golf, d'une cave à vins et, sur le lac, d'un yacht à moteur et de quelques voiliers. En dépit de sa façade ancienne, tout était très moderne à l'intérieur de la villa, chaque pièce était équipée d'un ordinateur, d'une connexion haut débit, d'un téléviseur avec câble/satellite et bénéficiait d'une salle de projection numérique. À son arrivée, Luo Ji avait de plus remarqué un héliport qui n'avait visiblement pas été construit de façon temporaire.

— Le propriétaire doit être très riche.

— Plus que ça. Il n'a pas voulu révéler son identité, autrement, vous auriez sûrement reconnu son nom… Il a légué cette propriété aux Nations unies, un domaine encore plus vaste que celui offert autrefois par Rockefeller. En ce qui vous concerne, vous avez uniquement le droit d'y résider. Mais vous n'êtes pas lésé : lorsque le propriétaire a quitté les lieux, il a indiqué avoir emporté toutes ses affaires, le reste de son patrimoine vous appartient. Les tableaux à eux seuls ont énormément de valeur.

Kent lui fit visiter chaque pièce. Il remarqua que le propriétaire avait très bon goût, la décoration de toutes les chambres offrait un sentiment d'élégante sérénité. Une grande partie des livres de la bibliothèque étaient de vieilles éditions en latin. Quant aux peintures, elles étaient principalement modernistes, mais ne paraissaient pas en décalage avec l'atmosphère classique de l'ensemble. Luo Ji constata que ne s'y trouvait aucune peinture de paysage, ce qui témoignait d'une sensibilité esthétique aiguë : accrocher des tableaux de paysage dans cette villa au cœur du jardin d'Éden aurait été aussi superflu que verser un tonneau d'eau dans l'océan.

Une fois de retour dans le salon, Luo Ji s'assit dans un confortable fauteuil à bascule installé devant la cheminée. Il tendit la main pour saisir un objet qui reposait sur la petite table à côté. Une pipe avec un long manche, de style occidental, utilisée dans les fumoirs intérieurs par les personnes issues des classes aisées. Il observa les étagères blanches sur le mur et se demanda quelles œuvres d'art avaient bien pu être emportées.

Kent fit ensuite entrer quelques personnes qu'il présenta à Luo Ji : son intendant, son cuisinier, son chauffeur, son responsable d'écurie et son conducteur de yacht, tous autrefois au service de l'ancien propriétaire du lieu. Quand ils eurent pris congé, Kent lui présenta un lieutenant-colonel en civil chargé de sa sécurité. Après qu'il eut quitté la pièce, Luo Ji demanda à Kent s'il savait où avait été envoyé Shi Qiang.

— Il a changé de service et n'est plus en charge de votre protection, il a dû rentrer en Chine.

— Je souhaite le nommer à la place de cet officier, il m'a l'air plus compétent.

— J'ai le même sentiment, mais il ne parle pas anglais. Ce n'est pas très indiqué pour ce poste.

— Dans ce cas, remplacez tous les gardes du domaine par des Chinois.

Kent promit qu'il passerait quelques coups de fil puis il partit. Luo Ji sortit lui aussi de la pièce, traversa le gazon parfaitement entretenu du jardin et emprunta une jetée qui menait au milieu du lac. Au bout de la jetée, il s'accouda à la rambarde et contempla le reflet des monts enneigés sur la surface miroitante de l'eau. Tout alentour baignait dans une atmosphère doucereuse et, sous les rayons resplendissants du soleil, Luo Ji se dit à lui-même : *Que peut bien valoir le monde dans quatre siècles par comparaison à ma vie d'aujourd'hui ?*

Au diable le programme Colmateur.

— Comment ont-ils pu laisser ce bâtard entrer ici ? grommela un chercheur devant son écran.

— C'est un Colmateur, bien sûr qu'il peut entrer, répondit son voisin, toujours à voix basse.

— Rien que de très banal, n'est-ce pas ? Vous devez être déçu, monsieur le président, dit le Dr Allen, qui dirigeait le Laboratoire national de Los Alamos, tandis qu'il accompagnait Rey Diaz devant une rangée de terminaux informatiques.

— Je ne suis plus président, répliqua inébranlablement Rey Diaz, en jetant des regards tout autour de lui.

— Ce n'est après tout qu'un centre de simulation d'armes nucléaires, il y en a quatre ici, à Los Alamos, et trois au laboratoire de Lawrence Livermore.

Rey Diaz remarqua deux objets qui, eux, sortaient de l'ordinaire. Les gadgets avaient l'air très neufs, ils disposaient de larges écrans d'affichage et de panneaux sur lesquels étaient installées des manettes de belle facture. Il s'approcha pour les examiner de plus près, mais Allen le tira légèrement en arrière.

— Ce sont des consoles de jeux vidéo. Nos ordinateurs ne permettant pas de jouer, nous avons installé ces deux appareils pour que le personnel puisse se détendre pendant les pauses.

Rey Diaz nota la présence de deux autres installations inédites, transparentes et à la structure complexe, dans lesquelles du liquide était secoué. Une fois encore, il s'en approcha tandis qu'Allen secoua la tête en souriant mais sans l'arrêter :

— Un humidificateur d'air. Le climat est très sec ici au Nouveau-Mexique ; et là, c'est simplement un distributeur automatique de café… Mike, prépare une tasse pour M. Rey Diaz. Non, non, pas ici, va plutôt prendre du café frais dans mon bureau.

Rey Diaz se contenta alors de regarder les grandes photos en noir et blanc accrochées aux murs. Il reconnut Robert

Oppenheimer, figure malingre avec un chapeau et une cigarette à la bouche, tandis qu'Allen lui désignait une nouvelle fois les insipides terminaux informatiques.

— Vos écrans sont trop anciens, lâcha Diaz.

— Mais derrière eux se trouvent les ordinateurs les plus puissants du monde, capables de mener des calculs avec cinq cents trillions de décimales.

Un ingénieur arriva et s'adressa à Allen :

— Docteur, le modèle AD4453OG a fonctionné cette fois.

— Parfait.

— Nous avons dû interrompre temporairement le module de sortie, ajouta l'ingénieur à voix basse en jetant un œil sur Rey Diaz.

— Remettez-le en route, fit Allen, puis il se tourna vers Rey Diaz : Vous voyez, nous n'avons rien à cacher aux Colmateurs.

Des bruits attirèrent l'attention de Rey Diaz, il remarqua que des membres du personnel étaient en train de déchirer des feuilles de papier. Croyant qu'ils étaient en train de détruire des documents, il marmonna :

— Vous n'avez même pas de déchiqueteur à disposition ?

Il remarqua néanmoins qu'ils déchiraient des feuilles vierges destinées à l'impression. Quelqu'un cria alors "Over !" et tous lancèrent en l'air leurs lambeaux de papier déchiré dans des acclamations de joie. Le plancher déjà en désordre ressembla encore davantage à une poubelle.

— C'est une tradition dans les centres de simulation. Lors de la première explosion de la bombe atomique, le Dr Fermi avait lui aussi lancé des bouts de papier en l'air. En calculant la distance précise à laquelle ils avaient été soufflés par l'onde de choc, il avait pu estimer la puissance de la bombe. Aujourd'hui, chaque fois qu'une simulation est réussie, nous reproduisons le même rituel.

Rey Diaz épousseta les bouts de papier retombés sur sa tête et ses épaules.

— Vous procédez quotidiennement à des essais nucléaires, c'est devenu aussi facile pour vous qu'un jeu vidéo. Nous, nous ne pouvons pas, nous n'avons aucun supercalculateur, nous devons effectuer des tests grandeur nature… Une même pratique, mais ce sont toujours les pauvres qui trinquent.

— Monsieur Rey Diaz, personne ici ne s'intéresse à la politique.

Le Colmateur continua à examiner quelques terminaux en détail, mais il ne vit rien d'autre que des colonnes de données et des courbes fluctuantes, si bien qu'il n'était pas aisé de reconnaître une quelconque figure ou un quelconque motif dans ces nuages de graphiques abstraits. Tandis que Rey Diaz s'approchait d'un nouveau terminal, le physicien assis devant leva la tête de son écran et lança :

— Monsieur le président, si vous cherchez un champignon atomique, vous n'en verrez aucun ici.

— Je ne suis plus président, réaffirma Diaz en prenant le café que lui avait apporté Mike.

— Et si nous discutions plutôt de ce que nous pouvons faire pour vous rendre service ? proposa Allen.

— Concevoir une bombe nucléaire.

— Naturellement. Bien que le Laboratoire national de Los Alamos abrite d'autres instituts de recherche, j'ai deviné que vous n'étiez pas venu ici pour une autre raison. Pouvez-vous nous en parler en termes plus concrets ? Quel type de bombe ? De quelle puissance ?

— Le CDP vous communiquera prochainement les exigences techniques détaillées. Je ne vous parlerai ici que du point essentiel : elle sera puissante, la plus puissante possible. La limite minimale que je vous donne est deux cents mégatonnes.

Allen fixa longuement Diaz, puis il baissa la tête et réfléchit un moment.

— Cela va prendre du temps.

— N'avez-vous pas déjà un modèle mathématique correspondant ?

— Nous avons ici des modèles mathématiques pour tout type de bombes, d'une puissance de cinq cents tonnes à vingt mégatonnes, des bombes à neutrons aux EMP, mais la puissance que vous exigez est bien trop colossale, c'est au moins dix fois plus que la plus grande arme nucléaire actuelle. Le déclenchement et le processus d'exécution de la fusion thermonucléaire seraient radicalement différents de ceux d'une bombe ordinaire. Il nous faudrait créer une nouvelle structure. Aucun modèle ne correspond actuellement.

Ils discutèrent encore de la planification globale du projet et, au moment de prendre congé, Allen confia :

— Monsieur Rey Diaz, je sais que vous êtes entouré des plus brillants physiciens du monde, je suppose qu'ils ont dû vous expliquer certaines choses en matière d'utilisation d'armes nucléaires dans une guerre spatiale.

— Répétez toujours.

— Très bien. Dans une guerre spatiale, une bombe atomique s'avère en réalité une arme de faible efficacité, car une explosion nucléaire ne provoque aucune onde de choc dans le vide de l'espace et la pression de radiation est pour sa part insignifiante. Aussi, une telle explosion ne pourrait provoquer les dégâts mécaniques qu'elle ferait dans l'atmosphère. Toute l'énergie est libérée sous forme de radiations et d'impulsions électromagnétiques et, même chez nous les humains, les technologies de protection antiradiations et de blindage électromagnétique sont déjà très poussées pour les engins spatiaux.

— Et si la cible est directement atteinte ?

— C'est une autre histoire : à ce moment-là, c'est la chaleur qui joue un rôle décisif, elle peut faire fondre la cible, voire la vaporiser. Mais une bombe de plusieurs milliers de kilotonnes aurait la taille d'un immeuble, je crains qu'il ne soit pas évident de la projeter directement sur une cible…

En réalité, du point de vue des dégâts mécaniques qu'elle provoquerait, une telle bombe ne vaudrait pas un missile à énergie cinétique. En termes d'intensité des radiations, mieux vaudrait utiliser une arme à faisceau de particules et, concernant enfin les dégâts causés par son énergie thermique, un laser à rayons gamma serait plus efficace.

— Mais les armes dont vous parlez n'ont jamais été utilisées dans un combat réel, la bombe nucléaire reste à ce jour l'arme la plus puissante et la plus mature réalisée par l'homme. Quant aux problèmes d'efficacité en matière d'attaque spatiale que vous évoquez, votre rôle sera d'imaginer des moyens de l'améliorer, en ajoutant par exemple un support intermédiaire qui engendrerait une onde de choc, un peu comme si l'on mettait des billes de métal dans une grenade.

— C'est en effet une possibilité intéressante, je reconnais là vos compétences en science et en ingénierie, dont vous êtes diplômé, si je ne me trompe pas ?

— J'ai étudié l'énergie atomique, ce qui peut expliquer mon intérêt et mon affection pour la bombe nucléaire.

— Hé hé, mais j'oubliais, c'est ridicule de discuter de ces questions avec un Colmateur.

Tous deux se mirent à rire, mais Rey Diaz redevint vite sérieux :

— Docteur Allen, comme tous les autres, vous voyez les stratégies des Colmateurs comme plus mystiques qu'elles ne le sont. La bombe à hydrogène étant actuellement l'arme la plus puissante en notre possession, il est tout à fait naturel que je m'y intéresse, n'est-ce pas ? Je crois que mon approche est la bonne.

Ils s'arrêtèrent de marcher, ils avaient rejoint un petit sentier sombre qui coupait à travers la forêt.

— Fermi et Oppenheimer ont marché à d'innombrables reprises le long de ce sentier, expliqua Allen. Après Hiroshima et Nagasaki, beaucoup des architectes de la première génération de bombes nucléaires ont été en proie à la dépression pour le restant de leur vie. Cela les consolerait peut-être de savoir là-haut ce que l'humanité compte faire de l'arme qu'ils ont créée.

— Quelle que soit la peur qu'elle inspire, une arme reste une bonne chose… Ce que je veux vous dire, c'est que la prochaine fois que je viendrai ici, j'espère que je ne vous verrai plus lancer des bouts de papier en l'air. Nous devons donner aux intellectrons une impression d'ordre et de propreté.

Keiko Yamasugi se réveilla au cœur de la nuit. Elle remarqua qu'elle était seule dans le lit et que l'autre côté du matelas était froid. Elle se leva, enfila une veste et sortit de la chambre. Comme chaque fois, elle reconnut dès le premier coup d'œil la silhouette de son époux dans le bosquet de bambous du jardin. Ils avaient deux propriétés, une en Angleterre et l'autre au Japon, mais Hynes préférait leur maison japonaise, il disait que la lune d'Orient avait le pouvoir d'apaiser son âme. Mais il n'y avait aucun rayon de lune aujourd'hui et le bosquet de bambous, tout comme la silhouette en kimono, avaient perdu tout relief, on aurait dit des œuvres en papier découpé noir accrochées sous les étoiles.

Hynes entendit les pas de Keiko, cependant il ne regarda pas en arrière. Étrangement, Keiko portait les mêmes chaussures en Angleterre et au Japon, elle ne se chaussait jamais de *geta*, même dans son pays natal, mais il n'y avait qu'ici qu'il pouvait entendre ses pas, jamais en Angleterre.

— Mon chéri, cela fait déjà plusieurs jours que tu as des insomnies, dit Keiko en s'efforçant de parler à voix basse, mais les insectes d'été interrompirent leur concert de stridulations et tout fut submergé par un océan de silence. Elle entendit alors le soupir de son époux :

— Keiko, je n'y arrive pas. Je n'ai pas d'idée, je n'ai vraiment aucune idée.

— Personne n'en a vraiment. Je crois qu'il n'existe aucun plan qui permette à coup sûr de remporter la victoire.

Elle avança encore de deux pas mais garda une distance de quelques branches de bambou. Ce bosquet, c'était leur espace de méditation, c'était ici qu'ils puisaient leurs inspirations pour leurs recherches. S'ils n'apportaient d'ordinaire aucune intimité dans ce lieu sacré, ils se traitaient l'un et l'autre avec une profonde courtoisie dès lors qu'ils se trouvaient au milieu de cette atmosphère imprégnée de philosophie orientale.

— Bill, tu devrais te détendre. Essaie simplement de faire de ton mieux.

Il se retourna mais, dans l'obscurité du bosquet, les traits de son visage étaient indistincts.

— Comment pourrais-je ? Le moindre de mes pas nécessite le déploiement de ressources colossales.

— Et si tu t'y prenais autrement ? répondit-elle, avec une telle rapidité qu'elle semblait de toute évidence avoir réfléchi à la question. Choisis une direction qui, même si elle finit par échouer, aura au moins eu des bénéfices au cours de son exécution.

— Keiko, c'est justement ce à quoi j'étais en train de penser. Et voici ce que j'ai décidé : si je n'arrive pas à trouver une idée moi-même, je peux au moins aider les autres à en avoir.

— Quels autres ? Les Colmateurs ?

— Non, ils ne sont pas bien meilleurs que moi. Je parle des générations futures. Keiko, as-tu déjà pensé à cette réalité : pour produire des changements notables, l'évolution biologique met généralement vingt mille ans au bas mot. Or, la civilisation humaine n'a que cinq mille ans d'histoire et la civilisation technologique moderne, à peine deux siècles. Nous étudions aujourd'hui les sciences modernes avec le cerveau de créatures primitives.

— Tu voudrais accélérer l'évolution du cerveau grâce à la technologie ?

— Keiko, ce que nous faisons, ce sont des recherches en neurosciences. Nous devons maintenant concentrer davantage d'énergie à les élargir pour imaginer la conception d'un système de défense planétaire. Si nous rassemblons tous nos efforts, nous pourrons peut-être dans un ou deux siècles accroître l'intelligence humaine de telle manière qu'elle puisse échapper à l'emprise des intellectrons.

— Pour des spécialistes de notre domaine, l'intelligence est un concept vague, de quoi veux-tu exactement parler ?

— Je veux parler de l'intelligence au sens large, pas seulement la définition traditionnelle de l'intelligence comme capacité à faire usage d'un raisonnement logique. J'inclus aussi l'aptitude à apprendre, l'imagination, la créativité, le sens commun, l'accumulation d'expériences et la faculté de préserver une vigueur intellectuelle. J'englobe même l'endurance mentale : la faculté à pouvoir évacuer la fatigue, à faire fonctionner le cerveau sans interruption pendant une longue période, voire à supprimer le besoin de dormir, etc.

— Comment procéder ? As-tu déjà une idée ?

— Non, pas encore. Peut-être pourrions-nous connecter directement le cerveau à un ordinateur, ce qui permettrait aux capacités de calcul de la machine d'amplifier l'intelligence humaine. Ou bien créer une interface directe entre plusieurs cerveaux humains en fusionnant la pensée de plusieurs individus. Il y a aussi la mémoire génétique… Mais quelle que soit la manière avec laquelle nous essaierons d'élever l'intelligence, nous devons avant tout comprendre en profondeur les mécanismes de la pensée dans le cerveau humain.

— Et c'est précisément ce que nous essayons de faire dans nos recherches.

— Il faut donc continuer, comme avant. La différence, c'est que nous pouvons mobiliser maintenant des ressources énormes.

— Mon chéri, je suis si heureuse, c'est vraiment excitant! Mais pour un Colmateur, est-ce que ce plan n'est pas un peu trop…

— Trop indirect? Mais, Keiko, réfléchis : le sort de la civilisation humaine reposera en définitive dans les mains des humains eux-mêmes. Élever l'intelligence de notre propre espèce, n'est-ce pas là un plan avec une réelle vision à long terme? Et puis, que pourrais-je faire d'autre?

— Bill, c'est formidable!

— Essayons de réfléchir. Si nous décrétons la recherche sur le cerveau et la pensée cause mondiale et que nous pouvons lancer des investissements tels que nous n'aurions jamais pu les imaginer, combien de temps cela prendrait-il avant les premiers succès?

— Sans doute un siècle environ.

— Soyons un peu plus pessimistes et comptons-en deux. Les humains auront encore devant eux deux siècles d'intelligence supérieure. Admettons que nous mettions un siècle entier à développer les sciences fondamentales et encore un pour passer de la théorie à son application technologique…

— Et même si nous échouons, nous aurons tout de même accompli un projet qui aurait, tôt ou tard, dû être mené.

— Keiko, suis-moi jusqu'au dernier jour, murmura Hynes.

— Oui, Bill. Nous avons encore du temps devant nous.

Les insectes du bosquet qui s'étaient habitués à leur présence reprirent leurs cricris mélodieux. À cet instant, une brise souffla à travers les bambous et les étoiles scintillèrent entre les feuilles. C'était comme si le chœur des insectes provenait des astres.

La deuxième audience des Colmateurs au Conseil de défense planétaire durait depuis déjà trois jours. Taylor, Rey Diaz et Hynes avaient exposé la première phase de leurs projets respectifs et les représentants des membres permanents du CDP avaient entamé des discussions préliminaires. Rey Diaz et Hynes avaient déjà soumis leurs projets lors de la dernière audience, tandis que Taylor venait tout juste de remettre le sien, si bien que les représentants étaient particulièrement impatients de connaître les détails de ce plan venant d'émerger à la surface.

Taylor commença par esquisser les grandes lignes de son projet :

— J'ai besoin d'établir une flotte spatiale dont j'aurais le commandement…

Cette première phrase suscita aussitôt la réaction des deux autres Colmateurs qui levèrent la main.

— Les projets de M. Hynes et moi-même ont été condamnés ici pour leur utilisation de ressources excessive, anticipa Rey Diaz. Cette proposition est absurde, M. Taylor voudrait posséder sa propre armée spatiale !

— Je n'ai pas parlé d'armée spatiale, rectifia calmement Taylor. Mon intention n'est pas de commander des croiseurs stellaires ou des navettes de transport, mais simplement une flotte de chasseurs spatiaux. Ceux-ci auront à peu près le même volume que les avions de chasse volant aujourd'hui dans l'atmosphère terrestre et n'auront à leur bord qu'un seul pilote. Ils seront comme des moustiques dans l'espace, d'où le nom de mon projet : "Essaim de moustiques". Cependant, le nombre de ces appareils devra être au moins équivalent à celui des vaisseaux envahisseurs trisolariens, soit mille chasseurs.

— Et vous avez l'intention d'attaquer la flotte trisolarienne avec vos insectes ? Leurs piqûres ne leur feront même pas l'effet d'une chatouille, désapprouva un membre du comité d'audience.

Taylor leva le doigt.

— Pas si chaque appareil est équipé d'une bombe à hydrogène de plusieurs centaines de mégatonnes. J'aurais donc besoin de disposer de la technologie de la superbombe en train d'être développée… Ne soyez pas outré, monsieur Rey Diaz, vous n'avez pas le droit de refuser : selon les principes du programme Colmateur, cette technologie n'est pas votre propriété privée. Une fois qu'elle sera développée, j'aurai le droit d'en faire usage.

— Je ne vous poserai qu'une question : êtes-vous en train de plagier mon plan ? cracha Rey Diaz.

Taylor répondit avec un sourire ironique :

— Allons, un Colmateur dont le plan pourrait être imité serait-il un Colmateur ?

— Vos moustiques n'iront pas bien loin. De tels gadgets pourront seulement prendre part au combat à l'intérieur de l'orbite de Mars, n'est-ce pas ? interrogea Garanine, le président tournant du CDP.

— Méfiez-vous, à la prochaine étape, il va exiger un porte-vaisseaux, gloussa Hynes.

Taylor répondit avec assurance :

— Ce ne sera pas nécessaire. L'escadron de mes chasseurs de combat pourra s'assembler en une seule et même entité : un peloton de moustiques, en quelque sorte. Ce peloton sera lui-même son propre porte-vaisseaux et sera propulsé par un turboréacteur externe ou bien par les moteurs d'une partie des chasseurs qui le compose. Une fois qu'il aura atteint sa vitesse de croisière, sa capacité à parcourir de longues distances ne sera pas inférieure à celle des vaisseaux de grande taille. Lorsqu'il aura rejoint la zone de combat, le peloton se décomposera et tous les chasseurs pourront prendre part individuellement à l'attaque.

— Votre peloton de moustiques devra naviguer au moins plusieurs années avant de gagner la zone de défense encerclant le système solaire. Pendant ce long périple, qu'adviendra-t-il des quelques milliers de pilotes dans leurs cabines de pilotage où ils ne pourront même pas se mettre debout ? Quel genre de provisions pourrez-vous stocker dans de si petits appareils ? interrogea un représentant.

— L'hibernation, répondit Taylor. Ils devront hiberner. Mon plan repose donc sur l'achèvement de deux technologies : la miniaturisation des superbombes et celle des équipements d'hibernation.

— Hiberner pendant des années dans un cercueil en métal, puis se réveiller et se lancer aussitôt dans une attaque suicide. Admirable métier que celui de pilote de moustique, fit Hynes.

L'exaltation de Taylor s'évanouit. Il demeura un long moment silencieux et finit par hocher la tête :

— Oui, c'est la partie la plus délicate du plan "Essaim de moustiques".

Des documents détaillés du projet de Taylor furent transmis à tous les membres du comité d'audience et, en l'absence d'autres débats, le président leva la séance.

— Cette fois encore, Luo Ji ne s'est pas présenté ? demanda le représentant américain, irrité.

— Il ne viendra pas, répondit Garanine. Il a indiqué que son isolement et sa non-participation aux réunions du CDP faisaient partie de son plan.

En entendant cela, des murmures se répandirent parmi les membres du comité. Certains paraissaient agacés tandis que d'autres arboraient des sourires énigmatiques.

— Un bon à rien, un fainéant ! s'emporta Rey Diaz.

— Et comment vous définiriez-vous ? lui rétorqua Taylor en levant la tête, traitant sans aucune considération cet homme dont il comptait pourtant emprunter la technologie.

— Pour ma part, ajouta Hynes, je souhaiterais exprimer tout mon respect au Dr Luo Ji. Il se fait une idée juste de lui-même et est conscient de ses capacités, c'est pourquoi il refuse de gaspiller des ressources de façon inconsidérée.

Puis il se tourna gracieusement vers Rey Diaz :

— M. Rey Diaz pourrait le prendre en exemple.

Chacun pouvait voir que Taylor et Hynes ne prenaient nullement la défense de Luo Ji, mais que leur inimitié envers Rey Diaz était bien plus profonde.

Garanine abattit son marteau en bois sur la table :

— Les paroles du Colmateur Rey Diaz n'étaient pas appropriées, je vous rappelle que vous devez le respect aux autres Colmateurs. Je rappelle de même aux Colmateurs Hynes et Taylor que leurs propos n'ont rien à faire dans cette réunion.

Hynes prit la parole :

— Monsieur le président, tout ce que nous pouvons voir du plan du Colmateur Rey Diaz n'est rien d'autre que de la brutalité militaire. Après l'Iran et la Corée du Nord, son pays a fait l'objet de sanctions pour avoir développé l'arme nucléaire et les bombes sont devenues pour lui une obsession pathologique. Il n'y a d'ailleurs pas de différence fondamentale entre le projet de construction d'une gigantesque bombe à hydrogène et l'essaim de moustiques de M. Taylor. Ce sont des projets décevants. Tous deux révèlent de façon transparente leurs intentions dès leur mise en place, nous étions en droit d'attendre mieux de la part de Colmateurs.

— Monsieur Hynes, riposta Taylor, votre plan n'est quant à lui rien d'autre qu'un rêve bien naïf.

L'audience terminée, les Colmateurs se rendirent dans la salle de méditation, leur endroit favori au siège des Nations unies. Il semblait à présent que cette petite chambre conçue pour réfléchir avait été construite spécialement pour eux. Rassemblés ici, ils attendaient en silence, conscients qu'ils ne pourraient jamais communiquer leurs vrais sentiments avant l'Ultime Bataille. Le bloc de magnétite gisait silencieusement au milieu d'eux, absorbant et compilant leurs pensées, comme un témoin muet.

Hynes demanda à voix basse :

— Avez-vous entendu parler des Fissureurs ?

Taylor hocha la tête :

— L'OTT vient d'annoncer le début de cette opération sur son site officiel. La CIA aussi a confirmé leur existence.

Une nouvelle fois, les Colmateurs sombrèrent dans le silence, imaginant l'aspect de leurs Fissureurs respectifs. Cette image reviendrait ensuite sans cesse dans leurs cauchemars, jusqu'au jour où ils leur apparaîtraient peut-être en chair et en os et signeraient leur fin.

Quand Shi Xiaoming vit son père entrer, il se faufila peureusement vers un coin de mur, mais Shi Qiang s'assit simplement en silence à côté de lui.

— Ne crains rien. Aujourd'hui, je ne te gifle pas et je ne t'insulte pas. Je n'en ai déjà plus la force.

Il sortit un paquet de cigarettes, en tira deux et en tendit une à son fils qui hésita un instant avant d'accepter. Tous deux allumèrent leurs cigarettes et fumèrent pendant un bon moment sans parler, jusqu'à ce que Shi Qiang lâche enfin :

— J'ai une nouvelle mission. Je vais devoir repartir à l'étranger.

— Mais, et ta maladie ? demanda Shi Xiaoming en regardant son père avec inquiétude à travers un nuage de fumée.

— Parle-moi d'abord de toi.

Le regard de Shi Xiaoming se fit implorant :

— Papa, cette fois, je risque gros…

— Pour quoi que ce soit d'autre, j'aurais pu te couvrir, mais pas ça. Ming, on est tous les deux des adultes, on est responsables de nos actes.

Shi Xiaoming baissa la tête de désespoir et tira une nouvelle bouffée en silence.

— C'est à moitié ma faute, continua Shi Qiang. Depuis que tu es gosse, je ne me suis jamais vraiment occupé de toi.

Tous les soirs quand je rentrais à la maison, j'étais si crevé que je prenais un verre et que j'allais me coucher directement. Je ne suis jamais allé à aucune réunion de parents d'élèves. Je n'ai jamais eu une vraie conversation avec toi… Mais ça ne change rien : on est responsables de nos actes.

Le regard embué de larmes, Shi Xiaoming écrasa son mégot sur sa table de chevet, comme s'il essayait de broyer la vie qui lui restait à vivre.

— La prison est un camp d'entraînement pour criminels. Quand tu seras à l'intérieur, oublie tout ce qu'on t'a dit sur la rééducation, contente-toi de ne pas te salir les mains et apprends à te protéger.

Shi Qiang posa un sac en plastique sur le lit. À l'intérieur, deux cartouches de cigarettes du Yunnan.

— Si tu as besoin d'autre chose, ta mère te l'apportera.

Shi Qiang se dirigea vers la porte puis il se retourna et lança à son fils :

— Ming, tous les deux, on aura peut-être l'occasion de se revoir. Ce jour-là, tu seras peut-être plus vieux que moi et tu comprendras ce que j'ai maintenant sur le cœur.

Depuis la petite fenêtre de la porte, Shi Xiaoming regarda son père quitter le centre de détention. À sa silhouette, il avait l'air d'avoir beaucoup vieilli.

Dans une époque où l'anxiété l'emportait sur toute autre chose, Luo Ji était devenu l'homme le plus décontracté du monde. Il se promenait le long du lac, faisait du voilier au milieu de l'eau, dégustait les recettes concoctées par son cuisinier à base des champignons et des poissons locaux ; il feuilletait à son loisir les livres de la riche collection de la bibliothèque et quand il s'en lassait, il sortait faire une partie de golf avec les gardes. Il faisait des balades à cheval sur la prairie et sur le petit sentier forestier qui s'étendait vers les monts enneigés, mais il n'était encore jamais allé aussi loin. Souvent, il s'asseyait sur le banc près du lac, observant le reflet des montagnes dans l'eau, ne pensant à rien ou pensant à tout. Les jours passaient sans qu'il s'en soucie.

Durant cette période, Luo Ji resta seul, sans aucun contact avec le monde extérieur. Kent disposait d'un petit bureau dans le domaine mais il ne venait que rarement l'importuner. Luo Ji n'avait eu qu'une seule discussion avec l'officier en charge de sa protection. Il avait exigé que les sentinelles ne le suivent pas lors de ses promenades et, s'il le fallait vraiment, ils devaient s'efforcer de ne pas se faire voir.

Luo Ji se sentait comme le petit bateau à voile baissée au centre du lac, il flottait paisiblement, sans vraiment savoir où il allait s'amarrer et sans se soucier de la direction dans laquelle il dérivait. Parfois, il repensait à sa vie d'avant et il constatait avec étonnement que ces quelques jours lui donnaient l'impression que des années entières s'étaient écoulées, ce dont il était satisfait.

Luo Ji portait un intérêt tout particulier à la cave du domaine. Il savait que les vins contenus dans ces bouteilles couvertes de poussière et soigneusement rangées sur les étagères étaient de premier ordre. Il buvait dans son salon, dans sa bibliothèque et parfois même sur le voilier au milieu du lac, mais jamais trop, il se laissait simplement aller à une sensation de bien-être, à mi-chemin entre ivresse et sobriété. Dans ces moments-là, il allumait la pipe qui lui avait été laissée par l'ancien propriétaire et faisait des nuages avec la fumée.

Même quand il pleuvait et qu'il faisait froid et gris dans le salon, Luo Ji ne permettait pas qu'on allume la cheminée. Il disait que le moment n'était pas encore venu.

Ici, il ne surfait jamais sur Internet, il regardait seulement de temps en temps la télévision, zappant néanmoins les informations en continu et ne regardant que des émissions sans lien avec les problèmes de son temps, chose devenue rare à cette époque, bien qu'en cherchant bien on puisse encore tomber sur quelques résidus de l'Âge d'or.

Une nuit, une nouvelle fois légèrement ivre après avoir terminé une bouteille de cognac dont l'étiquette indiquait trente-cinq ans d'âge, il se saisit de la télécommande de son écran HD et zappa sur quelques chaînes d'informations. Un bulletin en anglais piqua son attention. On avait retrouvé l'épave d'un navire datant du milieu du XVIIe siècle. Ce trois-mâts, qui avait mis les voiles à Rotterdam pour rejoindre la ville indienne de Faridabad, avait malheureusement sombré au cap Horn. Parmi les reliques repêchées par les scaphandriers sur l'épave : un tonnelet de vin scellé que les experts estimaient encore buvable. Conservé depuis trois siècles au fond de l'océan, son goût devait être incomparable. Luo Ji enregistra la majorité du programme et appela Kent.

— Je veux obtenir ce tonnelet de vin, achetez-le aux enchères, dit-il.

Kent prit aussitôt les mesures nécessaires, puis il revint deux heures plus tard dire à Luo Ji que le prix estimé du tonnelet était incroyablement élevé. Les enchères commenceraient peut-être à environ trois cent mille euros.

— Ce montant n'est rien à l'échelle d'un projet de Colmateur. Achetez-le. Cela fait partie du plan.

Et ainsi, après le fameux "sourire au Colmateur", le programme Colmateur fit naître une nouvelle expression : "faire partie du plan de Colmateur", une phrase renvoyant à une action absurde mais qui doit tout de même être effectuée.

Deux jours plus tard, le tonnelet fut amené dans le salon de la villa. De nombreux coquillages s'étaient incrustés à sa surface. Luo Ji sortit de la cave un robinet en or conçu spécialement pour ce type de tonneaux. Puis il perça délicatement la paroi, et se versa un verre. Le liquide était d'une alléchante robe ambrée. Il huma son parfum et porta le verre à ses lèvres.

— Docteur, est-ce que cela fait partie du plan ? demanda Kent, en s'efforçant de ne pas trahir ses sentiments.

— En effet, c'est une partie du plan.

Luo Ji s'apprêtait à boire, mais il vit tous les gens présents dans la pièce et lâcha :

— Sortez, tous.

Ni Kent ni les autres ne bougèrent.

— Vous faire sortir fait aussi partie du plan ! Dehors ! rugit Luo Ji en les dévisageant.

Kent secoua légèrement la tête et entraîna les autres vers la sortie.

Luo Ji but une première gorgée. Il fit de son mieux pour se convaincre qu'il goûtait là une saveur unique au monde, néanmoins il n'eut pas le courage d'en boire une deuxième. Mais il ne s'en tira pas à aussi bon compte, la nuit même, il vomit et se vida aux toilettes, jusqu'à ce qu'il finisse par cracher une bile de la même couleur que le vin. Il était si faible qu'il ne parvint pas à se lever du lit. Des médecins et des experts découvrirent plus tard en ouvrant le tonnelet qu'une épaisse étiquette en laiton se trouvait à l'intérieur. Il était courant à cette époque de graver les étiquettes dans les tonneaux. Pendant ces longues années, ce morceau de laiton à l'origine tout à fait inoffensif pour le vin avait provoqué une réaction chimique et une substance toxique s'était dissoute dans la boisson… Quand le tonnelet fut emporté, Luo Ji crut voir comme un sourire en coin sur le visage de Kent.

Luo Ji était affalé sans force sur son lit. Tandis qu'il regardait le liquide couler dans la perfusion, un intense sentiment de solitude l'envahit. Il savait que l'oisiveté de ces derniers temps n'avait été qu'un bref instant d'apesanteur avant une chute vers les abysses d'une solitude dont il avait maintenant atteint le fond.

Mais Luo Ji avait anticipé dès le début que ce moment arriverait, il s'y était préparé. Il attendait quelqu'un pour enclencher l'étape suivante de son plan. Il attendait Shi Qiang.

Taylor était debout, parapluie à la main, sous le crachin de Kagoshima. Deux mètres derrière lui se tenait Koichi Inoue, l'officier en charge de sa sécurité, dont le parapluie était fermé. Ces deux derniers jours, il avait gardé avec le Colmateur la même distance, tant physique que mentale. Ils se trouvaient à présent dans le musée de la Paix des kamikazes. Une statue de pilote était érigée devant eux tandis qu'à côté trônait un avion-suicide de couleur blanche qui portait le numéro 502. La pluie revêtait la statue et l'appareil d'une couche luisante qui leur donnait une trompeuse apparence organique.

— N'y aurait-il aucune marge de manœuvre pour discuter de ma proposition ? demanda Taylor.

— Je vous recommande de ne pas parler de tout ça aux médias. Vous auriez des problèmes.

Les paroles de Koichi Inoue étaient aussi glaciales que la pluie.

— Aujourd'hui encore, l'histoire reste si sensible ?

— Ce qui est sensible, ce n'est pas l'histoire, mais votre proposition de ressusciter les kamikazes. Pourquoi ne faites-vous pas ça aux États-Unis ou ailleurs ? Croyez-vous qu'il n'y ait au monde que les Japonais pour offrir leur vie en sacrifice ?

Taylor ferma son parapluie et se rapprocha de Koichi Inoue. Ce dernier ne s'écarta pas, mais ce fut comme si un champ de force autour de lui empêchait Taylor d'avancer davantage.

— Je n'ai jamais dit que les futurs corps de kamikazes devaient nécessairement être composés de Japonais, ce sera une force internationale, mais c'est dans votre pays que tout a commencé. Ne serait-ce pas naturel que ce soit ici que nous les fassions renaître ?

— Dans une guerre stellaire, ce type d'offensives aura-t-il encore un sens ? Vous devez savoir qu'à l'époque les succès militaires réels des unités de kamikazes ont été très limités, ils n'ont pas pu renverser le cours de la guerre.

— Votre Excellence, Officier, la flotte spatiale que je compte créer sera composée de chasseurs spatiaux portant à leur bord des superbombes.

— Pourquoi forcément des hommes ? Dans le cadre d'une attaque à bout portant, des ordinateurs seraient bien en mesure de faire le travail.

Cette question sembla fournir à Taylor l'opportunité qu'il attendait. Exalté, il rétorqua :

— C'est bien là tout le problème ! Nos ordinateurs sont actuellement incapables de remplacer les pilotes humains sur les chasseurs terrestres, et les nouvelles générations de calculateurs quantiques sont tributaires du progrès des sciences fondamentales, qui sont elles-mêmes bloquées par les intellectrons. Ce qui signifie que dans quatre siècles les performances de nos calculateurs resteront fortement limitées, et nous aurons toujours besoin que les armes soient contrôlées par les hommes… Pour tout vous dire, rétablir dès aujourd'hui le corps des kamikazes aurait surtout une portée symbolique car, sur dix générations, personne ne fera don de sa vie. Mais il convient de rétablir cet esprit et cette foi au plus tôt !

Koichi Inoue se tourna, c'était la première fois qu'il faisait directement face à Taylor. Ses cheveux mouillés étaient plaqués sur son front et la pluie perlait comme des larmes sur son visage.

— Votre projet enfreint un principe moral fondamental des sociétés modernes : la vie humaine doit l'emporter sur toute autre considération. Les nations et les gouvernements ne peuvent exiger des hommes qu'ils prennent part à ce genre de missions suicides. Je me souviens de cette phrase prononcée par Yang Wen-li, le personnage des *Héros de la Galaxie* : “Dans une guerre se jouent la grandeur et la décadence d'une nation, mais qu'est-ce que cela vaut à côté des droits et des libertés individuelles ? Ce qu'il reste, c'est faire de son mieux.”

Taylor poussa un long soupir :

— Je vais vous dire une chose : vous avez abandonné ce que vous possédiez de plus précieux.

Et une fois qu'il eut prononcé ces mots, il rouvrit son parapluie dans un bruit sec, se retourna et repartit, courroucé. Ce ne fut qu'après avoir rejoint la grande porte d'entrée du musée qu'il jeta un œil en arrière. Koichi Inoue était toujours debout devant la statue, se laissant tremper par la pluie.

Pendant que Taylor marchait sous la pluie balayée par un vent marin, une phrase ne cessait de résonner dans son esprit, une phrase issue d'un testament de kamikaze japonais qu'il avait lue dans un présentoir du musée.

Maman, je vais devenir une luciole.

— Les choses sont plus compliquées que nous l'imaginions, confia le Dr Allen à Rey Diaz.

Ils se trouvaient à côté d'un obélisque en roche volcanique noire qui marquait le premier essai par l'homme d'une arme nucléaire.

— La structure est-elle vraiment si différente ? l'interrogea Rey Diaz.

— Cela n'a rien de commun avec les bombes existantes. Le degré de complexité du modèle mathématique que nous devons produire est cent fois plus élevé que ceux des bombes actuelles. C'est un projet colossal.

— Que puis-je faire pour vous ?

— Cosmo fait partie de votre état-major, si je ne m'abuse ? Demandez-lui de rejoindre mon laboratoire.

— William Cosmo ?

— Lui-même.

— Mais c'est un…

— … un astrophysicien dont les recherches portent sur la puissance des étoiles.

— Que viendrait-il faire dans votre laboratoire ?

— C'est précisément ce dont j'allais vous parler. Dans votre esprit, une bombe atomique explose une fois déclenchée mais, en réalité, le processus se rapproche davantage d'un incendie : plus la bombe est puissante, plus la combustion est longue. Par exemple, quand une bombe nucléaire de vingt mégatonnes explose, la boule de feu peut se consumer pendant une vingtaine de minutes. Combien de temps pourrait durer celle d'une bombe de deux cents mégatonnes ? Réfléchissez, à quoi cela ressemblerait-il ?

— À un petit soleil.

— Exactement ! La réaction de la fusion de cette bombe serait très proche de celle d'une étoile. Pendant une courte période, elle reproduirait ainsi le processus d'évolution stellaire. Le modèle mathématique qu'il nous faut établir est par conséquent celui d'une étoile.

Devant eux s'étendait le désert qui encerclait le centre de lancement de White Sands. Le jour ne s'était pas encore levé et il faisait trop noir sur la plaine pour distinguer le moindre détail. En face de ce paysage, tous deux ne purent s'empêcher de repenser au célèbre décor principal du jeu des *Trois Corps*.

— Je suis très enthousiaste, monsieur Rey Diaz. Veuillez pardonner mes réticences du début. J'ai maintenant le sentiment que ce projet dépasse de loin la simple construction d'une superbombe. Savez-vous ce que nous sommes en train de faire ? Nous sommes en train de créer une étoile virtuelle !

Rey Diaz eut un air désapprobateur :

— Quel rapport avec la défense de la planète ?

— Ne nous limitons pas à cela. Les collègues de mon laboratoire et moi-même sommes avant tout des scientifiques. Et puis, ce modèle ne serait pas dénué de signification pratique. En rentrant les bons paramètres, le modèle de l'étoile pourra devenir celui du Soleil. Pensez-y. On détiendrait le modèle du Soleil dans une mémoire d'ordinateur.

Nous ne nous appuyons pas assez sur les potentialités de cette gigantesque présence si proche de nous dans l'Univers. Peut-être que ce modèle nous fournira encore plus de découvertes.

— La dernière utilisation du Soleil a mené l'humanité dans l'impasse. C'est la raison pour laquelle vous êtes ici aujourd'hui, répliqua Diaz.

— Mais peut-être qu'une nouvelle découverte pourra faire sortir l'humanité de cette impasse. Je voulais vous inviter ici pour regarder le lever du soleil.

C'était l'aube, le soleil pointait son sommet rutilant au-dessus de la ligne de l'horizon. La plaine sembla se développer comme une photographie. Rey Diaz vit que ce lieu où s'était jadis levé un soleil infernal était déjà recouvert d'herbes sauvages clairsemées.

— Je deviens la Mort, le Destructeur des Mondes, lâcha Allen.

— Comment ? cria Rey Diaz en tournant brusquement la tête vers Allen, comme si quelqu'un lui avait tiré dans le dos.

— C'est la phrase prononcée par Oppenheimer quand il a vu exploser la première bombe atomique. Je crois que c'était une citation du récit indien de la *Bhagavad-Gita*.

À l'est, l'auréole solaire s'élargissait rapidement, comme si elle jetait une immense toile dorée sur le monde. L'aube où Ye Wenjie avait utilisé l'antenne de la base Côte Rouge avait vu se lever le même soleil. Encore plus tôt, c'était aussi ce même soleil qui avait illuminé les ruines laissées par l'explosion de la première bombe atomique ; des millions et des centaines de millions d'années plus tôt, les yeux mornes des Australopithèques et des dinosaures avaient aussi vu se lever ce même disque solaire. Encore plus tôt, la première cellule vivante d'un océan primitif avait elle aussi ressenti les rayons brumeux du même astre transpercer la surface de l'eau.

Allen poursuivit :

— À l'époque, un homme nommé Bainbridge a prononcé après Oppenheimer une phrase pour sa part totalement dénuée de poésie : "Maintenant nous sommes tous des fils de pute."

— Qu'avez-vous dit ? demanda Rey Diaz dont la respiration accélérait à mesure que le soleil se levait.

— Je voudrais vous remercier, monsieur Rey Diaz, à compter d'aujourd'hui, nous ne sommes plus des fils de pute.

Le soleil continuait à se lever lentement avec une majesté sans égale, comme s'il déclarait au monde : "À part moi, tout dans ce monde est aussi éphémère qu'une ombre."

— Que se passe-t-il, monsieur Rey Diaz ?

Allen vit que Rey Diaz venait de s'accroupir, une main sur le sol, comme pour vomir, mais rien ne sortait de sa bouche. Allen remarqua que son visage avait pâli et qu'il était trempé de sueur, il n'avait plus la force d'écarter sa main qu'il avait accidentellement posée sur des chardons.

— Dans… dans la voiture, gémit faiblement Rey Diaz, puis il tourna la tête dans la direction du soleil levant, en se cachant le visage avec l'autre main.

Il était manifestement incapable de se relever et voulait qu'Allen l'aide, mais ce dernier n'arrivait pas à déplacer son corps trapu.

— Approchez la voiture… haleta Rey Diaz, tout en ramenant vers lui la main qui cachait le soleil.

Lorsque Allen arriva avec le véhicule, il découvrit Rey Diaz couché sur le sol, comme paralysé. Il eut tout le mal du monde à le hisser sur le siège arrière.

— Les lunettes de soleil, j'ai besoin de lunettes…

Rey Diaz était étendu sur la banquette arrière, ses deux bras s'agitaient comme s'il était pris de démence. Allen trouva les lunettes dans la boîte à gants et les lui tendit. Une fois que Rey Diaz les eut chaussées, il parvint à retrouver une respiration un peu plus régulière :

— Ce n'est rien, rentrons. Vite, dit Rey Diaz, à bout de forces.

— Mais enfin, qu'avez-vous ? Qu'est-ce qui ne va pas ?

— Je crois que c'est à cause du soleil.

— Du… ? Depuis quand avez-vous ce genre de symptômes ?

— C'est la première fois.

À compter de ce jour, Rey Diaz développa une étrange héliophobie. À la moindre vue du soleil, son corps s'effondrait.

— Le vol a-t-il été long ? Vous avez l'air épuisé, lança Luo Ji à Shi Qiang à son arrivée.

— Oui, c'est certain que ce n'était pas aussi agréable que notre dernier vol ensemble, répondit Shi Qiang, tout en observant les environs.

— Qu'en dites-vous, magnifique, non ?

— Non, répondit Shi Qiang en secouant la tête. Avec ces forêts sur les trois faces, une approche camouflée est un jeu d'enfant. Et puis il y a ce lac dont les rives sont très proches de la villa, cela risque d'être difficile de se prémunir contre des hommes-grenouilles qui auraient plongé depuis la forêt de l'autre rive. La prairie, en revanche, offre un avantage certain : la vue est dégagée.

— Ne pourriez-vous pas être un peu plus romantique ?

— Frangin, je suis venu pour travailler.

— Je pensais justement vous confier un travail romantique.

Luo Ji entraîna Shi Qiang dans le salon. Ce dernier examina la pièce, mais le luxe et le raffinement du lieu semblaient le laisser de marbre. Luo Ji servit de l'alcool à Shi Qiang dans un verre à pied en cristal qu'il déclina en secouant la main.

— C'est du brandy – du trente ans d'âge.

— Je ne peux pas boire maintenant… Parlez-moi plutôt de ce travail romantique.

Luo Ji porta le verre à ses lèvres et but une gorgée, puis il s'assit près de Shi Qiang.

— Da Shi, je vais vous demander une faveur. Dans votre ancien boulot, on vous demandait parfois de retrouver un individu dans tout le pays, voire dans le monde entier, n'est-ce pas ?

— Oui.

— Seriez-vous encore capable de le faire ?

— Débusquer quelqu'un ? Sûr.

— Bien, bien. Alors, aidez-moi à trouver une personne. Une jeune femme d'environ vingt ans. Cela fait partie du plan, bien sûr.

— Nationalité, nom, prénom, adresse ?

— Je n'ai rien de tout ça. Et la possibilité même qu'elle soit de ce monde est faible.

Shi Qiang observa Luo Ji et, après avoir marqué un temps d'arrêt de quelques secondes, il demanda :

— Vous l'avez rêvée ?

Luo Ji hocha la tête :

— Y compris au réveil.

Shi Qiang hocha lui aussi la tête et il donna une réponse que Luo Ji n'avait pas imaginée :

— Alors ça va.

— Comment ?

— Je dis que ça va, au moins, vous savez à quoi elle ressemble.

— C'est une… euh… une jeune femme asiatique, disons chinoise. Et tout en parlant, Luo Ji se saisit d'une feuille et d'un crayon et se mit à dessiner : Son visage est comme ça, son nez, comme ça. Et sa bouche… aïe, je ne sais pas dessiner, ses yeux… Comment dessiner ses yeux ? Est-ce que vous avez ce genre de logiciel, qui peut dessiner un visage en suivant sa description par des témoins et finit par fournir un portrait ressemblant ?

— Oui, sur mon ordinateur portable.

— Eh bien, allez le chercher et commençons.

Shi Qiang s'affala sur le canapé et s'installa dans une position confortable :

— Ce n'est pas nécessaire pour l'instant. Continuez à me parler d'elle. Laissons de côté son apparence physique, racontez-moi d'abord quel genre de personne elle est.

Une partie de l'âme de Luo Ji sembla s'embraser. Il se leva puis commença à déambuler avec agitation devant la cheminée éteinte :

— Elle… Comment dire ? Sa venue dans notre monde, c'est comme une fleur de lys qui aurait poussé au milieu d'un tas de poubelles… Elle est si pure, si délicate que rien de ce qui l'entoure ne pourrait la souiller. Mais tout peut la blesser, oui, tout ce qui est autour d'elle risque de l'écorcher ! La première fois que vous la voyez, votre première réaction, c'est d'aller vous occuper d'elle, ou bien non, de la protéger, de la défendre contre cette réalité brutale et sauvage. Vous êtes prêt à tout sacrifier pour elle ! Elle… elle est si… Oh, écoutez comme je bafouille, je n'arrive pas à la décrire correctement.

— C'est toujours comme ça, sourit Shi Qiang. Le sourire nigaud qu'il avait arboré lors de leur première rencontre paraissait maintenant plein de sagesse et de réconfort. Mais vous avez été suffisamment clair jusqu'ici.

— Bien, bien, alors je continue, elle… Comment dire ? Aucun adjectif ne saurait exprimer ce à quoi elle ressemble dans mon cœur.

Luo Ji commençait à s'impatienter, il voulait arracher son cœur et le montrer à Shi Qiang.

Ce dernier le calma avec un signe de la main :

— Laissez tomber, parlez-moi de votre relation, soyez le plus précis possible.

— Notre… relation ? Comment savez-vous ? s'exclama Luo Ji, les yeux écarquillés de surprise.

Shi Qiang rit une nouvelle fois et jeta un coup d'œil autour de lui :

— Il doit y avoir des bons cigares dans ce genre de baraque, non ?

— Oui, oui ! Luo Ji s'empressa de saisir un coffret en bois finement ouvragé sur la tablette de la cheminée. Il en sortit un épais Davidoff qu'il trancha avec un coupe-cigare du même raffinement avant de le tendre à Shi Qiang. Puis, il l'alluma avec une longue allumette en cèdre.

Shi Qiang tira une bouffée et hocha la tête avec satisfaction :

— Je vous écoute.

Luo Ji dépassa son bafouillage de tantôt et se lança cette fois dans un torrent de phrases. Il raconta sa première apparition à la bibliothèque, leur rencontre dans le dortoir devant la cheminée imaginaire, sa présence dans sa salle de cours, la beauté du reflet des flammes sur son visage à travers la bouteille de vin, comme les yeux du crépuscule. Il évoqua avec bonheur leur premier voyage, décrivant les détails les plus infimes : les champs enneigés, les bourgades et les villages sous le ciel bleu, les montagnes comme des vieillards oisifs, le coucher du soleil derrière le sommet et le feu de camp…

Quand il eut fini, Da Shi écrasa son mégot.

— Bien, ça devrait suffire. J'ai quelques pistes sur cette fille, vous allez me dire si j'ai raison.

— D'accord, oui, bien sûr !

— Concernant son niveau d'éducation, elle a au moins une licence à l'université, mais aucun doctorat.

— Oui, exact, elle a de grandes connaissances, mais pas au point d'être sclérosée par celles-ci. Cela la rend simplement plus sensible au monde et à la vie, approuva Luo Ji d'un hochement de tête.

— Elle est née dans une famille d'intellectuels, sans pour autant avoir vécu dans l'opulence. Peut-être simplement un peu mieux que la moyenne des gens ordinaires. Depuis qu'elle est petite, elle bénéficie de l'amour de ses deux parents, mais elle n'est que très peu en contact avec la société, en particulier les plus basses couches sociales.

— Exact, exact ! Elle ne m'a jamais parlé de sa famille. En fait, elle ne m'a jamais rien raconté sur elle, mais je suis sûr que tout ça est vrai !

— Maintenant, si l'une des hypothèses que je vais vous soumettre à présent est fausse, dites-le-moi : elle aime porter ces – comment dire – ces vêtements simples mais élégants, quoique peut-être un peu trop simples pour une femme de son âge. (Luo Ji acquiesça niaisement.) Mais elle est toujours vêtue d'un habit blanc : un chemisier, un col, qui contraste singulièrement avec le reste de ses vêtements, qui sont de couleur sombre.

— Da Shi, vous… Luo Ji le regardait parler avec une vénération dans le regard.

Shi Qiang lui fit signe de le laisser poursuivre :

— Une dernière chose : elle n'est pas grande, un mètre soixante environ, et son corps est… comment dire… très fin, du genre à être emporté au premier coup de vent. Elle ne paraît pas trop petite non plus. Bien sûr, je pourrais encore continuer mais, avec tout ça, je ne dois pas tomber très loin, non ?

Luo Ji aurait eu envie de s'agenouiller.

— Da Shi, je me prosterne. Vous… vous êtes la réincarnation de Sherlock Holmes !

Shi Qiang se leva :

— Bien, je vais faire son portrait sur mon ordinateur.

Le soir même, il revint dans le salon avec son ordinateur portable. Lorsque l'écran afficha le visage de la jeune femme, Luo Ji demeura pétrifié, comme si on lui avait lancé un sort. Shi Qiang semblait visiblement avoir prévu cette scène, car il se rendit près de la cheminée pour prendre un nouveau cigare, qu'il trancha, alluma et fuma pendant un bon moment avant de retourner voir Luo Ji. Il constata que ses yeux étaient encore rivés sur l'écran.

— S'il y a encore des points qui ne correspondent pas, dites-le-moi et je rectifierai.

Luo Ji eut bien du mal à détourner son regard de l'écran. Il se leva et alla à la fenêtre, il plongea son regard dans les monts enneigés baignés par le clair de lune. Il marmonna comme dans un rêve éveillé :

— Pas besoin.

— Je m'en doutais, dit Shi Qiang en éteignant l'ordinateur.

Les yeux toujours dans le lointain, Luo Ji prononça une phrase que d'autres avant lui avaient utilisée pour qualifier Shi Qiang :

— Da Shi, vous êtes vraiment diabolique !

Ce dernier s'affala dans le canapé, éreinté :

— Il n'y a rien d'ésotérique, nous sommes tous des hommes, non ?

Luo Ji se retourna :

— Mais l'amour dont rêve chaque homme est différent !

— Certes, mais il y a des choses universelles pour peu qu'on appartienne à la même espèce.

— Peut-être, mais pas avec autant de ressemblance !

— Vous m'en avez quand même dit beaucoup, rappelez-vous.

Luo Ji marcha jusqu'à l'ordinateur et le ralluma :

— Envoyez-m'en une copie. Puis il s'empressa d'ajouter : Croyez-vous pouvoir la trouver ?

— Ce que je peux simplement vous répondre maintenant, c'est qu'il y a de fortes chances, oui. Mais je ne peux pas exclure totalement de ne jamais la trouver.

— Quoi ? Luo Ji s'immobilisa et regarda Shi Qiang d'un air incrédule.

— Comment voulez-vous que je vous le garantisse à cent pour cent ?

— Non, ce n'est pas ce que je voulais dire, au contraire, je pensais que vous me répondriez qu'il n'y avait presque aucune chance, ou bien peut-être une chance sur un million. Je m'en serais déjà satisfait.

Il se retourna vers le portrait qui s'affichait sur l'écran et reprit d'une voix rêveuse :

— Comment une telle femme pourrait-elle être de ce monde ?

Shi Qiang eut un rire moqueur :

— Professeur Luo, combien de personnes avez-vous croisées dans votre vie ?

— Bien entendu, c'est sans commune mesure avec vous, mais je sais bien qu'il n'existe dans ce monde aucune femme ni aucun homme parfaits.

— Comme vous l'avez dit vous-même, il m'est déjà arrivé de débusquer un individu au milieu d'une foule de plusieurs millions et je peux vous dire avec l'expérience que j'ai qu'il y a toutes sortes de personnes dans ce monde, vieux frère, y compris des femmes et des hommes parfaits. C'est simplement que votre destin ne vous a pas mis sur leur chemin.

— C'est la première fois que j'entends quelqu'un dire ça.

— C'est parce que ce qui est parfait pour vous ne l'est peut-être pas pour votre voisin. Cette femme de vos rêves, elle a clairement à mes yeux des… disons, des imperfections. C'est pourquoi il y a de bonnes chances pour que je vous la trouve.

— Mais certains réalisateurs ont beau chercher leur acteur idéal parmi plusieurs dizaines de milliers de candidats, ils finissent tout de même parfois par ne pas trouver ce qu'ils souhaitent.

— Un réalisateur n'a pas les mêmes compétences professionnelles que moi. Et puis nous ne nous limitons pas à quelques dizaines de milliers de personnes, mais plutôt à des centaines de millions. Nos méthodes et nos outils sont autrement plus sophistiqués. Je vous donne un exemple : les ordinateurs du centre d'analyses du ministère de la Sécurité publique sont capables de faire correspondre une photographie avec un visage parmi plus de cent millions d'individus, et il ne leur faut pas plus d'une demi-journée… Simplement, cela dépasse mon périmètre de responsabilité et il faut d'abord que j'en réfère à ma hiérarchie. Si mes supérieurs approuvent cette mission et qu'ils me la confient, je ferai en sorte de la trouver.

— Dites-leur que c'est une partie importante de mon plan de Colmateur et que cette mission doit être prise très au sérieux.

Shi Qiang se fendit d'un sourire équivoque, puis il se leva et prit congé.

— Qu'est-ce que vous dites ? Demander au CDP de lui trouver… Kent peinait à trouver le terme chinois adéquat. L'amour de ses rêves ? N'est-il pas assez gâté ? Je m'excuse, mais je ne peux pas transmettre une telle requête.

— Dans ce cas, vous enfreignez le principe du programme Colmateur : peu importe combien un ordre de Colmateur peut paraître incompréhensible, il doit être transmis. Pour le reste, c'est au CDP qu'il reviendra de trancher.

— Nous n'allons quand même pas dilapider les ressources des sociétés humaines pour permettre à ce genre d'individu de mener une vie de pacha ! Monsieur Shi, nous travaillons ensemble depuis peu mais j'ai beaucoup de respect pour vous. Un flic avec votre expérience et votre discernement, dites-moi franchement : croyez-vous réellement que Luo Ji soit en train de mener un plan de Colmateur ?

— Je n'en sais rien, répondit Shi Qiang en secouant la tête, puis il leva la main pour interrompre Kent, qui allait renchérir. Mais, monsieur Kent, ce n'est que mon avis, pas celui de nos supérieurs. C'est la différence entre vous et moi : je ne fais qu'appliquer sagement les ordres tandis que vous vous embarrassez sans cesse avec des pourquoi.

— Où est le mal ?

— Il n'y a rien de mal, mais si chacun d'entre nous devait d'abord connaître toutes les raisons détaillées d'un ordre avant de le mettre à exécution, alors le monde plongerait dans le chaos. Monsieur Kent, vous êtes hiérarchiquement mon supérieur mais, en définitive, vous comme moi, on est soumis aux ordres, n'est-ce pas ? Ce qu'on doit comprendre en premier lieu, c'est qu'il y a certaines choses dont on ne doit pas s'occuper. Il faut se contenter de faire notre devoir. Si vous en êtes incapable, je crains que vous ne risquiez de traverser une période difficile.

— Mais je traverse déjà une période difficile ! Quand je pense que la dernière fois nous avons fait acheter à prix d'or le tonnelet de vin retrouvé dans l'épave… Non mais, de vous à moi, vous trouvez vraiment que ce gars-là ressemble à un Colmateur ?

— À quoi devrait ressembler un Colmateur ?

Kent resta sans voix.

— En tout cas, si les Colmateurs devaient ressembler à quelque chose, on ne peut pas non plus affirmer que le Pr Luo Ji ne possède aucune des facultés requises.

— Comment ? s'étonna Kent. Vous n'allez quand même pas me dire que vous lui trouvez des qualités ?

— Ma foi si, j'en vois quelques-unes.

— Vous voulez rire ! Lesquelles ?

Shi Qiang posa la main sur l'épaule de Kent :

— Eh bien, vous, par exemple : si c'était vous qui aviez été bombardé Colmateur, est-ce que vous en auriez profité pour jouir de la vie, comme il le fait ?

— J'aurais implosé depuis longtemps.

— Voilà exactement où je veux en venir. Mais le Pr Luo Ji se laisse aller à l'insouciance, comme si de rien n'était.

Mon vieux Kent, croyez-vous que ce soit si simple ? Il faut avoir un sacré tempérament, celui de quelqu'un appelé à accomplir de grandes choses ! Des gens comme vous ou moi en seraient incapables.

— Mais il est si… comment dire… s'il continue à se laisser aller, qu'adviendra-t-il de son plan de Colmateur ?

— On en parle depuis des plombes, mais vous ne voulez toujours rien entendre ! Je vous ai dit que je n'en savais rien. Comment peut-on savoir si tout ce qu'il fait maintenant fait partie de son plan ? Encore une fois, ce n'est pas à nous qu'il revient d'en juger. Et même si on avait raison…

Shi Qiang approcha de Kent et lui glissa à voix basse :

— … il y a des choses pour lesquelles il vaut mieux prendre son temps.

Kent observa Shi Qiang pendant un long instant et finit par secouer la tête. Il n'était pas sûr d'avoir compris sa dernière phrase.

— Bien, je ferai un rapport. Mais pouvez-vous me montrer la fameuse dulcinée ?

En voyant le portrait de la jeune femme sur l'écran, les traits tirés du visage de Kent s'adoucirent brusquement. Il se caressa le menton et lâcha :

— Eh bien… mon Dieu… Même si je ne crois pas qu'une fille comme ça puisse exister, je vous souhaite tout de même de pouvoir la trouver le plus vite possible.

— Colonel, ne trouvez-vous pas un peu rustre qu'un homme de mon identité vienne inspecter le travail politique et idéologique de votre armée ? demanda Taylor lorsqu'il rencontra Zhang Beihai.

— Non, monsieur Taylor, il y a eu des précédents dans l'histoire : Donald Rumsfeld avait visité la Commission militaire centrale du Parti communiste dans le temps. J'y faisais à l'époque mon instruction, répondit Zhang Beihai.

Il n'éprouvait pas cette curiosité pour Taylor partagée par les autres officiers chinois et ne traitait pas le Colmateur avec prudence et distance. Sa sincérité détendit la conversation.

— Votre anglais est excellent, vous devez être de la marine ?

— Oui. J'ai vu que le contingent de militaires venus de la marine dans l'armée spatiale américaine est encore plus important.

— Jamais cette vieille branche de l'armée n'aurait imaginé que sa flotte naviguerait un jour dans l'espace… Colonel, je serai franc, lorsque l'amiral Chang Weisi vous a présenté comme étant le membre le plus éminent du département politique, je pensais que vous viendriez de l'armée de terre. Elle reste après tout l'âme de l'armée chinoise.

Zhang Beihai donnait clairement l'impression de ne pas partager ce point de vue, mais il écarta la question avec un sourire bienveillant :

— Une même âme peut habiter différentes branches d'une armée. Toutes les jeunes forces spatiales de par le monde sont nécessairement marquées du sceau d'une culture militaire passée.

— Je m'intéresse beaucoup au travail idéologique effectué au sein des forces spatiales chinoises. Je souhaiterais pouvoir mener des investigations plus approfondies.

— Aucun problème. Mes supérieurs m'ont informé qu'en ce qui concernait le cadre de mon travail je n'avais rien à vous dissimuler.

— Je vous remercie ! Taylor hésita un instant, puis reprit : Le but de ma visite est d'obtenir la réponse à une question. Me permettez-vous de vous la poser en premier ?

— Naturellement. Je vous écoute.

— Colonel, croyez-vous que nous puissions un jour rétablir l'esprit des armées du passé ?

— De quel passé parlez-vous ?

— Une échelle de temps très vaste, disons depuis la Grèce antique jusqu'à la Seconde Guerre mondiale. Lorsque tous les soldats partageaient l'idée que le sens du devoir et de l'honneur était au-dessus de tout et que, le moment où cela s'avérait nécessaire, ils étaient prêts à donner leur vie sans aucune hésitation. Vous avez sans doute remarqué que, depuis la Seconde Guerre mondiale, cet esprit a disparu de toutes les armées, que ce soient celles des pays démocratiques ou totalitaires.

— Les militaires sont issus de la société, il faudrait que cet esprit du passé dont vous parlez renaisse dans la société tout entière.

— Je partage cet avis.

— Mais cela, monsieur Taylor, c'est impossible.

— Pourquoi ? Nous avons quatre siècles devant nous. C'est au cours d'une durée analogue que nous sommes passés de l'ère de l'héroïsme collectif à celle de l'individualisme. Pourquoi ne pourrions-nous pas revenir en arrière ? Nous en avons le temps.

Zhang Beihai médita un moment ces paroles.

— C'est une question très complexe, mais je crois que la société humaine a grandi et qu'elle ne replongera pas dans l'enfance. Pendant les quatre siècles qui ont façonné notre société actuelle, nous n'avons jamais été préparés, ni mentalement, ni culturellement, à faire face à une telle crise et à une telle catastrophe.

— Mais dans ce cas, d'où vous vient votre confiance dans la victoire ? D'après mes informations, vous êtes un triomphaliste convaincu. Mais comment une flotte aussi affligée par le défaitisme pourrait-elle affronter un si puissant ennemi ?

— Ne venez-vous pas de dire que nous avions quatre siècles devant nous ? Si nous ne pouvons pas revenir en arrière, nous devons au moins aller résolument de l'avant.

La réponse de Zhang Beihai était opaque mais Taylor n'obtint rien de plus dans la conversation qui s'ensuivit, il avait seulement la sensation que les pensées de cet homme étaient bien plus profondes que ce qu'une simple discussion permettait de révéler.

Lorsqu'il quitta le quartier général de l'armée spatiale chinoise, Taylor croisa une sentinelle. Quand son regard rencontra celui du soldat, ce dernier lui adressa un sourire de respect un peu gêné. Il n'en avait pas vu de tels dans les autres armées nationales qu'il avait inspectées, où les sentinelles gardaient leurs yeux droit devant eux. En regardant le visage de ce jeune homme, Taylor répéta cette sentence au fond de lui :

Maman, je vais devenir une luciole.

Le même jour, au moment où le soleil se couchait, il se mit à pleuvoir. C'était la première averse qui tombait ici depuis l'arrivée de Luo Ji. Il faisait froid dans le salon. Luo Ji s'assit devant la cheminée sans feu et écouta tinter les perles de pluie à l'extérieur, avec l'impression que la maison était une petite île solitaire flottant au milieu d'un océan sombre. Il était enveloppé d'une solitude sans fin. Depuis le départ de Shi Qiang, il passait son existence dans une attente angoissée, tout en sentant que cette solitude et cette attente étaient en elles-mêmes une forme de réjouissance. Il entendit soudain une voiture s'arrêter sous le porche et distingua vaguement quelques bribes de paroles, dont certaines prononcées par une voix féminine douce et légère qui disait “merci” et “au revoir”. Il tressauta, comme sous l'effet d'une décharge électrique.

Il avait entendu cette voix deux ans plus tôt, dans un rêve à demi éveillé. C'était un son imperceptible, aussi léger qu'un mince nuage blanc traversant l'azur. Dans ce maussade ciel du soir avait surgi un éphémère rayon de soleil.

Puis on frappa légèrement à la porte. Luo Ji resta assis et ne lâcha qu'au bout d'un long moment un faible : “Entrez.” La porte s'ouvrit, une silhouette délicate entra, suivie du parfum flottant de la pluie. La seule lumière du salon provenait d'une lampe de plancher et d'un vieil abat-jour, si bien qu'en dehors d'un cercle devant la cheminée le reste de la pièce était plongé dans l'obscurité. Luo Ji ne distinguait pas son visage, il pouvait seulement remarquer qu'elle portait un pantalon clair et une veste sombre qui contrastait avec son col blanc. Il repensa à la fleur de lys.

— Bonsoir, professeur Luo, dit-elle.

— Bonsoir, répondit Luo Ji en se levant. Est-ce qu'il fait froid, dehors ?

— Pas dans la voiture… Luo Ji ne la voyait pas clairement, mais il était sûr qu'elle souriait. Mais ici… Elle regarda tout autour d'elle : Il fait un peu froid, oui… Oh, j'oubliais, professeur Luo, je m'appelle Zhuang Yan.

— Bonsoir Zhuang Yan. Eh bien, allumons la cheminée.

Luo Ji s'accroupit pour enfourner les bûches. Il demanda :

— Avais-tu déjà vu des cheminées ? Oh, tu peux t'approcher.

Elle vint s'asseoir sur le canapé, encore nimbée d'obscurité :

— Mmmh… seulement à la télévision.

Luo Ji craqua une allumette et enflamma l'allume-feu sous les bûches. Les flammes s'allongèrent comme si elles étaient vivantes et la chevelure de la jeune femme se dévoila peu à peu dans un halo doré. Les deux doigts de Luo Ji pinçaient encore l'allumette déjà presque entièrement consumée, il avait besoin de cette douleur pour lui rappeler qu'il ne rêvait pas. Il avait l'impression qu'il venait d'allumer un soleil illuminant un monde onirique. Le soleil de l'extérieur pouvait bien demeurer à jamais caché derrière le gris de la pluie et le noir de la nuit, son monde n'avait besoin que d'elle et de la lumière du feu.

Da Shi, où êtes-vous allé la chercher ? Mais où diable l'avez-vous trouvée ?

Luo Ji détourna son regard des flammes, et ses yeux se mouillèrent instantanément de larmes. Il craignit d'abord qu'elle ne les voie mais, bien vite, il se dit qu'il n'avait pas besoin de les dissimuler, car elle croirait sans doute que c'était la fumée qui le faisait pleurer. Alors, il leva la main pour les essuyer.

— Il fait chaud. C'est si bon… sourit-elle en contemplant l'âtre.

Cette phrase et ce sourire firent une nouvelle fois vaciller Luo Ji.

— Étrange…

Elle leva la tête et considéra le salon plongé dans l'obscurité.

— Est-ce différent de ce que tu avais imaginé ?

— Oui, c'est différent.

— Ici, ce n'est pas assez… Luo Ji repensa à son prénom : Pas assez "solennel" ?

Elle lui sourit :

— Le "yan" de mon prénom n'est pas celui signifiant "solennel", mais celui de "couleur".

— Oh, je vois… Tu avais peut-être imaginé des murs recouverts de cartes, des grands écrans, une brigade de généraux en uniforme ? Et moi au milieu d'eux en train de donner des instructions avec un bâton ?

— Oui, c'est ça, professeur Luo.

Son sourire s'éclaira de bonheur, comme l'éclosion d'une rose.

Luo Ji se leva :

— Le voyage a dû te fatiguer, veux-tu un peu de thé ?

Il hésita un instant :

— Ou bien du vin ? Ça réchauffe.

— D'accord, fit-elle en hochant la tête.

Elle accepta le verre qu'il lui tendait, le remercia à voix basse et but une petite gorgée.

En la regardant saisir innocemment le verre, la partie la plus délicate de son cœur tressaillit. Il lui proposait de boire et elle buvait, elle avait foi en ce monde, elle n'avait aucune méfiance envers lui. Oui, le monde entier était un piège qui menaçait sans cesse de la blesser mais, ici, il mettrait tout en œuvre pour la protéger. Ce lieu serait sa forteresse.

Luo Ji s'assit et regarda Zhuang Yan. Il s'efforça de se détendre :

— Que t'ont-ils dit avant de te faire venir ici ?

— Que je venais travailler, bien sûr.

Une nouvelle fois, la candeur de sa réponse mit une nouvelle fois son cœur en pièces.

— Professeur Luo, quel sera mon travail ?

— Qu'as-tu fait comme études ?

— J'ai étudié la peinture chinoise à l'Académie centrale des beaux-arts.

— Est-ce que tu as eu ton diplôme ?

— Oui, tout juste. Je cherchais un travail en préparant mes examens d'entrée en master.

Luo Ji réfléchit pendant un long moment, mais il se trouva incapable de trouver une idée sur ce qu'elle pourrait faire ici.

— Eh bien, nous rediscuterons de ton travail demain. Tu dois certainement être fatiguée. Prends d'abord un peu de repos. Cet endroit te plaît ?

— Je ne sais pas encore. Quand nous sommes arrivés à l'aéroport, il y avait du brouillard, puis la nuit est tombée et on ne voyait plus rien… Professeur Luo, où sommes-nous ?

— Je ne le sais pas non plus.

Elle hocha la tête et gloussa discrètement. De toute évidence, elle ne le croyait pas.

— Je t'assure que j'ignore où nous nous trouvons. Au vu de la topographie, je dirais la Scandinavie. Si tu le souhaites, je peux passer un coup de fil et me renseigner immédiatement, dit-il en tendant la main vers le téléphone à côté du canapé.

— Non, non, professeur Luo, c'est très bien comme ça, de ne pas savoir.

— Pourquoi ?

— Dès que nous savons où nous sommes, le monde devient aussi étroit qu'une carte.

Mon Dieu, se dit Luo Ji.

Elle eut soudain une remarque :

— Professeur Luo, la robe de ce vin rouge est magnifique à la lueur du feu.

Abreuvé par les flammes, le vin apparaissait sous un carmin étincelant qui n'appartenait qu'aux rêves.

— À quoi trouves-tu que cela ressemble ? demanda nerveusement Luo Ji.

— Mmmh… Je pense à des yeux.

— Aux yeux du crépuscule ?

— Les yeux du crépuscule ? C'est très bien dit, professeur Luo !

— Tu préfères donc le crépuscule à l'aube ?

— Oui, comment le savez-vous ? Ce que je préfère, c'est peindre des paysages crépusculaires.

Ses yeux, illuminés par les flammes, semblaient vouloir dire : *Qu'y a-t-il de mal à cela ?*

Le lendemain, à l'aube, la première éclaircie du jour procura à Luo Ji le sentiment que Dieu avait nettoyé ce jardin d'Éden pour la venue de Zhuang Yan. Lorsque celle-ci vit pour la première fois le lieu sous sa véritable apparence, Luo Ji n'entendit pas d'exclamation démesurée que d'autres jeunes femmes de son âge auraient sans doute poussée devant la beauté du paysage. Elle était en état de vénération, de suffocation, elle n'arrivait pas à prononcer un seul mot d'admiration. Luo Ji pouvait voir qu'elle était bien plus sensible à la beauté de la nature que ses congénères.

— Tu as toujours aimé dessiner ? demanda-t-il.

Les yeux de Zhuang Yan étaient toujours rivés sur l'un des sommets enneigés du lointain. Elle ne retrouva ses esprits qu'après un certain temps :

— Oh, oui. Mais si j'avais grandi ici, je n'aurais peut-être pas aimé.

— Pourquoi ça ?

— J'ai imaginé de nombreux endroits merveilleux et quand je les dessine, c'est comme si je m'y rendais moi-même. Mais ici, l'imagination, le rêve, tout est déjà là, que reste-t-il à peindre ?

— C'est vrai, quand la beauté de notre imagination devient réelle, c'est vraiment… commença Luo Ji.

Il dirigea son regard vers Zhuang Yan qui se tenait sous le soleil levant. Un ange sorti droit de ses rêves. Dans son cœur, le bonheur glissait comme les ondes de lumière à la surface du lac. Les Nations unies, le CDP, ils n'avaient pas imaginé cette conséquence du programme Colmateur. Il pouvait mourir à présent, cela ne le regardait plus.

— Professeur Luo, il a beaucoup plu hier, pourquoi la neige sur ce sommet n'a pas fondu ? le questionna Zhuang Yan.

— La pluie est tombée en dessous de l'étage nival. Sur ce mont, l'enneigement est permanent.

— Êtes-vous déjà allé là-haut ?

— Non, je n'habite pas ici depuis très longtemps. Luo Ji nota que les yeux de la jeune femme n'avaient pas quitté les montagnes : Tu aimes ce mont enneigé ?

Elle hocha la tête.

— Eh bien, allons-y.

— Vraiment ? Quand ça ? demanda-t-elle, surprise.

— Nous pouvons nous mettre en route dès maintenant, il y a une route publique simple d'accès qui mène jusqu'au pied du sommet. Si nous partons tout de suite, nous pourrions être de retour ce soir.

— Mais, et mon travail ?

Zhuang Yan détourna son regard des montagnes et le posa sur Luo Ji.

— Cela peut attendre, tu viens juste d'arriver, justifia-t-il sans conviction.

— Dans ce cas…

Elle inclina la tête, et le cœur de Luo Ji fit de même. Cette expression et ce regard presque enfantins, il les avait déjà vus à d'innombrables reprises sur ce corps.

— Professeur Luo, je dois quand même savoir ce que je vais faire.

Luo Ji plongea ses yeux dans le lointain, il réfléchit quelques secondes puis répondit sur un ton résolu :

— Je te le dirai une fois que nous aurons atteint le sommet !

— Bien ! Alors, mettons-nous en route !

— Entendu, nous prendrons le bateau pour rejoindre l'autre rive du lac, avant de prendre la voiture. Ce sera plus rapide.

Ils marchèrent jusqu'au bout de la jetée. Luo Ji expliqua que le vent était favorable, ils pouvaient prendre le voilier. Le soir venu, le vent tournerait, ce serait idéal pour le trajet du retour. Il prit Zhuang Yan par la main pour la faire monter sur le bateau. C'était la première fois qu'il la touchait, ses mains étaient telles qu'il les avait imaginées pour la première fois cette nuit d'hiver : douces et glacées. Elle observa avec admiration Luo Ji hisser le spi. Quand ils se furent éloignés de la jetée, elle plongea une main dans le lac.

— L'eau est froide, dit Luo Ji.

— Mais elle est propre, et si pure !

Comme tes yeux, pensa Luo Ji.

— Pourquoi aimes-tu tant les monts enneigés ?

— Je suis passionnée de peinture traditionnelle.

— Qu'est-ce que les monts enneigés ont à voir avec la peinture traditionnelle ?

— Professeur Luo, connaissez-vous la différence entre la peinture chinoise traditionnelle et la peinture à l'huile ? Les peintures à l'huile sont remplies de couleurs denses. Un grand maître a dit un jour que dans la peinture à l'huile le blanc est aussi précieux que l'or ; alors que dans la peinture traditionnelle, il y a beaucoup, beaucoup de blanc et ce vide, c'est l'œil de la peinture. Le paysage n'est rien d'autre que le cadre du vide. Regardez comme ce mont ressemble au vide d'une peinture traditionnelle…

C'était le plus long monologue qu'elle avait tenu depuis son arrivée. Elle avait discouru comme si elle donnait une leçon au Colmateur, comme s'il était un étudiant ignorant, mais sans paraître irrévérencieuse.

Toi aussi, tu es le vide d'une peinture traditionnelle, c'est toi qui la remplis. Pour tout amateur qui se respecte, tu es pure mais infiniment belle, pensa Luo Ji en dévorant Zhuang Yan des yeux.

Ils arrimèrent le voilier à l'appontement de l'autre rive. Une jeep était garée à l'orée de la forêt. Le chauffeur qui l'avait conduite jusqu'ici était déjà reparti.

— C'est un véhicule militaire, n'est-ce pas ? À mon arrivée, j'ai vu des soldats tout autour du domaine. Je suis passée devant trois postes de sentinelles, dit Zhuang Yan en montant dans la voiture.

— Ce n'est pas grave, ils ne nous dérangeront pas, glissa Luo Ji en faisant démarrer le moteur.

Ils empruntèrent un sentier étroit et cahoteux qui coupait à travers la forêt, mais le véhicule avait une très bonne tenue de route. Dans les bois, les rayons du soleil qui transperçaient un à un les pins géants chatoyaient dans la brume qui ne s'était pas encore tout à fait dissipée. Même avec le bruit du moteur, on pouvait entendre distinctement les chants des oiseaux perchés dans les arbres. Un vent frais et agréable fouettait les cheveux de Zhuang Yan dont quelques mèches effleurèrent le visage de Luo Ji. Dans ces chatouillements, il se souvint du voyage d'hiver qu'il avait fait deux ans plus tôt.

Tout autour de lui était bien différent des plaines enneigées de la Chine du Nord et des monts Taihang, mais les rêves de cette époque et la réalité de son présent se connectaient de façon si synchrone que Luo Ji avait du mal à croire que cela lui arrivait à lui.

Luo Ji se tourna pour jeter un coup d'œil à Zhuang Yan et s'aperçut qu'elle aussi le regardait, sans doute depuis un certain temps. Son regard était empreint d'une curiosité mêlée à une bienveillance sincère. Les faisceaux lumineux qui traversaient les arbres pleuvaient sur son corps et son visage. Quand elle vit que Luo Ji lui rendait son regard, elle ne détourna pas les yeux.

— Professeur Luo, avez-vous vraiment la capacité de vaincre les extraterrestres ? demanda Zhuang Yan.

Luo Ji était conquis par sa candeur. C'était une question que personne d'autre qu'elle n'aurait posée et ils ne se connaissaient pourtant que depuis peu.

— Zhuang Yan, le cœur du programme Colmateur est d'emprisonner les intentions stratégiques réelles de l'humanité dans l'esprit d'un seul homme, car c'est le seul endroit du monde humain qui puisse échapper à la surveillance des intellectrons. Il fallait donc choisir quelques individus, mais ça ne veut pas dire que ce sont des surhommes. Les surhommes n'existent pas.

— Mais pourquoi vous avoir choisi vous ?

Cette question était encore plus brutale et outrageuse que la précédente, mais elle sonnait naturelle dans la bouche de Zhuang Yan car, dans son cœur transparent, chaque rayon de soleil perçait et se réfractait avec clarté.

Luo Ji stoppa lentement la voiture. Zhuang Yan le regarda avec surprise, tandis que ses yeux à lui étaient rivés sur la route mouchetée de lumière solaire.

— Les Colmateurs sont les pires esbroufeurs de l'histoire, les plus grands menteurs.

— C'est votre devoir.

Luo Ji hocha la tête :

— Mais, Zhuang Yan, il faut me croire, tout ce que je vais te dire à présent est la pure vérité.

Elle répondit elle aussi par un hochement de tête :

— Parlez, professeur Luo, je vous fais confiance.

Luo Ji resta un long moment silencieux, comme pour alourdir le poids des paroles qu'il s'apprêtait à prononcer :

— J'ignore pourquoi ils m'ont choisi. Puis, il se tourna vers elle : Je suis juste un homme ordinaire.

Zhuang hocha encore une fois la tête :

— Ça doit être difficile, alors.

Ces mots, ainsi que sa mine naïve et innocente noyèrent une nouvelle fois ses yeux de larmes. Depuis qu'il était devenu Colmateur, c'était la première fois qu'on l'interrogeait ainsi. Les yeux de la fille étaient son paradis. Son regard cristallin n'avait rien à voir avec celui des autres lorsqu'ils regardaient les Colmateurs. Son sourire aussi, c'était son paradis, ce n'était pas le proverbial "sourire au Colmateur", le sien était sincère, comme une perle de rosée imbibée de soleil qui ruisselait le long des galeries les plus asséchées de son âme.

— C'est difficile, mais je fais en sorte que ce soit plus simple… Voilà, ici s'arrêtent mes paroles sincères, je repasse en mode Colmateur, lâcha Luo Ji, puis il redémarra le moteur.

Ils roulèrent en silence jusqu'à ce que les arbres se fassent plus clairsemés et que pointe au-dessus d'eux un bout de ciel bleu.

— Professeur Luo, regardez cet aigle dans le ciel ! s'exclama Zhuang Yan.

— Et là, un cerf ! cria Luo Ji en montra du doigt une autre direction pour détourner l'attention de Zhuang Yan.

Ce qui était apparu dans le ciel n'était pas un aigle, mais un drone de surveillance. Luo Ji pensa à Shi Qiang. Il sortit son téléphone portable et composa son numéro.

La voix de Shi Qiang résonna de l'autre côté :

— Alors, vieux frère, c'est maintenant que vous vous souvenez de moi ? Dites-moi d'abord, comment va Yanyan ?

— Bien. Très bien. Merveilleusement bien. Merci !

— Tant mieux, j'aurais réussi ma dernière mission.

— Votre dernière mission ? Où êtes-vous ?

— Au pays, je me prépare à entrer en hibernation.

— Comment ?

— J'ai une leucémie. Je pars me faire soigner dans le futur.

Luo Ji donna un violent coup de frein. Zhuang Yan poussa un faible cri de surprise, Luo Ji la regarda, inquiet, mais voyant qu'elle n'avait rien, il reprit sa discussion avec Shi Qiang.

— Ce… depuis quand ?

— J'ai été irradié lors d'une mission antérieure. On m'a diagnostiqué la maladie l'année dernière.

— Bon sang, mais est-ce que je ne vous ai pas retardé ?

— Il n'y a jamais de retard, avec ce genre de truc. Qui sait de quoi sera capable la médecine de demain ?

— Je suis vraiment désolé, Da Shi.

— Ce n'est rien, ce sont les risques du métier. Je ne vous ai pas embêté avec ça parce que je me disais qu'on aurait peut-être encore l'occasion de se recroiser un de ces jours prochains. Mais dans l'éventualité où on ne se reverrait plus, je voudrais vous demander quelque chose.

— Je vous écoute.

Shi Qiang resta longtemps silencieux, puis il finit par articuler :

— Il y a trois choses qui sont contraires à la piété filiale et la plus répréhensible, c'est de ne pas avoir de descendants[1]. Vieux frère, je vous demande de bien vouloir prendre soin de la famille Shi dans quatre siècles.

Luo Ji raccrocha le téléphone et leva les yeux au ciel, d'où le drone avait disparu. L'azur était aussi vide que son cœur.

1. Célèbre sentence du philosophe chinois confucianiste Mencius (ou Mengzi), qui aurait vécu entre 372 et 289 av. J.-C. *(N.d.T.)*

— C'était Oncle Shi ? demanda Zhuang Yan.

— Oui, tu l'as déjà rencontré ?

— Oui. C'est un homme bien. Le jour où je suis partie, il s'est accidentellement écorché la main, le sang n'a pas arrêté de couler, c'était assez terrifiant.

— Oh… Et qu'est-ce qu'il t'a dit ?

— Que vous étiez en train d'exécuter la mission la plus importante du monde et qu'il fallait que je vous aide.

C'était cette fois la forêt qui avait complètement disparu. Il ne restait plus devant eux que la prairie et la montagne. Gris argenté et vert tendre, deux couleurs qui faisaient paraître le paysage de ce monde encore plus dépouillé et pur. Pour Luo Ji, la nature qui s'étendait devant lui devenait de plus en plus comme la jeune femme assise à ses côtés. Il remarqua un soupçon de mélancolie dans les yeux de Zhuang Yan et put même détecter comme un léger soupir.

— Yanyan, que se passe-t-il ?

C'était la première fois qu'il l'appelait ainsi. Il s'était dit que si Shi Qiang pouvait, alors lui aussi.

— Quand je pense qu'un jour plus personne ne pourra contempler un monde aussi beau, je trouve ça triste.

— Mais les extraterrestres seront là.

— Je ne crois pas qu'ils soient capables d'apprécier la beauté.

— Pourquoi ?

— Mon père dit que les êtres sensibles à la beauté de la nature sont par essence bienveillants. Eux ne le sont pas, ils ne peuvent donc pas apprécier la beauté.

— Yanyan, la façon dont ils traitent l'espèce humaine est le résultat d'un choix rationnel, c'est la manière la plus responsable d'assurer la survie de leur espèce, cela n'a rien à voir avec de la bonté ou de la méchanceté.

— C'est la première fois que j'entends ça… Professeur Luo, vous les rencontrerez plus tard, n'est-ce pas ?

— Peut-être.

— S'ils sont vraiment comme vous le dites et si vous devez les vaincre lors de l'Ultime Bataille, hum, pourrez-vous…

Zhuang Yan inclina la tête pour le regarder. Elle hésitait.

Luo Ji eut envie de lui dire que cette probabilité était presque nulle, mais il n'en eut pas le cœur et demanda :

— Quoi donc ?

— Pourrez-vous ne pas les renvoyer dans l'espace ? Ne pas les laisser s'éteindre, leur offrir une petite place, les laisser coexister avec nous, ce serait merveilleux !

Sous le coup de l'émotion, Luo Ji demeura un long moment silencieux, puis il pointa le ciel en disant :

— Yanyan, je ne suis pas le seul à t'avoir écoutée.

Zhuang Yan regarda le ciel avec nervosité :

— Oh, c'est vrai. Nous sommes peut-être cernés d'intellectrons !

— Et peut-être même que c'est le chancelier trisolarien lui-même qui t'a entendue.

— Alors vous vous moquez tous de moi, c'est ça ?

— Non, Yanyan, sais-tu à quoi je suis en train de penser ?

Luo Ji éprouva brusquement le désir irrésistible de saisir sa délicate main gauche, posée à côté du volant, mais il parvint à se contenir.

— Je suis en train de me dire que celle qui a en réalité une chance de sauver le monde, c'est toi.

— Moi ? s'étonna-t-elle en riant.

— Oui, sauf que tu n'es pas assez nombreuse. Oh, je veux dire que les gens comme toi sont trop peu nombreux. Si seulement un tiers de l'humanité pouvait être comme toi, la civilisation trisolarienne accepterait peut-être de négocier, d'évoquer la possibilité de coexister au sein du même monde, mais maintenant…

Il poussa un long soupir.

— Professeur Luo, dit Zhuang Yan en souriant à contrecœur, je ne suis pas un exemple. On dit toujours qu'après l'université on entre dans la vie active comme un poisson dans l'océan, mais l'eau est si trouble, rien n'est clair pour moi et en m'efforçant de nager vers des eaux plus propres, je m'épuise…

Laisse-moi t'aider à nager jusqu'à ces eaux, pensa Luo Ji.

La route commençait à grimper la montagne. Au fur et à mesure que l'altitude augmentait, la végétation se faisait plus rare, révélant des roches noires et nues. Sur une portion de route, il leur sembla même rouler à la surface de la Lune. Mais, très vite, la voiture dépassa l'étage nival et ils furent entourés par un blanc immaculé. L'air se gorgea d'une fraîcheur glaciale. Luo Ji prit un sac de voyage posé sur la banquette arrière et en sortit des pulls en laine. Ils les enfilèrent et continuèrent la route. Après un court moment, ils virent un panneau d'affichage au milieu de la route où il était écrit cet avertissement : "Route bloquée, risque d'avalanche". Ils descendirent de la voiture et marchèrent jusqu'à la chaussée enneigée.

Le soleil avait amorcé sa descente, les pentes neigeuses des environs étaient déjà dans l'ombre. La neige était d'un bleu clair, très pur, comme si elle scintillait d'une légère fluorescence. Au loin, les pics enneigés se dressaient verticalement telles des lames de poignard, répandant une lumière argentée et radieuse aux quatre horizons, comme si c'était la montagne et non le soleil qui avait toujours illuminé ce monde.

— Bien, à présent, la peinture est entièrement blanche, dit-il en dessinant un cercle avec ses bras.

Zhuang Yan contemplait avec ravissement cette terre immaculée.

— Professeur Luo, j'ai autrefois créé une peinture de ce genre. De loin, on croit voir une simple feuille blanche, presque entièrement vide, mais quand on s'approche, on remarque des brins de roseaux en bas à gauche, un oiseau sur le point de disparaître en haut à droite et, au centre du vide, deux personnages minuscules… C'est l'œuvre dont je suis la plus fière.

— Je peux l'imaginer. Elle doit être magnifique… Eh bien, Zhuang Yan, maintenant que nous sommes au milieu de cet univers de vide, souhaites-tu connaître le travail que je vais te confier ?

Zhuang Yan acquiesça nerveusement de la tête.

— Tu connais la nature d'un plan de Colmateur : sa réussite dépend de son inintelligibilité. Le degré le plus élevé d'un plan de Colmateur, c'est lorsqu'en dehors du Colmateur lui-même personne, ni sur Terre ni sur Trisolaris, ne parvient à le comprendre. Voilà pourquoi, Zhuang Yan, même quand ton travail te paraîtra peut-être incompréhensible, il aura forcément un sens. N'essaie pas de le comprendre, fais simplement du mieux que tu peux.

Zhuang Yan hocha prestement la tête :

— Mmmh, j'ai compris. Puis elle rit à nouveau en secouant la tête : Haha, naturellement, je voulais dire "je sais".

En la regardant ainsi encerclée de neige, dans cet espace si blanc et si pur qu'il en avait presque perdu tout relief, il sentait que le monde se dérobait devant elle pour ne laisser que sa seule présence. Deux ans plus tôt, quand la figure littéraire qu'il avait créée avait pris place dans son imagination, Luo Ji avait goûté à l'amour ; mais maintenant, au cœur du vide de cette immense peinture naturelle, il en comprenait le mystère suprême.

— Zhuang Yan, ton travail sera d'être heureuse.

Elle écarquilla les yeux.

— Tu devras t'efforcer de devenir la femme la plus heureuse et la plus rayonnante de la Terre. Cela fait partie de mon plan de Colmateur.

La lumière du pic enneigé qui éclairait le monde se refléta dans ses pupilles. Dans ce regard cristallin, des sentiments complexes passèrent comme des nuages à la dérive. La montagne blanche absorba tous les sons du monde extérieur. Luo Ji attendait patiemment dans ce silence absolu. Enfin, Zhuang Yan répondit avec une voix qui paraissait lointaine :

— Alors… Que dois-je faire ?

Luo Ji répondit, exalté :

— Comme bon te semblera ! Demain, ou bien ce soir, après que nous serons rentrés, tu pourras aller où tu as envie, faire ce qui te plaira, mener la vie que tu souhaites vivre. Et moi, en tant que Colmateur, je m'attacherai à faire tout mon possible pour t'aider.

— Mais je… La jeune femme regarda Luo Ji avec impuissance : Professeur Luo, je… je n'ai besoin de rien !

— Comment ça ? Mais nous avons tous besoin de quelque chose ! Les hommes comme les femmes ne sont-ils pas tous à la recherche de quelque chose ?

— Est-ce que j'ai déjà été à la recherche de quelque chose ? Zhuang Yan secoua lentement la tête. Non, je ne crois pas.

— Oh oui, une fille comme toi ne demande rien. Mais tu as forcément des rêves ! Par exemple, tu aimes peindre. Ne souhaiterais-tu pas pouvoir exposer tes œuvres dans les plus grandes galeries ou dans les plus grands musées de beaux-arts du monde ?

Zhuang Yan éclata de rire, comme si Luo Ji était redevenu un enfant ignorant :

— Professeur Luo, je dessine pour moi-même. Je n'ai jamais pensé à tout ça.

— Bon. Tu as bien dû rêver d'amour ? demanda Luo Ji sans réfléchir. Avec davantage de moyens, tu pourras partir à la recherche de l'amour, non ?

Le crépuscule détournait sa clarté du sommet. Les yeux de Zhuang Yan s'assombrirent et son regard se fit plus doux. Elle lâcha à voix basse :

— Professeur Luo, est-ce que c'est bien quelque chose que l'on cherche ?

— Tu as raison. Luo Ji se calma, il hocha la tête. Eh bien, faisons ainsi : ne pense pas à trop long terme, réfléchis seulement à demain. Demain, d'accord ? Demain, où voudrais-tu aller, que souhaiterais-tu faire ? Comment demain pourrait-il te rendre heureuse ? Tu peux tout de même penser à ça, n'est-ce pas ?

Zhuang Yan réfléchit consciencieusement pendant un long moment et finit par demander, sur un ton hésitant :

— Et si je vous le dis, ce sera vraiment possible ?

— Je te l'assure, parle.

— Eh bien, professeur Luo, pourriez-vous m'emmener au musée du Louvre ?

Lorsqu'on retira le bandeau de Taylor, il n'eut pas besoin de cligner des yeux à cause d'une luminosité soudaine car il faisait sombre. En réalité, même si l'endroit était éclairé par une lampe très puissante, la lumière était absorbée par les parois de la roche. Taylor sentit une odeur de désinfectant et remarqua que la grotte était aménagée en une sorte de poste médical avancé, avec de nombreux coffres en aluminium dans lesquels était rangé en bon ordre tout un attirail d'accessoires de santé : des bouteilles d'oxygène, des petits cabinets de désinfection anti-UV, des lampes scialytiques mobiles et d'autres appareils médicaux, comme des générateurs de rayons × portables et des défibrillateurs. Tous ces instruments semblaient tout juste sortis de leurs emballages et prêts à être empaquetés et emportés à tout moment. Taylor vit encore deux mitraillettes suspendues à la paroi, mais leur couleur se fondait avec celle de la roche et il n'était pas évident de les distinguer. Deux personnes au visage inexpressif – un homme et une femme – le frôlèrent. Ils n'étaient pas en blouse blanche, mais Taylor était certain qu'ils étaient respectivement médecin et infirmière.

Le lit était placé à l'extrémité de la grotte. Les rideaux derrière lui, la couverture tirée sur le vieil homme, le keffieh sur sa tête, sa barbe et même son visage – tout était entièrement blanc. La lumière du lieu était comme le halo d'une bougie, dissimulant une partie de cette blancheur et projetant des faibles reflets dorés, transformant la scène en une de ces peintures à l'huile classiques qui représentent un saint.

Taylor marmonna intérieurement : *Bon Dieu, mais comment est-ce que je peux penser à ça ici ?*

Il s'avança dans la direction du lit, tentant de surmonter ses douleurs aux hanches et à l'intérieur des cuisses et de garder une démarche digne. Il s'arrêta devant le lit, devant cet homme que lui et son gouvernement traquaient jour et nuit depuis tant d'années. Il osait à peine y croire. Il observa le visage pâle du vieillard, il était comme les médias l'avaient toujours décrit : le visage le plus bienveillant du monde.

L'humain est une créature étrange.

— Je suis honoré de vous rencontrer enfin, dit Taylor en s'inclinant légèrement.

— C'est un honneur partagé, répondit poliment le vieillard, sans bouger.

Sa voix soyeuse semblait capable de neutraliser toute énergie sans jamais pouvoir être brisée, telle une toile d'araignée. Le vieillard fit un geste de la main vers le bord du lit. Taylor s'y assit avec précaution, sans savoir si c'était là un signe d'amabilité, car il n'y avait pas de chaise.

— Le voyage a dû être éreintant. C'est la première fois que vous voyagez à dos de mule ?

— Oh, non, ça m'était déjà arrivé une fois, en parcourant le Grand Canyon, expliqua Taylor, mais ses cuisses n'avaient pas autant frotté que cette fois-là. Quel est votre état de santé ?

— Comme vous pouvez le voir, dit le vieillard en secouant lentement la tête, je ne tiendrai plus très longtemps. Un éclair espiègle passa soudain dans ses deux profondes cavités oculaires : Je sais bien que vous êtes la personne au monde qui espère le moins que je meure de maladie. Vous m'en voyez navré.

L'ironie de cette phrase piqua Taylor au vif, mais le vieillard avait raison. Ce dont Taylor avait jadis le plus peur, c'était que cet homme soit emporté par la maladie ou par la vieillesse. L'ancien secrétaire à la Défense des États-Unis avait prié plus d'une fois qu'un missile de croisière américain ou la balle d'un commando spécial tue cet homme avant – même si ce n'était qu'une minute avant ! – qu'il meure d'une cause naturelle. Car une mort naturelle aurait été son ultime victoire, et un échec cuisant pour la guerre contre le terrorisme. Mais voilà que maintenant cet homme approchait de cette gloire. En réalité, l'occasion s'était déjà présentée dans le passé. Une fois, un drone "Predator" avait réussi à prendre une photo de lui dans la cour d'une mosquée d'une région montagneuse reculée du Nord de l'Afghanistan. En manipulant le drone de telle manière qu'il lui tombe dessus, on aurait pu écrire l'histoire, d'autant que l'engin était doté d'un missile à guidage laser "Hellfire". Mais après que le jeune officier avait eu confirmé l'identité de la cible, il n'avait pas eu le courage de prendre lui-même cette décision et il s'en était remis à sa hiérarchie. Pendant ce temps, la cible avait disparu. Taylor, qui avait été tiré du lit, avait explosé de colère. Il avait été si furieux qu'il en avait brisé une de ses plus précieuses porcelaines de Chine…

Taylor voulut esquiver ce sujet embarrassant et posa la serviette qu'il avait apportée avec lui au bord du lit.

— J'ai un petit présent pour vous. Il ouvrit la serviette et en sortit des livres reliés : C'est la nouvelle traduction en arabe.

De ses mains aussi maigres que des fagots secs, le vieillard se saisit tant bien que mal du dernier livre de la pile :

— Oh, je n'avais lu que la première trilogie. J'avais bien demandé qu'on m'achète la suite, mais je n'ai jamais eu le temps de les lire et puis je les ai perdus… Excellent, oui, merci. J'apprécie beaucoup ce cadeau.

— La légende veut que vous vous soyez inspiré de ces romans pour baptiser votre organisation ?

Le vieillard reposa délicatement le livre et sourit :

— Laissons la légende à la légende. Vous avez l'argent et la technologie, nous n'avons que des légendes.

Taylor récupéra le livre que venait de poser le vieillard et le brandit face à lui comme un pasteur la Bible :

— Si je suis venu vous voir, c'est pour faire de vous le nouveau Hari Seldon.

La même lueur espiègle éclaira les yeux du vieillard :

— Oh ? Que dois-je faire ?

— Maintenir votre organisation.

— La maintenir ? Jusqu'à quand ?

— La maintenir pendant les quatre siècles à venir, la maintenir jusqu'à l'Ultime Bataille.

— Et vous pensez que c'est possible ?

— Oui, si elle continue à se développer. Son esprit et son âme devront imprégner les forces spatiales. Votre organisation deviendra une partie de l'armée spatiale.

— Et que nous vaut une telle estime ?

Le sarcasme qui pointait dans les paroles du vieillard était de plus en plus manifeste.

— Elle fait partie des rares forces armées encore prêtes aujourd'hui à utiliser des vies comme armes de combat. Comme vous le savez, les sciences fondamentales ont été verrouillées par les intellectrons, par conséquent, les progrès en termes de capacité de calcul et d'intelligence artificielle seront limités. Au cours de l'Ultime Bataille, les vaisseaux spatiaux devront être pilotés par des hommes et seuls des individus habités par un tel esprit en seront capables.

— Et qu'est-ce que vous nous avez apporté en dehors de ces quelques livres ?

Taylor se releva, euphorique :

— Tout dépend ce dont vous avez besoin. Tant que l'organisation existera, je veillerai à ce que vous obteniez tout ce que vous demandez.

Le vieillard fit un geste de la main, invitant Taylor à se rasseoir :

— J'ai de la peine pour vous. Après tant d'années, vous n'avez toujours pas compris ce dont nous avons vraiment besoin.

— Dites-le-moi.

— Des armes ? De l'argent ? Non, non. Quelque chose de plus précieux que ça. La raison d'être de l'organisation n'a rien à voir avec le grandiose plan Seldon. Il serait impossible de convaincre une personne saine d'esprit d'y croire et de se sacrifier pour lui. Non, l'organisation existe car elle possède quelque chose qui est à la fois son air et son sang et sans quoi elle disparaîtrait aussitôt.

— Quoi ?

— La haine.

Taylor se tut.

— D'un côté, depuis que nous avons un ennemi commun, notre haine envers l'Occident s'est un peu estompée ; de l'autre, les Trisolariens veulent anéantir l'ensemble de l'humanité, y compris cet Occident que nous haïssons. Pour nous, mourir ensemble nous ravirait. Par conséquent, nous n'avons aucune haine pour les Trisolariens. Vous voyez, la haine est un trésor plus précieux que l'or ou les diamants, c'est l'arme la plus tranchante du monde mais nous l'avons maintenant perdue et vous ne pouvez plus nous la donner. Aussi, l'organisation, tout comme moi, ne vivra plus très longtemps.

Taylor gardait le silence, le laissant parler.

— Et pour ce qui est de Seldon, son plan aussi était impossible.

Taylor poussa un long soupir et se rassit à côté du lit :

— Pour parler ainsi, vous avez dû lire la suite de la première trilogie.

Le vieillard, surpris, haussa les sourcils :

— Non, je ne l'ai pas lue, c'est simplement ce que je pense. Alors, le plan Seldon finit lui aussi par échouer ? Si c'est le cas, l'auteur est un homme exceptionnel. Moi qui croyais que l'histoire se terminerait par une fin heureuse. Qu'Allah le bénisse.

— Asimov est mort depuis des années.

— Je prie pour qu'il soit au paradis, n'importe lequel… Les hommes les plus sages partent toujours les premiers.

Sur la majeure partie du voyage du retour, Taylor put voyager sans bandeau sur les yeux, si bien qu'il eut la chance d'admirer le paysage aride et escarpé des chaînes montagneuses afghanes. Le jeune homme qui tirait sa mule faisait tellement confiance à Taylor qu'il avait accroché sa mitraillette à la selle, à portée des mains du Colmateur.

— As-tu déjà tué quelqu'un avec cette arme ? demanda Taylor.

Le jeune homme ne comprit pas la question, mais un autre individu, plus âgé, à dos de mule et sans arme, répondit à sa place :

— Non, ça fait bien longtemps que nous n'avons pas combattu.

Le jeune homme leva la tête et regarda Taylor d'un air interrogateur, il ne portait ni barbe ni moustache et son expression était juvénile. Ses yeux étaient aussi purs que le ciel de l'Asie occidentale.

Maman, je vais devenir une luciole.

À la quatrième audience du CDP, c'est la mine fatiguée par son long voyage que Taylor proposa quelques ajustements à son plan "Essaim de moustiques" :

— Je souhaite que chaque appareil de l'essaim soit équipé de deux systèmes de contrôle : le premier avec pilotage manuel et le second sans pilote. Lorsque les chasseurs basculeront sur le deuxième mode, je souhaite pouvoir prendre moi-même le contrôle sur l'intégralité de l'escadron.

— Eh bien, vous donnez de votre personne ! ironisa Hynes.

— Je devrai être en mesure de contrôler les chasseurs quand ils seront assemblés en un seul peloton, de manière à pouvoir les diriger vers la zone de combat. Puis j'ordonnerai à cette formation de se décomposer en essaim et, lorsqu'ils seront à une distance suffisamment proche de la flotte ennemie, je donnerai l'ordre à chaque moustique de sélectionner sa propre cible et d'attaquer sans délai. J'ose croire que même avec le gel des sciences fondamentales nos technologies d'intelligence artificielle pourront aisément atteindre ce niveau de développement dans deux ou trois siècles.

— À vous entendre, on en conclut donc que vous avez l'intention d'hiberner jusqu'à l'Ultime Bataille et d'attaquer dès votre réveil la flotte trisolarienne avec vos essaims de moustiques ?

— Ai-je vraiment le choix ? Aucun parmi vous n'ignore que je me suis récemment rendu au Japon, en Chine et même en Afghanistan…

— Où vous avez rendu visite à cet homme… l'interrompit le représentant américain.

— Oui, où j'ai rendu visite à cet homme, mais… Taylor poussa un soupir de découragement : Je poursuivrai mes efforts pour établir une force de chasseurs dont les pilotes auront l'esprit du sacrifice mais si je n'y arrive pas, il me faudra bien mener moi-même la dernière offensive.

Il n'y eut aucune réaction. Dès qu'était évoquée l'Ultime Bataille, on choisissait toujours le silence.

— Par ailleurs, je souhaiterais ajouter un nouvel élément à mon plan, poursuivit Taylor. Je demande que soient menées selon les directions que je donnerai des recherches avancées sur plusieurs corps célestes du système solaire. Cela concerne Europe, Cérès, ainsi que quelques comètes.

— Mais quel est le rapport avec votre flotte spatiale ? demanda un représentant.

— Dois-je répondre ? demanda Taylor en interrogeant du regard le président du CDP.

Aucune réponse ne lui parvint. Naturellement, il n'avait aucune obligation de se justifier.

— J'ai une dernière suggestion : le Conseil de défense planétaire, de même que toutes les nations du monde, devraient immédiatement modérer leurs attaques contre l'Organisation Terre-Trisolaris.

Rey Diaz bondit sur son siège :

— Monsieur Taylor, même si vous nous disiez que cette exigence scandaleuse faisait partie de votre plan, je m'y opposerais résolument !

Taylor secoua la tête :

— Cela ne fait pas partie de mon plan, cela n'a même rien à voir avec le programme Colmateur. La raison qui me pousse à faire part de cette suggestion est limpide : en continuant à frapper l'OTT, celle-ci finira peut-être par être complètement détruite en deux ou trois ans et la Terre perdra alors tout intermédiaire de communication directe avec le monde trisolarien. Nos principales sources de renseignement sur l'ennemi seront taries et tout le monde ici sait quelles en seront les retombées.

— Je partage cette analyse, dit Hynes, mais cette proposition ne devrait pas être soumise par un Colmateur. N'oubliez pas qu'aux yeux du public nous appartenons à une seule et même entité, veillez donc à ne pas salir notre réputation.

La réunion s'acheva par ces questions en suspens. Les membres du CDP tombèrent toutefois d'accord sur un point : on étudierait les trois nouvelles révisions du plan de Taylor et elles seraient soumises au vote du comité lors de la prochaine audience.

Taylor fut le dernier à se lever de son siège. Il était étourdi et fatigué après ses récents périples. Il balaya du regard la salle vide et prit soudain conscience d'un risque qu'il avait négligé jusque-là. Il devait trouver un médecin ou un psychologue, et aussi un spécialiste du sommeil.

En tout cas, quelqu'un qui l'empêcherait de parler en dormant.

Il était 22 heures lorsque Luo Ji et Zhuang Yan arrivèrent devant l'entrée du Louvre. Kent leur avait conseillé de visiter le musée de nuit afin de faciliter leur protection.

Ils reconnurent au premier coup d'œil la pyramide de verre et le palais en U qui les coupait du tumulte de la nuit parisienne. La pyramide se dressait paisiblement sous les rayons de lune, comme au milieu d'un lac. Elle paraissait construite en argent.

— Professeur Luo, n'avez-vous pas l'impression qu'elle a atterri ici depuis l'espace ? demanda Zhuang Yan en désignant la pyramide.

— Au début, on se demande ce qu'elle fait là, on s'indigne, mais après quelque temps, elle devient indispensable.

La fusion de deux mondes radicalement différents, pensa Luo Ji, mais il ne le dit pas à voix haute.

À cet instant, la pyramide s'éclaira, passant d'un argent lunaire à un or rutilant. Au même moment, les fontaines des bassins avoisinants se mirent en marche, faisant s'élever vers le ciel de longues colonnes d'eau et de lumière. Saisie d'angoisse, Zhuang Yan regarda Luo Ji. Le soudain réveil du Louvre l'avait troublée. Accompagnés par la musique de l'eau des fontaines, ils pénétrèrent dans le grand hall sous la pyramide et entrèrent enfin dans le palais.

Ils se rendirent d'abord dans la plus grande salle du musée. Elle était longue de deux cents mètres et faiblement éclairée, on entendait l'écho de leurs pas dans cet espace vide. Luo Ji remarqua très vite que seuls ses pas à lui résonnaient car ceux de Zhuang Yan foulaient aussi silencieusement le sol que des coussinets de chat. Un peu comme un enfant qui aurait pénétré pour la première fois dans un château enchanté, craignant de réveiller quelque créature sommeillant à l'intérieur. Luo Ji ralentit son allure, pour garder une certaine distance avec Zhuang Yan. Il n'éprouvait aucun intérêt pour les œuvres mais l'admirait, elle, au milieu de cet univers artistique, de ces murs couverts de peintures à l'huile figurant des dieux grecs aux silhouettes harmonieuses, des anges et des vierges immaculées qui, comme lui, contemplaient depuis les quatre coins de la pièce la beauté de cette jeune femme. Elle était comme cette pyramide étincelante au centre de la cour qui avait fini par se fondre dans l'atmosphère artistique de son environnement et dont l'absence aurait inévitablement provoqué un manque. Luo Ji s'enivrait de cette vision onirique, laissant le temps s'égrener au ralenti.

Il fallut un long moment avant que Zhuang Yan ne se souvienne de la présence de Luo Ji. Elle tourna la tête et lui adressa un sourire. Le cœur de ce dernier frémit, ce sourire était un éclair de lumière envoyé dans le monde mortel par les dieux du mont Olympe.

— J'ai entendu dire que si on voulait profiter correctement de chaque œuvre, il fallait passer une année entière entre ces murs, dit Luo Ji.

— Je sais, répondit simplement Zhuang Yan, mais ses yeux disaient : *Que devrais-je faire ?*

Elle replongea son attention dans un nouveau tableau. Du temps avait passé, mais elle n'en était qu'à la cinquième œuvre.

— Ça ne fait rien, Yanyan, je pourrais t'accompagner toutes les nuits de toute une année, ne put s'empêcher de lâcher Luo Ji.

En entendant ces mots, Zhuang Yan se retourna vers Luo Ji, visiblement émoustillée :

— Vraiment ?

— Vraiment.

— Eh bien… Professeur Luo, étiez-vous déjà venu ici ?

— Non, mais il y a trois ans, lors d'un voyage à Paris, je suis allé au Centre Pompidou. J'aurais cru que ce musée t'intéresserait davantage.

— Je n'aime pas l'art contemporain, dit Zhuang Yan en secouant la tête.

— Et tous ceux-là ? fit Luo Ji en observant les dieux, les anges et les vierges qui les entouraient. Tu ne les trouves pas trop anciens ?

— Je n'aime pas non plus les tableaux trop anciens. En fait, je n'aime que les peintures datant de la Renaissance.

— Elles aussi sont vieilles.

— Pas à mes yeux. Les artistes de cette époque ont été les premiers à découvrir la beauté de l'homme, leurs dieux sont peints sous les traits de gens magnifiques. Regardez ces tableaux, on peut sentir la joie qui les animait lors de leurs coups de pinceau. Cette sensation, c'est la même que j'ai éprouvée ce matin-là, lorsque j'ai vu pour la première fois le lac et le pic enneigé.

— Certes, mais les grands maîtres de la Renaissance ont aussi été les pionniers de l'esprit humaniste, qui est maintenant devenu notre plus gros handicap.

— Vous voulez dire, en cette période de Crise trisolarienne ?

— Oui, tu as certainement vu tout ce qui s'est passé récemment. Dans quatre siècles, après la catastrophe, le monde humain retombera peut-être au Moyen Âge et l'humanité se retrouvera de nouveau bridée.

— Et l'art sombrera lui aussi dans une longue nuit d'hiver, c'est ça ?

En regardant les yeux innocents de Zhuang Yan, Luo Ji eut intérieurement un sourire amer. *Petite sotte, tu parles d'art, mais si l'humanité parvenait à survivre, retourner à un état de société primitive serait un bien faible prix à payer.* Cependant il ajouta :

— Quand le moment sera venu, peut-être y aura-t-il une deuxième Renaissance, où on redécouvrira et où on repeindra une beauté oubliée.

Un nouveau sourire se dessina sur ses lèvres. Celui-ci était plein de chagrin, elle avait de toute évidence compris que les paroles de Luo Ji n'étaient que des mots de réconfort :

— Je m'interroge seulement sur ce que deviendront ces tableaux après la fin du monde.

— Tu t'inquiètes pour ça? s'étonna Luo Ji. Il avait eu un pincement au cœur lorsqu'elle avait prononcé "fin du monde". Mais si sa précédente tentative de la rassurer avait échoué, il savait que la prochaine réussirait. Alors il lui saisit la main et lui dit :

— Viens, allons voir les collections asiatiques.

Avant la construction de la pyramide, le Louvre était un gigantesque labyrinthe. Pour rejoindre l'une des salles, il fallait faire une longue boucle. Mais aujourd'hui, l'entrée de la pyramide reliait toutes les salles. Après être revenus dans le grand hall, ils suivirent le panneau indiquant la direction du département des arts d'Afrique, d'Asie, d'Océanie et des Amériques. Par comparaison avec la salle où se trouvaient les peintures classiques européennes, celle-ci semblait un tout autre monde.

Luo Ji pointa du doigt ces sculptures, ces peintures et ces anciens manuscrits venus d'Asie et d'Afrique et dit :

— Voilà ce qu'une civilisation avancée fait des civilisations qu'elle juge rétrogrades. Certaines de ces œuvres ont été pillées, d'autres volées, d'autres encore échangées malhonnêtement mais, regarde, elles sont maintenant parfaitement conservées. Même pendant la Seconde Guerre mondiale, ces objets étaient en lieu sûr.

Ils restèrent un moment devant le fragment d'une peinture originaire des grottes bouddhistes de Dunhuang, placé derrière une vitrine scellée.

— Imagine combien de guerres et de bouleversements notre pays a connu depuis que Wang Yuanlu a vendu cette œuvre aux Français[1] ? Si tout était resté à Dunhuang, peux-tu être sûre que les peintures murales auraient été préservées ?

— Mais les Trisolariens préserveront-ils le patrimoine culturel de l'humanité ? Ils n'éprouvent que du mépris pour notre civilisation, glissa Zhuang Yan.

— Parce qu'ils nous ont traités de vermine ? Mais ce n'est pas si simple. Yanyan, sais-tu quelle est l'expression la plus évidente de l'estime d'une civilisation pour une autre ?

— Laquelle ?

— Son anéantissement. C'est la plus grande considération qui puisse être portée à une civilisation.

Ils déambulèrent lentement le long des vingt-quatre galeries, imaginant un futur ténébreux en marchant au cœur de ce passé lointain. Sans vraiment le vouloir, ils arrivèrent au niveau du département des Antiquités égyptiennes.

— Sais-tu à qui je pense ?

Luo Ji s'arrêta à hauteur d'une vitrine derrière laquelle reposait un masque mortuaire en or. Il avait envie d'évoquer un sujet plus léger.

— À Sophie Marceau.

— À cause du film *Belphégor*, c'est ça ? Sophie Marceau est splendide, elle a quelque chose de très oriental.

1. Ermite taoïste, Wang Yuanlu découvrit en 1900 dans les grottes de Mogao, à Dunhuang (province chinoise actuelle du Gansu), une bibliothèque secrète abritant des dizaines de milliers de peintures et de manuscrits vieux de plusieurs siècles. Informés de cette découverte, l'archéologue britannique Aurel Stein et le sinologue français Paul Pelliot se rendirent à Dunhuang et négocièrent avec Wang Yuanlu l'achat d'un grand nombre de ces objets précieux pour une somme dérisoire. La majorité d'entre eux se trouvent au British Museum et au musée Guimet. *(N.d.T.)*

Peut-être se trompait-il, mais Luo Ji avait perçu comme une pointe de jalousie dans les paroles de Zhuang Yan.

— Yanyan, sa beauté n'a rien de comparable avec la tienne, vraiment.

Luo Ji aurait encore voulu ajouter qu'il était peut-être possible de trouver la beauté de Marceau dans ces œuvres, mais que celle de Zhuang Yan faisait pâlir leurs couleurs. Mais il ne voulait pas paraître trop aigre. Il vit un sourire timide traverser son visage comme un nuage flottant. C'était la première fois qu'il le voyait.

— Retournons plutôt voir les peintures à l'huile, chuchota Zhuang Yan.

Ils passèrent une nouvelle fois dans le grand hall, mais ils oublièrent l'entrée qu'ils devaient prendre. Luo Ji vit que les trois panneaux les plus visibles indiquaient la direction des trois joyaux les plus célèbres du Louvre : *La Joconde*, la *Vénus de Milo* et la *Victoire de Samothrace*.

— Allons voir *La Joconde*, proposa Luo Ji.

Sur le trajet, Zhuang Yan expliqua :

— Un de nos professeurs nous a un jour raconté que depuis sa première visite au musée du Louvre, il ressentait une aversion pour *La Joconde* et la *Vénus de Milo*.

— Pourquoi ?

— Parce que tous les touristes se ruent sur ces deux œuvres et n'éprouvent aucun intérêt pour d'autres œuvres tout aussi grandioses, mais dont la réputation est moins établie.

— Je fais moi aussi partie de ces touristes incultes.

Quand ils furent arrivés devant ce sourire mystérieux, Luo Ji remarqua que le tableau était bien plus petit que dans son imagination. Derrière son épaisse vitre de protection, il ne suscita chez Zhuang Yan aucune excitation particulière.

— En la regardant, je pense à vous autres, dit Zhuang Yan en désignant la peinture.

— Nous ?

— Les Colmateurs.

— Quel rapport avec les Colmateurs ?

— Eh bien voilà, je me dis que – ce n'est qu'une idée comme ça, ne vous moquez pas – je me dis qu'on pourrait peut-être trouver une façon de communiquer que seuls les êtres humains entre eux pourraient comprendre, mais que les intellectrons ne pourraient jamais assimiler. Comme ça, l'humanité serait débarrassée de leur surveillance.

Luo Ji regarda Zhuang Yan et réfléchit quelques secondes, puis il se tourna vers *La Joconde* :

— Je comprends ce que tu veux dire. Son sourire, c'est quelque chose que ni les intellectrons ni les Trisolariens ne comprendront jamais.

— En effet. Les expressions des humains, particulièrement celles qui se manifestent dans leur regard, sont subtiles, complexes. Un coup d'œil ou un sourire peuvent transmettre tant de messages ! Et ces messages, il n'y a que les humains pour les comprendre, les humains sont les seuls à avoir cette sensibilité !

— Oui, l'un des plus grands obstacles aujourd'hui rencontrés par l'intelligence artificielle est d'identifier les expressions faciales et les regards humains. Certains experts prétendent même qu'aucun ordinateur ne pourra jamais parfaitement déchiffrer un regard.

— On pourrait alors créer un langage se basant simplement sur les expressions, avec nos yeux et notre visage ?

Luo Ji réfléchit très sérieusement à la question, puis il finit par sourire en secouant la tête et en montrant Mona Lisa du doigt :

— Nous ne sommes même pas capables de déchiffrer son expression. Quand je la regarde, j'ai l'impression que chaque seconde qui passe, son sourire révèle une nouvelle signification.

Zhuang Yan sautilla d'excitation, comme une enfant :

— Mais justement, est-ce que cela ne montre pas combien les messages transmis par un sourire peuvent être complexes ?

— Comment ferais-tu passer cette information : “Les vaisseaux quittent la Terre, destination Jupiter” ?

— Quand les premiers hommes ont commencé à parler, ils ont certainement dû exprimer des choses simples au début, peut-être même moins complexes que des chants d’oiseaux. C’est petit à petit que le langage s’est complexifié !

— Eh bien... Essayons de faire passer une information simple rien qu’avec les expressions de notre visage.

— D’accord ! s’exclama Zhuang Yan avec enthousiasme. Alors, chacun de nous va penser à un message, puis le transmettra à l’autre ?

Luo Ji resta un moment interdit, puis il dit :

— J’ai trouvé le mien.

Zhuang Yan réfléchit encore un peu plus longtemps, puis elle hocha la tête :

— Alors commençons.

Ils se regardèrent mais ne purent tenir plus de trente secondes avant d’éclater presque en même temps de rire.

— Mon message était : “Ce soir, je voudrais t’inviter à dîner sur les Champs-Élysées”, dit Luo Ji.

Zhuang Yan éclata de rire :

— Et le mien : “Vous... vous devriez vous raser !”

— Nous devrions être plus sérieux, il en va du destin de l’humanité ! pouffa Luo Ji en se retenant de rire.

— D’accord, cette fois, interdit de rire ! lança Zhuang Yan, avec le même sérieux qu’une enfant qui redéfinit les règles d’un jeu.

Ils se mirent dos à dos et pensèrent à un nouveau message, puis se retournèrent et se regardèrent. Luo Ji eut une irrésistible envie de rire, mais il parvint à la contenir. Très vite, il n’eut plus besoin de se forcer car la pureté du regard de Zhuang Yan tirait à nouveau sur sa corde sensible.

Et c’est ainsi que le Colmateur et la jeune femme se toisèrent en plein milieu de la nuit, à l’intérieur du musée du Louvre, devant le sourire de *La Joconde*.

Sur la digue de l'esprit de Luo Ji coulait un minuscule ruisseau qui semblait vouloir éroder le sable. Il créa une fissure qui s'élargit peu à peu, puis le ruisseau devint torrent et Luo Ji fut pris de frayeur, il essaya de remblayer la digue mais en vain, elle finirait inévitablement par céder.

À cet instant, Luo Ji eut la sensation d'être au sommet d'une falaise abrupte et que les yeux de la jeune femme étaient le gouffre qui s'étendait sous ses pieds. Celui-ci était surplombé d'une mer de nuages blancs mais les rayons du soleil qui perçaient de tous côtés eurent tôt fait de teinter la mer de nuages de couleurs somptueuses se renouvelant sans cesse. Luo Ji se sentit glisser, lentement, très lentement, mais sans qu'il puisse de lui-même empêcher cette glissade. Affolé, il écarta ses quatre membres dans toutes les directions, cherchant une prise où s'agripper, mais sous son corps ne se trouvait qu'une surface de glace instable. Sa glissade s'accéléra et, dans un étourdissement frénétique, il entama sa chute dans le gouffre. En un instant, le bonheur de sombrer atteignit les limites de la douleur.

Mona Lisa se disloquait, tout comme les murs, tels des morceaux de glace en train de fondre. Le musée du Louvre s'écroula et, dans sa chute, ses pierres se changèrent en magma rouge et rutilant. Ce magma s'écoula sur leurs corps mais il lui donna l'impression de fraîcheur d'une source d'eau pure. Puis ils s'abîmèrent eux aussi avec le Louvre, traversèrent le continent européen en fusion, gagnant le centre de la Terre et, quand ils l'eurent franchi, le monde autour d'eux se scinda dans une pyrotechnie de flammes cosmiques. Puis les flammes s'éteignirent brusquement et l'espace devint aussi transparent que du cristal. De leurs rayons étincelants, les étoiles brodèrent un gigantesque tapis argenté. Les astres oscillèrent, exécutant une symphonie merveilleuse. L'océan d'étoiles se densifia, comme à marée haute. L'Univers se contracta et s'effondra sur eux, jusqu'à ce qu'enfin tout se dissipe dans les lueurs cosmogoniques de l'amour.

— Nous devons observer Trisolaris dès maintenant ! affirma le général Fitzgerald au Dr Ringer.

Ils se trouvaient dans le centre de contrôle du télescope *Hubble II* dont l'assemblage venait d'être achevé une semaine plus tôt.

— Général, je crains que ce ne soit pas possible.

— Je me demande si vous n'êtes pas en train d'effectuer des observations pour vos propres travaux scientifiques.

— Si c'était possible, je l'aurais déjà fait, général. Mais *Hubble II* est encore dans sa phase d'essai.

— Vous travaillez pour l'armée à présent, contentez-vous d'exécuter les ordres.

— Vous êtes le seul militaire ici. Nous ne faisons qu'appliquer les mesures de test déterminées par la Nasa.

— Docteur, ne pourriez-vous pas tout simplement utiliser Trisolaris comme cible pour les essais du télescope ? interrogea le général sur un ton apaisé.

— Les cibles des tests sont rigoureusement sélectionnées en fonction de leur distance et de leur luminosité. Les programmes d'essai doivent être le plus économiques possible, de manière à ce que le télescope procède à tous les tests nécessaires en une seule rotation. Si nous devions observer Trisolaris, nous aurions besoin de faire pivoter *Hubble II* de près de trente degrés avant de lui faire reprendre sa position originale. Il nous faudrait utiliser un propulseur. Général, nous faisons économiser de l'argent à l'armée.

— Il faut voir comment vous économisez… Je viens de découvrir ça sur votre ordinateur.

Tout en parlant, Fitzgerald présenta la main qu'il avait jusque-là laissée dans son dos. Il tenait une feuille imprimée. C'était une photographie aérienne sur laquelle on voyait une foule de gens lever frénétiquement la tête et parmi lesquels on reconnaissait aisément des membres du personnel présents maintenant dans le centre de contrôle. Ringer était debout au milieu de trois jeunes femmes prenant une pose sexy, peut-être les trois petites amies des membres du groupe. La photo avait de toute évidence été prise sur le toit du centre de contrôle, elle était très claire, comme si elle avait été prise d'une distance de dix ou vingt mètres. Mais, chose peu ordinaire, un grand nombre de chiffres complexes y étaient surimprimés.

— Docteur, vous êtes debout sur le toit où, à ma connaissance, ne se trouve aucune grue de cinéma. Vous me dites que pivoter le télescope *Hubble II* à un angle de trente degrés coûte de l'argent. Combien coûte une rotation de trois cent soixante ? Je crois qu'un investissement de plusieurs centaines de millions de dollars n'est pas fait pour que vous puissiez vous faire prendre le portrait en compagnie de votre petite amie. Ou bien, dois-je vous facturer l'opération ?

— Général, nous suivrons les ordres, naturellement, s'empressa de dire Ringer, et tous les ingénieurs se mirent aussitôt au travail.

Les coordonnées de Trisolaris furent vite trouvées dans la base de données des cibles. Dans l'espace, l'objet cylindrique de plus de vingt mètres de diamètre et de cent mètres de long commença à pivoter lentement. Sur le grand écran du centre de contrôle, la voûte étoilée commença à changer.

— Est-ce ce que voit le télescope ? demanda le général.

— Non, il s'agit uniquement de l'image renvoyée par le système de positionnement. Les clichés que va transmettre le télescope doivent d'abord être traités avant d'être consultables.

Cinq minutes plus tard, la voûte s'immobilisa. Le système de contrôle indiqua que le positionnement était terminé, il se passa encore cinq minutes avant que Ringer annonce :

— OK, remettons-le dans sa position de test.

— Comment ? C'est déjà terminé ? s'étonna Fitzgerald.

— Oui, le système est maintenant en train de traiter les photographies qui viennent d'être prises.

— Ne pourrait-on pas en faire davantage ?

— Général, deux cent dix photos de la zone ont été prises avec différentes focales.

L'opération de traitement des clichés venait de s'achever. Ringer pointa le moniteur en disant :

— Général, voici le monde ennemi que vous désiriez tant pouvoir observer.

Fitzgerald ne vit sur la photo que trois légers halos sur un fond noir. Les lumières étaient troubles, comme des lampadaires dans une nuit brumeuse. Les trois étoiles qui déterminaient le sort de deux civilisations entières.

— Alors on ne voit absolument pas leur planète, lâcha Fitzgerald, qui avait du mal à dissimuler sa déception.

— Non. Même si nous fabriquions un *Hubble III* avec un diamètre de cent mètres, nous pourrions observer quelques positions bien déterminées de Trisolaris, mais seulement sous la forme de points, sans aucun détail.

— Mais il y a quelque chose ici, docteur. Qu'est-ce que c'est que ça ?

Un ingénieur désigna un point de la photographie situé à côté des trois halos.

Fitzgerald s'approcha, mais il ne distingua rien, le détail était trop obscur et seuls des experts pouvaient le remarquer.

— Son diamètre est encore plus gros que celui d'une étoile, fit l'ingénieur.

— On ne peut pas vraiment parler de diamètre, sa forme ne semble pas régulière, ajouta Ringer.

Au fur et à mesure qu'ils agrandissaient l'image de la zone, elle prenait l'intégralité de l'écran.

— Une brosse ! cria le général, de surprise.

Les profanes étaient toujours plus créatifs que les experts au moment de nommer les choses. Et, de toute façon, les experts essayaient toujours d'adopter le point de vue des profanes. C'est ainsi que l'appellation de "brosse" fut actée. Le rapprochement du général était approprié : il s'agissait bien d'une brosse cosmique ou bien, pour être plus précis, des poils d'une brosse cosmique car il n'y avait pas de manche. Bien sûr, on aurait tout aussi bien pu y voir une touffe de cheveux hérissés.

— Ce doit être une éraflure sur la lentille ! J'avais bien dit durant l'étude de faisabilité que la méthode d'assemblage des lentilles poserait problème, lança Ringer en secouant la tête.

— Tous les revêtements ont été rigoureusement inspectés. Ce ne peut pas être une éraflure. Et impossible que ça vienne de la lentille, ce n'était jamais apparu dans les quelques dizaines de milliers d'images de tests, expliqua un des experts de la compagnie Carl Zeiss, qui avait eu la charge de concevoir la lentille composée.

Le silence s'empara du centre de contrôle, les individus firent converger leurs regards sur l'image. Comme ils étaient pressés les uns contre les autres, certains allèrent examiner le cliché sur un autre terminal. Le général Fitzgerald sentit que l'atmosphère de la pièce était sensiblement en train de changer, car les chercheurs rendus las par les longues périodes de test du télescope étaient soudain devenus nerveux et restaient pétrifiés, comme victimes d'une malédiction n'ayant épargné que leurs yeux, qui devenaient de plus en plus brillants.

— Bon Dieu… s'exclamèrent en même temps plusieurs d'entre eux.

Les hommes passèrent soudain de la sidération à l'enthousiasme et ils se lancèrent dans des discussions trop techniques aux oreilles de Fitzgerald.

— Il doit y avoir de la poussière interstellaire autour de la cible, non ? Je vérifie…

— Pas la peine, je viens de le faire. Si on observe l'absorption spectrale de la vitesse radiale de fond, on peut voir que le pic d'absorption est à deux cents millimètres. Peut-être une microparticule de carbone, de densité F.

— Et qu'est-ce que vous pensez de l'effet de la collision à haute vitesse ?

— Le sillage se diffuse le long de l'axe de collision, mais pour ce qui est du diamètre de diffusion… Est-ce qu'on a un modèle mathématique pour ça ?

— Oui, attendez… Voilà. Vitesse de collision ?

— Cent fois la troisième vitesse cosmique.

— C'est déjà aussi élevé ?

— C'est une estimation prudente… En ce qui concerne la section transversale de la collision, je dirais… Oui, oui, c'est à peu près ça. C'est juste une estimation grossière.

Tandis que les chercheurs se démenaient, Ringer prit Fitzgerald en aparté et lui dit :

— Général, puis-je vous confier une mission qui soit dans vos cordes ? Pourriez-vous compter le nombre de poils de cette brosse ?

Fitzgerald hocha la tête, il se pencha sur un des terminaux et commença à compter.

Chaque calcul lui prit environ quatre ou cinq minutes et il se trompa plusieurs fois. Ce ne fut qu'une demi-heure plus tard qu'il put présenter un premier résultat.

— Le sillage se diffuse sur un diamètre de deux cent quarante mille kilomètres, c'est deux fois la taille de Jupiter, lança un astronome en train d'élaborer le modèle mathématique.

— Alors il n'y a pas de doute. Ringer croisa les bras et leva la tête vers le plafond, comme s'il essayait de voir les étoiles à travers. Tout concorde. Il eut comme un trémolo dans la voix et sembla murmurer pour lui-même : Mais on pouvait s'attendre à ce que tout concorde.

Le centre de contrôle fut à nouveau plongé dans le silence, mais celui-ci était cette fois plus lourd et plus oppressant. Fitzgerald avait envie d'interroger les chercheurs, mais en les voyant baisser la tête, solennels, il choisit de se taire. Après un moment, il entendit quelques sanglots et vit qu'un jeune homme essayait de cacher ses larmes.

— Allez, Harris, tu n'étais pas le seul sceptique ici, c'est dur pour tout le monde, lui dit quelqu'un.

Le dénommé Harris releva son visage plein de larmes et lâcha :

— Je sais que mon scepticisme n'était qu'une façon de me rassurer mais, mon Dieu, à présent je ne pourrais même plus avoir cette chance.

Puis ce fut à nouveau le silence.

Ringer se souvint de la présence de Fitzgerald.

— Général, laissez-moi vous expliquer : autour de ces trois soleils, se situe un grand nuage de poussière interstellaire. Il y a quelque temps, des objets lancés à grande vitesse ont traversé ce nuage et la collision a laissé des traces de leur sillage. Celles-ci ne cessent de se diffuser et ont maintenant atteint un diamètre équivalent à deux fois celui de Jupiter. Il n'y a qu'une infime différence entre les sillages et la poussière qui les entoure, c'est pourquoi ils sont indétectables à une distance proche. Cette différence ne peut être observée qu'à une distance de quatre années-lumière, comme ici.

— J'ai compté les poils, il y en a mille, glissa le général Fitzgerald.

— Bien sûr. C'était forcément ce nombre. Général, ce que nous voyons, c'est la flotte trisolarienne.

La découverte de *Hubble II* ayant apporté la preuve irréfutable de l'invasion trisolarienne, les dernières illusions humaines s'effritèrent et, après un nouveau cycle de désespoir, de panique et de trouble, l'humanité commença véritablement à vivre sous la Crise trisolarienne. Ce fut le début des jours difficiles. Le char de l'histoire avait pris un nouveau virage et fonçait le long d'une nouvelle trajectoire.

Dans ce monde en plein bouleversement, la seule chose invariable était la vitesse de l'écoulement du temps. Et dans cette confusion, cinq années passèrent.

II

LA MALÉDICTION

2

AN 8 DE LA GRANDE CRISE.
FLOTTE TRISOLARIENNE
À 4,20 ANNÉES-LUMIÈRE
DU SYSTÈME SOLAIRE

Ces derniers temps, Taylor était nerveux. Malgré bien des revers, son plan “Essaim de moustiques” avait reçu l’aval du CDP. Le projet de développement des chasseurs spatiaux avait été lancé, mais il progressait lentement en raison du balbutiement des technologies liées à ce programme. L’humanité n’en était encore qu’à l’âge de pierre de la navigation spatiale, elle essayait tant bien que mal de perfectionner ses haches et ses gourdins : les fusées à propulsion chimique. Quant à l’autre volet évoqué par Taylor portant sur l’étude d’Europe, de Cérès et de quelques comètes, il était si extravagant que certains le soupçonnaient de s’en servir uniquement pour brouiller les pistes et ajouter une dose de mystère à un plan jusque-là très transparent. Toutefois, étant donné qu’il était possible de coupler ce programme de recherche avec ceux des plans de défense générale, on avait approuvé sa mise en route.

Taylor n’avait donc pas d’autre choix qu’attendre, alors il rentra chez lui et, pour la première fois durant ses cinq années de Colmateur, il put mener la vie d’un homme ordinaire.

Dans le même temps, les Colmateurs commençaient à susciter un intérêt croissant dans la société. Qu’ils le veuillent ou non, ils faisaient maintenant figure de sauveurs aux yeux du public. En conséquence, un phénomène de culte des Colmateurs fit son apparition. Malgré les explications répétées du CDP, des mythes prétendant qu'ils étaient détenteurs de superpouvoirs se répandaient à grande échelle. Plus les mythes se vulgarisaient, plus ce qu'on racontait sur leur compte était d'ailleurs surnaturel. Des films de science-fiction en firent des superhéros et, pour beaucoup de gens, ils représentaient désormais le dernier espoir de sauver le futur de l'humanité. Aussi, les Colmateurs bénéficiaient d'un pouvoir politique et d'un soutien populaire tels qu'il leur était commode de mobiliser un plus grand nombre de ressources.

Luo Ji faisait exception. Il restait coupé du monde, vivant en ermite, ne montrant jamais son visage. Personne ne savait où il était ni ce qu'il faisait.

Ce jour-là, Taylor eut un visiteur. Comme pour tous les Colmateurs, sa demeure était sous haute surveillance et tous ceux qui lui rendaient visite étaient soumis à des contrôles extrêmement stricts. Mais quand il vit l'homme arriver dans le salon, Taylor sut immédiatement que celui-ci était passé sans encombre, parce qu'on pouvait savoir dès le premier regard qu'il n'était une menace pour personne. En ce jour de grande chaleur, il était vêtu d'un costume froissé et d'une cravate du même genre mais, plus exaspérant encore, il portait sur la tête une sorte de chapeau melon aujourd'hui devenu rare. De toute évidence, il voulait donner à sa visite quelque chose de cérémonieux, mais il n'avait jamais dû assister à une cérémonie officielle avant celle-ci. Sa pâleur et sa maigreur donnaient l'impression qu'il était mal nourri et ses lunettes semblaient trop lourdes pour son visage émacié. Son cou frêle paraissait avoir du mal à soutenir le poids de sa tête et de son chapeau melon, tandis que son costume paraissait suspendu à un portemanteau. Avec son regard de politicien, Taylor vit dès le premier coup d'œil qu'il appartenait à la tranche la plus défavorisée de la société, dont la pauvreté n'est pas seulement matérielle mais plus encore spirituelle, un peu comme les petits fonctionnaires des romans de Gogol qui, en dépit de leur situation médiocre, tremblent pour conserver leur statut et s'adonnent de bonne grâce à des tâches abrutissantes et épuisantes, craignant de se tromper à la moindre décision, de contrarier leurs supérieurs à la moindre initiative et osant à peine regarder par-delà les plafonds de verre des couches sociales les plus aisées. C'était le genre d'individus que Taylor détestait par-dessus tout. Ils étaient misérablement sans importance et quand il pensait parfois que la majorité des habitants de la planète Terre étaient de cette espèce, cela lui laissait un goût amer.

L'homme passa très prudemment la porte du salon, mais il ne se hasarda pas à avancer davantage, comme s'il craignait que ses souliers ne salissent le tapis. Il ôta son chapeau melon et il regarda humblement son hôte d'un air contrit à travers les verres épais de ses lunettes, puis il se courba plusieurs fois pour lui présenter ses respects. Taylor décida de le renvoyer sitôt qu'il aurait prononcé sa première phrase. Ce que son visiteur avait à lui dire était peut-être important à ses yeux mais, pour Taylor, ce serait forcément insignifiant.

D'une voix fluette, le pauvre homme prononça sa première phrase. Taylor fut comme frappé par la foudre, il manqua s'évanouir et s'effondrer sur le sol. Chacune des syllabes avait fait l'effet d'un coup de tonnerre.

— Colmateur Frederick Taylor, je suis votre Fissureur.

— Qui aurait pu penser que nous nous retrouverions un jour devant une telle carte de bataille… soupira Chang Weisi devant une carte du système solaire d'une échelle de 1/10 000.

Celle-ci s'affichait sur un gigantesque écran qui aurait pu être celui d'une salle de cinéma, si ce n'est que l'image projetée ici était un monochrome noir figurant seulement une minuscule tache jaune en son centre : le Soleil. Le périmètre couvert par la carte spatiale avait pour bordures la médiane de la ceinture de Kuiper. En mode plein écran, c'était comme si on regardait le système solaire à une distance de cinquante unités astronomiques en perpendiculaire au plan de l'écliptique. La carte indiquait avec précision toutes les orbites des planètes et de leurs satellites ainsi que les ceintures d'astéroïdes connues. Elle pouvait aussi afficher toutes les positions et les mouvements exacts des objets du système solaire pour la période des mille ans à venir. Les indications portant sur la position des objets célestes avaient été masquées et la carte n'affichait à présent que la luminosité réelle des objets. En observant de plus près, on pouvait reconnaître Jupiter, mais uniquement sous la forme d'un point lumineux indistinct. À cette distance, les sept autres planètes du système étaient invisibles.

— En effet, nous faisons face à des bouleversements majeurs, affirma Zhang Beihai.

La réunion des experts sur la première version de la carte spatiale militaire venait tout juste de s'achever et il ne restait plus que lui et l'amiral Chang Weisi dans le bureau du quartier général.

— Amiral, je ne sais pas si vous avez remarqué le regard de nos camarades lors de la présentation de la carte ? commença Zhang Beihai.

— Bien sûr, et je peux les comprendre : avant cette réunion, ils s'étaient imaginé ce genre de carte qu'on trouve dans les livres de vulgarisation scientifique, avec des planètes en couleur de la taille de boules de billard en rotation autour d'une sphère de feu. C'est en se confrontant à une carte appliquant les vraies échelles qu'on se rend compte de l'étendue de notre système solaire. Qu'ils viennent de l'armée de l'air ou de l'armée de mer, le lieu le plus distant où leurs appareils peuvent voler ou naviguer n'équivaut même pas à un pixel de cet écran.

— J'ai l'impression que l'observation du champ de notre future bataille n'a pas inspiré chez nos camarades la moindre confiance ni la moindre détermination.

— Nous en revenons au défaitisme.

— Amiral, je n'ai pas envie de parler maintenant de la réalité du défaitisme, c'est une question qui doit être abordée lors de nos réunions officielles. Ce dont je veux parler… Comment dire…

Zhang Beihai se mit à rire. Il hésitait, chose rarissime pour lui qui était de coutume si franc et spontané.

Chang Weisi détourna son regard de la carte spatiale et adressa un sourire à Zhang Beihai :

— Il semblerait que ce dont tu veux me parler est très peu conventionnel.

— Oui. Du moins, il n'y a jamais eu de précédent. Je voudrais faire une suggestion.

— Je t'écoute. Va droit au but, on ne devrait pas avoir besoin de te forcer.

— Oui, amiral. Ces cinq dernières années, aucune avancée significative n'a été réalisée dans les recherches sur le système de défense planétaire et la navigation interstellaire. Les deux technologies que sont la fusion nucléaire contrôlée et l'ascenseur spatial en sont encore à leurs débuts et elles piétinent, sans qu'on y voie un quelconque signe d'espoir. Même les fusées à propulsion chimique traditionnelles que nous essayons d'améliorer rencontrent d'importantes difficultés. Si nous continuons ainsi, même les stratégies militaires de basse technologie risquent de rester à jamais de la science-fiction.

— Camarade Beihai, avant de choisir d'intégrer le bureau de recherche des stratégies de haute technologie, tu avais certainement une connaissance aiguë des règles de la science.

— J'en suis naturellement conscient. La recherche scientifique est un processus qui fonctionne par petits bonds, c'est uniquement sur une accumulation quantitative sur le long terme que peut reposer une évaluation qualitative. Les avancées théoriques et technologiques émergent souvent ensemble… Mais, amiral, combien d'entre nous sont conscients de ce problème ? Il est très probable que dans dix, vingt ou cinquante ans, voire un siècle entier, les domaines scientifiques et techniques n'aient toujours pas connu d'avancée significative. À Quel niveau aura alors atteint la vague du défaitisme ? Dans quelles conditions spirituelles et mentales seront les forces de l'armée spatiale ? Amiral, pensez-vous que j'anticipe de façon excessive ?

— Beihai, ce que j'admire le plus chez toi, c'est précisément ta vision à long terme. C'est une chose extrêmement précieuse dans le département politique. Continue, je t'en prie.

— Tout d'abord, je ne peux parler qu'à partir de mon propre secteur. Si les hypothèses que je viens d'évoquer se réalisent, à quel genre d'obstacles et de pressions se heurteront nos camarades futurs en charge du travail idéologique dans la Spatiale ?

— Il y a une question plus grave encore : combien restera-t-il à ce moment-là de cadres psychologiquement assez solides au sein du département politique ? ajouta Chang Weisi. Pour combattre le défaitisme, il faut avant tout avoir une foi absolument assurée de la victoire or, dans le futur que tu viens d'évoquer, ce sera encore beaucoup plus dur que maintenant.

— C'est précisément ce qui m'inquiète, amiral. Le moment venu, l'énergie qui sera consacrée au travail idéologique de l'armée spatiale sera certainement insuffisante.

— Ta suggestion ?

— Leur envoyer du renfort !

Chang Weisi fixa silencieusement Zhang Beihai quelques secondes, puis il dirigea ses yeux vers le grand écran, déplaça en même temps son curseur et agrandit la zone du Soleil, jusqu'à ce que les épaulettes des deux militaires reflètent les rayons solaires.

— Général, ce que je veux dire, c'est…

— Je sais de quoi tu parles, l'interrompit Chang Weisi en levant une main et en repoussant le Soleil, jusqu'à ce que l'intégralité de l'image repasse dans son mode original. Le bureau fut à nouveau enveloppé par l'obscurité, puis l'amiral agrandit encore une fois le Soleil… Il répéta cette action plusieurs fois, tout en réfléchissant, puis il finit par lâcher : As-tu pensé au fait que les missions actuelles du département politique font aujourd'hui face à un certain nombre de difficultés et que si nous utilisions la technologie d'hibernation pour envoyer dans le futur nos meilleurs officiers, cela reviendrait à affaiblir la qualité du travail actuel ?

— J'en suis conscient, amiral, ce n'est qu'une suggestion. C'est l'état-major qui tranchera.

Chang Weisi se leva et alluma l'interrupteur, rendant toute sa clarté au bureau du quartier général :

— Non, camarade Beihai, c'est ton travail à présent. Dès demain, tu vas tout laisser tomber pour évaluer la situation. Tes réflexions porteront principalement sur la Spatiale, mais tu pourras aussi rendre visite à d'autres corps. Dès que possible, tu dresseras un premier rapport à la Commission militaire centrale.

Quand Taylor arriva, le soleil s'était déjà couché derrière la montagne. Dès qu'il sortit de la voiture, il se retrouva face à un paysage paradisiaque : la plus douce lumière du jour irisait les pics enneigés, une prairie et une forêt bordaient un lac sur la rive duquel Luo Ji et sa famille profitaient de ce crépuscule hors du monde. Il remarqua d'abord la beauté de la mère, qui avait encore l'apparence d'une jeune fille et semblait plutôt être la sœur aînée du bébé. À cette distance, il ne le distinguait pas très bien mais, à mesure qu'il approchait, son regard se posa sur l'enfant. S'il ne l'avait pas vu de ses propres yeux, il n'aurait jamais cru qu'il ait pu exister en ce monde un petit être aussi adorable. On aurait dit la cellule souche ou bien l'embryon de la beauté elle-même. La mère et l'enfant dessinaient sur une grande feuille blanche, tandis que Luo Ji les couvait des yeux avec fascination, comme cette nuit-là au musée du Louvre, quand il avait observé avec une certaine distance cette jeune femme aujourd'hui devenue la mère de son enfant. En se rapprochant encore, Taylor put apercevoir dans ses yeux une béatitude infinie inondant comme la lumière du couchant ce jardin d'Éden qui s'étendait entre les montagnes et le lac…

Pour lui qui venait tout juste de débarquer du sinistre monde extérieur, le tableau qui se présentait à ses yeux avait quelque chose d'irréel. Il s'était marié deux fois. Maintenant célibataire, il n'attachait guère d'importance au bonheur familial dans sa poursuite de la gloire individuelle mais, en cet instant même, il eut pour la première fois l'impression d'avoir raté son existence.

Ce ne fut que lorsque Taylor fut enfin très proche que Luo Ji, toujours en extase devant son épouse et sa fille, le remarqua. En raison du cloisonnement psychologique relatif à leur identité commune, jamais les quatre Colmateurs n'avaient entretenu jusqu'à ce jour des rapports intimes. Mais ayant reçu plus tôt un appel téléphonique de Taylor, Luo Ji ne fut pas surpris de sa visite et il l'accueillit avec une courtoisie chaleureuse.

— Madame, je vous prie de bien vouloir m'excuser de vous déranger, dit-il en s'inclinant légèrement devant Zhuang Yan qui approchait avec son bébé dans les bras.

— Bienvenue, monsieur Taylor. Nous avons rarement des visiteurs ici et nous sommes ravis de vous recevoir.

Son anglais était rudimentaire, mais la douceur de sa voix, presque enfantine, et son sourire diaphane comme de l'eau de source caressèrent l'âme fatiguée de Taylor comme les deux mains d'un ange. Il eut envie de prendre l'enfant dans les bras, mais il avait peur de perdre le contrôle de ses émotions. Il se contenta de lâcher :

— Le simple fait de rencontrer deux anges tels que vous valait bien le voyage jusqu'ici.

— Je vous laisse discuter, je vais m'occuper du dîner, dit Zhuang Yan en souriant aux deux hommes.

— Non, non, ce n'est pas la peine, je souhaite simplement échanger quelques instants avec le Dr Luo Ji, ce ne sera pas long.

Zhuang Yan insista chaleureusement pour que Taylor reste pour le repas, et elle partit avec l'enfant.

Luo Ji invita Taylor à s'asseoir sur une chaise blanche installée sur la pelouse. Quand ce dernier prit place, ce fut comme si toutes ses crampes avaient disparu, comme un voyageur atteignant enfin sa destination après un long périple.

— Docteur, vous semblez avoir été coupé du monde durant ces dernières années, commença Taylor.

— C'est vrai, répondit Luo Ji, toujours debout, puis il secoua la main en désignant les environs : Voici mon monde.

— Vous êtes un homme intelligent et, au moins d'un certain point de vue, plus responsable que nous.

— Qu'est-ce que vous entendez par là ? l'interrogea Luo Ji avec un sourire amusé.

— Au moins vous n'aurez pas gaspillé de ressources inutilement… Elle non plus ne regarde pas la télévision ? Je veux parler de votre ange.

— Elle ? Je ne sais pas, ces derniers temps, elle passe toute la journée avec notre fille, je n'ai pas l'impression qu'elle la regarde beaucoup.

— Alors, vous devez certainement ignorer ce qui s'est passé dehors, il y a seulement quelques jours.

— Quoi donc ? Vous n'avez pas bonne mine. Vous avez l'air épuisé. Oh, souhaitez-vous boire quelque chose ?

— Peu importe, lâcha Taylor, le regard plongé dans les dernières lueurs du crépuscule sur la surface du lac. Il y a quatre jours, j'ai reçu la visite de mon Fissureur.

Luo Ji, qui était en train de verser du vin rouge dans son verre, suspendit son geste puis, après un moment de silence, il dit :

— Si tôt ?

Taylor hocha lourdement la tête :

— C'est aussi la première chose que je lui ai dite.

— Si tôt ? s'étonna Taylor, s'efforçant de prendre une voix assurée, qui donna au final une impression de fébrilité.

— J'aurais aimé être plus rapide, mais je souhaitais d'abord récolter un maximum de preuves, ce qui explique mon retard. Je vous demande pardon, s'excusa le Fissureur.

Il se tenait devant Taylor avec la déférence d'un domestique et, comme un domestique, il s'adressait à lui avec délicatesse et modestie. Ses derniers mots étaient même porteurs d'une sollicitude sincère. C'étaient les excuses d'un bourreau à sa victime.

S'ensuivit un silence suffocant, jusqu'à ce que Taylor rassemble enfin tout son courage et relève la tête vers le Fissureur. Ce dernier lui demanda respectueusement :

— Puis-je continuer, monsieur ?

Taylor hocha la tête, mais il détourna son regard de son visiteur. Il s'assit sur le canapé, tâchant de se détendre du mieux qu'il pouvait.

— Merci, monsieur. Le Fissureur s'inclina encore, son chapeau melon dans la main. Permettez-moi avant tout de résumer en quelques mots votre stratégie telle que vous l'avez exposée au monde extérieur : utiliser un escadron de chasseurs spatiaux agiles équipés de superbombes de plusieurs centaines de mégatonnes qui se livreraient à une attaque suicide sur la flotte trisolarienne. J'ai peut-être simplifié à l'excès, mais c'est à peu près cela, n'est-ce pas ?

— Il n'y a absolument aucun intérêt à discuter de cela avec vous, affirma Taylor, qui se demandait encore s'il fallait mettre un terme à cette conversation.

— Si c'était le cas, monsieur, je cesserais de parler et vous pourriez me faire arrêter, mais vous êtes certainement conscient que, quoi qu'il advienne de moi, votre stratégie réelle et l'ensemble des preuves qui m'ont permis de la mettre à jour feront demain – ou peut-être même ce soir – les unes des journaux du monde entier. Je mets en jeu le restant de ma vie en me présentant devant vous aujourd'hui, j'espère que vous saurez apprécier ce sacrifice à sa juste valeur.

— Continuez, lâcha Taylor à son Fissureur en secouant la main.

— Je vous remercie, monsieur, j'en suis très honoré, je ne prendrai pas trop de votre temps.

Il s'inclina à nouveau. Sa déférence et son humilité, rares chez les hommes modernes, paraissaient s'être infiltrées dans son sang. Il en témoignait à chaque instant, et tout à la fois, c'était comme s'il serrait sans cesse un peu plus une corde de potence autour du cou du Colmateur.

— Bien, monsieur, le bref descriptif que j'ai fait de votre stratégie est-il exact ?

Taylor hocha la tête sans dire un mot.

— Au vu des avancées technologiques actuelles, l'arme potentiellement la plus destructrice que l'humanité pourrait créer dans le futur serait une superbombe nucléaire. Or, dans un contexte de guerre spatiale, ce genre de bombe doit être mise à feu à une distance extrêmement proche de sa cible si elle veut avoir une chance de détruire les vaisseaux ennemis. Il est donc indéniable que le déploiement de chasseurs faciliterait la tâche. Faire appel à un essaim de moustiques qui frapperait l'ennemi dans des attaques suicides paraît incontestablement le meilleur choix : en cela, votre plan est juste et légitime. Après l'échec de toutes vos tentatives récentes : vos voyages au Japon, en Chine et même dans une grotte perdue de l'Afghanistan en quête de pilotes kamikazes à l'esprit de sacrifice, de même que votre projet de créer une flotte susceptible d'être pilotée par vous-même, sont également des approches justes et légitimes… Pendant un certain temps, vous m'avez vraiment posé des difficultés, monsieur, ce fut une période délicate, j'ai même failli abandonner.

Taylor prit conscience que l'une de ses mains agrippait fermement le canapé, il l'enleva aussitôt.

— Mais vous m'avez vite donné une clef, une clef capable d'ouvrir votre énigme, une clef si commode que j'ai même douté pendant un temps de ma fortune. Vous savez bien sûr ce dont je parle : le lancement des recherches sur des objets précis du système solaire – Europe, Cérès, les comètes. Qu'avaient-ils en commun ? L'eau. Ces objets possèdent tous de l'eau, une grande quantité d'eau ! La quantité d'eau sur Europe et Cérès est même plus importante que celle de tous les océans de la Terre réunis…

Les gens atteints de la rage ont peur de l'eau. Rien qu'à entendre ce mot, certains sont pris de spasmes. Quelque chose me dit qu'à présent vous aussi éprouvez ce sentiment, n'est-ce pas ?

Le Fissureur s'approcha de Taylor et lui murmura à l'oreille. “Eau”. Son souffle n'avait aucune chaleur, c'était comme le soupir d'un fantôme, chargé de l'odeur de la tombe. Il continua à proférer ce mot à voix basse comme dans un songe : “Eau…”

Taylor demeurait silencieux, le visage dur comme du marbre.

— Est-il encore nécessaire de continuer mon histoire ? susurra le Fissureur en bombant le torse.

— Non, répondit faiblement Taylor.

— Je vais poursuivre tout de même, reprit le Fissureur, enjoué. Offrons le tableau le plus complet aux historiens, même si l'histoire ne survivra pas très longtemps. Bien entendu, c'est aussi l'occasion de faire mon rapport aux dieux. Tous n'ont pas notre intelligence, cette faculté de percevoir une totalité à travers un détail. Et en particulier les dieux, qui ne savent pas forcément appréhender ces subtilités.

Il leva la main et sourit, comme s'il s'excusait auprès des Trisolariens en train de l'écouter.

L'expression de rigidité sur le visage de Taylor s'évanouit. Tous les os de son corps semblaient avoir fondu, il était affalé mollement sur le canapé, son corps et sa tête ne faisaient plus partie d'un tout. Il savait que tout était fini.

— Bien, laissons l'eau de côté, reparlons plutôt de votre essaim de moustiques. Tout d'abord, les chasseurs ne devront pas frapper les envahisseurs trisolariens, mais la propre flotte de l'armée spatiale terrestre. Cette hypothèse peut paraître un peu osée, mais un faisceau de signes précurseurs me fait croire qu'elle est juste. Vous avez couru le monde pour essayer de créer une unité de pilotes kamikazes mais vos efforts se sont révélés vains. Pourtant, vous l'aviez prévu depuis le début et, grâce à cet échec, vous avez réussi à obtenir deux choses dont vous aviez besoin : premièrement, un sentiment de déception envers l'humanité – ce qui a parfaitement marché – et une deuxième chose dont nous reparlerons plus tard. Bien entendu, ce n'est qu'un début, votre trahison future sera un long processus, mais vous avez le temps pour vous. Dans les années qui suivront, vous fabriquerez toute une chaîne d'événements successifs qui ajoutera des briques à la muraille que vous avez commencé à ériger entre la société humaine et vous. Petit à petit, votre déception augmentant, votre tristesse s'intensifiera et vous prendrez peu à peu vos distances avec le monde humain. Vous vous rapprocherez de Trisolaris et de l'Organisation Terre-Trisolaris. En réalité, ce travail est déjà entamé : vous avez exprimé lors d'une audience du CDP votre bienveillance à l'égard de l'OTT. Ce n'était certes qu'un début, mais pas anodin. Vous avez réellement besoin d'eux, besoin qu'ils survivent encore longtemps, que les membres de l'OTT deviennent au moment de l'Ultime Bataille les pilotes de vos chasseurs spatiaux. C'est une affaire de temps et de patience, mais vous réussirez car l'OTT aussi aura besoin de vous, besoin de vos ressources et de votre soutien. Destiner l'essaim de moustiques à l'OTT ne sera pas si difficile, car il leur suffira de garder ce secret pour le monde humain. Et si jamais cet accord était découvert, vous prétexterez simplement que cela fait partie de votre plan.

Taylor paraissait ne même plus écouter le récit du Fissureur. Les yeux mi-clos, il était assis obliquement sur le canapé, le visage chiffonné, semblant presque se réjouir de pouvoir enfin prendre un peu de repos.

— Bien, revenons à l'eau. Durant l'Ultime Bataille, l'essaim de moustiques contrôlé par l'OTT lancera certainement une attaque brutale contre les forces terrestres puis cherchera la protection de la flotte trisolarienne. Mais même après une telle action, les dieux n'accepteront pas forcément d'accueillir ces troupes rebelles. Elles auront besoin d'un don encore plus significatif. De quoi ont besoin les dieux que possède notre système ? L'eau. Durant son long voyage de quatre siècles, la flotte trisolarienne utilisera certainement la majeure partie de ses ressources en eau. En approchant du système solaire, les Trisolariens déshydratés à bord des vaisseaux devront ressusciter en se réhydratant. Mais l'eau utilisée pour ce processus de réhydratation étant absorbée par leurs corps, ils préféreront largement avoir à disposition une eau fraîche et propre plutôt qu'une eau recyclée d'innombrables fois à bord des vaisseaux. L'essaim des moustiques offrira donc une énorme quantité d'eau aux dieux. Cette eau, ils la puiseront sur Europe, Cérès et sur quelques comètes. Ils formeront un iceberg, de quelques dizaines de milliers de tonnes, sans doute. Je dois bien dire que je ne sais pas comment cette eau pourra être extraite et transportée, j'imagine que vous non plus, pas encore. Les moteurs du peloton de moustiques pourront tracter cet immense morceau de glace et l'apporteront en offrande aux dieux. À ce moment-là, l'escadron se tiendra probablement à une distance extrêmement proche de la flotte trisolarienne. Et c'est alors qu'entrera en jeu la seconde conséquence de votre échec à établir une unité de pilotes kamikazes, malgré tous vos efforts apparents. Votre requête de pouvoir contrôler seul l'essaim entier sera acceptée. Et lorsque les moustiques seront suffisamment proches des dieux, vous changerez le mode de pilotage et ordonnerez à votre millier de chasseurs porteurs de superbombes nucléaires de fondre sur leurs cibles. Ces armes de plusieurs centaines de mégatonnes exploseront alors à bout portant et anéantiront l'intégralité de la flotte divine.

Un remarquable plan, vraiment, je ne dis pas ça pour vous flatter. Mais certaines de vos erreurs sont inexplicables : pourquoi avez-vous été si pressé de lancer des recherches sur les objets célestes contenant de l'eau dans le système solaire ? Les technologies qui permettraient l'extraction et le transport de grands volumes d'eau depuis des objets célestes lointains n'existent pas encore. Ces recherches qui impliquent un colossal travail d'ingénierie auraient pu attendre plusieurs décennies avant d'être engagées. Et même si c'était si urgent, pourquoi ne pas avoir intégré à ce programme d'autres objets, n'ayant pas d'eau à leur surface ? Comme les satellites de Mars par exemple ? En agissant ainsi, vous n'auriez certainement pas pu m'empêcher de voir finalement clair dans votre jeu, mais la difficulté aurait été bien plus grande. Comment un stratège tel que vous a-t-il pu négliger ces détails ? Mais d'un autre côté, je peux imaginer la pression qui pesait sur vos épaules.

Le Fissureur posa délicatement la main sur l'épaule de Taylor et ce dernier ressentit à nouveau la compassion d'un bourreau pour sa victime. Il éprouvait même quelque reconnaissance à son égard.

— Ne soyez pas trop dur envers vous-même, vous avez fait tout ce que vous pouviez, vraiment tout. Souhaitons que l'histoire se souvienne de vous.

Le Fissureur se releva. Son visage pâle et malade de tantôt avait repris des couleurs. Il tendit les deux mains :

— Bien, monsieur Taylor, j'ai accompli ma mission. Vous pouvez me faire arrêter.

Taylor, les yeux toujours clos, lâcha sans force :

— Vous pouvez partir.

Lorsque le Fissureur ouvrit la porte, Taylor posa une dernière question avec une voix dure :

— Si ce que vous avez dit est vrai, qu'arrivera-t-il ?

Le Fissureur se retourna.

— Rien, monsieur Taylor, que j'aie ou non réussi à mettre à jour votre plan, les dieux n'en ont rien à faire.

Luo Ji répondit au récit de Taylor par un long silence.

Quand une personne ordinaire discutait avec l'un d'entre eux, elle se disait toujours : *C'est un Colmateur, je ne peux pas croire un seul mot de ce qu'il me raconte*, et cette suspicion provoquait inévitablement un handicap dans l'acte de communication. Mais lorsque deux Colmateurs conversaient entre eux, cette suspicion naissait au même moment dans leurs deux consciences, créant un handicap au carré. Dans une telle situation, aucune phrase prononcée par l'un des deux interlocuteurs n'avait en réalité de sens et, par conséquent, c'était toute la communication qui perdait sa signification. C'était pourquoi il n'y avait jamais eu avant ce jour aucun échange privé entre Colmateurs.

— Comment jugez-vous l'analyse du Fissureur ? demanda Luo Ji pour rompre le silence. Mais il prit aussitôt conscience que cette question non plus n'avait aucun sens.

— Il a deviné juste.

Luo Ji avala sa salive. Que dire ? Qu'y avait-il à dire ? Tous deux étaient Colmateurs.

— Ce que je déteste maintenant par-dessus tout, c'est l'expression des gens quand ils me regardent. Dans les yeux des enfants, de la fantaisie, dans ceux des adultes, de la vénération et dans ceux des vieillards, de la sollicitude. Leurs yeux disent tous : "Regarde, c'est un Colmateur, il est au travail, lui seul sait ce qu'il prépare, regarde comme il est appliqué, regarde comme il cache bien son jeu. Comment l'ennemi pourrait-il deviner quel est son véritable plan ? Ce plan si grandiose qu'il est le seul à connaître et qui va sauver notre monde…" Pouah, quels idiots !

Luo Ji décida finalement de ne rien dire et d'adresser à Taylor un sourire muet.

Ce dernier le regarda, une pointe de sourire oscilla sur la pâleur de son visage et se changea bientôt en un rire hystérique :

— Haha haha. Vous avez souri ! Un sourire au Colmateur, un sourire de Colmateur à un autre Colmateur ! Vous aussi vous croyez que je suis en train de travailler, vous aussi vous vous dites que je cache bien mon jeu, vous aussi vous croyez que je suis encore en train d'essayer de sauver le monde ! Haha haha, qu'avons-nous fait pour nous retrouver dans une situation aussi burlesque ?

— Monsieur Taylor, c'est un cercle vicieux dont nous ne pourrons jamais nous extirper, soupira lentement Luo Ji.

Taylor s'arrêta brusquement de rire :

— Jamais ? Non, docteur Luo Ji, il existe un moyen de nous en extirper, il y a vraiment un moyen, je suis venu ici pour vous le dire.

— Vous avez besoin de repos, restez ici pour quelques jours, dit Luo Ji.

Taylor hocha lentement la tête :

— Oui, j'ai besoin de repos. Docteur, nous sommes

les seuls à pouvoir comprendre la souffrance endurée par l'autre, c'est la raison pour laquelle je suis venu vous trouver.

Il leva la tête. Le soleil s'était couché depuis longtemps déjà et le jardin d'Éden apparaissait maintenant trouble sous les dernières lueurs du crépuscule.

— C'est un vrai paradis, ici. Puis-je aller marcher seul au bord du lac ?

— Ici, vous êtes libre de faire tout ce que vous souhaitez. Détendez-vous un peu, je vous appellerai dans un moment pour le dîner.

Une fois que Taylor fut parti en direction du lac, Luo Ji s'assit et s'absorba dans une profonde réflexion.

Pendant cinq ans, il avait nagé dans un océan de bonheur – encore davantage depuis la naissance de sa fille – qui lui avait fait oublier tout ce qui appartenait au monde extérieur. L'amour qu'il portait à sa femme et à son enfant avait fusionné et étourdissait son âme. Sur cette terre de douceur coupée du reste du monde, il sombrait de plus en plus souvent dans une illusion : celle que le monde extérieur était à l'état quantique, qu'il n'existait pas tant qu'il ne l'observait pas.

Mais aujourd'hui, cet abominable monde avait surgi dans son jardin d'Éden pour le terrifier et le fourvoyer. Il ne pouvait pas continuer à s'égarer ainsi, il orienta donc ses pensées sur Taylor. Les dernières paroles murmurées par le Colmateur résonnèrent à ses oreilles. Les Colmateurs pouvaient-ils vraiment se libérer de ce cercle vicieux ? Comment briser ces chaînes de logique en métal ? Luo Ji comprit soudain. Il releva la tête et regarda au loin. Dans la dernière clarté du crépuscule, on ne voyait déjà plus la silhouette de Taylor.

Luo Ji bondit et courut en direction du lac, il eut envie de hurler, mais comme il craignait de faire peur à Zhuang Yan et à son enfant, il n'eut d'autre choix que d'accélérer sa course. Sous les rayons paisibles du couchant, il n'entendait que le bruissement de ses pas sur la prairie, jusqu'à ce qu'un faible "Pan" rompe brusquement son allure.

Le coup de feu provenait des rives du lac.

Luo Ji ne rentra chez lui qu'au milieu de la nuit. Sa fille dormait déjà à poings fermés.

— M. Taylor est-il déjà parti ? chuchota Zhuang Yan.

— Oui, il est parti, répondit Luo Ji, d'une voix fatiguée.

— Il a l'air d'avoir plus de mal que toi.

— Oui, parce qu'il existe des chemins simples qu'il n'a pas voulu prendre… Yan, est-ce que tu as regardé la télévision ces derniers temps ?

— Non, je…

Zhuang Yan s'interrompit. Luo Ji savait ce qu'elle se disait. La situation mondiale s'aggravait de jour en jour et le fossé se creusait de plus en plus entre ici et dehors. Ce décalage l'angoissait.

— Notre vie fait-elle vraiment partie de ton plan de Colmateur ? demanda-t-elle en regardant Luo Ji, avec son éternelle expression de candeur.

— Bien sûr. Tu en doutes ?

— Mais avons-nous le droit d'être heureux quand toute l'humanité est malheureuse ?

— Ma chérie, ta responsabilité à toi, c'est précisément d'être heureuse et de rendre notre fille heureuse pendant que l'humanité souffre. Plus tu seras heureuse, plus mon plan aura d'espoir de réussir.

Zhuang Yan regardait silencieusement Luo Ji. Ils avaient en partie concrétisé le langage des expressions du visage qu'ils avaient imaginé ce jour-là devant *La Joconde*. Luo Ji parvenait de mieux en mieux à lire son esprit dans ses yeux et voici ce qu'il lisait à présent :

Comment pourrais-je te croire ?

Après un long moment de réflexion, Luo Ji poursuivit :

— Yan, tout a une fin. Le Soleil et l'Univers mourront un jour, pourquoi les humains prétendent-ils devoir vivre éternellement ? Écoute-moi, le monde est aujourd'hui en pleine paranoïa, les hommes s'entêtent à vouloir se lancer dans une guerre qu'ils savent pourtant sans espoir. Et si nous changions radicalement de perspective pour appréhender la Crise trisolarienne ? Et si nous abandonnions toutes nos angoisses, pas seulement celles liées à la crise elle-même, mais aussi les angoisses d'avant la crise ? Et si nous consacrions le temps qu'il nous reste à profiter de la vie ? Quatre cents ans ! Peut-être même cinq cents si nous refusons de disputer cette Ultime Bataille. Ce n'est pas si court, c'est une période aussi longue que celle allant de la Renaissance à l'Âge de l'information. Nous pourrions pendant la même durée créer les conditions d'une vie heureuse et insouciante, passer cinq merveilleux siècles pastoraux sans même avoir à nous préoccuper d'un avenir lointain, avec nul autre devoir que de jouir du présent. Ce serait si merveilleux…

À ces mots, Luo Ji prit conscience de son imprudence. En déclarant que le bonheur de Zhuang Yan et celui de leur enfant faisaient partie de son plan, il ne faisait que les protéger, il donnait à voir à Zhuang Yan son bonheur comme une responsabilité, c'était la seule manière de préserver son équilibre mental devant la brutalité du monde extérieur, mais il venait à présent de lui dire la vérité. Il ne pouvait résister à la pureté de son regard. D'ordinaire il évitait de la regarder lorsqu'elle l'interrogeait mais, bouleversé par le sort de Taylor, il n'avait pu s'empêcher de prononcer ces paroles.

— Bon… Et quand tu dis ça, tu es un Colmateur ? demanda-t-elle.

— Oui, bien sûr, répondit Luo Ji, pour rattraper le coup.

Mais les yeux de Zhuang Yan disaient : *Je crois bien que tu disais la vérité.*

Conseil de défense planétaire, 89e audience du programme Colmateur.

Au début de la réunion, le président tournant prit la parole et exprima son espoir de voir le Colmateur Luo Ji assister à la prochaine audience, expliquant que le refus de participer ne pourrait plus être justifié par les besoins de son plan. L'autorité de supervision du CDP dépassait celle de la mise à exécution de la stratégie du Colmateur. La proposition fut adoptée à l'unanimité des représentants des membres permanents. Avec l'apparition du premier Fissureur et le suicide de Taylor, les deux autres Colmateurs présents dans la salle comprirent ce que sous-entendaient les paroles du président.

Hynes parla le premier. Son plan reposant sur des recherches en neurosciences n'en était qu'à sa phase préliminaire, il se contenta donc de décrire l'équipement qu'il envisageait comme support de ses futures explorations : il lui avait donné le nom de “caméra analytique”. S'appuyant sur la technologie de la tomodensitométrie et de la résonance magnétique nucléaire, l'appareil permettrait de scanner toutes les sections du cerveau. Par conséquent, il nécessiterait une précision à l'échelle de la structure interne des cellules cérébrales et des neurones. Ainsi, le nombre de sections du cerveau humain qui pourraient être scannées en simultané atteindrait quelques millions, de manière à être synthétisées par l'ordinateur en un modèle mathématique du cerveau. Il y avait d'autres exigences techniques encore plus grandes : la caméra analytique devrait pouvoir scanner à un rythme de vingt-quatre images par seconde, de sorte à créer un modèle synthétique dynamique, ce qui équivaudrait à numériser l'intégralité de l'activité cérébrale à une résolution neuronale, puis à les envoyer dans l'ordinateur. On pourrait ainsi conduire une observation détaillée de l'activité mentale dans le cerveau et même reproduire virtuellement l'ensemble de l'activité neuronale dans le processus de la pensée.

Ce fut ensuite au tour de Rey Diaz de décrire les avancées de son projet : après cinq ans de recherche, son équipe avait presque achevé la modélisation numérique d'une superbombe nucléaire de puissance stellaire. On procédait actuellement à son débogage.

Puis les experts du comité scientifique consultatif du CDP présentèrent un rapport détaillé de l'étude de faisabilité des plans des deux Colmateurs.

La caméra analytique de Hynes ne comportait *a priori* pas d'obstacle sur le plan théorique, mais les difficultés technologiques auxquelles elle se heurtait dépassaient de loin les compétences actuelles. La différence technologique entre un scanner moderne et l'appareil demandé par Hynes était à peu près la même qu'entre une caméra 8 mm et une caméra numérique à haute résolution. La plus grande barrière technique de la caméra analytique était le traitement des données : scanner et modéliser un objet de la taille d'un cerveau humain avec une précision neuronale nécessitait une capacité de calcul que les ordinateurs d'alors ne possédaient pas.

Concernant la superbombe stellaire de Rey Diaz, les obstacles rencontrés étaient du même ordre que ceux de la caméra analytique de Hynes : la puissance de calcul des machines à disposition était insuffisante. Après avoir effectué une enquête sur les capacités requises pour compléter ce modèle, les experts du comité scientifique consultatif avaient estimé que le calculateur actuel le plus performant mettrait environ vingt ans rien que pour modéliser un centième du processus de fusion. Or, le modèle nécessitant d'être simulé de façon répétée au cours de la recherche, son application effective était impossible.

L'expert responsable des technologies de calcul du comité apporta des précisions :

— Si l'on observe l'évolution des technologies de calcul jusqu'à nos jours, depuis les circuits intégrés traditionnels à l'architecture de von Neumann, nous constatons qu'elles ont déjà presque atteint leur limite de développement. La loi de Moore ne sera bientôt plus valide[1]. Bien entendu, nous pourrons encore presser jusqu'à la dernière goutte les citrons des technologies traditionnelles. Nous croyons que, même avec la décélération actuelle du développement des ordinateurs, la capacité de calcul requise par les plans des deux Colmateurs pourrait être atteinte. Nous avons simplement besoin de temps. Vingt à trente ans selon les estimations les plus optimistes. Si cet objectif est atteint, il représentera le pic de la technologie humaine de supercalcul, il sera compliqué d'aller plus loin car, dans une situation où les frontières de la physique sont bloquées par les intellectrons, les calculateurs de nouvelle génération qui suscitaient tant de fantasmes autrefois – les calculateurs quantiques – risquent d'être impossibles à concevoir.

— Nous voilà déjà face au mur qu'ont érigé les intellectrons sur le chemin de la science humaine, résuma le président.

— Alors il n'y a rien que nous puissions faire dans les vingt années à venir, dit Hynes.

— Vingt ans ne sont qu'une prévision optimiste. Étant vous-même issu de la communauté scientifique, vous savez certainement ce qu'impliquent des recherches aussi pointues.

— Nous ne pouvons par conséquent qu'entrer en hibernation en attendant l'apparition d'un calculateur à la hauteur de nos projets, lâcha Rey Diaz.

— Je décide également d'hiberner, dit Hynes.

1. Tenant son nom du physicien Gordon Earle Moore, cette loi prédit le doublement tous les dix-huit mois du nombre de transistors par circuit de même taille et postule donc la croissance exponentielle de la puissance des ordinateurs. *(N.d.T.)*

— Si votre choix est fait, je vous demanderai donc de bien vouloir transmettre mes respects à mon successeur dans vingt ans, sourit le président.

L'atmosphère se détendit dans la salle, la décision des deux Colmateurs avait engendré un soupir de soulagement chez les participants. L'apparition du premier Fissureur et la mort du Colmateur qui en avait résulté avaient porté un coup dur au programme. Le suicide de Taylor était d'autant plus idiot que si ce dernier avait continué à vivre, la vérité du plan "Essaim de moustiques" serait à jamais restée une énigme. Mais sa disparition équivalait à confirmer l'existence de ce terrible projet. Il avait payé de sa mort sa fuite effective du cercle vicieux dans lequel étaient enfermés les Colmateurs. Cependant des doutes commençaient à grandir au sein de la communauté internationale et des voix s'élevaient pour qu'on limite les droits des Colmateurs. Toutefois, étant donné la nature même du projet, de trop grandes restrictions empêcheraient les Colmateurs de continuer à dissimuler leurs stratégies et ce serait tout le programme qui perdrait son sens. Le programme Colmateur suggérait un régime absolument inédit dans l'histoire de l'humanité et il fallait sans cesse l'ajuster. Il était clair que l'hibernation des deux Colmateurs offrait au moins une période de transition qui permettrait de procéder aux adaptations nécessaires.

Quelques jours plus tard, dans une base souterraine ultra-confidentielle, Rey Diaz et Hynes entrèrent en hibernation.

Luo Ji avait sombré dans un rêve sinistre. Il rêvait qu'il longeait les galeries infinies du musée du Louvre. Il n'avait jamais fait ce rêve autrefois car il avait passé les cinq dernières années en pleine béatitude et n'avait pas besoin des rêves pour se remémorer ses bonheurs passés. Mais dans celui-ci, il était seul, une solitude qui avait disparu depuis cinq ans. Le bruit de ses pas résonnait dans le palais et, à chaque écho, c'était comme si quelque chose le quittait, si bien qu'il n'osa finalement plus avancer. Devant lui se dressait Mona Lisa, elle ne souriait plus, elle le fixait avec des yeux pleins de pitié. Quand il cessa de marcher, les sons des fontaines extérieures lui parvinrent et se firent peu à peu plus intenses. Il se réveilla. Le bruit de l'eau l'avait suivi dans la réalité : dehors, il s'était mis à pleuvoir. Il se tourna et voulut attraper la main de sa compagne mais, là aussi, son rêve s'était fait réalité.

Zhuang Yan n'était plus là.

Luo Ji bondit du lit et s'engouffra dans la chambre de son enfant. La douce lampe de chevet était encore allumée, mais sa fille avait disparu. Sur le petit lit déjà bien fait était posée une peinture. C'était une œuvre de Zhuang Yan que tous deux aimaient beaucoup : le tableau était presque entièrement vide. De loin, on aurait dit une feuille blanche mais, en s'approchant davantage, on remarquait des brins de roseaux en bas à gauche, un oiseau sur le point de disparaître en haut à droite et, au milieu du vide, deux personnages minuscules. À la différence que maintenant se trouvait aussi au centre de ce vide une phrase calligraphiée dans une écriture gracieuse :

Mon amour, nous t'attendons au jour dernier.

Ce jour devait arriver tôt ou tard. Comment cette vie de rêve pouvait-elle durer éternellement ? Cela devait arriver, ne crains rien. Tu t'y étais déjà mentalement préparé… se dit-il, mais il fut saisi d'un vertige. Il prit la peinture et se dirigea dans le salon, il ne sentait plus ses jambes, c'était comme s'il planait au-dessus du sol.

Le salon était vide, les dernières braises dans la cheminée luisaient d'un rouge brumeux qui donnait l'impression que tout dans la pièce était comme de la glace en train de fondre. À l'extérieur, la pluie continuait à tomber. La même averse que cette nuit-là, cinq ans plus tôt, quand elle avait surgi de ses songes. Mais elle y était maintenant retournée, emportant leur fille avec elle.

Luo Ji se saisit du combiné du téléphone, il voulut composer le numéro de Kent mais il entendit soudain un léger bruit de pas derrière la porte, ceux d'une femme. Pourtant, il était certain que ce n'était pas Zhuang Yan. Il reposa le téléphone et se précipita pour ouvrir la porte.

Une silhouette menue se dressait sous le porche. Même si elle n'apparaissait que sous la forme d'une ombre découpée devant le décor de la nuit pluvieuse, Luo Ji la reconnut immédiatement.

— Bonsoir, docteur Luo Ji, dit Say.

— Bonsoir… Et ma femme et ma fille ?

— Elles vous attendent au jour dernier, répondit-elle en répétant la phrase inscrite sur la peinture.

— Pourquoi ?

— C'est une décision du Conseil de défense planétaire, pour le bien de votre travail, pour votre responsabilité de Colmateur. Vous devez savoir que les enfants supportent encore mieux l'hibernation que les adules, votre fille ne souffrira pas.

— Vous… vous avez osé les kidnapper ! C'est un crime !

— Nous n'avons kidnappé personne.

Ce qu'impliquait cette phrase fit frissonner Luo Ji. Pour ne pas avoir à affronter cette réalité, il s'efforça d'éloigner cette pensée :

— J'avais bien dit que leur présence faisait partie du plan !

— Mais après des investigations, le CDP a considéré que cela ne faisait pas partie du plan. Il a donc été décidé d'agir pour vous remettre au travail.

— Même si ce n'était pas un kidnapping, vous avez emporté mon enfant sans mon accord, c'est illégal !

Luo Ji prit conscience qu'en utilisant le pronom pluriel “vous” il incluait aussi sa femme et son cœur frissonna de plus belle, si bien qu'il dut s'appuyer faiblement sur l'une des colonnes du porche.

— C'est exact, mais dans un périmètre acceptable. Docteur Luo Ji, n'oubliez pas que toutes les ressources que vous avez mobilisées ne sont pas elles non plus toutes conformes à la loi. L'action de l'ONU peut parfaitement être juridiquement justifiée par la crise que nous traversons.

— Vous représentez encore les Nations unies ?

— Oui.

— Vous avez été réélue ?

— Oui.

Luo Ji faisait de son mieux pour changer de sujet, pour éviter de faire face à la cruauté de la réalité, mais en vain. *Comment puis-je ne plus les avoir ? Comment puis-je ne plus les avoir…* se répétait-il en lui-même. Puis cette question lui échappa et il la posa à voix haute tandis qu'il glissait le long du pilier pour se retrouver les fesses sur le sol. Il sentit une nouvelle fois que le monde s'écroulait autour de lui, relâchant le même magma, sauf qu'à présent la lave bouillonnait et giclait à l'intérieur même de son cœur.

— Elles sont toujours vivantes, docteur Luo Ji. Elles sont toujours vivantes. Elles vous attendent dans le futur. Vous avez toujours été un homme de sang-froid, vous devez l'être encore davantage aujourd'hui. Si vous ne le faites pas pour l'humanité, faites-le au moins pour elles, affirma Say en observant un Luo Ji effondré, assis le dos contre le pilier.

À cet instant, une bourrasque souffla des filets de pluie sous le porche. Ce courant d'air frais ainsi que les paroles de Say parvinrent à refroidir quelque peu la chaleur qui lui brûlait le corps.

— C'était votre plan, depuis le premier jour qu'elle est arrivée ici, n'est-ce pas ? demanda Luo Ji.

— Oui, mais à cette étape-là, nous n'avions pas d'autre choix.

— Alors elle… est-ce qu'elle était vraiment spécialiste de peinture traditionnelle ?

— Oui.

— Diplômée de l'Académie centrale des beaux-arts ?

— Oui.

— Alors elle…

— Tout ce que vous avez vu d'elle est vrai. Tout ce que vous savez d'elle. Tout ce qui a fait d'elle ce qu'elle est devenue : sa vie antérieure, sa famille, sa personnalité, son esprit…

— Vous voulez dire que c'était bien ce genre de fille ?

— Oui, croyez-vous qu'elle aurait pu jouer un rôle sans interruption pendant cinq ans ? Elle est telle que vous la connaissez, innocente et intelligente, un ange. Elle n'a jamais rien simulé, y compris même son amour pour vous, qui est sincère.

— Mais comment a-t-elle pu garder un secret aussi cruel ? En cinq ans, elle n'a jamais laissé poindre le moindre indice !

— En êtes-vous sûr ? Son âme est enveloppée de mélancolie depuis cette nuit pluvieuse, il y a cinq ans, où vous l'avez rencontrée. Elle ne l'a jamais dissimulée, cette mélancolie l'a accompagnée pendant toutes ces années, comme une musique de fond omniprésente qui ne s'est jamais arrêtée de jouer. Et c'est la raison pour laquelle vous n'avez jamais remarqué sa présence.

Luo Ji comprenait maintenant ce qui avait fait tressaillir la partie la plus délicate de son cœur quand il l'avait vue pour la première fois et ce qui lui avait donné l'impression que le monde entier était pour elle une éternelle blessure. Il comprenait pourquoi il était prêt à tout sacrifier pour la protéger. C'était cette mélancolie légère enfouie derrière son regard pur et limpide, cette mélancolie qui, comme les flammes de la cheminée, faisait se refléter tendrement sa beauté. Comme une musique de fond dont il n'avait jamais détecté la présence, mais qui s'était pourtant immiscée dans son subconscient et qui l'entraînait pas à pas vers les abysses de l'amour.

— Je ne pourrai pas les trouver moi-même, n'est-ce pas ? demanda Luo Ji.

— En effet, comme je vous l'ai dit, c'est une décision du CDP.

— Alors, je veux les rejoindre au jour dernier.

— C'est possible.

Luo Ji avait imaginé qu'elle lui opposerait son refus mais, comme la dernière fois, lorsqu'il avait voulu abandonner son identité de Colmateur, la réponse de Say avait été quasi immédiate. Il savait que les choses ne seraient jamais aussi simples, alors il l'interrogea :

— Est-ce qu'il y a un problème ?

— Non, cette fois, vous le pouvez vraiment, dit Say. Vous savez, depuis la naissance du programme Colmateur, des voix s'opposant au projet n'ont cessé de se faire entendre au sein de la communauté internationale. Pour défendre leurs intérêts, certains pays soutiennent des Colmateurs et s'opposent à d'autres. Il en existe bien sûr qui souhaiteraient vous ôter cette mission. Avec l'apparition du premier Fissureur et l'échec de Taylor, le pouvoir des opposants au programme s'est renforcé, tandis que celui de ses défenseurs se retrouve affaibli. Si vous demandiez aujourd'hui à être hiberné jusqu'au jour dernier, vous offririez aux deux camps la possibilité de se réconcilier. Mais, docteur Luo Ji, est-ce vraiment ce que vous voulez ? Au moment de se battre pour la survie de toute l'humanité ?

— Vous autres politiciens, vous aimez brandir cette idée d'humanité, mais je ne vois aucune humanité, je ne vois que des hommes. Et moi je suis juste l'un d'eux, un individu ordinaire incapable de porter sur mes épaules la responsabilité de sauver l'humanité. Je veux simplement vivre ma vie.

— Soit. Mais Zhuang Yan et votre fille sont également deux de ces individus. Vous refusez aussi de porter la responsabilité de les protéger ? Zhuang Yan vous a peut-être blessé, mais il est évident que vous l'aimez encore, et votre enfant aussi bien sûr. Depuis que le télescope *Hubble II* a apporté la dernière preuve de l'invasion de la flotte trisolarienne, nous pouvons être sûrs d'une chose : l'humanité se battra jusqu'au bout. Quand votre épouse et votre fille se réveilleront dans quatre siècles, elles feront face à l'Ultime Bataille, tandis que vous, vous aurez perdu votre identité de Colmateur, vous ne pourrez plus les protéger. Elles seront condamnées à partager avec vous une existence infernale et à assister de leurs propres yeux à l'anéantissement final du monde. Êtes-vous prêt à cela ? Est-ce la vie que vous voulez donner à votre femme et à votre enfant ?

Luo Ji ne répondit rien.

— Vous n'avez besoin de penser à rien d'autre, songez simplement à ce dernier combat, dans quatre siècles, au regard qu'elles vous adresseront. Quel genre d'homme verront-elles ? Un homme qui les a abandonnées, elles et l'humanité ? Un homme qui n'a pas accepté, qui n'a pas voulu sauver les enfants du monde, ni même le sien ? Pourrez-vous, en tant qu'homme, soutenir ce regard ?

Luo Ji baissa la tête, toujours silencieux. En tombant sur les buissons des rives du lac, la pluie nocturne faisait murmurer une multitude de voix qui semblaient venir d'un autre espace-temps.

— Croyez-vous réellement que je puisse changer quelque chose ? interrogea Luo Ji en relevant la tête.

— Pourquoi ne pas essayer ? De tous les Colmateurs, vous êtes probablement celui qui a le plus grand espoir de réussir. Si je suis venue en personne aujourd'hui, c'est pour vous dire pourquoi.

— Eh bien, dites-moi. Pourquoi ?

— Parce que, de toute l'humanité, vous êtes le seul que la civilisation trisolarienne veut abattre.

Adossé au pilier, Luo Ji fixait Say, mais il ne voyait rien. Il s'efforça de se souvenir.

— Cet accident de la route, continua Say, c'est vous qui étiez visé, mais ils ont accidentellement tué votre amie.

— Mais c'était vraiment un accident ! La voiture qui l'a percutée a changé de direction pour éviter une collision entre deux autres véhicules.

— Cela avait été longuement préparé.

— Mais je n'étais à l'époque qu'un homme ordinaire. Me tuer aurait été facile, pourquoi une telle complexité ?

— Pour déguiser le meurtre en accident, pour ne pas attirer l'attention. Ils ont bien failli y parvenir. Le même jour, dans la ville où vous vous trouviez, il y a eu cinquante et un accidents de circulation et cinq morts. Un rapport de nos agents de renseignement infiltrés dans l'Organisation Terre-Trisolaris a confirmé que l'Organisation avait minutieusement planifié votre meurtre. Mais le plus bouleversant, c'est que l'ordre émanait directement de Trisolaris, qu'il avait été transmis à Evans par un intellectron. C'est jusqu'à aujourd'hui le seul assassinat jamais commandité par les Trisolariens.

— Moi ? Trisolaris voudrait ma mort ? Mais pour quelle raison ? Luo Ji se sentait à nouveau étranger à lui-même.

— Je ne sais pas. Personne ne le sait. À part peut-être Evans, mais il est mort. C'était manifestement lui qui avait exigé que le meurtre n'éveille pas l'attention, ce qui renforce d'autant plus votre importance.

— Mon importance ? Luo Ji secoua la tête dans un rire forcé. Regardez-moi, ai-je l'air d'avoir des superpouvoirs ?

— Vous n'avez pas de superpouvoirs. Ne cherchez d'ailleurs pas de ce côté-là, vous feriez fausse route, affirma Say en faisant un geste pour accentuer ses paroles. Des recherches approfondies ont été conduites sur votre compte, vous ne détenez aucun superpouvoir, qu'il soit d'ordre surnaturel ou bien technique à l'intérieur du cadre des lois connues de la nature. Comme vous l'avez dit vous-même, vous êtes un individu ordinaire. Vous êtes aussi un chercheur quelconque, vous n'avez jamais rien accompli de remarquable ou, du moins, nous ne l'avons pas encore découvert. Le fait qu'Evans ait ordonné de ne pas attirer l'attention sur votre assassinat en est aussi une démonstration indirecte, car cela signifie que vos compétences sont susceptibles d'être possédées par un autre.

— Pourquoi ne me l'avez-vous pas dit plus tôt ?

— Nous craignions que cela n'influence ce que vous déteniez, peu importe ce que c'était. Comme nous en savions trop peu, nous avons considéré que le mieux était de laisser les choses suivre leur cours.

— Dans le temps, j'avais eu l'idée de mener des recherches en cosmosociologie, parce que…

Mais à cet instant, une petite voix au fond de sa conscience hurla : *Tu es un Colmateur !* C'était la première fois qu'il l'entendait. Il eut aussi l'impression d'entendre un autre son, comme le bourdonnement d'intellectrons voletant autour de lui. Il croyait presque apercevoir des petites taches de lumière floue, comme des lucioles. Ce fut alors la première fois que Luo Ji agit comme un Colmateur. Il ravala ses paroles et se contenta de dire :

— Est-ce qu'il y aurait un lien ?

Say secoua la tête :

— Sans doute pas. D'après ce que nous savons, c'est simplement un sujet que vous aviez proposé pour obtenir une bourse de recherche, mais vous n'avez jamais vraiment commencé et vous n'avez naturellement jamais produit le moindre résultat. En outre, même si vous aviez vraiment mené de telles recherches, nous pourrions difficilement espérer que vos résultats aient plus de valeur que ceux de n'importe quel autre chercheur.

— Pourquoi cela ?

— Docteur Luo Ji, parlons-nous franchement. De ce que j'en sais, vous êtes loin d'être un grand chercheur. Les études que vous conduisez ne répondent pas à un réel désir d'explorer la science ni non plus à un vrai sens du devoir ou de la mission, c'est seulement pour vous une manière de gagner votre vie.

— N'est-ce pas quelque chose d'unanimement répandu ?

— Ce n'est pas une critique, mais votre attitude est loin d'être celle d'un scientifique dévoué. Vos recherches sont la plupart du temps utilitaristes, vous faites souvent preuve d'opportunisme, vous allez là où le vent vous porte et vous cherchez le sensationnel. Vous avez même déjà détourné à votre propre usage une partie des fonds alloués à votre recherche. Vous méprisez les conventions morales, vous n'avez aucun sens de la responsabilité et vous adoptez une attitude moqueuse envers vos confrères entièrement dédiés à la science… En réalité, nous savons parfaitement que vous ne vous préoccupez guère du destin de l'humanité.

— Alors vous avez utilisé cette stratégie de lâches pour me forcer la main… Vous m'avez toujours méprisé, n'est-ce pas ?

— Dans des circonstances normales, aucune mission d'importance n'aurait jamais été confiée à un homme tel que vous mais il existe un élément qui bouleverse tout : Trisolaris a peur de vous. Soyez vous-même votre propre Fissureur. Trouvez pourquoi.

Quand Say eut terminé, elle descendit les marches du porche et s'engouffra dans une voiture qui l'attendait devant la villa. Le véhicule démarra et disparut dans le brouillard pluvieux.

Luo Ji était debout, il avait perdu tout sens du temps. La pluie cessa peu à peu et le vent se leva, il souffla les nuages noirs, révélant le clair de lune et les monts enneigés. En se retournant pour passer la porte de la maison, Luo Ji jeta un dernier regard à ce jardin d'Éden qui baignait dans une lumière argentée. Au fond de son cœur, il murmura à Zhuang Yan et à sa fille : *Mes amours, attendez-moi au jour dernier.*

Debout sous la gigantesque ombre projetée de l'avion spatial *Haute Frontière*, observant son immense armature, Zhang Beihai ne put s'empêcher de penser au porte-avions *Tang*, démantelé depuis longtemps maintenant. Une question lui traversa même l'esprit : des tôles de métal du *Tang* se trouvaient-elles aujourd'hui sur la carlingue du *Haute Frontière* ? Après trente allers et retours, l'atmosphère avait laissé des traces de roussi sur le corps de l'appareil, et il ressemblait vraiment au *Tang* en construction : il partageait cette même impression d'avoir connu toutes les vicissitudes de l'histoire, à l'exception des propulseurs cylindriques sous ses ailes, qui étaient neufs. On aurait dit un de ces vieux monuments européens dont la façade vient d'être rénovée : le contraste des couleurs entre l'ancienne et la nouvelle architecture est très marqué, comme pour rappeler aux touristes qu'une section du bâtiment a été ajoutée à l'époque moderne. Et en effet, si on lui ôtait ses deux propulseurs, le *Haute Frontière* avait l'aspect d'un vieil avion-cargo.

Les avions spatiaux étaient pourtant un moyen de transport très récent, l'une des rares percées technologiques de ces cinq dernières années dans le domaine aérospatial et sans doute la dernière génération d'engins spatiaux à propulsion chimique. Le concept d'avion spatial avait déjà été évoqué au siècle dernier, on l'imaginait comme une alternative à la navette spatiale. Comme les avions ordinaires, les avions spatiaux décollaient après avoir roulé sur le tarmac mais ils pouvaient, comme les navettes, atteindre la dernière couche de l'atmosphère, où leurs moteurs-fusées étaient enclenchés et leur permettaient de naviguer dans l'espace à basse orbite. Le *Haute Frontière* était actuellement l'un des quatre avions spatiaux opérationnels dans le monde, mais beaucoup d'autres étaient en construction. Dans un futur proche, ces appareils auraient la tâche de participer à la construction de l'ascenseur spatial.

— Je n'aurais jamais imaginé pouvoir aller dans l'espace de mon vivant, confia Zhang Beihai à Chang Weisi qui était venu saluer son départ.

Lui et vingt autres officiers, tous appartenant aux bureaux de recherches stratégiques de la Spatiale, s'apprêtaient à prendre le *Haute Frontière* pour rejoindre la station spatiale internationale.

— Existe-t-il des officiers de la marine à n'être jamais partis en mer ? demanda ironiquement Chang Weisi.

— Bien sûr ! Beaucoup ! C'est même ce que certains recherchent. Mais ce n'est pas mon genre.

— Beihai, tu dois savoir que les astronautes en service appartiennent encore au corps de l'armée de l'air. Vous serez donc le premier contingent de la Spatiale à partir dans l'espace.

— Dommage que ce ne soit pas dans le cadre d'une mission concrète.

— Mais partir en observation est déjà une mission en soi ! Des stratèges de l'armée spatiale doivent forcément acquérir une conscience de l'espace. Ce genre d'expérience était difficilement possible avant les avions spatiaux, parce qu'il fallait débourser des millions pour envoyer un seul d'entre vous là-haut. Mais c'est bien moins cher aujourd'hui. Nous chercherons plus tard à y envoyer davantage d'experts en stratégie militaire. Après tout, c'est là-bas que nos forces devraient être. Pour l'instant, la Spatiale ressemble davantage à une académie professant des discours creux. Ça ne doit plus durer.

À cet instant, on entendit l'appel d'embarquement. Les officiers commencèrent à grimper sur la rampe d'accès à l'appareil. Ils étaient en uniforme, aucun d'entre eux n'était vêtu de combinaison spatiale. Tout semblait laisser croire qu'ils s'élançaient pour un banal voyage en avion. C'était un signe de progrès ou, du moins, cela montrait que les vols dans l'espace étaient devenus plus courants qu'autrefois. Zhang Beihai put remarquer aux uniformes des autres passagers que des représentants de divers départements de la Spatiale embarquaient avec eux.

— Oh, Beihai, une dernière chose importante, lança Chang Weisi au moment où Zhang Beihai soulevait sa valise : La Commission militaire centrale a étudié le rapport que nous avions transmis au sujet de l'envoi d'un contingent de renfort dans le département politique du futur. Elle a estimé que les conditions n'étaient pas encore réunies.

Zhang Beihai ferma les yeux, ils se trouvaient maintenant dans l'ombre de l'avion spatial, mais la lumière était aveuglante :

— Amiral, je crois que nous devrions considérer ces quatre siècles comme un seul et même bloc pour déterminer ce qui est urgent et ce qui est important… Mais ne vous inquiétez pas, je ne m'exprimerai pas ainsi lors des réunions officielles. Je me doute bien que la Commission a une réflexion plus globale.

— La hiérarchie a approuvé ta façon de penser à long terme et n'a pas tari d'éloges à ton sujet. Le document met d'ailleurs l'accent sur le fait que ce projet d'envoi de renforts dans le futur n'a pas été refusé, les recherches et les planifications autour de ce programme vont se poursuivre, ce n'est simplement pas encore le moment de le lancer. Je pense – et bien sûr c'est uniquement mon opinion – qu'il faudra attendre que davantage de cadres politiques compétents rejoignent nos rangs pour que notre charge de travail actuelle diminue et que la Commission s'y penche à nouveau.

— Amiral, vous savez forcément ce que signifie être "compétent" dans le contexte du département politique, vous savez quelles sont les exigences fondamentales. Les cadres vraiment compétents sont de moins en moins nombreux.

— Mais nous devons voir plus loin. Si les deux technologies clefs que sont l'ascenseur spatial et la fusion nucléaire contrôlée connaissent des avancées majeures – et on peut espérer que notre génération en sera témoin –, les choses iront un peu mieux… Vas-y, c'est le dernier appel.

Après avoir courtoisement salué Chang Weisi, Zhang Beihai se retourna et emprunta la rampe. Une fois dans la cabine, sa première impression fut qu'elle n'était pas bien différente de celle d'un avion de ligne, si ce n'est que les sièges étaient beaucoup plus spacieux : ils étaient conçus pour accueillir des passagers vêtus de combinaisons spatiales. Lors des premiers vols des avions spatiaux, les passagers devaient par précaution enfiler une combinaison dès le décollage, mais ce n'était plus nécessaire aujourd'hui.

Zhang Beihai s'assit à côté d'un hublot. Un homme prit immédiatement place à ses côtés. On pouvait voir à ses vêtements qu'il n'était pas militaire. Zhang Beihai le salua d'un simple hochement de tête puis il se concentra pour attacher sa complexe ceinture de sécurité.

Il n'y eut aucun compte à rebours. Les moteurs du *Haute Frontière* démarrèrent, puis l'appareil commença à glisser sur la piste de décollage. Étant donné son poids très important, il devait rouler sur une distance plus longue que celle d'un avion ordinaire pour enfin quitter laborieusement la surface et commencer son voyage dans l'atmosphère.

— C'est le trente-huitième vol du *Haute Frontière*. La phase de navigation atmosphérique a débuté, elle se poursuivra pendant environ trente minutes, veuillez ne pas détacher votre ceinture, annonça une voix dans les haut-parleurs.

En regardant depuis le hublot le sol qui s'éloignait, Zhang Beihai repensa aux jours passés. Au cours de sa formation de commandant de porte-avions, il avait reçu un entraînement complet d'aéronautique navale et avait même passé un certificat de pilote d'avion de chasse de troisième catégorie.

Lors de son premier vol, il avait aussi contemplé la terre qui s'éloignait et avait soudain découvert qu'il aimait encore plus profondément le ciel que la mer. Et maintenant, il désirait plus encore l'espace au-dessus du ciel.

Il était un homme destiné à voler haut et loin.

— Ce n'est pas si différent d'un avion civil, hein ?

Zhang Beihai pivota la tête pour regarder son voisin et ne le reconnut qu'à ce moment-là :

— Docteur Ding Yi, n'est-ce pas ? J'entends parler de vous depuis longtemps.

— Mais j'ai eu du mal au début, continua Ding Yi sans se soucier des salutations de Zhang Beihai. La première fois, après la phase de navigation atmosphérique, j'ai oublié d'enlever mes lunettes et elles ont écrasé mon nez comme si une brique était posée dessus. La deuxième fois, je les ai enlevées mais elles se sont envolées avec l'apesanteur. Le steward a eu un mal fou à m'aider à les récupérer dans le filtre à air à la queue de l'appareil.

— Vous êtes monté en navette spatiale, la première fois, n'est-ce pas ? J'ai vu à la télévision que ça n'avait pas été une partie de plaisir, dit Zhang Beihai en souriant.

— Je parlais des avions spatiaux. Si nous comptons ce trajet, c'est ma quatrième fois. Dans la navette, on a récupéré mes lunettes avant le décollage.

— Que partez-vous faire cette fois-ci sur la station ? Vous venez d'être nommé en charge d'un projet de recherches sur la fusion nucléaire contrôlée, vous êtes attaché à la troisième base expérimentale, si je ne me trompe pas ?

Le projet de fusion nucléaire contrôlée avait été divisé en quatre branches, chacune orientée dans une direction différente.

Sous l'entrave de sa ceinture de sécurité, Ding Yi arriva à dégager une main et pointa Zhang Beihai du doigt :

— Et alors ? Pourquoi les chercheurs sur la fusion contrôlée ne pourraient-ils pas partir dans l'espace ? Comment se fait-il que vous teniez le même discours que tous les autres ? Notre objectif final est de créer des moteurs pour vaisseaux spatiaux, mais l'industrie aérospatiale reste aujourd'hui aux mains des chercheurs ayant jadis travaillé sur les moteurs chimiques de fusées. Ils nous disent de demeurer sagement à la surface et de nous concentrer exclusivement sur le développement de la fusion nucléaire contrôlée. Selon eux, nous n'avons rien à dire sur le projet général de l'armée spatiale.

— Docteur Ding, je partage tout à fait votre avis sur ce point. Zhang Beihai desserra quelque peu sa ceinture et se redressa : La navigation d'une flotte spatiale n'a rien à voir avec le lancement de fusées à propulsion chimique, tout comme l'ascenseur spatial est bien différent de nos techniques actuelles. Cependant, pour l'heure, les vieux briscards de l'industrie aérospatiale détiennent encore un pouvoir sans conteste dans ce domaine. Ces gars-là s'entêtent à s'encroûter dans la routine et, si ça perdure, il y aura des troubles interminables.

— Il n'y a rien à faire, ils ont quand même réussi à monter ça au bout de cinq ans, répliqua Ding Yi en désignant les parois de l'appareil. Ça leur donne encore davantage de légitimité pour évincer les gens de l'extérieur.

Les haut-parleurs de la cabine résonnèrent à nouveau :

— Votre attention s'il vous plaît : notre altitude de vol approche maintenant de vingt mille mètres. Nous allons bientôt naviguer dans une zone rare en oxygène et nous perdrons sans doute brusquement de l'altitude. Il se produira une apesanteur de courte durée. Que personne ne s'inquiète. Je répète : gardez bien vos ceintures de sécurité attachées.

— Mais cette fois-ci, continua Ding Yi, notre départ pour la station internationale n'a aucun lien avec nos recherches sur la fusion nucléaire contrôlée. Nous allons y récupérer des capteurs de rayons cosmiques, des engins d'une grande valeur.

— Le projet de détection des rayons cosmiques dans l'espace a donc cessé ? demanda Zhang Beihai, en serrant à nouveau sa ceinture.

— Oui, ils ont compris qu'ils perdaient leur temps, ils ont déjà obtenu tout ce qu'ils pouvaient obtenir.

— Les intellectrons ont gagné.

— Oui, désormais, l'humanité n'a plus en réserve que quelques théories : la physique classique, la mécanique quantique, ainsi que l'embryonnaire théorie des cordes. Mais seul le destin nous dira quelles applications concrètes pourront en être tirées.

Le *Haute Frontière* continuait à prendre de l'altitude, les moteurs émettaient des vrombissements fatigués, comme s'ils grimpaient avec difficulté un haut sommet de montagne. Toutefois, il n'y eut aucune perte soudaine d'altitude, comme annoncé. L'avion spatial approchait à présent des trente mille mètres, c'était sa limite de navigation atmosphérique. Zhang Beihai nota que le bleu du ciel était de plus en plus sombre, et le soleil de plus en plus aveuglant.

— Notre altitude de vol est maintenant de trente et un mille mètres, la phase de navigation atmosphérique est terminée, nous allons passer à la phase de navigation spatiale, merci à tous d'ajuster vos sièges en suivant les indications du terminal devant vous, de manière à réduire l'inconfort provoqué par l'hypergravité.

Zhang Beihai sentit l'appareil s'élever légèrement, comme s'il s'était délesté d'une charge.

— Moteurs de navigation atmosphérique largués. Compte à rebours avant démarrage des moteurs de navigation spatiale : 10, 9, 8…

— Pour eux, le vrai lancement commence seulement maintenant. Profitez… lâcha Ding Yi en fermant aussitôt les yeux.

Arrivé à 0, on entendit un immense bourdonnement, comme si le ciel tout entier se mettait à rugir. L'hypergravité les plaqua dans leurs sièges comme une main de géant. Zhang Beihai parvint non sans mal à tourner la tête pour regarder à l'extérieur du hublot. Il vit les moteurs cracher des flammes, tandis que le ciel où l'air s'était raréfié était teinté de rouge. Le *Haute Frontière* paraissait flotter au milieu de nuages crépusculaires.

Cinq minutes plus tard, les propulseurs furent largués puis, après encore cinq minutes d'accélération, le moteur principal s'éteignit. Le *Haute Frontière* était entré en orbite.

L'étreinte de l'hypergravité se relâcha, le corps de Zhang Beihai rebondit depuis les profondeurs de son siège. La ceinture de sécurité l'empêchait de flotter, mais il avait néanmoins l'impression ne plus faire partie du *Haute Frontière*. La gravité qui les reliait, lui et l'avion spatial, avait disparu et tous deux planaient côte à côte dans les airs. Derrière le hublot, il put contempler le ciel étoilé le plus brillant qu'il ait jamais vu. Plus tard, quand l'avion spatial eut ajusté sa position, les rayons du soleil percèrent à travers le hublot et une myriade de points scintillants se mirent à danser au milieu de ces rais de lumière : les grains de poussière soulevés par l'apesanteur. En suivant la longue rotation de l'avion, Zhang Beihai put voir la Terre. De cette position en basse orbite, il ne la distinguait pas en entier, il ne voyait que l'arc de l'horizon, mais la forme des continents apparaissait clairement. Puis émergea ce que Zhang Beihai attendait impatiemment de contempler : l'océan d'étoiles. Au fond de lui, il murmura : *Père, j'ai fait mon premier pas.*

Pendant cinq ans, le général Fitzgerald s'était senti comme un Colmateur devant son mur, sauf que le mur auquel il faisait face était la photographie sur grand écran de la région spatiale située entre la Terre et Trisolaris. Les grains de l'image révélaient à première vue une obscurité complète, mais on pouvait discerner en l'observant de plus près quelques infimes taches de lumière d'étoiles. Le général était devenu si familier de cette partie de l'espace que la veille, lors d'une réunion ennuyeuse, il avait gribouillé sur une feuille la position de ces étoiles afin de les comparer à la photographie. Il avait eu presque tout juste. Les trois soleils de la planète de Trisolaris comptaient parmi elles, à peine visibles. Si on n'agrandissait pas la photo, ils ne semblaient pas différents des autres astres mais à chaque zoom on constatait que leurs positions avaient changé depuis le dernier cliché. Cet aléatoire ballet cosmique l'ensorcelait, il en oubliait même ce qu'il désirait observer au début. La première "brosse" qu'ils avaient pu voir cinq ans plus tôt s'était peu à peu estompée et, jusqu'à ce jour, aucune autre n'était apparue. La flotte trisolarienne devait traverser d'autres nuages de poussière interstellaire pour laisser des traces observables. Les astronomes terriens s'étaient appuyés sur une observation de l'absorption des lumières des étoiles lointaines pour prouver que cinq nuages de poussière se trouvaient encore sur la traversée longue de quatre siècles de la flotte trisolarienne. Ces zones de poussière interstellaire avaient été baptisées "champs de neige" par le grand public, en référence aux empreintes laissées par les marcheurs dans la neige.

Si la flotte trisolarienne avait eu une accélération constante durant ces cinq dernières années, elle devait traverser aujourd'hui le deuxième "champ de neige".

En prévision de cet événement, Fitzgerald était arrivé tôt au centre de contrôle du télescope *Hubble II*. Ringer avait remarqué son sourire.

— Général, vous avez aujourd'hui l'air d'un enfant qui attend un cadeau alors que Noël vient tout juste de passer.

— Vous m'avez bien dit qu'ils traverseraient aujourd'hui le champ de neige ?

— C'est vrai mais la flotte trisolarienne n'a pour l'instant parcouru que 0,22 année-lumière, il lui en reste encore quatre pour arriver jusqu'ici. Ce qui signifie que le reflet de la lumière de ce passage ne nous parviendra sur Terre que dans quatre ans.

— Oh, je suis désolé, j'oubliais, balbutia Fitzgerald, embarrassé. J'aimerais tellement les revoir, nous pourrions cette fois évaluer leur vitesse et leur accélération, ce sont des données cruciales.

— C'est impossible, nous sommes en dehors du cône de lumière.

— Comment ?

— C'est le nom donné par les physiciens à la forme géométrique que prend la lumière dans l'espace-temps. Les personnes situées en dehors du cône de lumière ne peuvent pas comprendre ce qui se passe à l'intérieur. Imaginez combien d'informations à propos d'événements majeurs de l'Univers nous parviennent actuellement à la vitesse de la lumière. Certaines de ces informations voyagent peut-être depuis des millions d'années, mais étant en dehors des cônes de lumière de ces événements, nous ne pourrons pas les recevoir.

— Le destin est donc à l'intérieur du cône de lumière.

Ringer réfléchit un instant puis hocha la tête, admiratif :

— Général, c'est une excellente métaphore ! Cependant, les intellectrons peuvent voir depuis l'extérieur du cône de lumière ce qui a lieu à l'intérieur.

— C'est pourquoi les intellectrons ont changé le destin… lâcha avec dépit Fitzgerald, tout en levant les yeux vers un terminal de traitement d'image.

Cinq ans plus tôt, c'était devant ce même poste que le jeune ingénieur nommé Harris avait éclaté en sanglots après avoir vu la brosse. Il avait par la suite souffert d'une grave dépression et était devenu inapte au travail. Il avait dû remettre sa démission et on ignorait aujourd'hui où il avait atterri.

Heureusement, les gens comme lui n'étaient pas nombreux. Pas encore.

La température avait chuté rapidement ces derniers jours, il avait commencé à neiger. Dans le domaine, le vert disparaissait peu à peu et une couche de givre s'était formée à la surface du lac. Les couleurs de la nature devenaient ternes, comme sur une photographie en noir et blanc. Dans cette région, le climat agréable ne durait que peu de temps, mais pour Luo Ji, ce jardin d'Éden avait de toute façon perdu son âme depuis le départ de ses deux êtres aimés.

L'hiver était une saison propice à la méditation.

Quand Luo Ji commença à réfléchir, il découvrit avec surprise que ses pensées avaient déjà fait une partie du chemin. Il se souvint qu'au collège un professeur lui avait donné une astuce pour rédiger ses examens de littérature : lire d'abord la question finale et tout reprendre ensuite depuis le début. De cette façon, pendant qu'il répondait aux premières questions, il pourrait inconsciemment réfléchir à la dernière, un peu comme le processus en tâche de fond d'un ordinateur. Il savait à présent qu'il avait commencé à réfléchir dès l'instant même où il était devenu Colmateur et qu'il ne s'était jamais arrêté depuis, c'était simplement que ce processus avait été inconscient, qu'il ne s'en était jamais rendu compte.

Luo Ji remonta rapidement le parcours de ses pensées déjà achevées.

Il avait à présent la certitude que tout prenait source dans sa rencontre avec Ye Wenjie, neuf ans plus tôt. Luo Ji n'en avait jamais parlé à quiconque, craignant de s'attirer des ennuis inutiles. Maintenant que Ye Wenjie n'était plus de ce monde, cette rencontre était devenue un secret seulement connu de lui et des Trisolariens. En ce temps-là, seuls deux intellectrons avaient rejoint la Terre, mais il était persuadé que cet après-midi, devant la tombe de Yang Dong, ils s'étaient suspendus à leurs corps et avaient tendu l'oreille, ne laissant échapper aucun de leurs mots. Et leurs fluctuations quantiques avaient instantanément traversé un espace de quatre années-lumière pour en rendre compte à Trisolaris.

Mais qu'avait dit Ye Wenjie ?

Say s'était trompée sur un point. La cosmosociologie sur laquelle n'avait jamais encore commencé à travailler Luo Ji était très importante, c'était sans doute la raison directe pour laquelle Trisolaris voulait sa mort. La secrétaire générale ne savait naturellement pas qu'il n'avait envisagé ce projet de recherche que parce que Ye Wenjie elle-même le lui avait suggéré, quand bien même il y avait vu l'opportunité idéale de s'amuser un peu, ce qu'il recherchait depuis longtemps. Avant l'émergence de la Crise trisolarienne, l'étude des civilisations extraterrestres était en effet un sujet tape-à-l'œil qui aurait certainement attiré l'attention des médias.

Cette recherche avortée n'était pas si importante en soi, l'important c'était que Ye Wenjie était celle qui lui en avait parlé. C'était à cette étape que les pensées de Luo Ji étaient bloquées.

Il ressassait sans relâche les paroles de Ye Wenjie qu'il avait gardées en mémoire :

Si je peux me permettre une suggestion : pourquoi ne pas faire des recherches en cosmosociologie ?

C'est un concept que je lance comme ça. J'entends par là émettre l'hypothèse selon laquelle l'Univers est peuplé d'un grand nombre de civilisations. Un nombre du même ordre de grandeur que celui des étoiles observables. Un nombre colossal. Ensemble, ces civilisations formeraient une seule et même société cosmique, une hypersociété dont la cosmosociologie aurait pour objet d'étudier les caractéristiques.

Si je pense à cela, c'est parce que ça te permettrait de faire le lien entre tes deux domaines de spécialité. La cosmosociologie a une structure beaucoup plus mathématique que la sociologie humaine.

Regarde, les étoiles sont des points solitaires, les structures complexes de chaque civilisation de l'Univers gouvernées par des facteurs de chaos et de hasard filtrés par la distance. Ces civilisations sont autant de variables qu'il peut être facile d'étudier à la lumière des mathématiques.

Ce qui signifie que tes résultats ne seront en définitive que purement théoriques. Comme pour la géométrie euclidienne, il faudra avant tout déterminer quelques axiomes simples et irréfutables puis, sur la base de ces axiomes, échafauder un système théorique.

Premièrement : la survie est la nécessité première de toute civilisation ; deuxièmement : une civilisation ne cesse de croître et de s'étendre, tandis que la quantité totale de matière dans l'Univers reste constante.

J'ai consacré la majeure partie de mon existence à réfléchir à ces questions, mais je n'en avais jusque-là jamais parlé à personne. Je ne saurais dire pourquoi… J'y pense, pour établir à partir de ces deux axiomes une cartographie fondamentale de la cosmosociologie, il me semble essentiel de prendre aussi en compte deux autres concepts importants : la chaîne de suspicion et l'explosion technologique.

J'ai bien peur que tu n'aies plus l'opportunité de le faire… Tu peux tout aussi bien prendre ce que je t'ai dit comme des paroles lancées en l'air. Quoi qu'il arrive, j'aurais rempli mon devoir. Bien, Xiao Luo, je dois partir.

Luo Ji se concentra à d'innombrables reprises sur ces phrases, essayant de les analyser sous tous les angles, remâchant chacune de leurs syllabes. Les mots qui les composaient étaient devenus les grains d'un chapelet qu'il récitait et caressait comme un bonze pieux. Il avait même ouvert le bracelet et éparpillé les grains avant de les enfiler à nouveau dans un ordre différent pour recommencer à les réciter jusqu'à ce qu'ils soient suffisamment usés pour recommencer une nouvelle fois l'opération.

Peu importe comment il s'y prenait, Luo Ji n'arrivait pas à extraire un indice de ces paroles, cet indice qui faisait de lui le seul humain que les Trisolariens voulaient voir disparaître.

Durant ses interminables réflexions, il déambulait là où le vent le menait. Il se promenait le long du lac, en prise à un vent devenu de plus en plus froid. Souvent, sans le vouloir, il en faisait le tour complet. À deux reprises, il se rendit même jusqu'au pied du mont enneigé, où la roche nue pareille à la surface lunaire était déjà recouverte de neige blanche et ne faisait plus qu'une avec la montagne. Ce n'était que dans ces instants-là que ses sentiments déviaient de l'orbite de sa pensée et qu'au milieu du vide de cette peinture de la nature apparaissaient les yeux de Zhuang Yan. Mais il était maintenant capable de réprimer ces sentiments et de continuer à agir comme une machine à penser.

Un mois entier passa sans qu'il s'en rende compte. L'hiver était déjà bien avancé, mais Luo Ji poursuivait encore à l'extérieur son voyage dans la pensée que le froid glacial participait à aiguiser.

Les grains du chapelet étaient pour la plupart si usés qu'ils avaient terni, à l'exception de trente et un d'entre eux, qui paraissaient plus neufs chaque fois qu'il les polissait. Une faible lueur avait même fini par émaner de ces phrases :

Premièrement : la survie est la nécessité première de toute civilisation ; deuxièmement : une civilisation ne cesse de croître et de s'étendre, tandis que la quantité totale de matière dans l'Univers reste constante.

Luo Ji verrouilla ces deux phrases dans son esprit. Sans qu'il ne parvienne à percer leur ultime secret, ses longues méditations lui disaient que celui-ci se trouvait quelque part dans ces deux sentences, les axiomes de la civilisation cosmique.

Mais cet indice était trop simple. Qu'est-ce que l'humanité et lui-même pouvaient tirer de ces deux lois indémontrables ?

Il ne fallait pas sous-estimer la simplicité. Simple signifiait solide. Tout l'édifice des mathématiques était par exemple érigé sur des fondations d'une prodigieuse simplicité. Mais Luo Ji se heurtait à ces axiomes durs comme de la roche.

À ces pensées, Luo Ji regarda autour de lui. Tout ce qui l'entourait était lascivement recroquevillé dans le froid de l'hiver, mais la majeure partie de la Terre était débordante de vie. Le monde fourmillait dans l'océan, sur la terre et dans le ciel de formes de vies aussi complexes que diverses et celles-ci dépendaient en réalité d'un principe encore plus simple que ceux de la civilisation cosmique : la survivance des plus aptes.

Luo Ji voyait à présent la difficulté : Darwin s'était jadis appuyé sur une étude du monde sensible pour parvenir à formuler ce principe, tandis que lui connaissait déjà les principes mais devait tracer une cartographie de toutes les civilisations de l'Univers. Il lui fallait faire le chemin inverse de Darwin, et il était encore plus escarpé.

Aussi Luo Ji commença à dormir le jour et à penser la nuit. Dès qu'un obstacle se dressant sur son trajet mental le terrifiait, il allait trouver le réconfort des étoiles. Comme Ye Wenjie l'avait évoqué, la distance lointaine des astres dissimulait leurs structures complexes et elles n'apparaissaient que sous la forme d'un amas de points dans l'espace, avec une configuration mathématique précise. C'était le paradis pour un penseur, son paradis, au moins dans sa conscience. Le monde auquel Luo Ji faisait face était plus limpide et plus concis que celui de Darwin.

Mais ce monde si simple présentait une étrange énigme : sur l'étoile la plus proche du Soleil était apparue une civilisation intelligente tandis que, selon le paradoxe de Fermi, la Voie lactée n'était qu'un désert vide. Ce fut dans cette énigme que Luo Ji trouva un point d'entrée à ses pensées.

Peu à peu, ces deux concepts abscons auxquels Ye Wenjie n'avait pas donné d'explication s'éclairèrent *: chaîne de suspicion* et *explosion technologique*.

Cette nuit-là, il faisait encore plus froid que d'ordinaire. Luo Ji se tenait au bord du lac, la température glaciale rendait presque les étoiles plus pures, cette matrice argentée au cœur de cet espace sombre réaffichait avec solennité pour lui sa limpide configuration mathématique. Brusquement, Luo Ji entra dans un état entièrement nouveau, il eut l'impression que tout l'Univers s'était figé, que tout mouvement s'était interrompu. Des étoiles jusqu'aux atomes, tout était soudain statique, les constellations n'étaient plus que d'innombrables points gelés sans taille, reflétant une lueur froide émise depuis un autre monde… Tout était à l'arrêt, en attente, en attente de son dernier réveil.

Un aboiement venu du lointain ramena Luo Ji à la réalité, sans doute le chien de la patrouille.

Luo Ji bouillonnait d'excitation, il n'avait certes pas percé l'ultime mystère, mais il avait clairement senti sa présence.

Il rassembla ses pensées et essaya à nouveau d'entrer dans cet état, mais sans réussite : le ciel étoilé avait repris son apparence ordinaire, le monde environnant interférait avec ses pensées. Bien que les alentours fussent enveloppés d'une nappe d'obscurité, il pouvait encore discerner le lointain pic enneigé, la forêt bordant le lac, ainsi que la villa derrière lui et même le halo rouge sombre des flammes de la cheminée à travers la porte entrouverte… À côté de la clarté limpide des étoiles, tout autour de lui symbolisait une complexité et un chaos que les mathématiques seraient éternellement incapables de saisir. Alors Luo Ji essaya de les bannir de sa perception.

Il marcha sur le lac gelé, tout d'abord avec prudence puis, s'étant assuré que la surface était solide, ses pas glissèrent plus rapidement, jusqu'à ce qu'enfin les rives du lac ne soient plus visibles. Il n'était désormais plus entouré que de cette surface lisse et givrée, il avait repoussé au loin la complexité et le tumulte du monde terrestre. En imaginant que cette étendue glacée s'étendait à l'infini dans toutes les directions, il obtint un monde simple et plat, une plateforme mentale froide et unie. Les interférences avaient cessé et il parvint très vite à retrouver l'état dont il venait de faire l'expérience : tout se figea, les étoiles l'attendaient…

Il y eut un craquement et la glace sous les pieds de Luo Ji céda, il sombra de tout son corps.

Au moment même où sa tête fut recouverte d'eau glacée, il vit les étoiles statiques voler en éclats. L'océan stellaire se métamorphosa d'abord en tourbillon, avant de se disperser en tumultueuses ondes argentées. La morsure du froid perça soudain comme un éclair étincelant le brouillard de sa conscience et illumina toute chose. Il continuait à sombrer. Le vortex d'étoiles au-dessus de sa tête se réduisit en un halo obscur et, tout autour de lui, ne demeura plus que le froid et un noir d'encre, comme s'il ne s'abîmait pas dans l'eau glacée mais dans les ténèbres de l'espace.

Et au cœur de ces ténèbres glacées, mortes et solitaires, il entrevit la vérité de l'Univers.

Luo Ji remonta vite à la surface. Sa tête jaillit hors du lac et il cracha une gorgée d'eau. Il voulut s'agripper à la glace aux extrémités du trou, mais il ne parvint à se hisser qu'à moitié avant que la glace ne se fissure à nouveau. Il remontait et retombait sans cesse, se frayant tant bien que mal un chemin dans la glace. Mais l'opération était lente et, en raison du froid, son énergie s'épuisait peu à peu. Il ne savait pas si, avant de mourir noyé ou congelé, les gardes remarqueraient quelque chose d'anormal sur le lac. Il enleva son blouson trempé pour avoir davantage de liberté de mouvement, puis il songea qu'en le jetant sur la surface glacée il pourrait mieux répartir la pression et se hisser ainsi plus facilement. Ce fut donc ce qu'il fit. Puis il réunit toute l'énergie qui lui restait pour remonter du côté de la glace où il avait jeté son blouson. Cette fois, la glace ne se brisa pas, il s'allongea enfin à bout de forces sur le lac et commença à ramper avec prudence, jusqu'à ce qu'il se trouve suffisamment loin du trou pour oser se lever. Il vit alors la lumière de lampes torches vaciller sur la rive et entendit des cris.

Luo Ji était debout sur le lac, ses dents s'entrechoquaient de froid, un froid qui ne semblait pas venir de la surface du lac ou du vent hivernal, mais de rayons déferlant directement depuis l'espace. Luo Ji ne leva pas la tête, il savait qu'à compter de cet instant les étoiles ne seraient plus jamais les mêmes. Il n'osait plus regarder vers le ciel. Et comme Rey Diaz avec le soleil, Luo Ji développa à partir de ce jour une phobie des étoiles. Il baissa la tête et, à travers le bruit de ses claquements de dents, il se dit à lui-même :

— Colmateur Luo Ji, je suis ton Fissureur.

— Vos cheveux ont blanchi depuis cinq ans, fit remarquer Luo Ji à Kent.

— Au moins, ils ne blanchiront plus, sourit ce dernier.

Jusqu'à ce jour, Kent avait toujours fait preuve de courtoisie et de retenue à l'égard de Luo Ji. C'était la première fois que ce dernier le voyait sourire franchement. Dans ses yeux, Luo Ji put lire ce que sa bouche ne disait pas : *Vous vous êtes enfin mis au travail.*

— J'ai besoin d'un endroit plus sûr, dit Luo Ji.

— Aucun problème à cela, docteur Luo, avez-vous d'autres exigences concernant ce lieu ?

— Rien d'autre que la sécurité. Une sécurité absolue.

— Docteur, il n'existe aucun endroit absolument sûr, mais nous ferons en sorte que cela s'en rapproche. Je dois néanmoins vous prévenir que vous risquez d'être confiné dans un lieu souterrain, et pour ce qui est du confort…

— Ne pensez pas au confort. Mais dans l'idéal, je souhaiterais être en Chine.

— Entendu, je m'en occupe immédiatement.

Au moment où Kent allait partir, Luo Ji l'arrêta. Il désigna derrière la fenêtre le jardin d'Éden recouvert de givre et de neige :

— Pouvez-vous me donner le nom de cet endroit ? Il va me manquer.

Le voyage, placé sous haute protection, dura plus de dix heures avant que Luo Ji n'arrive à destination. Dès sa sortie du véhicule, il sut où il se trouvait : un hall très vaste mais bas de plafond, un peu comme un parking souterrain. C'était ici que Luo Ji avait embarqué pour une vie merveilleuse et voilà que maintenant, après cinq ans d'alternance entre rêve et cauchemar, il revenait à son point de départ.

Parmi les personnes chargées de l'accueillir se trouvait un certain Zhang Xiang, le jeune homme qui l'avait accompagné ici cinq ans plus tôt avec Shi Qiang. Il était à présent en charge de la sécurité du lieu. Il avait vieilli depuis ces quelques années et paraissait entre deux âges.

Un membre de la Police armée du peuple avait encore comme consigne de garder l'ascenseur, mais ce n'était bien sûr plus le même appareil que cette année-là. Luo Ji n'en éprouva pas moins un sentiment de familiarité. Le vieil appareil avait été remplacé par un nouveau modèle complètement automatisé qui ne nécessitait pas le concours d'un homme pour être enclenché. Le soldat eut juste besoin d'appuyer sur le bouton "- 10" pour que l'ascenseur amorce sa descente.

La structure de la base souterraine avait été entièrement rénovée : les canalisations de ventilation du corridor avaient été dissimulées et des carreaux anti-infiltrations avaient été collés aux murs. Même les traces du vieux slogan maoïste avaient été effacées.

L'intégralité du dixième étage souterrain était dédiée aux quartiers de Luo Ji. Quoique le confort fût sans comparaison avec la villa qu'il venait de quitter, Luo Ji bénéficiait d'installations complètes de télécommunications et d'un équipement informatique performant. On lui avait aussi alloué un bureau avec un système de visioconférence, ce qui donnait à la pièce l'allure d'un poste de commandement.

L'administrateur des lieux prit la peine de présenter à Luo Ji les interrupteurs de la pièce sur lesquels figurait le symbole du soleil. Il lui expliqua que c'étaient des simulateurs solaires. Ils devaient être chaque jour allumés pendant au moins cinq heures. À l'origine imaginés pour les mineurs, ils reproduisaient les rayons du soleil – y compris même les ultraviolets – et permettaient de combler les besoins en lumière du jour des individus devant rester une longue période sous terre.

Le lendemain, sur demande de Luo Ji, l'astronome Abbott Ringer fut conduit au dixième étage de la base souterraine.

À son arrivée, Luo Ji lui demanda :

— Est-ce bien vous qui avez été le premier à observer les sillages de la flotte trisolarienne ?

Ringer parut légèrement courroucé :

— Je l'ai déjà répété tant de fois aux journalistes… Mais ils continuent à m'accorder cet honneur, alors qu'il doit revenir au général Fitzgerald ! C'est lui qui a insisté pour que les essais du télescope *Hubble II* prennent pour cible le monde de Trisolaris. Sans lui, nous aurions peut-être raté cette opportunité, car les sillages se seraient estompés dans le nuage de poussière interstellaire.

— La raison pour laquelle je vous ai fait venir n'a rien à voir avec tout ça, rectifia Luo Ji. J'ai moi aussi travaillé il y a un certain temps dans le domaine de l'astronomie, mais pas de façon aussi poussée que vous. D'ailleurs, je ne suis plus aussi familier de ce champ aujourd'hui. Je voudrais avant tout vous poser une question : admettons qu'il existe dans l'univers d'autres observateurs que les Trisolariens, la position de la Terre leur aurait-elle été révélée ?

— Non.

— Vous en êtes absolument sûr ?

— Oui.

— Mais la Terre a déjà communiqué dans les deux sens avec le monde de Trisolaris.

— Ces communications à faible fréquence ont seulement révélé la direction approximative de la Terre et de Trisolaris au sein de la Voie lactée, de même que la distance qui sépare les deux mondes. Cela signifie que s'il existe un troisième récepteur, il pourrait tout au plus savoir grâce à ces échanges que deux mondes civilisés situés à une distance de 4,22 années-lumière existent dans le Bras d'Orion, mais il serait incapable de connaître leurs positions exactes. En réalité, pour pouvoir transmettre de cette manière des indications précises sur la position d'une planète, il faut que la communication ait lieu entre des étoiles dont la distance est proche, comme le Soleil avec les étoiles de Trisolaris. Même si nous pouvions communiquer avec un troisième observateur plus éloigné, nous ne pourrions déterminer avec exactitude sa position.

— Pourquoi ?

— Parce que indiquer la position d'une étoile à d'autres observateurs du cosmos est loin d'être aussi simple que ce qu'on pourrait imaginer. En guise de comparaison, imaginez-vous en train de survoler le Sahara dans un avion. Tout en bas, un grain de sable vous crie : "Je suis ici !" En admettant que vous entendiez le cri, pourriez-vous localiser le grain depuis votre cabine ? Il y a plus de deux cents milliards d'étoiles dans la Voie lactée, c'est presque un désert d'étoiles.

Luo Ji hocha la tête, comme si on venait de le soulager d'un lourd fardeau.

— J'ai compris. C'est donc bien ça…

— Quoi donc ? demanda Ringer, perplexe.

Luo Ji ne répondit pas et continua à l'interroger :

— Avec notre niveau technologique actuel, comment pourrions-nous indiquer la position d'une étoile dans l'Univers ?

— En utilisant des ondes électromagnétiques de très haute fréquence. Cette dernière devra au moins atteindre – ou mieux, dépasser – la fréquence de la lumière visible et transmettre une information avec la puissance stellaire d'une civilisation de type II sur l'échelle de Kardachev. Pour le dire simplement, il faudrait faire scintiller l'étoile en question, faire d'elle un phare cosmique.

— Mais cela dépasse de loin ce que nous sommes technologiquement en mesure de faire !

— Oh, je vous demande pardon. J'avais oublié vos conditions. En ce qui concerne nos compétences technologiques actuelles, il est relativement ardu d'afficher la position d'une étoile dans l'espace lointain, mais il y a peut-être un moyen. Il faudrait néanmoins que les techniques d'interprétation du récepteur soient d'un niveau largement supérieur aux nôtres. Et je dirais même encore supérieur à celles de la civilisation trisolarienne.

— Je vous écoute.

— La donnée la plus importante est la position relative des étoiles. Si vous décrivez une région précise de la Voie lactée disposant d'un nombre suffisamment élevé d'étoiles – une dizaine au minimum – leur agencement relatif dans l'espace tridimensionnel sera unique, comme une empreinte digitale.

— Je commence à comprendre : si l'on envoie un message contenant la position relative d'une étoile avec les astres alentour, le récepteur pourra comparer cet agencement à une carte astronomique et ainsi localiser l'étoile en question ?

— Oui, mais ce n'est pas aussi simple que ça. Pour pouvoir déterminer la position de l'étoile avec certitude, le récepteur doit avoir en sa possession un modèle tridimensionnel de la galaxie entière, indiquant précisément la position relative de chacune de ses deux cents milliards d'étoiles. Ainsi, après avoir reçu le message que nous aurions envoyé, il pourrait faire une recherche dans sa gigantesque base de données et repérer la région de l'espace d'où cette information a été transmise.

— C'est compliqué, en effet. Ce serait comme consigner toutes les positions relatives de chaque grain de sable du désert.

— Il y a plus difficile encore. La Voie lactée, contrairement au désert, est en mouvement. Ce qui veut dire que la position des étoiles change constamment. Plus le message est reçu tardivement, plus les erreurs produites par ces changements de position peuvent être importantes. Le récepteur devrait donc avoir à disposition une base de données pouvant anticiper les changements de position futurs de chacune des centaines de milliards d'étoiles de la galaxie. En théorie, cela reste imaginable, mais en pratique… Mon Dieu…

— Serait-il difficile pour nous d'envoyer un message contenant la position relative d'une étoile ?

— Non, car nous avons simplement besoin d'esquisser la position d'un nombre limité d'étoiles. Maintenant que j'y pense, je dirais qu'avec la densité stellaire moyenne dans la partie extérieure du bras spiral de la galaxie un modèle de moins de trente étoiles serait suffisant, peut-être même encore moins. Le message contiendrait peu d'informations.

— Bien. J'en arrive à ma troisième question : je crois que quelques centaines de systèmes planétaires ont déjà été découverts en dehors du système solaire, je me trompe ?

— Cinq cent douze à ce jour.

— Et l'étoile ayant un système planétaire la plus proche du Soleil ?

— 244J2E1, à seize années-lumière.

— Si je me souviens bien du code, les premiers chiffres correspondent à l'ordre de leur découverte ; J, E, X correspondent respectivement aux planètes géantes gazeuses pour J, aux planètes telluriques pour E et aux autres types de planètes pour X. Quant au chiffre qui suit chacune de ces lettres, au nombre de planètes de ce type dans le système en question.

— Exact. Le système de l'étoile 244J2E1 comporte donc trois planètes : deux géantes gazeuses et une tellurique.

Luo Ji réfléchit un moment, puis secoua la tête :

— C'est trop près. Et un peu plus loin, mettons… à cinquante années-lumière ?

— 187J3X1, à 49,5 années-lumière du Soleil.

— C'est très bien, pourriez-vous réaliser une esquisse de la position de cette étoile ?

— Naturellement.

— Combien de temps cela prendrait-il ? Auriez-vous besoin de matériel particulier ?

— Simplement d'un ordinateur relié à Internet. Je peux vous le faire ici même. Pour une esquisse de la position relative d'une trentaine d'étoiles, je pourrais vous la donner dès ce soir.

— Quelle heure est-il ? Ne sommes-nous pas déjà le soir ?

— Docteur Luo Ji, je crois que c'est le matin.

Ringer s'installa dans la salle informatique. Luo Ji fit venir Kent et Zhang Xiang. Il commença par annoncer à Kent qu'il souhaitait organiser au plus vite une audience au Conseil de défense planétaire.

— Il y a beaucoup de réunions au CDP en ce moment, répondit Kent. Une fois que la demande aura été formulée, vous risquez sans doute de devoir attendre quelques jours.

— Alors j'attendrai. Mais j'insiste, je souhaiterais que ce soit le plus tôt possible. J'ai une autre requête : je ne souhaite pas me déplacer jusqu'aux Nations unies, je participerai à l'audience par visioconférence.

Kent eut un regard désapprobateur :

— Docteur Luo Ji, ne trouvez-vous pas cela inapproprié ? Une réunion internationale de cette importance… Certains participants pourraient être froissés.

— Cela fait partie du plan. Dans le passé, j'ai obtenu satisfaction devant des exigences autrement plus loufoques. Je ne crois pas que celle-ci soit excessive, non ?

— Vous savez… commença Kent, mais il n'alla pas plus loin.

— Je suis conscient que le statut des Colmateurs n'est plus le même qu'il y a quelque temps, mais permettez-moi d'insister. Luo Ji parla ensuite à voix basse, bien qu'il sût que les intellectrons suspendus autour de lui pouvaient toujours l'entendre : Il y a maintenant deux possibilités : la première, c'est que rien n'ait changé et que je puisse me rendre aux Nations unies sans encombre. Mais il y en a une autre : que je sois actuellement en danger de mort. Je ne peux pas courir ce risque.

Puis Luo Ji s'adressa à Zhang Xiang :

— C'est la raison pour laquelle je vous ai fait venir. Cette base va certainement devenir la cible d'attaques de la part de l'ennemi, sa sécurité doit être rigoureusement renforcée.

— Ne vous inquiétez pas, professeur Luo, nous sommes situés à deux cents mètres en dessous du sol. Toute la zone au-dessus est sous haute protection, un système de contre-missiles a été déployé et nous avons aussi installé un système de détection sismique très avancé pour que toute tentative de forage de galerie souterraine puisse être repérée. Je vous garantis que nous sommes prêts à parer à toute menace.

Quand les deux hommes furent partis, Luo Ji alla déambuler dans le corridor. Il ne put s'empêcher de repenser au lac et aux montagnes du jardin d'Éden (il connaissait maintenant le nom de l'endroit, mais c'était ainsi qu'il préférait l'appeler). Il savait qu'il était fort possible qu'il passât le restant de sa vie dans ce souterrain.

Il observa les simulateurs solaires au plafond. La lumière qu'ils diffusaient ne ressemblait en rien à celle du soleil.

Monde virtuel des Trois Corps.

Deux étoiles volantes traversaient lentement l'océan d'étoiles. Tout sur la terre était plongé dans l'obscurité et, au loin, l'horizon se fondait dans la noirceur du ciel. Au cœur de ces ténèbres retentit soudain une salve de murmures, bien qu'on ne distinguât aucun de ceux qui les prononçaient. Les voix paraissaient provenir de créatures invisibles flottant dans le noir.

Un léger craquement se fit entendre, une petite flammèche apparut dans la pénombre, dont le faible halo révéla trois visages : ceux de Qin Shi Huang, Aristote et von Neumann. La lumière provenait du briquet d'Aristote. Quelques torches furent tendues et Aristote en alluma une, qui fut transmise à d'autres et, bientôt, une clarté vacillante illumina une foule de personnages de différentes époques. Les chuchotements n'avaient pas cessé.

Qin Shi Huang se hissa sur un rocher, leva sa longue épée et intima à la foule de se taire.

— Les dieux nous ont donné un nouvel ordre : éliminer le Colmateur Luo Ji.

— Nous aussi, nous avons reçu cet ordre. C'est le deuxième donné par les dieux pour assassiner Luo Ji, dit Mozi.

— Mais c'est devenu difficile aujourd'hui ! lança quelqu'un.

— Difficile ? Dites plutôt absolument impossible !

— Si Evans n'avait pas ajouté à l'époque une condition supplémentaire, il serait mort depuis cinq ans.

— Evans avait sans doute ses raisons, après tout nous ne connaissons pas la vérité. Luo Ji est un homme chanceux, le sort l'a aussi épargné ce jour-là sur la place des Nations-Unies.

Qin Shi Huang fit des moulinets avec son épée pour les faire taire :

— Parlons plutôt de ce que nous allons faire.

— Il n'y a rien que nous puissions faire. Qui pourrait approcher un bunker à deux cents mètres sous terre ? Sans parler d'y entrer ! C'est bien trop protégé !

— Balancer une bombe nucléaire ?

— Absurde ! C'est un abri antiatomique qui date de la guerre froide.

— La seule solution envisageable, c'est d'infiltrer l'équipe de sécurité.

— Est-ce encore possible ? Ça fait tant d'années que nous essayons, avons-nous jamais réussi ?

— Alors, la cuisine !

Cette proposition souleva quelques rires.

— Arrêtons de raconter n'importe quoi ! Les dieux devraient plutôt nous dire la vérité, nous arriverions peut-être à trouver une meilleure solution.

Qin Shi Huang répondit à la dernière prise de parole :

— J'ai déjà eu l'occasion d'adresser cette requête, mais les dieux m'ont répondu que la vérité était le secret le plus important de l'univers et qu'il ne devait en aucun cas être divulgué. S'ils en avaient jadis parlé à Evans, c'est qu'ils pensaient que l'humanité connaissait déjà ce secret.

— Alors, que les dieux nous transmettent au moins leurs technologies !

Beaucoup de voix approuvèrent cette demande.

— Cela aussi, je l'ai demandé, reprit Qin Shi Huang. Et contrairement à ce à quoi je m'attendais, les dieux n'ont pas opposé un refus catégorique comme à leur habitude.

La foule fut parcourue par un frisson d'excitation, mais il fut aussitôt tempéré par les paroles de Qin Shi Huang :

— Cependant, quand les dieux ont pris connaissance du lieu où se trouvait la cible, ils ont aussitôt rejeté cette option en disant que la technologie qu'ils pouvaient nous transmettre serait inefficace.

— Est-il vraiment si important, en fin de compte ? demanda von Neumann, incapable de dissimuler une pointe de jalousie dans sa voix. En tant que premier Fissureur à avoir réussi sa mission, il avait connu une ascension rapide au sein de l'Organisation.

— Les dieux ont peur de lui.

— J'y ai longuement réfléchi, dit Einstein. Je crois qu'il n'y a qu'une seule raison capable d'expliquer la peur qu'inspire Luo Ji aux dieux : il est le porte-parole d'une certaine puissance.

Qin Shi Huang étouffa la discussion qui allait se poursuivre autour de ce sujet :

— Ne parlons pas de tout ça et continuons à réfléchir à la manière dont nous allons satisfaire l'ordre des dieux.

— Nous ne pouvons pas.

— C'est vraiment impossible. C'est une mission vouée à l'échec.

Qin Shi Huang frappa d'un coup d'épée le rocher sous ses pieds :

— Cette mission est capitale, les dieux sont peut-être en danger. Songez aussi que si nous menons à bien cette mission, l'Organisation sera largement reconsidérée à leurs yeux ! Comment se pourrait-il que tant de génies issus de différents domaines et de différentes régions du monde réunis ici échouent à trouver un moyen ? Rentrez chez vous et réfléchissez. Puis envoyez-moi vos plans. C'est une affaire qui doit être traitée en urgence.

Les torches finirent de se consumer les unes après les autres. Bientôt, tout fut à nouveau englouti par l'obscurité, tandis que les murmures se poursuivaient.

L'audience du Colmateur Luo Ji par le Conseil de défense planétaire n'eut lieu que deux semaines plus tard. Depuis l'échec de Taylor et l'hibernation des deux autres Colmateurs, le CDP avait concentré ses actions et son attention sur les projets de défense classiques.

Luo Ji et Kent patientaient dans le bureau de visioconférence. La connexion avait été établie avec le CDP et la salle de conférences était visible sur le grand écran. Autour de cette grande table circulaire, bien connue des habitants de la planète depuis l'époque du Conseil de sécurité, les sièges étaient encore inoccupés. Si Luo Ji était arrivé plus tôt, c'était pour contrebalancer quelque peu l'irrévérence de ne pas avoir pu être présent sur place.

En discutant avec Kent pour faire passer le temps, il lui demanda s'il s'était fait à sa nouvelle vie. Kent lui expliqua qu'il avait passé trois années de sa jeunesse en Chine, qu'il était familier de cet environnement et que tout allait bien pour lui. Contrairement à Luo Ji, il n'était pour sa part pas obligé de vivre toute la journée sous terre. Ces derniers temps, son chinois mandarin un peu rouillé était redevenu plus fluide.

— Vous êtes enrhumé ? l'interrogea Luo Ji.

— Je pense avoir la grippe volatile, répondit Kent.

— Vous voulez dire la grippe aviaire ? s'étonna Luo Ji.

— Non, la grippe volatile, c'est comme ça que les médias l'appellent. Elle a commencé à se propager dans une ville voisine il y a une semaine. Elle a un taux d'infection important, mais ses symptômes sont très légers : aucune fièvre, juste le nez qui coule. Certains malades ont un peu mal à la gorge, mais on en guérit automatiquement en trois jours environ, sans avoir besoin de prendre des médicaments.

— Les grippes sont généralement plus graves que ça.

— Pas cette fois. Beaucoup de soldats et d'employés qui travaillent ici ont été contaminés. Vous n'avez pas remarqué que nous avions remplacé la femme de ménage ? Elle aussi a attrapé la grippe volatile. Nous craignions qu'elle ne vous la transmette. Mais étant votre contact avec le CDP, je ne suis pas remplaçable.

Sur l'écran, ils virent les représentants nationaux entrer progressivement dans la salle. Ils s'assirent et échangèrent quelques mots à voix basse, comme s'ils n'avaient pas remarqué la présence de Luo Ji. Le président tournant du Conseil de défense planétaire annonça le début de la réunion.

— Colmateur Luo Ji, lors de la dernière session extraordinaire des Nations unies, la législation du programme Colmateur a été modifiée, vous avez dû en prendre connaissance.

— Oui, répondit Luo Ji.

— Vous avez donc certainement noté qu'elle renforçait le pouvoir de supervision du CDP et restreignait le budget mis à disposition des Colmateurs. J'espère que le plan que vous allez soumettre au cours de cette audience sera conforme à ces nouvelles exigences.

— Monsieur le président, les trois autres Colmateurs ont déjà affecté des ressources colossales à l'exécution de leurs plans. Limiter celles concernant mon projet me semble injuste.

— Le droit de mobiliser des ressources dépend de votre plan. Vous devez avoir remarqué que les projets des trois autres Colmateurs n'entrent pas en contradiction avec les projets de défense classiques. Sans leurs plans, ces recherches et ces travaux auraient été entrepris tôt ou tard. Nous espérons que votre plan stratégique s'inscrit lui aussi dans cette logique.

— Je regrette, mais ce n'est pas le cas. Mon plan n'a aucun lien avec les projets de défense en cours.

— Alors, je le regrette également. Selon la nouvelle législation, les ressources que vous pourrez mobiliser seront limitées.

— Même dans l'ancien programme, les ressources que j'avais à disposition étaient restreintes. Mais, monsieur le président, ça ne fait rien, car le budget de mon plan est dérisoire.

— Comme pour votre dernier plan ?

La remarque du président suscita le ricanement de quelques participants.

— Il sera encore moins onéreux. Comme je viens de vous le dire, mon budget est dérisoire, répéta simplement Luo Ji.

— Nous vous écoutons, dit le président en l'invitant à parler d'un hochement de tête.

— Les détails techniques de ce plan vous seront présentés par le Dr Abbott Ringer, même si je crois que chacun des représentants présents a déjà en sa possession le dossier correspondant. Pour en donner un résumé, il s'agit d'utiliser la fonction amplificatrice des miroirs solaires pour envoyer un message dans le cosmos. Ce message ne contiendra que trois figures simples, ainsi que quelques informations supplémentaires prouvant que ces images ont bien été émises par une espèce intelligente et non formées naturellement. Les figures dont il est question sont consultables dans le dossier transmis à l'occasion de cette audience.

On entendit dans la salle de réunion un bruissement de papiers. Les représentants trouvèrent très vite les trois feuilles correspondantes. Les images s'affichèrent également sur l'écran. Elles étaient très simples. Sur chacune d'entre d'elles ne figuraient que des points noirs qui semblaient répartis aléatoirement. Les participants notèrent qu'un point dessiné sur chaque image apparaissait plus clairement que les autres et qu'il était désigné par une petite flèche.

— Qu'est-ce que c'est? demanda le représentant américain tout en observant minutieusement le dessin, à l'instar du reste des participants.

— Colmateur Luo Ji, conformément aux principes de base du programme Colmateur, vous avez le droit de ne pas répondre à cette question, précisa le président.

— C'est une malédiction, lâcha Luo Ji.

Les froissements et les murmures s'interrompirent brutalement. Tous levèrent la tête dans la même direction, ce qui permit à Luo Ji de savoir où se trouvait la position de l'écran retransmettant son image.

— Qu'avez-vous dit? demanda le président en plissant les paupières.

— Il a dit que c'était une malédiction, répéta quelqu'un à voix haute autour de la table circulaire.

— Une malédiction contre qui ? demanda le président.

— Contre toutes les planètes du système de l'étoile 187J3X1. Bien sûr, elle pourrait aussi avoir des effets directs sur l'étoile elle-même.

— Quel genre d'effets ?

— Nous l'ignorons pour l'instant. Mais une chose est certaine : les effets de la malédiction seront catastrophiques.

— Y aurait-il de la vie sur ces planètes ?

— J'ai consulté plusieurs astronomes à ce sujet. À partir des données aujourd'hui à notre disposition, il semblerait que non.

À ces mots, Luo Ji lui aussi plissa les paupières, en priant silencieusement au fond de lui : *Et pourvu qu'ils aient raison*.

— Une fois cette malédiction envoyée, au bout de combien de temps se manifesteront ses effets ?

— L'étoile 187J3X1 est située à environ cinquante années-lumière du Soleil. C'est pourquoi ses effets n'auront lieu au plus tôt que dans cinquante ans. Mais nous ne pourrons en observer la trace que dans un siècle. Néanmoins, c'est une estimation courte, cela prendra peut-être beaucoup plus de temps.

Après un moment de silence dans la salle, le représentant américain fut le premier à réagir, il jeta les trois feuilles où étaient imprimés les points noirs sur la surface de la table :

— Excellent ! L'humanité a enfin un dieu !

— Un dieu caché dans un bunker ! compléta le représentant britannique, déclenchant une volée de rires dans la salle.

— Je dirais plutôt un sorcier ! toussa le représentant japonais.

Le Japon n'avait jamais pu intégrer le Conseil de sécurité, mais il avait été admis dès sa fondation dans le Conseil de défense planétaire.

— Docteur Luo Ji, vous avez au moins réussi à rendre votre plan étrange et déroutant, affirma Garanine, le représentant russe, qui avait été président du CDP cinq ans plus tôt, à l'époque où Luo Ji avait été désigné Colmateur.

Le président donna un coup de marteau en bois sur la table pour faire cesser la cacophonie de la salle.

— Pourquoi ne pas l'envoyer directement vers le monde ennemi ? demanda-t-il.

— Ce n'est qu'une démonstration, expliqua Luo Ji. Je ne mettrai véritablement mon plan à exécution qu'au moment de l'Ultime Bataille.

— Trisolaris ne pourrait-elle pas être utilisée comme cible pour cette… démonstration ?

Luo Ji secoua la tête, inflexible :

— Non, c'est irrévocable. Trisolaris est trop près. Les effets de la malédiction risqueraient de nous toucher. C'est la raison pour laquelle j'ai exclu tous les systèmes planétaires dans un rayon de cinquante années-lumière.

— Une dernière question : pendant les cent prochaines années, voire plus, qu'allez-vous faire ?

— Vous allez être débarrassés de moi : je vais hiberner. Vous me réveillerez lorsque vous aurez détecté des effets sur le système 187J3X1.

La période durant laquelle Luo Ji se préparait à entrer en hibernation, il fut atteint de la grippe volatile. Les premiers symptômes furent les mêmes que chez les autres malades, un simple nez qui coule et une légère inflammation de la gorge, si bien que ni lui ni personne d'autre n'y accorda d'importance. Mais deux jours plus tard, la maladie s'aggrava, et il commença à avoir de la fièvre. Le médecin comprit que quelque chose était anormal et il lui préleva un échantillon de sang qu'il envoya faire analyser en ville.

Luo Ji passa la nuit dans une torpeur fiévreuse, en proie à des rêves violents et répétés dans lesquels les étoiles tourbillonnaient dans un ballet incohérent comme des grains de sable sur la peau d'un tambour vibrant. Il était même conscient qu'en raison de l'interaction gravitationnelle entre les astres ils ne suivaient pas les mouvements d'un système à trois corps, mais bien des deux cents milliards de corps de la Voie lactée ! Puis, cet océan confus d'étoiles fusionna en un titanesque maelstrom qui, emporté par un tourbillon de folie, se métamorphosa en un serpent géant et argenté formé par la condensation des étoiles, dont les rugissements perforèrent son cerveau…

À 4 heures du matin environ, Zhang Xiang fut réveillé par la sonnerie de son téléphone. C'était le chef de la sécurité du Conseil de défense planétaire. Sa voix était grave, il demanda immédiatement un rapport sur l'état de santé de Luo Ji et ordonna que l'état d'urgence soit décrété dans la base. Une équipe d'experts était en route.

Zhang Xiang venait à peine de reposer le combiné que le téléphone sonna à nouveau : c'était le médecin du dixième étage souterrain qui lui indiqua que l'état du malade avait empiré et qu'il était maintenant en état de choc. Zhang Xiang se hâta de descendre en ascenseur, et l'infirmière et le médecin paniqués lui rapportèrent que Luo Ji avait commencé à vomir du sang au milieu de la nuit, et qu'il était dans un coma dont on n'arrivait pas à le soustraire. Zhang Xiang vit Luo Ji allongé sur le lit, son visage était pâle, ses lèvres, violettes, et on ne constatait presque plus aucune trace de vie sur son corps.

L'équipe d'experts, composée d'un spécialiste du Centre national de gestion des épidémies, d'un médecin de l'Armée populaire de la libération ainsi que de membres d'un groupe de recherche de l'Académie des sciences médicales de l'armée, arriva rapidement sur les lieux.

Tandis qu'on l'examinait, un expert de l'Académie des sciences médicales entraîna Zhang Xiang et Kent à l'extérieur pour leur décrire la situation.

— Cela fait quelque temps que cette vague de grippe retient notre attention. Nous trouvions ses caractéristiques et son foyer très peu communs. Nous avons maintenant la certitude qu'il s'agit d'une arme chimique : un missile génétique.

— Un missile génétique ?

— Un virus génétiquement modifié, hautement infectieux, qui ne provoque que de légers symptômes chez la plupart des gens. Toutefois, ce genre de virus possède la faculté de reconnaître des génomes et il peut donc identifier les particularités génétiques d'un individu. Dès lors que la cible est contaminée, le virus libère des toxines mortelles dans son organisme. Nous savons maintenant qui était la cible…

Zhang Xiang et Kent échangèrent un regard, ils furent d'abord saisis d'incrédulité avant de sombrer dans le désespoir. Le visage de Zhang Xiang blêmit et il baissa la tête :

— J'en assume l'entière responsabilité.

Le chercheur, un senior colonel, le réconforta :

— Directeur Zhang, il était impossible de parer à cela. Nous avons certes eu quelques suspicions au début mais nous n'avions jamais, jusqu'à récemment, considéré cette possibilité. Le concept d'arme génétique est apparu au siècle dernier, mais personne n'aurait pu imaginer qu'on ait réussi à en fabriquer une, malgré l'imperfection relative de celle-ci. C'est une arme terrifiante pour assassiner quelqu'un : tout ce que vous avez besoin de faire, c'est de propager le virus dans la zone où se trouve votre victime et le tour est joué. Il peut d'ailleurs ne même pas être nécessaire de cibler un périmètre précis : il suffit de le répandre à l'échelle planétaire, car si ce genre de virus ne provoque que peu de symptômes – voire aucun – chez un individu lambda, il peut néanmoins se propager à une vitesse folle et finir par atteindre sa cible.

— Non, c'est mon entière responsabilité, fit Zhang Xiang en se couvrant les yeux. Si le commissaire Shi avait été là, ce ne serait jamais arrivé.

Il relâcha sa main. Ses yeux scintillaient de larmes.

— Juste avant de se faire hiberner, le commissaire m'a dit quelque chose au sujet de cette prétendue impossibilité à se prémunir contre toutes les menaces, dont vous avez parlé. Il m'a dit : "Xiao Zhang, notre boulot, c'est de ne dormir que d'un œil, parce que, quoi qu'il arrive, nous ne pourrons pas dire que nous n'étions pas préparés."

— Quelle est la prochaine étape ? demanda Kent.

— Le virus a déjà envahi une bonne partie de son organisme. Son foie, de même que ses fonctions cardiaques et respiratoires, est en défaillance. La médecine actuelle est impuissante, il faut l'hiberner, vite.

Un certain temps après être tombé dans le coma, Luo Ji retrouva une partie de sa conscience. Il était parcouru d'une sensation de froid glacial, un froid dont la source se trouvait à l'intérieur même de son corps et qui se diffusait à partir de lui comme la lumière pour congeler le monde entier. Il vit une plaine enneigée. Au début, ce n'était rien d'autre qu'un blanc infini mais, plus tard, au milieu du blanc, apparut un petit point noir. Peu à peu, il distingua une silhouette familière, c'était Zhuang Yan, avec leur fille dans les bras. Elle marchait avec difficulté sur cette étendue enneigée si désolée qu'elle avait perdu tout relief. Une écharpe rouge était enroulée autour de son cou, celle-là même qu'elle portait sept ans plus tôt, la première fois qu'il l'avait imaginée durant cette nuit de tempête. Le visage de la petite était rougi de froid, elle agrippait comme elle pouvait ses deux petites mains à sa mère en lui criant quelque chose, mais il ne pouvait entendre sa voix. Il voulut courir les retrouver, mais la jeune mère et l'enfant disparurent brusquement, comme si elles s'étaient dissoutes dans la neige blanche. Ce fut à son tour de disparaître et ce monde immaculé se contracta en un mince fil de soie argentée qui, dans cette obscurité sans limites, constituait l'ensemble des fragments de sa conscience. C'était le fil du temps, immobile, qui s'étirait sans limites dans deux directions opposées. L'âme de Luo Ji cheminait sur ce fil, glissant à une vitesse régulière vers un futur indéterminé.

Deux jours plus tard, un faisceau d'ondes électromagnétiques à haute fréquence fut envoyé depuis la Terre vers le Soleil. Les ondes perforèrent la zone de convection, atteignirent les miroirs d'énergie de la zone de radiation solaire d'où, amplifiées plusieurs centaines de millions de fois, elles emportèrent à la vitesse de la lumière la malédiction du Colmateur Luo Ji vers le cosmos.

3

AN 12 DE LA GRANDE CRISE. FLOTTE TRISOLARIENNE À 4,18 ANNÉES-LUMIÈRE DU SYSTÈME SOLAIRE

Centre de contrôle du télescope *Hubble II*.

Une autre brosse était apparue dans l'espace. La flotte trisolarienne avait dépassé le deuxième nuage de poussière interstellaire. *Hubble II* surveillant étroitement la zone, le sillage de la flotte fut photographié dès son apparition. À ce stade, il n'avait pas tant l'apparence d'une brosse que celle d'une touffe d'herbes commençant à peine à pousser dans les sombres abysses de l'espace. Ces milliers de brins d'herbe croissaient à vue d'œil, ils étaient beaucoup plus distincts que neuf ans plus tôt. Pendant ces neuf années d'accélération continue, la vitesse de la flotte avait en effet considérablement augmenté et l'impact provoqué sur la poussière interstellaire avait été plus brutal.

— Général, regardez bien. Est-ce que vous arrivez à les voir ? lança Ringer à Fitzgerald en pointant l'image agrandie sur l'écran.

— On dirait qu'ils sont toujours mille.

— Non, observez mieux.

Fitzgerald étudia l'image pendant un bon moment, puis il désigna le milieu de la brosse :

— Il semblerait que… un, deux, trois, quatre… dix poils de la brosse ont poussé plus vite que les autres, ils sont plus longs.

— En effet. Ces dix sillages sont extrêmement fins, ils ne sont visibles que si on augmente l'agrandissement.

Fitzgerald se tourna vers Ringer, il avait la même expression que celle qu'il avait arborée une décennie plus tôt, lorsqu'ils avaient pour la première fois découvert des traces de la flotte trisolarienne :

— Docteur, est-ce que cela signifie que dix de leurs vaisseaux sont en train d'accélérer ?

— Ils sont tous en train d'accélérer. Mais les dix sillages qui se détachent des autres indiquent une accélération plus importante. Toutefois, ce ne sont pas dix vaisseaux, car il nous est possible d'observer maintenant mille dix sillages, soit dix de plus que la dernière fois. Une analyse morphologique de ces dix sillages nous a permis de constater qu'ils étaient dix fois plus petits que les vaisseaux derrière eux : à peu près un quinzième de leur taille, soit l'équivalent d'un camion. Mais étant donné leur grande vitesse, ils produisent des sillages qui restent néanmoins détectables.

— C'est petit, en effet. Des sondes ?

— Dix sondes.

Hubble II venait de faire une autre découverte sensationnelle : le premier contact avec une entité trisolarienne aurait lieu plus tôt que prévu, même s'il ne s'agissait que de dix petites sondes.

— Quand atteindront-elles le système solaire ? demanda nerveusement Fitzgerald.

— C'est encore difficile à dire, cela dépendra de leur accélération future, mais nous pouvons être sûrs qu'elles arriveront avant la flotte. Pour vous donner une estimation prudente, je dirais qu'elles atteindront le système solaire un siècle avant les vaisseaux. La flotte semble manifestement avoir atteint sa limite d'accélération mais, pour une raison que nous ignorons, les Trisolariens souhaitent gagner plus rapidement le système solaire et ont envoyé des sondes capables d'accélérations plus significatives.

— Ils ont déjà les intellectrons, à quoi bon lancer des sondes ? demanda un ingénieur.

Cette question plongea tout le monde dans le silence, que brisa néanmoins rapidement Ringer :

— Ne pensons pas à ça. Ce n'est pas quelque chose que nous pouvons deviner.

— Si, intervint Fitzgerald en levant une main. Nous pouvons au moins en deviner une partie… Ce que nous observons aujourd'hui est un événement ayant eu lieu il y a quatre ans. Seriez-vous en mesure de déterminer la date exacte à laquelle les sondes ont été lancées par la flotte ?

— Oui, par chance, les sondes ont quitté les vaisseaux alors qu'ils se trouvaient dans la neige – je veux dire, dans la poussière interstellaire –, ce qui nous a permis de déterminer la date, grâce à nos observations de l'intersection entre les sillages des sondes et ceux de la flotte.

Ringer donna ensuite la date à Fitzgerald. Le général resta un moment abasourdi. Il alluma une cigarette et s'assit pour la fumer. Il attendit un long moment avant de lâcher :

— Docteur, vous n'êtes pas politicien, après tout. Comme moi qui ne me suis pas aperçu des dix poils en plus sur la brosse, vous n'avez pas relevé l'importance capitale de cette date.

— Est-ce que… est-ce que la date a un sens particulier ? demanda Ringer, sans trop comprendre.

— Ce jour-là, il y a quatre ans, j'ai participé à une audience de Colmateur au siège du Conseil de défense planétaire. C'est au cours de cette réunion que Luo Ji a soumis son idée d'envoyer une malédiction dans l'Univers.

Les scientifiques et les ingénieurs se regardèrent.

— Et c'est à ce moment-là aussi que Trisolaris a réitéré pour la seconde fois son appel à éliminer Luo Ji.

— Lui ? Est-il si important ?

— Vous croyez peut-être qu'il a d'abord été un séducteur sentimental avant de jouer à l'apprenti sorcier ? Bien sûr, nous aussi. Tous l'ont cru, sauf les Trisolariens.

— Et vous, général, qu'en pensez-vous ?

— Docteur, croyez-vous en Dieu ?

Cette question soudaine laissa Ringer un moment sans voix.

— … En Dieu ? Ma foi, ce concept revêt aujourd'hui tellement de sens différents sur tellement de niveaux différents… Je ne sais pas ce que vous…

— Moi, je crois. Même s'il n'existe aucune preuve. C'est d'ailleurs mieux ainsi : si Dieu existe réellement, nous avons raison de croire ; sinon, nous ne perdons rien.

Les paroles du général firent rire l'assemblée, puis Ringer reprit :

— Pour ce qui est de votre dernière phrase, ce n'est pas tout à fait exact, nous avons beaucoup à perdre, au moins en ce qui concerne la science… mais si Dieu existe, qu'est-ce que cela change ? A-t-il quelque chose à voir avec ce qui nous arrive ?

— Si Dieu existe, il doit sans doute avoir un porte-parole dans le monde mortel.

Un moment passa avant que tous comprennent ce que voulait dire Fitzgerald. Un astronome prit la parole :

— Général, que dites-vous ? Dieu aurait choisi son porte-parole dans un pays athée ?

Fitzgerald tortilla son mégot pour l'éteindre et haussa les épaules :

— Lorsque vous avez éliminé l'impossible, ce qui reste, si improbable soit-il, est nécessairement la vérité. Avez-vous d'autres explications ?

Ringer hésita :

— Si par "Dieu", vous voulez parler d'une sorte de justice transcendant toute chose dans l'Univers…

Fitzgerald l'arrêta en levant la main, comme si le pouvoir divin qu'il venait d'évoquer s'affaiblirait d'être énoncé :

— Alors, vous tous, croyez. Vous pouvez maintenant commencer à croire, proclama-t-il en se marquant d'un signe de croix.

La télévision retransmettait en direct l'essai d'*Escalier céleste III*. Parmi les trois ascenseurs spatiaux dont la construction avait débuté cinq ans plus tôt, deux étaient déjà opérationnels, si bien que l'essai d'*Escalier céleste III* n'avait pas aujourd'hui de retentissement majeur. Pour l'heure, tous les ascenseurs spatiaux n'étaient pourvus que d'une glissière primitive et possédaient une capacité de convoi relativement faible par rapport aux modèles d'ascenseurs à quatre glissières actuellement en chantier. Toutefois, cette technologie représentait un bond sans précédent depuis l'époque des fusées chimiques. Si l'on mettait de côté la somme engagée pour leur construction, le coût d'un trajet vers l'espace en ascenseur était en outre bien moins important que celui d'un trajet en avion civil. Par conséquent, le nombre d'objets en mouvement dans la nuit étoilée terrienne augmentait de façon exponentielle : c'étaient d'immenses structures qu'on fabriquait en orbite.

Escalier céleste III était le seul ascenseur spatial dont la base se trouvait en mer, plus précisément sur une île artificielle située sur l'équateur, dans l'océan Pacifique. Cette île flottante pouvait naviguer grâce à sa propre énergie nucléaire, ce qui voulait dire qu'on pouvait, en cas de nécessité, ajuster la position de l'ascenseur sur l'équateur. Cette île était la concrétisation de la fameuse île à hélice née sous la plume de Jules Verne, ce qui lui valait le surnom d'"île Verne". Sur l'image diffusée par la télévision, on ne voyait cependant pas la mer, mais simplement une base pyramidale, bordée par une ville de métal et, au sommet de celle-ci, une cabine cylindrique prête à être lancée. De cette distance, la glissière de guidage n'était pas visible, en raison de ses soixante centimètres de large, bien qu'on pût apercevoir de temps à autre au-dessus de l'ascenseur quelques reflets de lumière émis par le soleil couchant.

Trois vieillards étaient devant la télévision : Zhang Yuanchao et ses deux vieux voisins, Yang Jinwen et Miao

Fuquan. Tous avaient maintenant dépassé les soixante-dix ans et, sans être gâteux, ils étaient arrivés à un âge où se souvenir du passé et se projeter dans l'avenir constituait un même fardeau. Dans le même temps impuissants face au présent, il ne leur restait plus comme choix que de ne penser à rien et de continuer à passer leurs vieilles années dans cette époque instable.

C'est alors que Zhang Weiming, le fils de Zhang Yuanchao, entra dans la maison avec son petit-fils Zhang Yan. Il avait un sac en papier à la main.

— Papa, je vous ai rapporté à toi et maman votre carte de rationnement et vos premiers tickets de céréales, dit Zhang Weiming, qui sortit un carnet de tickets du sac et le tendit à son père.

— Oh, comme à la vieille époque… commenta Yang Jinwen qui se tenait à côté.

— On retourne en arrière, on retourne encore en arrière… soupira à voix basse Zhang Yuanchao en saisissant les tickets.

— C'est de l'argent ? demanda le petit Yanyan en remarquant les bouts de papier sur lesquels étaient imprimées des fleurs vertes.

— Ce n'est pas de l'argent, fiston, expliqua Zhang Yuanchao à son petit-fils. Mais à partir d'aujourd'hui, si tu veux acheter une quantité supérieure d'aliments à base de céréales, comme du pain ou des gâteaux, ou bien si tu veux aller manger au restaurant, il faudra payer avec de l'argent et ces tickets.

— Ça, par contre, ça a changé par rapport à l'époque que vous avez connue. Zhang Weiming sortit une carte de rationnement à puce.

— Quelle est la quantité fixée ?

— J'ai droit à 21,5 kilogrammes, soit 43 livres, Xiaohong et toi, 37 livres, et Yanyan, 21.

— C'est à peu près autant qu'à l'époque, fit Lao Zhang.

— Cette quantité, ça devrait suffire pour un mois, assura Yang Jinwen.

Zhang Weiming secoua la tête :

— Professeur Yang, vous avez vécu à cette époque, vous n'en avez donc aucun souvenir ? Ça suffira peut-être au début, mais il y aura bientôt de moins en moins d'aliments secondaires. Il faudra faire la queue pour acheter de la viande et des légumes. Cette ration de céréales finira par être vraiment insuffisante !

— Ce n'est pas si grave que ça, lâcha Miao Fuquan en secouant la main. On a déjà vécu ça il y a des dizaines d'années, et on n'est pas morts de faim. Taisez-vous, on regarde la télé.

— Oh, et je parie qu'on va bientôt devoir utiliser des coupons industriels[1]… lâcha Zhang Yuanchao en jetant les tickets et la carte de rationnement sur la table et en se retournant vers le téléviseur.

À l'écran, la cabine de transport commença à s'élever depuis la base à une vitesse ahurissante, avant de disparaître dans le ciel du soir. La glissière étant invisible, la cabine semblait voler d'elle-même. Elle pouvait atteindre une vitesse maximale de cinq cents kilomètres par heure, mais il lui fallait tout de même soixante-huit heures pour rallier son terminus, une station en orbite géostationnaire. La caméra changea de focus et diffusa l'image de l'ascension depuis le sol de la cabine. Cette fois, la glissière de soixante centimètres occupait une grande partie de l'image. Sa surface étant lisse, on ne distinguait presque aucun mouvement, à l'exception des indications défilant sur la glissière qui signalaient la vitesse d'élévation de la cabine. La glissière devint plus effilée et finit par disparaître mais, au loin,

1. Coupons utilisés en Chine dans les années 1960 et 1970 pour acheter des produits de nécessité courante tels que des appareils électriques. *(N.d.T.)*

dans la direction du sol, apparurent bientôt les contours nets de l'île Verne, comme un plateau géant suspendu à l'extrémité de la glissière.

Yang Jinwen se rappela quelque chose :

— Je vais vous montrer à tous les deux un objet rare, dit-il en se levant.

Il se dirigea d'un pas claudiquant vers l'extérieur. Peut-être retournait-il chez lui, mais il revint étonnamment vite avec une lamelle de quelque chose, de la taille d'un paquet de cigarettes, qu'il posa sur la table. Zhang Yuanchao s'en saisit pour l'observer. L'objet était gris, translucide et très léger, comme un ongle.

— C'est avec ce matériau qu'ils construisent les ascenseurs spatiaux ! s'exclama Yang Jinwen.

— Ah ah, on dirait que ton fils a dérobé du matériel stratégique appartenant à l'État, devina Miao Fuquan en pointant la lamelle.

— C'est juste une chute, ils ne l'auraient pas utilisée. Mon fils m'a expliqué que lors de la construction des *Escaliers célestes* ils ont envoyé plusieurs millions de tonnes de ce matériau-là dans l'espace. Quand ils ont eu fini la glissière, ils en ont fait redescendre depuis l'orbite… Demain, les voyages dans l'espace seront monnaie courante. J'ai aussi demandé à mon fils de me mettre en contact avec des professionnels du secteur.

— Tu voudrais aller dans l'espace ? demanda Zhang Yuanchao, surpris.

— Il n'y a rien de si extraordinaire, j'ai entendu dire qu'on ne ressentait même pas l'hypergravité pendant l'ascension, c'est comme si on prenait un long train avec des wagons-lits, ajouta Miao Fuquan sur un ton dédaigneux.

Ne pouvant plus exploiter ses mines depuis des années, il avait fait faillite et avait dû vendre sa villa il y a quatre ans. Son appartement ici était devenu sa seule et unique habitation. Quant à Yang Jinwen, dont le fils avait travaillé au chantier de construction des ascenseurs spatiaux, il avait vu ses conditions de vie s'améliorer et était maintenant devenu le plus fortuné des trois compères, ce qui avait le don de rendre parfois jaloux Miao Fuquan.

— Ce n'est pas pour moi, reprit Yang Jinwen en levant la tête, puis il s'assura que Zhang Weiming avait emmené son fils dans une autre pièce et il poursuivit : C'est pour mes cendres. Allons, vous n'allez quand même pas me dire que c'est tabou à notre âge ?

— Il n'y a rien de tabou, mais pourquoi voudrais-tu envoyer tes cendres là-haut ? l'interrogea Zhang Yuanchao.

— Vous savez sans doute qu'il y a un lanceur électromagnétique au bout de l'ascenseur ? Le moment venu, mon urne sera projetée à la troisième vitesse cosmique et s'envolera au-delà du système solaire. C'est ce qu'ils appellent des funérailles cosmiques, vous n'en avez jamais entendu parler ? Je ne veux pas que ma dépouille reste sur une planète envahie par des extraterrestres. C'est une forme d'évasionnisme, je suppose.

— Et si les extraterrestres sont vaincus ?

— C'est pratiquement impossible, mais si cela arrivait vraiment, je ne perdrais rien au change, je flânerais dans l'Univers pour l'éternité !

Zhang Yuanchao secoua plusieurs fois la tête :

— Il n'y a que les intellectuels pour avoir des idées aussi tordues, ça n'a aucun sens. Les feuilles mortes retournent à la terre. Je préfère encore être inhumé sous le sol jaune de notre Terre.

— Tu n'as pas peur que les Trisolariens excavent ta tombe ?

À ses mots, Miao Fuquan, qui ne les avait pas interrompus, s'emballa soudain. Il fit signe à ses deux voisins de se rapprocher, comme s'il craignait d'être entendu par un intellectron.

— Ne le répétez pas, murmura-t-il, mais j'ai eu une idée : je possède quelques mines vides dans la province du Shanxi…

— Tu voudrais te faire enterrer là-bas ?

— Non, non, ce ne sont que des petites mines privées, elles ne sont pas bien profondes. Mais elles sont reliées à certains endroits à des mines appartenant à l'État. Certaines galeries mènent jusqu'à quatre cents mètres sous terre, c'est suffisamment profond, non ? On s'y fait inhumer et puis on fait exploser le puits. Je suis sûr que les Trisolariens n'iront pas creuser jusque-là.

— Pfff, les humains arrivent bien à creuser n'importe où, pourquoi pas les Trisolariens ? Ils n'auront qu'à fouiller en dessous de la stèle funéraire.

Miao Fuquan regarda Zhang Yuanchao et ne put étouffer un rire :

— Dis, Lao Zhang, tu es devenu sénile ?

En constatant la mine stupéfaite de ce dernier, Miao Fuquan désigna Yang Jinwen, qui n'éprouvait déjà plus d'intérêt pour le sujet et était concentré sur la retransmission télévisée.

— Je laisse à monsieur l'intellectuel le soin de t'expliquer.

— Lao Zhang, gloussa Yang Jinwen, pourquoi voudrais-tu planter une stèle ? Les stèles sont faites pour les humains et, à ce moment-là, il n'y en aura plus.

Zhang Yuanchao, un peu abruti, garda le silence pendant quelques secondes, avant de pousser enfin un long soupir :

— Oui. Il n'y aura plus aucun humain. Tout sera à l'abandon.

Sur le trajet qui le menait à la troisième base expérimentale de fusion nucléaire, le véhicule de Zhang Beihai roulait au milieu d'épais flocons de neige. Quand il arriva à proximité de la base, la neige avait entièrement fondu, la route était devenue extrêmement boueuse et la température, à l'origine glaciale, s'était faite douce et humide.

Un parfum de printemps flottait dans l'air. Sur les pentes qui bordaient la route, Zhang Beihai aperçut des pêchers en fleur, phénomène tout à fait inhabituel en cette rigoureuse période hivernale. Il conduisit jusqu'au bâtiment blanc qui se dressait dans la vallée devant lui. La base était souterraine et cette structure n'en constituait que l'entrée. À ce moment-là, il remarqua quelqu'un en train de cueillir des fleurs de pêcher sur les coteaux. Il regarda de plus près et reconnut l'homme qu'il cherchait. Il stoppa sa voiture.

— Docteur Ding! cria-t-il à son adresse.

Lorsque ce dernier se dirigea vers le véhicule, une pleine poignée de fleurs à la main, Zhang Beihai lui demanda en souriant :

— Pour qui cueillez-vous ce bouquet?

— Pour moi, naturellement. La floraison a eu lieu très tôt à cause de la chaleur de la fusion.

Derrière ses magnifiques fleurs de pêcher, Ding Yi paraissait radieux, il était de toute évidence encore sous l'excitation de l'avancée technologique majeure qui venait d'être réalisée.

— C'est du gaspillage de laisser se disperser toute cette chaleur.

Zhang Beihai descendit de voiture, ôta ses lunettes de soleil et scruta ce petit paysage printanier. Ici, aucune vapeur ne s'échappait de sa bouche et il pouvait presque ressentir la chaleur du sol sous la plante de ses pieds.

— Nous n'avons ni l'argent ni le temps de bâtir une centrale électrique. Aujourd'hui, nous n'avons plus besoin d'économiser l'énergie sur Terre.

Zhang Beihai pointa du doigt le bouquet que Ding Yi tenait dans les mains.

— Docteur Ding, j'aurais préféré que quelque chose vous ait distrait. Sans vous, la découverte n'aurait été faite que bien plus tard.

— Sans moi, ils auraient peut-être pu la faire encore plus tôt. Nous sommes plus de mille chercheurs dans cette base, je n'ai fait que pointer du doigt la bonne direction. Je savais depuis le début que l'approche Tokamak nous conduisait dans une impasse. Une fois que la direction prise est la bonne, une avancée se produit forcément. En ce qui me concerne, je suis un théoricien, et donc tout à fait inapte à diriger des expériences. Mon intuition a peut-être ralenti encore davantage le progrès de la recherche.

— Ne pourriez-vous pas retarder un peu le moment de l'annonce de vos résultats ? Je suis très sérieux. Je vous transmets officieusement le souhait de l'état-major de la Spatiale.

— Comment pourrait-on reporter l'annonce ? Les médias sont sans cesse derrière nous pour connaître les évolutions des tests de fusion des trois bases.

Zhang Beihai hocha la tête et poussa un soupir :

— Dans ce cas, c'est une catastrophe.

— Je devine en partie pourquoi, mais dites toujours.

— Si la technologie de fusion nucléaire contrôlée est effective, les recherches sur la conception des vaisseaux spatiaux vont débuter immédiatement. Or, docteur, comme vous le savez, il y a aujourd'hui deux tendances principales vers lesquelles sont orientées ces recherches : celles concernant des vaisseaux avec médium de propulsion, que défend le secteur aérospatial, et celles sur les vaisseaux à propulsion radiative sans médium, préconisés par les experts de l'armée spatiale. Les deux clans s'affrontent sur ce sujet. Ce genre de recherches coûte extrêmement cher et les deux ne pourront pas être menées en parallèle. L'une prendra nécessairement le pas sur l'autre.

— Le personnel travaillant dans les bases expérimentales de fusion nucléaire et moi-même recommandons l'utilisation d'un propulseur sans médium. Je crois que c'est la seule solution qui convienne à des voyages interstellaires lointains. Je comprends bien sûr que le secteur aérospatial ait sa logique. Les vaisseaux avec médium de propulsion sont une variante de fusée chimique utilisant l'énergie de la fusion. Pour eux, il est plus sûr de pousser les recherches dans ce sens.

— Mais rien n'est sûr en ce qui concerne les guerres stellaires à venir. Comme vous venez de le dire, un vaisseau avec médium de propulsion n'est rien d'autre qu'une grande fusée. Il leur faut utiliser les deux tiers de leur capacité de fret pour emporter leurs supports de propulsion, sans compter que ceux-ci s'épuisent très vite. L'appareil devra en outre dépendre d'une base planétaire pour voyager à l'intérieur du système solaire. C'est une idée catastrophique, ce serait répéter la tragédie de la guerre sino-japonaise : le système solaire deviendrait le port de Weihai[1].

— C'est une comparaison pertinente, fit Ding Yi en levant son bouquet vers Zhang Beihai.

— C'est une réalité. Les lignes de défense les plus efficaces de la marine, ce sont les bâtiments situés aux abords des ports de l'ennemi. Nous n'y arriverons naturellement pas dans le cas de l'Ultime Bataille, mais nous pourrions au moins essayer de pousser nos lignes de défense jusqu'au nuage d'Oort et nous assurer que la flotte pourra faire demi-tour si la situation l'exige. Cela devrait constituer le socle stratégique de l'armée spatiale.

— En fait, tous les membres du secteur aérospatial ne sont pas aussi bornés. C'est surtout la vieille garde, née

1. La bataille de Weihaiwei se déroula du 20 janvier au 12 février 1895, à Weihai, entre les forces de la dynastie mandchoue des Qing et l'armée japonaise. Les navires de la puissante flotte de Beiyang, appartenant aux Qing, restèrent ancrés dans le port de Weihai, en prévision des attaques japonaises. Cependant, les troupes nippones réussirent à faire tomber les barrières de protection de l'ancrage et détruisirent plusieurs des navires de la flotte de Beiyang sans même que ceux-ci aient pu partir en mer. *(N.d.T.)*

à l'époque des fusées chimiques, qui est la plus fervente militante des vaisseaux avec médium de propulsion, mais d'autres dynamiques scientifiques sont en train de gagner du terrain dans le monde aérospatial. C'est notre cas à nous, du secteur de la fusion nucléaire, qui leur suggérons plutôt de développer des vaisseaux à propulsion radiative sans médium. Les forces s'équilibrent, mais ceux qui risquent de faire pencher la balance, ce sont les trois ou quatre individus qui tiennent les postes clefs. Ce sera leur avis qui sera finalement retenu pour le choix du programme à mener. Malheureusement, je ne vais pas vous mentir, ces gaillards sont de la vieille école.

— Et ils ont entre les mains la décision la plus cruciale de toute la stratégie globale de la Spatiale. Si l'on se trompe dans cette étape, c'est toute la flotte spatiale qui sera bâtie sur des fondations erronées. Nous risquons de perdre un, voire deux siècles. Et, à ce moment-là, je crains que nous ne puissions plus revenir en arrière.

— Peut-être, mais ni vous ni moi ne pouvons rien y changer.

Après avoir partagé le déjeuner avec Ding Yi, Zhang Beihai quitta la base. Le sol humide se couvrit bientôt d'une neige immaculée sur laquelle les rayons du soleil faisaient ondoyer une lumière blanche. La température de l'air chuta brusquement et le cœur de Zhang Beihai fut envahi de frissons.

Il était absolument indispensable de démarrer le chantier de vaisseaux capables de voyages interstellaires lointains. Si toutes les autres voies étaient des impasses, il en restait au moins une à emprunter. Peu importe le danger que cela représentait, il était de son devoir de la suivre.

Quand Zhang Beihai pénétra chez le collectionneur de météorites, qui habitait une maison à cour carrée nichée au fond d'un *hutong*, cette habitation baignant dans une lumière blafarde lui sembla un musée de géologie miniature : des vitrines en verre, dans lesquelles des lampes professionnelles éclairaient des cailloux en apparence ordinaires, étaient installées le long des quatre murs intérieurs. Le propriétaire des lieux était assis à sa table de travail, en train d'examiner une petite pierre avec des lunettes grossissantes. Quand il remarqua la présence du visiteur, il se leva et l'accueillit chaleureusement. Il avait un peu plus de la cinquantaine et paraissait en bonne santé, tant physique qu'intellectuelle. Zhang Beihai remarqua au premier coup d'œil qu'il appartenait à cette catégorie de gens chanceux qui possèdent un petit monde à eux, auquel ils restent fidèles quels que soient les bouleversements du grand monde, et continuent à s'y immerger avec délectation. L'atmosphère ancienne qui imprégnait cette vieille habitation rappela à Zhang Beihai que ses camarades et lui luttaient pour la survie de l'espèce humaine tandis que la majorité des gens persistaient à mener une existence insouciante, ce qui lui procura à la fois chaleur et sérénité.

La conception de l'ascenseur spatial et l'avancée décisive dans le domaine de la fusion nucléaire contrôlée constituaient deux encouragements sensationnels aux yeux du monde, et cela avait permis une réduction non négligeable des sentiments défaitistes. Mais les dirigeants, qui gardaient la tête froide, savaient que ce n'était que le début. Pour faire une analogie entre l'établissement de la flotte spatiale et celui des forces navales, c'était un peu comme si l'humanité venait tout juste de rejoindre la plage avec ses outils, sans avoir même commencé à bâtir un bassin de radoub. En dehors de la construction des vaisseaux eux-mêmes, il restait également à concevoir les armes spatiales, les écosystèmes autorégénératifs, ainsi que les spatioports, c'est-à-dire des territoires technologiques jamais explorés jusqu'ici par l'humanité. D'un simple point de vue théorique, cela prendrait peut-être encore un bon siècle. Au-delà de ces étourdissants gouffres technologiques, l'humanité faisait également face à une autre épreuve de taille : l'érection d'un système de défense spatiale engloutirait une quantité colossale de ressources, et ces dépenses risquaient de faire reculer d'un siècle le niveau de vie des populations. C'est pourquoi les plus grands défis psychologiques étaient encore à venir. C'était dans un tel contexte que la direction militaire avait pris la décision de lancer le programme d'envoi dans le futur de renforts issus du département politique de la Spatiale. En tant qu'initiateur du projet, Zhang Beihai avait été parmi les premiers officiers sélectionnés pour rejoindre le contingent de renfort. En acceptant la mission, ce dernier avait exigé qu'avant d'entrer en hibernation l'ensemble du contingent effectue au moins un an d'exercices et de travaux dans l'espace, en préparation de sa mission future.

— La Commission n'espère quand même pas envoyer comme futurs commissaires politiques des marins d'eau douce ? avait-il dit à Chang Weisi.

Sa requête avait été rapidement approuvée et, un mois plus tard, ses camarades du contingent et lui étaient partis dans l'espace.

— Vous devez être militaire ? demanda le collectionneur en apportant le thé.

Une fois qu'il eut obtenu confirmation d'un hochement de tête, il poursuivit :

— Aujourd'hui, les militaires ne sont plus ce qu'ils étaient, mais vous, je l'ai deviné au premier regard.

— Vous avez été militaire, vous aussi, affirma Zhang Beihai.

— Vous aussi, vous avez l'œil. J'ai servi la majeure partie de ma carrière dans le Bureau d'État de cartographie et de topographie.

— Comment en êtes-vous venu à vous intéresser aux météorites ? l'interrogea Zhang Beihai, en jetant un regard admiratif sur la richesse de sa collection.

— C'était il y a plus de dix ans, je suis parti en expédition scientifique en Antarctique pour chercher des météorites sous la neige. Depuis, je me suis pris de passion pour ces objets qui nous parviennent d'un autre monde, de l'espace lointain. Avouez que c'est fascinant. Chaque fois que j'en récupère une, c'est comme si je me rendais sur un nouveau monde extraterrestre.

Zhang Beihai sourit en secouant la tête :

— C'est juste une impression. La Terre elle-même est formée d'un agrégat de matière interstellaire, ce qui veut dire qu'elle n'est rien d'autre qu'une météorite géante. Toutes les pierres sous nos pieds sont donc des météorites, tout comme cette tasse. On raconte même que l'eau sur Terre a été apportée par des comètes, par conséquent… ajouta-t-il en levant sa tasse, même le contenu de cette tasse est une météorite. Vos cailloux ne sont pas si rares que ça.

Le collectionneur pointa Zhang Beihai du doigt en riant :

— Haha, je vois que vous êtes un futé, vous commencez déjà à marchander… Mais vous n'arriverez pas à me convaincre.

Tandis qu'ils parlaient, le collectionneur ne put résister à l'envie de faire admirer ses trésors. Il ouvrit un coffre-fort qui renfermait la perle de sa collection : une achondrite de Mars, de la taille d'un ongle. Il fit observer à la loupe à Zhang Beihai les fissures circulaires sur sa surface, expliquant que c'était peut-être des fossiles de micro-organismes.

— Il y a cinq ans, Robert Haag[1] a voulu me l'acheter à un prix mille fois supérieur à l'or, mais j'ai refusé.

1. Robert A. Haag, professeur à l'université de Californie à Los Angeles, est un célèbre et influent collectionneur de météorites. Commencée

— Combien en avez-vous vous-même trouvé ? demanda Zhang Beihai en désignant les pièces de sa collection.

— Seulement une petite partie. J'ai acheté la plupart d'entre elles à des ventes aux enchères publiques ou par le biais de réseaux spécialisés… Mais si vous me disiez maintenant ce que vous recherchez ?

— Rien de très précieux. Mais elle doit être de haute densité, résistante aux chocs, et facile à travailler.

— Je vois. Vous voulez la sculpter, c'est ça ?

— En quelque sorte, fit Zhang Beihai en hochant la tête. L'idéal serait de pouvoir la travailler avec un tour.

— Une météorite ferreuse, dans ce cas, dit le collectionneur en ouvrant la porte d'une vitrine et en en sortant un caillou sombre de la taille d'une noix. En voici une, elle est principalement composée de fer et de nickel, mais contient aussi du cobalt, du phosphore, du silicium, du soufre, du cuivre, etc. En termes de densité, elle a ce qu'il vous faut : huit grammes par centimètre cube, elle est facile à travailler et est hautement métallique. Parfaite pour un tour.

— C'est très bien, mais auriez-vous quelque chose de plus grand ?

Le collectionneur en sortit une autre, de la taille d'une pomme.

— C'est encore un peu petit.

Le collectionneur regarda Zhang Beihai :

— Ce genre de choses, ça ne se vend pas au poids, vous savez. Les grandes sont très chères.

— Alors, est-ce que vous en auriez trois de cette taille ?

Le collectionneur sortit trois météorites ferreuses d'une taille similaire, puis il commença à préparer le terrain pour négocier leur prix :

alors qu'il avait vingt-trois ans, sa collection privée est la plus importante au monde. *(N.d.A.)*

— Les météorites de fer sont rares. Elles ne représentent que cinq pour cent de l'ensemble des météorites et ces trois-là sont de très bonne qualité. Regardez, celle-ci est une octaédrite. Celle-ci, c'est une ataxite, riche en nickel. Les lignes qui se croisent sur sa surface, c'est ce qu'on appelle les figures de Widmanstätten ; les lignes parallèles, ici, ce sont des bandes de Neumann. Celle-ci contient de la kamacite, celle-là de la taénite, des minéraux introuvables sur Terre. Celle-ci, je l'ai trouvée dans le désert avec un détecteur de métaux, c'était comme pêcher une aiguille dans l'océan. Ma voiture s'est ensablée, l'arbre de transmission s'est cisaillé, j'ai failli y passer.

— Votre prix.

— Sur le marché international, des météorites de cette taille et de cette qualité se vendraient environ vingt dollars le gramme. Disons, soixante mille yuans par spécimen, cent quatre-vingt mille pour les trois, qu'en dites-vous ?

Zhang Beihai sortit son téléphone portable :

— Donnez-moi votre numéro de compte. Je vous fais le virement maintenant.

Le collectionneur resta muet pendant quelques secondes. Zhang Beihai leva la tête et le vit un sourire embarrassé aux lèvres :

— Je m'étais préparé à ce que vous fassiez baisser le prix.

— Non, j'accepte.

— Écoutez, maintenant que voyager dans l'espace est devenu plus accessible, les prix du marché ont chuté, même si cela reste toujours plus difficile de trouver des météorites là-haut que sur Terre. Aujourd'hui, elles se vendraient peut-être…

Zhang Beihai l'interrompit, décidé :

— Non, c'est leur prix. Disons que c'est une marque de respect pour ceux qui les recevront.

Après avoir quitté la maison du collectionneur, Zhang Beihai apporta les météorites dans un atelier de fabrication de maquettes, situé au sein d'un institut de recherche appartenant à la Spatiale. Les employés avaient déjà terminé leur journée et l'établissement était vide. Il se dirigea vers un tour à commande numérique de dernière génération. Il commença à découper les trois météorites en petits cylindres de même diamètre, de l'épaisseur d'un crayon à papier, puis il les tronçonna en segments de longueur égale. Il procédait avec précaution, s'efforçant de gaspiller le moins possible le matériau d'origine. Il finit par obtenir trente-six petits cylindres de météorite. Cela terminé, il récupéra précautionneusement les chutes, ôta de la machine la lame spéciale qu'il avait utilisée pour travailler les minéraux et sortit de l'atelier.

Zhang Beihai accomplit le reste du travail dans une cave secrète. Sur la table devant lui étaient posées trente-six cartouches de pistolet de calibre 7,62 millimètres. Il en retira les projectiles avec une pince. Si cela avait été des cartouches avec une douille en cuivre comme autrefois, l'affaire n'aurait pas été aussi simple, car il aurait fallu utiliser une solution liquide de desserrage. Mais deux ans plus tôt, l'armée avait renouvelé son arsenal et utilisait maintenant des munitions sans douille : la balle était directement collée au propergol et s'avérait dès lors beaucoup plus simple à détacher. Il utilisa un adhésif spécial pour faire adhérer chaque cylindre de météorite au propergol, créant ainsi trente-six balles de météorite. L'adhésif qu'il utilisa était à l'origine consacré à la réparation des coques de cabines spatiales. Il permettrait de garantir l'efficacité des balles dans un environnement spatial alternant entre un froid et une chaleur extrêmes.

Zhang Beihai inséra quatre balles dans un chargeur qu'il glissa dans son pistolet de service, puis il fit feu sur un sac en toile accroché dans un coin du mur. Dans l'espace exigu de la cave, les détonations firent un bruit assourdissant et dégagèrent une forte odeur de poudre.

Il examina en détail les quatre trous de balle dans le sac et nota qu'ils étaient de petite taille, ce qui signifiait que les météorites ne s'étaient pas fragmentées lors du tir. Il ouvrit le sac, en sortit un gros morceau de viande de bœuf cru, et se servit d'un couteau pour extraire les balles qui s'étaient fichues dans la viande. Il vit que les quatre tiges étaient brisées, formant un petit tas de gravats qu'il fit glisser dans sa paume. On ne voyait aucun signe de son travail. Il était pleinement satisfait de ce résultat.

La toile dans laquelle avait été placé le morceau de bœuf était faite d'un matériau utilisé dans les combinaisons spatiales. Pour simuler au plus près la réalité, la toile avait été conçue en trois couches entre lesquelles avaient été installés, entre autres, des éponges thermiques et des tuyaux en plastique.

Zhang Beihai rangea précautionneusement les trente-deux autres balles de météorite, sortit de la cave et commença les préparatifs de son départ dans l'espace.

Zhang Beihai flottait dans l'espace, à une distance d'environ cinq kilomètres de Huanghe, cette station spatiale en forme de pneu située trois cents kilomètres au-dessus du terminus, où elle faisait contrepoids à l'ascenseur spatial. C'était actuellement la plus grande construction humaine dans l'espace : elle pouvait accueillir plus de mille visiteurs.

Dans un rayon de cinq cents kilomètres autour de l'ascenseur, se trouvaient également d'autres installations spatiales, néanmoins toutes beaucoup plus petites que la station de Huanghe. Elles étaient disséminées un peu partout, comme des tentes nomades dans la grande plaine de l'Ouest américain à l'époque des premiers pionniers. Elles représentaient le prélude à l'arrivée massive des humains dans l'espace. Le dock spatial, dont le chantier venait d'être lancé, deviendrait bientôt à son tour la plus grande structure humaine dans l'espace. Elle couvrirait une superficie près de dix fois supérieure à celle de la station de Huanghe, mais seule sa charpente avait pour l'instant été bâtie, de sorte qu'on croyait voir le squelette d'une créature titanesque. À une distance d'environ quatre-vingts kilomètres de Zhang Beihai, se dressait une station spatiale indépendante dont l'envergure n'était que d'un cinquième de celle de la station de Huanghe. C'était la première base établie en orbite géostationnaire par l'armée spatiale et c'était de là que s'était envolé plus tôt Zhang Beihai. Il y vivait et travaillait avec ses camarades du contingent de renfort depuis maintenant trois mois et n'était retourné qu'une seule fois à la surface de la Terre.

Dans cette première base, Zhang Beihai avait attendu une opportunité, et cette opportunité se présentait aujourd'hui : les pontes du secteur aérospatial tenaient une réunion de travail dans la station de Huanghe, et les trois cibles qu'il voulait éliminer y participaient. Depuis que la station était opérationnelle, le secteur aérospatial y organisait des réunions régulières, un peu comme si, n'ayant jamais eu jusqu'ici la chance d'envoyer ses employés dans l'espace, il voulait rattraper le temps perdu.

Avant de quitter la première base, Zhang Beihai avait laissé l'instrument de géolocalisation de sa combinaison spatiale dans sa cabine et, par conséquent, le système de surveillance de la base ne pourrait savoir qu'il était parti et n'aurait aucune trace de son action. Grâce aux petits propulseurs dont était équipée sa combinaison, il vola sur une distance de quatre-vingts kilomètres avant d'arriver à l'endroit où il patientait désormais calmement.

Zhang Beihai savait que la réunion était maintenant terminée, il attendait que les participants sortent se faire prendre en photo.

C'était une tradition que les participants des réunions à bord de la station prennent une photo de groupe à l'extérieur de la structure. La plupart du temps, celle-ci devait être prise à contre-jour, car c'était le seul moyen pour avoir la station spatiale en fond. Au moment de prendre la photo, tous les individus devaient régler la visière de leur casque en mode "transparent" pour que leurs visages soient visibles sur la photographie. Cependant, si le soleil était à son zénith, ses éblouissants rayons aveugleraient leurs yeux, et la chaleur dans leurs casques deviendrait intolérable. Par conséquent, le moment idéal pour prendre ce type de photo était lorsque le soleil venait de se lever ou bien lorsqu'il commençait à descendre derrière l'horizon terrestre. En orbite géosynchrone, les levers et les couchers de soleil avaient lieu toutes les vingt-quatre heures, bien que les nuits fussent courtes. Zhang Beihai attendait le crépuscule.

Il savait que le système de surveillance de la station de Huanghe pouvait détecter sa présence, mais qu'il n'attirerait pas l'attention. Cette région pionnière de l'exploration spatiale était parcourue de matériaux de construction abandonnés ou en attente d'être utilisés, et d'une quantité plus grande encore de déchets. Beaucoup de ces objets flottants avaient la taille d'un être humain. En outre, la relation entre l'ascenseur spatial et les installations périphériques était la même qu'entre une métropole et des villages périurbains : l'approvisionnement des seconds provenait intégralement du premier, si bien qu'un trafic intense avait lieu entre les deux. À mesure qu'ils s'adaptaient à ce nouvel environnement, les hommes prenaient l'habitude de se déplacer seuls dans l'espace. Leurs combinaisons étaient des sortes de bicyclettes spatiales grâce aux propulseurs qui leur permettaient de se mouvoir à une vitesse de près de cinq cents kilomètres par heure. C'était certainement le moyen de transport le plus pratique dans un périmètre de quelques centaines de kilomètres autour de l'ascenseur spatial, de sorte que des individus vêtus de combinaisons spatiales volaient sans cesse entre l'ascenseur spatial et les stations alentour.

Toutefois, à cet instant, Zhang Beihai avait l'intuition que l'espace autour de lui était vide. En dehors de la Terre (dont on voyait déjà clairement les contours depuis l'orbite géosynchrone) et du Soleil qui allait bientôt s'évanouir derrière ses frontières, ce n'étaient dans toutes les directions que des abysses noirs. Les étoiles, quoique innombrables, n'étaient que des grains de poussière scintillants n'affectant guère l'invariable néant cosmique. Il savait que le système de survie de sa combinaison avait une autonomie de douze heures, après quoi il devrait rentrer en toute hâte à la première base, quatre-vingts kilomètres plus loin : un lointain point informe au milieu du gouffre spatial. La base elle-même ne survivrait pas beaucoup plus si elle se détachait du cordon ombilical de l'ascenseur spatial. Mais il flottait à présent dans un vaste vide qui lui paraissait – mentalement du moins – coupé du monde bleu du dessous. Il avait l'impression d'être une existence cosmique autonome, ne dépendant d'aucun monde, sans terre s'étalant sous ses pieds, seulement entouré d'espace, suspendu dans l'Univers comme la Terre, le Soleil ou la Voie lactée, sans origine ni destination. Il ne faisait qu'exister. Et il aimait cette sensation.

Il sentait même que l'esprit de son père, là où il était, partageait cette sensation avec lui.

Le Soleil entra en contact avec les lisières de la Terre.

Zhang Beihai leva une main. Le gant de sa combinaison tenait une lunette de visée dont il se servit pour observer une des sorties de la station de Huanghe, à dix kilomètres de là. Sur la large paroi extérieure métallique arquée, l'écoutille circulaire était encore close.

Il tourna la tête vers le Soleil, qui s'était déjà à moitié couché et ressemblait maintenant à un anneau étincelant accroché au sommet de la Terre.

Il porta à nouveau son regard vers la station. Il aperçut cette fois dans sa lunette que le signal lumineux de l'écoutille était passé du rouge au vert, ce qui indiquait que l'air avait été vidé dans le sas. Aussitôt après, l'écoutille s'ouvrit et des silhouettes en combinaisons blanches sortirent les unes après les autres. Il y en avait une trentaine. Tandis qu'ils volaient en groupe pour s'éloigner de la station, ils projetaient une ombre de plus en plus large sur la paroi. Il leur était nécessaire de se décaler à une distance assez lointaine de la station pour pouvoir la photographier en entier. Très vite, ils ralentirent et, suivant les instructions du photographe, ils commencèrent à former des rangs en apesanteur.

Les deux tiers du Soleil avaient maintenant déjà sombré derrière l'horizon, le tiers restant ne semblait plus être qu'un objet lumineux incrusté sur la Terre. Sous les rayons du crépuscule, les océans ressemblaient à des miroirs lisses, à moitié bleu foncé et à moitié orangés, tandis que les nuages, gorgés de soleil, avaient l'aspect de plumes roses.

Alors que la luminosité baissait, les individus rassemblés pour la photo commencèrent à régler la visière de leurs casques en mode transparent pour faire apparaître leurs visages. Zhang Beihai augmenta la longueur focale de la lunette et identifia rapidement ses trois cibles. Comme il s'y attendait, en raison de leurs grades, ils avaient été placés au centre du rang.

Zhang Beihai lâcha la lunette de visée et la laissa en suspension devant lui, puis il défit avec sa main gauche l'anneau métallique de protection de son gant droit pour le détacher. Sa main droite n'était désormais plus couverte que d'un gant en toile fine et il ressentit immédiatement la température de l'espace de moins cent degrés. Pour éviter que sa main ne gèle trop vite, il dirigea son corps à un angle tel que les rayons du soleil, même faibles, puissent lui réchauffer la main. Il plongea cette même main dans la poche extérieure de sa combinaison et en sortit son pistolet et deux cartouches. Puis, de la main gauche, il saisit sa lunette de visée encore en suspension et la fixa sur son arme. La lunette était originellement utilisée sur des fusils mais il l'avait modifiée en remplaçant le dispositif de fixation par un aimant, de manière à pouvoir s'en servir sur une arme de poing.

La majeure partie des armes à feu terrestres pouvaient tirer dans l'espace. Le vide n'était pas un problème, car le propergol des balles contenait un agent oxydant. Il fallait en revanche prendre en compte la température de l'espace, car elle différait beaucoup de celle de l'atmosphère et pouvait avoir une incidence tant sur l'arme que sur les munitions. Aussi, Zhang Beihai n'avait pas voulu prendre le risque d'exposer le pistolet et les cartouches trop longtemps à l'air libre. Pour réduire ce temps, il s'était entraîné sans relâche ces trois derniers mois à sortir le pistolet, installer la lunette de visée et changer la cartouche en apesanteur.

Il commença à viser. Le réticule de la lunette correspondit rapidement avec sa première cible.

À l'intérieur de l'atmosphère terrestre, même les tireurs d'élite les plus virtuoses étaient incapables d'atteindre une cible à cinq kilomètres mais, dans l'espace, cet exploit était permis à un tireur ordinaire. Dans le vide et en apesanteur, la trajectoire de la balle ne subirait aucune perturbation, il suffisait de viser juste et elle suivrait une ligne parfaitement droite jusqu'à sa cible. Dans le même temps, en l'absence de résistance de l'air, la balle ne décélérerait pas durant son vol et toucherait la cible à sa vitesse initiale, ce qui garantissait une puissance meurtrière, même à longue distance.

Zhang Beihai pressa la détente. La détonation fut silencieuse, mais il put voir le flamboiement dans le canon et sentir le recul. Il fit feu à dix reprises sur la première cible et changea rapidement sa cartouche, avant de tirer une autre salve de dix coups sur le deuxième homme. Il fit de même pour la troisième cible, sur laquelle il tira ses dix dernières balles. Le canon du pistolet flamboya trente fois. Si quelqu'un dans la direction de la station de Huanghe y avait prêté attention, il aurait cru voir une luciole devant le fond obscur de l'espace.

Les trente balles de météorite fondaient à présent vers leurs cibles. La vitesse initiale des balles de ce Type 2010 était de cinq cents mètres par seconde, elles auraient fini de parcourir la distance en dix secondes. Il ne restait donc plus à Zhang Beihai qu'à prier que ses cibles ne changent pas de position durant ce laps de temps. Cet espoir n'était pas sans fondement car les deux rangées de derrière ne s'étaient pas encore positionnées correctement et les pontes du premier rang n'avaient rien d'autre à faire que les attendre. Et même si tous étaient prêts, le photographe devrait encore attendre quelques instants que la fumée blanche de leurs propulseurs se dissipe. Mais les individus flottaient malgré tout dans l'espace et demeuraient facilement mobiles sous l'effet de l'apesanteur. S'ils venaient à bouger, non seulement les balles n'atteindraient pas leurs cibles, mais elles pourraient toucher des innocents.

Innocents ? Les trois hommes qu'il s'apprêtait à tuer l'étaient aussi avant le début de la Crise trisolarienne. Mieux que ça, avec un budget qui paraissait aujourd'hui insignifiant et avec la prudence de marcheurs sur un lac gelé, ils avaient réussi à ouvrir la voie à un nouvel âge spatial. Mais c'était précisément cette pondération qui entravait à présent leurs pensées. Pour le bien des vaisseaux interstellaires, ils devaient être éliminés. Leur mort pourrait être vue comme leur ultime contribution à la cause d'une ère spatiale humaine.

En réalité, Zhang Beihai avait délibérément dévié la trajectoire de certaines de ses balles, espérant qu'elles toucheraient d'autres individus que ses cibles. Idéalement, il préférait qu'ils ne soient que blessés mais si certains venaient à mourir, il n'en avait cure. En agissant ainsi, il limitait les risques d'être suspecté.

Zhang Beihai souleva son pistolet vide et examina froidement la scène depuis la lunette de visée. Il s'était préparé à l'échec et, dans cette éventualité, il rechercherait avec la même insensibilité une deuxième occasion d'agir.

Les secondes s'écoulèrent et, enfin, des signes que les cibles avaient été touchées apparurent. Zhang Beihai ne vit aucun trou dans leurs combinaisons, mais du gaz blanc s'en échappait. Aussitôt, un plus grand nuage de vapeur blanche jaillit entre le premier et le deuxième rang. Après avoir transpercé la cible, une balle avait sans doute atteint un propulseur. Il avait confiance dans la puissance létale des munitions : les balles de météorite avaient atteint leurs cibles sans avoir perdu la moindre vitesse, c'était comme s'il avait tiré sur elles à bout portant. Il remarqua que le casque de l'une des cibles était criblé de trous. La visière n'était plus transparente, mais il put voir le sang jaillir de l'intérieur et suivre la trajectoire prise par la balle, avant de geler rapidement en cristaux de glace de la forme de flocons de neige. Ses observations purent rapidement confirmer que trois des cinq personnes touchées étaient celles qu'il avait visées, et que chacune d'entre elles avait été atteinte au moins cinq fois.

À travers les visières transparentes des individus, Zhang Beihai put constater qu'ils étaient tous saisis de panique et il parvint à lire sur leurs lèvres les mots qu'il espérait :

— Une pluie de météorites !

Tous les individus prêts à se faire prendre en photo rallumèrent leurs propulseurs à pleine puissance et se ruèrent vers la station, ne laissant derrière eux que des traînées de fumée blanche. Ils rentrèrent rapidement dans la station par l'écoutille blindée. Zhang Beihai remarqua que les cinq personnes touchées par ses balles avaient été tirées à l'intérieur.

Zhang Beihai remit ses propulseurs en marche et accéléra en direction de la première base. Son esprit était en ce moment même aussi calme et froid que le vide spatial autour de lui. Il savait que la mort de ces trois figures du secteur aérospatial ne garantissait pas que les recherches sur les vaisseaux à propulsion radiative sans médium deviendraient majoritaires, mais il aurait au moins fait ce qu'il pouvait faire. Peu importe ce qui arriverait désormais, sous le regard de son père depuis le monde invisible où il se trouvait, il pouvait être rassuré.

Presque au moment où Zhang Beihai retournait à la première base, sur Terre, une foule d'individus se rassemblait sur la plaine désolée du monde virtuel des *Trois Corps* pour discuter de ce qui venait de se passer.

— Le rapport transmis par l'intellectron est extrêmement complet, sans quoi nous n'aurions peut-être pas osé croire qu'il avait réellement agi ainsi, dit Qin Shi Huang, tout en raclant machinalement le sol avec son épée, ce qui trahissait son inquiétude. Regardez ce que lui a réussi et comparez avec nos trois tentatives d'assassiner Luo Ji. Parfois, je me dis que nous manquons vraiment de sang-froid et d'expérience.

— Allons-nous rester ici à ne rien faire pendant que cet individu passe à l'acte ? demanda Einstein.

— C'est en tout cas la volonté des dieux. Cet homme est un résistant et un triomphaliste forcené. Les dieux ne souhaitent pas que nous intervenions pour contrer ce genre d'individus, nous devons nous concentrer sur l'évasionnisme. Les dieux considèrent que le défaitisme est plus dangereux que le triomphalisme, précisa Newton.

— Nous devrions réfléchir aux missions que nous effectuons au service des dieux et davantage questionner leurs stratégies. Après tout, ils ne sont capables que d'intrigues enfantines, osa Mozi.

Qin Shi Huang frappa le sol avec son épée :

— Quoi qu'il en soit, il est préférable de ne pas intervenir dans cette affaire. Laissons-les développer leur propulsion sans médium, c'est une frontière technologique infranchissable dans une situation où la physique est verrouillée par les intellectrons. C'est aussi un gouffre sans fond, car les humains y consacreront énormément de temps et de ressources pour rien.

— Tout le monde est à peu près d'accord sur ce point, mais j'ai le sentiment que cet homme n'est pas à prendre à la légère. Il est dangereux, fit von Neumann.

— Je suis d'accord ! approuva Aristote. Je le croyais un militaire intègre, mais sa conduite ne correspond en rien à celle d'un soldat habitué à suivre une discipline et des règles strictes.

— Cet homme est dangereux, en effet, et sa foi est tenace. Il a une vision à long terme et ne fait pas de sentiment. Il a exécuté ces hommes avec aplomb et résolution. C'est d'ordinaire un individu de nature prudente et consciencieuse mais qui n'hésite pas, quand il le faut, à sortir des rails et à prendre des mesures radicales, soupira Confucius. Comme vient de le dire Sa Majesté impériale Qin Shi Huang, nous manquons cruellement de ce genre d'hommes.

— Il ne devrait pas être si difficile de s'occuper de lui : dénonçons ses meurtres et l'affaire sera réglée, dit Newton.

— Ce n'est pas si simple ! dit Qin Shi Huang en faisant un geste de la manche en direction de Newton. Tout est votre faute. Ces dernières années, vous n'avez cessé de vous servir des informations transmises par les intellectrons pour semer la discorde au sein de l'armée spatiale et des Nations unies, et voyez où nous en sommes ! Se faire dénoncer par vous est devenu un honneur, et même un symbole de loyauté !

— De plus, nous ne disposons d'aucune preuve, ajouta Mozi. Son plan était très bien pensé, les balles ayant traversé les corps ne se sont pas fragmentées. Lors de l'autopsie, on ne pourra extraire des cadavres que des morceaux de météorite ordinaires. Tous croiront qu'ils sont morts frappés par une pluie de météorites. La vérité est si farfelue que personne n'y croira.

— Heureusement, il partira bientôt renforcer la future armée spatiale et il ne causera plus d'embarras pendant un certain temps.

— Il s'en va, lâcha Einstein dans un long soupir, ils s'en vont tous. Certains d'entre nous devraient aussi être envoyés dans le futur.

Ce n'était officiellement qu'un au revoir, mais ils savaient au fond de leur cœur que c'étaient des adieux.

Le contingent de renfort du futur se dirigeait vers l'aéroport, accompagné par quelques officiers de la Spatiale, dont Chang Weisi. Celui-ci tendit une enveloppe à Zhang Beihai.

— Voici une lettre pour mon futur successeur. Elle y explique votre situation et vous recommande auprès du futur état-major de l'armée spatiale. Vous vous réveillerez au plus tôt dans cinquante ans, peut-être même encore plus tard, vous devrez alors travailler dans un environnement encore plus rude. Il faudra en premier lieu vous adapter au futur et préserver en même temps l'esprit militaire de notre temps. Il vous faudra comprendre ce qui, dans nos méthodes de travail actuelles, est obsolète et ce qu'il convient au contraire de maintenir coûte que coûte. Cela sera peut-être votre plus grand avantage dans le futur.

— Amiral, pour la première fois, je regrette d'être athée. Sinon, j'aurais l'espoir que nous nous revoyions un jour.

Chang Weisi fut décontenancé par ces paroles venant d'un homme habituellement si austère. Elles soulevèrent une vague d'émotion chez chacune des personnes présentes. Mais en tant que militaires, ils dissimulèrent cet émoi au plus profond d'eux-mêmes.

— Soyons déjà reconnaissants d'avoir pu nous rencontrer dans cette vie. Transmettez nos respects à nos camarades du futur, lâcha Chang Weisi.

Après un ultime salut militaire, le contingent de renfort embarqua dans l'avion, à destination du centre d'hibernation.

Les yeux de Chang Weisi ne quittèrent pas la silhouette de Zhang Beihai. Un guerrier dévoué était parti, il n'en viendrait peut-être jamais un deuxième comme lui. D'où tenait-il cette foi inébranlable ? Cette question avait toujours été dans un coin de l'esprit de Chang Weisi, il en éprouvait parfois même un peu de jalousie : un militaire avec une telle confiance dans la victoire était chanceux. Durant l'Ultime Bataille, rares seraient ceux qui auraient une telle chance. Tandis que la robuste carrure de Zhang Beihai disparaissait dans la cabine, Chang Weisi dut admettre que jusqu'au bout il n'avait pas été en mesure de le comprendre parfaitement.

L'avion décolla, emportant ces hommes qui auraient la fortune d'assister au dernier soupir de l'humanité. Il s'évanouit derrière les fines couches de nuages pâles. C'était un maussade après-midi d'hiver, le soleil dardait de faibles rayons derrière le voile de gaze gris des nuages et un vent glacial soufflait sur le tarmac vide, métamorphosant l'air en un morceau de cristal gelé. On en venait à douter que le printemps reviendrait un jour. Chang Weisi releva le col de son manteau militaire, c'était aujourd'hui même l'anniversaire de ses cinquante-quatre ans et dans ce saisissant froid hivernal, il entrevit en même temps sa propre fin et celle de la race humaine.

4

AN 20 DE LA GRANDE CRISE. FLOTTE TRISOLARIENNE À 4,15 ANNÉES-LUMIÈRE DU SYSTÈME SOLAIRE

Rey Diaz et Hynes furent réveillés en même temps de leur hibernation. On les informa que la technologie qu'ils attendaient était prête.

— Déjà ? s'exclamèrent-ils de concert lorsqu'on leur dit que huit années seulement s'étaient écoulées.

Ils apprirent qu'en raison d'investissements sans précédent la technologie des supercalculateurs avait en effet connu des avancées remarquables ces dernières années. Mais on ne pouvait pas faire preuve d'optimisme sur tous les plans. L'humanité était simplement lancée dans une course-poursuite pour tenter de combler l'immense distance qui la séparait encore de la barrière des intellectrons. Les progrès effectués n'étaient que technologiques, les sciences physiques étaient pour leur part toujours aussi figées qu'un étang d'eau stagnante, tandis que le réservoir de théories était presque épuisé. Le progrès technologique commencerait par ralentir puis serait bientôt à l'arrêt total. Mais, pour l'heure, on ignorait encore quand l'humanité toucherait sa limite de développement.

Hynes traîna ses jambes encore raidies par l'hibernation jusqu'à un bâtiment dont l'architecture extérieure évoquait un stade. L'intérieur était nimbé d'une nappe de vapeur blanche, bien qu'il s'y sentît au sec. Il ne parvint pas à identifier l'origine de ce phénomène. Les doux rayons du clair de lune faisaient chatoyer la brume, clairsemée jusqu'à hauteur d'homme, mais très épaisse au-dessus, si bien qu'on ne discernait pas le plafond de l'édifice. À travers ce brouillard, il entrevit une silhouette grêle et reconnut aussitôt son épouse, Keiko Yamasugi. Il se rua vers elle, comme s'il chassait un spectre, mais tous deux finirent bel et bien par tomber dans les bras l'un de l'autre.

— Pardonne-moi, mon chéri, j'ai vieilli de huit ans, glissa-t-elle.

— Même comme ça, tu as toujours un an de moins que moi, dit-il en la détaillant et en constatant que le temps ne semblait pas avoir laissé de traces sur son visage.

Dans cette clarté vaporeuse, elle paraissait pourtant pâle et fragile. Elle, la brume, le clair de lune, tout cela rappelait à Hynes cette nuit dans le bosquet de bambous de leur maison japonaise.

— Est-ce que nous n'étions pas convenus que tu entrerais en hibernation deux ans après moi ? Pourquoi avoir attendu tout ce temps ?

— Au début, c'était simplement pour faire quelques préparatifs en vue du travail qui nous attendrait après notre réveil, mais il y avait tant à faire que j'ai continué, expliqua-t-elle, en écartant une mèche de cheveux sur son front.

— Était-ce si difficile ?

— Vraiment très difficile. Peu de temps après le début de ton hibernation, six nouveaux programmes de recherche sur un supercalculateur de nouvelle génération ont été lancés au même moment : trois employant une architecture traditionnelle, un utilisant une architecture de type “non von Neumann” et deux autres adoptant respectivement une approche quantique et biomoléculaire. À peine deux ans plus tard, les responsables scientifiques de ces six programmes m'ont fait savoir que la puissance de calcul dont nous avions besoin était inatteignable. Le projet de supercalculateur quantique a été le premier à être interrompu, car les théories physiques actuelles ne permettent pas d'étayer cette recherche : il s'est heurté au mur des intellectrons. Très vite, c'est le programme de recherche sur le supercalculateur biomoléculaire qui a été abandonné. Ils ont soutenu que c'était une illusion. Puis ça a enfin été le tour du projet d'un supercalculateur à l'architecture de type "non von Neumann" : ils m'ont expliqué que le cerveau humain qui serait simulé par cette structure serait comme un œuf destiné à ne jamais éclore… Les trois autres programmes adoptant une architecture traditionnelle ont continué mais, pendant un certain temps, ils n'ont connu aucune avancée.

— Je vois… J'aurais dû rester à tes côtés tout ce temps.

— Ça n'aurait servi à rien, tu n'aurais fait que gaspiller huit années de ta vie. Ce n'est que récemment, alors que nous étions vraiment découragés, que nous avons eu une idée folle : simuler le cerveau humain à l'aide d'une méthode très primitive.

— Laquelle ?

— Coder directement dans les circuits électroniques ce qui n'était jusque-là que simulé par le logiciel. Chaque microprocesseur tiendrait le rôle d'un neurone et, ensemble, ces microprocesseurs formeraient un réseau interconnecté capable de se réorganiser dynamiquement.

Hynes dut réfléchir quelques instants avant de comprendre ce que laissait entendre Keiko :

— Tu veux dire fabriquer cent milliards de ce genre de microprocesseurs ?

Elle hocha la tête.

— C'est… à peu près la somme totale de tous les microprocesseurs jamais produits dans toute l'histoire de l'humanité ?

— Je n'ai pas les chiffres, mais c'est probablement encore plus.

— Même si tu réussissais à réunir autant de puces, combien de temps cela prendrait-il pour les connecter ?

— Je savais bien que c'était impossible, lui répondit-elle avec un sourire las. C'était simplement une idée désespérée. Mais nous y avons vraiment réfléchi à l'époque, et nous avons commencé à en fabriquer autant que nous pouvions. Elle désigna alors l'endroit où ils se trouvaient : Regarde, tu te trouves ici dans un des trente ateliers d'assemblage de cerveau virtuel que nous avions envisagés. Mais seul celui-ci a été construit.

— J'aurais vraiment dû rester avec toi, s'émut une nouvelle fois Hynes.

— Mais, par chance, nous avons fini par obtenir le supercalculateur que nous attendions. Ses performances sont dix mille fois supérieures à celles du meilleur ordinateur de l'époque où tu es entré en hibernation.

— Avec une architecture traditionnelle ?

— Avec une architecture traditionnelle. Toute la communauté scientifique a été stupéfaite que l'on puisse encore presser autant de jus dans le citron de la loi Moore. Mais cette fois, mon chéri, nous sommes arrivés au bout.

Un ordinateur inouï. Si l'humanité venait à échouer, il ne serait jamais égalé, pensa Hynes, mais il ne le dit pas à haute voix.

— Avec ce supercalculateur, il est devenu plus facile de développer notre projet de caméra analytique… Mon chéri, peux-tu imaginer ce que représentent cent milliards ? demanda soudain Keiko Yamasugi et, voyant que son époux secouait la tête, elle sourit et allongea les bras en lui montrant les quatre directions : Voilà ce que c'est, cent milliards.

— Comment ça ? demanda Hynes, perplexe, en regardant la brume blanche autour de lui.

— Nous sommes maintenant au milieu de l'écran holographique de ce supercalculateur, dit-elle, en manipulant avec la main un petit gadget suspendu à sa poitrine.

Hynes remarqua une molette sur l'objet, c'était peut-être une sorte de souris informatique. Au même instant, il sentit qu'un changement s'était produit dans la brume blanche qui les enveloppait. Elle s'était épaissie. C'était manifestement l'agrandissement d'une zone particulière. Il s'aperçut alors que ce qu'il avait jusque-là cru être de la brume était en réalité un agglomérat d'une quantité innombrable de petites particules et que la clarté de lune ne provenait pas d'une source de lumière externe mais était émise par les particules elles-mêmes. Tandis que l'agrandissement se poursuivait, les particules devinrent des étoiles scintillantes mais, davantage que la vision d'un ciel étoilé au-dessus de la Terre, Hynes eut l'impression de se trouver au cœur de la Voie lactée, où la densité des étoiles ne laisse presque aucune place pour l'obscurité.

— Chaque étoile est un neurone, expliqua Keiko.

Cette galaxie de cent milliards d'étoiles recouvrait leurs corps d'une fine pellicule d'argent.

L'hologramme continuait à s'élargir et Hynes voyait maintenant qu'une multitude de fins tentacules s'étendaient depuis chaque petit astre et les connectaient en un réseau complexe. L'image de ciel étoilé avait disparu de son esprit, il se trouvait à présent au milieu d'une toile aux dimensions infinies.

L'image s'agrandissait encore et chaque étoile commença à révéler sa propre structure. Hynes reconnut les cellules cérébrales et les terminaisons synaptiques qu'il avait l'habitude de voir à travers un microscope électronique.

Keiko cliqua sur la souris et l'image retrouva aussitôt son aspect initial de brume blanche :

— Voici une vue complète de la structure cérébrale offerte par la caméra analytique. Elle peut capturer simultanément trois millions de sections dynamiques. Bien entendu, l'image que nous voyons maintenant a déjà été traitée. Pour les besoins de l'observation, la distance entre chaque neurone a été étirée à un ordre de grandeur quatre ou cinq fois supérieur à la réalité, c'est pourquoi ce cerveau donne l'impression d'être un corps gazeux. Cependant, la structure topologique des connexions neuronales a été préservée. Passons à présent en vue dynamique…

Des perturbations apparurent dans la brume, des points éblouissants émergèrent dans le brouillard, comme si on avait saupoudré des flammes d'une poignée de poudre. Keiko Yamasugi augmenta la taille de l'image jusqu'à ce qu'elle ressemble à un ciel étoilé. Hynes vit déferler des vagues d'étoiles dans cet univers cérébral. Des turbulences émergèrent sous différentes formes à divers endroits de cet océan, certaines comme des courants, d'autres comme des tourbillons, d'autres encore comme des marées balayant tout sur leur passage, toutes engagées dans une incessante mutation. Dans ce chaos foisonnant naquirent quelques étonnantes figures structurées. Quand l'image holographique fut une nouvelle fois agrandie en mode "toile", Hynes vit une myriade de signaux nerveux occupés à convoyer des messages le long des fines terminaisons synaptiques, comme des perles clignotantes ruisselant sur un lacis de fils…

— À qui est ce cerveau ? demanda Hynes en poussant un soupir d'admiration.

— C'est le mien, répondit Keiko en le regardant tendrement. Quand ce tableau mental apparaît, c'est que je pense à toi.

Veuillez faire attention : quand le voyant passera au vert, vous verrez s'afficher la sixième épreuve du test. Si les propositions sont correctes, pressez le bouton à votre droite ; si elles sont fausses, pressez le bouton à votre gauche.

Proposition 1 : Le charbon est de couleur noire

Proposition 2 : 1+1 = 2

Proposition 3 : Les températures en hiver sont plus basses qu'en été

Proposition 4 : Les hommes sont en moyenne plus petits que les femmes

Proposition 5 : Une ligne droite est le plus court chemin entre deux points

Proposition 6 : La Lune émet plus de lumière que le Soleil

Ces affirmations apparaissaient l'une après l'autre sur le petit écran devant les yeux du candidat. Elles ne s'affichaient que pour une durée de quatre secondes, puis le candidat devait presser sur le bouton de gauche ou de droite correspondant à la réponse. Sa tête était couverte d'un casque en métal, tandis que la caméra analytique scannait une image holographique de son cerveau que le supercalculateur traitait en un modèle interconnecté dynamique susceptible d'être analysé.

Les recherches de Hynes sur la pensée n'en étaient qu'à leur étape initiale. Le candidat n'avait pas besoin de recourir à des jugements complexes, car les propositions étaient extrêmement concises et impliquaient des réponses évidentes. Au cours de ces pensées simples, le mécanisme de fonctionnement du réseau neuronal était relativement facile à identifier. Il constituait le point d'entrée vers une recherche approfondie à venir sur la nature même de la pensée.

L'équipe de recherche dirigée par Bill Hynes et Keiko Yamasugi avait déjà réalisé quelques avancées. Elle avait découvert qu'un jugement critique ne se produisait pas dans une zone précise du réseau neuronal cérébral, mais qu'il utilisait un mode particulier de transmission d'impulsion nerveuse. À l'aide du supercalculateur, ce mode de transmission pouvait être identifié et localisé dans le vaste réseau de neurones. C'était – toutes proportions gardées – une méthode similaire à celle qu'avait utilisée l'astronome Abbott Ringer pour Luo Ji lorsqu'il avait dû localiser une étoile particulière de la Voie lactée. Mais dans le cosmos cérébral, ce genre de figure était dynamique et ne pouvait être identifiée que grâce à ses caractéristiques mathématiques. C'était un peu comme chercher un mini-tourbillon au milieu d'un immense océan, la somme des calculs nécessaires était bien supérieure à ceux utilisés par Ringer, et seul ce tout récent supercalculateur en avait les capacités.

Hynes et son épouse déambulaient dans la carte nébuleuse du cerveau qui s'affichait sur l'écran holographique. Chaque fois qu'un jugement critique était identifié dans le cerveau du candidat, l'ordinateur indiquait sa position grâce à une lumière rouge clignotante. Cet outil était juste là pour le plaisir des yeux et ne servait pas spécialement les besoins de l'étude. Le plus important était l'analyse de la structure interne de l'impulsion nerveuse provoquée par la pensée, car c'était là que se cachaient les mystères de la nature de l'esprit.

Soudain, le directeur médical de l'équipe de recherche arriva en hâte en disant que quelque chose était arrivé au candidat n° 104.

Au tout début du développement de la caméra analytique, le scan simultané d'un si grand nombre de sections générait de puissantes radiations qui pouvaient avoir des conséquences mortelles pour toute créature vivante analysée mais, après une série d'améliorations, l'intensité des radiations était redescendue en dessous de la ligne de sécurité et un grand nombre de tests avaient montré que tant que l'on ne dépassait pas une durée précise, la caméra analytique n'avait absolument aucun effet secondaire néfaste sur le cerveau.

— Il semble avoir développé une hydrophobie, expliqua le directeur médical tout en courant sur le chemin du centre de soins.

Hynes et Keiko arrêtèrent leur course, surpris. Hynes fixa le directeur :

— Une hydrophobie ? A-t-il attrapé la rage ?

Le directeur leva une main en l'air et s'efforça de mettre de l'ordre dans ses pensées :

— Oh, je vous prie de m'excuser, je n'ai pas été assez précis. Il ne présente absolument aucun problème sur le plan physiologique, ni son cerveau ni aucun de ses autres organes n'a subi de dommages, mais il a effectivement peur de l'eau, comme un patient atteint de la rage. Il refuse de boire, il n'ose même pas manger d'aliments contenant de l'eau. C'est un effet exclusivement psychologique. Il a l'impression que l'eau est toxique.

— Un délire de persécution ? interrogea Keiko.

Le directeur secoua la main :

— Non, non, il ne croit pas que quelqu'un a empoisonné l'eau, mais que l'eau est par nature un poison.

Hynes et son épouse s'arrêtèrent une nouvelle fois, comme stupéfaits. Le directeur secoua encore la tête d'impuissance :

— Mais pour ce qui est du reste, il est psychologiquement tout à fait normal… Je ne sais pas comment l'expliquer, il vaut mieux que vous veniez constater par vous-mêmes.

Le candidat n° 104 était un étudiant d'université volontaire qui participait aux tests pour se faire un peu d'argent de poche. Avant d'entrer dans la chambre du patient, le directeur médical avertit les deux chercheurs :

— Cela fait deux jours qu'il n'a rien bu. S'il continue comme ça, il va être gravement déshydraté et nous serons contraints de le forcer à s'hydrater par intraveineuse.

Le directeur pointa un four à micro-ondes à l'intérieur de la pièce :

— Regardez, il y fait cuire son pain et ses autres aliments jusqu'à ce qu'ils soient entièrement secs avant de les manger.

Quand les deux scientifiques entrèrent dans la pièce, le candidat n° 104 les regarda d'un air affolé. Ses lèvres étaient sèches, ses cheveux hirsutes, mais il avait l'air en bonne santé. Il tira la manche de la veste de Hynes et susurra d'une voix rauque :

— Docteur Hynes, ils veulent me tuer, je ne sais pas pourquoi.

Il pointa de son autre main un verre d'eau posé sur la table de chevet :

— Ils veulent me faire boire de l'eau.

Hynes jeta un œil sur le verre, il était certain que le candidat n'avait pas contracté la rage, car les personnes touchées par cette maladie ont des spasmes de terreur à la vue de l'eau. Le bruit d'écoulement d'un liquide les rend fous. Certains ont même des réactions de frayeur intense au simple fait d'évoquer le sujet.

— Si l'on se base sur son regard et sa capacité à s'exprimer, il semble être dans un état psychologique tout à fait normal, glissa Keiko en japonais à Hynes. Elle était titulaire d'une licence de psychologie.

— Croyez-vous vraiment que l'eau soit toxique ? demanda Hynes.

— Vous en doutez ? Mais c'est aussi vrai que le Soleil émet de la lumière et qu'il y a de l'oxygène dans l'atmosphère ! Vous n'allez quand même pas vous non plus nier cette réalité ?

Hynes lui tapa sur l'épaule :

— Jeune homme, la vie est née dans l'eau et elle ne pourra jamais exister sans. Soixante-dix pour cent de votre corps est constitué d'eau.

Le regard du candidat n° 104 s'assombrit. Il se prit le front entre les mains et s'assit sur le lit :

— Oui, cette question est une torture, c'est la chose la plus incroyable de l'univers.

— Je souhaiterais consulter l'historique du test du candidat n° 104, dit Hynes au directeur médical en sortant de la chambre.

Arrivés dans le bureau du directeur, Keiko Yamasugi prit la parole :

— Observons d'abord les propositions du test.

Les intitulés s'affichèrent un à un sur l'écran :

Proposition 1 : Les chats ont trois pattes
Proposition 2 : Un minéral n'est pas vivant
Proposition 3 : Le Soleil est de forme triangulaire
Proposition 4 : De même volume, le fer est plus lourd que le coton
Proposition 5 : L'eau est un poison

— Stop, fit Hynes en pointant la cinquième proposition.

— Il a répondu faux à celle-ci, dit le directeur.

— Vérifions toutes les manipulations et tous les paramètres postérieurs à cette réponse.

L'historique montra qu'après la réponse du candidat à la proposition 5 la caméra analytique avait augmenté l'intensité de son scan au niveau du point précis où était né le jugement du candidat. Afin d'améliorer la précision du scan, les radiations et le champ magnétique avaient été intensifiés dans cette zone. Hynes et Keiko examinèrent minutieusement l'historique des paramètres qui s'affichait sur l'écran.

— Avions-nous déjà effectué ce type de scan intense sur d'autres propositions pour d'autres candidats ? demanda Hynes.

— Les résultats n'étant pas très bons, nous l'avons abandonné après quatre tentatives quand nous nous sommes rendu compte qu'il risquait de dépasser les standards de radiations localisées. Les trois premières…

Il consulta son ordinateur et lâcha :

— … étaient des propositions sans conséquence.

— Nous devons réutiliser les mêmes paramètres et répéter l'expérience de la proposition 5, lança Keiko.

— Mais… qui fera le test ? demanda le directeur médical.

— Moi, répondit Hynes.

L'eau est un poison

Les mots de la proposition 5 apparurent dans une police noire sur fond blanc. Hynes pressa le bouton “Faux” à sa gauche. Hormis une légère sensation de chaleur ressentie lors du scan intense de la caméra analytique, il n'éprouva rien d'autre.

Hynes sortit du laboratoire et, sous l'observation de quelques chercheurs – dont Keiko –, il s'assit à une table sur laquelle était posé un verre d'eau fraîche. Hynes s'en saisit et le porta lentement à ses lèvres pour en boire une gorgée. Son geste était calme et son expression tranquille. Le petit groupe de chercheurs commença par pousser un soupir de soulagement, mais très vite, les scientifiques remarquèrent que Hynes se tenait la gorge. La chair de son visage s'était raidie. Il se crispa. Son regard révéla bientôt une peur similaire à celle du candidat n° 104 ; il semblait lutter mentalement avec une force invisible. Pour finir, il recracha toute l'eau contenue dans sa bouche et s'accroupit pour se faire vomir, mais rien ne sortit. Son visage avait viré au violet. Keiko le serra dans ses bras et lui envoya des claques dans le dos.

Hynes, qui avait repris quelque peu ses esprits, tendit la main et bredouilla :

— Donne-moi des mouchoirs.

Il essuya minutieusement l'eau qui avait giclé sur ses chaussures.

— Mon chéri, crois-tu vraiment que l'eau soit toxique? l'interrogea-t-elle, les yeux pleins de larmes. Elle l'avait conjuré plusieurs fois avant le début du test de changer de proposition, d'en prendre une moins dangereuse, mais Hynes avait refusé.

Hynes hocha lentement la tête :

— Oui, c'est ce que je pense. Il leva la tête vers le petit groupe, les yeux pleins d'impuissance et de doute : Oui, oui, c'est ce que je pense.

— Laisse-moi te répéter tes propres mots, lui murmura Keiko en lui attrapant l'épaule : La vie est née dans l'eau et elle ne pourra jamais exister sans. Soixante-dix pour cent de ton corps est constitué d'eau.

Hynes baissa la tête pour regarder les éclaboussures sur le sol. Puis il secoua la tête :

— Oui, ma chérie, et cette question est une torture, c'est la chose la plus incroyable de l'univers.

Trois ans après la percée décisive dans le domaine de la fusion nucléaire contrôlée, des objets célestes inhabituels commencèrent peu à peu à apparaître dans le ciel nocturne de la Terre. On pouvait en voir simultanément jusqu'à cinq dans le même hémisphère. La luminosité de ces corps changeait parfois brusquement, il leur arrivait même d'être plus brillants que Vénus et de scintiller frénétiquement. De temps en temps, une éruption se produisait soudain à l'emplacement d'un des corps et provoquait une augmentation brutale de sa luminosité, puis il s'éteignait deux ou trois secondes plus tard. Il s'agissait de réacteurs de fusion nucléaire effectuant des essais en orbite géosynchrone.

Il avait été acté que la future flotte spatiale serait composée de vaisseaux à propulsion radiative sans médium et des recherches avaient été lancées dans cette direction. Ce type de propulsion nécessitait des réacteurs nucléaires superpuissants dont les essais ne pouvaient être menés que dans l'espace. Situés dans l'espace à une altitude de trente mille kilomètres, ces réacteurs avaient été surnommés "étoiles nucléaires" en raison des rayons qu'ils émettaient. Chaque éruption d'étoile nucléaire signifiait un échec désastreux, toutefois, contrairement à ce que croyait la majorité des gens, les éruptions n'étaient pas dues à l'explosion de réacteurs, mais à l'exposition de leur cœur lorsque la coque extérieure fondait sous l'effet de la chaleur de la fusion. Le cœur du réacteur était comme un petit soleil à côté duquel les matériaux terrestres les plus résistants à la chaleur fondaient comme de la cire. Les fusions devaient donc être contenues par un champ électromagnétique, toutefois les échecs étaient fréquents.

Sur le balcon du toit du quartier général de l'armée spatiale, Chang Weisi et Bill Hynes venaient d'assister à une telle éruption. Leurs ombres avaient été projetées sur le mur par ce halo lunaire, avant de s'évanouir aussitôt. Après Taylor, Hynes était le second Colmateur que rencontrait Chang Weisi.

— C'est déjà la troisième fois ce mois-ci, grommela l'amiral.

Hynes observa le ciel nocturne redevenu obscur et dit :

— La puissance de ces réacteurs ne permet d'atteindre qu'un pour cent de l'énergie requise par les moteurs des futurs vaisseaux spatiaux, et on n'arrive toujours pas à les faire fonctionner de façon stable. Même si on parvient un jour à fabriquer des réacteurs satisfaisants, la technologie des moteurs sera encore plus difficile à développer. On se retrouvera confrontés aux obstacles dressés par les intellectrons.

— Oui, les intellectrons bloquent toutes les routes possibles.

Les yeux de Chang Weisi regardaient le lointain. L'océan de lumières de la ville paraissait presque plus étincelant encore depuis la disparition de l'étoile nucléaire.

— La petite lueur d'espoir s'est estompée aussi vite qu'elle est apparue, jusqu'au jour où elle s'éteindra totalement. Comme vous le dites, les intellectrons bloquent toutes les routes.

— Docteur Hynes, sourit Chang Weisi, vous n'êtes tout de même pas venu me parler de défaitisme ?

— C'est au contraire précisément ce dont je souhaite vous parler. La résurgence du défaitisme est différente cette fois. Elle est la conséquence de la baisse soudaine du niveau de vie de la population et son impact est encore plus grand au sein de la Spatiale.

Chang Weisi détourna son regard du lointain, sans rien dire.

— Je comprends vos difficultés, amiral, et je souhaite vous aider.

Chang Weisi fixa silencieusement Hynes pendant quelques secondes. Il ne réussit pas à sonder son regard impénétrable. Sans répondre à la question du Colmateur, il lança :

— L'évolution du cerveau humain a besoin de vingt à deux cent mille ans avant que ne se produisent des changements visibles, et la civilisation humaine n'a derrière elle que cinq mille ans d'histoire. Ce dont nous nous servons par conséquent aujourd'hui est le cerveau d'un homme primitif… Docteur, j'admire sincèrement votre projet. C'est peut-être précisément là où nous trouverons une réponse.

— Merci. Nous sommes tous des Pierrafeu.

— Mais sera-t-il vraiment possible d'accroître les capacités mentales de l'homme grâce à la technologie ?

À cette question, Hynes s'exalta :

— Amiral, au moins, vous n'êtes pas aussi primitif que les autres ! Je note que vous utilisez le terme de "capacités mentales" et non d'"intelligence". Le premier est bien plus riche que le second. Pour vous donner un exemple, il est impossible de vaincre le défaitisme par l'intelligence. Devant la muraille dressée par les intellectrons, plus vous êtes intelligent, plus il vous est difficile d'avoir foi dans la victoire.

— Alors, répondez à la question. Est-ce possible ?

Hynes secoua la tête :

— Connaissez-vous les travaux que Keiko Yamasugi et moi-même menions avant la Crise trisolarienne ?

— Je ne suis pas spécialiste. Si je ne me trompe pas, vous avez montré que la nature de la pensée n'était pas moléculaire mais quantique, ce qui signifie que…

— … que les intellectrons m'attendent, compléta Hynes en pointant le ciel, tout comme nous les attendons aussi. Mais aujourd'hui, nos recherches sont encore loin de l'objectif que nous nous sommes fixé. Elles ont en revanche donné naissance à un produit dérivé inattendu…

Chang Weisi hocha légèrement la tête, manifestant un intérêt prudent.

— Je n'entrerai pas dans les détails. Laissez-moi vous le présenter simplement : nous avons découvert à l'intérieur du réseau de neurones du cerveau le mécanisme mental de production du jugement. Nous nous sommes par ailleurs aussi rendu compte que nous avions la capacité d'exercer sur lui une influence déterminante. Le processus par lequel le cerveau produit un jugement est comparable à un processus informatique : dans les deux cas, nous entrons des données issues du monde extérieur, nous procédons à un calcul et nous obtenons un résultat. Grâce à notre découverte, nous sommes maintenant capables de sauter l'étape du calcul et de produire directement le résultat. Lorsqu'une information entre dans le cerveau, elle influence une partie du réseau neuronal, c'est lors de cette étape que nous pouvons agir pour forcer le cerveau à émettre un jugement, à lui faire considérer que telle information est exacte, sans qu'il ait besoin d'y réfléchir.

— Cette expérience a-t-elle déjà été menée ? demanda Chang Weisi, ne trahissant aucun sentiment.

— Oui, tout a commencé avec un accident, puis nous avons approfondi nos recherches et nous savons à présent comment faire. Nous avons appelé ce procédé "poinçonnage mental".

— Et si ce jugement – ou bien disons, cette foi – ne correspond pas à la réalité ?

— Dans ce cas, elle finit par être rejetée. Mais c'est un processus très douloureux, car le jugement fabriqué par le poinçonnage mental est particulièrement résistant. Je croyais encore il y a quelque temps que l'eau était toxique. Ce n'est qu'après deux mois de thérapie que j'ai pu commencer à me remettre à boire de l'eau. Ce processus, c'est… ça a été un moment très pénible. Mais la proposition selon laquelle l'eau est un poison est ouvertement fausse, elle ne peut pas être nuancée. D'autres sentences telles que "Dieu existe" ou bien "l'humanité remportera la guerre" ne possèdent pas de réponses clairement déterminées. Pendant le processus normal au cours duquel s'élaborent ces croyances, la pensée incline dans une direction sous l'effet d'un ensemble de choix qui se présentent à elle. Mais si ces croyances sont inculquées directement par l'intermédiaire du poinçonnage mental, elles deviennent aussi solides que la roche et absolument inébranlables.

— C'est un véritable exploit, dit Chang Weisi avec une mine sérieuse. Je veux dire, sur un plan neuroscientifique. Car dans la réalité, docteur Hynes, vous venez de créer quelque chose d'embarrassant, vraiment embarrassant, la chose la plus embarrassante de l'histoire.

— Ne voudriez-vous pas vous servir de cette technique de poinçonnage mental pour façonner une armée spatiale partageant une foi indéfectible dans la victoire ? Au sein de la Spatiale, vous avez des commissaires politiques. Nous, nous avons des pasteurs. Le poinçonnage mental n'est après tout qu'un moyen technologique permettant d'accomplir leur travail, mais avec une plus grande efficacité.

— Le travail idéologique mené par nos commissaires politiques s'appuie sur une pensée rationnelle et scientifique pour établir cette croyance.

— Mais la foi dans la victoire peut-elle vraiment s'appuyer sur une base rationnelle et scientifique ?

— Si c'est impossible, docteur, je préfère encore diriger une armée n'ayant pas foi dans la victoire que des soldats incapables de penser par eux-mêmes.

— En dehors de cette croyance précise, le reste de la

pensée resterait bien sûr indépendant. Nous ne ferions que procéder à une petite intervention. Notre technologie permettrait de sauter une étape du mécanisme habituel pour implanter dans la conscience une conclusion, une seule et simple conclusion.

— Une seule conclusion suffit. La technologie est maintenant capable de modifier la pensée aussi facilement qu'un programme informatique. Après ces "corrections", les humains seront-ils encore des humains, ou des automates?

— Vous devez avoir lu *Orange mécanique.*

— Un livre édifiant.

— Amiral, j'avais prévu votre réaction, soupira Hynes. Je poursuivrai mes efforts dans ce domaine, les efforts que se doit de fournir un Colmateur.

Lors de l'audience suivante des Colmateurs au Conseil de défense planétaire, la présentation par Hynes de sa technologie de poinçonnage mental suscita dans l'assemblée des réactions passionnées sans précédent. Le jugement du représentant américain exprima avec concision ce que pensait la majorité des participants :

— Grâce à leur talent, les Drs Hynes et Kamasugi ont ouvert une porte menant droit aux ténèbres.

La représentante française quitta son siège et lança avec émotion :

— Qu'est-ce qui est le plus tragique? Que l'humanité soit privée de son pouvoir et de son droit de penser librement, ou qu'elle perde cette guerre?

— La seconde réponse, naturellement! riposta aussitôt Hynes en se levant d'un bond. Car dans la première situation, l'humanité aura au moins une chance de regagner un jour sa liberté de pensée!

— Permettez-moi d'avoir des doutes sur l'utilisation de cette technologie… Regardez-vous donc, les Colmateurs!

lança le représentant russe en levant les bras au plafond. Taylor a voulu ôter la vie et vous, la pensée ! Que cherchez-vous à faire ?

Ses mots furent accueillis par un vacarme d'approbations.

Ce fut au tour du représentant britannique de s'exprimer :

— Il ne s'agit aujourd'hui que de proposer une motion, mais je suis confiant dans le fait que les gouvernements de tous les pays seront unanimes pour rejeter ce projet. Rien n'est plus pernicieux que la manipulation de la pensée.

— Pourquoi tout le monde devient-il si sensible à la simple mention de la manipulation de la pensée ? demanda Hynes. Celle-ci n'est-elle pas omniprésente dans nos sociétés modernes ? Depuis les publicités commerciales jusqu'à la culture hollywoodienne, tout participe à manipuler la pensée. Pour utiliser une expression chinoise, vous vous moquez de ceux qui reculent de cent pas quand vous en reculez vous-mêmes de cinquante.

— Docteur Hynes, reprit le représentant américain, vous n'avez pas fait que cent pas. Vous êtes arrivé au seuil de l'enfer. Vous menacez les fondements de la société moderne.

Un nouveau brouhaha retentit dans la salle. Hynes savait qu'il était temps de reprendre la situation en main. Il éleva la voix :

— Apprenez du bûcheron !

Comme il l'avait prédit, cette dernière phrase étouffa temporairement le vacarme de voix.

— Quel bûcheron ? demanda le président tournant du CDP.

— Je pense que vous connaissez tous cette histoire : Un jeune bûcheron marche dans la forêt. Soudain, une branche tombe d'un arbre et lui écrase la jambe. Il est parti seul et son sang n'arrête pas de couler. S'il reste ainsi, il va mourir d'une hémorragie, mais il prend une décision qui ferait transpirer de honte tous les représentants de cette salle : il saisit sa scie et tronçonne sa jambe écrasée. Il arrive enfin à regagner son véhicule et rejoint un hôpital où on lui sauve la vie.

Hynes constata avec satisfaction que personne dans l'assemblée n'avait essayé de lui couper la parole. Il poursuivit :

— L'humanité fait aujourd'hui face à une question de vie ou de mort. La vie ou la mort de l'ensemble de notre espèce et de notre civilisation. Dans ces circonstances, comment ne pas accepter d'abandonner certaines choses ?

On entendit deux coups sourds. Ceux du marteau en bois du président sur la table, et ce, même si personne n'avait parlé. Tout le monde remarqua que cet Allemand avait été l'un des rares à être resté silencieux durant l'audience.

Le président s'exprima d'une voix calme :

— Avant toute chose, je souhaiterais que chacun d'entre vous regarde la situation telle qu'elle est. Les investissements pour construire un système de défense planétaire sont de plus en plus lourds. En raison de la crise économique mondiale, la prédiction que le niveau de vie des humains reculera d'un siècle présente le risque de se réaliser dans un avenir proche. Pendant ce temps, les recherches scientifiques de défense spatiale se heurtent à la muraille dressée par les intellectrons et le progrès technologique ralentit de jour en jour. Tout cela provoquera une nouvelle vague de défaitisme dans la communauté internationale et, cette fois, elle pourrait submerger le programme de défense du système solaire.

La prise de parole du président refroidit totalement l'assemblée. Il laissa le silence se poursuivre encore une demi-minute, puis il continua :

— Comme chacun d'entre vous, quand j'ai appris l'existence du poinçonnage mental, j'ai ressenti la même peur et le même dégoût que si je m'étais retrouvé devant un serpent venimeux. Mais la chose la plus sage à présent est de faire preuve de sang-froid, de réfléchir consciencieusement à cette option. Quand bien même Satan arriverait sur Terre, le calme et la rationalité seraient toujours les meilleurs alliés. Durant cette audience, nous ne ferons que proposer une motion qui sera soumise à un vote.

Hynes perçut une lueur d'espoir :

— Monsieur le président, mesdames et messieurs les représentants, il semble manifestement que ma proposition initiale ne puisse pas être soumise à votre vote. Peut-être pourrions-nous chacun faire un pas en arrière ?

— Peu importe comment vous reculez, le contrôle de la pensée est et restera une chose inacceptable, s'indigna la représentante française, mais sur un ton moins dur que tantôt.

— Et s'il ne s'agissait pas de contrôle de la pensée ? Quelque chose entre le contrôle et la liberté ?

— Le poinçonnage mental équivaut à un contrôle de la pensée, affirma le représentant japonais.

— Pas vraiment. Ce qu'on appelle contrôle implique nécessairement un contrôleur et un contrôlé. Et si les hommes étaient volontaires pour être poinçonnés ? Appellerait-on encore cela un "contrôle" ?

L'assemblée retomba dans le silence. Hynes savait qu'il était déjà près de réussir.

— Je propose de faire du poinçonnage mental une sorte de service public, continua-t-il, ouvert à toute la société. La machine ne comporterait qu'une seule proposition : la croyance dans la victoire finale de l'humanité. Tous ceux qui le souhaitent pourraient subir ce poinçonnage et obtiendraient cette foi de façon totalement volontaire. Bien entendu, le processus serait soumis à une surveillance extrêmement stricte.

Un débat s'ouvrit autour de cette suggestion. De nombreuses restrictions de l'utilisation du poinçonnage mental furent apportées à la proposition de Hynes. L'une d'entre elles, capitale, fut de limiter son utilisation aux membres de l'armée spatiale, car c'était au sein des forces armées qu'une uniformisation de la pensée pouvait le mieux être acceptée. L'audience se prolongea pendant près de huit heures. Ce fut la plus longue depuis le début du programme Colmateur. Elle se termina par une motion qui serait soumise au vote des représentants lors de la séance suivante et rapportée auprès de chaque gouvernement par les représentants des membres permanents du CDP.

— Ne devrions-nous pas trouver un nom pour cette installation ? demanda le représentant américain.

— Que pensez-vous de "Centre de secours de la foi" ? osa le représentant britannique.

Cette appellation étrange empreinte d'humour anglais suscita quelques rires.

— Supprimez "secours" et appelez-la "Centre de la foi", proposa très sérieusement Hynes.

Une réplique miniature de la statue de la Liberté avait été érigée devant la grande porte du Centre de la foi. Personne n'aurait vraiment su dire quelle était son utilité – peut-être était-ce une tentative d'insister sur le concept de "la liberté" pour atténuer celui de "contrôle". Ce qui frappait davantage, c'étaient les vers gravés sur son socle :

Envoyez-moi vos désespérés, vos égarés,
Qui assombris par la crainte rêvent d'une lumière victorieuse
Envoyez-les-moi, les esprits fourvoyés, les âmes errantes
De ma torche, j'éclaire la foi d'or[1] *!*

1. Ces vers s'inspirent des derniers vers du poème original d'Emma Lazarus gravé sur le socle de la statue de la Liberté de New York : "Envoyez-moi vos pauvres, vos exténués / Qui en rangs pressés rêvent

Et la profession de cette foi d'or évoquée par le poème était bien en évidence, incrustée en différentes langues sur un bloc de granite noir baptisé "stèle de la Foi" et qui se dressait derrière la statue :

Dans la guerre de résistance contre l'envahisseur trisolarien, l'humanité sera victorieuse. L'ennemi sera détruit et la civilisation planétaire perdurera dans l'Univers pour les siècles des siècles.

Le Centre de la foi était ouvert depuis trois jours. Bill Hynes et Keiko Yamasugi patientaient dans le somptueux vestibule. Cette structure relativement modeste bâtie à proximité de la place des Nations-Unies était devenue une attraction touristique et des foules de gens venaient sans cesse se prendre en photo devant la statue de la Liberté et la stèle de la Foi. Toutefois, personne n'entrait jamais, les gens gardaient une distance prudente.

— Est-ce que tu n'as pas l'impression que nous sommes un vieux couple tenant une boutique au commerce déliquescent ? demanda Keiko.

— Ma chérie, tôt ou tard, cet espace deviendra un lieu de pèlerinage, répondit solennellement Hynes.

L'après-midi du troisième jour, quelqu'un entra enfin dans le Centre de la foi. C'était un homme entre deux âges, chauve, qui semblait dépressif. Sa démarche était vacillante et des effluves d'alcool accompagnaient ses pas.

— Je veux obtenir une foi, dit-il d'une voix pâteuse.

— Le Centre de la foi n'est ouvert qu'aux membres des forces spatiales nationales. Veuillez présenter votre certificat d'identité, dit Keiko Yamasugi en s'inclinant respectueusement.

de vivre libres / Envoyez-les-moi, les déshérités, que la tempête m'apporte / De ma torche, j'éclaire la porte d'or !" *(N.d.A.)*

Hynes crut voir une de ces serveuses très polies des palaces de Tokyo.

L'homme se tâta et sortit son certificat :

— Je suis un membre de l'armée spatiale. Je suis fonctionnaire civil. Est-ce que ça va ?

Après avoir attentivement examiné le document, Hynes hocha la tête :

— Monsieur Wilson, souhaitez-vous entrer maintenant ?

— Naturellement, fit l'homme en hochant la tête, puis il sortit une feuille bien pliée de la poche de sa chemise. Voilà, c'est ma proposition. C'est écrit là. Voilà la foi que je veux obtenir.

Keiko Yamasugi voulut lui expliquer que, conformément à la résolution du Conseil de défense planétaire, une seule proposition pouvait être poinçonnée dans les esprits : la profession de foi gravée sur la stèle. Aucun mot ne devait changer et toute autre proposition était bien sûr interdite. Mais Hynes l'arrêta délicatement. Il voulait d'abord lire la proposition de l'homme. Il déplia la feuille.

Catherine m'aime, elle ne m'a jamais trompé.

Keiko Yamasugi eut du mal à se retenir de rire. Hynes, en colère, froissa la feuille en boule et la jeta au visage de cet ivrogne à l'alcool triste :

— Foutez le camp !

Après le départ de Wilson, un autre homme passa la stèle de la Foi, cette borne frontière au-delà de laquelle les touristes venus prendre des photos ne s'aventuraient pas. Hynes remarqua vite que l'homme paraissait indécis et appela Keiko :

— Regarde celui-là, il doit être militaire !

— Il a l'air exténué, dit-elle.

— Mais c'est un militaire, crois-moi, glissa Hynes.

Il s'apprêtait à sortir à sa rencontre quand il le vit s'avancer jusqu'au perron. Il semblait un peu plus âgé que Wilson, ce que trahissait à peine la finesse de son visage oriental mais, comme l'avait décrit Keiko, il avait l'air mélancolique ; toutefois, c'était une impression de dépression mélancolique différente de celle d'un amour déçu, à la fois plus légère, mais aussi plus ancrée, comme si ce sentiment l'accompagnait depuis des années.

— Je m'appelle Wu Yue, je viens pour obtenir une croyance, commença l'homme. Hynes nota qu'il avait utilisé le mot "croyance" et non "foi".

Keiko Yamasugi s'inclina et répéta sa tirade :

— Le Centre de la foi n'est ouvert qu'aux membres des forces spatiales nationales. Veuillez présenter votre certificat d'identité.

Wu Yue resta debout sans bouger et lâcha simplement :

— Il y a seize ans, j'ai servi pendant un mois dans l'armée spatiale avant de me faire réformer.

— Un mois ? Puis-je me permettre de vous en demander la raison ? demanda Hynes.

— Je suis un défaitiste. Ma hiérarchie et moi-même avons considéré que j'étais inapte pour travailler dans l'armée spatiale.

— Le défaitisme est une mentalité répandue. Vous m'avez seulement l'air d'être un homme honnête. Vous avez peut-être tout bonnement exprimé à l'époque ce que vous aviez sur le cœur. Certains de vos collègues toujours en poste ont peut-être dissimulé des sentiments défaitistes encore plus puissants que les vôtres. C'est simplement qu'ils les gardent cachés, le rassura Keiko.

— Peut-être mais, ces derniers temps, je me sens perdu.

— Parce que vous n'êtes plus au service de l'armée ?

— Non, répondit Wu Yue en secouant la tête, je suis né dans une famille d'intellectuels, j'ai toujours été éduqué de telle manière à considérer l'humanité comme un tout, même après être devenu militaire. J'ai toujours pensé que se battre pour le salut de notre monde était le plus grand honneur d'un soldat. Ce moment est arrivé, mais c'est une guerre vouée à la défaite.

Hynes voulut parler mais son épouse fut plus prompte :

— Permettez-moi de vous demander : quel âge avez-vous ?

— Cinquante et un ans.

— Si vous obtenez foi dans la victoire et qu'on vous autorise à revenir au sein de la Spatiale, ne serez-vous pas un peu trop âgé pour reprendre du service ?

Hynes pouvait voir qu'elle n'avait pas le cœur de lui opposer un refus catégorique. Un homme empreint d'une profonde mélancolie exerce toujours sur les femmes un charme certain. Mais Hynes ne s'en souciait guère. Celui-là était déjà si désespéré que rien à ses yeux n'avait plus de valeur.

— Vous vous trompez, dit Wu Yue en secouant la tête. Je ne suis pas venu ici pour que vous infusiez en moi la foi dans la victoire, mais simplement pour que vous apaisiez mon âme.

Hynes voulut prendre la parole mais Keiko Yamasugi l'arrêta une nouvelle fois.

Wu Yue continua :

— J'ai connu mon épouse lors d'un séjour d'études à l'Académie navale d'Annapolis. C'était une fervente chrétienne, elle ne craignait pas l'avenir, elle avait en elle une telle confiance que j'en étais jaloux. Elle disait que Dieu orchestrait tout, le passé comme le futur, que nous autres, enfants du Tout-Puissant, n'avions pas besoin de comprendre ses desseins, qu'il nous suffisait de croire que son plan était le plus rationnel de l'univers, qu'il nous fallait simplement vivre en paix selon la volonté divine.

— Alors vous êtes venu ici pour croire en Dieu ? demanda Hynes.

Wu Yue hocha la tête :

— J'ai écrit mon texte ici, dit-il en plongeant sa main dans la poche de sa chemise.

Keiko Yamasugi empêcha une nouvelle fois Hynes de prendre la parole et ajouta à l'adresse de Wu Yue :

— Si c'est le cas, vous n'avez qu'à croire. Il n'y a pas besoin de faire appel à un procédé technologique aussi extrême.

L'ancien colonel de l'armée spatiale eut un sourire amer :

— J'ai reçu une éducation matérialiste, je suis un athée pur et dur. Croyez-vous que ce soit si facile de se convertir ?

— C'est hors de question, s'empressa cette fois de dire Hynes, puis il décida de mettre les choses au clair au plus vite : Vous devez savoir que selon la résolution de l'ONU une seule proposition peut être poinçonnée mentalement.

Et, tout en parlant, il sortit une grande chemise rouge délicatement ouvragée qu'il ouvrit pour montrer son contenu à Wu Yue. Sur la doublure en velours noirs, était ciselé en lettres d'or le serment de la stèle de la Foi.

— Voici le livre de la foi. Puis Hynes sortit d'autres chemises de couleurs différentes : Ce sont les versions du livre dans plusieurs langues. Monsieur Wu, je vais vous dire avec quelle rigueur est surveillée l'utilisation de notre machine : pour s'assurer de la sécurité et de la fiabilité de la manœuvre, la proposition n'apparaît pas sur un écran, elle est lue de façon la plus élémentaire possible par le volontaire lui-même à partir du livre de la foi. Quant à la procédure concrète, conformément au principe de libre choix, elle doit elle aussi être activée par le volontaire. Celui-ci ouvre le livre, puis appuie sur un bouton pour lancer le poinçonnage. Mais avant que celui-ci ne débute, le système demande au volontaire de confirmer trois fois. Avant chaque poinçonnage, le contenu du livre est relu par un comité d'une dizaine de délégués issus du Conseil des droits de l'homme des Nations unies et des nations membres permanentes du Conseil de défense planétaire. Au cours de l'opération de poinçonnage, ce même comité procède à une supervision extrêmement stricte. Par conséquent, monsieur, votre requête n'a absolument aucune chance d'aboutir. Vous pouvez oublier votre projet de vous faire poinçonner une croyance religieuse, le simple fait de changer un seul mot du livre de la foi constitue déjà un acte criminel.

— Dans ce cas, excusez-moi de vous avoir dérangé, lâcha Wu Yue en hochant la tête. De toute évidence, il semblait avoir anticipé cette issue. Il se retourna et partit, la silhouette solitaire et fatiguée.

— Il souffrira pendant le restant de sa vie, murmura Keiko, la voix pleine de tendresse.

— Monsieur ! cria Hynes à l'adresse de Wu Yue, qui avait déjà passé la porte.

Les rayons du soleil couchant se reflétaient sur la stèle de la Foi et sur les lointains murs de verre du siège des Nations unies, comme s'ils s'embrasaient. Hynes dut cligner des yeux pour affronter ces flammes.

— Monsieur, vous ne me croirez peut-être pas, mais j'ai bien failli faire le contraire de vous.

Wu Yue parut ne pas comprendre. Hynes se retourna et s'assura que Keiko ne l'avait pas suivi, puis il sortit un morceau de papier de sa poche, il le déplia et le présenta à Wu Yue.

— Voici le poinçonnage que j'avais à l'origine prévu pour moi. J'ai hésité, bien sûr, et j'ai finalement décidé de ne pas le faire.

Sur la feuille, il était écrit en caractères gras :

Dieu est mort.

— Pourquoi ? demanda Wu Yue en levant la tête.

— N'est-ce pas évident ? Dieu n'est-il pas déjà mort ? Au diable le plan de Dieu ! Au diable son aimable joug[1] !

1. Cette dernière phrase est une référence au vers de Milton dans le poème *Sur sa cécité* : "Dieu n'a nul besoin de la tâche de l'homme

Muet, Wu Yue observa Hynes un moment, puis il se retourna et descendit les marches du perron.

Tandis que Wu Yue entrait dans l'ombre de la stèle, Hynes lui lança :

— Monsieur, j'aimerais pouvoir dissimuler mon mépris à votre égard, mais je ne le peux pas !

Le lendemain, Bill Hynes et Keiko Yamasugi accueillirent enfin ceux qu'ils attendaient. Sous le soleil radieux du matin, quatre individus entrèrent dans le Centre de la foi. Trois hommes au visage européen et une femme asiatique. Jeunes, vigoureux et marchant d'un pas décidé, ils semblaient confiants et matures. Mais Hynes et Keiko reconnurent dans leurs yeux quelque chose de familier, une mélancolie et un égarement qu'ils avaient vus dans ceux de Wu Yue.

Ils présentèrent d'eux-mêmes leurs certificats à la réception et celui qui semblait être le chef de file annonça gravement :

— Nous sommes officiers dans l'armée spatiale et nous venons chercher la foi dans la victoire.

Le processus de poinçonnage mental fut extrêmement rapide, le livre de la foi fut transmis aux membres du comité de surveillance qui relurent avec attention son contenu et signèrent l'autorisation de procéder à l'opération. Puis, toujours sous leur supervision, le premier volontaire prit le livre et alla s'asseoir sous le scanner du poinçonneur mental. Devant lui se trouvait un petit pupitre sur lequel il posa le livre. À sa droite, un bouton rouge. Il ouvrit le livre et une voix lui demanda :

— Êtes-vous sûr de bien vouloir obtenir la foi correspondant au contenu de cette proposition ? Si oui, pressez le bouton, sinon, veuillez quitter la zone de scan.

ou de ses offrandes. Qui mieux supportent son aimable joug, mieux le servent." *(N.d.A.)*

La question fut répétée à trois reprises. Chaque fois que le volontaire pressa le bouton de confirmation, une petite lumière rouge s'éclaira. Le casque de poinçonnage descendit lentement et se positionna sur sa tête, la maintenant fermement.

— L'opération de poinçonnage mental va commencer, dit la voix, veuillez lire la proposition à voix basse puis appuyer sur le bouton pour démarrer l'opération.

Le bouton, une fois pressé, émit une lumière verte et au bout d'une demi-minute environ la lumière s'éteignit et la voix informa que l'opération de poinçonnage mental était terminée.

Le casque se retira et le volontaire put se lever et sortir.

Lorsque les quatre officiers eurent terminé et qu'ils retournèrent dans le vestibule, Keiko Yamasugi étudia minutieusement leur regard. Elle était sûre que ce n'était pas une illusion : dans ces quatre paires d'yeux, la mélancolie et l'égarement s'étaient évaporés. Leur regard était désormais aussi calme que l'eau d'un étang.

— Comment vous sentez-vous? leur demanda-t-elle en souriant.

— Parfaitement bien, lui répondit un jeune officier en lui rendant son sourire. Comme nous devons l'être.

Au moment où ils s'apprêtèrent à partir, la jeune Asiatique se retourna et ajouta :

— Docteur, je me sens bien, je vous remercie.

À partir de cet instant précis, l'avenir était limpide, du moins dans l'esprit de ces quatre jeunes gens.

À compter de ce jour, une foule incessante de membres des différentes forces spatiales du monde entier défila dans le Centre de la foi, tout d'abord individuellement, puis bientôt en groupes plus importants. Au début, les volontaires se rendaient au Centre en civil, mais très vite, la plupart s'y présentèrent en uniforme. Lorsque arrivait un groupe de plus de cinq personnes, le comité de surveillance prenait le temps de les passer en revue individuellement pour s'assurer qu'aucun d'entre eux n'était venu sous la contrainte.

Une semaine plus tard, plus d'une centaine de membres des forces spatiales avait déjà obtenu foi dans la victoire grâce au poinçonnage mental. Leurs grades allaient du simple soldat de seconde classe jusqu'aux seniors colonels, le grade le plus élevé autorisé à faire usage de ce procédé.

Une nuit, tandis que le clair de lune illuminait la stèle de la Foi, Hynes dit à Keiko :

— Ma chérie, nous devons partir.

— Dans le futur ?

— Oui. Nous ne sommes pas forcément plus compétents que les autres scientifiques travaillant sur la pensée, nous avons fait ce que nous avions à faire. Nous avons mis en mouvement la roue de l'histoire. Allons l'attendre dans le futur.

— Loin ?

— Très loin, Keiko, très loin. Jusqu'au jour où les sondes trisolariennes atteindront le système solaire.

— Avant d'entrer en hibernation, retournons quelque temps dans notre maison de Kyoto. Après tout, notre époque disparaîtra bientôt pour toujours.

— Bien sûr, ma chérie, moi aussi, Kyoto me manque.

Six mois plus tard, Keiko Yamasugi s'apprêtait à entrer en hibernation. Elle baignait dans un froid aussi intense que ce jour, plus de dix ans plus tôt, où Luo Ji avait sombré dans le lac givré. Cette température glaciale gelait en même temps qu'elle filtrait le tumulte de sa conscience. Le froid mettait de l'ordre dans ses pensées et celles-ci apparurent, lumineuses, au milieu de l'obscurité glaciale et silencieuse. Brusquement, ses réflexions jadis opaques et voilées s'éclaircirent comme un ciel en plein hiver.

Elle eut envie de crier pour interrompre le processus d'hibernation mais il était trop tard, un froid terrible s'était déjà insinué dans ses muscles et elle avait perdu la faculté de produire des sons.

Les médecins et les techniciens d'hibernation virent qu'une petite fente s'était ouverte au niveau des yeux de cette patiente, révélant un regard plein d'effroi et de désespoir. Si la température n'avait pas gelé ses paupières, ses yeux auraient certainement été grands ouverts. Mais c'était une réaction nerveuse fréquente lors de l'opération d'hibernation, qui avait déjà été constatée chez d'autres hibernés. Ils n'y prêtèrent donc aucune attention.

Une audience de Colmateur avait lieu au Conseil de défense planétaire des Nations unies autour du programme d'essais de bombes à hydrogène de puissance stellaire.

Les avancées technologiques majeures de ces dix dernières années dans le domaine des supercalculateurs avaient permis de réaliser un modèle théorique d'explosion nucléaire stellaire. On pourrait donc bientôt commencer à travailler sur un modèle de bombe à hydrogène stellaire. On estimait la puissance de cette bombe à trois cent cinquante mégatonnes de TNT, soit environ six fois plus que la plus grande bombe H jamais créée par l'homme. Il n'était pas envisageable de procéder aux essais de cette superbombe dans l'atmosphère. Quant aux essais dans un puits souterrain, celui-ci devait être suffisamment profond pour éviter que de la roche ne soit expulsée lors de l'explosion. Cependant, même dans des puits ultra-profonds, les ondes de choc provoquées par la détonation risquaient de se propager à l'échelle du globe et d'avoir des répercussions imprévisibles sur de vastes structures géologiques, entraînant des catastrophes telles que des séismes et des tsunamis. Par conséquent, la bombe à hydrogène stellaire ne pouvait être testée que dans l'espace. C'était toutefois impossible à une orbite terrestre haute, car les impulsions électromagnétiques générées par la bombe auraient eu des effets funestes sur les systèmes électriques et de communication de la planète. Le lieu idéal pour conduire ces essais était donc à la surface de la face cachée de la Lune, mais Rey Diaz proposa un choix alternatif.

— J'ai décidé de procéder aux essais sur Mercure, annonça Rey Diaz.

Cette proposition surprit les participants, qui l'interrogèrent dans un brouhaha sur les raisons de ce choix.

— Conformément aux principes de base du programme Colmateur, je n'ai pas besoin de m'expliquer, répondit froidement Rey Diaz. Les essais devront avoir lieu dans des puits d'essai souterrains qu'il faudra creuser dans le sol mercurien.

— Nous pourrions éventuellement considérer de mener des essais à la surface de Mercure, dit le représentant russe, mais forer des puits d'essai représenterait un investissement beaucoup trop lourd. Cela coûterait cent fois plus cher que de le faire sur Terre. Et puis, à quoi bon se préoccuper des effets néfastes de l'explosion sur l'environnement mercurien ?

— Mais il n'est pas non plus possible de réaliser des essais à la surface de Mercure ! s'insurgea le représentant américain. Rey Diaz est le Colmateur ayant jusqu'à aujourd'hui épuisé le plus de ressources, il est maintenant temps de l'arrêter !

Cette intervention reçut le soutien des représentants britannique, français et allemand.

Rey Diaz reprit la parole, un sourire aux lèvres :

— Même si je dépensais aussi peu de ressources que le Dr Luo Ji, vous seriez tout aussi prompts à vous opposer à mon projet. Il s'adressa au président tournant du CDP : Je demande l'attention de M. le président et de mesdames et messieurs les représentants : parmi tous les plans de Colmateurs proposés à ce jour, le mien est celui qui est le plus en accord avec le programme général de défense planétaire. Vous pouvez tout à fait considérer que mon projet en fait partie. Les ressources qu'il faudra mobiliser paraissent colossales mais une grande partie se superpose à celles que devra tôt ou tard engager le programme général…

Le représentant britannique lui coupa la parole :

— Expliquez-nous au moins pourquoi vous voulez mener vos essais dans le sous-sol de Mercure. À part chercher un prétexte pour nous faire perdre plus d'argent, je ne vois pas bien…

— Monsieur le président, mesdames et messieurs les représentants, contre-attaqua Rey Diaz, mais toujours avec calme. Vous avez dû remarquer que le CDP a déjà perdu le respect le plus fondamental envers les Colmateurs et les principes du programme les concernant. Si nous devons exposer tous les détails de nos plans, ce programme a-t-il encore un sens ?

Un à un, il toisa d'un regard bouillant et méprisant les représentants de chaque nation, les forçant à regarder dans une autre direction. Puis il poursuivit :

— Mais soit, j'accepte de répondre à la question qui m'est posée : le but de ces essais souterrains est de creuser un immense cratère à la surface de Mercure pour y établir la base mercurienne. Vous noterez que cela représente pour le programme général de défense un gain d'argent inestimable.

L'explication de Rey Diaz suscita quelques murmures, puis un représentant demanda :

— Colmateur Rey Diaz, vous voulez dire que vous projetez de faire de Mercure une base de lancement de bombes à hydrogène stellaires ?

— Oui, répondit-il d'un ton assuré. Les théories stratégiques actuelles du programme général de défense reposent sur l'idée que le système de défense doit se concentrer prioritairement sur les planètes supérieures. En cela, elles négligent les planètes inférieures, leur attribuant un rôle insignifiant. La base mercurienne que je propose de créer pourrait être un moyen de combler cette faiblesse.

— Il a peur du Soleil, et le voilà qui veut s'installer sur la planète du système la plus proche de lui, n'est-ce pas prodigieux ? se moqua le représentant américain, arrachant quelques rires à certains de ses confrères. Mais il fut aussitôt recadré par le président.

— Ce n'est rien, monsieur le président, je suis déjà accoutumé à ces marques d'irrespect, je m'y étais habitué bien avant de devenir Colmateur, fit Rey Diaz en secouant la main. Mais que chacun respecte au moins les faits : quand les planètes supérieures et la Terre seront tombées, la base mercurienne sera le dernier bastion de l'humanité. Dos au soleil, sous la protection de ses rayons radioactifs, elle deviendra le poste avancé le plus coriace.

— Colmateur Rey Diaz, à vous entendre parler, on pourrait croire que le sens de votre plan est d'organiser un dernier baroud d'honneur à l'heure où l'humanité aura perdu. Mais quand on y pense, cela colle tout à fait avec votre personnalité, cracha la représentante française.

— Mesdames et messieurs, nous ne pouvons pas purement et simplement exclure de réfléchir à la dernière résistance, rétorqua gravement Rey Diaz.

— Très bien, Colmateur Rey Diaz, reprit le président. À présent, êtes-vous en mesure de nous indiquer le nombre de bombes à hydrogène stellaires dont vous aurez besoin pour votre plan ?

— Le plus possible, il faut en produire autant que les capacités de la planète pourront le permettre. De leur nombre dépendra leur puissance. Selon les standards actuels, rien que pour la première partie du plan, il en faudrait un million, au bas mot.

Ce fut une explosion de rires dans la salle d'audience.

— Il semblerait que le Colmateur Rey Diaz ne veuille pas seulement fabriquer un petit soleil, mais une vraie galaxie ! s'esclaffa le représentant américain, puis il se tourna vers le Vénézuélien : Vous croyez donc vraiment que tout le protium, le deutérium et le tritium des océans n'existent que pour servir vos plans ? Avec une telle obsession, la Terre tout entière finira bientôt par devenir une usine de production de bombes à hydrogène !

Rey Diaz était à cet instant le seul membre de l'assemblée à conserver une mine sérieuse. Il attendit tranquillement que le silence se fasse, avant de prononcer, en articulant chacun de ses mots :

— Nous parlons de l'Ultime Bataille de l'espèce humaine, le nombre de bombes que je réclame n'est pas si élevé. Néanmoins, j'avais prévu l'issue de cette audience. Mais je continuerai. Je construirai des bombes. Autant qu'il me sera permis d'en construire. Je le dis devant vous : je ne cesserai pas mes efforts.

Seules deux couleurs étaient visibles sur Mercure : le noir et l'or. Le noir, c'était la couleur du sol de la planète : sa faible réflectivité, en dépit de la proximité des rayons ardents du Soleil, signifiait que ce noir était permanent ; l'or, c'était le Soleil, car dans ce monde où l'astre occupait une grande partie du ciel on pouvait distinguer les vagues de cet océan de feu, on y voyait flotter les taches solaires comme des nuages et, à ses marges, on pouvait admirer le ballet gracieux des protubérances solaires.

Et sur ce gros caillou suspendu au sommet de cette mer de flammes, les hommes firent pousser un autre petit soleil.

Après la construction des ascenseurs spatiaux, les humains avaient commencé une exploration de grande envergure du système solaire. Des avions spatiaux transportaient des hommes sur Mars ou sur les lunes de Jupiter sans que ces exploits ne suscitent aucune émotion, car les hommes savaient désormais que l'objectif de ces excursions était bien plus clair et pragmatique que dans le passé : l'humanité commençait simplement à établir des bases de défense un peu partout dans le système solaire. Ces expéditions à bord de fusées à propulsion chimique traditionnelles ou d'avions spatiaux ne constituaient qu'une étape insignifiante pour atteindre cet objectif. Les premières explorations se concentraient principalement sur les planètes supérieures mais, à mesure que s'élargissaient les théories sur la guerre spatiale, les planètes inférieures, jusque-là négligées, suscitèrent un nouvel intérêt. Aussi, les missions d'exploration sur Vénus et Mercure s'intensifièrent, et ce fut une des raisons pour lesquelles le plan du Colmateur Rey Diaz de créer sur Mercure une base d'essai de bombes à hydrogène stellaires fut bon gré mal gré ratifié par le Conseil de défense planétaire.

Le forage d'un puits d'essai sur Mercure fut le premier grand chantier lancé par l'humanité sur une autre planète du système solaire. Les travaux pouvant seulement être menés pendant la nuit de quatre-vingt-huit jours terrestres de Mercure, le chantier devait s'étaler sur trois ans. Mais on ne creusa finalement que l'équivalent d'un tiers de la profondeur prévue. Plus bas, on était tombé sur une strate extraordinairement dure composée d'un mélange de métal et de roche. Continuer le forage aurait non seulement ralenti la progression mais aussi demandé d'énormes investissements. On convint donc d'arrêter là le chantier. En procédant à un essai à cette profondeur, les roches alentour risquaient sans doute d'être expulsées et de laisser place à un grand cratère. Cela équivalait finalement à mener un essai en atmosphère. En raison des perturbations aléatoires dans les roches souterraines, il était de toute façon plus difficile d'étudier la puissance des bombes que si l'essai avait lieu à la surface. Toutefois, Rey Diaz soutint que le cratère, une fois recouvert d'un dôme, pourrait servir de base de défense, et il insista pour que le premier essai fût conduit à la profondeur déjà creusée.

L'opération eut lieu à l'aube. Le lever de soleil sur Mercure durait depuis plus de dix heures et une légère clarté venait seulement de poindre à l'horizon. Quand le compte à rebours de la détonation eut passé zéro, des ondes toroïdales se propagèrent depuis l'épicentre de l'explosion. En un instant, la terre de Mercure devint aussi suave que du satin et, très vite, apparut au cœur de l'explosion une montagne qui s'éleva lentement, comme le dos d'un géant réveillé. Quand le pic eut atteint trois mille mètres environ, la montagne s'ouvrit et quelques centaines de millions de tonnes de terre et de roche furent projetées dans les airs. Le sol fut pris de furieuses convulsions, la croûte mercurienne se souleva et les rayons de la boule de feu nucléaire jaillirent pour illuminer la terre et la roche éjectées dans les airs, dessinant un majestueux feu d'artifice dans le ciel encore sombre de Mercure. La boule de feu brûla environ cinq minutes avant de s'éteindre, tandis que des fragments de roche continuaient à retomber confusément sous la lueur du halo nucléaire.

Une dizaine d'heures après la fin de l'explosion, les observateurs remarquèrent qu'un anneau était apparu autour de Mercure, car une bonne partie des roches expulsées avaient atteint la première vitesse cosmique et étaient devenues d'innombrables satellites aux formes irrégulières. Dispersés en orbite, ces objets rocheux faisaient maintenant de Mercure la première planète tellurique possédant un anneau. Celui-ci était très fin et chatoyait sous les puissants rayons solaires, si bien que la planète donnait l'impression d'avoir été entourée au surligneur.

D'autres morceaux de roche gagnèrent même la vitesse de libération et quittèrent définitivement Mercure pour devenir des satellites du Soleil, formant une petite ceinture d'astéroïdes épars en orbite.

Ce fut depuis sa base souterraine que Rey Diaz assista à la retransmission de l'essai de la bombe à hydrogène stellaire sur Mercure. Ce n'était en réalité pas vraiment en temps réel, car l'image arrivait sur Terre avec un décalage de sept minutes. Lorsque l'explosion fut terminée, et tandis que la pluie de roche continuait à tomber après l'extinction de la boule de feu, Rey Diaz reçut un coup de téléphone du président tournant du CDP lui indiquant que la puissance phénoménale de la bombe avait fait une profonde impression sur les responsables du programme général de défense. Les représentants des nations permanentes du CDP souhaitaient programmer au plus vite une nouvelle audience pour discuter de la fabrication et du déploiement de ces bombes. Le président précisa que le nombre de bombes exigé par Rey Diaz ne pourrait pas être atteint, mais que tous les pays avaient cependant exprimé un vif intérêt pour la production de cette arme.

Si Rey Diaz avait choisi une base souterraine, ce n'était pas tant en considération de sa sécurité qu'en raison de son héliophobie : cet environnement sombre et clos, loin des rayons du soleil, lui était plus agréable.

L'essai sur Mercure s'était achevé depuis plus de dix heures. Alors que Rey Diaz regardait scintiller le nouvel anneau de Mercure sur son écran de télévision, une sentinelle sonna à l'interphone pour l'informer que le psychologue qu'il avait demandé était arrivé.

— Je n'ai jamais pris de rendez-vous avec un psychologue, faites-le partir ! beugla Rey Diaz, en colère, comme s'il venait de subir une terrible humiliation.

— Ne réagissez pas ainsi, monsieur Rey Diaz, résonna une aimable voix dans l'interphone et qui appartenait de toute évidence au visiteur. Je peux vous permettre de revoir le soleil…

— Foutez-le dehors! cria Rey Diaz, puis il changea immédiatement d'avis. Ou plutôt non, saisissez cet imbécile et vérifiez son identité.

— … car je connais la cause de votre maladie, continua la voix sur un même ton tranquille. Veuillez me croire, monsieur Rey Diaz, nous sommes les deux seuls individus de ce monde à la connaître.

Cette phrase mit soudain Rey Diaz en alerte. Il répondit aussitôt :

— Laissez-le entrer.

Il se passa alors quelques secondes pendant lesquelles son regard se perdit au plafond. Il se leva lentement, attrapa une cravate sur son canapé en désordre puis changea d'avis et la jeta aussitôt. Il se rendit devant son miroir, arrangea son col, puis il brossa ses cheveux hirsutes avec les mains, comme s'il se préparait pour un événement solennel.

Et il savait que l'événement serait solennel.

Son visiteur était un homme d'âge moyen, très élégant. Il entra sans se présenter dans la pièce ; la forte odeur de cigare et d'alcool qui y régnait lui fit légèrement hausser les sourcils, puis il resta simplement debout, soutenant calmement le regard inquisiteur de Rey Diaz.

— J'ai comme l'impression de t'avoir déjà vu quelque part, lâcha Rey Diaz en dévisageant son visiteur.

— Ce n'est pas étonnant, monsieur Rey Diaz, ils disent tous que je ressemble à Superman. Celui des vieux films.

— Et tu te prends vraiment pour Superman? cracha Rey Diaz.

Le Colmateur s'assit sur le canapé, attrapa un cigare, en mordit le bout et commença à l'allumer.

— Si vous me posez cette question, c'est que vous savez déjà qui je suis. Je ne suis pas Superman, monsieur Rey Diaz, et vous non plus, dit le jeune homme, puis il avança d'un pas.

Rey Diaz s'aperçut à travers la fumée de son cigare que l'homme qui se tenait devant lui était dans une position dominante, alors il se leva.

— Colmateur Manuel Rey Diaz, commença son visiteur, je suis votre Fissureur.

Rey Diaz hocha la tête, le regard brumeux.

— Puis-je m'asseoir ? demanda le Fissureur.

— Non, répondit Rey Diaz en lui crachant lentement sa fumée au visage.

— Ne soyez pas triste, fit le Fissureur en lui adressant un sourire bienveillant.

— Je ne suis pas triste.

La voix de Rey Diaz était froide comme la pierre.

Le Fissureur marcha jusqu'au mur, actionna un interrupteur et un ventilateur se mit en marche.

— Ne touche pas à ça ! l'avertit Rey Diaz.

— Vous avez besoin d'un peu d'air frais mais, plus encore, de lumière, de soleil, Colmateur Rey Diaz. Grâce aux images que m'ont transmises les intellectrons, je connais bien cette chambre. Je vous ai souvent vu l'arpenter, comme un animal sauvage en cage. Personne dans ce monde n'a passé autant de temps que moi à vous regarder. Durant tout ce temps, croyez-moi, je n'ai pas été beaucoup plus détendu que vous.

Le Fissureur regardait fixement Rey Diaz, aussi inexpressif qu'une statue de glace. Il continua à parler :

— Par comparaison avec Frederick Taylor, vous êtes un brillant stratège, un homme digne d'être Colmateur et, je vous prie de me croire, je ne dis pas ça pour vous flatter. Je dois avouer que, pendant un certain temps – disons à peu près dix ans – vous m'avez mené en bateau. Votre obsession à vouloir fabriquer une superbombe nucléaire, une arme à l'efficacité pourtant très limitée dans une guerre spatiale, vous a permis de camoufler les véritables desseins de votre stratégie. Pendant longtemps, je ne suis pas arrivé à décrypter le moindre indice de votre plan. Je m'égarais dans le labyrinthe que vous aviez érigé. J'étais presque désespéré. Le Fissureur avait les yeux fixés au plafond, visiblement encore hanté par le souvenir de ces heures douloureuses. Puis, j'ai pensé à me renseigner sur la période ayant précédé votre mission de Colmateur. Cela n'a pas été facile, car les intellectrons ne pouvaient m'être d'aucune aide. Comme vous le savez, le nombre d'intellectrons arrivés sur Terre était à cette époque restreint. En tant que dirigeant d'une nation d'Amérique du Sud, vous n'avez pas attiré leur attention. Aussi, je n'ai pas eu d'autre choix que d'utiliser des voies plus conventionnelles pour rechercher des informations. Cela m'a pris trois ans. Dans ces documents, le nom d'un personnage a attiré mon attention : William Cosmo, que vous avez rencontré trois fois, en secret. Les intellectrons n'ayant pas enregistré le contenu de vos conversations, je ne les connaîtrai jamais. Cependant, un dirigeant d'un pays non développé rencontrant à trois reprises un astrophysicien occidental était une chose peu ordinaire. Nous savons maintenant que vous vous prépariez déjà à devenir un Colmateur.

Vous éprouviez sans aucun doute de l'intérêt pour le travail du Dr Cosmo. Comment vous aviez eu vent du résultat de ses recherches, je n'en suis pas tout à fait sûr, mais ayant vous-même reçu une éducation scientifique, vous cherchiez sans doute à mettre votre parcours au service de votre projet, comme votre prédécesseur à la tête du Venezuela s'était de son côté évertué à mettre son expérience d'ingénieur au service du socialisme. C'était au passage l'une des raisons pour lesquelles il avait fait de vous son héritier. Toujours est-il que vous aviez les capacités et la sensibilité suffisantes pour deviner le potentiel des recherches de Cosmo.

Au début de la Crise trisolarienne, le Dr Cosmo et son équipe de recherche se sont pleinement investis dans l'étude de l'atmosphère du système stellaire de Trisolaris.

Ils ont émis l'hypothèse que cette atmosphère avait été produite lors d'une collision d'une planète avec une des trois étoiles. Lors de cette collision, la planète avait brisé les couches externes de l'étoile, provoquant l'expulsion de matière solaire dans l'espace à l'origine de l'atmosphère. Les astres du système de Trisolaris n'obéissant à aucune règle, les trois étoiles arrivent parfois à se frôler. Dans cette situation, l'atmosphère d'une étoile se retrouve dispersée par la gravité d'une autre, avant d'être renflouée par une éruption à la surface. Ces éruptions ne sont pas constantes, ce sont davantage comme des volcans qui éclatent brusquement. Cela explique les incessants processus de contraction et de dilatation de leurs atmosphères. Pour prouver cette hypothèse, Cosmo a essayé de trouver dans l'Univers d'autres étoiles où de telles collisions auraient pu faire naître ce type d'atmosphère. Il a réussi dès l'an 3 de la Crise.

L'équipe de recherche du Dr Cosmo a en effet découvert un système planétaire, 275E1, situé à quatre-vingt-quatre années-lumière du système solaire. Le télescope *Hubble II* n'étant pas encore opérationnel, ils ont utilisé la méthode dite des vitesses radiales. En observant et en calculant la fréquence d'oscillation et les variations du spectre de lumière émis par l'étoile, ils en ont déduit que la planète était très proche de son étoile-mère. Au début, cette découverte n'a pas attiré l'attention, car la communauté des astronomes avait déjà découvert près de deux cents systèmes planétaires à l'époque, mais leur découverte suivante a provoqué par la suite une onde de choc : la distance – déjà proche – entre la planète et l'étoile-mère ne cessait de se réduire, et la vitesse de ce rapprochement était exponentielle. L'humanité allait donc pour la première fois pouvoir observer une planète sombrant dans une étoile. Une année plus tard – ou bien devrait-on dire quatre-vingt-quatre ans avant son observation – le phénomène a eu lieu. Avec les conditions d'observation de l'époque, seule l'étude des vitesses radiales et des variations du spectre de lumière a permis de déterminer la collision. Mais une chose extraordinaire est survenue : aux alentours de l'étoile est apparu un étrange flux de matière en forme de spirale. Cette spirale n'a cessé de s'élargir, comme un ressort détendu ayant l'étoile pour centre. Cosmo et ses collègues ont vite compris que ce flux de matière était éjecté à partir du point de chute de la planète. L'énorme masse rocheuse avait percuté la lointaine carapace extérieure du Soleil et avait eu pour conséquence de faire jaillir de la matière stellaire dans l'espace. Sous l'influence de la rotation de l'étoile sur elle-même, ce jet était devenu une spirale.

Monsieur Rey Diaz, quelques données clefs : l'étoile était une naine jaune de type G2, d'une magnitude absolue de 4,3 et d'un diamètre de un million deux cent mille kilomètres, soit une étoile très similaire à notre Soleil. La masse terrestre de la planète était, elle, de 0,04, soit un peu plus petite que Mercure. Enfin, la spirale de matière stellaire provoquée par la collision avait un rayon de trois unités astronomiques, soit davantage que la distance entre le Soleil et la ceinture d'astéroïdes.

Et c'est grâce à cette découverte que j'ai trouvé une fissure où j'ai pu m'engouffrer pour deviner votre véritable stratégie. À présent, Colmateur Rey Diaz, je vais donner mon explication de Fissureur à votre grandiose projet.

Supposons que vous soyez finalement en mesure d'obtenir le million – voire plus – de bombes à hydrogène stellaires que vous avez demandées, comme vous l'avez promis au CDP, vous les installerez sur Mercure. En explosant à la surface de la planète, les bombes feront l'effet d'un supermoteur capable de ralentir la vitesse de la planète. Mercure ne sera plus capable de rester en orbite basse et sombrera dans le Soleil. Puis, la scène grandiose s'étant produite dans le système 275E1 à quatre-vingt-quatre années-lumière du nôtre sera rejouée : Mercure trouera la zone convective du

Soleil et, dans les profondeurs de la zone radiative, une grande quantité de matière solaire jaillira soudain. Grâce à la rotation du Soleil sur lui-même, cette matière formera une atmosphère en spirale similaire à celle de 275E1. Contrairement au système de Trisolaris, notre Soleil est une étoile solitaire et il ne frôlera aucune autre étoile : cette atmosphère continuera donc à s'épaissir sans connaître de perturbation, jusqu'à devenir plus grosse que celle des étoiles trisolariennes. Ce phénomène a déjà été prouvé lors de l'observation de 275E1 : la spirale de matière sera éjectée comme un ressort détendu et s'étendra rapidement vers l'extérieur. Son épaisseur dépassera ensuite l'orbite martienne, entraînant le début d'une extraordinaire réaction en chaîne.

Tout d'abord, les trois planètes telluriques que sont Vénus, la Terre et Mars entreront dans l'atmosphère en spirale du Soleil et perdront elles aussi de la vitesse à cause de la friction atmosphérique, elles se transformeront en trois gigantesques météorites qui finiront à leur tour par sombrer dans le Soleil. Mais avant cela, l'atmosphère terrestre s'échappera en raison de sa friction avec la matière solaire. De plus, les océans s'évaporeront. Ces deux phénomènes feront de la Terre une gigantesque comète dont la queue s'allongera peut-être pour faire un tour entier du Soleil. La surface de la Terre retrouvera son état magmatique originel, et aucune créature vivante ne pourra survivre.

Les collisions de Vénus, de la Terre et de Mars avec le Soleil auront pour effet d'augmenter considérablement les éjections de matière solaire dans l'espace et l'on passera d'un seul flux de matière à quatre. En raison de la masse totale de ces trois planètes – quarante fois celle de Mercure – et de leurs plus hautes orbites, la vitesse avec laquelle elles entreront en collision avec le Soleil sera de loin plus rapide que pour Mercure. Chaque nouveau flux de matière sera éjecté avec une violence dix fois – ou même davantage – supérieure à celle provoquée par la chute de Mercure.

L'atmosphère en spirale s'étendra alors brusquement jusqu'à atteindre l'orbite de Jupiter.

De par l'énorme masse de Jupiter, la décélération qu'entraînera la friction atmosphérique sera néanmoins beaucoup plus faible et les effets sur son orbite ne se manifesteront qu'au bout d'un certain temps. Cependant, tous les satellites de Jupiter connaîtront l'un des deux destins suivants : premièrement, la friction les arrachera à Jupiter, les faisant perdre leur vitesse et sombrer à leur tour dans le Soleil ; ou bien, autre possibilité, ils perdront leur vitesse en orbite de Jupiter et sombreront dans la géante gazeuse.

La réaction en chaîne se poursuivra, Jupiter continuera à ralentir malgré tout sous l'effet de l'atmosphère en spirale. L'orbite de Jupiter s'affaissera lentement vers le Soleil et, consécutivement à cet affaissement, Jupiter entrera alors peu à peu dans une atmosphère de plus en plus dense, accentuant sa décélération, et du même coup l'affaissement de son orbite… Ainsi, Jupiter finira-t-elle, elle aussi, par sombrer dans le Soleil. Mais la masse de la planète étant six cents fois supérieure à la masse totale des quatre précédentes, cela engendrera – même avec le raisonnement le plus prudent – une éjection encore plus brutale de matière stellaire qui rendra l'atmosphère en spirale plus dense et fera chuter les températures déjà très basses d'Uranus et de Neptune. Mais il y a une autre conséquence, encore plus vraisemblable, celle que la chute de la gigantesque Jupiter repousse le sommet de l'atmosphère en spirale jusqu'à l'orbite d'Uranus, voire celle de Neptune. Même si l'atmosphère sera très fine à cet endroit, la décélération que provoquera sa friction finira par plonger les deux planètes et tous leurs satellites dans le Soleil. Lorsque ce dernier maillon aura été relié à la chaîne, dans quel état se trouveront alors le Soleil et le système solaire après les collisions successives de quatre planètes telluriques et de trois planètes géantes gazeuses ? Personne n'est en mesure de le prédire, mais on peut être sûr d'une chose : pour la vie et la civilisation, ce sera devenu un enfer encore plus rude que le monde de Trisolaris.

Pour ce qui est des Trisolariens, avant même que leur planète ne soit engloutie par les trois étoiles, ils auront perdu leur seul espoir de survie, car il n'existe pas de deuxième monde où ils pourraient migrer à temps. Aussi, après la civilisation humaine, celle de Trisolaris disparaîtra à jamais.

Voilà quelle est votre stratégie : la mort des deux mondes. Quand tout sera prêt, quand toutes les bombes à hydrogène seront installées sur Mercure, vous menacerez Trisolaris et l'humanité vaincra.

Ce que je viens de vous présenter est le résultat de plusieurs années de travail que, moi, votre Fissureur, j'ai effectuées. Je n'attends de votre part aucun avis ni aucune appréciation, car nous savons tous deux que tout cela est vrai.

Durant tout le récit du Fissureur, Rey Diaz avait gardé le silence. Son cigare était presque entièrement consumé et il n'arrêtait pas de le faire tourner, comme s'il voulait jouir de sa dernière lueur.

Le Fissureur s'assit dans le canapé où était déjà enfoncé Rey Diaz et lâcha avec le ton admiratif d'un professeur félicitant un élève pour son devoir :

— Monsieur Rey Diaz, comme je vous l'ai dit, vous êtes un stratège hors pair. Du moins, vous avez fait preuve de facultés remarquables dans l'élaboration et la mise en application de votre plan.

Tout d'abord, vous avez su tirer parti de votre passé de dirigeant du Venezuela : tout le monde a encore aujourd'hui en tête les humiliations que votre pays et vous-même avez dû subir lors du développement national de l'énergie nucléaire. Votre regard sombre, ce jour où l'on vous a forcé à démanteler vos installations nucléaires d'Orénoque, est encore dans toutes les mémoires. Avec talent, vous vous êtes servi de cette supposée obsession pour les armes nucléaires que vous prêtait le monde entier pour réduire, voire éliminer, tous les doutes que pouvait susciter votre projet.

Mais bien d'autres détails de la mise en œuvre de votre plan ont révélé votre ingéniosité. Je ne citerai ici qu'un exemple concernant les essais de la bombe à hydrogène stellaire sur Mercure : vous avez toujours eu l'intention de faire exploser les bombes à la surface pour éjecter de la roche dans l'atmosphère, mais vous avez insisté auprès du CDP pour forer des puits souterrains. Une épatante manœuvre, intelligente et pour le long terme : vous aviez bien su saisir quel serait le degré de tolérance des représentants du CDP à l'égard de ce projet. La maîtrise dont vous avez fait preuve est en tout point remarquable.

Mais vous avez tout de même commis une grosse erreur : pourquoi votre premier essai nucléaire devait-il forcément avoir lieu sur Mercure ? Vous auriez eu tout le temps de le faire plus tard. Peut-être avez-vous été impatient, trop impatient de constater les effets de l'explosion de votre superbombe stellaire sur le sol de Mercure. Vous avez vu qu'une grande partie de la roche a été éjectée à la vitesse de libération, ce qui était probablement au-delà de ce que vous aviez prévu. Vous en avez été très satisfait, mais cela m'a fourni une dernière preuve pour confirmer mon hypothèse.

En effet, monsieur Rey Diaz, malgré tout mon travail préliminaire, sans ce dernier élément, je n'aurais peut-être jamais été sûr de votre réelle intention stratégique. Ce projet était trop fou. Fou, mais monumental, et j'oserais même dire grandiose. Si la collision de Mercure avec le Soleil enclenche effectivement cette réaction en chaîne, ce sera la plus merveilleuse sonate ayant jamais retenti dans le système solaire. Dommage que les humains ne puissent jouir que du premier mouvement. Monsieur Rey Diaz, vous êtes un Colmateur au tempérament divin. C'est un honneur d'avoir pu être votre Fissureur.

Le Fissureur se leva et s'inclina très respectueusement devant Rey Diaz.

Ce dernier ne regarda pas le Fissureur. Il tira une bouffée et cracha un nuage de fumée blanche tout en continuant à examiner le bout de son cigare.

— Bien. Je vous poserai la même question que celle de Taylor à son Fissureur.

Le Fissureur la posa à sa place :

— Si ce que j'ai dit est vrai, qu'arrivera-t-il ?

Rey Diaz hocha la tête en regardant l'extrémité lumineuse de son cigare.

— Et ma réponse sera la même que pour le Fissureur de Taylor : les dieux n'en ont rien à faire.

Rey Diaz détourna les yeux de son cigare et interrogea du regard son Fissureur sur ses intentions.

— Derrière votre façade brutale, vous êtes vif d'esprit. Cependant, je crois que si l'on sonde les profondeurs de votre âme, on trouvera encore de la brutalité. Vous êtes un homme brutal par nature, monsieur Rey Diaz, et cette brutalité se manifeste dans l'essence même de votre stratégie. C'est un plan cupide. L'humanité n'a pas la capacité de produire autant de bombes à hydrogène stellaires. Même si toutes les ressources industrielles de la Terre y étaient consacrées, elles ne pourraient jamais qu'en produire un dixième. Et même un million de bombes seraient insuffisantes pour ralentir Mercure et la faire sombrer dans le Soleil. Vous avez lancé un projet irréalisable avec la rudesse d'un militaire, mais avec la minutie et la profondeur de vue d'un grand stratège. Vous avez avancé pas à pas, armé de votre ténacité. Mais, Colmateur Rey Diaz, c'est une vraie tragédie.

Tandis qu'il fixait le Fissureur, le regard de Rey Diaz s'emplit peu à peu d'une douceur impalpable. Les traits grossiers de son visage s'animèrent de crispations incontrôlées s'intensifiant peu à peu jusqu'à l'explosion d'un rire dément qu'il ne pouvait plus contenir.

— Haha haha haha… fit Rey Diaz en pointant le Fissureur du doigt. Haha, Superman, haha haha, je me souviens maintenant, ce… ce vieux Superman, qui pouvait voler, qui pouvait inverser la rotation de la Terre, mais qui, sur son cheval… haha… mais qui s'est brisé le cou à cheval… hahahaha…

— C'est Christopher Reeve, l'acteur qui jouait Superman, qui s'est brisé le cou, rectifia calmement le Fissureur.

— Crois-tu… crois-tu que ton destin sera meilleur que le sien ? Haha haha…

— Si je suis venu jusqu'ici, c'est que je ne me soucie désormais plus de mon destin. J'ai eu une vie très remplie, affirma le Fissureur. C'est plutôt à votre destin, monsieur Rey Diaz, qu'il conviendrait de réfléchir.

— Tu mourras le premier, asséna Rey Diaz, un sourire sur le visage.

Il pressa l'extrémité brûlante de son cigare entre les deux yeux du Fissureur. Puis, alors que ce dernier tentait de se protéger avec les mains, Rey Diaz se saisit d'une sangle de ceinture militaire posée sur le canapé, s'en servit pour lui enserrer le cou et l'étrangla de toutes ses forces. Malgré son jeune âge, le Fissureur ne pouvait rivaliser avec la force de Rey Diaz qui parvint à le jeter sur le parquet. Ce dernier lui hurla dessus, comme pris de folie :

— Je vais te briser le cou ! Sale bâtard ! Tu t'es cru intelligent en venant jusqu'ici ? Pour qui t'es-tu pris ? Bâtard ! Je vais te briser le cou !

Il serrait fermement la sangle et frappait violemment la tête du Fissureur sur le sol. Les dents de ce dernier résonnaient avec un bruit de *ka-ka* en heurtant le parquet. Lorsque les sentinelles à la porte entrèrent pour les séparer, le Fissureur avait le visage déjà violet, une écume blanche sortait de sa bouche et ses yeux étaient aussi exorbités que ceux d'un poisson rouge.

Saisi par la fureur, Rey Diaz se débattait tandis que les sentinelles essayaient de l'agripper. Il continuait à hurler :

— Brisez-lui le cou ! Pendez-le ! Écartelez-le ! Maintenant ! Ça fait partie du plan ! Bon sang, vous m'avez entendu ? Ça fait partie du plan !

Mais les trois sentinelles n'obéirent pas à ses ordres, l'une d'entre elles empoignait fermement le Colmateur tandis que les deux autres transportaient à l'extérieur le Fissureur, qui respirait à nouveau.

— Tu ne perds rien pour attendre, bâtard ! J'aurai ta peau, soupira longuement Rey Diaz en relâchant ses efforts pour tenter de s'extirper de l'étreinte de la sentinelle afin d'attaquer le Fissureur à nouveau.

En se retournant, le Fissureur regarda par-dessus l'épaule d'une sentinelle. Le visage violet et gonflé, il esquissa un sourire. Il ouvrit une bouche à laquelle il manquait plusieurs dents et dit :

— J'ai eu une vie très remplie.

Audience de Colmateur, Conseil de défense planétaire.

Dès le début de la séance, les représentants des États-Unis, de l'Angleterre, de la France et de l'Allemagne soumirent une motion commune demandant la déchéance immédiate de Rey Diaz de son identité de Colmateur et son procès devant la Cour de justice internationale pour crime contre l'humanité.

Le représentant américain déclara :

— Après des investigations approfondies, nous avons pu déterminer que la stratégie de Rey Diaz telle qu'elle a été révélée par le Fissureur était hautement crédible. L'homme auquel nous faisons face aujourd'hui est un criminel. Et à côté de son crime, tous les crimes commis jusqu'ici dans l'histoire de l'humanité sont dérisoires. Nous n'avons pas réussi à trouver de loi existante pouvant s'appliquer à cet acte criminel, c'est pourquoi nous recommandons d'ajouter dans la législation internationale un paragraphe concernant le crime d'extermination de toute vie terrestre, afin que Rey Diaz puisse être jugé sous ce chef d'accusation.

Présent à l'audience, Rey Diaz paraissait très détendu. Il s'adressa au représentant américain avec un sourire froid :

— Vous aviez envie de vous débarrasser de moi dès le début, n'est-ce pas ? Depuis le lancement du programme, vous traitez les différents Colmateurs avec un poids deux mesures. Vous ne m'avez jamais apprécié.

— Les propos du Colmateur Rey Diaz sont diffamatoires, rétorqua le représentant britannique. Il est en train de blâmer les pays qui ont investi les sommes les plus importantes dans son projet. Aucun autre plan de Colmateur n'a nécessité de dépenses aussi lourdes.

— En effet, fit Rey Diaz en acquiesçant de la tête. Mais la véritable raison pour laquelle vous avez daigné investir autant dans mon projet, c'est parce que vous vouliez mettre la main sur mes bombes à hydrogène stellaires.

— Ridicule ! Qu'en aurions-nous fait ? riposta le représentant américain. Ce sont des armes parfaitement inefficaces dans un contexte de guerre spatiale et, sur Terre, il n'y a déjà aucun intérêt stratégique à utiliser des bombes H de seulement vingt mégatonnes, alors ne parlons pas de vos monstres de trois mille mégatonnes !

Rey Diaz répondit avec sérénité :

— Mais ces bombes pourraient s'avérer être les armes les plus efficaces dans des batailles se livrant à la surface d'autres planètes du système solaire, dans le cas de conflits entre nations humaines, par exemple. Si une guerre devait un jour éclater entre les hommes, elle pourrait être déplacée sur les surfaces désertes des autres planètes et on n'aurait guère à se soucier des victimes civiles ou de son impact sur l'environnement ; on pourrait tranquillement détruire de vastes régions, voire anéantir la surface de toute une planète sans conséquence directe sur la vie des populations civiles. C'est à ce moment-là que les bombes à hydrogène stellaires se montreront utiles. Vous avez eu la clairvoyance de prévoir que, parallèlement à l'élargissement de l'exploration de l'humanité vers le système solaire, les conflits de notre monde pourraient s'exporter sur les autres planètes. Malgré l'existence d'un ennemi commun, rien n'a changé dans le monde des hommes, et cela, vous l'avez anticipé. Aussi, pour que le moment venu une super-arme pouvant être utilisée contre des armées humaines soit prête, vous vous êtes servis de moi, ce qui vous évitait d'avoir à assumer politiquement de tels projets.

Le représentant américain continua :

— C'est bien là la logique absurde d'un terroriste et d'un dictateur. C'est le genre d'homme qu'est Rey Diaz : investi de l'identité et du pouvoir d'un Colmateur, il a élaboré un plan aussi dangereux que l'invasion trisolarienne. Nous devons prendre une mesure forte pour rectifier cette erreur.

— Cette fois, je ne pourrai pas vous reprocher de ne pas avoir joint l'acte à la parole, ironisa Rey Diaz en se tournant vers le président tournant : Des hommes de la CIA sont en faction au pied du bâtiment. Lorsque l'audience sera terminée, ils m'arrêteront aussitôt que j'aurai mis le pied dehors.

Le président tournant – Garanine – jeta un œil dans la direction du représentant américain. Ce dernier avait le regard fixé sur son stylo qu'il faisait tourner dans sa main. Garanine avait été le premier président du CDP au moment du lancement du programme Colmateur et, pendant les vingt années qui avaient suivi, lui-même avait eu du mal à compter le nombre de mandats temporaires qui lui avaient été confiés. Mais cette fois, c'était la dernière. Ses cheveux avaient entièrement blanchi, il allait bientôt prendre sa retraite.

— Si ce que dit le Colmateur Rey Diaz est vrai, c'est une méthode inappropriée. Tant que les principes du programme sont actifs, les Colmateurs bénéficient d'une immunité. Aucun de leurs actes ou de leurs discours ne peut être utilisé comme preuve devant un tribunal, affirma Garanine.

— Et permettez-moi de vous rappeler que nous sommes ici dans un territoire international, ajouta le représentant japonais.

— Alors, réagit le représentant américain en levant le stylo qu'il avait dans la main, est-ce que cela signifie que même lorsque Rey Diaz s'apprêtera à déclencher le million de superbombes qu'il aura enfouies dans le sous-sol de Mercure la société ne pourra toujours pas le condamner ?

— Selon les termes de la législation du programme Colmateur, si un plan apparaît comme ouvertement dangereux, sa mise à exécution peut être limitée ou bloquée, mais cela ne concerne en rien l'immunité des Colmateurs eux-mêmes, précisa Garanine.

— Les crimes dont il s'est rendu coupable ont déjà dépassé les limites de son immunité. Il doit être puni. C'est la condition nécessaire à la poursuite du programme Colmateur, affirma le représentant britannique.

— Je me permets de demander l'attention de M. le président et de mesdames et messieurs les représentants, dit Rey Diaz en se levant de son siège. C'est une audience de Colmateur par les membres du comité du Conseil de défense planétaire, non un tribunal.

— Patience, vous y serez bientôt, ricana le représentant américain.

— Je suis d'accord avec le Colmateur Rey Diaz. Revenons au débat concernant le plan lui-même, dit Garanine, saisissant cette opportunité pour éluder temporairement ce problème épineux.

Le représentant japonais, qui n'avait pas pris parti jusque-là, prit la parole :

— Je crois que nous pouvons déjà constater que tous les représentants ici présents partagent au moins une vision commune sur le point suivant : la stratégie du Colmateur Rey Diaz a révélé une atteinte dangereuse portée aux droits humains fondamentaux. Selon ce que stipule la législation du programme, il faut donc y mettre un terme.

— Dans ce cas, nous allons procéder au vote de la motion P269 soumise lors de la dernière séance au sujet de l'interruption du plan du Colmateur Rey Diaz, dit Garanine.

— Monsieur le président, attendez, le coupa Rey Diaz en levant la main. Avant le vote, je voudrais pouvoir ajouter ici quelques détails au sujet de mon plan.

— Est-ce bien nécessaire s'il ne s'agit que de détails ? demanda quelqu'un.

— Vous aurez tout le temps d'en parler aux juges, ironisa le représentant britannique.

— Non, ces détails sont très importants, insista Rey Diaz. Supposons maintenant que le plan stratégique révélé par le Fissureur soit exact. Imaginons la situation évoquée plus tôt par un représentant : à l'heure de déclencher l'explosion d'un million de bombes à la surface de Mercure, si j'envoyais par l'intermédiaire des intellectrons un message d'avertissement au monde de Trisolaris indiquant que leur invasion aurait pour conséquence l'extermination des deux civilisations, que se passerait-il ?

— Il est tout simplement impossible de prédire la réaction des Trisolariens, mais vous pouvez être sûr que, sur Terre, des milliards de personnes voudront vous briser le cou, comme vous avez essayé de le faire à votre Fissureur, répondit la représentante française.

— Exactement. C'est pourquoi j'ai pris quelques dispositions pour faire face à cette situation. Regardez tous.

Rey Diaz leva la main gauche et exhiba la montre accrochée à son poignet. Celle-ci était entièrement noire et faisait le double tant en largeur qu'en épaisseur d'une montre-bracelet ordinaire, quoiqu'elle ne parût pas si grande sur la main trapue de Rey Diaz.

— C'est un émetteur capable de transmettre des signaux vers Mercure par liaison spatiale.

— Vous avez l'intention de vous en servir pour envoyer un signal de détonation ? demanda quelqu'un.

— C'est précisément l'inverse : elle envoie un signal de non-détonation.

Cette phrase de Rey Diaz lui valut l'attention de tous les participants. Il continua :

— J'ai appelé ce dispositif de veille automatique un "berceau". Quand l'enfant cesse d'être bercé, il se réveille. La montre envoie des signaux continus vers un système de réception basé sur Mercure. Si le signal est interrompu, le système donnera l'ordre de provoquer le déclenchement immédiat de l'explosion.

— C'est ce qu'on appelle chez nous un *"dead man's switch"*, dit le représentant américain, impassible. Pendant la guerre froide, des recherches ont été effectuées dans le domaine des stratégies nucléaires pour développer ce genre de dispositif, mais il n'a jamais été appliqué. Seul un fou tel que vous en serait capable.

Rey Diaz abaissa la main gauche et cacha le berceau sous sa manche.

— Cette merveilleuse idée ne m'a pas été donnée par un expert en stratégie nucléaire, mais par un film américain. Dans ce film, un homme possède lui aussi un gadget de ce genre qui ne cesse d'envoyer des signaux mais si son cœur s'arrête de battre, le signal s'arrête aussitôt d'émettre. On a accroché sur le corps d'un autre personnage une bombe impossible à enlever. Si la bombe ne reçoit plus aucun signal, elle explose. C'est pourquoi le deuxième personnage malchanceux a beau ne pas supporter le premier, il lui faut absolument le protéger… J'aime regarder les vieux films hollywoodiens. Aujourd'hui encore, je serais capable de reconnaître le vieux *Superman*.

— Vous voulez dire que cette montre est reliée à vos pulsations cardiaques ? demanda le représentant japonais. Ce dernier, assis non loin de lui, tendit la main pour toucher le “berceau” que Rey Diaz cachait sous sa manche, mais le Colmateur repoussa sa main et s’éloigna de lui.

— Naturellement, mais la technologie de ce berceau est plus avancée et plus raffinée que ça. Il ne surveille pas seulement les battements du cœur mais aussi beaucoup d’autres indicateurs physiologiques : la pression sanguine, la température corporelle, etc. Il effectue une analyse générale de ces différents paramètres et, s’il constate quelque chose d’anormal, il cesse immédiatement de transmettre les signaux. Mais l’émetteur reste capable de discerner plusieurs ordres simples grâce à la reconnaissance vocale.

À cet instant, un homme semblant nerveux entra dans la salle d’audience et chuchota quelque chose à l’oreille de Garanine. Il n’avait pas encore fini que le président leva la tête et lança à Rey Diaz un regard troublé qui n’échappa pas à l’attention des autres représentants.

— Il existe un moyen de désamorcer votre berceau. Des méthodes pour contrer ce dispositif ont aussi été développées lors de la guerre froide, expliqua le représentant américain.

— Ce n’est pas mon berceau, mais celui des bombes. Si le berceau cesse d’être balancé, les bombes se réveillent.

— Je pense à un moyen, dit le représentant allemand. Vous dites que les signaux sont transmis jusqu’à Mercure par votre montre. Ce qui implique nécessairement qu’ils passent par une liaison de communication complexe. Il nous suffit de détruire ou de blinder n’importe quel nœud de communication et d’employer une fausse source d’émission pour continuer à transmettre des signaux de non-détonation. Votre système de berceau ne sera dès lors plus opérationnel.

— C’est effectivement un problème, approuva Rey Diaz d’un hochement de tête, qui serait néanmoins facile à résoudre sans les intellectrons : tous les nœuds de la liaison possèdent le même algorithme de chiffrement qui génère l'intégralité des signaux. Si chaque signal peut sembler aléatoire et différent pour le monde extérieur, l'émetteur et le récepteur produisent en fait la même séquence de valeurs. Ce n'est que si le signal reçu par le récepteur correspond à sa propre séquence que le signal est considéré comme valide. Sans cet algorithme de chiffrement, le signal émis par votre fausse source ne correspondra pas à la séquence du récepteur. Mais malheureusement, ces foutus intellectrons peuvent déchiffrer l'algorithme.

— Vous avez sans doute songé à une autre approche? demanda quelqu'un.

— Une approche plus grossière. Après tout, il paraît que c'est dans ma nature d'être grossier… glissa Rey Diaz en se moquant de lui-même. J'ai renforcé la sensibilité de la surveillance interne de chaque nœud. Voici concrètement comment cela fonctionne : chaque nœud de communication est structuré de plusieurs unités. Celles-ci peuvent être séparées par une large distance mais n'en appartiennent pas moins à un tout. Si une seule de ces unités rencontre un problème, le nœud entier interrompt l'émission du signal. Après quoi, même si la fausse source parvient à transmettre un signal au nœud suivant, celui-ci ne sera pas reconnu. La précision du système de surveillance interne de toutes les différentes unités peut déjà atteindre aujourd'hui l'échelle de la microseconde, ce qui veut dire que si l'on veut mettre en œuvre la suggestion de monsieur le représentant allemand, il faudrait détruire en moins d'une microseconde l'ensemble des unités qui composent un nœud et raccorder le signal à la fausse source. Chaque nœud est structuré par au minimum trois unités et un maximum de quelques dizaines. Enfin, la distance entre ces unités est d'environ trois cents kilomètres. Chacune d'entre elles est extrêmement résistante et n'importe quelle interférence venue du monde extérieur enverrait un signal d'avertissement.

Provoquer la défaillance de chacune de ces unités en moins d'une microseconde est peut-être à la portée des Trisolariens, mais – aujourd'hui du moins – certainement pas des hommes.

Sa dernière phrase mit tous les participants en alerte.

— Je viens de recevoir un rapport m'indiquant que la montre accrochée au poignet de Rey Diaz ne cessait en effet d'émettre des signaux électromagnétiques, dit Garanine ; cette information plongea instantanément l'assemblée dans la nervosité. Colmateur Rey Diaz, je souhaiterais vous poser une question : est-ce à Mercure que sont transmis les signaux de votre montre ?

Rey Diaz éclata d'un rire sonore :

— Pourquoi m'embêterais-je à émettre vers Mercure ? Il n'y a rien d'autre là-bas qu'un grand cratère ! De plus, la liaison spatiale du berceau n'a pas encore été établie. Non, non, les signaux ne partent pas vers Mercure mais pas loin d'ici, quelque part dans New York.

L'atmosphère se figea et tous les participants présents dans la salle en dehors de Rey Diaz demeurèrent aussi statiques que des coqs en bois.

— Qu'est-ce qui se déclenchera si les signaux émis par le berceau s'arrêtent ? demanda le représentant britannique sur un ton sévère, n'essayant plus de dissimuler son inquiétude.

— Oh, quelque chose se déclenchera bien… répondit Rey Diaz avec un rire débonnaire. Cela fait vingt ans que je suis Colmateur, j'ai eu le temps de m'organiser.

— Alors, monsieur Rey Diaz, peut-être pourrez-vous répondre à une question plus directe ? dit la représentante française, dont l'apparence sereine était trahie par les tremblements de sa voix. De combien de vies sommes-nous – ou bien êtes-vous – responsables ?

En entendant cette question, Rey Diaz écarquilla les yeux comme s'il la trouvait ahurissante :

— Comment ? Ainsi donc, le nombre de personnes a son importance ? Et moi qui croyais que tous les gens ici présents étaient de respectueux gentlemen, tenant les droits de l'homme pour la chose la plus précieuse au monde. Un seul individu ou bien huit millions, comme la population de New York, y a-t-il une différence ? Si je vous donnais la première réponse, vous pourriez passer outre vos principes ?

Le représentant américain bondit sur son siège :

— Dès le début du programme Colmateur, il y a vingt ans, nous avions mis en garde contre cet individu ! s'exclama-t-il en pointant du doigt Rey Diaz et en avalant sa salive pour donner l'impression d'une sérénité extrême, bien qu'il finît tout de même par perdre le contrôle de lui-même : C'est un criminel, un fumier, un immonde terroriste ! Un diable que vous avez laissé sortir de sa boîte ! Vous devez prendre vos responsabilités ! Les Nations unies sont responsables ! hurla-t-il, hystérique, en envoyant valser les dossiers devant lui.

— Gardez votre sang-froid, monsieur le représentant, dit Rey Diaz en souriant. Mon berceau est très sensible aux indices physiologiques. Si j'étais aussi hystérique que vous, il aurait cessé d'émettre depuis longtemps. Mon humeur ne peut pas être instable. C'est pourquoi vous, ainsi que tous ceux qui sont assis ici, ne devez pas me contrarier et faire tout votre possible pour me satisfaire. Il vaudrait mieux, dans l'intérêt de tous.

— Quelles sont vos conditions ? fit Garanine, à voix basse.

Le sourire sur le visage de Rey Diaz se fit lugubre, il secoua la tête en direction de Garanine :

— Monsieur le président, que pourrais-je bien réclamer ? Quitter cet endroit et retourner dans mon pays. Un avion m'attend à l'aéroport Kennedy.

L'assemblée demeura silencieuse. Inconsciemment, les yeux se tournèrent peu à peu vers le représentant américain. Incapable de supporter le poids de ces regards, il se projeta violemment sur le dos de son siège et grommela entre ses dents :

— Foutez le camp !

Rey Diaz hocha doucement la tête, se leva et se dirigea vers la sortie.

— Monsieur Rey Diaz, je vous raccompagne jusque chez vous, dit Garanine, puis il descendit de son estrade.

Rey Diaz s'arrêta, attendant Garanine qui se déplaçait avec moins d'aisance qu'autrefois.

— Je vous remercie, monsieur le président. Je viens de me souvenir que vous aussi, vous vouliez quitter cet endroit.

Tous deux marchèrent jusqu'à la porte, puis Rey Diaz agrippa Garanine et il se retourna avec lui vers l'assemblée :

— Mesdames et messieurs, cet endroit ne me manquera pas. J'y ai gaspillé vingt ans de mon existence. Ici, personne ne m'a compris. Je vais rentrer dans mon pays, auprès de mon peuple. Oui, mon pays, mon peuple. Eux, ils me manquent.

Les personnes présentes remarquèrent avec surprise que des larmes brillaient dans les yeux de cet homme imposant. Il finit par dire :

— Je rentre au pays. *Cela ne fait pas partie du plan.*

Une fois qu'il eut passé la porte du siège des Nations unies, Rey Diaz, suivi de Garanine, ouvrit ses deux bras vers le soleil de midi et cria, rempli d'ivresse :

— Ah, mon soleil !

Son héliophobie, qui durait depuis vingt ans, avait disparu.

Après son décollage, l'avion spécialement affrété pour Rey Diaz franchit rapidement la ligne de la côte et commença à naviguer au-dessus de l'immense océan Atlantique.

Une fois dans la cabine, Garanine dit à Rey Diaz :

— Tant que je serai là, votre avion sera en sécurité. Veuillez à présent me dire où se trouve le dispositif relié à votre berceau.

— Il n'y a aucun dispositif. Il n'y a rien du tout. C'était juste une tactique pour m'enfuir.

Rey Diaz ôta sa montre et la tendit à Garanine :

— C'est simplement une vieille Motorola que j'ai trafiquée pour en faire un émetteur, mais elle n'est pas reliée à mes pulsations cardiaques. Je l'ai éteint, gardez-la comme souvenir.

Ils se dévisagèrent un long moment sans parler, puis Garanine poussa un long soupir.

— Comment a-t-on pu en arriver là ? Le privilège des Colmateurs de pouvoir concevoir des stratégies en monde clos devait servir à lutter contre les intellectrons et Trisolaris, mais vous comme Taylor, vous étiez prêts à l'utiliser contre l'humanité elle-même.

— Il n'y a rien d'étrange à cela, souffla Rey Diaz en s'asseyant près du hublot pour profiter des rayons de soleil qui perçaient à travers. Le plus grand obstacle à la survie de l'humanité, c'est l'humanité elle-même.

Six heures plus tard, l'avion atterrit sur le tarmac de l'aéroport international de Caracas, sur la côte caribéenne. Garanine ne descendit pas de l'appareil. Il repartait aux Nations unies.

Au moment de se dire adieu, Rey Diaz affirma :

— N'interrompez pas le programme Colmateur, c'est une vraie lueur d'espoir dans cette guerre. Il reste encore deux Colmateurs, souhaitez-leur bonne chance de ma part.

— Je ne les reverrai plus non plus, répondit Garanine, avec émotion.

Quand Rey Diaz fut parti, il ne resta plus dans la cabine que lui et sa tristesse.

Le ciel de Caracas était aussi clair que celui de New York. Rey Diaz descendit la passerelle et fut saisi par une familière atmosphère tropicale, il s'allongea par terre et baisa pendant un long moment le sol de sa patrie puis, sous la protection d'une escorte armée, il fit route vers la ville. Le cortège d'automobiles roula pendant une demi-heure sur une route de montagne avant d'entrer dans la capitale et de se diriger vers la place Bolivar, au centre de la cité. Rey Diaz descendit de voiture et marcha jusque sous la statue de Simon Bolivar. Il monta sur son socle. Au-dessus de sa tête se dressait ce héros en armure sur son cheval au galop qui avait vaincu les colons espagnols et tenté de fonder la confédération de la Grande Colombie. Devant lui, une foule de gens frénétiques bouillait sous les rayons du soleil, gonflant à mesure de son avancée. La police peinait à les contenir et tirait même des coups de feu en l'air, mais la marée humaine parvint à franchir la ligne de sécurité et fonça vers le Bolivar vivant qui se tenait sous la statue.

Rey Diaz leva les mains en l'air et, les yeux gorgés de larmes, il cria avec émotion à l'adresse de la foule :

— Ah, mon peuple !

Quelqu'un lança une première pierre sur sa main gauche tendue en l'air, une deuxième heurta sa poitrine et une troisième, qu'il reçut sur le front, le projeta au sol. Puis ce fut une pluie de pierres lancées par le peuple qui s'abattit sur lui, recouvrant un corps déjà abandonné par la vie. Le dernier projectile qui frappa le Colmateur Rey Diaz fut lancé par une vieille femme, qui leva bien haut sa pierre et marcha jusque devant son cadavre en crachant en espagnol :

— *Bastardo*, tu as voulu tuer tous les hommes, et mon petit-fils avec eux. Tu as voulu tuer mon petit-fils ! *Vete al carajo !*

Et tout en parlant, elle réunit toutes ses forces pour écraser sa pierre sur le crâne déjà fissuré de Rey Diaz qui saillait au sommet du tas de cailloux.

Seule la course du temps était inarrêtable. Comme une lame aiguisée, il trancha tout ce qui se trouvait sur son passage, du plus dur au plus tendre, et continua son inébranlable marche en avant. Rien n'était capable de lui mettre des bâtons dans les roues, mais il bouleversait tout.

La même année que l'essai de la bombe sur Mercure, Chang Weisi prit sa retraite. Lors de sa dernière apparition officielle devant les médias, il avoua avec franchise qu'il n'avait aucune confiance dans la victoire finale. Cette confession n'altérerait cependant pas le grand respect pour son travail de premier amiral de l'armée spatiale que l'Histoire saluerait plus tard. Avoir servi tant d'années dans un état d'anxiété permanente avait altéré sa santé et il décéda à l'âge de soixante-huit ans. Sur son lit de mort, l'amiral était encore lucide et prononça plusieurs fois le nom de Zhang Beihai.

Comme l'avait prédit Keiko Yamasugi, Wu Yue passa le reste de sa vie dans la dépression et l'égarement. Il travailla une dizaine d'années au sein du projet du Mémorial de l'humanité, mais n'y trouva aucun réconfort spirituel. Comme Chang Weisi, lui aussi murmura le nom de Zhang Beihai lors de son dernier souffle. Tous deux confièrent dans ce guerrier résolu qui traverserait les âges en hibernation leur dernier espoir pour le futur.

Say, qui avait été pendant deux mandats consécutifs secrétaire générale de l'ONU, lança le projet "Mémorial de l'humanité", dont le but était de collecter un maximum de documents et d'artefacts de la civilisation humaine, puis de les envoyer dans une capsule sans être vivant dans l'Univers. L'un des axes les plus importants de ce projet était la rédaction du *Journal de l'humanité*. Plusieurs sites Internet avaient été créés en ce sens pour permettre à un maximum de gens de consigner par l'écriture et par l'image chaque journée de leur vie quotidienne, pour servir de documents authentiques de la civilisation humaine. Le nombre d'utilisateurs des sites Internet du *Journal de l'humanité* franchit un jour la barre des deux milliards, devenant la plateforme Web la plus utilisée de l'histoire. Plus tard, le CDP considéra que le projet de Mémorial de l'humanité était un encouragement au défaitisme et on vota donc la résolution d'y mettre un terme. Tous ceux qui y participaient étaient traités avec la même sévérité que les évasionnistes. Mais Say poursuivit de son côté ses efforts pour ce projet jusqu'à son décès, à l'âge de quatre-vingt-quatre ans.

Après leur retraite, Garanine et Kent firent tous deux le même choix : ils se retirèrent dans le jardin d'Éden où le Colmateur Luo Ji avait vécu cinq années durant et ne réapparurent plus aux yeux du monde. On ne sut même jamais le jour exact de leur décès, mais une chose était sûre : ils avaient vécu longtemps. On racontait même que tous deux s'étaient éteints après avoir dépassé un siècle de vie.

Le Dr Abbott Ringer et le général Fitzgerald vécurent tous deux plus de quatre-vingts ans. Ils assistèrent à la construction du télescope *Hubble III*, dont le diamètre faisait plus de cent mètres, et purent observer grâce à lui la planète de Trisolaris. Mais ils ne revirent plus de leur vivant les vaisseaux de la flotte trisolarienne, ni les sondes qui s'en étaient échappées. Ils ne purent vivre suffisamment longtemps pour les voir traverser le troisième champ de neige.

La vie des hommes ordinaires se poursuivait et s'achevait de la même manière. Miao Fuquan fut le premier des trois voisins pékinois à s'éteindre, après avoir fêté ses soixante-quinze ans. Il demanda vraiment à son fils de l'enterrer dans un puits de mine d'une profondeur de plus de deux cents mètres. Ce dernier agit conformément aux dernières volontés de son père en faisant exploser les parois du puits et en érigeant à la surface une stèle funéraire pour les touristes qui visiteraient le site. La dernière génération avant l'Ultime Bataille aurait le devoir de retirer la stèle et de la replanter si les humains remportaient la victoire. Mais à peine un demi-siècle plus tard, la zone au-dessus du puits était devenue un désert et la stèle avait disparu dans le sable jaune. L'emplacement du puits fut perdu et aucun des descendants de la famille Miao ne se donna la peine d'aller le chercher. Zhang Yuanchao mourut de maladie à l'âge de quatre-vingts ans, comme un homme ordinaire, et, comme un homme ordinaire, il fut incinéré. Ses cendres furent recueillies dans une urne qui fut placée dans la case d'un long crématorium d'un cimetière public. Yang Jinwen vécut jusqu'à quatre-vingt-douze ans. L'urne en alliage de métal qui recueillit ses cendres fut envoyée dans l'Univers, au-delà du système solaire, à la troisième vitesse cosmique. Cela lui avait coûté toutes ses économies.

Ding Yi, lui, était encore vivant. Après sa contribution aux avancées dans le domaine de la fusion nucléaire contrôlée, il se tourna à nouveau vers des recherches en physique théorique et tenta de trouver un moyen de contourner les interférences des intellectrons lors des expériences des accélérateurs de particules, mais sans succès. Après ses soixante-dix ans, comme tous les autres physiciens, il cessa de croire à la possibilité d'une avancée décisive dans les sciences physiques. Il entra en hibernation, dans l'objectif de se réveiller au moment de l'Ultime Bataille. Son seul espoir était de pouvoir voir de ses propres yeux les technologies supérieures du monde trisolarien.

Un siècle après le début de la Crise trisolarienne, tous les humains qui avaient vécu l'Âge d'or s'étaient éteints. On appelait l'Âge d'or cette période bénie commencée dans les années 1980 jusqu'à l'apparition de la Crise. Cette époque était sans cesse remémorée et les vieux qui l'avaient vécue ruminaient sans relâche comme des bovins des souvenirs douceâtres de ce temps. Ils terminaient toujours par cette phrase :

— Ah, à l'époque, on ne savait pas apprécier ce qui était précieux.

Les jeunes générations écoutaient leurs récits avec un mélange de jalousie et d'incrédulité : elles se demandaient si cette paix, cette gloire, ce bonheur et cette insouciance légendaires dignes de la Source aux fleurs de pêcher avaient vraiment existé.

Avec le départ des plus âgés, les rivages de l'Âge d'or s'éloignèrent peu à peu jusqu'à s'évanouir enfin dans la brume de l'Histoire. Désormais, le navire de la civilisation humaine flottait seul au milieu d'un vaste océan, encerclé par une houle sinistre. Quant à la rive opposée, nul ne savait si elle existait.

III

LA FORÊT SOMBRE

5

AN 205 DE LA GRANDE CRISE. FLOTTE TRISOLARIENNE À 2,10 ANNÉES-LUMIÈRE DU SYSTÈME SOLAIRE

Les ténèbres apparurent. Avant les ténèbres, il n'y avait rien d'autre que le néant, et il n'y avait rien dans le néant, aucune couleur. L'émergence des ténèbres signifiait au moins l'éclosion d'un espace. Bientôt, des perturbations naquirent dans cet espace sombre, pénétrant tout comme une brise légère. La sensation de l'écoulement du temps. Il n'y avait pas de temps dans le néant, mais le temps était maintenant comme un glacier en train de fondre. La lumière ne vint que longtemps plus tard. Ce ne fut d'abord qu'une tache lumineuse informe mais, après une attente extrêmement longue, la forme du monde se dessina. La conscience qui venait de renaître s'efforçait de lui donner du sens. Ce qu'elle vit au début, ce furent des tubes horizontaux, fins et transparents, puis, derrière eux, un visage penché qui disparut rapidement pour laisser place à un plafond éclairé par un halo laiteux.

Luo Ji se réveilla de son hibernation.

Le visage réapparut. Il appartenait à un homme à l'expression douce qui regarda Luo Ji en disant :

— Bienvenue dans notre époque.

Et tandis qu'il parlait, sa blouse scintilla et offrit à voir un champ de roses resplendissantes, qui s'estompa peu à peu et finit par disparaître. Durant la conversation qui suivit, la blouse du médecin afficha différents paysages délicieux d'océan, de crépuscule ou de forêt sous la pluie, s'accordant avec ses expressions ou ses humeurs. Il expliqua que la maladie de Luo Ji avait été soignée pendant son hibernation, et qu'il n'aurait besoin d'une période de convalescence que de trois jours environ avant de pouvoir retrouver l'intégralité de ses fonctions motrices…

L'esprit de Luo Ji était encore dans un état léthargique. Des informations que venait de dispenser le médecin, il n'en avait retenu qu'une : c'était maintenant l'an 205 de la Crise. Il avait hiberné pendant cent quatre-vingt-cinq ans.

Il trouva d'abord l'accent du médecin étrange, mais il se fit vite la réflexion que les sonorités du chinois n'avaient guère changé. La seule différence, c'était l'entremêlement de beaucoup de mots issus de l'anglais. Pendant que le médecin parlait, le texte de ce qu'il était en train de dire s'affichait sur le plafond. C'était très certainement un système de reconnaissance vocale instantanée destiné à se faire comprendre des patients venant de se réveiller. Tous les mots anglais étaient remplacés par des sinogrammes.

Le médecin finit par indiquer à Luo Ji qu'il allait être transféré de la salle de réveil vers une chambre ordinaire. Au moment de lui dire au revoir, sa blouse projeta la scène d'un soir crépusculaire qui se changea rapidement en nuit étoilée. Au même moment, Luo Ji sentit bouger son lit. À peine eut-il franchi la porte qu'il entendit le médecin crier : "Au suivant!" Il eut toutes les peines du monde à tourner la tête, mais parvint à voir qu'un deuxième lit était entré dans la salle de réveil, sur lequel était de toute évidence allongé un autre patient sorti d'hibernation. Ce lit se faufila rapidement entre un grand nombre d'appareils, et la blouse du médecin redevint d'un blanc pur. Il tapota un coin du mur avec son doigt d'où il fit apparaître un écran. Le médecin fit défiler des courbes et des données complexes et les manipula promptement.

Luo Ji réalisa à ce moment-là que son réveil ne semblait pas avoir été un évènement majeur, mais seulement une partie du travail quotidien effectué ici. Le médecin s'était montré très courtois à son endroit mais, à ses yeux, Luo Ji n'était qu'un hiberné comme les autres.

Comme dans la salle de réveil, il n'y avait aucune lampe dans les couloirs, la lumière provenait directement des murs. Malgré sa douceur, Luo Ji fut contraint de plisser les yeux. Mais au moment même où il fermait les yeux, les murs de cette partie du couloir s'assombrirent et cette légère obscurité suivit la trajectoire de son lit. Quand ses yeux se furent accoutumés à la lumière et qu'il put les rouvrir, la luminosité augmenta à nouveau mais resta dans un périmètre de confort acceptable. De toute évidence, le système de réglage de la luminosité du couloir s'adaptait à ses mouvements oculaires.

À en juger par cette technologie, l'époque devait être très individualiste.

Cela avait largement dépassé ses prévisions.

Tandis que les murs défilaient lentement, Luo Ji vit s'activer de façon dispersée de nombreuses zones d'affichage de tailles différentes. Une bonne partie présentait des images qu'il avait à peine le temps de voir et qui avaient peut-être été laissées derrière eux par des utilisateurs ayant oublié de les éteindre.

Le long du couloir, Luo Ji croisa à plusieurs reprises des gens en train de marcher et d'autres lits automatiques. Il remarqua qu'aussi bien les pieds des passants que les roues des lits faisaient naître des ondulations brillantes quand ils entraient en contact avec le sol, un peu comme à son époque, quand on touchait un écran à cristaux liquides avec son doigt. Durant son trajet vers sa chambre, Luo Ji fut frappé par un sentiment intense de propreté, il se serait cru dans un dessin animé en trois dimensions, mais il savait que tout cela était réel. Il se déplaçait au milieu de ce couloir empreint d'une sérénité et d'un état de bien-être qu'il n'avait jamais ressentis auparavant.

Mais ce qui lui laissait l'impression la plus profonde, c'était que les personnes qu'il rencontrait sur son chemin – les médecins, les infirmiers et tous les autres individus – paraissaient soignées et élégantes. À son approche, ils lui adressaient un sourire aimable et certains agitaient même la main pour le saluer. Leurs vêtements affichaient des images ravissantes, d'un style différent pour chacun, tantôt réalistes, tantôt abstraites. Luo Ji était conquis par leurs regards. Il savait que le regard des gens ordinaires était le meilleur reflet du niveau d'une civilisation dans un temps et un espace donnés. Il avait jadis eu l'occasion d'observer une série de clichés réalisés par des photographes européens à la fin de la dynastie des Qing et il avait été frappé par l'expression fruste des sujets photographiés. Sur ces images, dans les yeux tant des mandarins que des gens du peuple, ne se lisaient rien d'autre que de la torpeur et de l'ineptie, sans le moindre soupçon de vitalité. Peut-être les gens de cette nouvelle ère éprouvaient-ils le même sentiment à l'égard de lui-même. Les yeux que rencontraient Luo Ji débordaient d'une sagesse vigoureuse ainsi que d'une sincérité, d'une clairvoyance et d'une tendresse qu'il n'avait que rarement perçues à son époque. Mais ce qui ébranlait Luo Ji au plus profond de son âme, c'était la confiance qui transpirait dans ces pupilles, une confiance solaire qui imprégnait leurs yeux et qui, à n'en pas douter, était devenue la toile de fond spirituelle des individus de ce nouvel âge.

Cela ne ressemblait en rien à une époque frappée par le désespoir, et c'était une nouvelle source d'étonnement pour Luo Ji.

Son lit pénétra sans bruit dans sa chambre. Il vit qu'elle était déjà occupée par deux hibernés réveillés. L'un était allongé sur son lit tandis que l'autre était à la porte, en train de rassembler ses affaires avec l'aide d'une infirmière. Il semblait se préparer à partir. À leurs regards, Luo Ji vit immédiatement qu'ils étaient des hommes de son époque ; leurs yeux paraissaient être des fenêtres du temps, à travers lesquelles Luo Ji reconnut en un clin d'œil l'époque grise où il était entré en hibernation :

— Comment osent-ils ? Je suis leur arrière-grand-père tout de même !

Luo Ji entendit se plaindre le patient qui s'apprêtait à sortir.

— Cet argument ne marche pas ici. C'est la loi : la période d'hibernation ne compte pas dans l'âge d'un individu. Ici, devant des personnes plus âgées, vous êtes toujours de la jeune génération… Allons-y, ils vous attendent depuis déjà un moment, dit l'infirmière.

Luo Ji remarqua qu'elle s'était efforcée de n'utiliser aucun mot anglais, mais que, dans sa bouche, certaines expressions en chinois ne paraissaient pas très fluides. Elle donnait l'impression de parler contre son gré dans une langue ancienne. Quand elle n'avait d'autre choix que de s'exprimer en chinois moderne, les sous-titres correspondants en chinois ancien s'affichaient sur le mur.

— Je ne comprends même pas ce qu'ils disent, avec leurs gazouillements bizarres ! s'emporta l'homme, avant de sortir avec l'infirmière, chacun un sac dans la main.

— Il faudra que vous appreniez à vivre à notre époque, ou bien vous n'aurez pas le choix : il faudra aller habiter en haut.

Luo Ji entendit l'infirmière prononcer ces mots. Il pouvait déjà comprendre sans trop de difficultés la langue moderne, mais il n'était pas sûr d'avoir vraiment saisi le sens de cette dernière phrase.

— Bonjour. Vous avez été hiberné pour cause de maladie, c'est ça ? demanda le patient du lit voisin.

Il était très jeune, la vingtaine environ.

Luo Ji ouvrit la bouche mais n'arriva à prononcer aucun son. Le jeune lui sourit en l'encourageant :

— Vous pouvez parler, faites un effort !

— Bonjour, finit par balbutier Luo Ji d'une voix rauque.

Le jeune homme hocha la tête :

— Celui qui est parti était comme vous. Pas moi, je suis venu ici pour échapper à la réalité. Oh, je m'appelle Xiong Wen.

— Ici… comment c'est ? demanda Luo Ji, en articulant avec beaucoup plus de facilité que quelques secondes plus tôt.

— Je ne sais pas encore trop. Je me suis réveillé il y a seulement cinq jours. Mais une chose est sûre, c'est une super époque ! Pour nous, c'est un peu dur de s'intégrer. Le truc, c'est qu'on nous a réveillés trop tôt. Quelques années de plus et ç'aurait été parfait.

— Quelques années de plus ? N'aurait-ce pas été encore plus dur ?

— Non. Nous sommes encore en état de guerre aujourd'hui. La société ne s'occupe pas de nous, mais dans quelques dizaines d'années, après la négociation de paix, ce sera une ère merveilleuse.

— Une négociation ? Avec qui ?

— Avec Trisolaris, bien sûr !

Bouleversé par la dernière phrase de Xiong Wen, Luo Ji essaya de toutes ses forces de se lever. Une infirmière entra et l'aida à s'asseoir sur le lit.

— Ont-ils dit qu'ils voulaient négocier ? demanda nerveusement Luo Ji.

— Pas encore, mais ils n'auront bientôt pas d'autre choix, dit Xiong Wen en se retournant avec une grande agilité sur le lit et en s'asseyant au bord de celui de Luo Ji. De toute évidence, il trépignait d'impatience de présenter cette époque au nouveau réveillé :

— Vous ne le savez pas encore, mais l'humanité est maintenant balèze, super balèze !

— Comment ça ?

— Notre flotte spatiale est ultra-puissante, bien plus puissante que celle des Trisolariens !

— Comment est-ce possible ?

— Et pourquoi pas ? Et encore, je ne vous parle pas des armes, rien que de la vitesse ! La flotte spatiale humaine peut aujourd'hui atteindre quinze pour cent de la vitesse de la lumière, c'est bien plus rapide que les Trisolariens !

Luo Ji leva des yeux sceptiques vers l'infirmière et réalisa qu'elle était très belle, comme en réalité tous les gens de cette époque. Elle acquiesça de la tête et sourit :

— Oui, c'est vrai.

— Et puis, reprit Xiong Wen, vous savez combien il y a de vaisseaux de ce genre ? Je vais vous le dire : deux mille ! Deux fois la flotte trisolarienne ! Et le nombre continue d'augmenter !

Luo Ji regarda à nouveau l'infirmière qui hocha encore une fois la tête.

— Et vous savez dans quel état pitoyable est maintenant la flotte trisolarienne ? Ces deux siècles, ils ont encore traversé trois… euh, ah oui, trois champs de neige, trois nuages de poussière interstellaire. J'ai entendu quelqu'un dire que la dernière fois, c'était il y a quatre ans. Les images du télescope ont montré que leur flotte était éparpillée. C'est la débandade ! Une bonne moitié de leurs vaisseaux ont arrêté d'accélérer et ralentissent chaque fois qu'ils passent dans les champs de neige. Ils rampent, en quelque sorte. Ceux-là n'atteindront pas le système solaire avant huit siècles. Et, encore, ce ne seront peut-être plus que des épaves. En se basant sur la vitesse actuelle de la flotte, on prédit qu'à peine trois cents vaisseaux arriveront à la date prévue, dans deux siècles. En revanche, une de leurs sondes va bientôt atteindre le système solaire. Les neuf autres sont en retrait, elles n'arriveront que dans trois ans.

— Les sondes… Qu'est-ce que c'est ? demanda Luo Ji, sans comprendre.

L'infirmière intervint :

— Nous vous recommandons de ne pas échanger d'un

seul coup autant d'informations. Quand les hibernautes qui viennent de se réveiller apprennent toutes ces choses, ils n'arrivent pas à se tenir tranquilles pendant des jours. Cela ne favorise pas la convalescence.

— Et alors ? On est contents, où est le problème ? s'exclama Xiong Wen en haussant les épaules. Puis il se rallongea et soupira à destination du plafond qui émettait une lumière douce : Ils sont doués, nos enfants, ils sont doués !

— De quels enfants parlez-vous ? le reprit l'infirmière, courroucée. Je vous rappelle que la période d'hibernation ne compte pas dans votre âge, c'est vous qui êtes un enfant.

Mais aux yeux de Luo Ji cette fille paraissait effectivement plus jeune que Xiong Wen. Il savait néanmoins qu'il n'était peut-être pas pertinent à cette époque de juger l'âge d'une personne à partir de son apparence physique.

L'infirmière s'adressa à Luo Ji :

— Les gens de votre temps sont assez désespérés mais les choses ne sont vraiment pas si graves que ça.

Aux oreilles de Luo Ji, c'était la voix d'un ange. Il était comme un enfant qui venait de se réveiller d'un cauchemar : tous les moments d'angoisse qu'il avait vécus étaient chassés par un sourire. Quand l'ange eut parlé, le disque d'un soleil levant passa à toute vitesse sur sa blouse. Sous ses rayons d'or, une terre jaune et desséchée verdit à vue d'œil et des fleurs s'ouvrirent passionnément…

Une fois l'infirmière partie, Luo Ji demanda à Xiong Wen :

— Et le programme Colmateur ?

Xiong Wen secoua la tête, dubitatif :

— Colmateur ? Jamais entendu parler.

Luo Ji lui demanda la date à laquelle il était entré en hibernation. C'était avant le lancement du programme. À l'époque, l'hibernation était hors de prix, il devait venir d'une très bonne famille. Mais s'il n'avait pas entendu parler du programme Colmateur pendant ces cinq derniers jours, cela signifiait que si l'époque ne les avait peut-être pas oubliés, ils n'avaient en tout cas plus beaucoup d'importance.

Puis, grâce à deux détails en apparence insignifiants, Luo Ji put juger du niveau de technologie de cette nouvelle ère.

Peu de temps après son entrée dans la chambre, l'infirmière lui apporta son premier repas depuis son réveil : du pain, de la confiture, un verre de lait… en très petite quantité. L'infirmière lui expliqua que ses fonctions digestives n'étaient pas encore tout à fait rétablies. Luo Ji mordit une bouchée de pain et eut l'impression de manger de la sciure.

— Votre sens du goût reviendra bientôt, expliqua l'infirmière.

— Et quand il sera revenu, vous trouverez ça encore plus dégueulasse ! ajouta Xiong Wen.

L'infirmière sourit :

— Naturellement, ce ne sont pas les mêmes saveurs qu'à votre époque, quand ça poussait à la surface.

— Mais alors d'où est-ce que ça vient ? demanda Luo Ji, la bouche pleine.

— Eh bien, des usines agroalimentaires !

— Vous êtes capables de synthétiser les céréales ?

Xiong Wen répondit à la place de l'infirmière :

— Ils n'ont pas le choix, ils ne peuvent presque plus rien faire pousser.

Luo Ji se sentait désolé pour Xiong Wen. Il était visiblement de ceux qui, de son temps, avaient été immunisés contre la technologie et restaient insensibles aux miracles technologiques. Il ne serait jamais en mesure d'apprécier pleinement cette époque.

Sa deuxième découverte fut un vrai choc pour Luo Ji, bien que la nature de la chose elle-même fût somme toute relativement banale. En lui tendant son lait, l'infirmière indiqua à Luo Ji que le verre était chauffant car, désormais, plus personne ne buvait rien de chaud, pas même le café. S'il n'avait pas l'habitude du lait froid, il n'aurait qu'à déplacer le slider placé sous le verre pour le régler à la température voulue. Après avoir avalé son lait, Luo Ji examina attentivement le verre qui avait l'air tout à fait ordinaire, si ce n'est son fond, épais et opaque, qui devait probablement contenir la source de chaleur. Mais en examinant mieux, il ne trouva rien d'autre que le slider. Même en tentant de racler un peu le fond avec son doigt, il s'aperçut qu'il était intégré au reste du verre.

— Ne jouez pas avec ces objets. Vous ne comprenez pas encore leur fonctionnement, c'est dangereux, le sermonna l'infirmière.

— Je souhaiterais simplement savoir comment il se recharge.

— Comment il se recharge? répéta avec difficulté l'infirmière, qui entendait de toute évidence ce mot pour la première fois.

— *Charge. Recharge*, tenta Luo Ji en anglais. Mais l'infirmière secoua encore la tête, désorientée.

— Alors, comment fonctionne la batterie à l'intérieur?

— La batterie?

— *Battery*. Vous n'avez plus de batterie, aujourd'hui? En voyant l'infirmière secouer une nouvelle fois la tête, il ajouta : Mais alors d'où vient l'électricité du verre?

— L'électricité? Mais il y a de l'électricité partout! répondit l'infirmière sur un ton très naturel.

— Le dispositif ne tombera jamais à court d'énergie?

— Jamais, dit l'infirmière en hochant la tête.

— C'est inépuisable?

— Inépuisable. Comment pourrait-on épuiser l'électricité?

Quand l'infirmière partit, Luo Ji n'avait pas encore reposé le verre. Il ne fit pas attention aux moqueries de Xiong Wen. Son cœur battait à tout rompre. Il savait qu'il tenait entre les mains un objet dont les hommes rêvaient depuis la nuit des temps : un moteur perpétuel. Si l'humanité disposait réellement d'une énergie inépuisable, elle était capable de tout. Luo Ji croyait à présent aux paroles de l'infirmière : les choses n'étaient vraiment pas si graves que ça.

Lorsque le médecin arriva dans la chambre pour l'ausculter, Luo Ji l'interrogea au sujet du programme Colmateur.

— J'en ai entendu parler. C'est une blague de l'ancien temps, répondit-il sans réfléchir.

— Qu'est-il arrivé aux Colmateurs ?

— Je crois que l'un d'entre eux s'est suicidé, un autre a été lapidé… C'est arrivé au tout début du programme, ça va faire deux siècles.

— Et les deux autres ?

— Je ne sais pas. Encore en hibernation, probablement.

— L'un d'entre eux était chinois. Ça vous dit quelque chose ? demanda prudemment Luo Ji tout en fixant nerveusement le médecin.

— Vous voulez parler de celui qui a envoyé une malédiction à une étoile, c'est ça ? Oui, je crois qu'ils en parlent dans les cours d'histoire prémoderne, l'interrompit l'infirmière.

— Oui, c'est ça. Et maintenant, il… commença Luo Ji.

— Je n'en sais rien, sans doute est-il encore en hibernation. Ça ne m'intéresse pas vraiment, pour tout vous dire, ajouta le médecin, l'esprit ailleurs.

— Et cette étoile ? Je veux parler de ce système planétaire où il a envoyé sa malédiction ? demanda Luo Ji, le cœur serré par l'angoisse.

— Qu'est-ce qui peut bien lui être arrivé ? Elle est certainement toujours là. Une malédiction ? Quelle blague !

— Alors, rien n'est arrivé à cette étoile, vraiment rien ?

— Pas que je sache en tout cas, et toi ? demanda le médecin à l'infirmière.

— Je ne sais pas non plus, dit-elle, en secouant la tête. À l'époque, le monde a cédé à la panique et il a imaginé toute une suite d'idées ridicules.

— Et après ? soupira Luo Ji.

— Après, ça a été le Grand Ravin, répondit le médecin.

— Le Grand Ravin ? Qu'est-ce que c'est ?

— Vous saurez tout bien assez tôt. En attendant, reposez-vous, glissa le médecin dans un soupir. Mais il vaut mieux que vous en sachiez le moins possible à ce sujet.

Tandis qu'il se retournait pour sortir de la chambre, des nuages noirs se déployèrent sur sa blouse. Celle de l'infirmière afficha des paires de grands yeux, certains terrifiés et d'autres en larmes.

Quand tous deux eurent quitté la pièce, Luo Ji resta assis un long moment sur le lit sans bouger en se murmurant à lui-même :

— Une blague, une blague de l'ancien temps.

Puis il commença à rire, tout d'abord en silence, et bientôt à gorge déployée, faisant trembler le lit. Xiong Wen, paniqué, voulut appeler le médecin.

— Ce n'est rien, dormez, lui dit Luo Ji, puis il réussit à s'allonger seul et s'endormit rapidement, son premier sommeil depuis qu'il s'était réveillé d'hibernation.

Il rêva de Zhuang Yan et de sa fille. Comme les dernières fois, Zhuang Yan marchait sous la neige, son enfant endormi contre son épaule.

Quand il se réveilla, l'infirmière entra, elle lui dit bonjour à voix basse, de peur de réveiller Xiong Wen qui dormait encore à poings fermés.

— Est-ce le matin ? Pourquoi n'y a-t-il aucune fenêtre dans cette chambre ? demanda Luo Ji en regardant autour de lui.

— Normalement, n'importe quelle partie du mur peut devenir transparente, mais le médecin estime que vous n'êtes pas encore tout à fait prêt à voir l'extérieur. Tout est encore nouveau pour vous, cela risque de vous perturber et d'affecter votre repos.

— Je suis réveillé depuis déjà un moment, et je ne sais toujours pas à quoi ressemble le monde. Ça aussi, ça affecte mon repos. Puis il pointa Xiong Wen : Je ne suis pas comme lui.

— Ça ne fait rien, sourit l'infirmière. J'ai bientôt terminé mon service. Que diriez-vous que je vous emmène faire un petit tour dehors ? Vous prendrez votre petit-déjeuner à votre retour.

Euphorique, Luo Ji suivit l'infirmière jusque dans sa salle de veille. Il scruta la pièce. Il arrivait à deviner l'utilité d'une bonne partie des objets qui s'y trouvaient, mais il ignorait absolument la fonction des autres. Il n'y avait aucun ordinateur ni aucun autre équipement informatique, ce qui était prévisible, car chaque coin de mur pouvait activer un écran. Trois parapluies, posés à côté de la porte, attirèrent son attention. Ils n'étaient pas du même modèle mais, à en juger par leur apparence, ce ne pouvait être que des parapluies. Ce qui surprit Luo Ji, c'était leur volume, massif. Comment pouvait-il ne pas y avoir de parapluies pliables à cette époque ?

L'infirmière sortit du vestiaire, vêtue de ses propres habits. Outre les images animées projetées sur leur surface luisante, les changements de style vestimentaire étaient au moins du domaine de ce que Luo Ji aurait pu imaginer. Par comparaison avec ceux de son époque, ces habits apparaissaient toutefois asymétriques. Néanmoins, il était heureux de savoir que même après cent quatre-vingt-cinq ans il pouvait encore trouver de la beauté dans les vêtements d'une femme. L'infirmière saisit un des trois parapluies, qui paraissait assez lourd, car elle put uniquement le soulever sur son épaule.

— Est-ce qu'il pleut, dehors ?

L'infirmière secoua la tête.

— Vous croyez que c'est un… parapluie, c'est ça ? dit-elle en écorchant un peu le mot “parapluie”, qui ne lui était manifestement pas naturel.

— Qu'est-ce que c'est ? demanda Luo Ji en désignant l'appareil sur son épaule. Il s'attendait à ce qu'elle formule un néologisme étrange, mais il n'en fut rien.

— Mon vélo ! s'exclama-t-elle.

Arrivés dans le couloir, Luo Ji demanda :

— Votre maison est loin d'ici ?

— Si vous voulez parler de l'endroit où je vis, non, ce n'est pas très loin, une dizaine de minutes à vélo, dit-elle, toujours debout et en fixant Luo Ji de son regard enchanteur, puis elle ajouta quelque chose qui le surprit : Aujourd'hui, nous n'avons plus de maison. Plus personne n'en a. Le mariage, la famille, tout ça n'existe plus depuis le Grand Ravin. C'est la première chose à laquelle vous allez devoir vous habituer.

— Cette première chose, je crains de ne jamais pouvoir m'y adapter…

— Oh, mais si ! J'ai lu dans les livres d'histoire que les institutions du mariage et de la famille commençaient déjà à se déliter à votre époque : beaucoup de gens n'acceptaient déjà plus d'être sous la contrainte et voulaient mener une vie libre, affirma-t-elle. C'était la deuxième fois qu'elle évoquait ses cours d'histoire.

Oui, j'étais comme ça, moi aussi, mais après… pensa Luo Ji. Depuis l'instant où il s'était réveillé, Zhuang Yan et sa fille n'avaient pas quitté ses pensées une seule seconde. Elles étaient déjà devenues le fond d'écran de sa conscience, elles s'y affichaient immuablement. Mais ici, personne ne l'avait reconnu et, sa situation étant encore incertaine, il n'osa pas se renseigner trop hâtivement sur leur sort, bien qu'il fût rongé d'inquiétude.

Ils firent quelques pas dans le couloir puis passèrent une porte automatique. Les yeux de Luo Ji s'illuminèrent. Devant eux s'étendait une plateforme longue et étroite. Son visage fut accueilli par une brise fraîche ; il prit conscience qu'il était à l'extérieur.

— Que le ciel est bleu ! fut le premier cri qu'il poussa à la vue de ce nouveau monde.

— Vraiment ? Pas autant qu'à votre époque, en tout cas !

Il était pourtant indubitablement plus bleu, beaucoup plus bleu. Mais Luo Ji n'en rajouta pas, il s'abandonna simplement à ce bleu infini, laissant son esprit s'y fondre. Un doute lui traversa l'esprit : était-ce le paradis ? Dans ses souvenirs, ce n'était que lors de ses cinq années passées dans son jardin d'Éden, coupé du reste du monde, qu'il avait eu l'occasion de contempler un ciel aussi pur. Seulement, il n'y avait presque aucun nuage blanc dans le ciel d'ici : deux seules petites volutes pâles à l'ouest, comme si un peintre céleste avait involontairement fait une bavure. Le soleil qui venait juste de se lever à l'est scintillait comme du cristal dans l'atmosphère pure et transparente, comme s'il était bordé de rosée.

Luo Ji baissa les yeux et fut aussitôt pris de vertige. De cette hauteur, il lui fallut un moment pour prendre conscience de ce qu'il voyait sous ses pieds : une ville. Au premier regard, il avait cru voir une gigantesque forêt dont les troncs fins perçaient la voûte céleste et d'où poussaient des branches perpendiculaires aux longueurs variables. Des bâtiments étaient suspendus au bout de ces branches, comme des feuilles. L'agencement architectural de la ville avait l'air aléatoire : certaines branches étaient densément fournies et d'autres, presque nues. Luo Ji remarqua vite que le Centre de réveil où il se tenait n'était qu'une partie d'un de ces immenses arbres. Il séjournait dans une de ses feuilles, d'où s'étendait cette longue et étroite plateforme. En se retournant, il constata qu'il n'arrivait pas à voir jusqu'où s'élevait le tronc de l'arbre où il était maintenant perché. Ils se trouvaient peut-être sur une branche au milieu de l'arbre. Plus bas et plus haut, il pouvait voir d'autres branches sur lesquelles étaient suspendues d'autres feuilles architecturales. (Il apprendrait plus tard que les adresses de la ville étaient réellement retranscrites ainsi : Arbre XX, Branche XX, Feuille XX). En observant plus en détail, il s'aperçut que les branches formaient un réseau complexe de passerelles, dont l'une des extrémités flottait dans les airs.

— Où sommes-nous ? demanda Luo Ji ?

— À Pékin !

Il regarda l'infirmière : elle était encore plus belle et plus touchante sous les rayons de l'aube. Il contempla à nouveau cet endroit qu'elle avait appelé Pékin :

— Où est le centre-ville ?

— Dans cette direction. Nous nous trouvons à l'extérieur du quatrième périphérique ouest. D'ici, on peut voir presque toute la ville !

Luo Ji scruta un long moment la direction pointée par l'infirmière.

— Impossible ! Pourquoi n'ont-ils rien conservé ?

— Que vouliez-vous conserver ? Il n'y avait rien ici, à votre époque !

— Comment ça, rien ? Et la Cité interdite ? Et le parc Jingshan ? Et la place Tian'anmen ? Et le China World Trade Center ? Ça ne fait qu'un peu plus d'un siècle, tout n'a pas été rasé tout de même ?

— Mais tous ces endroits existent encore !

— Où ça ?

— À la surface, bien sûr !

En voyant le visage de Luo Ji se décomposer, l'infirmière éclata soudain de rire, avec tant de force qu'elle dut se tenir à la rambarde de la plateforme.

— Ah, haha, j'ai oublié, je suis vraiment désolée, j'oublie chaque fois. Regardez, nous sommes ici sous terre, à plus de mille mètres sous la surface… Si jamais je pouvais faire un voyage dans le temps et retourner à votre époque, vous pourriez vous venger et oublier de me rappeler que toutes les villes sont à la surface. Je crois que je serais aussi surprise que vous ! Hahaha…

— Mais… et ça… balbutia Luo Ji en brandissant les deux mains vers le ciel.

— Le ciel est artificiel. Le soleil aussi, expliqua la jeune femme en s'efforçant de contenir ses rires. Oh, bien sûr, ce n'est pas tout à fait exact de dire que tout est artificiel, c'est simplement une image du ciel prise à une altitude de dix mille mètres au-dessus de la surface que nous projetons ici. Donc, d'un côté, on peut dire que c'est vrai…

— Pourquoi avoir construit des villes souterraines ? Et pourquoi à mille mètres, si profondément ?

— À cause de la guerre, naturellement. Réfléchissez : la surface ne deviendra-t-elle pas un océan de flammes lors de l'Ultime Bataille ? En tout cas, c'était ce qu'on pensait avant. Depuis la fin du Grand Ravin, toutes les cités du monde ont commencé à se développer sous terre.

— Alors, toutes les grandes villes sont aujourd'hui souterraines ?

— La plupart, en tout cas.

Luo Ji considéra une nouvelle fois ce monde. Il comprenait à présent que les troncs servaient à la fois de piliers soutenant le ciel, et en même temps de fondations pour ces villes aux architectures suspendues.

— Vous ne souffrirez pas de claustrophobie, regardez comme le ciel est vaste ! À la surface, il n'est pas aussi beau.

Luo Ji leva à nouveau les yeux vers le ciel bleu, ou plutôt vers sa projection. Il distinguait cette fois quelques petits objets au milieu du ciel – épars, au début. Puis, quand sa vue se fut accoutumée, il remarqua qu'ils étaient très nombreux et qu'ils emplissaient presque toute la voûte céleste. Étrangement, ces objets lui rappelèrent un endroit sans aucun lien : la vitrine d'une bijouterie. C'était avant de devenir Colmateur, quand il était tombé amoureux de la Zhuang Yan née de son imagination. Un jour, il avait été pris d'une obsession, celle d'acheter un cadeau pour son ange imaginaire. Il s'était rendu dans cette bijouterie et avait observé un grand nombre de pendentifs en or blanc. Ces bijoux gracieux et sophistiqués, déposés sur un tapis de velours noir, scintillaient d'une lueur argentée sous de petits projecteurs. Il éprouvait la même impression visuelle devant le ciel qu'il regardait à présent, à ceci près que le velours était bleu.

— Est-ce la flotte spatiale? demanda-t-il avec enthousiasme.

— Non, la flotte n'est pas visible d'ici. Les vaisseaux sont tous au-delà de la ceinture d'astéroïdes. Ces choses-là? Il y a de tout. Celles dont on peut reconnaître la forme, ce sont des cités spatiales ; les simples points, ce sont des navettes civiles. Mais il arrive que des vaisseaux militaires reviennent parfois en orbite. Leurs moteurs sont très lumineux, on ne peut même pas les regarder fixement... Bien, je vais y aller. Rentrez, il y a du vent ici.

Luo Ji se retourna pour lui dire au revoir, mais il fut si surpris qu'il en resta sans voix. La jeune femme avait attrapé son parapluie – son vélo – et l'avait enfilé comme un sac à dos, puis celui-ci s'était détendu et ouvert au sommet de sa tête pour former deux hélices coaxiales qui se mirent à tourbillonner sans bruit dans deux directions différentes, de manière à équilibrer le couple de rotation. La jeune femme s'éleva lentement dans les airs, franchit la rambarde et fondit dans les abysses qui donnaient le vertige à Luo Ji. Suspendue en plein air, elle lui lança à haute voix :

— Vous voyez, notre époque n'est pas si mal. Faites comme si votre passé n'avait été qu'un rêve. À demain!

Elle s'envola avec grâce, ses petites hélices faisant chatoyer les rayons du soleil, jusqu'à ce qu'elle ne devienne plus qu'une libellule entre deux arbres géants. Toute une nuée de libellules de même sorte étaient en train de voleter entre les arbres de la ville, mais ce qui attirait le plus son attention, c'était le défilé de voitures volantes, comme des bancs de poissons navigant entre des algues marines. Le soleil illumina la ville et les arbres furent découpés en colonnes de lumière, ornant le flux des véhicules volants d'une pellicule dorée.

Devant ce nouveau meilleur des mondes, les yeux de Luo Ji se gorgèrent de larmes, une sensation de renaissance s'infiltra dans chacune de ses cellules. Le passé n'avait réellement été qu'un rêve.

Quand Luo Ji vit cet homme occidental dans la salle de réception, il sentit qu'il avait quelque chose de différent des autres. Il ne réalisa qu'ensuite que c'était probablement parce que son costume ne scintillait pas et ne projetait aucune image, comme ceux d'une époque aujourd'hui révolue. Peut-être se voulait-ce une marque de solennité.

Après avoir serré la main de Luo Ji, son visiteur se présenta :

— Ben Jonathan, délégué spécial du Comité conjoint de la Flotte solaire. C'est sur ordre du Comité que vous avez été réveillé de votre hibernation. Vous allez maintenant assister à la dernière audience du programme Colmateur. Oh, j'y pense, arrivez-vous à me comprendre ? La langue anglaise a beaucoup changé depuis votre époque.

En l'entendant parler, le regret éprouvé plus tôt par Luo Ji de voir la langue chinoise unilatéralement envahie de concepts occidentaux s'évanouit aussitôt, car l'anglais de Jonathan était lui aussi entremêlé de termes en chinois, tels que par exemple "programme Colmateur", prononcé dans sa langue. Ainsi donc, l'anglais – la langue la plus répandue de par le monde – et le chinois mandarin – la langue parlée par le plus grand nombre de locuteurs – s'étaient interpénétrées et fondues en un langage commun. Luo Ji apprendrait plus tard que toutes les autres langues du monde connaissaient elles aussi ce même phénomène de fusion.

Luo Ji avait donc pu comprendre ce que venait de dire Jonathan. *Le passé n'est pas un rêve, le passé revient frapper à ta porte*, pensa-t-il. Mais l'ayant entendu prononcer l'expression "dernière séance", il se rassura en se disant que tout serait peut-être bientôt terminé.

Jonathan se retourna, comme s'il voulait s'assurer que la porte était bien fermée, puis il marcha jusqu'au mur et activa une interface. Il tapota simplement quelques fois sur la surface et les quatre cloisons ainsi que le plafond disparurent, laissant place à un écran holographique.

Luo Ji se tenait au milieu d'un auditorium. Beaucoup de choses avaient changé, notamment les murs et la table circulaire qui brillaient d'une lumière tamisée, mais les architectes du lieu s'étaient efforcés de reproduire le style ancien de la salle. Toute la salle, depuis la grande table en passant par l'estrade, transpirait une nostalgie qui lui permit de reconnaître immédiatement où il se trouvait. Mais l'auditorium était encore vide, seuls deux employés déposaient des documents autour de la table. Luo Ji fut surpris de voir qu'ils utilisaient encore du papier. Comme pour le costume de Jonathan, peut-être était-ce là aussi une marque de solennité.

— Les visioconférences sont maintenant devenues la norme. Nous pouvons participer à une réunion grâce à cette technologie sans que cela n'affecte son importance et son sérieux. Il reste encore un peu de temps avant que l'audience ne débute, je crois que vous n'êtes pas encore très au fait de la situation mondiale actuelle. Avez-vous besoin que je vous en fasse une présentation basique ?

Luo Ji hocha la tête :

— Bien sûr, je vous remercie.

Jonathan pointa l'auditorium :

— Je ne pourrai vous faire qu'un bref résumé de la situation globale. Tout d'abord, celle des nations : l'Europe est devenue un seul et même pays qu'on appelle la Fédération européenne, elle englobe les anciens pays d'Europe de l'Est et de l'Ouest, mais pas la partie européenne de la Russie ; la Russie et la Biélorussie ont fusionné en une seule entité :

l'Alliance russe. Les régions anglophone et francophone du Canada se sont scindées en deux nations distinctes. Il y a encore eu quelques changements mineurs dans d'autres régions du monde, mais ceux-ci sont les principaux.

Luo Ji était très surpris :

— C'est tout ? Cela fait bientôt deux siècles. J'imaginais que le monde serait méconnaissable.

Tournant le dos à l'auditorium, Jonathan hocha gravement la tête :

— Il est méconnaissable, docteur Luo Ji. Réellement méconnaissable.

— Mais non ! Déjà à notre époque, il existait des signes avant-coureurs des changements que vous avez évoqués.

— Mais il y a une chose que vous n'aviez pas anticipée : il n'y a plus aucune grande puissance. Sur la scène géopolitique internationale, toutes les nations sont en déclin.

— Toutes les nations ? Mais au profit de qui ?

— Une entité supranationale : la flotte spatiale.

Luo Ji dut réfléchir pendant un certain temps avant de saisir le sens de ce que venait de dire Jonathan :

— Vous voulez dire que la flotte spatiale a pris son indépendance ?

— Oui. Les armées spatiales n'appartiennent plus à aucun pays, ce sont maintenant des entités autonomes, tant politiquement qu'économiquement, et elles sont membres des Nations unies au même titre que les autres nations. Aujourd'hui, il existe trois grandes flottes dans le système solaire : la Flotte asiatique, la Flotte européenne et la Flotte nord-américaine. Elles tirent leurs noms de leur lieu géographique d'origine, mais elles n'y sont plus subordonnées. Elles sont entièrement indépendantes. Chacune des trois flottes spatiales possède un pouvoir politique et économique équivalent à celui des superpuissances nationales de votre époque.

— Mon Dieu ! s'exclama Luo Ji.

— Mais ne vous méprenez pas, la Terre n'est pas sous le régime d'un gouvernement militariste. Les territoires et les zones de souveraineté des flottes sont dans l'espace. Elles ne s'ingèrent que rarement dans les affaires internationales terrestres, conformément à ce qui est stipulé dans la Charte des Nations unies. Par conséquent, le monde humain se divise maintenant en deux sphères distinctes : la sphère traditionnelle des nations et celle, nouvelle, des flottes spatiales. Les trois flottes se sont structurées en une union appelée Flotte solaire. L'ancien Conseil de défense planétaire est ainsi devenu le Comité conjoint de la Flotte solaire. C'est actuellement l'organe exécutif le plus élevé de la Flotte solaire. Mais sa situation est similaire à celle de l'ONU, il a principalement une fonction de coordination et n'exerce aucun pouvoir concret. En réalité, la Flotte solaire n'en a que le nom car le pouvoir des différentes forces spatiales humaines est contrôlé par le commandement suprême respectif des trois grandes flottes. Bien, vous en savez suffisamment pour prendre part à la réunion d'aujourd'hui. Celle-ci est présidée par le Comité conjoint de la Flotte solaire, qui a hérité de la gestion du programme Colmateur.

À cet instant, une fenêtre s'ouvrit sur l'écran holographique et l'image de Bill Hynes et Keiko Yamasugi apparut à l'intérieur. Ils n'avaient pas l'air d'avoir changé. Hynes salua Luo Ji en souriant, mais Keiko Yamasugi, assise à côté, ne répondit à la salutation de Luo Ji que par un hochement de tête inexpressif.

— Moi aussi, on vient tout juste de me réveiller, expliqua Hynes. Docteur Luo Ji, j'ai eu le regret d'apprendre que cette planète que vous aviez maudite, à cinquante années-lumière de chez nous, tourne encore en orbite autour de son étoile.

— Haha, c'était une blague, une blague de l'ancien temps, fit Luo Ji en agitant la main pour se moquer de lui-même.

— Mais vous avez eu de la chance, par rapport à Taylor et à Rey Diaz.

— On dirait bien que vous êtes le seul Colmateur à avoir réussi. Votre plan a peut-être réellement permis d'élever l'intelligence de l'humanité.

Hynes arbora le même sourire d'autodérision que Luo Ji et secoua la tête :

— Non, pas du tout. On m'a informé qu'après notre entrée en hibernation les recherches sur la pensée humaine se sont très vite heurtées à un obstacle insurmontable : aller plus loin aurait nécessité d'étudier les mécanismes de la pensée à un niveau quantique. Or, comme pour bien d'autres disciplines scientifiques, nous faisons face au rempart infranchissable dressé devant nous par les intellectrons. Nous n'avons pas élevé l'intelligence humaine. Si nous devons vraiment dire que nous avons accompli quelque chose, c'est peut-être d'avoir renforcé la foi d'une certaine partie de la population.

Au moment où Luo Ji était entré en hibernation, le poinçonnage mental n'avait pas encore été développé et c'est pourquoi il ne comprit pas vraiment ce que Hynes avait voulu dire. Mais il remarqua que lorsqu'il avait prononcé cette dernière phrase, un sourire mystérieux avait traversé le visage glacial de Keiko Yamasugi.

La fenêtre disparut et Luo Ji découvrit que la salle s'était remplie. La majorité des participants portaient des uniformes militaires qui différaient peu de ceux de son époque. Leurs uniformes ne projetaient aucune image, mais leurs insignes et leurs épaulettes étaient scintillants. La présidence du Comité conjoint était encore tournante et occupée par un officier civil. En voyant le président, Luo Ji songea à Garanine. Il prit alors conscience qu'il était un homme du passé, vieux de deux siècles, et qu'en comparaison de nombre de ses contemporains qui avaient été emportés par le fleuve du temps il restait, quoi qu'il arrive, un homme chanceux.

Le président ouvrit la réunion :

— Mesdames et messieurs les représentants, au cours de cette séance, nous allons soumettre au vote la motion 649 proposée par la Flotte nord-américaine et la Flotte européenne lors de la quarante-septième réunion du Comité conjoint. Je vais à présent lire le contenu de cette proposition :

Durant l'an 2 de la Grande Crise, le Conseil de défense planétaire a soumis l'idée du programme Colmateur. Celui-ci a été unanimement adopté par les membres permanents des Nations unies et le programme a pu être lancé dès l'année suivante. Le cœur du programme Colmateur était de pouvoir permettre à quatre individus désignés après un vote des membres des nations permanentes de pouvoir concevoir et mettre à exécution une stratégie cachée et uniquement connue d'eux-mêmes destinée à résister contre l'invasion trisolarienne, en contournant la surveillance omniprésente des intellectrons. Les Nations unies ont établi une législation spécifique permettant de protéger les droits de formulation et de mise en œuvre des plans des Colmateurs.

À ce jour, le programme Colmateur dure depuis deux cent cinq ans. Entre-temps, il a connu une interruption d'un peu plus d'un siècle. Dans cet intervalle, le pilotage du projet, autrefois sous la responsabilité du CDP, a été transféré au Comité conjoint de la Flotte solaire.

Le programme Colmateur est né dans un contexte historique bien précis. La Crise trisolarienne venait tout juste de commencer et, face à cette épreuve dévastatrice inédite dans l'histoire humaine, la communauté internationale a sombré dans une peur et un désespoir sans précédent. C'est dans un tel climat qu'a éclos le programme Colmateur. Il résultait moins d'un choix rationnel que d'une lutte désespérée.

L'histoire a montré que la stratégie mise en place par le programme Colmateur a été un échec total. Il n'est pas exagéré de dire que c'est probablement le projet le plus naïf et le plus stupide que la société humaine ait jamais collectivement engagé dans son histoire. Les Colmateurs se sont vus investis de droits inouïs sans faire l'objet en contrepartie d'une supervision légale. La liberté leur a même été offerte d'abuser la communauté internationale. Ce projet constitue une trahison des valeurs morales et des normes juridiques les plus élémentaires des sociétés humaines.

Durant le processus d'exécution du programme Colmateur, une partie énorme des ressources consacrées aux stratégies militaires a été dilapidée sans raison. Il a été démontré que le plan "Essaim de moustiques" de Frederick Taylor ne présentait absolument aucun intérêt stratégique, tandis que celui de Manuel Rey Diaz, qui consistait à créer une réaction en chaîne à partir de la collision de Mercure avec le Soleil, était irréalisable, même avec les moyens technologiques aujourd'hui à notre disposition. Plus grave encore, ces deux plans étaient criminels. Taylor avait l'intention d'attaquer et de détruire les forces spatiales humaines tandis que celui de Rey Diaz était encore plus pernicieux : il était prêt à prendre toute vie terrestre en otage.

Quant aux deux autres Colmateurs, leurs projets se sont révélés extrêmement décevants. La véritable stratégie du plan d'élévation de la pensée du Colmateur Bill Hynes n'a certes pas encore été révélée, mais il s'est rendu coupable d'avoir utilisé la première phase d'application du poinçonnage mental sur des membres des flottes spatiales. Ce procédé représente une grave atteinte à la liberté de pensée, qui est le fondement même de la survie et du progrès de la civilisation humaine. En ce qui concerne enfin le Colmateur Luo Ji, il a d'abord fait preuve d'irresponsabilité en dilapidant des fonds publics pour mener une vie hédonique, puis il s'est lancé dans un charlatanisme mystique proprement ridicule.

Par conséquent, nous considérons qu'en raison de la progression décisive des armées humaines et de leur position de force dans la bataille contre les Trisolariens, le programme Colmateur n'a plus aucun sens. Le temps est venu de mettre un terme à ce problème légué par l'histoire. Nous proposons donc au Comité conjoint de clore immédiatement le programme Colmateur et d'abroger la charte des Nations unies le concernant.

Fin de la proposition.

Le président reposa lentement le document, puis balaya l'auditorium du regard :

— Nous pouvons maintenant procéder au vote.

Tous les représentants, sans exception, levèrent la main.

La procédure de vote de cette époque était toujours aussi primitive : des employés passèrent au milieu de la salle en vérifiant avec gravité le nombre de votants, puis ils rapportèrent le résultat final au président, qui déclara :

— La motion 649 a été votée à l'unanimité. Elle prend effet dès aujourd'hui.

Le président releva la tête. Luo Ji ignorait s'il le regardait, lui, ou Bill Hynes. De même que cent quatre-vingtcinq ans plus tôt, lors de sa première audience, Luo Ji ne savait pas dans quel coin de la salle se trouvaient les écrans d'affichage.

— Le programme Colmateur est désormais clos. La législation des Nations unies portant sur les Colmateurs n'est plus en vigueur. Au nom du Comité conjoint de la Flotte solaire, j'informe les Colmateurs Bill Hynes et Luo Ji ici présents qu'ils viennent d'être déchus de leur identité de Colmateurs, des privilèges spéciaux et de l'immunité accordés selon l'ancienne législation. Vous redevenez à présent des citoyens ordinaires de vos pays respectifs.

Le président déclara que la séance était levée. Ben Jonathan se leva et éteignit l'écran holographique, et avec lui le cauchemar de Luo Ji qui se poursuivait depuis deux siècles.

— Docteur Luo Ji, d'après mes informations, c'est le résultat que vous espériez, lui dit-il en souriant.

— Oui, c'était ce que je voulais. Merci, monsieur le délégué, et je remercie le Comité conjoint de me permettre de retrouver une identité de citoyen ordinaire, répondit Luo Ji, dont la sincérité venait du fond du cœur.

— L'audience a été brève. Le simple vote d'une motion. On m'a autorisé à discuter avec vous des détails plus concrets. Nous pouvons commencer à parler de ce qui vous tient le plus à cœur.

— Ma femme et ma fille ? s'empressa-t-il de demander.

Cette question le tourmentait depuis le premier jour de son réveil. Il aurait voulu la poser à Jonathan bien plus tôt, avant même le début de la séance.

— Soyez rassuré, elles vont bien, toutes les deux. Elles sont encore en hibernation. Je vous transmettrai les documents les concernant et vous pourrez solliciter leur réveil à tout moment.

— Merci, merci.

Les yeux de Luo Ji se mouillèrent de larmes, il avait une nouvelle fois l'impression d'être arrivé au paradis.

— Cependant, docteur Luo Ji, si je peux vous donner un conseil personnel… commença Jonathan en s'approchant de Luo Ji, assis sur le canapé. Il n'est pas facile pour un hibernaute de s'intégrer dans notre époque et je vous recommande d'attendre que votre vie ici soit stable avant de les réveiller. Les frais engagés par les Nations unies sont suffisants pour leur permettre de rester en hibernation encore deux cent trente ans.

— Bien. Et moi, de quoi vais-je vivre à l'extérieur ?

La question de Luo Ji fit sourire le délégué :

— Vous n'avez pas à vous en faire. Votre intégration ne sera peut-être pas facile, mais vous vivrez très confortablement. Les citoyens bénéficient à notre époque d'une excellente protection sociale. Même un individu sans emploi peut mener une vie très décente. Par ailleurs, l'université dans laquelle vous avez autrefois enseigné existe toujours, elle se trouve dans cette ville. Ils nous ont promis de considérer votre retour et vous contacteront dans quelque temps.

Une pensée traversa soudain l'esprit de Luo Ji, qui réprima un frisson :

— Et en ce qui concerne ma sécurité, quand je serai dehors ? L'OTT m'a condamné à mort !

— L'OTT ? s'exclama Jonathan en éclatant de rire. L'Organisation Terre-Trisolaris a été anéantie il y a déjà un siècle. Il ne reste plus aucun de ses membres au sein de la société. Bien entendu, certains individus partagent peut-être encore leur idéologie, mais ils ne forment déjà plus une structure organisée. Vous n'avez absolument rien à craindre concernant votre sécurité à l'extérieur.

Au moment de partir, Jonathan abandonna sa contenance de haut fonctionnaire et son costume s'anima, affichant une image exagérément distordue de la voûte céleste. Il adressa un sourire à Luo Ji :

— Docteur, de tous les personnages historiques que j'ai rencontrés dans ma carrière, vous êtes sans nul doute celui qui a le plus grand sens de l'humour. Une malédiction… Une malédiction à une étoile, haha haha…

Luo Ji se retrouva seul dans la salle de réception. Il ruminait en silence la réalité devant ses yeux. Après avoir passé deux siècles dans la peau du sauveur du monde, il était enfin redevenu un homme ordinaire. Une nouvelle vie s'offrait à lui.

— Vous revoilà un homme ordinaire, vieux frère !

Une voix bourrue répondit aux pensées de Luo Ji. Il se retourna et vit Shi Qiang entrer.

— Héhé, c'est ce que m'a dit le gaillard qui vient de sortir.

Ravis de se revoir, ils échangèrent sur leurs expériences respectives. Luo Ji apprit que Shi Qiang avait été réveillé deux mois plus tôt. Sa leucémie avait été soignée. Les médecins avaient aussi remarqué qu'il présentait un risque élevé de développer une maladie du foie, sans doute en raison de sa consommation d'alcool, et ils s'en étaient occupés au passage. En réalité, tous deux n'avaient pas l'impression que tant de temps s'était écoulé depuis leur séparation. Pas plus de quatre ou cinq ans, peut-être, car il n'y avait aucune sensation temporelle en hibernation. Leurs retrouvailles dans cette nouvelle époque, deux siècles plus tard, renforcèrent leur amitié.

— Je suis venu vous chercher. Il n'y a plus aucune raison pour vous de rester ici, dit Shi Qiang en sortant des vêtements de son sac à dos et en lui demandant de les enfiler.

— Mais… c'est beaucoup trop grand ? s'étonna Luo Ji en ouvrant le T-shirt comme si c'était une veste.

— Regardez-vous. Vous vous réveillez deux mois plus tard et vous êtes déjà un plouc à côté de moi. Essayez-le.

Luo Ji enfila son T-shirt et entendit un faible sifflement : l'habit se mit à rétrécir lentement pour s'ajuster à sa taille. Shi Qiang lui montra un bouton au niveau de sa poitrine qui ressemblait à une broche, et lui indiqua qu'il pouvait le régler au besoin.

— Mais, dites-moi, vous ne porteriez pas les mêmes habits qu'il y a deux siècles ? demanda-t-il à Shi Qiang.

Il avait le souvenir que ce dernier était en effet affublé de la même veste la dernière fois qu'ils s'étaient vus.

— La plupart de mes affaires ont été perdues pendant le Grand Ravin mais ces quelques habits-là, ma famille me les a laissés. C'est simplement que je ne peux plus les mettre. Vous aussi, on vous a laissé quelques affaires de l'époque. On ira les chercher ensemble. Je vous le dis, vieux frère, quand vous voyez ces trucs-là, c'est là que vous vous rendez compte que deux siècles, ce n'est pas rien.

Et tout en parlant, il pressa un coin de sa veste, qui devint entièrement blanche. La texture en cuir d'origine n'était qu'une image.

— Je préfère comme c'était avant.

— Est-ce que je peux faire la même chose avec les miens ? Et projeter des images, comme eux ? demanda-t-il en observant ses propres vêtements.

— Oui, mais il y a des codes à rentrer et je n'y connais rien. Allons-y.

Luo Ji et Da Shi prirent l'ascenseur du tronc pour descendre jusqu'au rez-de-chaussée. Ils traversèrent le vaste hall de l'arbre et entrèrent dans un nouveau monde.

Quand le délégué éteignit l'écran holographique, l'audience n'était en réalité pas tout à fait terminée. Luo Ji avait noté que quand le président avait annoncé la fin de la réunion, une voix, féminine, avait soudain retenti. Il n'avait pas entendu ce qu'elle disait, mais tous les membres avaient tourné la tête dans la même direction. C'était à ce moment-là que Jonathan avait coupé la transmission. Lui aussi avait dû l'entendre, mais le président ayant levé la séance, Luo Ji, qui était redevenu un citoyen ordinaire, n'était pas autorisé à y participer, quand bien même celle-ci n'était pas encore terminée.

C'était Keiko Yamasugi qui avait parlé.

— Monsieur le président, j'aimerais dire quelque chose.

— Docteur Yamasugi, vous n'êtes pas Colmateur. C'est seulement en raison de votre statut particulier que vous avez été autorisée à assister à cette séance, mais vous n'avez pas le droit d'y prendre la parole.

Les représentants présents dans l'auditorium, n'éprouvant aucun intérêt pour Keiko Yamasugi, commencèrent à se lever pour quitter la salle. Pour eux, le programme Colmateur n'était qu'une bagatelle laissée par l'histoire et sur laquelle il ne valait pas la peine de s'appesantir. Mais ce qu'elle révéla ensuite coupa court à leur désir de partir. Elle se tourna vers Hynes :

— Colmateur Bill Hynes, je suis ton Fissureur.

Hynes, qui venait de se lever, sentit ses deux jambes flancher en entendant la phrase de Keiko et il se rassit sur sa chaise. Dans l'auditorium, les membres échangèrent des regards et de légers murmures commencèrent à se faire entendre, tandis que le visage de Hynes pâlissait peu à peu.

— Mesdames et messieurs, j'espère que vous n'avez pas oublié la signification de ce terme, lança-t-elle froidement à l'assemblée.

— Non, fit le président, nous savons ce qu'est un Fissureur, mais votre organisation n'existe plus.

— Je sais, affirma-t-elle avec beaucoup de sérénité. Mais en tant que dernier membre de l'Organisation Terre-Trisolaris, je me dois d'assumer ma responsabilité devant les dieux.

— J'aurais dû y penser plus tôt, Keiko, j'aurais dû y penser plus tôt, balbutia Hynes, la voix tremblante. Il paraissait faible.

Il savait depuis longtemps déjà que son épouse était une adepte des thèses de Timothy Leary[1] et il connaissait son désir fanatique de modifier les pensées humaines par la technologie. Mais il n'avait jamais fait la connexion avec une possible haine profonde et enfouie de l'humanité.

— Ce que je voudrais d'abord expliquer, c'est que le véritable objectif de ton plan n'a jamais été d'élever l'intelligence de l'humanité. Mieux que quiconque, tu savais que dans un avenir envisageable les technologies humaines ne permettraient pas d'atteindre ce but, car tu es celui qui a découvert la structure quantique du cerveau. Tu étais parfaitement conscient que l'étude des mécanismes de la

1. Timothy Leary était un psychologue américain militant pour l'utilisation thérapeutique du LSD en vue de contrôler la pensée humaine. Il prétendait ainsi pouvoir sauver l'âme. Il a eu beaucoup de disciples au milieu du XXe siècle, chez les psychologues et dans le monde de la culture. *(N.d.A.)*

pensée devait forcément passer par le niveau quantique et que, dans une situation où les sciences fondamentales étaient bloquées par les intellectrons, c'était comme chercher de l'eau sans source : il ne pouvait y avoir aucun succès. Quant au poinçonnage de la pensée, ce n'est nullement un heureux produit dérivé de tes recherches sur la pensée, mais ce que tu cherchais à obtenir depuis le début. C'était le but ultime de tes recherches.

Elle se tourna vers l'assemblée :

— Mesdames et messieurs, pourriez-vous maintenant me dire ce qu'il est advenu du poinçonnage mental pendant toutes ces années que nous avons passé en hibernation ?

— Son histoire n'a pas duré longtemps, expliqua le représentant de la Flotte européenne. À l'époque, près de cinquante mille personnes issues de toutes les armées spatiales nationales ont accepté de se faire poinçonner la foi dans la victoire. Ils formaient un groupe spécial au sein des flottes spatiales qu'on appelait le Clan des Poinçonnés. Plus tard – environ dix ans après votre entrée en hibernation – le poinçonnage mental a été décrété crime contre la liberté de pensée par la Cour de justice internationale. L'unique poinçonneur mental du Centre de la foi a été verrouillé et la production comme l'utilisation d'un tel équipement ont été interdites à l'échelle planétaire. Le niveau de surveillance a été le même que celui contre la prolifération des armes nucléaires. Mais en réalité, il est bien plus dur d'acquérir un équipement de poinçonnage mental qu'une bombe nucléaire, principalement en raison du supercalculateur utilisé. Au moment où vous êtes entrés en hibernation, les technologies de calcul ont cessé de progresser. L'ordinateur utilisé à l'époque pour le poinçonnage mental est encore aujourd'hui considéré comme un supercalculateur, et il est totalement inaccessible à un individu et à une organisation ordinaires.

Keiko Yamasugi délivra alors une information lourde de conséquences :

— Ce que vous ignorez, c'est qu'il existait plus qu'une seule machine de poinçonnage mental. Cinq ont en tout été fabriquées et équipées du même supercalculateur. Les quatre autres ont été secrètement remises par Hynes à des individus ayant déjà subi l'opération, appartenant à ce Clan des Poinçonnés dont vous avez parlé. Ils n'étaient certes que trois mille à l'époque, mais ils formaient déjà au sein des différentes armées spatiales une organisation secrète dépassant les frontières nationales. Cela, Hynes ne me l'a pas dit. Je l'ai appris des intellectrons. Mais les dieux ne se préoccupant nullement du triomphalisme, nous n'avons engagé aucune action.

— Et en quoi cela nous intéresse-t-il ?

— Essayons de deviner ensemble, voulez-vous ? Un poinçonneur mental n'est pas un équipement opérant en continu. Il n'est activé que lorsque c'est nécessaire. Cela signifie que chaque machine peut être utilisée pendant un certain temps. Bien entretenue, elle est capable de fonctionner durant au moins un demi-siècle. Si les poinçonneurs ont été utilisés à tour de rôle, l'un ne remplaçant le précédent que lorsqu'il était hors service, le poinçonnage mental a pu se poursuivre pendant deux siècles. Par conséquent, le Clan des Poinçonnés n'est peut-être pas éteint et a au contraire continué de se développer, de génération en génération, jusqu'à aujourd'hui. Ce serait devenu une sorte de religion dont la foi est inculquée par un processus de poinçonnage et dont la cérémonie d'initiation consiste à se porter soi-même volontaire pour être manipulé mentalement.

Le représentant de la Flotte nord-américaine prit la parole :

— Colmateur Hynes, vous avez été déchu de votre identité de Colmateur et vous n'êtes plus autorisé à mentir. Veuillez dire la vérité au Comité : confirmez-vous ce que vient de dire votre épouse – ou votre Fissureur ?

— Oui, dit Hynes en hochant lourdement la tête.

— C'est un crime ! s'emporta le représentant de la Flotte asiatique.

— Peut-être, mais comme vous, j'ignore si le Clan des Poinçonnés a perduré jusqu'à aujourd'hui.

— Ce n'est pas si important, trancha le représentant de la Flotte européenne. Notre prochaine étape consistera simplement à mettre la main sur les équipements de poinçonnage mental restants, à les verrouiller ou bien à les détruire. Quant aux Poinçonnés, s'ils se sont portés volontaires pour subir cette opération, cela n'enfreint aucune loi actuelle. S'ils ont procédé au poinçonnage mental sur d'autres volontaires, c'est qu'ils étaient déjà sans doute sous l'influence de la foi ou de la croyance que la technologie avait imprimée dans leur cerveau, ils ne peuvent donc pas être jugés responsables de leurs actes. C'est pourquoi la seule chose que nous avons besoin de faire, c'est de trouver les machines. Il n'y aura pas besoin de traquer les Poinçonnés.

— Je suis d'accord. Ce n'est pas une si mauvaise chose qu'il existe au sein des flottes des soldats fermement convaincus de la victoire. Du moins, ça ne provoquera aucun dégât. Cela peut rester dans le domaine de la sphère privée, nous n'avons même pas besoin de connaître leur identité. Et puis, il serait étonnant aujourd'hui que des volontaires viennent encore se faire poinçonner cette foi, puisque la victoire de l'humanité est une quasi-certitude.

Keiko Yamasugi ricana soudain, arborant une expression qu'on ne voyait plus que rarement à cette époque, offrant aux membres du Comité le tableau ancien d'un clair de lune se reflétant sur les écailles d'un serpent tapi dans les fourrés.

— Vous êtes trop naïfs, lâcha-t-elle.

— Vous êtes trop naïfs, répéta Hynes, en écho à son épouse, puis il baissa à nouveau lourdement la tête.

Keiko Yamasugi se tourna vers son époux :

— Bill, tu n'as jamais cessé de me dissimuler tes pensées, même avant que tu deviennes Colmateur.

— J'avais peur que tu me méprises, bredouilla Hynes, la tête toujours basse.

— Combien de fois nous sommes-nous dévisagés en silence dans ce bosquet de bambous éclairé par la lune de notre maison de Kyoto ? Dans tes yeux, j'ai vu la solitude d'un Colmateur, j'ai vu ton désir intense de te confier à moi. Combien de fois as-tu failli me dire la vérité ? Tu voulais plonger la tête dans ma poitrine, tout me révéler en pleurant, être enfin libéré. Mais ton devoir de Colmateur t'en empêchait. Mentir, même à la personne que tu aimais le plus au monde, faisait partie de ton devoir. Par conséquent, je n'avais que tes yeux pour chercher des indices de tes pensées réelles ; tu ignores combien de nuits d'insomnie j'ai pu passer à attendre à côté de toi, à attendre que tu parles dans ton sommeil… Plus souvent encore, je t'observais minutieusement, j'étudiais le moindre de tes mouvements, je capturais le moindre de tes regards, y compris ces années pendant lesquelles tu es pour la première fois entré en hibernation. Je me suis remémorée chaque détail de toi, pas parce que tu me manquais, mais pour percer tes véritables pensées. Pendant tout ce temps, j'ai échoué. Je savais que tu portais un masque, mais j'ignorais qui se cachait derrière. Les années ont passé, jusqu'à ce jour, lorsque tu t'es réveillé de ton hibernation et que tu as marché à travers la brume du réseau de neurones pour venir me rejoindre. J'ai regardé tes yeux et j'ai enfin compris. Pendant huit ans, j'avais gagné en maturité, tandis que toi, tu étais encore le même. Et tu t'es dévoilé.

À partir de cet instant, j'ai su qui tu étais vraiment : un défaitiste enraciné, un évasionniste résolu. Avant comme après ton investiture de Colmateur, ton seul objectif a toujours été d'organiser la fuite de l'humanité. Ton intelligence, par rapport aux autres Colmateurs, n'a pas été de mentir sur ta stratégie, mais de cacher, de camoufler ta réelle vision du monde.

Mais j'ignorais toujours comment tu comptais te servir de tes recherches en neurosciences pour atteindre cet objectif. Même après la découverte du poinçonnage mental, j'étais encore perplexe, jusqu'au moment où, juste avant d'entrer en hibernation, je me suis souvenue de leurs yeux. Ceux des individus qui venaient d'être poinçonnés… Et j'ai soudain compris que j'avais lu dans leurs regards ce que je n'avais jamais pu lire dans le tien. C'est ainsi que j'ai pu mettre à jour ta stratégie réelle, mais il était déjà trop tard pour le dire.

— Madame Keiko Yamasugi, dit le représentant de la Flotte nord-américaine, je ne crois pas qu'il se soit vraiment passé quelque chose d'anormal à ce moment-là. Nous connaissons tous l'histoire du poinçonnage mental : pour ce qui est des cinquante mille premiers volontaires, l'opération a été menée sous très étroite surveillance.

— En effet, dit Keiko. Mais la surveillance se montrait surtout efficace en ce qui concernait le contenu de la profession de foi. Il était beaucoup plus dur de superviser le processus même du poinçonnage.

— Mais les documents historiques précisent bien que la supervision de tous les détails techniques de l'opération était extrêmement rigoureuse. De nombreux essais avaient été effectués avant sa mise en route officielle, rétorqua le président.

Keiko Yamasugi secoua légèrement la tête :

— Le poinçonneur mental est une machine extrêmement complexe. Aucune supervision n'est à l'abri d'une négligence, surtout si elle ne concerne que l'ajout d'un signe négatif dans un code comportant plusieurs centaines de millions de lignes de chiffres. Ce petit signe, même les intellectrons n'ont pas su le détecter.

— Un signe négatif ?

— En découvrant le mode de transmission neuronale à l'origine de la production de jugement de la véracité d'une proposition, Bill Hynes a aussi découvert celui du jugement de la non-véracité. C'était précisément ce deuxième mécanisme dont il avait besoin. Il s'est bien gardé de dévoiler cette découverte, y compris à moi. Ce n'était pas dur, car les deux modèles étaient très similaires. Dans le mode de transmission, la différence se fait dans la direction prise par le flux du signal clef, tandis que dans la modélisation mathématique du poinçonnage mental, ce qui change, c'est un signe, positif ou négatif. Un signe positif indique que la proposition est vraie, un signe négatif, que la proposition est fausse. Hynes a secrètement manipulé le code du logiciel de poinçonnage mental : dans les cinq machines, il a remplacé le signe positif par un signe négatif.

Un silence de mort s'empara de la salle. Un tel silence était déjà apparu deux siècles plus tôt lors d'une séance d'audience de Colmateurs au Conseil de défense planétaire, celle lors de laquelle Rey Diaz avait exhibé le "berceau" accroché à son poignet et menacé les participants de déclencher une explosion dans la ville de New York.

— Docteur Hynes, vous rendez-vous compte de ce que vous avez fait ? rugit le président en le foudroyant du regard.

Hynes releva la tête et tous purent voir que la pâleur avait disparu de son visage. Sa voix était calme et résolue :

— J'avoue, j'ai sous-estimé la puissance de l'humanité. Les progrès réalisés sont incroyables. Je les ai vus, j'y crois et je crois aussi que les humains seront les vainqueurs de cette Ultime Bataille. Cette foi est maintenant presque aussi forte que si elle avait été poinçonnée dans mon esprit. Le défaitisme et l'évasionnisme d'il y a deux siècles étaient deux choses ridicules. Cependant, monsieur le président, mesdames et messieurs les représentants, je veux dire au monde entier qu'il ne me sera jamais possible de me repentir de cette action.

— Ne croyez-vous pas que vous devriez ? demanda avec colère le représentant de la Flotte asiatique.

Hynes leva la tête :

— Ce n'est pas une question de "devoir", c'est que je ne peux pas. Je me suis moi-même fait poinçonner la proposition suivante : *Tout ce que je fais en tant que Colmateur est juste.*

L'assemblée échangea des regards surpris, même Keiko Yamasugi qui regarda son époux avec une mine étonnée.

Hynes sourit à Keiko Yamasugi et hocha la tête :

— Oui, ma chérie – si tu me permets encore de t'appeler ainsi. Ce n'était qu'en agissant de la sorte que je pouvais obtenir la force mentale suffisante pour mener à bien mon plan. Oui, je considère aujourd'hui avoir agi justement, j'y crois dur comme fer, peu importe la réalité. J'ai utilisé le poinçonnage mental pour faire de moi un dieu, et un dieu ne peut pas se repentir.

— Dans un avenir proche, lorsque l'envahisseur trisolarien aura rendu les armes devant la puissance de la civilisation humaine, le croirez-vous encore? demanda le président, dont la colère s'était muée en curiosité.

Hynes hocha très sérieusement la tête :

— Je le croirai encore. Tout ce que j'ai fait en tant que Colmateur était juste. Bien entendu, devant l'évidence des faits, je vivrai des souffrances dignes de l'enfer. Il se tourna vers Keiko : Ma chérie, tu sais que j'ai déjà subi ce genre de torture, du temps où j'étais persuadé que l'eau était toxique.

— Mais revenons au présent, dit le représentant de la Flotte nord-américaine en interrompant leurs murmures. Le fait que le Clan des Poinçonnés ait survécu jusqu'à nos jours est une simple hypothèse. Après tout, plus de cent soixante-dix ans se sont écoulés. Si une portion ou une organisation avec une telle détermination défaitiste existait encore aujourd'hui, pourquoi n'en aurions-nous jamais vu la trace?

— Il y a deux réponses possibles, fit le représentant de la Flotte européenne. La première, c'est que le Clan des

Poinçonnés a bel et bien disparu depuis des lustres et, dans ce cas, nous n'avons effectivement pas à nous en inquiéter…

Le représentant de la Flotte asiatique compléta sa phrase :

— … la deuxième, et c'est de loin la plus terrifiante, c'est que nous n'en avons jamais vu la trace…

Luo Ji et Shi Qiang marchaient dans la ville souterraine ombragée par les architectures arboricoles, tandis que des flots de voitures volantes filaient dans le ciel à travers les fissures des arbres. Les bâtiments de la ville étant des "feuilles" suspendues en l'air, le sol de la surface était très dégagé et les troncs géants éparpillés loin les uns des autres donnaient l'impression que la ville ne possédait aucune rue, comme si c'était une place infinie sur laquelle reposaient des troncs d'arbre. L'environnement à la surface était très agréable, il y avait de longues bandes de pelouse et même des petites forêts avec des vrais arbres. Avec le fond d'air frais, on se serait presque cru dans un splendide paysage bucolique. Les piétons étaient tous vêtus d'habits étincelants et circulaient entre Luo Ji et Shi Qiang comme des fourmis irradiées. Luo Ji était fasciné par cette conception architecturale urbaine qui parvenait à contenir le bruit et le trafic dans les airs, en laissant le sol retourner à la nature. Ici, on ne voyait pas l'ombre de la guerre, tout n'était que confort et plénitude.

Ils n'étaient pas allés bien loin lorsque Luo Ji entendit soudain une angélique voix de jeune fille :

— Monsieur Luo Ji ?

Il jeta un œil autour de lui et découvrit que la voix provenait d'un grand panneau publicitaire installé sur la pelouse, au bord de la route. Une séduisante jeune femme en uniforme le regardait depuis l'image animée du panneau.

— C'est moi, répondit Luo Ji dans un hochement de tête.

— Bonjour ! Je suis votre conseillère financière 8065, du système de la Banque générale. Permettez-moi maintenant de vous notifier votre situation financière. Un tableau de données apparut à côté de la conseillère. Vous pouvez consulter ici vos dossiers financiers depuis l'an 9 de la Grande Crise, y compris l'évolution de vos dépôts dans la Industrial and Commercial Bank of China et la China Construction Bank, et celle de vos actions cotées en Bourse. Toutefois, je dois vous informer que certains de vos titres ont pu être perdus pendant la période du Grand Ravin.

— Comment a-t-elle pu savoir que j'étais ici ? demanda Luo Ji à voix basse.

— Ils ont implanté une puce dans votre bras gauche. Ne vous inquiétez pas, tout le monde en a aujourd'hui, c'est un peu votre carte d'identité. C'est comme ça que les panneaux publicitaires vous reconnaissent. Toutes les publicités sont personnalisées aujourd'hui, quel que soit l'endroit où vous allez, vous avez des panneaux dans ce genre qui s'affichent devant vous.

Ayant visiblement entendu Shi Qiang, la conseillère financière s'empressa de préciser :

— Monsieur Luo Ji, cela n'est pas une publicité. C'est un service financier offert par la Banque générale.

— Combien ai-je aujourd'hui en dépôt ? demanda Luo Ji.

La conseillère fit apparaître un diagramme extrêmement complexe :

— Voici la situation de tous vos comptes rémunérés depuis l'an 9 de la Crise trisolarienne. Vous aurez sans doute besoin de temps pour les déchiffrer, mais ces informations restent consultables en vous connectant sur votre compte personnel.

Un autre tableau, plus simple, s'afficha :

— Voici actuellement le solde de tous vos comptes du système de la Banque générale.

Luo Ji n'avait absolument aucune idée de ce que représentait aujourd'hui un tel montant, et il demanda, avec le regard vide :

— C'est… beaucoup ?

— Vieux frère, vous êtes un homme riche ! cria Shi Qiang en lui donnant une grande tape sur le dos. De mon côté, je n'ai pas autant que vous, mais je ne suis pas mal loti non plus. Hé hé, des intérêts sur deux siècles, ça, c'est de l'investissement à long terme ! Les pauvres gars de notre époque se retrouvent aujourd'hui pleins aux as. Je regrette juste de n'avoir pas épargné encore plus à l'époque.

— Mais… ne trouvez-vous pas ça un peu étrange ? demanda Luo Ji, dubitatif.

— Comment ça ? l'interrogea la conseillère financière en regardant Luo Ji avec ses jolis yeux.

— Cela fait plus de cent quatre-vingts ans. N'y a-t-il jamais eu aucune inflation ? Le système financier n'a-t-il donc connu aucun remous ?

— Des remous, il y en a eu plus que tout ce que vous pourrez jamais imaginer, lâcha Shi Qiang en secouant la tête, puis il sortit un paquet de cigarettes de sa poche.

Luo Ji put constater que le tabac existait encore, à la différence près que Shi Qiang pouvait fumer sans avoir eu besoin d'allumer la cigarette.

— Il y a eu toute une série d'inflations pendant le Grand Ravin, expliqua la conseillère. Les systèmes de finance et de crédit ont bien failli s'effondrer. Mais conformément à la loi, l'intérêt des dépôts des hibernautes est calculé sans prendre en compte la période du Grand Ravin. Le solde des dépôts est directement transféré au niveau financier de la période post-Grand Ravin, moment à partir duquel nous commençons à calculer les intérêts.

— C'est extraordinaire de pouvoir bénéficier de tels avantages ! s'exclama Luo Ji.

— C'est une bonne époque, vieux frère, résuma Shi

Qiang en crachant une bouffée de fumée blanche. Puis il leva la cigarette encore allumée : À part pour les cigarettes… Elles sont infectes.

— Monsieur Luo Ji, ce n'était aujourd'hui qu'une première prise de contact. Nous pourrons rediscuter de vos futurs placements et projets d'investissement quand vous aurez le temps. Si vous n'avez pas d'autres questions, je vous dis au revoir.

La conseillère lui sourit et le salua de la main.

— J'ai une question, se hâta de dire Luo Ji. (Il ne savait pas comment interpeller la jeune femme. L'appeler "mademoiselle" était risqué, car le sens que revêtait ce mot à cette époque n'était peut-être plus le même ; "madame" ne semblait pas très approprié, car c'était davantage une appellation pour les femmes plus âgées. Il choisit donc de se passer de formule de politesse.) Je ne suis pas encore très familier des réalités de cette époque, veuillez me pardonner si ma question vous froisse.

La conseillère lui adressa un sourire :

— Ne vous en faites pas, notre mission est de vous aider à vous familiariser le plus vite possible avec notre temps.

— Êtes-vous une personne réelle, un robot ou bien un programme ?

Elle ne parut pas s'offusquer et répondit simplement :

— Je suis réelle, bien sûr ! Comment un programme informatique pourrait-il traiter des tâches aussi complexes ?

Après que la jeune femme eut disparu, Luo Ji confia à Shi Qiang :

— Da Shi, il y a des choses que j'ai vraiment du mal à comprendre. C'est une époque où l'on a inventé le moteur perpétuel et la synthétisation des aliments, mais les technologies informatiques ne semblent pas avoir beaucoup progressé. L'intelligence artificielle n'est même pas capable de traiter de banales tâches financières.

— Le moteur perpétuel ? Vous voulez dire, des machines qui peuvent durer indéfiniment ? demanda Da Shi.

— Oui ! C'est la découverte de l'énergie infinie.

Shi Qiang regarda tout autour de lui :

— Où est-ce que vous avez vu ça ?

Luo Ji pointa le flot de voitures volantes :

— Regardez ces voitures, utilisent-elles de l'essence ou des batteries électriques ?

Da Shi secoua la tête :

— Ni l'un ni l'autre. Il n'y a plus de pétrole et les voitures peuvent voler sans avoir besoin d'être rechargées, elles ne sont jamais en panne. C'est de la bonne qualité, je pensais justement m'en acheter une.

— Mais comment pouvez-vous être aussi indifférent devant ce miracle de la technologie ? Les humains ont trouvé l'énergie illimitée, c'est un événement aussi important que lorsque Pangu a ouvert le ciel et la terre ! Vous ne réalisez donc pas dans quel âge grandiose nous nous trouvons ?

Shi Qiang jeta son mégot de cigarette. Il s'arrêta un instant et se fit la réflexion que ce n'était pas très convenable. Il ramassa le mégot tombé sur la pelouse et alla le jeter dans une poubelle un peu plus loin.

— Indifférent ? Ce sont les intellectuels comme vous qui avez un peu trop d'imagination… Cette technologie, nous l'avions déjà à notre époque.

— Vous plaisantez ?

— Je suis loin d'être un expert, mais par pure coïncidence, j'ai eu l'occasion d'utiliser dans le temps un micro policier sans piles, mais dont l'autonomie était illimitée. Vous devez avoir une idée de comment ça marchait, non ? On lui fournissait de l'électricité en lui balançant des micro-ondes à distance. C'est comme ça que ça fonctionne aujourd'hui, c'est juste que les méthodes sont un peu différentes.

Luo Ji resta sans voix. Il observa Shi Qiang pendant un long moment avant de lever la tête pour regarder les voitures volantes. Il repensa au verre chauffant ; il comprenait enfin : il n'y avait pas d'énergie infinie, l'électricité était fournie par des micro-ondes ou des rayonnements électromagnétiques émis depuis une zone formant un champ d'électricité à partir duquel chaque équipement électrique pouvait absorber de l'énergie via une antenne ou une bobine de résonance. Comme venait de le dire Shi Qiang, c'était une technologie très commune deux siècles plus tôt, mais qui était restée assez peu utilisée, car la perte était trop grande : seule une petite portion de l'énergie émise au sein d'un espace pouvait être utilisée, le reste était perdu. Mais, à cette époque, en raison de l'arrivée à maturité de la technologie de fusion nucléaire contrôlée, les sources d'énergie étaient déjà très riches, et les pertes induites par l'alimentation électrique sans fil étaient acceptables.

— Et pour ce qui est de la synthétisation des céréales, y sont-ils vraiment arrivés ? demanda Luo Ji.

— Je n'en suis pas très sûr. Mais il y a toujours des semences, c'est simplement qu'elles sont élevées dans des cuves industrielles. Les cultures sont toutes génétiquement modifiées. Il paraît que pour le blé il n'y a que des épis et plus de tiges. Les céréales poussent à toute vitesse grâce à des rayons de soleil artificiels très puissants et des sortes de radiations qui accélèrent leur croissance… Les récoltes se font une semaine après les plantations. Vu de l'extérieur, on dirait que c'est de la production industrielle à la chaîne.

— Oh… soupira Luo Ji.

C'était comme si une myriade de bulles de savon avaient éclaté devant ses yeux, dévoilant la vraie nature de la réalité. Quelque grandiose que fût cette nouvelle époque, les intellectrons flottaient toujours, omniprésents. Les sciences humaines étaient toujours verrouillées et les technologies actuelles encore incapables de franchir la limite qu'ils lui imposaient.

— Et les vaisseaux spatiaux atteignant quinze pour cent de la vitesse de la lumière ?

— Par contre, ça, il n'y a aucun doute. Quand ils sont en opération, ce sont comme des petits soleils dans le ciel. Et puis, il y a aussi l'armement. Avant-hier, à la télévision, j'ai regardé un reportage sur les exercices de la Flotte asiatique. Un de leurs canons laser a pulvérisé une cible de la taille d'un porte-avions. La moitié de ce gros engin en ferraille a fondu comme un glaçon et l'autre est partie en feu d'artifice de métal en fusion. Les vaisseaux sont aussi équipés de canons électromagnétiques qui peuvent tirer plus de cent projectiles en métal à la minute, tous de la taille d'un ballon de football, et à une vitesse d'une dizaine de kilomètres par seconde ! En quelques minutes, ils pourraient détruire une montagne sur Mars… Alors, il n'y a peut-être pas le moteur perpétuel dont vous parliez mais, avec ces gadgets, l'humanité a largement de quoi mettre Trisolaris à genoux.

Shi Qiang tendit une cigarette à Luo Ji et lui apprit à l'allumer en tordant le filtre. Ils fumèrent chacun une bouffée et regardèrent les volutes blanches de la fumée tourbillonner dans les airs.

— Quoi qu'il en soit, vieux frère, c'est une bonne époque.

— Oui. Une bonne époque.

Luo Ji venait à peine de prononcer ces mots que Shi Qiang se jeta sur lui et tous deux roulèrent sur la pelouse quelques mètres plus loin. S'ensuivit aussitôt un bruit tonitruant : une voiture volante s'écrasa à l'endroit même où ils se trouvaient l'instant d'avant. Luo Ji put sentir le souffle de l'impact, des débris de métal fusèrent au-dessus d'eux, emportant la moitié du panneau publicitaire et projetant sur le sol des morceaux des tubes en verre de l'écran. Étourdi et ébloui par l'explosion, Luo Ji n'avait pas encore tout à fait recouvré ses esprits que Shi Qiang s'était relevé d'un bond et rué en direction de la voiture. Il vit que le véhicule en forme de disque était déjà complètement défiguré. Les voitures modernes n'utilisant plus d'essence, celle-ci n'avait toutefois pas pris feu. Seul le crépitement de quelques étincelles électriques s'échappait de cette carcasse métallique tordue.

— Il n'y avait personne dans la voiture, lança Shi Qiang à Luo Ji qui approchait en boitillant.

— Da Shi, vous m'avez encore sauvé la vie! s'exclama-t-il en s'appuyant sur l'épaule de Shi Qiang et en massant sa jambe blessée dans la chute.

— Je ne sais pas combien de fois je devrais encore le faire, mais vous avez intérêt à ouvrir l'œil, de jour comme de nuit. Il pointa l'épave de la voiture volante : Ça ne vous rappelle rien ?

Luo Ji se remémora cet accident qui avait eu lieu deux siècles plus tôt. Il fut pris d'un frisson irrépressible.

De nombreux piétons avaient fait cercle autour d'eux. Leurs vêtements projetaient des scènes de terreur. Deux véhicules de police, sirènes hurlantes, atterrirent à proximité. Quelques agents en descendirent et tendirent un ruban de sécurité autour de la voiture. Leurs uniformes clignotaient comme leurs gyrophares et faisaient pâlir les vêtements des badauds. L'un des policiers s'approcha de Shi Qiang et de Luo Ji. Son uniforme était si éblouissant que tous deux peinaient à garder les yeux ouverts.

— Vous étiez à côté au moment où la voiture s'est s'écrasée, vous n'avez pas été blessés ? demanda l'agent avec sollicitude.

Il avait de toute évidence remarqué qu'ils étaient hibernautes et s'était efforcé de parler en "chinois ancien".

Sans attendre la réponse de Luo Ji, Shi Qiang tira le policier et l'entraîna en dehors de la zone sécurisée, loin de la foule. Une fois éloignés, l'uniforme du policier cessa de clignoter.

— Il faut faire une enquête, c'est peut-être une tentative de meurtre, expliqua-t-il.

L'officier se mit à rire :

— Vraiment ? Mais enfin, c'est un simple accident de la circulation !

— Nous souhaitons faire une déclaration.

— En êtes-vous sûr ?

— Bien sûr, nous faisons une déclaration.

— Vous dramatisez un peu. Je comprends que vous ayez été choqués, mais je vous assure que c'est un banal accident. Néanmoins, conformément à la loi, si vous insistez pour…

— Nous insistons.

Une interface s'afficha au niveau de la manche du policier. Il fit apparaître une fenêtre d'information, la lut et indiqua :

— La déclaration a été faite. Vous serez suivis par la police pendant les prochaines quarante-huit heures, mais il nous faut votre autorisation.

— Nous sommes d'accord. Nous sommes peut-être encore en danger.

Le policier rit à nouveau :

— Vous savez, ce genre d'accident arrive souvent.

— Souvent ? Laissez-moi vous poser une question : combien d'incidents de ce genre se produisent en moyenne par mois dans cette ville ?

— Il y en a eu six ou sept l'an dernier !

— Je vais vous dire, officier, dans cette ville, à notre époque, il y en avait plus que ça tous les jours.

— À votre époque, les voitures roulaient à la surface, j'ose à peine imaginer combien c'était dangereux. Bien, vous êtes à présent sous protection policière, vous serez informés du progrès de l'investigation mais, croyez-moi, c'était un simple accident de la route. Avec ou sans déclaration, vous recevrez dans tous les cas un dédommagement.

Après avoir laissé les policiers et la scène de l'accident derrière eux, Shi Qiang confia à Luo Ji :

— On ferait mieux de rentrer chez moi, je ne me sens pas en sécurité dehors. Ce n'est pas loin, allons-y à pied.

Maintenant, les taxis sont sans conducteur, ce n'est pas très prudent.

— Mais l'OTT n'a-t-elle pas été complètement démantelée ? interrogea Luo Ji en regardant autour de lui.

Au loin, la voiture qui s'était écrasée était emportée par une grande dépanneuse volante. Les badauds s'étaient éparpillés et la voiture de police était repartie. Un véhicule de voirie urbaine avait atterri et quelques employés en étaient sortis pour ramasser les débris et commencer à réparer la portion de route dégradée par l'impact. La petite agitation était retombée et la ville retrouvait son calme agréable.

— Peut-être, vieux frère. Mais faites confiance à mon intuition.

— Je ne suis déjà plus Colmateur…

— La voiture ne semblait pas au courant… En marchant, pensez de temps à temps à lever les yeux.

Ils tâchèrent de rester à l'ombre des architectures arboricoles et, quand il leur fallait traverser des zones dégagées, ils pressaient le pas. Ils arrivèrent bientôt à proximité d'une gigantesque place.

— J'habite en face. Ça serait trop long de la contourner, allons-y en courant.

— Est-ce que nous ne sommes pas un peu paranoïaques ? C'était peut-être simplement un vrai accident de la circulation.

— Comme vous le dites : "peut-être". Il n'y a pas de mal à être prudent… Vous voyez cette sculpture au centre de la place ? S'il arrive quelque chose, planquez-vous là-bas.

Luo Ji aperçut un carré de sable au centre de la place, comme un désert miniature. La sculpture dont Shi Qiang avait parlé se trouvait au milieu du sable, c'était un ensemble de piliers noirs, de chacun deux à trois mètres de hauteur. De cette distance, on aurait dit un bosquet d'arbres noirs et secs.

Luo Ji suivit Shi Qiang qui courait pour traverser la place. Arrivé près du carré de sable, il entendit ce dernier crier :

— Vite, à l'intérieur !

Un de ses pieds fut attrapé par Shi Qiang, il fit une roulade dans le sable et entra la tête la première dans le bosquet de piliers. Allongé dans le sable chaud, il regarda autour de lui les colonnes sculptées qui pointaient vers le ciel. Il vit soudain une voiture volante faire un piqué et frôler le bosquet avant de remonter et de disparaître dans le ciel. La bourrasque qu'elle avait provoquée dans son mouvement fit se soulever une nuée de grains de sable qui heurta avec bruit les piliers.

— Peut-être qu'elle ne fonçait pas sur nous.

— Hum, peut-être, oui, fit Shi Qiang, qui s'était assis et vidait le sable de ses chaussures.

— Est-ce qu'on ne risque pas de se moquer de nous ?

— De quoi avez-vous peur ? Vous connaissez quelqu'un ici ? Et puis, on vient de deux siècles en arrière. Autant vous dire que rien qu'en nous regardant les gens d'ici nous trouvent ridicules. Vieux frère, soyez vigilant. Et si cet engin-là nous fonçait vraiment dessus ?

Ce fut à cet instant que Luo Ji dirigea son attention sur la sculpture au centre de laquelle ils avaient trouvé refuge. Il réalisa que les piliers n'étaient pas des arbres secs mais des bras jaillissant du désert qui pointaient vers le ciel. Ces bras étaient maigres, ils n'avaient que la peau sur les os, et c'est pourquoi ils pouvaient de prime abord ressembler à des troncs secs. Les mains à leurs sommets étaient étrangement recourbées, comme si elles se tordaient de douleur.

— Que représente cette sculpture ?

Au milieu de ces bras en lutte, Luo Ji eut un frisson, même s'il était encore tout transpirant d'avoir couru. À l'extrémité de la sculpture, il remarqua une stèle solennelle sur laquelle une phrase était gravée en caractères d'or :

Donner de la civilisation aux jours lorsqu'on ne peut plus donner de jours à la civilisation.

— C'est le Mémorial du Grand Ravin, dit Shi Qiang ; mais il ne parut pas vouloir en dire davantage. Il aida Luo Ji à se relever et à sortir du sable, puis tous deux traversèrent rapidement l'autre moitié de la place.

— Bien, vieux frère. J'habite sur cet arbre-ci, expliqua-t-il en désignant l'imposante architecture arboricole.

Tout en marchant, Luo Ji levait la tête. Il entendit soudain un craquement et tomba dans une faille qui s'était ouverte sous ses pieds. Shi Qiang l'agrippa au moment où sa poitrine était déjà au niveau du sol, puis il parvint, au prix d'un grand effort, à le hisser en dehors. Tous deux regardèrent un peu abrutis le trou béant sur le sol, c'était probablement l'entrée d'un égout dont la bouche avait glissé juste avant que Luo Ji n'y pose le pied.

— Mon Dieu ! Monsieur, vous n'avez rien ? C'est vraiment dangereux !

La voix provenait d'un petit panneau installé à proximité. Celui-ci était fixé à un petit pavillon contenant une machine qui ressemblait à un distributeur de boissons. L'homme qui avait parlé était vêtu d'un bleu de travail. Son visage était très pâle, il semblait avoir eu encore plus peur que Luo Ji.

— Je travaille pour le bureau de drainage de la Troisième Compagnie municipale. La bouche s'est ouverte automatiquement, c'est certainement le logiciel qui a eu un problème.

— Et ça arrive souvent ? demanda Shi Qiang.

— Oh, non, non ! En tout cas, c'est la première fois que je vois ça.

Shi Qiang ramassa un caillou sur la pelouse qui bordait la route et le lança au fond du trou. Il se passa un bon moment avant qu'ils entendent enfin le son de l'impact.

— Bon sang, mais quelle est la profondeur ? demanda-t-il à l'homme du panneau publicitaire.

— Environ trente mètres, c'est pour ça que je dis que c'est dangereux ! J'ai eu l'occasion d'inspecter le système de drainage de la surface, si je ne me trompe pas, à votre époque, les égouts étaient peu profonds. La déclaration d'accident a été faite, vous… Il jeta un œil sur son col : Ah, monsieur Luo, vous recevrez un dédommagement de la part de la Troisième compagnie municipale.

Ils entrèrent enfin dans le hall de l'arbre 1683 où habitait Shi Qiang. Ce dernier expliqua qu'il vivait sur la branche 106 et proposa de manger d'abord quelque chose au rez-de-chaussée avant de monter. Ils se rendirent dans un des restaurants établis dans le hall. Outre cette impression de propreté digne d'un dessin animé en trois dimensions, une particularité de ce temps – que Luo Ji avait déjà entrevue au Centre de réveil d'hibernation – était encore plus flagrante ici : de partout, s'affichaient des fenêtres d'information dynamiques : sur les murs, les tables, les chaises, le sol et le plafond… certaines jaillissant même sur les verres et les porte-serviettes de table. Tout possédait une interface et un écran avec du texte défilant ou des images dynamiques. C'était comme si ce restaurant entier était un gigantesque écran scintillant d'ordinateur, aussi splendide que complexe.

Il y avait peu de clients. Ils choisirent une table près de la fenêtre et s'assirent. Shi Qiang tapota sur la table, ce qui activa une interface à partir de laquelle il commanda quelques plats :

— Je suis nul en langues étrangères, je ne commande que ce qui est écrit en chinois.

— Ce monde semble être construit avec des écrans à la place des briques, soupira Luo Ji.

— Ça, c'est vrai, n'importe quelle surface un peu lisse peut être allumée, approuva Shi Qiang en sortant son paquet de cigarettes et en le tendant à Luo Ji. Regardez, même ce genre de paquet de cigarettes bon marché.

Aussitôt qu'il prit le paquet dans ses mains, Luo Ji vit s'afficher une fenêtre dynamique à sa surface où se trouvaient quelques vignettes qui semblaient être les choix d'une carte de restaurant.

— C'est… c'est en quelque sorte une espèce de membrane d'affichage, dit Luo Ji en examinant le paquet.

— Une membrane ? On peut même se connecter à Internet avec ces gadgets ! ajouta Shi Qiang ; puis il pianota sur le paquet et la taille de l'image diminua. La publicité qu'il avait sélectionnée recouvrit ensuite tout le paquet. De toute évidence, l'image provenait du passé. Une voix stridente résonna :

— Monsieur Luo, voici l'époque que vous avez vécue. Nous savons qu'en ce temps-là pouvoir être propriétaire d'un appartement dans la capitale était le rêve de tous les citoyens. Aujourd'hui, le groupe Greenleaves peut vous aider à réaliser ce rêve. Comme vous l'avez remarqué, en cette époque merveilleuse, les habitations sont devenues des feuilles sur des branches d'arbre. Le groupe Greenleaves peut vous proposer toutes sortes de feuilles (sur l'image, apparurent des scènes de feuilles accrochées sur des branches d'arbres géants, puis toutes sortes d'étourdissants appartements suspendus, dont l'un, parfaitement translucide, donnait l'impression que ses meubles flottaient dans le vide). Naturellement, nous pouvons également faire construire pour vous une maison traditionnelle à la surface, afin de vous permettre de regoûter à la douceur de l'Âge d'or et de jouir de tout le confort d'un foyer avec votre… famille.

Cette fois, l'image montra une villa entourée d'une pelouse verte, peut-être encore une image du passé. L'annonceur de la publicité parlait un "chinois ancien" très courant, mais sembla buter sur le mot "famille", sur lequel il donna l'impression d'insister. Et de fait, ce concept n'ayant plus cours à cette époque, il appartenait au passé.

Shi Qiang saisit le paquet de cigarettes des mains de Luo Ji, en sortit les deux dernières, lui en tendit une, puis il écrasa le paquet entre ses doigts et le jeta en boule sur la table. Une image continuait à scintiller dans cette boule de papier froissé, mais la voix s'était tue.

— Chaque fois que j'arrive quelque part, je commence toujours par éteindre les gadgets que j'ai devant les yeux et autour de moi. Vous ne pouvez pas savoir comme ça m'agace… dit Shi Qiang, et il éteignit avec ses quatre membres les fenêtres apparues sur la table et sous ses pieds. Mais eux, ils n'y arrivent pas, dit-il en désignant les gens assis aux autres tables. Aujourd'hui, il n'y a plus d'ordinateur. Celui qui veut aller surfer sur Internet n'a qu'à trouver une surface un peu plate et tapoter dessus. Même chose pour les vêtements ou les chaussures, tout peut servir d'écran. Croyez-moi ou non, j'ai même vu du papier toilette sur lequel on pouvait se connecter.

Luo Ji prit une serviette. C'était juste un bout de papier qui ne permettait pas d'aller sur Internet, mais le porte-serviette, lui, s'activa. Une jolie femme y faisait la promotion d'une marque de pansements. Elle avait de toute évidence été mise au courant des mésaventures de Luo Ji et des éraflures qu'il avait encore aux bras et aux jambes.

— Mon Dieu… soupira Luo Ji, puis il replaça la serviette dans le porte-serviettes.

— C'est cette putain d'époque qu'on devrait appeler l'Âge de l'information. À côté, la nôtre, c'était la Préhistoire ! rit Shi Qiang.

Pendant qu'ils attendaient leur repas, Luo Ji interrogea Da Shi sur sa vie. Il se sentit un peu coupable d'avoir autant attendu avant de poser cette question, mais en repassant en mémoire tous les événements du jour, il s'était senti remonté comme une horloge, sans cesse poussé vers l'avant. C'était seulement maintenant qu'il avait un peu de temps pour discuter.

— Ils m'ont permis de prendre ma retraite, je n'y perds pas au change, répondit simplement Shi Qiang.

— Qui vous verse votre pension ? Le Bureau de la sécurité publique ou bien l'unité que vous avez rejointe plus tard ? Est-ce que ces organismes existent encore ?

— Oui, tous les deux. Le Bureau de la sécurité publique s'appelle toujours comme ça, mais je n'en faisais déjà plus partie avant mon hibernation. L'unité que j'ai intégrée par la suite appartient aujourd'hui à la Flotte asiatique. Comme vous le savez, les flottes sont devenues des genres de nations indépendantes et je suis un étranger, maintenant, raconta-t-il en tirant une longue bouffée de sa cigarette et en levant les yeux pour suivre l'ascension de la fumée, comme s'il essayait de résoudre une énigme.

— Le sens de "nation" n'est plus vraiment le même qu'avant… Le monde change, il y a de quoi être désorienté. Mais, Da Shi, heureusement que ni vous ni moi ne sommes des ingrats. Nous continuerons à vivre, et à vivre bien, quoi qu'il se passe.

— Vieux frère, pour vous dire franchement, il y a des tas de points sur lesquels je n'ai pas votre largeur de vue, ni votre détachement. Si j'avais connu les mêmes soucis que vous, j'aurais craqué depuis longtemps.

Luo Ji ramassa sur la table le paquet de cigarettes roulé en boule, il le déplia et constata que l'image était toujours affichée, elle était simplement un peu décolorée. Elle repassait en boucle la publicité du groupe Greenleaves.

— Que je sois un messie ou un réfugié, j'arrive toujours à trouver des ressources pour couler la vie la plus tranquille possible. Vous direz peut-être que je suis égoïste mais, honnêtement, c'est la seule chose que j'estime chez moi. Da Shi, je vais vous dire quelque chose : vous avez l'air un peu nonchalant comme ça, mais je sais qu'au fond de vous vous êtes un homme pour qui le sens du devoir est primordial. Laissez donc de côté toutes vos responsabilités, regardez cette époque : qui a encore besoin de nous ? Profiter du jour présent, c'est ça, notre devoir le plus sacré.

— Je veux bien, mais si j'avais lâché ma mission, vous ne seriez plus là pour profiter du repas qui va suivre.

Shi Qiang envoya son mégot dans le cendrier, ce qui activa une publicité pour une marque de cigarettes.

Conscient d'avoir été inconvenant, Luo Ji s'empressa d'ajouter :

— Oh, Da Shi, c'est vrai, heureusement que vous veillez sur moi. Sans vous, je ne vivrais pas longtemps. Aujourd'hui, vous m'avez déjà sauvé la vie, une, deux, trois fois, ou plutôt deux fois et demie.

— Bah, j'aurais été accusé de non-assistance à personne en danger, non ? C'est le sens de ma vie, d'être là pour sauver la vôtre, dit Shi Qiang d'un air désinvolte, tandis que ses yeux s'égaraient dans le hall, peut-être pour chercher un endroit où acheter des cigarettes, puis il ramena son regard vers Luo Ji et lui glissa à voix basse : Mais, vieux frère, pendant que vous jouiez le messie, il y a eu un moment où vous vous êtes vraiment pris au sérieux.

— Qui à ma place n'aurait pas un peu perdu la boule ? Heureusement, je suis redevenu normal.

— Comment vous est venue l'idée de balancer une malédiction à une étoile ?

— À cette époque, j'étais complètement paranoïaque. Je ne veux plus penser à ça. Mais Da Shi, croyez-moi ou non, je suis sûr d'une chose : pendant que je dormais, ils n'ont pas fait que soigner ma maladie, ils ont aussi guéri mon âme. Vraiment, je ne suis plus le même. Comment ai-je pu être aussi idiot pour avoir eu cette idée, ce délire ?

— Un délire ? Lequel ? Dites-moi.

— C'est difficile à expliquer en une ou deux phrases. Et ça n'a plus aucun sens désormais. Dans votre ancien boulot, vous avez dû en croiser des gars qui déliraient, pas vrai ? Entre ceux qui sont toujours persuadés que quelqu'un veut les tuer et ceux qui entendent des voix. Est-ce que c'est bien intéressant de les écouter parler de leurs hallucinations ?

lâcha Luo Ji tout en déchirant mécaniquement le paquet de cigarettes froissé qu'il tenait dans la main ; cette fois, l'écran était bel et bien détruit, mais des lambeaux continuaient à scintiller de lumières fantaisistes.

— Bon, parlons de quelque chose de plus réjouissant : mon fils est encore en vie.

— Comment ? Luo Ji fut si surpris qu'il manqua de bondir sur sa chaise.

— Je ne l'ai appris qu'avant-hier, c'est lui qui m'a retrouvé. Je ne l'ai pas encore vu, je ne l'ai eu qu'au téléphone.

— Il n'est pas…

— Je ne sais pas combien de temps il est resté en prison, toujours est-il qu'il s'est ensuite fait hiberner. Il a dit qu'il voulait me rejoindre dans le futur. Qui sait comment le gamin a pu sortir autant d'argent ? Il habite maintenant à la surface, nous sommes convenus qu'il viendrait me voir demain.

Luo Ji se leva, enthousiaste, faisant tomber les bouts de papier encore papillotant sur le sol.

— Ah, Da Shi ! s'exclama-t-il. C'est vraiment… Commandons deux bouteilles pour fêter ça !

— Bien, buvons ! Même si l'alcool est devenu infect, il est toujours aussi fort.

À cet instant, les plats arrivèrent sur la table. Luo Ji ne reconnut aucun d'entre eux.

— Ne vous attendez pas à ce que ce soit bon. Il reste quelques endroits où on propose des produits fermiers traditionnels, mais ce sont des restos chics. On ira demain avec Xiaoming.

L'attention de Luo Ji fut happée par la serveuse. Son visage et son corps étaient si parfaits qu'elle en était presque irréelle. Luo Ji remarqua que toutes les serveuses qui louvoyaient entre les tables possédaient la même apparence angélique.

— Hé hé, ne restez pas à les regarder bêtement comme ça. C'est du toc, fit Shi Qiang, sans même lever les yeux.

— Des androïdes ? demanda Luo Ji.

Enfin, il voyait dans ce monde du futur quelque chose qu'il avait lu dans les romans de science-fiction.

— Dans le genre, oui.

— Comment ça, dans le genre ?

Shi Qiang pointa du doigt une serveuse androïde :

— Ces cruches ne savent faire qu'une chose : apporter les plats. Elles ont des trajets fixes. Vous voulez savoir à quel point elles sont stupides ? Une fois, j'ai vu qu'une table avait été déplacée, mais elles ont continué à apporter les plats à l'emplacement d'origine. Résultat ? Tout s'est retrouvé par terre.

Quand elle eut déposé les plats, la serveuse leur adressa un délicieux sourire et leur souhaita bon appétit. Sa voix n'était pas celle qu'on aurait imaginé sortie d'un robot, elle était très douce. Puis, elle tendit une main délicate et se saisit d'un couteau de service posé devant Shi Qiang…

Comme l'éclair, les yeux de Shi Qiang allèrent de la main qui tenait le couteau jusqu'à Luo Ji. Avec agilité, il bondit, se jeta de tout son long sur la table et poussa violemment la chaise de Luo Ji. Quasiment au même moment, la serveuse androïde rabattit le couteau à l'emplacement même où aurait dû se trouver le cœur de Luo Ji. Elle transperça violemment le dossier de la chaise, activant une interface d'information. L'androïde retira son couteau, et resta debout à côté de la table, tenant toujours une assiette dans l'autre main. Son sourire sucré n'avait pas quitté son charmant visage irréel. Pris de panique, Luo Ji se releva tant bien que mal et se réfugia derrière Shi Qiang. Ce dernier secoua la main :

— Ne vous inquiétez pas, ce truc n'est pas aussi adroit.

Et en effet, la serveuse androïde demeura immobile, toujours souriante, le couteau encore à la main, et souhaita une nouvelle fois un bon appétit à ces messieurs.

Des clients affolés s'étaient attroupés autour d'eux, observant la scène avec stupéfaction. La directrice du restaurant arriva précipitamment. En entendant Shi Qiang lui expliquer qu'une de ses serveuses avait commis une tentative de meurtre, elle secoua vivement la tête :

— Monsieur, c'est impossible ! Ses yeux ne voient pas les humains, elle se dirige uniquement grâce aux senseurs installés sur les tables et les chaises !

— Je peux témoigner ! La serveuse a pris un couteau pour poignarder ce monsieur ! Nous l'avons tous vu faire, intervint quelqu'un, puis tous les curieux qui s'étaient amassés autour de la scène se dirent également prêts à témoigner.

Alors que la directrice s'apprêtait une nouvelle fois à nier, la serveuse poignarda à nouveau le dossier de la chaise. Le couteau transperça avec précision le même trou que celui qu'elle avait fait plus tôt, ce qui suscita des cris d'effroi chez les clients.

— Bon appétit, messieurs, répéta l'androïde en souriant.

D'autres personnes arrivèrent, dont l'ingénieur du restaurant. Il pressa un bouton sur sa poitrine et l'expression du visage de la jolie serveuse se fit plus grave :

— Arrêt forcé, données du point d'arrêt sauvegardées.

Puis elle resta figée sur place.

— Ce doit être une défaillance du logiciel, expliqua l'ingénieur en essuyant sa sueur.

— Est-ce que ça arrive souvent ? demanda Shi Qiang, sarcastique.

— Non, non, je vous assure, je n'ai jamais entendu parler d'un tel comportement, répondit l'ingénieur, en ordonnant à ses deux assistants d'emporter l'androïde.

La directrice du restaurant tenta de donner le change en expliquant aux clients que, tant que le problème ne serait pas résolu, elle demanderait à de vrais humains d'assurer le service. Mais une bonne majorité d'entre eux avaient déjà quitté l'établissement.

— Monsieur, vous avez eu un réflexe rapide, souffla avec admiration quelqu'un de l'assistance.

— Des hibernautes. De leur temps, ça arrivait souvent, ce genre d'incidents, fit un autre, dont la veste projetait l'image d'un héros d'arts martiaux.

La directrice dit à Luo Ji et Shi Qiang :

— Messieurs, c'est vraiment… Mais, je vous garantis que vous obtiendrez un dédommagement.

— Bon. Mangeons, maintenant. Shi Qiang fit signe à Luo Ji de se rasseoir.

Des serveurs humains rapportèrent les plats qui avaient été renversés.

Assis sur sa chaise, Luo Ji était muet de stupeur. Il sentait encore avec un certain malaise l'empreinte du trou dans son dossier.

— Da Shi, on dirait que le monde entier est contre moi. Cette époque me faisait pourtant bonne impression, au début.

Ce dernier examina minutieusement les plats qu'on avait apportés et lâcha :

— J'ai mon idée à ce sujet. Il releva la tête et servit un verre à Luo Ji. Oublions ça pour l'instant, je vous en reparlerai en détail tout à l'heure.

— Bien, profitons-en tant que nous sommes encore là. Vivons chaque jour et chaque heure comme si c'étaient les derniers. Luo Ji leva son verre : Trinquons au retour de votre fils !

— Vous êtes sûr que tout va bien ? sourit Shi Qiang en regardant Luo Ji.

— J'ai déjà été le sauveur du monde, de quoi aurais-je peur ? fit Luo Ji en haussant les épaules, puis il vida son verre d'une traite. Il grimaça : On dirait de l'alcool à brûler.

— Vous m'épatez, vieux frère. Vous m'avez toujours épaté ! s'exclama Shi Qiang en levant le pouce.

La feuille où habitait ce dernier était située au sommet de l'arbre. C'était un appartement très spacieux, avec une gamme d'équipements variés et fonctionnels. Il possédait en outre une salle de fitness et même un jardin intérieur avec une fontaine.

— C'est un logement temporaire que m'a attribué la flotte, ils m'ont dit que je pourrais m'acheter une feuille encore plus confortable avec ma pension de retraite.

— Est-ce que tous les gens ont un aussi grand espace de vie, de nos jours ?

— Probablement. Ce type d'architecture utilise au mieux l'espace. Une grande feuille peut occuper à elle seule la superficie d'un immeuble de notre époque. Mais je crois que c'est surtout la population qui est moins nombreuse. Elle a beaucoup décliné après le Grand Ravin.

— Mais, Da Shi, votre pays se trouve dans l'espace.

— Je n'irai pas là-bas. Je suis à la retraite, non ?

Ici, Luo Ji sentait que ses yeux allaient beaucoup mieux, principalement parce que la plupart des fenêtres d'information de l'appartement de Shi Qiang étaient éteintes, bien qu'il en restât quelques-unes qui clignotaient dans des coins du mur et du sol. Shi Qiang fit apparaître une interface en tapant du pied sur le sol : l'un des murs de l'appartement devint transparent et révéla la ville nocturne qui s'étendait devant eux. C'était une forêt gigantesque et scintillante constituée d'énormes arbres de Noël, reliés entre eux par les guirlandes de lumière des véhicules volants.

Luo Ji marcha jusqu'au canapé qui, au toucher, était aussi dur que du marbre.

— Est-ce conçu pour qu'on s'assoie dessus ? demanda-t-il.

Après une réponse affirmative de Shi Qiang, Luo Ji s'y installa prudemment. Il se sentit alors s'enfoncer dans une boue moelleuse ; les coussins et les dossiers du canapé épousèrent automatiquement ses formes et lui offrirent une surface correspondant parfaitement à son corps, en diminuant la pression au minimum.

L'illusion qu'il avait eue deux siècles plus tôt sur le bloc de magnétite de la salle de méditation de l'ONU était devenue réalité.

— Auriez-vous des somnifères ? demanda Luo Ji. À présent, dans un espace où il se sentait enfin en sécurité, il était assailli par le sommeil.

— Non, mais on peut en commander, dit Shi Qiang, qui activa une interface sur le mur. Voilà. Des somnifères en vente libre. Il y a cette marque : "Menghe".

Luo Ji pensait qu'il assisterait à un autre miracle technologique, tel qu'une transmission de matériel en ligne, mais les choses furent beaucoup plus simples qu'il ne l'avait imaginé : quelques minutes plus tard, un petit véhicule volant de livraison s'arrêta derrière le mur transparent et un long bras mécanique tendit un paquet depuis une petite trappe apparue plus tôt sur le mur. Luo Ji prit les somnifères que lui tendait Shi Qiang. Ils étaient emballés dans une boîte traditionnelle, sans le moindre écran actif. Il lut la notice : un seul comprimé par prise. Il ouvrit la boîte, sortit un somnifère et allongea la main pour prendre un verre d'eau posé sur la table basse.

— Attendez. Shi Qiang récupéra la boîte de comprimés dans la main de Luo Ji, et l'examina attentivement avant de la redonner à Luo Ji : Qu'est-ce que vous lisez ? J'avais commandé des somnifères de la marque Menghe.

Luo Ji vit une longue série de noms de médicaments complexes en anglais :

— Je ne sais pas vraiment, mais je suis sûr que ce ne sont pas des Menghe.

Shi Qiang activa une fenêtre sur la table basse et commença à chercher un consultant médical. Avec l'aide de Luo Ji, ils trouvèrent un établissement et furent mis en communication avec un médecin en blouse blanche à qui ils firent lire la notice de la boîte. Après avoir fini d'examiner la boîte, ce dernier toisa Shi Qiang d'un regard circonspect.

— D'où est-ce que ça vient ? demanda prudemment le médecin.

— Je les ai achetés sur une plateforme en ligne.

— Impossible, ce type de médicaments se distribue uniquement sur ordonnance et ne peut être utilisé que dans les centres d'hibernation.

— Quel est le rapport avec l'hibernation ?

— C'est un traitement d'hibernation courte qui permet au patient d'être endormi pour une période allant de dix jours à un an.

— Il suffit de les avaler ?

— Non. Après avoir pris un comprimé, il faut être connecté à un système externe qui régulera les fonctions circulatoires du patient et le maintiendra en vie jusqu'à la fin de son hibernation.

— Et si on le prend comme ça ?

— Vous mourez. Mais c'est une mort très agréable, c'est pourquoi ces comprimés sont souvent utilisés pour les suicides.

Shi Qiang ferma la fenêtre, jeta la boîte sur la table et après avoir longuement scruté Luo Ji, il lâcha :

— Putain.

— Putain, répéta Luo Ji avant de s'allonger sur le canapé, sans savoir qu'il s'offrait ainsi à la dernière tentative de meurtre de la journée.

Au moment où sa tête toucha le canapé, celui-ci s'adapta rapidement à la forme de sa nuque et commença à façonner un moule à partir de son corps. Mais ce processus ne s'arrêta pas là, et la tête et le cou de Luo Ji continuèrent à s'enfoncer. L'appui-tête forma une paire de tentacules des deux côtés de son cou qui l'agrippèrent à la gorge. Il ouvrit la bouche mais se retrouva dans l'incapacité de crier, il écarquilla les yeux et essaya de se débattre en agitant ses mains en l'air.

Shi Qiang se leva et fonça dans la cuisine où il saisit un couteau avec lequel il poignarda vigoureusement les deux tentacules puis, à la force des mains, les écarta du cou de Luo Ji. Ce dernier parvint à s'extraire du canapé et roula sur le sol. À la surface du sofa, une série de messages d'erreur se mit à clignoter.

— Combien de fois est-ce que je vous ai sauvé la vie aujourd'hui, vieux frère? demanda Shi Qiang en se frictionnant les mains.

— C'est… la… sixième fois, finit par balbutier Luo Ji, encore suffocant, puis il vomit sur le sol.

Il s'appuya ensuite sans force sur le canapé, mais il s'en éloigna aussitôt, comme sous l'effet d'une décharge électrique. Il ne savait même plus où poser les mains.

— Encore combien de fois avant que j'apprenne à être aussi vif que vous pour me sauver moi-même?

— Je crains que ce ne soit impossible, dit Shi Qiang.

Un robot semblable à un aspirateur sortit et alla nettoyer le vomi sur le sol.

— Alors, je suis foutu. Monde de dégénérés!

— Ce n'est pas si horrible. Au moins, j'ai une idée sur ce qui est derrière tout ça. La première tentative de meurtre a échoué, et il y en a eu cinq autres. C'est stupide, ce n'est pas un comportement de pro. Il y a sûrement une erreur quelque part… Nous devons contacter la police immédiatement. Nous ne pouvons pas attendre la fin de son enquête.

— Une erreur? Qui l'aurait commise? Da Shi, ça fait deux siècles… Il ne faut pas penser avec nos réflexes anciens.

— C'est la même chose, vieux frère. Dans ce genre d'affaires, il y a des points communs, quelle que soit l'époque. Quant à savoir qui commet l'erreur, je n'en sais bigrement rien. Je me demande d'ailleurs si ce "qui" existe vraiment…

À ce moment-là, on sonna à la porte. Shi Qiang l'entrouvrit et examina les individus devant le palier. Ils étaient tous en civil, mais Shi Qiang les identifia sans même que leur chef ait eu besoin de présenter sa carte.

— Eh bien, je commençais à me demander s'il y avait encore des flics dans cette ville. Entrez, messieurs les officiers.

Trois d'entre eux passèrent la porte et deux autres se placèrent en faction devant l'entrée de l'appartement. Leur chef paraissait avoir la trentaine. Il examina l'appartement. Comme ceux de Shi Qiang et de Luo Ji, les écrans étaient tous éteints sur ses vêtements. Quelque chose d'autre les mit à l'aise : l'officier s'exprimait dans un "chinois ancien" impeccable, sans utiliser de mots anglais :

— Guo Zhengming, du département de réalité virtuelle du Bureau de la sécurité publique. Je vous prie de m'excuser pour notre arrivée tardive. Nous avons fait preuve de négligence. Le dernier cas de ce type remonte à il y a un demi-siècle. Il s'inclina respectueusement devant Shi Qiang : Grand ancien, je vous présente mes respects. De nos jours, rares sont les officiers de police de votre qualité.

Tandis que l'officier Guo parlait, Luo Ji et Shi Qiang remarquèrent que toutes les fenêtres d'information de l'appartement avaient été éteintes. La feuille avait été manifestement coupée du monde ultra-connecté de l'extérieur. Les deux autres policiers s'affairaient. Luo Ji aperçut dans leurs mains un objet qu'il n'avait pas vu depuis longtemps : un ordinateur portable. À la différence près que celui-ci était aussi fin qu'une feuille de papier.

— Ils sont en train d'installer un pare-feu dans votre appartement, expliqua l'officier. Rassurez-vous, vous êtes maintenant en sécurité. Par ailleurs, je vous garantis que vous obtiendrez un dédommagement de la part du Bureau municipal de la sécurité publique.

Shi Qiang compta sur ses doigts :

— Ça fera le quatrième dédommagement aujourd'hui...

— Je suis au courant. Beaucoup de gens appartenant à différents bureaux ont dû démissionner à cause de cette affaire. C'est pourquoi je vous demande votre collaboration, car je suis susceptible de connaître le même sort qu'eux. Je vous remercie par avance, dit l'officier Guo, en s'inclinant une nouvelle fois devant les deux hommes.

— Ne vous faites pas de bile, on a compris, dit Shi Qiang. J'ai déjà connu ça. Vous avez besoin qu'on vous résume la situation ?

— Non. Vous êtes en réalité suivis depuis votre déclaration. C'est de la pure négligence de notre part.

— Alors, est-ce que vous pouvez nous expliquer ce qui se passe ?

— Killer 5.2.

— Quoi ?

— Un virus informatique lancé sur le réseau par l'Organisation Terre-Trisolaris il y a un siècle environ, pendant la Grande Crise. Il a connu par la suite plusieurs actualisations. C'est un virus meurtrier : tout d'abord, il établit l'identité de sa cible grâce à plusieurs moyens, notamment par l'intermédiaire de la puce implantée dans le corps des individus. Une fois qu'il a découvert et localisé la cible, le virus Killer active tous les matériels externes possibles pour procéder à son exécution. Vous avez pu être directement témoins aujourd'hui de son mode opératoire. C'est comme si le monde entier voulait votre mort. À l'époque, certains appelaient ça un "sortilège moderne". Pendant un temps, il a même été commercialisé, il se vendait au marché noir. Il n'y avait qu'à entrer l'identité de votre cible et mettre le virus en ligne. Même si votre victime arrivait à échapper à la mort, sa vie dans la société devenait un calvaire.

— Le milieu du crime a déjà atteint ce niveau-là ? Chapeau ! s'exclama Da Shi.

— Comment se fait-il qu'un logiciel aussi ancien soit encore en application aujourd'hui ? Luo Ji avait du mal à y croire.

— Vous savez, les technologies informatiques ont cessé d'évoluer depuis longtemps déjà. Les logiciels du siècle dernier sont encore tout à fait compatibles avec le système actuel. À son apparition, le virus Killer a tué beaucoup de gens, jusqu'au leader d'un pays. Mais plus tard, les logiciels antivirus et les pare-feu ont réussi à le contrôler et il a peu à peu disparu. Toutefois, cette version de Killer a été programmée spécifiquement pour attaquer le Dr Luo Ji. Comme sa cible était en état d'hibernation, il n'a jamais eu l'opportunité d'agir et est donc resté à l'état latent. Il n'a par conséquent jamais été détecté et enregistré dans les bases de données du système de sécurité informatique. C'est seulement depuis le réveil du Dr Luo Ji que Killer 5.2 s'est activé pour accomplir sa mission. Simplement, ses créateurs ont disparu depuis déjà un siècle.

— Ainsi, ils essayaient encore de me traquer il y a un siècle… remarqua Luo Ji.

Il fut à nouveau assailli par une pensée qui était déjà apparue dans son esprit, mais il s'empressa de la chasser.

— En effet, le point crucial, c'est que cette version du virus Killer a été programmée spécialement pour vous. Il n'avait jamais été activé à ce jour. C'est pourquoi lui aussi était resté jusqu'à récemment en hibernation.

— Alors maintenant, qu'est-ce qu'on est censés faire ? demanda Shi Qiang.

— Nous sommes en train de supprimer Killer 5.2 de tout le système, mais cela demande un peu de temps. D'ici que nous ayons terminé, il reste deux possibilités : premièrement, donner provisoirement au Dr Luo Ji une fausse identité, mais nous ne pouvons pas garantir sa sécurité à cent pour cent. Il y a même le risque que de graves conséquences se produisent. La technologie de logiciels de l'OTT était très sophistiquée et Killer 5.2 a sans doute en mémoire d'autres particularités de sa cible. Il y a un siècle, une affaire a eu un grand retentissement. Un individu a tenté de changer d'identité pour échapper au virus, mais Killer a activé un mode de reconnaissance floue et a tué simultanément plus de cent personnes, dont la cible elle-même. Il existe une autre possibilité, que je vous recommande : aller vivre quelque temps à la surface. Là-haut, il n'y a aucun matériel que le virus Killer 5.2 puisse manipuler.

— Je suis d'accord, acquiesça Shi Qiang. Même sans ça, je serais bien allé faire un tour à la surface.

— Qu'y a-t-il à la surface ? demanda Luo Ji.

— La plupart des hibernautes habitent là-haut. Ils ont du mal à s'adapter à la vie ici, expliqua Shi Qiang.

— En effet. Vous devriez y rester quelque temps, répéta l'officier Guo. Beaucoup d'aspects de la société actuelle – politique, économie, culture, mode de vie ou relations entre les sexes – ont fondamentalement changé en deux cents ans. Cela prend du temps avant que nous puissions nous intégrer.

— Mais vous y êtes bien arrivé, vous, affirma Shi Qiang en observant l'officier Guo. Luo Ji et lui avaient noté son emploi du pronom "nous".

— J'ai été hiberné à cause d'une leucémie. J'étais encore jeune quand je me suis réveillé, j'avais treize ans, sourit Guo Zhengming. Mais les gens d'ici ont parfois du mal à imaginer les difficultés que j'ai pu rencontrer. Je ne sais pas combien de traitements psychiatriques j'ai dû suivre…

— Parmi les hibernautes, beaucoup arrivent finalement à s'adapter à la vie moderne, comme vous ? demanda Luo Ji.

— Oui. Mais on peut très bien vivre très confortablement à la surface.

— Commandant Zhang Beihai du contingent spécial de renfort du futur, au rapport, salua Zhang Beihai.

Derrière l'amiral de la Flotte asiatique, passait la grande et brillante Voie lactée. Situé en orbite de Jupiter, le poste de commandement de la flotte était en rotation permanente de manière à produire de la gravité artificielle. Zhang Beihai remarqua que l'éclairage de la pièce était tamisé mais que les fenêtres étaient larges, comme si on avait voulu donner l'impression que l'environnement intérieur ne faisait qu'un avec l'espace extérieur.

L'amiral lui rendit son salut :

— Bonjour, Grand Ancien.

Il paraissait très jeune, les traits de son visage asiatique étaient éclairés par la lueur émise par ses épaulettes et l'insigne de son képi. Six jours après son réveil d'hibernation, lorsque Zhang Beihai avait reçu son uniforme, il avait reconnu l'emblème familier de la Spatiale, cousu sur son képi : une étoile argentée d'où s'échappaient quatre rayons en forme d'épées effilées. Deux siècles avaient passé et il n'y avait pas eu de grands changements dans les insignes, sauf qu'à cet instant la flotte était déjà devenue un grand État indépendant avec un président à sa tête. L'amiral n'était en charge que des affaires militaires.

— Ne m'appelez pas ainsi, amiral. Nous sommes simplement de nouvelles recrues qui avons encore tout à apprendre.

L'amiral sourit et secoua la tête :

— Ne dites pas cela. Vous apprendrez vite tout ce qui est à connaître ici. En revanche, vous possédez certaines qualités que nous ne serons jamais capables d'acquérir. C'est la raison pour laquelle nous vous avons aujourd'hui réveillé.

— L'amiral Chang Weisi, de l'armée spatiale chinoise, m'a demandé de vous transmettre ses respects.

Cette phrase de Zhang Beihai sembla émouvoir l'amiral. Il se retourna et dirigea son regard vers la Voie lactée derrière la fenêtre, comme s'il essayait de remonter du regard le cours supérieur de la rivière du temps.

— L'amiral Chang Weisi a été un officier exceptionnel, l'un des pionniers de la Flotte asiatique. Beaucoup de stratégies spatiales se fondent encore aujourd'hui sur le cadre théorique qu'il a établi il y a déjà deux siècles. J'aurais aimé qu'il puisse voir ce jour.

— Les avancées d'aujourd'hui ont déjà largement dépassé tout ce dont il a pu rêver.

— Mais tout a commencé à son époque, à votre époque.

Ce fut à cet instant que Jupiter se montra. Ce furent tout d'abord les extrémités d'un arc de cercle, puis la planète occupa bientôt tout le champ de vision derrière les fenêtres, baignant la pièce d'une lumière ocre. Au cœur de cette grande atmosphère composée d'hélium et d'hydrogène, s'esquissèrent d'oniriques figures florales d'une densité fascinante et d'une ampleur époustouflante. La Grande Tache Rouge glissa lentement derrière la fenêtre. Vu d'ici, ce gigantesque anticyclone qui aurait pu engloutir deux planètes Terre paraissait être l'œil géant et sans pupille d'un monde vitreux. Si les trois flottes avaient établi leurs bases sur l'orbite de Jupiter, c'était parce que cet océan d'hydrogène et d'hélium leur fournissait des ressources inépuisables pour leurs moteurs à fusion nucléaire.

Zhang Beihai était subjugué par le paysage de Jupiter. Ces nouvelles frontières dont il avait rêvé un nombre incalculable de fois se dévoilaient maintenant devant ses yeux. Il ne réussit à reprendre son souffle que lorsque la planète eut peu à peu disparu de derrière la fenêtre :

— Amiral, les immenses succès de cette époque ont rendu notre mission inutile.

L'amiral se retourna vers lui :

— Non, je ne peux pas vous laisser dire ça. Le plan d'envoi de renforts vers le futur a au contraire été une mesure d'une grande prévoyance. À l'époque du Grand Ravin, quand les puissances militaires spatiales ont été sur le point de s'effondrer, les contingents de renfort ont eu un rôle majeur dans la stabilisation de la situation.

— Mais notre contingent, lui, arrive trop tard.

— J'en suis désolé. Mais je vais vous expliquer pourquoi, commença l'amiral tandis que son visage s'adoucissait : Après vous, bien d'autres contingents ont été envoyés vers le futur. Les dernières équipes envoyées étaient les premières à être réveillées.

— C'est parfaitement compréhensible, amiral. De cette manière, leur système cognitif était plus proche de l'époque dans laquelle ils étaient envoyés.

— En effet. Pour finir, il n'est plus resté que votre contingent en hibernation. La période du Grand Ravin s'est achevée et le monde est entré dans une phase de développement très rapide. Le défaitisme a quasiment disparu. Il n'était donc plus nécessaire de vous réveiller. À l'époque, l'état-major de la flotte a pris la décision de vous garder en hibernation jusqu'à l'Ultime Bataille.

— Amiral, c'était en effet notre souhait le plus cher, affirma Zhang Beihai, avec émotion.

— Et c'est aussi le plus grand honneur que l'on puisse faire aux soldats des armées spatiales. Ils avaient bien sûr cela à l'esprit au moment de prendre cette décision. Mais les circonstances actuelles sont radicalement différentes, je suppose que vous avez été mis au courant, dit l'amiral en désignant derrière lui la rivière mouvante de la Voie lactée. L'Ultime Bataille n'aura peut-être jamais lieu.

— C'est pour le mieux, amiral. À côté de la future victoire de l'humanité, la petite déception de ne pas prendre part à cette glorieuse bataille en tant que soldat de la Spatiale est insignifiante. J'aimerais simplement que vous acceptiez une requête : permettez-nous d'intégrer la flotte en tant que simples soldats et confiez-nous une mission correspondant à nos compétences.

L'amiral secoua la tête :

— À compter du jour de leur réveil, tous les membres des contingents de renfort continuent de servir dans l'armée, mais ils gagnent un ou deux grades.

— Amiral, c'est inacceptable. Nous ne pouvons pas passer le reste de notre vie derrière des bureaux. Il y a deux siècles, participer aux opérations de la flotte spatiale était notre rêve à tous. Si nous quittions l'armée, notre vie n'aurait plus aucun sens. Mais avec nos grades d'origine, nous ne serions pas suffisamment compétents.

— Je n'ai jamais dit que vous deviez quitter la flotte. Bien au contraire, vous servirez à bord des vaisseaux, et votre mission sera d'une importance cruciale.

— Merci, amiral. Mais, quel type de mission pourrions-nous être en mesure de réaliser aujourd'hui ?

L'amiral ne répondit rien, puis il lâcha comme s'il venait soudain de se rappeler quelque chose :

— Arrivez-vous à vous adapter à devoir rester ainsi debout ?

Il n'y avait aucune chaise dans la pièce et le bureau avait été conçu de telle manière à ce qu'on reste debout derrière lui. La gravité produite par la rotation du poste de commandement n'était équivalente qu'à un sixième de la gravité terrestre. Il n'y avait donc guère de différence entre être debout et assis.

Zhang Beihai hocha la tête en souriant :

— Aucun problème, dans le passé, j'ai servi un an dans l'espace.

— Et pour la langue ? Des difficultés pour communiquer avec les autres militaires de la flotte ?

L'amiral s'exprimait maintenant dans un chinois ancien standard, mais les trois flottes avaient en réalité développé leur propre langue, relativement similaire au chinois et à l'anglais modernes parlés sur Terre, si ce n'est que le vocabulaire utilisé mélangeait encore davantage les deux langues, qui comptaient chacune pour moitié du lexique.

— Cela a été un peu dur au début, principalement parce que je ne distinguais pas bien quels termes étaient en anglais et quels termes étaient en chinois, mais j'ai appris à comprendre assez vite. J'ai un peu plus de difficultés à m'exprimer.

— Ce n'est pas grave, vous pouvez parler directement en chinois ou en anglais, nous comprenons les deux langues. L'état-major a-t-il déjà pris contact avec vous ?

— Oui, les premiers jours après notre arrivée à la base, ils nous ont fait une présentation globale de la situation.

— Alors vous êtes certainement au courant des dernières informations liées au poinçonnage mental.

— Oui.

— Nos investigations n'ont rien donné pour l'heure. Nous n'avons trouvé aucune trace du Clan des Poinçonnés. Quelle est votre lecture de la situation ?

— Je crois qu'il existe deux possibilités : la première, c'est que les Poinçonnés ont tous disparu. La seconde, c'est qu'ils sont très bien cachés. Un individu possédant une mentalité défaitiste ordinaire se confierait volontiers à d'autres soldats, mais ce genre de foi, scellée dans l'esprit par la technologie, est à jamais immuable. Une foi de ce type engendre nécessairement un sens de la mission correspondant. Le défaitisme et l'évasionnisme sont étroitement liés : si le Clan des Poinçonnés existe réellement, alors ses membres sont certainement en train de préparer un plan d'évasion dans l'Univers. Pour mener à bien cette mission, il leur faut dissimuler profondément leurs véritables pensées.

L'amiral approuva de la tête :

— C'est une très bonne analyse, c'est aussi le point de vue de l'état-major.

— Amiral, la deuxième situation est très dangereuse.

— Oui, d'autant que la sonde trisolarienne ne va pas tarder à approcher du système solaire. La flotte se divise aujourd'hui en deux systèmes de commandement distincts : le premier est ce que nous appelons un système de commandement réparti, une structure traditionnelle, similaire au mode de commandement des sous-marins que vous avez jadis dirigés dans la marine : les ordres du commandant du vaisseau sont exécutés par tout le personnel navigant, en fonction de la hiérarchie ; le deuxième système est un système de commandement centralisé : les ordres du commandant sont appliqués automatiquement par le système informatique du vaisseau. Les derniers vaisseaux avancés qui viennent d'être construits et ceux encore en chantier actuellement fonctionnent selon ce deuxième type. C'est principalement sur cette catégorie de vaisseaux que les Poinçonnés risquent de faire peser une menace car le commandant est investi d'un pouvoir immense. À lui seul, il peut décider du décollage et de l'atterrissage du vaisseau, contrôler sa vitesse de navigation, ainsi qu'une bonne partie de son dispositif d'armement. Dans ce genre de système de commandement, on peut dire que le vaisseau est une extension du corps du commandant. Parmi les six cent quatre-vingt-quinze vaisseaux stellaires que possède notre flotte, cent soixante-dix-neuf fonctionnent selon un système de commandement centralisé. Les officiers aux commandes de ces bâtiments seront prochainement soumis à une évaluation stricte. À l'origine, les vaisseaux concernés auraient dû être en position d'arrêt ou bien verrouillés durant ce processus d'évaluation, mais les circonstances ne nous le permettent pas : les trois flottes préparent intensivement l'action d'interception de la sonde trisolarienne. C'est la première opération réelle que mèneront les armées spatiales humaines contre l'envahisseur trisolarien. Tous les vaisseaux doivent se tenir prêts.

— Dans ce cas, amiral, pendant cette période, il faudra confier le pouvoir de commandement de ces vaisseaux à des officiers de confiance, dit Zhang Beihai qui, malgré ses efforts, peinait à deviner la mission qui leur serait confiée.

— À qui pouvons-nous faire confiance ? demanda l'amiral. Nous n'avons aucune idée du périmètre d'extension du poinçonnage mental, et nous ne disposons d'aucune information sur le Clan des Poinçonnés. Dans cette situation, aucun officier ne peut réellement être digne de confiance, pas même moi.

À cet instant, le Soleil apparut derrière la fenêtre. Bien que sa lumière fût ici bien plus faible que sur Terre, le corps de l'amiral fut caché par l'intensité lumineuse du disque glissant derrière lui. Seule sa voix lui parvint :

— Mais vous et les membres de votre contingent êtes dignes de confiance. Au moment de votre hibernation, le poinçonnage mental n'existait pas encore. Si vous avez été choisis il y a de ça deux siècles, c'est en grande partie pour votre loyauté et votre confiance dans la victoire. Vous êtes devenus le seul groupe fiable de toute la flotte. Par conséquent, nous avons décidé de vous transférer l'intégralité des pouvoirs de commandement sur ces vaisseaux. Votre mission sera celle de commandants exécutifs intérimaires par qui tous les ordres devront transiter avant d'être exécutés par le système informatique.

Deux soleils s'enflammèrent dans les yeux de Zhang Beihai. Il affirma :

— Amiral, je crains que ce ne soit pas possible.

— Je ne crois pas que refuser un ordre fasse partie de notre tradition, je me trompe ?

L'utilisation par l'amiral des mots “notre” et “tradition” réchauffa le cœur de Zhang Beihai. Il comprit que le sang de la Spatiale coulait dans cette flotte depuis deux siècles.

— Amiral, nous sommes des humains d'il y a deux siècles, ne l'oubliez pas. Dans le contexte de la marine, c'est comme si un amiral de la flotte de Beiyang avait pris la direction des destroyers du XXIe siècle[1].

— Pensez-vous vraiment que Deng Shichang et Liu Buchan n'auraient pas été capables de prendre les commandes de vos destroyers ? Ils étaient éduqués et parlaient bien anglais, ils auraient appris ! Aujourd'hui, le commandement d'un vaisseau spatial est en outre moins dépendant

1. Créée en 1871, la flotte de Beiyang, l'une des quatre grandes flottes de la fin de la dynastie des Qing, fut pendant deux décennies l'une des flottes militaires les plus puissantes d'Asie, avant de connaître de lourdes pertes lors de la guerre sino-japonaise de 1894-1895. *(N.d.T.)*

de connaissances techniques qu'autrefois. Les ordres donnés par le commandant sont plus généraux, un vaisseau n'est pour eux qu'une boîte noire. Et puis, pendant que vous serez aux commandes de ces vaisseaux, les appareils resteront stationnés au spatioport, ils ne navigueront pas. Votre mission sera simplement de transmettre les ordres des commandants d'origine au système informatique. Avant cela, vous devrez vérifier que ces ordres sont justifiés. Après une petite formation, cela ne devrait pas être trop difficile.

— Nous aurons trop de pouvoirs entre les mains. Vous pourriez laisser cette autorité aux commandants actuels et nous charger de superviser leurs décisions.

— Si vous y pensez plus en détail, vous verrez que c'est impossible. Si le Clan des Poinçonnés a effectivement placé certains de ses membres à des postes clefs, ceux-ci feront tout pour échapper à votre surveillance, y compris vous assassiner. Vous devez savoir qu'un vaisseau fonctionnant selon un système de commandement centralisé n'a besoin que de trois ordres de son commandant pour décoller. Tout serait alors trop tard. Le système doit absolument obéir aux seuls ordres de son commandant exécutif.

La navette de transport survolait le spatioport jovien de la Flotte asiatique. Zhang Beihai eut l'impression de planer au-dessus d'une haute chaîne de montagnes imposantes dont chacune était un vaisseau à quai. Le spatioport militaire se trouvait maintenant en orbite du côté de la face obscure de Jupiter. Les monts de métal dormaient paisiblement, bercés par la phosphorescence de Jupiter et la clarté argentée d'Europe. Bientôt, une boule de lumière blanche aveuglante s'éleva depuis le sommet d'une montagne et, en un instant, l'ensemble des vaisseaux stationnés furent somptueusement éclairés. Zhang Beihai eut l'impression d'assister à un lever de soleil sur les montagnes, tandis que l'ombre mouvante de la flotte se projetait sous la couche atmosphérique turbulente de Jupiter. Quand une deuxième boule de lumière s'éleva de l'autre côté de la flotte, Zhang Beihai comprit que ce n'était pas le Soleil, mais deux vaisseaux qui rentraient au spatioport et allumaient leurs moteurs à fusion nucléaire pour décélérer.

Selon le chef de l'état-major de la flotte, qui accompagnait Zhang Beihai pour prendre son poste, il y avait maintenant plus de quatre cents vaisseaux à quai, soit à peu près les deux tiers de la Flotte asiatique. Le reste des appareils, naviguant actuellement dans un large périmètre, à l'intérieur du système solaire et au-delà, rentreraient bientôt progressivement au spatioport.

Grisé par ce spectacle grandiose, Zhang Beihai dut pourtant se résigner à revenir à la réalité :

— Est-ce que le fait de rappeler tous les vaisseaux ne risque pas de provoquer une réaction immédiate du Clan des Poinçonnés ?

— Oh, non. Nous avons donné l'ordre aux vaisseaux de rentrer au bercail pour une autre raison. Une vraie raison, pas un prétexte, bien que cela puisse paraître un peu ridicule. Vous n'avez sans doute pas vu les dernières nouvelles ?

— Non, ces derniers temps, je me suis plongé dans la lecture de la notice du *Sélection Naturelle*.

— Rien ne presse. À en juger par la première phase de votre formation, vous avez déjà une excellente maîtrise. Vous aurez le temps de vous familiariser pas à pas avec le vaisseau une fois à bord. Vous verrez, ce n'est pas aussi compliqué que vous l'imaginez… Les trois flottes ne cessent de se chamailler pour savoir laquelle pourra mener la mission d'interception de la sonde trisolarienne. Le Comité conjoint de la Flotte solaire est parvenu seulement hier à un premier consensus : les vaisseaux de chaque flotte devront d'abord rentrer dans leurs spatioports respectifs. Un groupe d'experts a la charge de superviser cette opération, de façon à éviter que l'une des trois flottes ne décide d'exécuter seule la manœuvre d'interception.

— Pourquoi une telle querelle ? Si l'une des flottes réussit l'opération d'interception, tous les renseignements et toutes les informations technologiques qu'elle pourra en tirer seront certainement partagés, non ?

— Absolument, c'est simplement une question de prestige. La flotte qui aura établi la première le contact avec le monde trisolarien obtiendra un puissant capital politique. Pourquoi est-ce que je dis que c'est ridicule ? Car la manœuvre est aisée et sans risque ; dans le pire des cas, la sonde s'autodétruira durant l'opération. C'est pourquoi les trois flottes se battent pour être la première à l'approcher. Si une bataille devait un jour avoir lieu contre la flotte trisolarienne, vous pouvez être sûr que chaque flotte essaiera en revanche de conserver toutes ses forces vives… La politique aujourd'hui n'est pas si différente qu'à votre époque… Regardez, voilà le *Sélection Naturelle*.

Pendant que la navette s'approchait du *Sélection Naturelle* et que cette gigantesque montagne de fer se dévoilait peu à peu, l'image du *Tang* émergea à nouveau dans l'esprit de Zhang Beihai. L'apparence du vaisseau spatial était pourtant bien différente de celle de ce porte-avions destiné à naviguer sur l'océan, deux siècles en arrière : le corps principal du *Sélection Naturelle*, en forme de disque, était séparé de son moteur cylindrique. Quand le *Tang* avait été prématurément démantelé, Zhang Beihai avait eu l'impression de perdre une maison spirituelle, quand bien même il n'y avait jamais habité. Et maintenant, cet immense appareil lui procurait à nouveau cette impression d'arriver chez soi. Après deux siècles d'errance, son âme trouvait enfin refuge à bord de ce majestueux vaisseau. Il était comme un enfant se ruant dans les bras d'une force gigantesque.

Le *Sélection Naturelle* était le vaisseau amiral de la troisième escadre de la Flotte asiatique. Tant en termes de tonnage que de performances, il surpassait tous les autres bâtiments. Il était doté de la toute dernière génération de moteur à fusion nucléaire à propulsion radiative sans médium. À pleine poussée, il pouvait atteindre une vitesse équivalent à quinze pour cent de la vitesse de la lumière et l'écosystème autorégénératif à son bord était remarquable et paré à un voyage interstellaire. En réalité, un premier test de ce modèle d'écosystème autorégénératif avait été mené soixante-quinze ans plus tôt sur un vaisseau stationné sur la Lune. Jusqu'à aujourd'hui, celui-ci n'avait connu ni panne ni défaillance. L'armement du *Sélection Naturelle* était aussi le plus puissant de toute la flotte. Il se composait de quatre unités : des lasers à rayons gamma, des canons électromagnétiques, des faisceaux de particules à haute énergie et des torpilles stellaires. À lui seul, ce système d'armement pouvait anéantir la surface d'une planète de la taille de la Terre.

Le *Sélection Naturelle* occupait maintenant tout le champ de vision de Zhang Beihai, et seulement une partie était donc visible depuis la navette de transport. Zhang Beihai remarqua que les parois extérieures du vaisseau étaient lisses comme un miroir et qu'elles reflétaient parfaitement l'océan atmosphérique de Jupiter. Sur cette vaste surface miroitante, on pouvait aussi apercevoir le reflet de la navette qui approchait lentement.

Une entrée ovale apparut sur la paroi du vaisseau. La navette s'y engouffra puis, très vite, elle ralentit et s'arrêta. Le chef de l'état-major sortit en premier de la cabine. Zhang Beihai était légèrement nerveux, car il venait de prendre conscience que la navette n'était passée par aucun sas ; il sentit aussitôt un air frais surgir depuis l'extérieur. Cette technologie permettant de garantir la pressurisation de la cabine tout en pouvant ouvrir directement une porte vers l'espace sans que l'air ne pénètre dans l'appareil était totalement inédite pour lui.

Zhang Beihai et le chef de l'état-major se trouvaient au milieu d'une énorme sphère, dont le diamètre faisait la taille d'un terrain de football. Les cabines des vaisseaux spatiaux modernes avaient pour la plupart adopté ce genre de structure sphérique, de sorte que quand l'appareil accélérait, décélérait ou pivotait pour changer de direction, n'importe quel coin de la sphère pouvait devenir, selon le cas, le sol et le plafond. En situation d'apesanteur, le centre de la sphère devenait quant à lui l'espace d'activités principal de l'équipage. À l'époque de Zhang Beihai, les cabines spatiales étaient conçues sur le modèle de structures architecturales terrestres, et il n'était donc pas habitué à ce type d'habitacle. Le chef de l'état-major lui indiqua que c'était ici le hangar des chasseurs spatiaux, mais qu'aucun appareil ne s'y trouvait actuellement. Dans l'espace au centre de la sphère, se tenait en formation l'intégralité de l'équipage du *Sélection Naturelle*, soldats comme officiers.

Avant même que Zhang Beihai entre en hibernation, les armées spatiales de tous les pays avaient commencé à mener des exercices en situation d'apesanteur, développant des règles et des figures pour se mettre en formation, mais leur mise en œuvre était extrêmement difficile. À l'extérieur de la cabine, les soldats pouvaient se servir des petits propulseurs de leurs combinaisons pour se déplacer, mais à l'intérieur, ils ne disposaient d'aucun équipement de propulsion et ils n'avaient d'autres choix que de s'aider des cloisons des cabines et de faire des mouvements de brasse pour pouvoir se déplacer et se positionner. Dans de telles conditions, former des rangs serrés était une entreprise ardue. C'est pourquoi Zhang Beihai fut subjugué par le spectacle de ces deux mille individus en rangs stricts suspendus au milieu de cet espace sans le moindre support. Les passagers des vaisseaux spatiaux se déplaçaient aujourd'hui principalement en apesanteur grâce à leurs ceintures magnétiques. Ce genre de ceintures était fabriqué à partir de matériaux supraconducteurs et contenait un circuit générant un champ magnétique qui pouvait interagir avec n'importe quel champ magnétique en abondance dans les cabines et les couloirs du vaisseau. Grâce à un petit régulateur placé à portée de main, on pouvait donc se mouvoir selon son bon gré dans le vaisseau, avec encore plus d'agilité que sur la terre ferme. Zhang Beihai était lui aussi équipé de ce genre de ceinture, mais il lui fallait encore s'exercer avant de la maîtriser parfaitement.

Il regarda la formation de ces soldats de l'espace : ils appartenaient à une génération d'hommes ayant grandi au sein de la flotte. Ils étaient grands, longilignes et dépourvus de la robustesse maladroite des hommes vivant sous la gravité terrestre. Au contraire, ils débordaient de cette légèreté et de cette agilité propres aux peuples de l'espace. En première ligne de la formation se trouvaient trois officiers. Le regard de Zhang Beihai s'attarda pour finir sur le corps de la jeune femme qui se tenait au milieu d'eux. Quatre étoiles scintillaient sur chacune de ses épaulettes. C'était certainement la commandante du *Sélection Naturelle*. C'était une représentante typique de cette nouvelle humanité spatiale : elle était plus grande que Zhang Beihai – pourtant lui-même de haute taille. Elle se déplaça avec agilité depuis la formation pour les rejoindre. Son corps fin et élancé semblait flotter dans l'air comme une note de musique harmonieuse. Lorsqu'elle s'arrêta à hauteur de Zhang Beihai et du chef de l'état-major, sa chevelure, qui flottait jusqu'alors, retomba avec souplesse sur son épaule blanche. Ses yeux débordaient d'énergie et de rayons de soleil. Zhang Beihai eut immédiatement confiance en elle, car aucun Poinçonné n'aurait jamais pu avoir un tel regard.

— Dongfang Yanxu, commandante du *Sélection Naturelle*, dit-elle en salua Zhang Beihai et en lui offrant un regard espiègle de défi. Au nom de tous les soldats et des officiers du vaisseau, je me permets d'offrir ce présent au Grand Ancien.

Elle tendit les deux mains. Zhang Beihai vit l'objet qu'elle tenait entre les doigts, son aspect avait un peu changé depuis son époque, mais il put reconnaître un pistolet.

— Si jamais le Grand Ancien me prenait en flagrant délit de défaitisme ou d'évasionnisme, il pourrait l'utiliser pour m'abattre.

Il était très facile de rejoindre la surface. Au sommet de chaque tronc d'arbre se trouvait une colonne supportant le dôme de la ville souterraine, au niveau duquel il était possible de prendre un ascenseur pour monter directement à la surface en traversant quelque trois cents mètres de roche. Lorsque Luo Ji et Shi Qiang sortirent de l'ascenseur, ils furent aussitôt gagnés par un sentiment de nostalgie : sur les murs et le sol du hall de sortie ne se trouvait aucune fenêtre d'information activable. Toutes les informations étaient transmises par de vrais écrans, suspendus au plafond. On avait l'impression d'être à l'intérieur d'une ancienne station de métro ; les gens étaient peu nombreux, et la majorité d'entre eux portaient des vêtements qui ne clignotaient pas.

En passant le sas du grand hall, un coup de vent leur souffla sur le visage, apportant une odeur de poussière.

— C'est mon fils ! cria Shi Qiang en pointant un homme en train de gravir en courant les marches de la station.

De cette distance, Luo Ji put simplement voir que l'homme avait la quarantaine, il s'étonna que Shi Qiang soit si sûr de l'avoir reconnu. Ce dernier courut dans l'escalier pour le retrouver. Luo Ji détourna son regard de ces retrouvailles entre père et fils et concentra son attention sur le monde de la surface qui s'étendait devant lui.

Le ciel était jaune. Il comprenait à présent pourquoi l'image de la ville souterraine devait être prise depuis une hauteur d'une dizaine de milliers de mètres car, en regardant le ciel, on apercevait à peine les contours flous du disque solaire. Le sable recouvrait tout. Les voitures tiraient derrière elles de longues queues de poussière. Luo Ji découvrit donc un autre élément qui appartenait au passé : ici, les voitures roulaient à la surface. Ces véhicules ne semblaient pas fonctionner à l'essence et il y en avait de toutes les formes, des neuves comme des épaves, mais toutes partageaient un point commun : sur leur toit était fixée une plaque, qui ressemblait à un auvent. De l'autre côté de la rue, Luo Ji remarqua un immeuble à l'ancienne dont les rebords des fenêtres étaient couverts de poussière. Les fenêtres n'étaient pas closes et certaines présentaient même des trous noirs béants. Il était pourtant évident que l'immeuble était habité. Luo Ji vit du linge étendu au balcon et même quelques pots de fleurs aux fenêtres. Bien que le sable et l'atmosphère poussiéreuse gênassent sa visibilité, il remarqua vite les contours de quelques architectures familières et il acquit la certitude qu'il était bien revenu dans cette ville où il avait habité la moitié de sa vie.

Il descendit les escaliers pour rejoindre les deux hommes qui s'enlaçaient et se donnaient des tapes joyeuses dans le dos. En voyant l'homme de plus près, il sut que Shi Qiang ne s'était pas trompé.

— Papa, si on fait le calcul, j'ai cinq ans de moins que toi, expliqua Shi Xiaoming, tout en essuyant les larmes dans le coin de ses yeux.

— Tant mieux, fiston. J'avais peur d'une chose : qu'un vieillard à barbe blanche m'appelle "papa", dit Shi Qiang en riant ; puis il présenta Luo Ji à son fils.

— Oh, bonjour professeur Luo, vous étiez une sacrée célébrité dans le temps ! fit Shi Xiaoming en examinant Luo Ji des pieds à la tête.

Tous les trois s'avancèrent vers la voiture de Shi Xiaoming, qui était garée au bord de la route. Avant de grimper dans le véhicule, Luo Ji s'enquit de la nature de la plaque sur le toit.

— C'est une antenne. Ici, à la surface, on profite des fuites d'électricité qui viennent de la cité souterraine. Les antennes doivent donc être suffisamment grandes. On arrive à faire rouler nos voitures, mais elles ne peuvent pas voler.

Le véhicule n'était pas rapide, mais Luo Ji ignorait si c'était en raison d'un manque de puissance ou bien à cause du fait qu'il roulait au milieu du sable. Il regarda derrière la fenêtre la cité envahie par la poussière. Il était assailli de questions. Mai Shi Xiaoming et Shi Qiang continuaient à parler et il ne pouvait pas les interrompre.

— Maman est morte en l'an 34 de la Grande Crise. À ce moment-là, ta petite-fille et moi étions à ses côtés.

— Oh, c'est bien… Et tu n'as pas emporté ma petite-fille ?

— Après le divorce, elle a suivi sa mère. J'ai cherché dans le registre. La gamine est décédée en 105. Elle a vécu plus de quatre-vingts ans.

— C'est triste de ne jamais avoir pu voir son visage… En quelle année as-tu fini de purger ta peine ?

— En 19.

— Et après, qu'est-ce que tu as fait ?

— Un peu de tout. Au début, comme je ne trouvais rien, eh bien, j'ai continué dans l'arnaque, puis j'ai travaillé dans le commerce légal, j'ai gagné un peu de fric et quand j'ai vu les signes avant-coureurs du Grand Ravin, je me suis fait hiberner. À l'époque, je ne pensais pas que l'avenir serait forcément mieux, je me suis simplement dit que je voulais venir te voir.

— Est-ce que notre maison est toujours là ?

— Les droits de propriété ont dépassé les soixante-dix ans réglementaires, mais je n'y suis resté qu'un moment avant qu'on démolisse la maison. Celle que j'ai achetée ensuite est encore debout, mais je ne suis pas retourné voir. Shi Xiaoming montra l'extérieur : Maintenant, la population de la ville n'atteint pas même un pour cent de celle de notre époque. Tu sais ce qui vaut le moins cher aujourd'hui ? Les maisons. Ce qu'on cherchait autrefois à acquérir pendant toute une vie. Aujourd'hui, tout est vide, on peut habiter où on veut.

Luo Ji arriva enfin à trouver une faille pour s'engouffrer dans la discussion entre les deux hommes :

— Les hibernautes réveillés habitent-ils tous dans la vieille ville ?

— Jamais de la vie ! Ils habitent tous en périphérie. Il y a trop de sable dans la ville et puis, surtout, il n'y a rien à faire. Bien sûr, il faut s'arranger pour ne pas habiter trop loin de la ville souterraine de façon à puiser un peu d'électricité.

— Qu'est-ce que vous faites, tous ? demanda Shi Qiang.

— À votre avis ? Qu'est-ce qu'on peut faire que les enfants ne savent pas faire ? Cultiver la terre, pardi !

Comme tous les autres hibernautes, Shi Xiaoming avait pris l'habitude d'appeler les hommes modernes des "enfants", quel que soit leur âge.

La voiture quitta la ville et se dirigea vers l'ouest, où la poussière était moins dense. Tandis que la route se dévoilait, Luo Ji reconnut l'autoroute de Jingshi. Les deux bords de la chaussée étaient maintenant recouverts de sable jaune. Les bâtiments du passé se dressaient, inébranlables, au milieu du désert. Sur la grande plaine de Chine du Nord, victime de désertification, on voyait néanmoins quelques petites taches de vie organiques, des oasis entourées d'arbres épars. Shi Xiaoming expliqua qu'il s'agissait des villages occupés par les hibernautes.

La voiture pénétra dans l'une des oasis, un quartier résidentiel entouré d'une forêt de protection contre l'avancée du sable. Shi Xiaoming leur indiqua qu'ils étaient entrés dans le Cinquième Village de la Nouvelle Vie. À sa descente de voiture, Luo Ji eut le sentiment de remonter le temps. Il vit une rangée d'immeubles à six étages et, dans l'espace vide devant les immeubles, des vieillards assis sur des bancs en pierre jouaient aux échecs, des mères promenaient leurs enfants en poussette et un groupe de gamins jouaient au football sur une pelouse irrégulière ayant poussé dans le sable…

La famille de Shi Xiaoming habitait au sixième étage. Son épouse actuelle avait neuf ans de moins que lui, elle avait été hibernée en l'an 21 de la Grande Crise à cause d'un cancer du foie. Elle s'était maintenant parfaitement remise. Ils avaient un fils de quatre ans qui appela Shi Qiang "papi".

Le repas cuisiné en l'honneur de Shi Qiang et Luo Ji était succulent : on leur servit des légumes qui poussaient au village, ainsi que de la viande de poulet et de porc provenant d'autres fermes de la région. Même l'alcool était maison. Trois voisins furent invités. Comme Shi Xiaoming et sa famille, eux aussi étaient entrés en hibernation relativement tôt, à une époque où l'opération était très onéreuse et réservée à la frange la plus aisée de la société ou aux enfants de parents très fortunés. Un siècle s'était écoulé, et ils étaient devenus ici des gens ordinaires. Shi Xiaoming présenta notamment l'un des voisins : Zhang Yan, le petit-fils de Zhang Yuanchao, l'homme qu'il avait arnaqué en lui vendant un fonds d'évasion.

— Tu m'avais bien dit de rendre l'argent à celui que j'avais escroqué, non ? Quand je suis sorti de tôle, j'ai commencé à rembourser, et j'ai eu l'occasion de rencontrer Yanzi, il venait juste d'être diplômé de l'université. Inspirés par les dernières volontés des deux voisins de son grand-père, on a ouvert ensemble une entreprise de pompes funèbres, la compagnie Gaoshen. *Gao* (haut) pour les funérailles spatiales : le principe était au début d'envoyer les cendres au-delà du système solaire, et puis on a aussi développé le lancement de corps entiers – bien sûr, le prix n'était pas le même ; *shen* (profond), pour les funérailles minières : à l'origine, on enterrait les corps dans des mines abandonnées, puis on a commencé à creuser de nouvelles mines. Le principe était le même : bâtir des tombes hors de portée des Trisolariens.

Celui que Shi Xiaoming avait appelé Yanzi paraissait un peu plus âgé – entre cinquante et soixante ans. Shi Xiaoming expliqua qu'il s'était réveillé une première fois et avait vécu pendant trente ans avant de se faire de nouveau hiberner un peu plus tard.

— Légalement, quel est votre statut ici ? demanda Luo Ji.

— Le même que tous ceux qui habitent dans les quartiers résidentiels modernes. Ici, nous sommes en périphérie lointaine de la ville, et nous avons notre propre gouvernement de quartier. Il n'y a pas que des hibernautes dans le voisinage, il y a aussi des hommes modernes et des touristes qui montent de la ville souterraine pour visiter.

Zhang Yan poursuivit :

— Les hommes modernes, nous les appelons les "zappeurs de murs", parce que, quand ils arrivent ici, ils ne peuvent pas s'empêcher de pianoter sur les murs pour activer des fenêtres d'information !

— Comment est la vie ici ? demanda Shi Qiang.

Ils répondirent tous qu'ils n'avaient pas à se plaindre.

— J'ai remarqué les champs le long de la route. Vous arrivez à vous en sortir simplement en vivant de l'agriculture ?

— Pourquoi pas ? Maintenant, en ville, les produits fermiers sont devenus des produits de luxe… Et puis, le gouvernement traite relativement bien les hibernautes. Même sans travailler, vous pouvez vivre confortablement grâce aux subventions accordées par l'État. Mais bon, il faut quand même trouver quelque chose à faire. Ce serait idiot d'affirmer que tous les hibernautes sont des experts en agriculture, parce que aucun de nous n'était fermier à l'origine, mais il a bien fallu qu'on s'y mette.

La discussion dévia rapidement sur l'histoire de ces deux derniers siècles.

— Qu'est-ce que le Grand Ravin ? demanda Luo Ji. Il allait enfin avoir la réponse à cette question qu'il voulait poser depuis longtemps.

Les mines se firent soudain graves. Shi Xiaoming fixa son assiette et termina rapidement son contenu avant d'embrayer sur le sujet :

— Vous devez en avoir eu une petite idée depuis quelques jours que vous êtes là. C'est une longue histoire. Pendant la décennie qui a suivi votre hibernation, la vie n'était encore pas trop mal. Mais l'économie mondiale a commencé à décliner rapidement, le niveau de vie s'est détérioré de jour en jour. Le climat politique s'est tendu, on sentait vraiment qu'on était en période de guerre.

Un voisin ajouta :

— Ce n'était pas juste le cas de quelques pays, c'était toute la planète qui était dans la même situation. La société était au bord de l'implosion : une phrase de travers et on vous accusait d'être un membre de l'OTT ou un traître à l'espèce humaine. C'était la paranoïa absolue.

— Les films de l'Âge d'or ont commencé à être restreints, puis censurés dans le monde entier. Évidemment, il y en avait trop, ils ne pouvaient pas tout interdire.

— Quel intérêt ?

— Ils avaient peur que la nostalgie du passé mine l'esprit de combat, expliqua Shi Xiaoming. Mais tant qu'il y avait à manger, on pouvait encore faire avec. Plus tard, la situation a empiré, le monde entier a commencé à crever de faim – c'était quelque chose comme vingt ans après que le Pr Luo est entré en hibernation.

— À cause de la transition économique ?

— En partie, mais surtout à cause de la dégradation de l'environnement. Il y avait encore une législation environnementale, mais l'époque était au pessimisme et la plupart des gens se demandaient : à quoi bon protéger l'environnement ? Si la Terre devenait un jardin, est-ce que ça ne revenait pas à le préserver pour les envahisseurs trisolariens ? Plus tard, le simple fait d'avoir des convictions écologistes faisait de vous un vendu à l'OTT et un traître envers l'humanité. Une association comme Greenpeace a été accusée d'être une branche de l'OTT et a été dissoute. Pendant ce temps, les industries militaires lourdes des armées spatiales aggravaient la pollution de l'environnement sans qu'on puisse les contrôler. L'effet de serre, le dérèglement du climat, la désertification… Il soupira.

— La désertification a vraiment commencé au moment où je me suis fait hiberner, ajouta un autre voisin. Ce n'était pas comme vous pouvez l'imaginer, le désert ne s'est pas mis à avancer progressivement depuis la Grande Muraille. Non, c'est ce qu'on a appelé "des bouquets d'érosion" : des grandes parcelles de terre ont commencé en même temps à devenir des petits déserts et à s'étendre dans différentes directions, comme un chiffon mouillé séché par le soleil.

— Et puis la production agricole s'est effondrée. Les stocks de céréales se sont épuisés, et puis… et puis, ça a été le Grand Ravin.

— La prédiction selon laquelle le niveau de vie reculerait d'un siècle s'est-elle réalisée ? interrogea Luo Ji.

Shi Xiaoming éclata d'un rire amer :

— Mon bon professeur Luo, d'un siècle ? Dans vos rêves ! À l'époque, si on était remonté cent ans en arrière, on aurait été… dans les années 1930, à peu près. Mais ç'aurait été le paradis par rapport au Grand Ravin ! À ce moment-là, la population était énorme : huit milliards trois cents millions d'humains ! s'exclama-t-il en pointant Zhang Yan du doigt : Lui, il a vécu le Grand Ravin pendant quelque temps.

Zhang Yan vida son verre de vin et, le regard vide, il prit le relais :

— J'ai vu des cohortes de la faim, des millions de gens qui fuyaient la famine, j'ai vu le sable inonder le ciel de la plaine, un ciel chaud, une terre chaude, un soleil chaud. J'ai vu des cadavres être dépecés… Putain, c'était un véritable enfer… Il existe des tas d'archives vidéo sur cette période, vous pourrez aller les visionner. Quand on y pense, on peut s'estimer heureux d'avoir survécu.

— Le Grand Ravin s'est poursuivi sur un demi-siècle environ. Rien que pendant cette période-là, la population de la Terre a chuté, passant de huit milliards trois cents millions à trois milliards cinq cents millions d'habitants. Vous vous imaginez ce que ça représente ?

Luo Ji se leva et marcha jusqu'à la fenêtre. D'ici, il pouvait voir le désert derrière la forêt de protection des sables. Il recouvrait la grande plaine du Nord de la Chine et s'étendait paisiblement jusqu'aux confins de l'horizon. La main du temps avait déjà tout aplani.

— Et après ? demanda Shi Qiang.

Zhang Yan poussa un long soupir, comme si ne plus avoir à parler de ce morceau d'histoire le libérait d'un fardeau :

— Après, certaines personnes se sont mises à réfléchir, de plus en plus. Les gens ont commencé à se demander si la victoire hypothétique de l'humanité lors de l'Ultime Bataille valait autant de sacrifices. Pensez-y, qu'est-ce qui est le plus grave : un gamin qui meurt de faim dans vos bras ou l'extinction de la civilisation humaine ? Avec le recul, vous donnerez peut-être la deuxième réponse, mais mettez-vous à la place des gens de l'époque, ils ne voulaient pas penser à un avenir lointain, seuls comptaient les jours devant eux. Bien entendu, en ce temps-là, une telle mentalité était considérée comme outrageuse, comme typique d'un traître à l'humanité. Mais ça n'a pas empêché les gens de penser et, peu à peu, cet état d'esprit s'est propagé dans le monde entier. Il y avait un slogan populaire à l'époque, qui est depuis devenu une célèbre sentence historique…

— *Donner de la civilisation aux jours lorsqu'on ne peut plus donner de jours à la civilisation*, compléta Luo Ji, qui n'avait pas détourné son regard de la fenêtre.

— Oui, c'est ça. Donner de la civilisation aux jours…

— Et ensuite ? demanda à nouveau Shi Qiang.

— Le deuxième mouvement des Lumières, la deuxième Renaissance, la deuxième Révolution française… Tous ces épisodes que vous pourrez retrouver dans les livres d'histoire.

Luo Ji se retourna, incrédule : ces prédictions qu'il avait faites deux siècles plus tôt en compagnie de Zhuang Yan étaient devenues réalité.

— Une deuxième Révolution française ? Encore en France ?

— Non, non, c'est juste le nom qu'on lui a donné. C'était à l'échelle du monde entier ! Après cette grande révolution, les nouveaux gouvernements des nations ont décidé d'interrompre leurs projets spatiaux et de concentrer toute leur énergie à améliorer la vie de leurs concitoyens. À l'époque a été développée une technologie primordiale : l'utilisation de l'ingénierie génétique et de l'énergie de la fusion nucléaire pour produire à grande échelle des denrées alimentaires. C'en était terminé de l'alimentation venue de la nature, mais le monde a recommencé à manger à sa faim. Puis tout est très vite redevenu normal – il y avait moins de gens, ça aidait. Au bout d'une petite vingtaine d'années, le niveau de vie est revenu à celui qu'il était avant le Grand Ravin, puis à celui de l'Âge d'or. Le monde entier était déterminé à poursuivre son chemin vers une vie agréable, personne ne voulait plus regarder en arrière.

— Il y avait une autre expression courante à l'époque que le Pr Luo Ji trouvera sans doute intéressante, ajouta le voisin à côté de Luo Ji – avant d'entrer en hibernation, l'homme avait été économiste et avait une connaissance profonde de ces questions. Celle d'"immunité de la civilisation". Par ce terme, on voulait dire qu'après avoir souffert d'une terrible maladie l'humanité avait renforcé ses défenses immunitaires ; les événements du début de la Grande Crise ne se reproduiraient jamais. L'humanité d'abord, la survie de la civilisation, ensuite : c'est devenu le socle sur lequel s'est bâtie la société moderne.

— Et encore après ? demanda Luo Ji.

— Après, ça a été dingue ! s'enthousiasma Shi Xiaoming. À l'origine, tous les pays du monde avaient l'intention de couler des jours paisibles et de laisser la crise derrière eux, mais vous savez quoi ? Le progrès s'est mis à avancer à toute vitesse, la technologie a connu des avancées énormes dans tous les domaines, et les obstacles techniques rencontrés avant le Grand Ravin par les stratégies des flottes spatiales ont été, contre toute attente, levés les uns après les autres.

— Ce n'est pas si dingue, nota Luo Ji. L'émancipation de la raison s'accompagne inévitablement d'un progrès scientifique et technologique.

— Après le Grand Ravin, il s'est écoulé à peu près cinquante ans de paix, puis le monde entier s'est remis à penser à l'invasion trisolarienne et s'est dit qu'il fallait tout de même songer à la guerre qui s'annonçait. Après tout, la puissance de l'humanité avant et après le Grand Ravin, c'était le jour et la nuit. Alors l'état de guerre a été une nouvelle fois décrété et on a commencé la construction de vaisseaux spatiaux militaires. Mais cette fois, contrairement à avant, tous les pays se sont mis d'accord sur un point : les dépenses liées à la stratégie spatiale seraient circonscrites à un périmètre bien déterminé et ne devraient pas affecter l'économie et la société. C'est à ce moment-là que les flottes sont devenues des nations indépendantes…

— En réalité, il n'y a plus besoin de penser à tout ça maintenant, conclut l'économiste. Il suffit de penser aux jours qui viennent. La devise dont nous avons parlé tout à l'heure était en fait tirée d'une citation datant de l'Âge d'or : "Donner de la vie au temps lorsqu'on ne peut plus donner de temps à la vie." Trinquons à la nouvelle vie!

Ils vidèrent leurs derniers verres d'alcool. Luo Ji félicita l'économiste pour ses derniers mots, qu'il trouvait très justes. À cet instant présent, il n'avait dans le cœur que Zhuang Yan et sa fille. Il voulait d'abord s'installer le plus vite possible, puis il irait les réveiller.

Donner de la civilisation aux jours, donner de la vie au temps.

Ce n'est qu'une fois à bord du *Sélection Naturelle* que Zhang Beihai s'aperçut que le système de commandement moderne avait évolué au-delà de ce qu'il avait pu imaginer. Cet énorme vaisseau dont la superficie équivalait à celle additionnée des trois plus gros porte-avions du XXIe siècle était presque une ville. Il ne comportait étrangement aucun poste de pilotage, aucun module de commande, aucun bureau de commandant ni aucune salle des opérations. Il ne s'y trouvait en réalité aucune cabine qui fût spécifiquement dédiée à une fonction. Toutes les pièces du vaisseau étaient presque identiques : des sphères régulières qui ne différaient que par leur taille. Grâce à des gants de données, il était possible dans n'importe quel coin du vaisseau d'activer un écran holographique. C'était un équipement assez rare et encore coûteux, même sur une Terre déjà hautement informatisée. Dans chaque recoin de l'appareil, il suffisait de disposer des droits d'accès appropriés pour accéder à une console de commande qui pouvait faire de n'importe quel endroit du vaisseau – y compris les toilettes et le long des couloirs – un poste de pilotage, un bureau de commandant ou un poste de commandement. Pour Zhang Beihai, c'était une évolution semblable à celle des réseaux informatiques de la fin du XXe siècle qui étaient passés du mode client/serveur au mode navigateur/

serveur : avec le premier, vous ne pouviez accéder au serveur que si vous aviez installé un logiciel dans votre ordinateur, tandis qu'avec le second l'utilisateur pouvait accéder au réseau depuis n'importe quel ordinateur tant qu'il possédait les droits d'accès.

Zhang Beihai et Dongfang Yanxu se trouvaient donc à présent dans une cabine ordinaire. Comme partout ailleurs, elle ne possédait aucun instrument ni aucun écran, c'était simplement un petit compartiment sphérique dont les cloisons étaient la plupart du temps blanches et qui donnait l'impression d'être enfermé dans une grande balle de ping-pong. Quand le vaisseau accélérait pour produire de la gravité, n'importe quelle partie de la cloison pouvait épouser la forme du corps et devenir un siège.

C'était un autre aspect de la technologie moderne que peu de gens avaient autrefois imaginé pour le futur : l'aptitude à se passer d'équipements. Cette tendance commençait tout juste à toucher la Terre, mais c'était déjà un fondement structurel du monde plus avancé des flottes spatiales. Ici, tout était simple et vide. On ne voyait presque aucune installation, mais on pouvait les faire apparaître n'importe où quand cela était nécessaire. Après avoir été rendu complexe par la technologie, le monde revenait maintenant à une certaine simplicité, même si la technologie restait cachée derrière les apparences de la réalité.

— Vous allez à présent assister à votre première leçon à bord du vaisseau, dit Dongfang Yanxu. Bien sûr, dans l'idéal, elle ne devrait pas vous être dispensée par une commandante en cours d'évaluation, mais aucun membre de la flotte n'est plus indiqué que moi. Aujourd'hui, nous allons effectuer ensemble une démonstration du lancement du *Sélection Naturelle*, et voir comment activer le mode de navigation. En réalité, il suffit que vous reteniez ce que vous allez voir aujourd'hui et vous serez en mesure de bloquer la principale voie de sortie des Poinçonnés. Elle activa avec son gant de données un écran holographique représentant une carte spatiale : Il y a sans doute des différences avec les cartes spatiales de votre époque, mais elles prennent toujours le Soleil comme élément central.

— Nous avons eu l'occasion d'en consulter quelques-unes lors de la formation, je peux donc la lire sans grande difficulté, dit Zhang Beihai en observant la carte.

Le souvenir de deux siècles plus tôt, lorsque Chang Weisi et lui s'étaient retrouvés ensemble devant l'ancienne carte du système solaire, était encore frais. La carte qu'il voyait à présent indiquait avec précision la position de tous les corps célestes dans un rayon de cent années-lumière autour du Soleil, soit une échelle cent fois supérieure à celle de l'époque.

— Vous n'avez en fait pas forcément besoin de tout comprendre. Il est actuellement interdit de naviguer vers n'importe laquelle des positions de cette carte… Si j'étais une Poinçonnée et que je voulais détourner le *Sélection Naturelle* pour m'enfuir dans l'espace, j'aurais d'abord besoin de choisir une direction, comme ceci… Dongfang Yanxu activa un point de la carte, qui se colora en vert. Bien sûr, nous sommes à présent dans un mode de simulation, car on m'a ôté les pouvoirs exécutifs du système de commandement. C'est vous qui les obtiendrez bientôt, et je devrais donc avoir votre accord avant de commencer ce type de manœuvre. Si toutefois je vous en faisais la demande, ce serait probablement un acte malveillant, vous devriez refuser et me dénoncer aux autorités.

Une fois la direction de la navigation déterminée, une interface d'opération apparut dans l'air. Durant sa précédente formation, Zhang Beihai avait déjà eu l'occasion de se familiariser avec ce type d'opérations, mais il écouta avec patience les explications de Dongfang Yanxu qui lui indiquait comment faire passer le vaisseau d'un mode éteint à un mode de veille, puis au mode “Attention”, et enfin à celui d'"Avant très lente[1]". Quand les autres membres du contingent de renfort et lui avaient vu cette interface, ils avaient été surpris par sa simplicité et son absence de détails techniques.

— Voilà, si nous n'étions pas maintenant uniquement dans un mode de simulation, le *Sélection Naturelle* aurait déjà décollé. Qu'en dites-vous ? C'est quand même plus facile que faire démarrer des vaisseaux à votre époque.

— Oui, c'est beaucoup plus simple.

— L'opération est absolument automatisée. Le processus technique n'est même pas visible aux yeux du commandant.

— L'écran n'affiche que les paramètres généraux. Comment peut-on savoir que le vaisseau est opérationnel ?

— L'état opérationnel du vaisseau est supervisé par des soldats et des officiers aux grades inférieurs. Leurs interfaces sont plus techniques : plus le grade est faible, plus la complexité est grande. Les commandants et les vice-commandants du vaisseau ont pour mission de se concentrer sur l'essentiel… Bien, continuons. Si j'étais une Poinçonnée – c'est toujours une hypothèse, bien sûr, croyez-vous que ce soit possible ?

— Étant donné ma position, n'importe quelle réponse serait irresponsable.

— Soit. Si j'étais une Poinçonnée, je transmettrais l'ordre de passer directement en mode "Avant toute". Aucun vaisseau de la flotte ne pourrait intercepter le *Sélection Naturelle* avec une telle accélération.

— Mais vous ne pourriez pas, même si vous en aviez le pouvoir. Il me semble que pour accepter cet ordre le système doit d'abord s'assurer que tous les passagers sont dans un "état de mer profonde", avant d'entrer en mode "Avant toute".

À sa capacité maximum de propulsion, l'accélération du vaisseau pouvait atteindre 120 g, mais cela avait pour

1. Expression d'usage dans la marine. *(N.d.T.)*

conséquence d'exposer le corps humain à une hypergravité dix fois supérieure à ce qu'il pouvait supporter dans des conditions normales. Il fallait donc que les passagers du vaisseau entrent à ce moment-là dans un état dit "de mer profonde". Cela consistait à remplir chaque cabine d'un fluide respiratoire, riche en oxygène. Le personnel entraîné pouvait alors respirer directement à l'intérieur de ce liquide. Tandis que les individus respiraient, le liquide emplissait leurs poumons et pénétrait ensuite dans chacun de leurs organes. Ce type de fluide avait été imaginé très tôt, dès la première moitié du XXe siècle. L'objectif était alors de faciliter la plongée en eaux profondes, en équilibrant la pression à la fois hors et à l'intérieur du corps humain rempli de ce liquide. Celui-ci pouvait dès lors supporter de hautes pressions, comme les poissons des eaux profondes. C'était de cette similarité que venait ce terme d'état de mer profonde. Le liquide était maintenant utilisé pour protéger les corps humains lors des très fortes accélérations des vaisseaux spatiaux.

Dongfang Yanxu hocha la tête :

— En effet, mais vous savez probablement qu'il existe un moyen de contourner cette vérification, il suffit de faire passer le vaisseau en mode "Téléguidage". Le système considérera alors que personne n'est à bord et jugera inutile de procéder à la vérification. Ce paramétrage fait aussi partie des pouvoirs du commandant.

— Je vais faire un essai et vous me direz si tout est correct.

Zhang Beihai activa à son tour une interface devant lui et fit passer le vaisseau en mode "Téléguidage", jetant à plusieurs reprises des coups d'œil au petit carnet qu'il avait dans la main.

Dongfang Yanxu sourit en le voyant utiliser une telle antiquité :

— Vous savez, nous avons aujourd'hui des moyens plus efficaces que ça pour prendre des notes.

— Oh, c'est une question d'habitude. C'est particulièrement vrai pour les choses importantes, cela me rassure de les écrire. Mais il est impossible de se procurer des stylos de nos jours, j'en avais pris deux avec moi avant de me faire hiberner. Mais seul ce crayon écrit encore.

— Vous apprenez vite.

— C'est parce que le système de commandement a conservé beaucoup d'éléments de la marine. Après toutes ces années, le vocabulaire est resté presque identique, c'est le cas par exemple des ordres de navigation, comme "Avant très lente" ou "Avant toute".

— La flotte spatiale prend en effet source dans la flotte navale… Bien, les pouvoirs de commandement du *Sélection Naturelle* vous seront bientôt transmis. Le vaisseau est actuellement en mode "Attention", c'est-à-dire qu'il est prêt à "mettre les voiles", pour reprendre une expression de votre époque.

Dongfang Yanxu étendit ses bras fins et fit un demi-tour dans l'air. Zhang Beihai était encore incapable d'une telle figure en utilisant sa ceinture supraconductrice.

— À notre époque, on ne mettait déjà plus les voiles mais, de toute évidence, l'histoire de la marine ne vous est pas inconnue, dit Zhang Beihai pour ne pas continuer à discuter d'un sujet qui renforcerait l'animosité de la commandante à son égard.

— C'était une branche militaire romantique…

— La flotte spatiale n'a-t-elle pas hérité de ce romantisme ?

— Si, mais je vais la quitter. J'ai l'intention de donner ma démission.

— À cause de l'évaluation ?

Dongfang Yanxu se retourna et fixa Zhang Beihai. Sa dense chevelure noire tressautait encore sous l'effet de l'apesanteur :

— Cela arrivait souvent à votre époque, n'est-ce pas ?

— Pas tant que ça, mais quand cela arrivait, les camarades comprenaient. Toutefois, accepter de faire l'objet d'une évaluation fait partie du devoir d'un soldat.

— Deux siècles ont passé, ce n'est plus votre époque.

— Dongfang, ne creusez pas davantage le fossé générationnel qui nous sépare. Il y a toujours des similarités entre nous. Quelle que soit l'époque, un militaire doit pouvoir endurer ce type d'humiliation.

— C'est-à-dire que vous me conseillez de rester ?

— Non.

— Le travail idéologique. C'est bien comme ça que vous dites, n'est-ce pas ? Ce que vous faisiez.

— Plus maintenant, j'ai de nouvelles responsabilités.

Dongfang Yanxu flotta avec agilité autour de Zhang Beihai, comme si elle l'examinait en détail :

— Nous sommes tous des enfants à vos yeux, n'est-ce pas ? Il y a six mois, je me suis rendue sur Terre pour la première fois. J'ai séjourné dans un quartier d'hibernautes. Un gamin de six ou sept ans m'a traitée d'"enfant".

Zhang Beihai se mit à rire.

— Ce n'est pas votre genre, de rire. Mais c'est peut-être ce qui vous donne un certain charme… Nous sommes donc des enfants ?

— À notre époque, la différence générationnelle était un concept très important, si bien qu'à la campagne il arrivait que dans des familles nombreuses certains adultes appellent des enfants "oncle" ou "tante".

— Mais votre ancienneté m'est complètement égale.

— Je peux le voir dans votre regard.

— Ainsi, vous aimez donc mes yeux ?

— Ce sont ceux de ma fille.

La réponse rapide et tranquille de Zhang Beihai, qui ne laissait transparaître aucune émotion, étonna beaucoup Dongfang Yanxu. Il n'avait pas détourné son regard de son corps. Au cœur de la blancheur immaculée de la cabine sphérique, c'était comme si le monde s'évanouissait devant sa beauté.

— Votre fille, et votre épouse, elles ne vous ont pas accompagné ? D'après ce qu'on m'a dit, les membres du contingent de renfort pouvaient demander que leurs familles soient hibernées avec eux.

— Elles ne sont pas venues et elles ne voulaient pas non plus me laisser venir. Comme vous le savez, les perspectives d'avenir en ce temps-là étaient très sombres. Elles m'ont reproché d'être irresponsable. Ma fille et sa mère ont quitté la maison. La nuit du lendemain de leur départ, le contingent a reçu l'ordre d'entrer en hibernation. Je n'ai même pas eu le temps de les voir une dernière fois. C'était une nuit d'hiver, il faisait froid, je suis parti de chez moi avec mon sac à dos… Bien sûr, je ne m'attends pas à ce que vous compreniez.

— Je comprends… Et elles, ensuite ?

— Mon épouse est décédée en l'an 47 de la Grande Crise, ma fille en l'an 81.

— Elles ont donc connu le Grand Ravin… dit Dongfang Yanxu en baissant les paupières.

Elle demeura silencieuse un long moment, puis elle activa une petite fenêtre holographique et la fit passer en affichage externe.

Les cloisons blanches de la cabine s'évanouirent. Le *Sélection Naturelle* lui-même avait disparu. Ils flottaient au milieu d'un espace infini, faisant face à l'océan d'étoiles brumeux de la Voie lactée. Ils étaient devenus deux existences cosmiques autonomes, ne dépendant d'aucun monde, seulement entourés des abysses de l'espace. Ils étaient suspendus dans l'Univers, comme la Terre, le Soleil ou la Voie lactée, sans origine ni destination. Ils ne faisaient qu'exister… Zhang Beihai avait déjà connu cette sensation, cent quatre-vingt-dix ans plus tôt. Ce jour-là, vêtu d'une combinaison spatiale, il flottait dans l'espace, serrant entre ses doigts un pistolet chargé de balles de météorite…

— J'aime cette vue. Le vaisseau, la flotte… Ils ne deviennent plus que des objets que l'esprit peut oublier, glissa Dongfang Yanxu.

— Dongfang, l'appela-t-il doucement.

— Hum ? La commandante se retourna, la lueur de la Voie lactée se reflétait dans ses pupilles.

— S'il arrive un jour où je n'ai d'autre choix que de vous tuer, je vous prie de bien vouloir me pardonner, murmura-t-il.

Dongfang Yanxu répondit par un sourire :

— Vous trouvez que j'ai l'air d'une Poinçonnée ?

Il la regarda. Sous ces rayons de soleil qui traversaient cinq unités astronomiques pour parvenir jusqu'ici, elle était une plume légère voltigeant devant un décor d'étoiles.

— Nous appartenons à la terre et à la mer, vous appartenez à l'espace.

— Est-ce mal ?

— Non, c'est très bien ainsi.

— La sonde s'est éteinte !

En recevant ce rapport de l'officier de service, le Dr Kuhn et le général Robinson restèrent abasourdis. Ils savaient qu'une fois que la nouvelle serait connue elle provoquerait d'énormes vagues tant dans la communauté internationale terrestre qu'au sein des nations spatiales.

Kuhn et Robinson se trouvaient à présent dans la station de surveillance Ringer-Fitzgerald, en orbite autour du Soleil, à l'extérieur de la ceinture d'astéroïdes. Dans l'espace, à une distance de cinq kilomètres de la station, flottait l'un des objets les plus étranges du système solaire : une structure composée de six lentilles gigantesques, dont la plus large – située à son sommet – atteignait mille deux cents mètres de diamètre. C'était le tout dernier télescope spatial humain. Il différait des cinq générations précédentes de *Hubble* en cela que celui-ci ne possédait aucun barillet. Les lentilles n'étaient d'ailleurs même pas reliées entre elles, elles flottaient indépendamment les unes des autres. Chacune d'entre elles était équipée de propulseurs ioniques qui permettaient de régler avec précision leur distance relative et leur angle d'orientation. Au moment d'effectuer les tâches d'entretien, les ingénieurs et les techniciens qui se déplaçaient entre les lentilles avaient constaté que des deux côtés de l'Univers observés par le télescope se produisait une distorsion étonnante. Si la lentille composée était en revanche placée selon un angle juste, la membrane de protection reflétait la lumière du Soleil et révélait parfaitement l'énorme lentille. À ce moment-là, sa surface convexe la faisait ressembler à une planète drapée de lumières enchanteresses. Cette nouvelle génération de télescope spatial n'était plus appelée en référence à Hubble. On lui avait donné celui de *Ringer-Fitzgerald*, en hommage aux deux individus qui avaient pour la première fois détecté les sillages de la flotte trisolarienne. Même si leur découverte n'avait eu aucune réelle portée scientifique, cette énorme lentille composée au financement de laquelle avaient participé conjointement les trois grandes forces spatiales avait toujours pour mission principale de surveiller les mouvements de la flotte trisolarienne.

À l'instar de Ringer et Fitzgerald, deux individus étaient coresponsables du télescope : un scientifique de premier ordre venu de la Terre et un officier militaire. Chaque binôme connaissait les mêmes querelles que celles qui avaient jadis animé la relation entre Ringer et Fitzgerald : le Dr Kuhn souhaitait dégager davantage de temps pour mener ses propres recherches sur l'Univers, tandis que Robinson travaillait à l'en empêcher, pour sauvegarder les intérêts de la flotte. Ils se disputaient aussi sur d'autres sujets :

Kuhn rappelait par exemple souvent que les États-Unis et les autres vieilles superpuissances de la Terre n'avaient jamais été aussi bureaucratiques et inefficaces que l'étaient aujourd'hui les trois flottes spatiales. Mais, chaque fois, Robinson démontait pièce par pièce ses fantasmes historiques qu'il jugeait ridicules. Le sujet le plus explosif entre eux portait toutefois sur la vitesse de rotation de la station. Le général insistait pour effectuer une rotation lente générant une faible gravité, ou bien pour ne pas faire de rotation du tout afin de laisser la station dans une confortable situation d'apesanteur ; Kuhn s'obstinait au contraire à donner à la station une vitesse de rotation suffisamment rapide pour générer une gravité terrestre standard.

Mais ce qui venait de se passer leur fit tout oublier. L'"extinction" de la sonde signifiait probablement que ses moteurs avaient été éteints. La sonde avait commencé à ralentir deux ans plus tôt, au-delà du nuage d'Oort. Ses moteurs s'étaient mis en marche et la guidaient vers le système solaire. Le télescope spatial avait donc pu les suivre grâce aux lueurs émises par ces mêmes moteurs. Ces lumières disparues, le télescope n'était plus en mesure de poursuivre ce pistage, car la sonde était trop petite. Sur la base du sillage qu'elle avait laissé dans les nuages de poussière interstellaire, elle ne faisait sans doute que la taille d'un camion. Ce minuscule objet situé en périphérie extérieure de la ceinture de Kuiper s'était arrêté d'émettre de la lumière et peinait à refléter la lumière provenant des faibles rayons du Soleil. Même un télescope aussi puissant que le *Ringer-Fitzgerald* était incapable de détecter dans les ténèbres de l'espace un appareil aussi sombre et d'aussi petite taille.

— Les trois flottes ne sont bonnes qu'à une chose : se taper dessus à longueur de journée pour savoir qui aura le privilège d'entrer la première en contact avec la sonde… Et voilà, il ne manquait plus que ça, la cible est perdue… lâcha Kuhn, en colère. Il n'avait pas remarqué que la station de surveillance était maintenant en état d'apesanteur et ses gestes brutaux avaient simplement eu l'effet d'un léger soubresaut.

Ce fut la première fois que le général Robinson ne prit pas la défense des flottes. À l'origine, la Flotte asiatique avait dépêché trois vaisseaux légers et ultra-rapides pour suivre la sonde à une distance plus réduite, et c'était précisément cette manœuvre qui avait mis le feu aux poudres et fait éclater la polémique des droits d'interception entre les trois flottes. Le Comité conjoint de la Flotte solaire avait réussi à leur faire accepter de rappeler tous les vaisseaux dans leurs spatioports. La Flotte asiatique s'était pourtant justifiée en expliquant que, pour accélérer, les vaisseaux devaient larguer leurs armes et leurs équipements externes. Deux pilotes seuls à bord ne pouvaient rien tenter d'autre que suivre la sonde sans pouvoir l'intercepter. Malgré cela, les deux autres flottes n'avaient pas été convaincues et avaient insisté pour que tous les vaisseaux rentrent au bercail. Ce serait une quatrième entité, terrestre et internationale, qui s'occuperait de cette mission. Sans cette dernière contrainte, les vaisseaux de la Flotte asiatique auraient été suffisamment proches de la sonde pour pouvoir la poursuivre. Mais les appareils envoyés par la Fédération européenne et la Chine n'avaient pas encore passé l'orbite de Neptune.

— Peut-être… que ses moteurs vont redémarrer, tenta le général. Sa vitesse est encore importante, si elle ne décélère pas, elle ne pourra pas rester en orbite solaire, elle risque même de dépasser le système solaire.

— Êtes-vous l'amiral de la flotte trisolarienne ? Si ça se trouve, la sonde n'a pas du tout l'intention de demeurer dans le système solaire, elle veut peut-être aller bien plus loin !

Tout en disant cela, Kuhn pensa soudain à quelque chose :

— Si ses moteurs sont arrêtés, elle ne va pas pouvoir changer sa course ! Est-ce qu'on ne pourrait pas calculer sa trajectoire et envoyer un appareil sur sa route ?

Le général secoua la tête :

— Ce n'est pas assez précis. Ce n'est pas comme si des avions de l'armée de l'air cherchaient quelque chose dans l'atmosphère. La moindre erreur initiale, même infime, et il peut y avoir un décalage de quelques centaines de milliers, voire de plusieurs millions de kilomètres. Dans une zone d'une telle immensité, un objet aussi petit et aussi sombre est introuvable… Mais on va bien finir par trouver un moyen.

— Qu'est-ce qu'on peut faire ? Laissons les flottes se débrouiller.

Le ton du général se durcit à nouveau :

— Docteur, il faut que vous compreniez bien la situation. Même si nous n'y sommes pour rien, les médias n'en auront rien à faire. Pour eux, la station de surveillance Ringer-Fitzgerald a pour mission de suivre la sonde trisolarienne dans l'espace lointain : en cas d'échec, ils vont nous tomber dessus.

Kuhn n'ajouta rien. Le corps perpendiculaire à celui du général, il réfléchissait.

— N'y a-t-il rien qui pourrait nous être utile au-delà de l'orbite de Neptune ? demanda-t-il.

— Probablement rien du côté des flottes ; pour ce qui est de la Terre…

Le général se tourna vers l'officier en service. Il obtint rapidement une réponse : le Bureau environnemental des Nations unies disposait de quatre vaisseaux de grande taille près de Neptune chargés d'effectuer un premier travail de développement du projet "Parapluie de brume". Trois vaisseaux de poursuite pourraient décoller de ces appareils à la recherche de la sonde.

— Ils sont là-bas pour exploiter les mines d'oléatine ? demanda Kuhn, qui obtint une réponse positive.

L'oléatine était une substance découverte dans les anneaux de Neptune. Sous haute température, elle se changeait en un corps gazeux se diffusant rapidement, avant de se condenser en nanoparticules dans l'espace et de former de la poussière spatiale. Cette substance, une fois évaporée, avait une grande capacité d'éparpillement : une faible quantité pouvait suffire à former un grand nuage de poussière. Elle tenait son nom de la manière qu'elle avait de se répandre, un peu comme une petite goutte d'huile formant une grande membrane à la surface d'un large volume d'eau. La poussière spatiale formée à partir d'oléatine possédait une autre singularité : contrairement aux autres poussières cosmiques, la "poussière d'oléatine" n'était pas facilement dispersée par les vents solaires. C'était la découverte de l'oléatine qui avait rendu possible le projet Parapluie de brume. Celui-ci consistait à utiliser des explosions nucléaires pour évaporer et disperser l'oléatine dans l'espace, de telle manière à former entre le Soleil et la Terre un nuage de poussière capable de contenir les radiations solaires sur Terre et de réduire le réchauffement climatique provoqué par l'effet de serre.

— Si je me souviens bien, il doit se trouver près de l'orbite de Neptune quelques superbombes stellaires qui datent d'avant la guerre, non ?

— Oui. Les vaisseaux du projet Parapluie de brume en ont aussi dans leur chargement. Ils doivent les déclencher au niveau des anneaux et des satellites neptuniens. Mais je ne connais pas leur chiffre exact.

— Je pense qu'une seule pourrait suffire, s'enthousiasma Kuhn.

Plus de cinq mille bombes à hydrogène stellaires, développées deux siècles plus tôt grâce au plan du Colmateur Manuel Rey Diaz, avaient été produites. Même si leur effet serait limité lors de l'Ultime Bataille, comme l'avait prédit Rey Diaz, les grandes puissances en avaient commandé la production dans l'éventualité d'une guerre interplanétaire entre les humains. Les bombes avaient pour la plupart été construites pendant le Grand Ravin, à une époque où la pénurie des ressources rendait les relations internationales extrêmement tendues. Un conflit entre humains menaçait d'exploser à la moindre crise. À l'aube de la nouvelle ère moderne, ces terribles armes furent considérées comme des objets dangereux et superflus. Si elles appartenaient encore aux pays terrestres, elles étaient maintenant stockées dans des entrepôts spatiaux. Une petite partie d'entre elles avait été utilisée à l'occasion de chantiers planétaires ; et une autre, envoyée en orbite dans le système solaire externe, dans l'idée que le matériel de fusion des superbombes puisse un jour servir de combustible additionnel pour des vaisseaux partant pour des voyages interstellaires lointains. Cependant, en raison de la difficulté abyssale à démanteler les bombes, cette idée n'avait jamais réellement été expérimentée.

— Vous croyez que ça va marcher? demanda Robinson, le regard pétillant. Il s'en voulait de ne pas avoir lui-même pensé à cette alternative. L'occasion d'entrer dans les annales de l'histoire avait été saisie par Kuhn.

— Essayons. Je ne vois que ce moyen.

— Si votre idée fonctionne, docteur, je vous promets que la station Ringer-Fitzgerald aura pour toujours une vitesse de rotation lui permettant de générer une gravité de 1 g.

— C'est la plus grande chose jamais construite par l'homme! lâcha le capitaine de l'*Ombre Bleue* en regardant l'espace noir à l'extérieur de la cabine. Rien n'était visible, mais il essaya de se convaincre qu'il pouvait distinguer le nuage de poussière.

— Pourquoi n'est-il pas éclairé par le Soleil? Comme la queue d'une comète? demanda le pilote, le seul autre membre de l'équipage avec le capitaine.

Il savait que la densité du nuage était aussi faible que la queue d'une comète, soit presque celle d'un vide créé dans un laboratoire terrestre.

— Sans doute parce que les rayons sont trop faibles, répondit le capitaine en se retournant pour examiner le Soleil.

Dans l'espace vide et froid situé entre l'orbite de Neptune et la ceinture de Kuiper, le Soleil ne paraissait être qu'une grande étoile dont on parvenait simplement à discerner les contours du disque. Ses rayons pouvaient certes projeter des ombres sur les cloisons de la cabine, mais ils étaient extrêmement faibles.

— Et puis, une queue de comète doit être observée depuis une certaine distance pour être vue, tandis que nous, nous sommes tout juste aux marges du nuage.

Le pilote fit tout son possible pour se représenter mentalement cette fine mais énorme présence. Quelques jours plus tôt, le capitaine et lui avaient vu de leurs yeux le nuage, alors qu'il était encore de petite taille et à l'état solide. À ce moment-là, le *Pacifique*, gigantesque vaisseau arrivé de Neptune, avait gagné cette portion de l'espace pour déposer cinq cargaisons. Tout d'abord, une bombe à hydrogène stellaire datant d'avant la guerre : un cylindre long de cinq mètres avec un diamètre d'un mètre et demi. Ensuite, le bras mécanique du *Pacifique* avait sorti quatre grandes sphères, de diamètres variés, allant de trente à cinquante mètres. Ces quatre sphères, composées d'oléatine originaire des anneaux de Neptune, avaient été placées à quelques centaines de mètres de la bombe. Celle-ci avait été mise à feu après que le *Pacifique* se fut éloigné de la zone. La lumière et la chaleur folles du petit soleil qui s'était formé avaient déferlé dans les abysses glacés de l'espace et les quatre sphères d'oléatine s'étaient immédiatement évaporées. Ces corps gazeux avaient ensuite été dispersés à grande vitesse par l'ouragan radioactif provoqué par l'explosion. Sous l'effet du froid, elles s'étaient ensuite métamorphosées en minuscules particules et avaient formé un nuage de poussière, dont le diamètre s'étendait maintenant sur deux millions de kilomètres, soit plus grand encore que celui du Soleil.

Le nuage de poussière d'oléatine se situait dans une région qui serait bientôt traversée par la sonde trisolarienne, selon un calcul effectué à partir de la trajectoire de la cible avant l'arrêt de ses moteurs. Ce projet, imaginé par le Dr Kuhn et le général Robinson, était fondé sur l'espoir que la sonde laisse un sillage dans ce nuage artificiel, et fournisse donc des informations bien plus précises sur sa position et sa trajectoire.

Après avoir achevé la fabrication du nuage, le *Pacifique* retourna sur Neptune, laissant sur place trois vaisseaux, d'envergure modeste, dont la mission serait de poursuivre la sonde à une distance proche lorsqu'elle aurait révélé son sillage. L'*Ombre Bleue* était l'un d'entre eux. Ces petits engins, extrêmement rapides, étaient appelés "bolides spatiaux". La seule charge utile qu'ils pouvaient prendre à bord se limitait en fait à cinq passagers, qui devaient partager une seule et même cabine. Le reste était occupé par son moteur à fusion. Cela lui donnait une grande capacité d'accélération tout en préservant sa manœuvrabilité. Une fois le nuage de poussière formé, l'*Ombre Bleue* avait traversé la zone afin de vérifier qu'il laissait bien un sillage derrière lui. Le résultat avait été très satisfaisant. Bien entendu, le sillage n'avait pu être détecté que par un télescope spatial situé à une centaine d'unités astronomiques, car à bord de l'*Ombre Bleue* il était tout simplement impossible de voir la poussière d'oléatine et le sillage de l'appareil. L'espace autour d'eux paraissait toujours aussi éternellement vide. Après avoir franchi le nuage, le pilote avait pourtant soutenu qu'il avait l'impression que le Soleil s'était assombri et que ses contours, à l'origine très clairs, étaient devenus flous. Des observations réalisées par des instruments spécialisés avaient confirmé ce phénomène. Mais c'était bien la seule impression visuelle laissée par la plus titanesque création de l'histoire de l'humanité.

— Plus que trois heures, dit le capitaine en regardant sa montre.

Le nuage de poussière d'oléatine était en fait un satellite géant et extrêmement fin tournant autour du Soleil. Sa position ne cessait pourtant d'évoluer. Dans peu de temps, il se retrouverait enfin dans la zone que traverserait la sonde et un autre nuage serait créé derrière lui.

— Souhaitez-vous vraiment que nous puissions rattraper la sonde ? demanda le pilote.

— Pourquoi pas ? Nous sommes en train d'écrire l'histoire !

— Mais est-ce que ce truc ne risque pas de nous attaquer ? Nous ne sommes pas des soldats. Ça devrait être aux flottes spatiales de s'en occuper !

À ce moment précis, l'*Ombre Bleue* reçut un message transmis par la station de surveillance Ringer-Fitzgerald. Celui-ci rapportait que la sonde trisolarienne était déjà entrée dans le nuage de poussière d'oléatine et qu'elle y avait laissé un sillage. Les paramètres précis de sa trajectoire avaient été calculés, et l'*Ombre Bleue* devait immédiatement se mettre en route pour retrouver la cible et la suivre à une distance proche. L'*Ombre Bleue* se trouvait maintenant à une distance de plus de cent unités astronomiques de la station de surveillance, et le message avait été reçu avec un décalage d'une dizaine d'heures, mais la sonde était comme une clef ayant laissé son empreinte dans de l'encre à sceaux : les calculs de sa trajectoire avaient été effectués, prenant en compte l'effet du nuage de poussière. La jonction n'était qu'une question de temps.

L'*Ombre Bleue* s'orienta sur la trajectoire de la sonde et entra une nouvelle fois dans le nuage invisible, faisant cap cette fois vers la sonde trisolarienne. Le voyage leur parut long. Plus de dix heures s'étaient écoulées et le capitaine et le pilote étaient épuisés. Toutefois, la distance qui ne cessait de se réduire avec la sonde les rendait nerveux.

— Je la vois! Je la vois! cria le pilote.

— Qu'est-ce que tu racontes? Il reste encore plus de quatorze mille kilomètres! gronda le capitaine.

Même dans un ciel complètement transparent, l'œil nu était absolument incapable de voir un camion à quatorze mille kilomètres de distance. Mais, très vite, le capitaine aussi aperçut la cible. Dans la direction indiquée par les paramètres, sur le fond de la silencieuse voûte étoilée, un point de lumière était en train de se mouvoir.

Après une courte réflexion, le capitaine comprit : ce nuage de poussière plus large que le Soleil avait été construit pour rien. La sonde trisolarienne avait rallumé ses moteurs et continuait sa décélération. Elle n'avait pas l'intention de franchir le système solaire. Elle s'arrêterait ici.

Comme il ne s'agissait que d'une mesure temporaire, la cérémonie de passation des pouvoirs de commandement du *Sélection Naturelle* fut sobre et discrète. N'étaient présents que la commandante Dongfang Yanxu, le futur commandant exécutif Zhang Beihai, le premier vice-commandant Levine, et le deuxième vice-commandant Akira Inoue, ainsi que quelques délégués de l'état-major général.

Le haut niveau de développement technologique de l'époque ne parvenait pas à dissimuler la stagnation des théories fondamentales : le *Sélection Naturelle* utilisait encore les anciens systèmes d'authentification : reconnaissance d'empreinte digitale, d'empreinte rétinienne et utilisation d'un mot de passe. L'intelligence artificielle à bord des vaisseaux spatiaux était toujours incapable d'authentifier un visage humain.

Les délégués de l'état-major paramétrèrent les nouvelles données d'authentification pour procéder au transfert. Puis Dongfang Yanxu confia le mot de passe à Zhang Beihai :

— *Men always remember love because of romance only*, dit Dongfang Yanxu, en regardant Zhang Beihai avec un air de défi.

— Je ne crois pas me souvenir que vous fumiez, répondit tranquillement Zhang Beihai.

— Et cette marque, Marlboro, a disparu depuis l'époque du Grand Ravin, ajouta Dongfang Yanxu en baissant la tête, avec une pointe de déception.

— Mais c'est un excellent mot de passe. Même à notre époque, peu de gens connaissaient cette phrase.

La commandante et les vice-commandants partirent, laissant Zhang Beihai seul pour modifier son mot de passe et devenir ainsi maître à bord.

— Il est intelligent, dit Akira Inoue quand la porte de la cabine sphérique eut disparu.

— C'est une sagesse ancienne, ajouta Dongfang Yanxu, en observant l'emplacement où la porte de la cabine s'était évanouie, comme si elle voulait voir à travers. Ce quelque chose vieux de deux siècles qu'il a apporté avec lui, nous ne pourrons jamais l'apprendre. Mais lui peut apprendre de nous.

Puis, la commandante et les deux vice-commandants firent silence et attendirent. Cinq minutes passèrent. C'était de toute évidence trop long pour changer un mot de passe, d'autant que celui qui s'apprêtait à devenir commandant intérimaire s'était révélé être le plus doué de tout le contingent de renfort lors de la formation de maîtrise du système de commandement. Cinq autres minutes passèrent, les deux vice-commandants voltigeant avec impatience le long du couloir en apesanteur. Seule Dongfang Yanxu demeurait calme et immobile.

Enfin, la porte réapparut. Les trois officiers découvrirent que l'intérieur de la cabine sphérique s'était assombri. Zhang Beihai avait affiché une carte stellaire holographique, où n'apparaissait aucune coordonnée, seulement l'image des étoiles scintillantes. De derrière la porte, lui et son interface semblaient flotter dans l'espace en dehors du vaisseau.

— J'ai terminé, dit-il.

— Qu'est-ce qui vous a pris aussi longtemps ? s'agaça Levine.

— Vous savouriez le nouveau petit pouvoir qui vous a été accordé ? demanda Akira Inoue avec mépris.

Zhang Beihai ne répondit rien. Ses yeux ne regardaient pas l'interface, ils fixaient l'une des étoiles lointaines de la carte stellaire. Dongfang Yanxu s'aperçut que dans la direction où il portait son regard, scintillait un point vert.

— Ce serait ridicule, fit Levine, rebondissant sur la remarque d'Akira Inoue. Je vous rappelle que la commandante du vaisseau est et reste la colonel Dongfang Yanxu. Le commandant exécutif intérimaire n'est rien d'autre qu'un pare-feu. Ce n'est peut-être pas très joli à entendre, mais c'est ce qui se rapproche le plus de la vérité.

— Et puis cette situation ne durera plus très longtemps, continua Akira Inoue. Les évaluations des officiers seront bientôt terminées. L'enquête a presque fini de prouver que le Clan des Poinçonnés n'existe plus.

Akira Inoue voulut encore ajouter quelque chose, mais il fut interrompu par le murmure médusé de la commandante.

— Mon Dieu…

Les deux vice-commandants dirigèrent aussitôt leurs regards vers Zhang Beihai et virent l'interface indiquant l'état opérationnel du *Sélection Naturelle*.

Le vaisseau avait été passé en mode "Téléguidage", contournant par conséquent la vérification que tous les membres de l'équipage étaient bien en état de mer profonde avant de passer à l'ordre "Avant toute". Les communications entre le vaisseau et le monde extérieur avaient été coupées. Il ne restait plus à Zhang Beihai qu'à choisir la vitesse à laquelle serait propulsé le vaisseau. Une pression sur un bouton et le *Sélection Naturelle* s'envolerait à très haute vitesse vers la cible que son nouveau commandant venait de sélectionner sur la carte stellaire.

— Non, pas ça, dit Dongfang Yanxu, à voix si basse qu'elle fut la seule à l'entendre. Elle avait prononcé cette parole pour elle-même. Elle venait d'invoquer Dieu, mais elle ne croyait pas à son existence. Pourtant, sa prière était maintenant sincère.

— Vous êtes fou ? cria Levine.

Akira Inoue et lui se ruèrent vers la cabine, mais se heurtèrent à la paroi. Il n'y avait pas de porte, simplement une portion ovale du mur qui était devenue transparente.

— Je vais donner l'ordre au *Sélection Naturelle* de passer en mode "Avant toute". Que tous les membres de l'équipage entrent en état de mer profonde, déclara Zhang Beihai, la voix froide et équilibrée. Chacun de ses mots resta un moment suspendu en l'air, comme s'il jetait une vieille ancre au milieu d'un vent glacial.

— C'est impossible ! hurla Akira Inoue.

— Êtes-vous un Poinçonné ? demanda Dongfang Yanxu qui avait rapidement retrouvé son sang-froid.

— Vous savez bien que c'est impossible.

— Un membre de l'OTT ?

— Non plus.

— Mais alors qui êtes-vous ?

— Un militaire qui remplit son devoir, qui se bat pour la survie de l'espèce humaine.

— Pourquoi agir ainsi ?

— Je vous l'expliquerai après que nous aurons accéléré. Je répète : que tous les membres de l'équipage entrent en état de mer profonde.

— C'est impossible ! répéta Akira Inoue.

Zhang Beihai se retourna. Il ne se préoccupa pas des deux vice-commandants, son regard se posa directement sur Dongfang Yanxu. Ses yeux lui firent instantanément songer à l'emblème de la Spatiale : il y avait à la fois une étoile et une épée.

— Dongfang, je vous l'ai déjà dit, si je n'ai d'autre choix que de vous tuer, je vous prie de bien vouloir me pardonner. Le temps est compté, dit-il.

À cet instant, le fluide de mer profonde commença à se répandre dans la cabine sphérique où se tenait Zhang Beihai, formant d'abord des petites bulles en apesanteur. Dans chacune d'entre elles, se reflétait l'image déformée de Zhang Beihai, de l'interface et de la carte stellaire. Les bulles flottantes commencèrent à s'agglutiner en bulles plus grosses. Les deux vice-commandants interrogèrent Dongfang Yanxu du regard.

— Faites comme il a dit : tout l'équipage en état de mer profonde ! ordonna la commandante à voix basse.

Les deux vice-commandants la regardèrent. Ils savaient très bien ce qu'il adviendrait des passagers qui ne seraient pas en état de mer profonde au moment où le vaisseau passerait en mode "Avant toute" : leur corps serait plaqué contre la cloison par une force dépassant cent vingt fois leur masse. Leur sang jaillirait en premier puis, sous l'effet de l'hypergravité, il s'étendrait en une couche fine qui couvrirait bientôt une superficie gigantesque avant de s'étirer en rayons ; puis ce serait au tour de leurs organes d'être expulsés et de former une autre couche fine qui finirait par rejoindre le corps aplati pour composer une œuvre daliesque… Ils se retournèrent en même temps et se précipitèrent pour donner l'ordre à l'intégralité de l'équipage d'entrer en état de mer profonde.

— Vous êtes une commandante digne, dit Zhang Beihai à Dongfang Yanxu en hochant la tête. Cela montre de la maturité.

— Où allons-nous ?

— Peu importe, ce sera toujours un choix plus responsable que celui de rester ici.

Quand il eut fini de parler, Zhang Beihai fut englouti par le liquide de mer profonde. Dongfang Yanxu ne put voir que sa silhouette floue sous le fluide qui avait maintenant rempli sa cabine.

Baignant dans ce liquide à moitié translucide, Zhang Beihai se souvint d'un exercice de plongée en haute mer auquel il avait participé deux siècles plus tôt avec la marine. Il ne s'était jamais imaginé qu'à des dizaines de mètres de profondeur l'océan pût être aussi noir. Suspendu dans ce monde obscur, il avait éprouvé le même sentiment qu'aujourd'hui : celui que l'océan était la miniature de l'espace sur Terre. Il essaya de respirer, mais eut un réflexe nerveux et toussa violemment du liquide et du gaz résiduel qui lui firent faire un bond en arrière. Il ne ressentit pas la suffocation qu'il avait imaginée, un fluide frais gorgeait maintenant ses poumons et l'oxygène qu'il y dégageait alimentait son sang. Il pouvait respirer aussi librement qu'un poisson dans l'eau.

Zhang Beihai regarda l'interface qui s'affichait au milieu du liquide. Il vit que le fluide remplissait peu à peu l'intégralité du vaisseau. Ce processus se poursuivit pendant plus de dix minutes. Peu à peu, sa conscience se troubla tandis que le fluide respiratoire commençait à libérer des substances anesthésiantes afin que l'équipage s'endorme et ne subisse pas les dommages cérébraux provoqués par la pression et le manque d'oxygène générés par l'accélération.

Zhang Beihai sentit descendre l'âme de son père. Elle atterrit sur le vaisseau et se fondit en un seul corps avec lui. Il appuya sur le dernier bouton de l'interface, prononçant au fond de lui cet ordre pour lequel il avait consacré sa vie :

— *Sélection Naturelle*, "Avant toute" !

Un petit soleil émergea brusquement en orbite de Jupiter. L'intensité de ses rayons ternit la phosphorescence de l'atmosphère de la planète. Tirant ce petit soleil derrière lui, le vaisseau interstellaire de combat le *Sélection Naturelle* se détacha lentement du spatioport de la Flotte asiatique puis accéléra rapidement, projetant les ombres des autres vaisseaux de la flotte – chacune capable à elle seule d'engloutir une Terre entière – sur la surface jovienne. Dix minutes plus tard, une ombre encore plus grande fut projetée, comme un rideau qui aurait été tiré sur cette planète géante. C'était celle du *Sélection Naturelle* qui dépassait Io.

Ce ne fut qu'à ce moment-là que le poste de commandement de la Flotte asiatique eut confirmation de cette réalité incroyable : le *Sélection Naturelle* avait déserté.

Les flottes européenne et nord-américaine firent part de leur indignation et lancèrent des avertissements à la Flotte asiatique, tout d'abord persuadées que celle-ci venait de lancer une opération pour aller intercepter la sonde trisolarienne mais, très vite, elles découvrirent, en constatant la trajectoire de navigation prise par le *Sélection Naturelle*, qu'il n'en était rien, car il était parti dans une direction opposée à celle de l'envahisseur trisolarien.

Les différents systèmes de communication, ne recevant toujours aucune réponse du *Sélection Naturelle*, cessèrent d'émettre. On commença à organiser l'opération de poursuite et d'interception du vaisseau. Hélas, l'amiral constata rapidement qu'il n'y avait maintenant presque plus rien à faire contre ce vaisseau déserteur. Sur les nombreux satellites de Jupiter, quatre bases auraient eu une puissance de feu suffisante pour détruire le *Sélection Naturelle*, mais il ne pouvait se résoudre à ordonner une telle offensive. La mutinerie n'était peut-être le fait que de quelques membres de l'équipage, voire d'un seul. Les quelque deux mille officiers et soldats à bord du vaisseau étaient pris en otages. Par conséquent, dans la base du laser de rayons gamma d'Europe, les officiers ne purent que regarder ce petit soleil frôler le ciel et mettre le cap vers l'espace lointain. Sous les lueurs du vaisseau, la vaste banquise d'Europe sembla se recouvrir de phosphore brûlant.

Le *Sélection Naturelle* traversa les orbites des seize satellites joviens. Il avait presque atteint la vitesse de fuite en franchissant Callisto. Depuis la base principale de la Flotte asiatique, ce petit soleil se réduisit peu à peu pour devenir une étoile lumineuse qui resterait encore faiblement visible pendant une semaine, comme une allusion à la douleur infinie qui touchait maintenant la Flotte asiatique.

Comme eux aussi devaient entrer en état de mer profonde, les vaisseaux de poursuite ne décollèrent que quarante-cinq minutes après le *Sélection Naturelle*. Jupiter fut ébloui par six nouveaux soleils.

Dans le poste de commandement de la Flotte asiatique qui avait arrêté sa rotation, l'amiral fixait silencieusement la gigantesque face obscure de Jupiter. Dix mille kilomètres sous ses pieds, des éclairs se déchaînaient dans l'atmosphère : les puissantes radiations des moteurs à fusion nucléaire du *Sélection Naturelle* et des vaisseaux envoyés à sa poursuite. À cette distance, on ne distinguait que les halos fugaces des éclairs illuminant l'atmosphère qui transformaient la surface de Jupiter en un étang sur lequel perlaient des gouttes de pluie fluorescentes.

Le *Sélection Naturelle* continua à accélérer en silence jusqu'à un centième de la vitesse de la lumière, point de non-retour au vu de la consommation des combustibles de ses moteurs. Il ne pouvait déjà plus compter sur sa propre force motrice pour retourner dans le système solaire ; il était devenu un voilier solitaire, destiné à voguer pour l'éternité dans l'espace lointain.

L'amiral de la Flotte asiatique plongea son regard dans les étoiles. Il essaya de repérer laquelle d'entre elles était le *Sélection Naturelle*, mais il ne la trouva pas. Dans cette direction, on ne voyait plus que les six légères lueurs des moteurs à fusion des vaisseaux de poursuite. Il reçut rapidement un rapport indiquant que le *Sélection Naturelle* avait déjà cessé son accélération. Peu de temps plus tard, les communications avec le vaisseau furent rétablies. En raison de la distance de cinq millions de kilomètres qui séparait maintenant les deux entités, le dialogue eut lieu avec un décalage d'une dizaine de secondes. Ce qui suit est l'enregistrement de cet échange :

SÉLECTION NATURELLE : *Sélection Naturelle* appelle Flotte asiatique! *Sélection Naturelle* appelle Flotte asiatique!

FLOTTE ASIATIQUE : Bien reçu, *Sélection Naturelle.* Ici Flotte asiatique. Veuillez indiquer votre situation actuelle.

SÉLECTION NATURELLE : Ici le commandant exécutif Zhang Beihai, je souhaiterais échanger directement avec l'amiral.

AMIRAL : J'écoute.

ZHANG BEIHAI : J'assume l'entière responsabilité de la fuite du *Sélection Naturelle.*

AMIRAL : Y a-t-il d'autres responsables?

ZHANG BEIHAI : Non, je suis le seul. Aucun autre membre du vaisseau n'est impliqué. Au moment crucial, la commandante Dongfang Yanxu a pris la décision la plus juste.

AMIRAL : Je souhaiterais lui parler.

ZHANG BEIHAI : Pas maintenant.

AMIRAL : Quelle est la situation à bord?

ZHANG BEIHAI : Tout va bien. À part moi, tout l'équipage est encore en état de mer profonde. Le système d'alimentation et l'écosystème autorégénératif fonctionnent normalement.

AMIRAL : La raison de votre trahison?

ZHANG BEIHAI : Nous avons en effet déserté, mais ce n'est pas une trahison.

AMIRAL : Votre raison?

ZHANG BEIHAI: L'humanité va perdre cette guerre. Je souhaite simplement sauvegarder pour la Terre un vaisseau interstellaire, préserver une graine de civilisation humaine dans l'Univers, un brin d'espoir.

AMIRAL : Ce qui signifie que vous êtes un évasionniste.

ZHANG BEIHAI : Je ne suis qu'un militaire qui s'efforce de faire son devoir.

AMIRAL : Vous avez été poinçonné ?

ZHANG BEIHAI : Vous savez bien que c'est impossible. Quand je suis entré en hibernation, cette technologie n'existait pas encore.

AMIRAL : Dans ce cas, un tel défaitisme est irrationnel.

ZHANG BEIHAI : Je n'ai pas besoin de poinçonnage mental, je suis le maître de mes propres convictions. Si ma foi est si résolue, c'est qu'elle n'est pas le résultat de ma seule intelligence. À l'aube de l'apparition de la Crise trisolarienne, mon père et moi avons commencé à réfléchir aux questions fondamentales de cette guerre. Peu à peu, nous avons constitué un groupe rassemblant certains des chercheurs les plus brillants de notre temps : des scientifiques, des politiciens, des stratèges militaires. Ils s'appelaient eux-mêmes les historiens du futur.

AMIRAL : Était-ce une organisation secrète ?

ZHANG BEIHAI : Non. Les questions étudiées par ces chercheurs étaient fondamentales, leurs discussions ont toujours été conduites publiquement. L'armée et le gouvernement ont même participé à plusieurs reprises aux conférences que nous avons eu l'occasion d'organiser sur l'histoire du futur. C'est à partir des travaux de ces chercheurs que j'ai pu établir cette conviction que les humains allaient perdre la guerre.

AMIRAL : Mais tout prouve aujourd'hui que ces théories étaient fausses.

ZHANG BEIHAI : Amiral, vous sous-estimez les historiens du futur. Non seulement ils ont prédit le Grand Ravin, mais aussi le deuxième mouvement des Lumières et la deuxième Renaissance. L'époque puissante et prospère que nous connaissons aujourd'hui a également été décrite par eux dans les moindres détails. Pour finir, ils ont prédit la défaite et l'anéantissement de l'humanité lors de l'Ultime Bataille.

AMIRAL : Mais enfin, le vaisseau dans lequel vous vous trouvez maintenant est capable de naviguer à une vitesse de quinze pour cent de la vitesse de la lumière.

ZHANG BEIHAI : La vitesse d'attaque des cavaliers de Gengis Khan était similaire à celle des chars blindés du xxe siècle ; les balistes *chuang nu* de la dynastie des Song du Nord avaient une portée de mille cinq cents mètres, soit à peu près autant que les fusils d'assaut du xxe siècle. Mais en fin de compte, cela reste des cavaliers et des balistes, ils seraient incapables de rivaliser avec la puissance militaire moderne. Tout repose sur les sciences fondamentales : les historiens du futur ont vu avec clarté ce point. Mais vos yeux à vous sont aveuglés par le reflet des lumières de vos basses technologies, vous vous laissez bercer par la civilisation moderne, sans vous préparer mentalement à l'Ultime Bataille qui décidera du destin de l'humanité.

AMIRAL : Vous êtes issu d'une grande armée, qui a déjà remporté des victoires contre des ennemis bien mieux équipés qu'elle, qui a vaincu l'une des armées les mieux préparées du monde en s'emparant de son armement. Votre attitude est une insulte à la gloire de cette armée.

ZHANG BEIHAI : Sauf votre respect, amiral, je suis plus légitime que vous pour parler de l'armée chinoise. Cela fait trois générations que ma famille est à son service. Durant la guerre de Corée, mon grand-père a lancé lui-même à main nue une grenade contre un char Pershing. La grenade a rebondi, roulé sur le char et explosé, la cible s'en est sortie avec quelques impacts mais mon grand-père a reçu des tirs du canon du tank et s'est fait sectionner les deux jambes par ses chenilles. Il a passé le restant de sa vie sur un lit d'hôpital. Mais il a été chanceux, ses deux camarades ont été réduits en bouillie par le char… C'est cela, l'histoire de cette armée, c'est cela qui nous rappelle chaque fois l'importance du fossé technologique entre deux armées se livrant bataille. Cette gloire dont vous parlez est rapportée par les livres d'histoire, tandis que nous, nous avons cicatrisé nos blessures avec le sang de nos pères et de nos grands-pères. Nous savons bien mieux que vous ce qu'est la guerre.

AMIRAL : Quand avez-vous commencé à planifier cette trahison ?

ZHANG BEIHAI : Je répète : même si c'est une fuite, il ne s'agit pas d'une trahison. J'ai eu l'idée de ce plan le jour où j'ai vu pour la dernière fois le visage de mon père. J'ai lu dans ses yeux ce que je devais faire et cela m'a pris deux siècles pour mettre ce projet à exécution.

AMIRAL : Et pour atteindre votre but, vous vous êtes fait passer pour un triomphaliste inébranlable. Votre camouflage a été très efficace !

ZHANG BEIHAI : Mais Chang Weisi a failli voir clair en moi.

AMIRAL : Oui, il était conscient de l'absence de fondement de votre foi triomphaliste. Votre enthousiasme excessif à vouloir lancer la construction de vaisseaux stellaires à propulsion radiative sans médium a renforcé ses soupçons à votre égard. Il s'est sans cesse opposé à ce que vous rejoigniez le contingent des renforts, mais il n'a pas pu agir contre les instructions de sa hiérarchie. Dans la lettre qu'il nous a transmise, il nous a adressé un avertissement mais dans un style allusif, typique de votre époque. Nous l'avons ignoré.

ZHANG BEIHAI : Pour obtenir des vaisseaux capables de vols interstellaires, j'ai tué trois hommes.

AMIRAL : Cela, nous l'ignorions. Peut-être que tout le monde l'ignorait. Mais il y a un point sur lequel on peut être sûr : c'est que le changement d'orientation de la recherche initiale sur le développement des vaisseaux cosmiques a été décisif.

ZHANG BEIHAI : Merci de me le dire.

AMIRAL : Je dois aussi vous dire que votre plan a échoué.

ZHANG BEIHAI : Il échouera peut-être, mais pas encore.

AMIRAL : Lors de son décollage, le *Sélection Naturelle* n'avait à son bord qu'un cinquième des combustibles de fusion qu'il aurait pu emporter.

ZHANG BEIHAI : Je devais agir immédiatement. Aucune autre chance ne se serait présentée à moi.

AMIRAL : Cela signifie que vous serez uniquement capable d'accélérer à un centième de la vitesse de la lumière. Vous ne pourrez pas consommer trop de combustibles, car l'écosystème autorégénératif aura lui aussi besoin d'énergie pour maintenir son bon fonctionnement. Au plus court, il pourra encore tenir quelques décennies, au plus long, quelques siècles. Mais à cette vitesse de navigation, les vaisseaux lancés à votre poursuite vous rattraperont sans difficulté.

ZHANG BEIHAI : Je contrôle toujours le *Sélection Naturelle*.

AMIRAL : En effet, et vous connaissez naturellement notre inquiétude : les vaisseaux de poursuite vous forceront à accélérer et à épuiser vos combustibles. L'écosystème autorégénératif s'arrêtera de fonctionner, faute d'énergie suffisante. Le *Sélection Naturelle* deviendra alors un vaisseau mort, à une température proche du zéro absolu. C'est pourquoi les vaisseaux de poursuite devront garder leur distance avec le *Sélection Naturelle*. Nous sommes confiants dans le fait que les officiers et les soldats à bord du *Sélection Naturelle* régleront eux-mêmes ce problème.

ZHANG BEIHAI : Je suis aussi convaincu que tous les problèmes seront résolus. J'assumerai mes responsabilités le moment venu mais, pour l'heure, je suis fermement convaincu que le *Sélection Naturelle* navigue dans la juste direction.

Lorsque Luo Ji s'éveilla en sursaut, il apprit qu'une chose du passé avait traversé les siècles : les pétards. En regardant depuis la fenêtre, il vit que le ciel avait gagné en clarté. Les lumières de l'aube transformaient le désert en une plaine blanche sur laquelle dansaient les reflets d'étincelles des pétards et des feux d'artifice. À cet instant, quelqu'un frappa nerveusement à la porte. Shi Xiaoming s'engouffra dans la chambre sans même attendre que Luo Ji lui ouvre. Son visage rougeoyait d'enthousiasme. Il pressa Luo Ji de venir voir les nouvelles télévisées.

Ces derniers temps, Luo Ji regardait peu les informations. Depuis qu'il était arrivé dans le Cinquième Village de la Nouvelle Vie, il avait repris un mode de vie à l'ancienne. Passé le premier choc ressenti après son réveil devant cette nouvelle époque, il appréciait maintenant cette sensation, si bien qu'il ne voulait pas qu'elle fût contrariée par des nouvelles du monde moderne. Plus encore que les jours précédents, ses pensées étaient occupées par Zhuang Yan et sa fille. Il avait déjà accompli les démarches nécessaires pour les sortir d'hibernation mais, en raison des régulations gouvernementales de la population des hibernautes, elles ne seraient réveillées que dans deux mois.

La télévision retransmettait l'information suivante : cinq heures plus tôt, le télescope *Ringer-Fitzgerald* avait observé le passage de la flotte trisolarienne à travers un autre nuage de poussière interstellaire. C'était la septième fois que l'on pouvait examiner les sillages des vaisseaux trisolariens depuis le début de leur voyage vers le système solaire. La flotte avait déjà perdu sa formation rigoureuse et la brosse actuelle ne ressemblait en rien à la première qui avait été observée. Mais comme lors de la deuxième traversée d'un champ de neige, on avait remarqué qu'un poil de la brosse était un peu plus en avance que les autres. Ce qui était différent cette fois, c'était que l'étude de sa trajectoire montrait qu'il ne s'agissait pas d'une sonde, mais bien de l'un des vaisseaux. La flotte trisolarienne avait déjà achevé son accélération et avait atteint sa vitesse de croisière. Quinze ans plus tôt, on avait déjà pu observer que certains vaisseaux avaient peu à peu commencé à ralentir, puis, il y avait dix ans de cela, c'était la quasi-majorité de la flotte qui s'était engagée dans un processus de décélération. On savait désormais que l'un d'entre eux n'avait pas ralenti et qu'à en juger par sa trajectoire à travers le nuage il était même en train de réaccélérer. Au vu de sa vitesse actuelle, il arriverait un siècle et demi plus tôt que le reste de la flotte dans le système solaire. L'envoi d'un vaisseau solitaire vers les défenses terriennes situées aux frontières du système solaire ne pouvait constituer une invasion, ou bien alors c'était du pur suicide. Cette action ne laissait donc plus place qu'à une seule explication : il venait pour négocier. Des observations menées pendant deux siècles sur la flotte trisolarienne avaient déjà déterminé que chaque vaisseau était à sa capacité maximale d'accélération. On en déduisit que ce vaisseau parti en avant n'aurait pas la possibilité de décélérer à temps et dépasserait donc le système solaire. Il existait alors deux hypothèses : la première, c'était que les Trisolariens espéraient que la Terre aide leur vaisseau à ralentir ; mais une autre hypothèse était plus crédible : avant de dépasser le système solaire, ce vaisseau relâcherait un petit appareil capable de décélérer plus facilement. Celui-ci porterait à son bord une délégation trisolarienne qui viendrait négocier.

— Mais s'ils désirent négocier, pourquoi n'en informent-ils pas les humains par l'intermédiaire des intellectrons ? demanda Luo Ji.

— C'est très facile à expliquer ! lança Shi Xiaoming, avec enthousiasme. C'est une différence de mode de pensée. Les Trisolariens ont des pensées transparentes, ils s'imaginent que nous savons déjà ce qu'ils veulent.

Cette explication n'était guère convaincante, mais Luo Ji partageait le même sentiment que Shi Xiaoming : dehors, le soleil s'était levé en avance.

Quand le soleil se leva pour de vrai, les festivités atteignirent leur point culminant. Ce n'était pourtant ici qu'un petit coin du monde. La joie se concentrait surtout au cœur des grandes cités souterraines. Là-bas, les gens sortaient tous de leurs arbres gigantesques et se massaient dans les rues et sur les places. Leurs vêtements, réglés à la luminosité la plus intense, dessinaient des marées de lumière éblouissantes. On voyait éclater sous le dôme céleste des feux d'artifice virtuels. Parfois, l'un d'eux recouvrait même tout le ciel et sa clarté n'avait rien à envier à celle de l'astre du jour.

La nouvelle ne cessait de se propager. Les gouvernements se montrèrent au début prudents, leurs porte-parole rappelant qu'il n'existait aucune preuve tangible d'une volonté trisolarienne d'entamer des négociations ; mais, au même moment, les Nations unies et le Comité conjoint de la Flotte solaire se réunissaient d'urgence et commençaient à réfléchir sur le processus et les conditions de la négociation…

Dans le Cinquième Village de la Nouvelle Vie, on put assister à un petit intermède entre deux explosions de joie : un député de la ville était venu faire un discours. C'était un fervent partisan du programme "Rayon de soleil" qui profitait de l'occasion pour gagner le soutien des quartiers d'hibernautes.

Le programme Rayon de soleil était à l'origine une proposition émanant des Nations unies dont le principal objectif était le suivant : si jamais l'humanité remportait la victoire au cours de l'Ultime Bataille, il faudrait alors fournir un espace de vie aux Trisolariens vaincus. Il existait plusieurs versions du programme. Le Plan de survie consistait ainsi à faire de Pluton, Charon et des lunes de Neptune des réserves pour les membres de la flotte trisolarienne. Avec ce plan, les conditions de vie dans les réserves seraient médiocres et les survivants n'auraient d'autre source d'énergie que la fusion nucléaire. Ils dépendraient donc du soutien des sociétés humaines. Le Plan de protection consistait pour sa part à faire de Mars une planète pouvant accueillir non seulement les membres de la flotte trisolarienne, mais aussi des immigrants qui arriveraient progressivement de Trisolaris. En dehors de la Terre, c'était l'espace de vie le plus agréable du système solaire qui pouvait être fourni aux Trisolariens. Les autres versions du programme étaient des variantes autour de ces deux plans. Il existait néanmoins des idées plus radicales, par exemple d'intégrer les Trisolariens aux sociétés humaines. Le programme Rayon de soleil avait obtenu l'assentiment large des nations terrestres et spatiales, et de nombreuses recherches et programmes de planification avaient déjà été lancés. Le projet était aussi soutenu par plusieurs organisations non gouvernementales au sein des deux communautés internationales. Toutefois, le programme Rayon de soleil rencontrait une forte résistance de la part des hibernautes. Ceux-ci avaient même donné un surnom aux partisans du projet : les "Dongguo[1]".

Dès le début de son discours, le député dut faire face aux protestations virulentes de l'assemblée. Certains commencèrent même à lui lancer des tomates. Le politicien se protégea en disant :

— Je demande votre attention : nous sommes à un âge humaniste, nous venons à peine de vivre la deuxième Renaissance. À notre époque, la vie et la civilisation de chaque

1. Ce nom fait référence à une célèbre fable écrite par Ma Zhongxi (1446-1512) : *Le Loup de Zhongshan.* Elle raconte l'histoire d'un loup blessé lors d'une chasse qui demande protection auprès d'un lettré mohiste : Dongguo. Pris de pitié pour l'animal, celui-ci le met dans son sac et lui permet d'échapper au chasseur. Mais une fois le loup sorti du sac, il essaie de dévorer Dongguo, qui est finalement sauvé par un vieillard. L'expression "M. Dongguo" est parfois utilisée aujourd'hui pour désigner quelqu'un qui, par excès de gentillesse, fait "entrer un loup dans la bergerie". *(N.d.T.)*

espèce doivent être traitées avec le plus grand respect. Vous-même, vous êtes baignés par les rayons de soleil de notre temps ! Vous ne direz pas le contraire : les hibernautes bénéficient aujourd'hui du même statut que tous les autres citoyens modernes. Vous ne faites l'objet d'aucune discrimination. Je pense que vous avez déjà eu l'occasion de remarquer qu'il ne s'agissait pas seulement d'une reconnaissance légale inscrite dans la Constitution, c'est aussi une attitude dont font preuve tous vos contemporains ! Trisolaris aussi possède une grande civilisation. La société humaine doit lui reconnaître le droit d'exister. Le programme Rayon de soleil n'est pas un acte de miséricorde. C'est l'expression et la concrétisation même des valeurs de l'humanité ! Si nous… Abrutis, concentrez-vous sur votre travail !

La dernière phrase prononcée par le député était adressée aux membres de son équipe, occupés à ramasser les tomates qui jonchaient le sol – les tomates étaient après tout hors de prix dans la ville souterraine. Amusés par la scène, les hibernautes se mirent à lancer sur l'estrade des courgettes et des pommes de terre, et l'affrontement se termina dans la bonne humeur générale.

À midi, tous festoyèrent ensemble : un fastueux banquet fut organisé à base de produits fermiers, auquel furent aussi conviés les habitants de la ville (dont le député Dongguo et son équipe). Les festivités se poursuivirent jusqu'au coucher du soleil. Le crépuscule fut ce soir-là magnifique. Sous les rayons orangés du soleil, la plaine de sable qui s'étendait au-delà du petit quartier paraissait aussi douce et lisse que du beurre et les dunes vallonnées prenaient l'apparence de belles endormies…

La nuit venue, l'excitation, qui était un peu retombée, atteignit de nouveaux sommets. La nouvelle venait tout juste de tomber : les trois Flottes asiatique, européenne et nord-américaine avaient décidé de réunir l'intégralité de leurs vaisseaux interstellaires – soit deux mille quinze appareils – en une flotte unie et de mener ensemble l'opération d'interception de la sonde trisolarienne qui avait déjà dépassé l'orbite de Neptune !

La joie était à son comble. De nouveaux feux d'artifice remplirent le ciel nocturne. Toutefois, cette décision souleva quelques moqueries méprisantes.

— Pourquoi mobiliser deux mille vaisseaux pour une toute petite sonde ?

— C'est comme utiliser deux mille couteaux de boucher pour tuer un poulet !

— Exactement ! Ou deux mille canons pour abattre un moustique ! À quoi ça rime ?

— Allons, essayez de les comprendre ! Ce sera peut-être la seule et dernière fois que les flottes entreront en guerre contre le monde trisolarien.

— Oui, enfin, si on peut encore appeler ça une guerre.

— Ce n'est pas plus mal. Ce sera une manière pour la civilisation humaine de faire une démonstration de force et de passer ses troupes en revue. En envoyant une superflotte, les Trisolariens seront impressionnés. Il faut qu'ils aient la trouille ! Qu'ils se pissent dessus ! S'ils peuvent encore pisser…

— Haha haha…

Il était près de minuit quand l'information tomba : la flotte unie avait décollé de la base jovienne ! On informa les citoyens humains de l'hémisphère Sud qu'ils pourraient les voir à l'œil nu. Pour la première fois de la journée, les foules se calmèrent et cherchèrent Jupiter des yeux. La chose n'était pas facile pour des néophytes mais, grâce aux instructions dispensées à la télévision par un expert, les humains purent vite localiser la planète dans le sud-ouest du ciel. À cet instant, les lumières de la flotte unie avaient déjà parcouru une distance de cinq unités astronomiques en direction de la Terre. Quarante-cinq minutes plus tard, la clarté de Jupiter s'intensifia brusquement. Elle dépassa bientôt celle de Sirius, et la planète devint le corps céleste le plus brillant du ciel. Puis, une étoile scintillante se sépara de Jupiter, comme une âme quittant un corps. La planète retrouva à nouveau sa clarté originelle, tandis que l'étoile creusait peu à peu sa distance avec elle. La flotte unie était en route.

Presque au même moment, des images en temps réel de la base de Jupiter arrivèrent sur Terre. À la télévision, les gens virent la soudaine apparition de deux mille soleils dans un ciel d'encre. Dans l'éternelle nuit de l'espace, avait soudain émergé une formation rectangulaire régulière. Sans se concerter, les téléspectateurs pensèrent à la même phrase : "Et Dieu dit : que la lumière soit, et la lumière fut." Sous les rayons de ces deux mille soleils, Jupiter et ses satellites paraissaient avoir pris feu. Les éclairs produits par l'atmosphère de Jupiter sous l'effet des radiations ionisantes emplirent l'hémisphère de la planète faisant face à la flotte, le recouvrant d'un immense tapis de foudre. La flotte amorça son accélération, sans que la formation en soit perturbée. Dans un bruit de tonnerre, cette immense muraille ensoleillée fut majestueusement propulsée dans les profondeurs de l'espace, comme une déclaration faite à tout l'Univers de la dignité et de l'invulnérabilité de l'espèce humaine. L'esprit humain, écrasé deux siècles plus tôt par l'image du départ de la flotte trisolarienne, obtenait enfin son ultime délivrance. À cet instant, l'océan d'étoiles de la Voie lactée atténua en silence sa propre lumière, et l'Homme, qui ne faisait plus qu'un avec Dieu, commença fièrement et sans rival son chemin vers le cosmos.

Des larmes coulèrent de joie, certains dans la foule explosèrent même en sanglots, assaillis par l'émotion. Jamais dans toute l'histoire, les humains ne s'étaient soudain sentis aussi heureux et fiers d'appartenir à la même espèce.

Certains d'entre eux gardaient toutefois la tête froide. Luo Ji était l'un d'eux. Son regard traversa la foule enthousiaste et tomba sur un autre individu encore plus austère que lui : Shi Qiang. Ce dernier, debout à côté d'un téléviseur holographique, était en train de fumer une cigarette et observait les réjouissances avec une totale indifférence.

Luo Ji s'approcha de lui et lui demanda :

— Comment est-ce que vous…

— Ah, bonsoir, vieux frère, je bosse, dit Shi Qiang en pointant la foule bouillonnante. C'est souvent dans ces moments où tout le monde exulte que le chagrin refait surface. Et qu'il risque de se passer quelque chose. Comme tout à l'heure, quand le Dongguo est monté sur scène pour faire son discours. Si je ne leur avais pas fait passer des tomates, ils lui auraient balancé des pierres.

Shi Qiang s'était récemment vu confier la mission de chef de la police du Cinquième Village de la Nouvelle Vie. Pour les hibernautes, il pouvait paraître étrange qu'un homme appartenant à la Flotte asiatique et n'ayant plus la nationalité chinoise devînt fonctionnaire du gouvernement. Mais les habitants étaient unanimes pour saluer la qualité de son action.

— Et puis, je ne suis pas le genre de gars à se laisser aller à l'émotion, poursuivit Shi Qiang en donnant une tape sur l'épaule de Luo Ji. Vous non plus, vieux frère.

— En effet, dit Luo Ji en hochant la tête. Autrefois, j'étais un homme qui ne se préoccupait que de ses plaisirs personnels et immédiats. L'avenir ne m'intéressait pas. Mais voilà, on m'a forcé à devenir le sauveur du monde. Ce qui se passe aujourd'hui, c'est une compensation pour la souffrance que j'ai endurée. Je vais dormir, Da Shi. Croyez-moi ou non, ce soir, je vais vraiment pouvoir dormir.

— Regardez votre collègue. Il vient d'arriver. La victoire de l'humanité n'a pas l'air de le réjouir.

En entendant ces mots, Luo Ji resta un moment interdit, puis il regarda l'individu que désignait Shi Qiang. Il eut la grande surprise de reconnaître l'ancien Colmateur

Bill Hynes. Son visage était pâle, il avait l'air troublé et restait debout à une distance proche de Shi Qiang. C'est alors qu'il remarqua la présence de Luo Ji. Ils s'enlacèrent pour se saluer et Luo Ji remarqua que son corps tremblait.

— Je suis venu pour vous voir. Seuls deux déchets de l'histoire comme nous peuvent se comprendre. Mais maintenant, j'ai bien peur que même vous ne me compreniez plus, dit Hynes.

— Et Keiko Yamasugi ? demanda Luo Ji.

— Vous souvenez-vous de cette pièce du siège des Nations unies qu'ils appelaient la salle de méditation ? répondit Hynes, qui parut esquiver sa question. L'endroit est tombé en ruine, seuls quelques touristes viennent de temps en temps le visiter… Vous vous rappelez ce bloc de magnétite ? Keiko s'est fait *seppuku* dessus.

— Oh…

— Au moment de mourir, elle m'a maudit, disant que ma vie serait désormais pire que la mort, car je me suis fait poinçonner des sentiments défaitistes, alors que l'humanité a aujourd'hui gagné. Elle avait raison. Aujourd'hui, je souffre. Je suis bien sûr heureux de la victoire, mais je ne peux pas y croire. Dans ma conscience, deux gladiateurs ont entamé un combat à mort. Vous savez, c'est bien plus dur que d'essayer de croire que l'eau est potable.

Après que Shi Qiang et lui eurent installé Hynes dans une chambre, Luo Ji retourna dans la sienne et s'endormit rapidement. Encore une fois, il rêva de Zhuang Yan et de leur enfant. À son réveil, les rayons du soleil dardaient par la fenêtre. À l'extérieur, les célébrations battaient leur plein.

Le *Sélection Naturelle* naviguait à un centième de la vitesse de la lumière entre les orbites de Jupiter et Saturne. Derrière lui, le Soleil paraissait maintenant minuscule, mais c'était encore l'étoile la plus brillante du ciel. Devant eux, la Voie lactée était pour sa part plus brillante. Le vaisseau faisait plus ou moins cap dans la direction de la constellation du Cygne, mais dans cet espace lointain sans bornes, sa vitesse était imperceptible. Si un observateur s'était trouvé dans la zone, il aurait cru que le *Sélection Naturelle* était suspendu à l'arrêt dans les tréfonds de l'espace. D'ici, les mouvements de l'Univers tout entier semblaient s'être effacés, figeant le vaisseau dans un état statique, avec le Soleil derrière lui et la Voie lactée devant. Le temps lui-même paraissait s'être arrêté.

— Vous avez échoué, dit Dongfang Yanxu à Zhang Beihai.

À part eux deux, le reste de l'équipage était encore en état de mer profonde.

Zhang Beihai était toujours cloîtré à l'intérieur de sa cabine sphérique. Dongfang Yanxu n'avait aucun moyen d'y entrer et ne pouvait dialoguer avec lui que par l'intermédiaire du système de communication interne. À travers la portion encore transparente de la cloison, elle pouvait observer cet homme qui avait détourné le vaisseau le plus puissant de l'humanité, flottant paisiblement au milieu de sa cabine sphérique. Tête baissée, il semblait perdu dans l'écriture de son carnet. Devant lui s'affichait encore l'interface sur laquelle on pouvait voir que le vaisseau était repassé dans le mode "Attention" qui était le sien avant l'accélération "Avant toute". Il n'était nécessaire que d'appuyer sur un bouton pour entrer à nouveau dans ce dernier mode. Autour de lui voletaient encore quelques bulles de fluide d'accélération n'ayant pas encore été évacuées. Son uniforme était sec, mais froissé, ce qui lui donnait l'air beaucoup plus vieux qu'il n'était.

Zhang Beihai ne prêta pas attention à Dongfang Yanxu et continua à écrire, toujours tête baissée.

— Les vaisseaux de poursuite ne sont plus qu'à un million deux cent mille kilomètres.

— Je sais, dit Zhang Beihai, sans pour autant lever la tête. Vous avez fait preuve de sagesse en laissant le reste de l'équipage en état de mer profonde.

— C'était la seule chose à faire. Sinon, les officiers et les soldats en colère auraient attaqué votre cabine, et vous auriez pu réactiver à tout moment le mode "Avant toute", tuant tout le monde à bord. C'est aussi pour cette raison que les vaisseaux de poursuite ne s'approchent pas davantage.

Zhang Beihai ne dit rien. Il tourna une page de son carnet et continua à écrire.

— Vous ne feriez pas ça, n'est-ce pas ? demanda doucement Dongfang Yanxu.

— Vous n'aviez pas imaginé ce que j'allais faire à mon arrivée à bord. Puis Zhang Beihai s'interrompit quelques secondes, avant de compléter : Les gens de mon époque ont leur manière de réfléchir.

— Mais nous ne sommes pas ennemis.

— Il n'y a jamais d'ennemis ou de camarades permanents, il n'y a qu'un devoir permanent.

— Votre pessimisme au sujet de l'issue de la guerre est irrationnel. Trisolaris a déjà donné des signes de sa volonté de négocier. Les vaisseaux des trois flottes se sont mis en route pour intercepter la sonde trisolarienne. La guerre s'achèvera par la victoire de l'humanité.

— J'ai vu les dernières informations…

— Vous persistez dans votre défaitisme et votre évasionnisme ?

— Oui.

Dongfang Yanxu hocha la tête, impuissante :

— Votre façon de penser est vraiment trop différente de la nôtre. Par exemple, vous saviez dès le début que votre plan allait échouer, car le *Sélection Naturelle* n'avait qu'un cinquième des combustibles à son bord. Vous alliez forcément être rattrapé.

Zhang Beihai cessa le mouvement de son crayon et leva la tête pour regarder Dongfang Yanxu à l'extérieur de la cabine. Son regard était aussi calme que l'eau d'un lac :

— Nous sommes tous des soldats. Mais savez-vous quelle est la plus grande différence entre nos deux époques ? Vous agissez en prévision des résultats plausibles ; mais nous, quelle que soit l'issue, nous faisons tout ce qui est de notre devoir. C'était ma seule chance, je l'ai saisie.

— Vous dites cela pour vous consoler ?

— Non, c'est dans ma nature, Dongfang, je ne m'attends pas à ce que vous puissiez comprendre. Après tout, deux siècles nous séparent.

— Maintenant que vous avez fait tout ce qui était de votre devoir, rendez-vous.

Zhang Beihai sourit à Dongfang Yanxu, puis il inclina la tête et reprit son écriture :

— Le moment n'est pas encore venu. Je vais écrire tout ce que j'ai vécu ici, tout ce qui s'est passé depuis deux siècles. Et dans les deux siècles à venir, peut-être que quelqu'un aux idées claires pourra s'en servir.

— Vous pourriez dicter à l'ordinateur.

— Non, j'ai l'habitude d'écrire à la main. Le papier se conserve de toute façon plus longtemps qu'un ordinateur. Ne vous inquiétez pas, j'assumerai mes responsabilités.

Ding Yi regarda à travers le vaste hublot du *Quantum*. Même si l'écran holographique de la cabine permettait d'avoir une meilleure vue, il préférait voir les choses de ses propres yeux. Et il voyait maintenant qu'il était situé sur une gigantesque plateforme constituée de deux mille petits soleils aux lumières aveuglantes, dont les rayons paraissaient enflammer ses cheveux blancs. Depuis quelques jours que la flotte unie avait décollé, il avait eu l'occasion de se familiariser avec ce paysage, mais il demeurait invariablement fasciné par sa magnificence. Si la flotte avait adopté cette formation rectangulaire, ce n'était pas seulement pour faire étalage de sa force ou de sa puissance. En effet, si elle avait au contraire choisi d'opter pour une formation navale plus traditionnelle – une formation en ligne de file, par exemple – les radiations produites par les moteurs de chaque vaisseau auraient eu un impact sur les vaisseaux derrière eux. Dans ce type de formation en rectangle, les vaisseaux étaient séparés de vingt kilomètres les uns des autres. Même si la taille moyenne de ceux-ci était de trois à quatre fois supérieure à celle d'un porte-avions, ils n'étaient visibles à cette distance que sous la forme de points et ne révélaient leur existence que grâce au halo de leurs moteurs à fusion.

La formation de la flotte unie était extrêmement dense, une densité qui n'avait jamais eu de précédent, même lors des passages en revue des troupes. D'ordinaire, en formation de croisière, les appareils devaient se trouver à une distance comprise entre trois et cinq cents kilomètres les uns des autres. Vingt kilomètres, c'était comme une navigation rapprochée, coque à coque, dans l'océan. De nombreux commandants des trois flottes avaient fait part de leurs doutes face à la densité de la formation. Néanmoins, les formations conventionnelles n'étaient pas sans poser des problèmes insolubles. Tout d'abord, il fallait garantir le principe d'égalité de chances de participation à la bataille. Si la flotte approchait de la sonde en formation classique, même si elle se trouvait à une distance extrêmement restreinte, l'extrémité serait encore à plusieurs dizaines de milliers de kilomètres de la cible. Si un combat éclatait lors de la capture de la sonde, une grande partie de la flotte ne pourrait pas être considérée comme ayant pris part à la guerre, et serait reléguée aux oubliettes de l'histoire. De plus, les trois flottes refusaient de rompre leurs propres divisions, car il était impossible de décider laquelle tiendrait une position stratégique majeure dans la formation globale. Il n'y avait donc qu'une possibilité : faire une formation la plus dense possible, similaire à celles utilisées lors du passage en revue des troupes, mais au sein de laquelle les vaisseaux se trouveraient à distance de combat de la sonde. Une autre raison permettait de justifier le choix de cette formation : les trois flottes spatiales comme les Nations unies voulaient marquer visuellement les esprits, pas tant ceux des Trisolariens que ceux des masses humaines. Ce choc visuel inédit portait un sens politique fort pour les deux entités internationales. Enfin, les principales forces ennemies se trouvant encore à deux années-lumière. Même avec une formation aussi rapprochée, la flotte ne courrait aucun risque.

Le *Quantum* était situé dans un angle de la formation. Ding Yi pouvait donc avoir une vue panoramique sur la majorité de la flotte. Après avoir dépassé l'orbite de Saturne, les moteurs à fusion avaient été tournés vers l'avant et les vaisseaux avaient commencé à ralentir. À présent, la flotte se trouvait à une distance proche de la sonde trisolarienne, et sa vitesse était négative : la cible faisant cap vers le Soleil, les vaisseaux repartaient en arrière, s'efforçant de garder avec elle une vitesse relative nulle pour procéder à son interception.

Ding Yi porta sa pipe à la bouche. On ne trouvait déjà plus de tabac à pipe à cette époque, de sorte que ce qu'il serrait maintenant entre les dents était une pipe vide. Après deux siècles, elle avait encore quelques relents de tabac, mais ils étaient aussi confus et indistincts que le souvenir d'un passé lointain.

Ding Yi avait été réveillé sept ans plus tôt et avait retrouvé son poste de professeur de physique à l'université de Pékin. L'année précédente, il avait adressé une requête au Comité conjoint de la Flotte solaire : il voulait être le premier homme à examiner la sonde, lorsque celle-ci aurait été interceptée. Bien que bénéficiant encore aujourd'hui d'un grand prestige, sa requête avait longtemps été rejetée.

Jusqu'au jour où il menaça de s'ôter la vie devant les amiraux des trois flottes si on lui opposait une fois encore un refus. On lui promit alors de reconsidérer sa demande. En réalité, le choix du premier humain qui approcherait la sonde était épineux. Approcher la sonde revenait à entrer pour la première fois en contact avec le monde trisolarien et, selon le principe d'égalité prôné au sujet de l'interception, il n'était permis à aucune des trois flottes de pouvoir jouir seule de cette gloire. D'un point de vue opérationnel, il était complexe d'envoyer plusieurs membres issus des trois flottes pour entrer en contact avec elle, car cela engendrerait d'autres complications. Aussi, seul un individu n'appartenant pas à la Flotte solaire pouvait assumer cette tâche. Le Dr Ding Yi était sans nul doute le candidat le plus qualifié. Si bien que la requête de ce dernier fut finalement acceptée. Une autre raison, officieuse, avait été à l'origine de ce choix : ni les flottes spatiales ni les nations terrestres n'étaient confiantes dans la possibilité de récupérer la sonde intacte car, pendant ou après l'interception, on pouvait être à peu près sûr qu'elle s'autodétruirait. Dès lors, il fallait absolument en tirer le maximum d'informations avant sa destruction. Dans cette optique, l'observation proche de la sonde était indispensable. En tant que physicien vétéran, découvreur du macro-atome[1] et pionnier de la fusion nucléaire contrôlée, Ding Yi avait le profil tout indiqué pour mener cette opération. Après tout, c'était sa vie qu'il acceptait de risquer et, à quatre-vingt-trois ans, ses accomplissements inégalés lui donnaient le droit de faire selon sa volonté.

Avant le début de l'interception, lors de la dernière réunion du système de commandement du *Quantum*, Ding Yi vit une image de la sonde trisolarienne. Les trois petits

1. Référence à *Boule de foudre* (2005), un autre roman de Liu Cixin, encore inédit en français, dont Ding Yi est un des protagonistes. *(N.d.T.)*

vaisseaux envoyés par les trois flottes avaient remplacé l'*Ombre Bleue*, qui appartenait à la flotte terrestre. L'image avait été prise à une distance de cinq cents kilomètres, la distance la plus proche à ce jour entre un appareil humain et la sonde. Sa taille était approximativement la même que ce qui avait été prédit : trois mètres et demi de long. Quand Ding Yi la vit, la même image mentale émergea dans son esprit comme dans celui de tous les autres passagers : une gouttelette de mercure. La sonde avait la forme d'une gouttelette parfaite, elle était ronde à sa proue et effilée à sa poupe. Sa surface lisse était entièrement réfléchissante. La Voie lactée y reflétait des motifs de lumière coulante, ce qui donnait à la gouttelette une impression de beauté et de pureté. Sa coque était si naturelle que les observateurs auraient presque pu croire qu'elle était en fait à l'état liquide et ne pouvait avoir de structure interne.

Après avoir vu cette image, Ding Yi plongea dans le silence. Il ne prit pas la parole de toute la réunion, son visage était nébuleux.

— Maître Ding, vous paraissez soucieux, dit le commandant.

— Je ne le sens pas très bien, répondit Ding Yi à voix basse, puis il désigna l'image de la sonde avec sa pipe.

— Pourquoi donc ? On dirait une œuvre d'art inoffensive, dit un officier.

— C'est bien pour ça que je suis inquiet, dit Ding Yi en secouant sa tête couverte de cheveux blancs. On dirait une œuvre d'art, pas une sonde interstellaire. Qu'un tel objet soit si éloigné de nos conceptions cognitives n'est pas un bon présage.

— Certes, cet engin est un peu étrange, sa surface semble entièrement close. Et où est la tuyère de ses moteurs ?

— En effet, nous avons pourtant pu observer dans le passé que ses moteurs émettaient de la lumière. Malheureusement, l'*Ombre Bleue* n'a pas eu le temps de la photographier avant qu'elle s'éteigne une nouvelle fois. Par conséquent, nous ignorons la source de sa lumière.

— Et pour ce qui est de sa masse ? demanda Ding Yi.

— Nous n'avons pas encore de données précises. Nous pouvons seulement en donner une estimation grossière grâce à un instrument gravitationnel de haute précision. Moins de dix tonnes, probablement.

— Au moins, on peut être sûr qu'elle n'est pas fabriquée à partir de matière d'étoiles à neutrons.

Le commandant interrompit la discussion des officiers et reprit le fil de la réunion :

— Maître Ding, voici comment se passera votre investigation : lorsque le vaisseau sans pilote aura capturé la cible, il procédera à une première phase d'observation. S'il ne détecte rien d'anormal, vous emprunterez une navette qui vous conduira dans le vaisseau de capture. Vous pourrez alors procéder à un examen rapproché de la cible. Le temps que vous utiliserez pour cette observation ne devra pas excéder quinze minutes. Je vous présente la major Xi Zi. En tant que représentante de la Flotte asiatique, elle vous accompagnera durant votre observation.

Une jeune officière présenta ses respects à Ding Yi. Comme toutes les autres femmes de la flotte, elle était grande et fine, l'archétype même de la nouvelle humanité spatiale.

Ding Yi ne jeta qu'un rapide regard sur la major et se tourna vers le commandant :

— Comment se fait-il que quelqu'un m'accompagne ? Je ne peux donc pas y aller seul ?

— Impossible, Maître Ding. Vous n'êtes pas familier de l'environnement spatial et vous aurez besoin de quelqu'un pour vous assister tout au long du processus.

— Si c'est ça, je préfère encore ne pas y aller. Pourquoi quelqu'un doit-il m'accompagner jusqu'à…

Ding Yi s'arrêta sans prononcer les mots suivants : "la mort".

— Maître Ding, dit le commandant, la manœuvre est risquée, mais pas périlleuse. Si la sonde doit s'autodétruire, elle le fera certainement lors de la capture. Si deux heures après la capture elle n'a pas enclenché de dispositif d'autodestruction, la possibilité qu'elle le fasse après devrait être très faible.

En réalité, la raison première de l'envoi par les flottes internationales d'un être humain pour inspecter la sonde n'était pas simplement scientifique. Quand le monde entier verrait pour la première fois l'image de la sonde, il s'émerveillerait devant sa magnifique coque. Cette gouttelette de mercure était extraordinairement belle. Malgré sa forme épurée, elle était ouvragée avec une minutie hors du commun. Chaque point de sa surface courbe était au bon endroit. Elle débordait de grâce, comme si elle perlait à chaque instant dans la nuit hivernale. Elle donnait le sentiment que même si les artistes humains essayaient de reproduire ce genre de surface close, courbe et lisse, la conception leur serait impossible. Cette forme parfaite ne se trouvait pas même dans la République de Platon. Elle était plus rectiligne qu'une ligne droite et plus circulaire qu'un cercle parfait, c'était un dauphin à la peau miroitante bondissant depuis un océan de rêves, la cristallisation de tout l'amour de l'Univers… La beauté s'accordait toujours avec la bienveillance et s'il existait vraiment dans l'Univers une ligne de frontière entre le bien et le mal, elle se tenait nécessairement du côté du bien.

Aussi, une autre hypothèse émergea soudain : celle que cet objet n'était absolument pas une sonde. Des observations plus détaillées allèrent dans le sens de cette supposition : on avait remarqué que son très haut degré de finition rendait sa surface parfaitement réfléchissante. La flotte avait procédé à une expérience sur la sonde en utilisant un grand nombre d'équipements de surveillance : on avait irradié sa surface avec des ondes électromagnétiques de haute fréquence et de différentes longueurs et mesuré leur réflectivité. On avait eu la surprise de découvrir que sa surface reflétait cent pour cent des ondes, y compris la lumière visible, et qu'aucun phénomène d'absorption n'avait été détecté. Cela signifiait donc que ce qu'on croyait être une sonde était incapable de détecter des ondes à haute fréquence. Dit plus vulgairement, elle était aveugle. Cet auto-aveuglement devait forcément renfermer un sens particulier et l'hypothèse la plus rationnelle était la suivante : il s'agissait d'un objet rituel envoyé au monde humain, dont la beauté et la conception non fonctionnelle étaient un gage de bonne intention. Elle exprimait un désir sincère de paix.

Par conséquent, les humains ne parlèrent plus de sonde et la désignèrent simplement par son apparence de "gouttelette". Dans les deux mondes, l'eau était la source de la vie et le symbole de la paix.

L'opinion publique considéra que l'on devait envoyer une délégation officielle humaine pour entrer en contact avec la gouttelette et pas seulement un groupe d'observation composé d'un physicien et de trois officiers ordinaires. Mais après réflexion, les flottes décidèrent de maintenir leur projet initial.

— Ce qui veut dire que je ne peux toujours pas y aller tout seul ? Vous allez vraiment laisser cette fille… commença à dire Ding Yi en pointant Xi Zi du doigt.

Celle-ci lui sourit :

— Maître Ding, je suis l'officier scientifique du *Quantum*, je suis chargée des expéditions scientifiques du vaisseau. C'est mon métier.

— Et puis, je vous rappelle que la moitié de la flotte est composée de femmes, dit le commandant. Ce seront en tout trois officiers qui vous accompagneront, les deux autres sont aussi des officiers scientifiques envoyés par les Flottes européenne et nord-américaine. Ils nous rejoindront bientôt sur le vaisseau. Maître Ding, permettez-moi d'insister sur un point : faites comme il a été dit durant la réunion du Comité conjoint de la Flotte solaire. Soyez le premier à être en contact avec la cible. Les autres ne seront autorisés à la toucher qu'après vous.

— Quelles futilités ! cracha Ding Yi en secouant encore la tête. De ce côté, l'humanité n'a pas changé, toujours la même recherche de la vanité… Mais soyez tranquille, je coopérerai. Je veux simplement la voir, après tout. Ce qui m'intéresse davantage, ce sont les super théories qui se cachent derrière ces super technologies, mais je crois que ma vie… ah…

Le commandant vint planer devant le physicien et s'adressa à lui avec sollicitude :

— Maître Ding, prenez maintenant un peu de repos. L'opération de capture va bientôt débuter. Vous aurez besoin de toute votre énergie avant de sortir examiner la gouttelette.

Ding Yi observa le commandant. Il ne comprit qu'au bout d'un long moment que la réunion se poursuivrait après son départ. Il se retourna et détailla à nouveau des yeux l'image de la gouttelette. Alors, seulement, il s'aperçut que sa proue circulaire reflétait des points de lumière parfaitement réguliers qui se déformaient petit à petit en allant vers la proue, avant de se fusionner avec les motifs lumineux de la Voie lactée. Le reflet de la flotte. Il regarda à nouveau les officiers du *Quantum* qui flottaient devant lui. Ils étaient tous très jeunes. Aux yeux de Ding Yi, ces humains étaient encore des enfants. Des capitaines au commandant, ils paraissaient tous si nobles et si parfaits qu'une sagesse presque divine luisait dans leurs yeux. Les rayons lumineux de la flotte percèrent à travers les hublots en franchissant leurs vitres auto-obscurcissantes, les enveloppant de la clarté dorée du crépuscule. Derrière eux était suspendue l'image de la gouttelette, comme un symbole argenté surnaturel, faisant régner dans la pièce une atmosphère mystique et transcendante. Ils avaient l'air de dieux de l'Olympe… Le cœur de Ding Yi chavira d'émotion.

— Maître Ding, avez-vous quelque chose à ajouter ? demanda la commandante.

— Oh, je voudrais dire… Il agita confusément les mains, laissant sa pipe flotter dans l'air. Mes enfants, je voudrais vous remercier : ces derniers jours, vous m'avez bien traité.

— Vous êtes l'homme le plus estimé ici, dit un vice-commandant.

— Oh… Alors, j'aurais vraiment quelque chose à dire, c'est juste… Ce ne sont peut-être que les délires d'un vieux débris. Vous n'êtes pas obligés de me prendre au sérieux. Mais, mes enfants, j'ai quand même traversé deux siècles, j'ai vu et vécu beaucoup de choses… Bien sûr, comme je vous l'ai déjà dit, vous n'êtes pas forcés de me prendre au sérieux…

— Maître Ding, si vous avez quelque chose à dire, dites-le directement. Je vous assure que vous avez notre plus grand respect.

Ding Yi hocha lentement la tête et pointa le plafond :

— Ce vaisseau, s'il veut atteindre la vitesse d'accélération la plus grande, tout son équipage doit être… doit être immergé dans un liquide…

— Oui, en état de mer profonde.

— Oui, c'est ça, en état de mer profonde. Ding Yi hésita encore, et attendit un moment avant de finir sa phrase : Lorsque nous serons partis en observation, ce vaisseau… Oh, le *Quantum*… Pourra-t-il entrer en état de mer profonde ?

Les officiers échangèrent des regards surpris.

— Pourquoi ? demanda le commandant.

Les deux mains de Ding Yi s'agitèrent à nouveau, ses cheveux blancs chatoyaient sous les rayons de la flotte. Comme quelqu'un l'avait fait remarquer lorsqu'il était monté à bord, il ressemblait vraiment à Einstein.

— Hum… oui. Quoi qu'il en soit, ça ne vous coûte rien, n'est-ce pas ?… Vous savez, j'ai un mauvais pressentiment.

Une fois qu'il eut prononcé ces paroles, le silence se fit. Son regard se perdit dans le lointain infini. Il finit par tendre une main pour attraper sa pipe et la remettre dans sa poche. Sans dire au revoir, il activa maladroitement sa ceinture supraconductrice et s'envola par la porte de la cabine. Les officiers accompagnèrent sa sortie du regard. Quand la moitié de son corps eut passé la porte, il se retourna lentement :

— Mes enfants, savez-vous ce que j'ai fait ces dernières années ? J'ai enseigné la physique à l'université, j'ai même dirigé des doctorants. Il regarda la Voie lactée et un sourire énigmatique s'esquissa sur son visage ; les officiers remarquèrent qu'il était étrangement empreint de tristesse. Mes enfants ! Je suis un homme de deux siècles passés, mais je peux encore aujourd'hui enseigner la physique à l'université.

Il termina par ces mots, se retourna et partit.

Le commandant aurait encore voulu dire quelque chose à Ding Yi, mais s'apercevant qu'il était parti, il n'en fit rien. Il réfléchissait, la mine grave. Certains des officiers regardaient encore l'image de la gouttelette, mais la plupart d'entre eux fixaient le commandant.

— Commandant, vous n'allez quand même pas prendre ses paroles au sérieux ? demanda un major.

— C'est un scientifique très sage, certes. Mais c'est un homme du passé, et leur manière de voir le monde aujourd'hui est toujours un peu… renchérit quelqu'un d'autre.

— Dans son domaine, l'humanité n'a pas connu le moindre progrès. Nous sommes restés bloqués à son époque.

— Il a parlé de pressentiment, imaginez tout ce que son intuition a permis de découvrir jusqu'à aujourd'hui, dit un officier avec une voix débordant de révérence.

— Et puis… lâcha Xi Zi. Mais son regard croisa celui d'officiers plus gradés qu'elle, et elle n'osa pas aller plus loin.

— Parlez, major.

— Et puis, comme il nous l'a dit, ça ne nous coûte rien, dit-elle.

— Voyons les choses autrement, affirma un vice-commandant. Selon le plan de bataille actuel, si l'action de capture de la gouttelette échoue, qu'elle s'échappe par surprise, il n'y aura que des chasseurs spatiaux pour la poursuivre. Mais s'il faut mener une poursuite longue, il faudra compter sur un vaisseau interstellaire. Il faut donc bien que l'un d'entre eux pare à cette éventualité. On peut voir cela comme une manière de pallier une négligence dans le plan.

— Envoyez un rapport à la flotte, trancha le commandant.

La réponse de la flotte fut rapide : après le départ de l'équipe d'observation, le *Quantum*, ainsi qu'un autre vaisseau interstellaire voisin, l'*Âge de Bronze*, entreraient en état de mer profonde.

Lors de l'opération de capture de la gouttelette, la formation de la flotte unie se plaça à une distance de mille kilomètres de la cible, conformément à un calcul rigoureusement établi. Plusieurs hypothèses avaient été émises concernant la manière avec laquelle la gouttelette risquait de s'autodétruire, mais celle qui produirait le maximum d'énergie serait une autodestruction par annihilation d'antimatière. La masse de la gouttelette étant inférieure à dix tonnes, l'explosion d'énergie la plus forte à prendre en compte serait produite par l'annihilation respective de cinq tonnes de matière et cinq d'antimatière. Si un tel phénomène avait lieu sur Terre, il suffirait à détruire toute vie à la surface du globe mais, dans l'espace, cette énergie serait libérée sous la forme de radiations lumineuses. Pour les vaisseaux interstellaires, parés à faire face à de puissantes radiations, mille kilomètres étaient une bonne marge de sécurité.

L'opération de capture serait menée par un petit appareil sans pilote appelé le *Mante Religieuse*. En temps ordinaire, le *Mante Religieuse* avait pour mission principale de collecter des spécimens de minéraux dans la ceinture d'astéroïdes. Il possédait en outre un avantage certain : il était équipé d'un long bras mécanique.

Au début de l'opération, le *Mante Religieuse* dépassa la ligne de cinq cents kilomètres définie par l'ancien vaisseau de surveillance, puis il amorça avec précaution son approche de la cible. Sa vitesse de vol était très lente, et il s'arrêtait pendant quelques minutes après chaque avancée de cinquante kilomètres, de manière à ce que le système de surveillance omnidirectionnel derrière lui puisse procéder à un examen complet de la cible et vérifier qu'aucune anomalie n'avait été détectée avant de continuer à avancer.

À une distance de mille kilomètres, la flotte unie se déplaçait à une vitesse synchrone avec celle de la gouttelette. La majorité des vaisseaux avaient éteint leurs moteurs à fusion et planaient paisiblement dans l'espace. Leurs énormes coques métalliques reflétaient les faibles rayons du Soleil. Les vaisseaux ressemblaient à des cités spatiales abandonnées, ou bien aux mégalithes antiques et silencieux de Stonehenge. Les un million deux cent mille membres de la flotte retenaient leur respiration tandis qu'ils observaient le court voyage du *Mante Religieuse*.

Les images que voyait la flotte mettaient trois heures à la vitesse de la lumière pour atteindre la Terre, où trois milliards d'êtres humains attendaient eux aussi en retenant leur respiration. À cet instant, toute activité avait cessé dans le monde des hommes. On ne voyait plus de voitures volantes entre les énormes arbres, toutes les cités souterraines étaient enveloppées d'une chape de silence, même le réseau Internet qui n'avait cessé d'être saturé depuis sa naissance, trois siècles plus tôt, avait été déserté. Toutes les données transmises sur Terre étaient ces images provenant d'un lieu situé à vingt unités astronomiques de là.

Le *Mante Religieuse* avançait par intermittence. En une heure et demie, c'était comme s'il n'avait franchi qu'un seul pas à l'échelle spatiale. Il finit cependant par s'arrêter à une distance de cinquante mètres de la cible. À cet instant, on pouvait clairement voir son reflet déformé sur la surface de mercure de la gouttelette. Les nombreux équipements que le vaisseau avait emportés à son bord commencèrent leur scan et confirmèrent des hypothèses qui avaient jusque-là été émises sur la base d'observations plus lointaines : la température à la surface de la gouttelette était encore plus basse que celle de l'espace, elle approchait du zéro absolu. Les scientifiques avaient supposé qu'elle était pourvue d'un puissant système réfrigérant, mais les instruments utilisés par le *Mante Religieuse* ne parvinrent pas à sonder une quelconque structure intérieure.

Le *Mante Religieuse* allongea son bras mécanique vers la cible, là encore par à-coups, mais son système de surveillance ne releva rien d'anormal. Ce processus pendant lequel les hommes se rongeaient d'angoisse et d'impatience se poursuivit pendant une demi-heure jusqu'à ce que l'extrémité du bras mécanique atteignît enfin la cible. Il entra ensuite en contact avec ce corps venu d'un monde distant de quatre années-lumière, qui venait d'effectuer un voyage de deux cents ans. Lorsque les six doigts du bras mécanique eurent fermement agrippé la gouttelette, un frisson parcourut en même temps le million de cœurs des membres de la flotte. Trois heures plus tard, ce même frisson se propagerait dans ceux des trois milliards d'habitants de la Terre. Une fois la gouttelette saisie, le bras attendit calmement pendant encore dix minutes. La cible n'ayant eu aucune réaction anormale, il commença donc à se replier.

De cette scène naquit un étrange contraste : le bras mécanique était de toute évidence conçu pour une utilisation fonctionnelle et son cadre métallique robuste et sa structure hydraulique révélaient une nature technologique complexe et un sens industriel grossier ; par comparaison, la gouttelette avait une forme parfaite : celle d'une goutte solide, lisse et étincelante dont le raffinement dissipait tout contenu technologique ou fonctionnel. Elle témoignait d'une grâce et d'un anticonformisme relevant de l'art et de la philosophie. En saisissant la gouttelette avec ses griffes d'acier, le bras mécanique était comme la main poilue d'un homme préhistorique s'emparant d'une perle. La gouttelette avait l'air si fragile, comme un thermos en verre dans l'espace. On craignit qu'elle ne se brisât entre les serres du bras, mais cela n'arriva pas, et celui-ci put se replier.

Le processus dura encore une demi-heure jusqu'à ce que la gouttelette se retrouve enfin sur le pont principal du *Mante Religieuse*. Puis les deux cloisons de la cabine se rapprochèrent lentement. Si la cible devait s'autodétruire, le moment le plus probable serait celui-ci. La flotte et, après elle, le monde terrestre attendirent en silence. Et dans ce silence, on pouvait presque entendre le bruit de l'écoulement du temps à travers l'espace.

Deux heures passèrent. Rien n'était arrivé.

Le fait que la gouttelette ne se fût pas autodétruite apporta la preuve ultime à l'hypothèse formulée par les humains : si la gouttelette avait vraiment été une sonde militaire, elle se serait certainement sabordée après être tombée dans les mains de l'ennemi. On était maintenant sûr qu'il s'agissait d'un cadeau offert à l'humanité par le monde trisolarien, un symbole de paix, bien que difficilement intelligible pour l'esprit humain.

Ce fut une nouvelle éruption de joie mais, cette fois-ci, les festivités ne furent pas aussi frénétiques et débridées que les jours précédents, car la fin de la guerre et la victoire des hommes n'étaient déjà plus des surprises. Dans le pire des cas, même si les négociations échouaient et que la guerre reprenait, l'homme serait forcément le dernier vainqueur. La majestueuse apparition de la flotte unie dans l'espace avait donné aux masses humaines une impression visuelle de toute-puissance. À présent, la civilisation humaine débordait d'une confiance qui lui permettait de faire face sereinement à toute sorte d'ennemi.

Avec l'arrivée de la gouttelette, les sentiments des hommes vis-à-vis du monde de Trisolaris commencèrent à changer. Un nombre croissant d'entre eux prenaient conscience que l'espèce qui avait entrepris ce périlleux périple vers le système solaire possédait une grandiose civilisation. Elle avait subi une alternance de plus de deux cents catastrophes, mais elle avait survécu grâce à une ténacité inimaginable pour les hommes. Si les Trisolariens avaient entamé ce voyage long et pénible de quatre années-lumière dans l'espace, c'était à la recherche d'un soleil stable, d'un nouveau foyer où assurer leur survie… De l'hostilité et de la haine, les sentiments du grand public pour Trisolaris commencèrent à se muer en compassion, en pitié et en respect. L'humanité prit dans le même temps conscience d'une autre réalité : la flotte trisolarienne avait envoyé ses gouttelettes il y a déjà deux siècles et les hommes ne comprenaient que maintenant leur véritable signification. C'était sans aucun doute la preuve d'une part, de la discrétion extrême des Trisolariens et, d'autre part, de la brutalité humaine, dont l'esprit était distordu par sa propre histoire sanglante. Un sondage rapidement lancé sur Internet montra que le programme Rayon de soleil récoltait désormais des soutiens croissants, et bon nombre des personnes interrogées supportaient même maintenant le Plan de protection, qui proposait de faire de la planète Mars le nouveau lieu de vie des Trisolariens.

Les Nations unies et le Comité conjoint de la Flotte solaire accélérèrent le travail de préparation des négociations de paix. Les deux sphères réfléchissaient à la constitution d'une délégation humaine unifiée.

Tout cela arriva le jour même où la gouttelette avait été capturée.

Ce qui émouvait pourtant le plus la population n'était pas la réalité qu'ils avaient devant les yeux, mais l'embryon naissant d'un futur radieux : quel genre de paradis deviendrait le système solaire lorsque la technologie trisolarienne et la puissance humaine auraient fusionné ?

De l'autre côté du Soleil, à une distance à peu près égale, le *Sélection Naturelle* naviguait silencieusement à un centième de la vitesse de la lumière.

— La nouvelle est arrivée : la gouttelette ne s'est pas autodétruite après sa capture, dit Dongfang Yanxu à Zhang Beihai.

— Qu'est-ce qu'une gouttelette ? demanda Zhang Beihai.

Dongfang Yanxu et lui s'observaient, toujours séparés par la cloison transparente de la cabine. Son teint était hâve, mais son uniforme était soigné.

— La sonde trisolarienne. Nous avons maintenant la confirmation que c'est un cadeau offert à l'humanité, le signe que Trisolaris implore la paix.

— Ah oui ? Tant mieux.

— On dirait que vous n'en avez rien à faire.

Zhang Beihai ne répondit pas et posa des deux mains son carnet devant lui.

— J'ai fini d'écrire.

Puis il remit son crayon dans la poche de son uniforme.

— Alors vous pouvez remettre les pouvoirs de commandement du *Sélection Naturelle* ?

— Oui. Mais je dois d'abord savoir ce que vous comptez faire une fois que vous les aurez récupérés.

— Ralentir.

— Et laisser les vaisseaux de poursuite vous rejoindre ?

— Oui. Les combustibles de fusion nucléaire ne nous permettent pas de faire le voyage du retour. Il nous faut nous ravitailler avant de retourner dans le système solaire. Cependant, les vaisseaux lancés à notre poursuite ne disposent pas d'assez de combustibles pour nous permettre de faire le plein : ensemble, ces six vaisseaux ont un tonnage correspondant seulement à la moitié de celui du *Sélection Naturelle.* Leur accélération est pour l'instant de cinq pour cent de la vitesse de la lumière, puis ils connaîtront une décélération de même ampleur. Leurs combustibles leur permettront tout juste de rentrer. Par conséquent, les membres de l'équipage du *Sélection Naturelle* devront embarquer sur les vaisseaux de poursuite pour retourner dans le système solaire. Plus tard, d'autres vaisseaux prendront suffisamment de combustible à leur bord pour rattraper le *Sélection Naturelle* et le ramener à la base, mais cela prendra du temps. Avant de partir, nous devons nous efforcer de ralentir au maximum, pour réduire le temps que prendra l'opération.

— Dongfang, il ne faut pas ralentir.

— Pourquoi ?

— La décélération consommera le reste des combustibles du *Sélection Naturelle.* Nous ne pouvons pas devenir un vaisseau sans énergie, personne ne sait ce qui se passera dans le futur. En tant que commandante, vous devez garder cela à l'esprit.

— Que voulez-vous qu'il se passe ? L'avenir est déjà limpide : la guerre va s'achever, l'humanité va remporter la victoire. Et il sera prouvé que vous vous étiez trompé sur toute la ligne !

En la voyant ainsi s'emporter, Zhang Beihai lui sourit. C'était comme s'il voulait l'attendrir. Le regard qu'il posait sur elle était empreint d'une douceur qu'elle n'avait jamais connue. Elle en fut bouleversée. Elle avait du mal à croire au défaitisme de Zhang Beihai et le soupçonnait d'avoir un autre but. Elle s'interrogeait même sur sa santé mentale. Mais malgré tout, sans qu'elle en connût la raison, elle avait pour lui un attachement sentimental. Elle avait quitté son père alors qu'elle n'était qu'une enfant – ce qui était loin d'être extraordinaire à cette époque, car l'amour paternel était déjà quelque chose de suranné. Pourtant ce qu'elle avait ressenti chez ce militaire vieux de deux siècles y ressemblait.

— Dongfang, continua Zhang Beihai. Je viens d'un âge troublé, je suis un homme réaliste. Tout ce que je sais, c'est que l'ennemi existe encore et qu'il s'approche du système solaire. En tant que militaire disposant de cette information, je ne pourrai me réjouir que quand la paix sera acquise... Ne ralentissez pas. C'est la condition pour que je vous transfère les pouvoirs de commandement du vaisseau. Bien sûr, je ne peux que vous croire sur parole.

— Je promets que le *Sélection Naturelle* ne décélérera pas.

Zhang Beihai se tourna et plana jusqu'à l'interface suspendue, d'où il fit apparaître celle du système de commandement. Il entra son mot de passe et, après une petite série de manœuvres, il éteignit l'interface.

— Les pouvoirs de commandement du *Sélection Naturelle* vous ont été transférés. Le mot de passe est le même, Marlboro, dit Zhang Beihai sans se retourner.

Dongfang fit apparaître l'interface devant elle et put rapidement confirmer que Zhang Beihai n'avait pas menti.

— Merci, toutefois je vous conseille pour l'instant de ne pas sortir de votre cabine et de ne pas ouvrir la porte. L'équipage est en train de se réveiller de son état de mer profonde et j'ai peur qu'il ne vous traite avec violence.

— Qu'il me fasse subir le supplice de la planche ?

En voyant la perplexité de Dongfang Yanxu, Zhang Beihai sourit encore :

— Oh, c'est un vieux châtiment qu'on faisait subir aux traîtres sur les navires des temps anciens. S'il avait subsisté jusqu'à aujourd'hui, un criminel comme moi aurait certainement été jeté par-dessus bord… Allez. J'ai moi aussi envie d'être seul.

La navette qui décolla du *Quantum* paraissait aussi petite qu'une voiture sortant d'une ville. Les rayons de son moteur n'illuminaient qu'une infime partie de l'immense coque du vaisseau-mère, comme une bougie au pied d'une falaise. Lentement, elle glissa hors de l'ombre du *Quantum* vers la lumière du Soleil, la tuyère de son moteur scintillant comme une luciole, puis elle commença son vol vers la gouttelette, à mille kilomètres de là.

Le petit groupe d'expédition était constitué de quatre membres : outre Ding Yi et Xi Zi, se trouvaient également deux officiers des flottes spatiales européenne et nord-américaine, un major et un capitaine. À travers le hublot, Ding Yi jeta un coup d'œil en arrière vers la formation de la flotte qui s'éloignait peu à peu. Le *Quantum*, situé dans un angle, paraissait énorme vu d'ici, mais son voisin, le *Nuage*, était si petit qu'on pouvait tout juste en discerner les contours. Plus loin, les autres vaisseaux de la formation n'étaient plus dans son champ de vision qu'une rangée de points. Ding Yi savait que la longueur et la largeur de cette formation en rectangle étaient respectivement composées de rangs de cent et vingt vaisseaux. Quinze autres appareils, en réserve, manœuvraient pour leur part en dehors de la formation. Il les compta dans la longueur mais ne put en dénombrer que trente : au-delà – c'est-à-dire à une distance de six cents kilomètres – il ne les voyait plus clairement. C'était la même chose verticalement. En regardant le côté le plus court de la formation, il ne pouvait voir au mieux les vaisseaux lointains que sous la forme de points lumineux troubles qu'il était difficile de distinguer du fond d'étoiles. Ce n'était que lorsque certains allumaient leurs moteurs que la flotte était visible à l'œil nu. Pour Ding Yi, cette formation était une matrice de cent par vingt. Il imagina ensuite une autre matrice qui se multipliait avec elle, les éléments horizontaux de l'une se multipliant à leur tour avec les éléments verticaux de l'autre pour former une matrice encore plus large, même si dans la réalité un seul minuscule déterminant se dressait face à cette matrice géante : la gouttelette. Ding Yi n'aimait pas les asymétries extrêmes dans les mathématiques, c'est pourquoi sa tentative de se calmer grâce à cette gymnastique mentale échoua. Quand la force d'accélération cessa, il tourna la tête et entama une conversation avec Xi Zi, assise à côté de lui :

— Alors, gamine, tu es de Hangzhou ? demanda-t-il.

Xi Zi regardait droit devant elle, elle paraissait chercher des yeux le *Mante Religieuse* qui était encore à une distance de quelques centaines de kilomètres. Après avoir détourné son attention du hublot, elle secoua la tête :

— Non, Maître Ding, je suis née au sein de la Flotte asiatique. Je ne savais pas que mon nom avait un rapport avec la ville de Hangzhou, mais j'ai eu l'occasion de la visiter, c'est un très bel endroit[1].

— C'était le cas à notre époque. Maintenant, le lac de l'Ouest est devenu le lac du Croissant de Lune et il est en plein milieu du désert… Tiens, en parlant de désert, même s'il y en a partout, le monde d'aujourd'hui me rappelle le Jiangnan, là où les femmes étaient jadis aussi belles que l'eau, s'enflamma Ding Yi en regardant Xi Zi, dont la silhouette délicate était découpée par les doux rayons du soleil lointain qui perçaient à travers le hublot. Gamine, quand je te regarde, je repense à une femme que j'ai aimée. Comme toi, elle était major de l'armée. Elle n'était pas aussi grande, mais elle était aussi belle…

1. Xi Zi est l'autre nom de Xi Shi, l'une des "quatre beautés de la Chine antique", qui aurait vécu entre le VIe et le Ve siècle av. J.-C., près de Hangzhou. *(N.d.T.)*

— Maître Ding, le canal de communication externe est allumé, lui rappela Xi Zi sans s'émouvoir, les deux yeux toujours rivés sur l'espace lointain.

— Ça ne fait rien, tout le monde est si nerveux dans les flottes et sur Terre qu'il n'y a pas de mal à avoir une discussion plus légère, dit Ding Yi en faisant un geste du doigt derrière lui.

— Bien dit, docteur Ding, se mit à rire le major de la Flotte nord-américaine assis au premier rang, en se tournant vers lui.

— Dans le temps, vous avez dû être aimé par beaucoup de femmes, Maître Ding, dit Xi Zi en détournant son regard vers Ding Yi. Elle qui était très nerveuse avait senti que le moment était en effet bien venu de se changer les idées.

— Ça, je n'en sais rien, je ne m'intéressais pas aux filles qui tombaient amoureuses de moi, seulement à celles dont j'étais amoureux.

— Pouvoir passer du temps avec ceux qu'on aime tout en accomplissant de si grands exploits n'est pas donné à tout le monde à notre époque.

— Oh… Non, non, vous savez, d'ordinaire, je ne dérange pas les filles que j'aime. Je crois en ce que dit Goethe : "Je t'aime, est-ce que cela te regarde ?"

Xi Zi rit en regardant Ding Yi.

— Ah, si j'avais eu la même attitude avec la physique… continua Ding Yi. Le plus grand regret de ma vie aura été d'avoir eu les yeux bandés par les intellectrons. Mais en allant plus loin, on peut quand même positiver : j'explore les lois de la nature, est-ce que cela les regarde ? Peut-être qu'un jour viendra où les humains – ou peut-être d'autres créatures – exploreront tant de lois qu'ils pourront non seulement changer leur propre réalité, mais aussi tout l'Univers. Un jour où ils seront capables de modeler à l'envi les galaxies pour leur donner la forme dont ils ont besoin. Mais après ? Les lois ne changeront pas pour autant, elles seront toujours là, seules existences à jamais jeunes et invariables, comme les souvenirs des êtres que nous avons aimés… Et tout en parlant, Ding Yi pointa du doigt la Voie lactée éclatante derrière le hublot : Quand j'y pense, mes pensées s'évadent.

La major hocha la tête, déçu de la tournure que prenait le monologue :

— Maître Ding, et si vous reparliez plutôt des femmes belles comme l'eau ?

Ding Yi n'avait plus envie de parler. Xi Zi, elle aussi, resta muette. Le silence s'empara de la navette. Le *Mante Religieuse* fut bientôt visible, même s'il ne s'agissait encore que d'un point lumineux à deux cents kilomètres de distance. La navette fit une rotation de cent quatre-vingts degrés et la tuyère de son moteur, à présent pointée vers le vaisseau, commença à décélérer.

À présent, la flotte se trouvait devant la navette, à environ huit cents kilomètres ; c'était certes une distance ridicule à l'échelle de l'espace, mais tous les vaisseaux n'étaient plus que des points de lumière informes. Ce n'était que grâce à sa rigoureuse formation qu'on pouvait encore reconnaître celle-ci au milieu du décor d'étoiles. Sa matrice rectangulaire semblait grillager la Voie lactée. Entre le chaos de cet amas d'étoiles et la rigueur de la formation s'était créé un contraste saisissant. La grande taille de la flotte, même réduite par la distance, faisait apparaître sa puissance. Sur Terre et au sein des vaisseaux de la flotte unie, beaucoup de ceux qui virent cette image sentirent que c'était la démonstration visuelle de ce que venait de raconter Ding Yi.

Quand la force de décélération fut arrêtée, la navette avait rejoint le *Mante Religieuse*. Tout cela s'était passé si vite que le petit groupe d'expédition avait eu l'impression que le *Mante Religieuse* avait brusquement surgi dans l'espace. L'amarrage fut rapide. Le *Mante Religieuse* étant inhabité, il n'y avait pas d'air dans la cabine, et les quatre membres du groupe d'expédition durent enfiler une légère combinaison spatiale. Après avoir reçu les dernières instructions de la flotte, ils traversèrent en apesanteur l'écoutille d'amarrage et entrèrent dans le *Mante Religieuse*.

Le vaisseau ne comportait qu'une cabine principale sphérique au milieu de laquelle flottait la gouttelette. Ses couleurs n'étaient absolument pas les mêmes que sur l'image qu'ils avaient pu voir sur le *Quantum*. Elle était devenue beaucoup plus obscure et plus douce. Ce qui différait cependant n'était pas l'objet en soi, mais le paysage qu'elle reflétait, car la surface miroitante de la gouttelette n'avait aucune couleur. Dans la cabine principale du *Mante Religieuse* s'entassaient toutes sortes d'équipements, parmi lesquels le bras mécanique replié qui avait servi à capturer la gouttelette, ainsi que quelques spécimens de roche provenant de la ceinture d'astéroïdes. Suspendue au centre de cet environnement mécanique et rocailleux, la gouttelette fit une nouvelle fois apparaître une dissonance : raffinement contre trivialité, beauté contre technologie.

— C'est une larme de la Vierge Marie, dit Xi Zi.

Cette parole fut transmise depuis le *Mante Religieuse* à la vitesse de la lumière, elle traversa d'abord la flotte spatiale et résonna finalement trois heures plus tard dans le monde entier. Au sein de ce groupe d'expédition, Xi Zi, le major et le capitaine étaient des êtres ordinaires que le hasard avait poussés dans une situation qui deviendrait plus tard un épisode central de l'histoire de la civilisation. Plus ils approchaient de l'objet, plus ils étaient envahis d'un sentiment commun. La gouttelette ne provoquait plus de l'étrangeté mais un intense désir de reconnaissance. Oui, dans le désert de l'Univers, tous les organismes carbonés partageaient un destin commun. Ce destin prendrait peut-être des centaines de millions d'années à cultiver, mais ce serait celui d'un amour traversant l'espace et le temps. Et à cet instant même, la gouttelette donnait déjà à sentir cet amour, un amour qui pouvait combler les fossés infranchissables de la haine. Les yeux de Xi Zi se mouillèrent de larmes, comme le feraient, trois heures plus tard, ceux de quelques milliards d'autres hommes.

Ding Yi, lui, restait en retrait, observant tout cela d'un regard froid.

— J'en ai vu d'autres, dit-il, des choses plus époustouflantes encore, des royaumes où le soi et l'autre se perdent, où l'on se ferme pour pouvoir tout contenir.

— C'est trop philosophique pour moi, rit Xi Zi dans un hoquet de larmes.

— Docteur Ding, nous n'avons pas beaucoup de temps.

Le major fit signe à Ding Yi d'avancer. Il devait être le premier à toucher la gouttelette.

Ding Yi plana lentement jusque devant elle et posa une main. Il devait être vêtu de gants pour éviter les gelures qu'aurait causées la surface réfléchissante proche du zéro absolu. Cela fait, les trois autres officiers commencèrent aussi à tâter l'objet.

— Elle a l'air si fragile, on aurait presque peur de la briser, murmura Xi Zi.

— On ne sent absolument aucune rugosité, s'étonna le commandant. Sa surface est parfaitement lisse.

— Jusqu'à quel point est-elle lisse ? demanda Ding Yi.

Pour répondre à cette question, Xi Zi sortit de la poche de sa combinaison un appareil cylindrique : un microscope. Elle plaça la lentille contre la surface de la gouttelette et, sur le petit écran de l'appareil, ils purent voir l'image agrandie de la surface. L'écran montrait un miroir lisse.

— Quel est le grossissement ? demanda Ding Yi.

— Cent fois, répondit-elle en montrant un nombre dans un coin de l'écran. Puis elle régla le grossissement à mille fois.

Là encore, la surface était toujours lisse et miroitante.

— Votre appareil est sans doute cassé, dit le capitaine.

Xi Zi ôta le microscope de la gouttelette et le plaça contre sa visière. Les trois autres s'approchèrent pour observer l'écran : la surface de la visière, qui paraissait polie et immaculée comme celle de la gouttelette à l'œil nu, semblait maintenant aussi rugueuse que de la roche. Xi Zi replaça à nouveau l'appareil sur la surface de la gouttelette et l'écran afficha une nouvelle fois une surface extrêmement lisse, sans la moindre différence avec ses contours non grossis.

— Multipliez le grossissement par dix, dit Ding Yi.

C'était au-delà du pouvoir de résolution du grossissement optique. Xi Zi exécuta une série d'opérations puis régla l'appareil en mode microscope à effet tunnel. Le grossissement était à présent de dix mille fois.

Rien n'avait changé. Grossie mille fois, la surface la plus lisse qui pouvait être produite par l'homme se révélait rugueuse, comme le visage de la princesse géante vue par Gulliver.

— Un million de fois.

Toujours la même surface lisse.

— Dix millions.

À ce niveau de grossissement, on pouvait normalement voir les macromolécules, mais sur l'écran du microscope s'affichait encore et toujours une surface lisse, dénuée de la moindre trace de rugosité. Sa pureté était invariablement identique aux parties de la surface non grossies.

— Encore !

Xi Zi secoua la tête, c'était déjà le grossissement maximum que pouvait atteindre le microscope à effet tunnel.

Deux siècles plus tôt, dans son roman *2001 : l'Odyssée de l'espace*, Arthur C. Clarke avait raconté l'histoire d'un monolithe noir laissé par une civilisation extraterrestre très avancée à la surface de la Lune. Les observateurs avaient d'abord mesuré ses dimensions à la règle ordinaire, puis les avaient chiffrées avec plus de précision, mais leur rapport restait parfaitement et invariablement 1-4-9. Clarke avait décrit ce rapport comme une “perfection géométrique presque arrogante”.

Et voici qu'à présent l'humanité faisait face à une démonstration de puissance plus arrogante encore.

— Existe-t-il vraiment une surface absolument lisse? s'exclama Xi Zi.

— Oui, fit Ding Yi. La surface d'une étoile à neutrons est presque absolument lisse.

— Mais cet objet a une masse normale!

Ding Yi réfléchit un moment puis, regardant autour de lui, il dit :

— Établissez le contact avec l'ordinateur du vaisseau et localisez l'endroit où le bras mécanique a attrapé la gouttelette lors de sa capture.

Un officier de surveillance de la flotte s'en chargea. L'ordinateur du *Mante Religieuse* projeta quelques faisceaux laser rouge sur la gouttelette pour indiquer la position où elle avait été agrippée par les griffes de fer. Xi Zi examina cette partie de la surface au microscope. Grossie cent millions de fois, elle était d'une imperturbable et suprême lisseur.

— Quelle a été la pression sur le point de contact? demanda le capitaine. Il obtint vite la réponse de la flotte : environ deux cents kilogrammes par centimètre carré.

Les surfaces lisses étaient d'ordinaire les plus faciles à érafler, mais la gouttelette ne portait aucun stigmate de la puissante pince métallique du bras mécanique.

Ding Yi s'écarta et chercha en planant quelque chose dans la cabine. Il revint avec un marteau, qu'un géologue avait peut-être laissé ici après une mission de collecte de spécimens rocheux. Avant que quelqu'un ait eu le temps de l'en empêcher, il frappa avec force sur la surface miroitante. Il entendit un tintement métallique, clair et mélodieux, comme s'il avait martelé un sol de jade. Le bruit traversa son corps mais en raison du vide les trois autres ne purent l'entendre. Ding Yi désigna ensuite l'endroit de l'impact avec le manche. Xi Zi y plaça l'extrémité du microscope.

À un grossissement de cent millions de fois, c'était toujours la même surface lisse et miroitante.

Ding Yi jeta le marteau de géologue d'un air abattu. Il ne regardait plus la gouttelette, il avait la tête baissée et était plongé dans ses pensées. Les yeux des trois officiers, ainsi que ceux du million de membres de la flotte étaient rivés sur lui.

— Nous ne pouvons qu'essayer de deviner, commença Ding Yi en levant la tête. Les molécules de cette chose sont en rang parfait, comme une garde d'honneur, c'est une sorte de concrétion moléculaire. Et savez-vous quel est le degré de solidité de cette concrétion ? C'est comme si les molécules étaient clouées sur place. Elles ne vibrent même plus.

— Quelle force serait capable de créer un tel phénomène ?

— Il n'y en a qu'une : l'interaction forte[1].

Derrière sa visière, on pouvait voir que le front de Ding Yi était déjà couvert de sueur.

— Mais… ce serait comme décocher une flèche sur la Lune ?

— En effet, ils ont décoché une flèche sur la Lune… Une larme de la Vierge Marie ? Hé hé… fit Ding Yi dont le rire froid fit courir un frisson dans le dos de ceux qui l'écoutaient.

Les trois officiers savaient ce que signifiait ce rire : la gouttelette était loin d'être aussi fragile qu'une larme. Elle

1. L'interaction forte est l'une des plus grandes forces de la nature. Équivalente à cent fois l'interaction électromagnétique, elle permet la cohésion d'un noyau atomique en liant les protons et les neutrons entre eux au sein de celui-ci. La taille du noyau atomique est bien plus petite que celle de l'atome : si un atome faisait la taille d'un opéra, son noyau ferait celle d'une noix. *(N.d.A.)*

était des centaines de fois plus résistante que la matière la plus solide du système solaire. Toutes les substances du monde connu étaient devant elle aussi frêles que des feuilles de papier. Elle pouvait transpercer la terre comme une balle de pistolet dans du fromage, sans même que sa surface ne connaisse la moindre éraflure.

— Alors… pourquoi a-t-elle été envoyée ici ? laissa échapper le capitaine.

— Qui sait ? C'est peut-être bien un messager, mais qui apporte à l'humanité un tout autre message que celui auquel elle s'attendait, dit Ding Yi tout en écartant son regard de la gouttelette.

— Comment ?

— Je te détruis, est-ce que cela te regarde ?

Ces mots furent suivis d'un silence de mort. Tandis que les trois autres membres du groupe d'expédition et les millions de membres de la flotte ruminaient le sens de ceux-ci, Ding Yi lâcha soudain :

— Courez, vite !

Il avait d'abord prononcé ces deux mots à voix basse, mais il souleva les deux mains et cria, comme hystérique :

— Gamins idiots ! Courez, vite !

— Courir, où ? demanda Xi Zi, paniquée.

Le capitaine comprit quelques secondes après Ding Yi et, comme lui, il poussa un cri de désespoir :

— Flotte ! Dispersion de la flotte !

Mais c'était trop tard, une immense perturbation était apparue, l'image retransmise depuis le *Mante Religieuse* s'était distordue. Les communications avaient été coupées et la flotte n'avait pas entendu le dernier cri du commandant.

À l'extrémité de la poupe de la gouttelette émergea un halo bleu. Au début très petit – mais très brillant – il enveloppa la cabine d'un linceul bleuâtre, puis il s'élargit brusquement. Sa lumière, de bleue, passa au jaune, puis enfin au rouge, comme si ce nouveau halo n'avait pas été produit par la gouttelette mais qu'il avait été forgé par le halo lui-même. Tandis qu'il s'agrandissait, sa luminosité faiblissait et quand il fit enfin le double du diamètre le plus long de la gouttelette, il disparut. Simultanément à sa disparition, un deuxième anneau de lumière bleue réapparut à la poupe. Comme le premier, il s'élargit, changea de couleur et sa luminosité faiblit avant de s'estomper. À une fréquence d'environ deux à trois fois par seconde, des halos continuèrent de jaillir ainsi à l'arrière de la gouttelette. Sous la propulsion de ceux-ci, la gouttelette se mut et accéléra subitement.

Les quatre membres du groupe d'expédition n'eurent pas la chance de voir apparaître le deuxième halo. Dès la naissance du premier, ils furent instantanément réduits à l'état gazeux par une température proche de celle du noyau solaire.

Le *Mante Religieuse* émit une lueur rouge. Vu de l'extérieur, il ressemblait à une lanterne en papier enflammée par la bougie déposée à l'intérieur. Sa structure métallique fondit comme de la cire et, peu de temps après avoir commencé à fondre, le vaisseau explosa. Il ne restait plus aucun fragment solide du *Mante Religieuse* : toutes les substances métalliques s'étaient dispersées dans l'espace en un liquide incandescent.

À mille kilomètres de là, la flotte put assister à l'explosion du *Mante Religieuse*. La première réaction fut de penser que la gouttelette s'était autodétruite. Ils éprouvèrent d'abord du chagrin pour les quatre membres sacrifiés puis, aussitôt après, de la déception que la gouttelette n'ait finalement pas été le messager de paix qu'ils attendaient. Mais l'humanité ne s'était pas psychologiquement préparée à ce qui se passerait ensuite.

La première anomalie fut identifiée par l'ordinateur du système de surveillance spatial de la flotte. Celle-ci avait été découverte lors du traitement de l'image de l'explosion du *Mante Religieuse*. Un fragment suspect s'y présentait. La plupart des débris du vaisseau étaient maintenant du métal à l'état liquide se déplaçant à une vitesse régulière dans l'espace. Ce fragment était le seul à accélérer. Bien sûr, seul un ordinateur avait pu remarquer ce phénomène au milieu de la dispersion des fragments du *Mante Religieuse*. Il l'indexa aussitôt dans sa base de données et dans sa banque de connaissances, et afficha un grand nombre d'informations, y compris sur le *Mante Religieuse*. Il proposa plusieurs dizaines d'explications possibles à l'apparition de cet énigmatique fragment, mais aucune ne s'avéra juste.

Ni l'humanité ni l'ordinateur n'avaient pris conscience que l'explosion n'avait détruit que le *Mante Religieuse* et les quatre humains à son bord, rien de plus.

Quant à ce fragment en accélération, le système de surveillance spatial de la flotte n'émit qu'une alerte d'attaque de niveau 3, car l'objet ne fonçait pas droit sur la flotte mais dans un coin de la formation en rectangle. Au regard de sa trajectoire présente, il devait passer à l'extérieur de la formation sans toucher le moindre vaisseau. En raison du grand nombre d'alertes de niveau 1 émises lors de l'explosion du *Mante Religieuse*, cette alerte de niveau 3 fut ignorée. Mais l'ordinateur avait cependant remarqué que le fragment avait une accélération croissante. Après avoir parcouru trois cents kilomètres, il avait déjà franchi la troisième vitesse cosmique et il continuait à gagner de la vitesse. Le niveau d'alerte fut relevé au niveau 2, mais encore une fois ignoré. Seules cinquante secondes s'écoulèrent entre le moment où le fragment quitta l'épicentre de l'explosion jusqu'à ce qu'il atteigne le coin de la formation. Sa vitesse était déjà de 31,7 kilomètres par seconde. Il se trouvait à présent à la bordure de la formation, à une distance de cent soixante kilomètres du *Frontière Infinie*, le premier vaisseau dans ce coin de la matrice. Mais le fragment ne passa pas à côté de la formation, il exécuta un virage à un angle précis de trente degrés sans que cela affecte sa vitesse et fonça vers le *Frontière*

Infinie. Pendant les deux secondes environ où il combla cette distance, l'ordinateur du système de surveillance redescendit étrangement le niveau d'alerte de ce fragment de 2 à 3, considérant que ce fragment ne pouvait être un objet physique, car il avait accompli un mouvement impossible selon les principes de la mécanique aérospatiale. Effectuer un changement de direction aussi précis à une vitesse de deux fois la troisième vitesse cosmique sans même décélérer, était aussi violent que percuter à la même vitesse un mur de fer. Si l'objet volant avait contenu un bloc de métal, la force qu'aurait exercé ce virage brusque aurait aussitôt pu le changer en une fine membrane. Le fragment ne pouvait donc être qu'une illusion.

Et ce fut ainsi que la gouttelette, à une vitesse correspondant au double de la troisième vitesse cosmique, percuta le *Frontière Infinie*, à une trajectoire en ligne droite de la première rangée de la formation.

La gouttelette heurta un tiers de la poupe du *Frontière Infinie* et le traversa comme une ombre sans qu'il oppose de résistance. En raison de la vitesse extrême du choc, à l'emplacement de l'impact où la gouttelette avait frappé et transpercé la coque du vaisseau, étaient apparues deux ouvertures circulaires extrêmement régulières, dont le diamètre correspondait à celui de la partie la plus large de la gouttelette. Mais à peine apparus, les trous se déformèrent et s'évanouirent, car la coque tout autour fondit sous l'effet de la chaleur produite par l'impact et par la très haute température des halos de propulsion de la gouttelette. Très vite, la section du vaisseau ayant subi le choc rougeoya, et ce rougeoiement commença à s'étendre sur la coque, recouvrant la moitié du *Frontière Infinie*, tel un morceau de métal tout juste sorti d'une forge.

Après avoir traversé le *Frontière Infinie*, la gouttelette continua son vol à une vitesse d'environ trente kilomètres par seconde. En l'espace de trois secondes, elle se retrouva donc quatre-vingt-dix kilomètres plus loin, embrochant d'abord le *Lointain* – le vaisseau voisin du *Frontière Infinie* dans le premier rang de la formation – puis le *Corne de Brume*, l'*Antarctique* et le *Suprême*. Leurs structures se mirent elles aussi à rougeoyer, comme une rangée de lampes s'allumant l'une après l'autre dans l'ordre de la formation.

Débuta alors l'explosion du *Frontière Infinie*. Comme tous les autres vaisseaux transpercés après lui, il avait été percuté au niveau de son réservoir de combustibles de fusion mais, contrairement à l'explosion régulière du *Mante Religieuse*, provoquée par la haute température, l'explosion du *Frontière Infinie* fut le résultat d'une réaction de fusion de ses propres combustibles. Personne ne saurait jamais si cette réaction avait été provoquée par les halos de propulsion de la gouttelette ou par un autre facteur, toujours est-il que la boule de feu de l'explosion thermonucléaire apparut au niveau du point d'impact et se propagea à toute allure jusqu'à ce que toute la flotte soit éclairée par une lumière intense éclipsant la Voie lactée devant le fond de velours noir de l'espace.

Des boules de feu similaires naquirent à sa suite sur le *Lointain*, le *Corne de Brume*, l'*Antarctique* et le *Suprême*.

Dans les huit secondes qui suivirent, la gouttelette perfora dix autres vaisseaux interstellaires.

À cet instant, la boule de feu qui avait déjà englouti toute la coque du *Frontière Infinie* commença à rétrécir, pendant que, sur d'autres bâtiments, de nouvelles boules de feu s'allumaient et gonflaient.

La gouttelette continua à longer la première rangée de la formation. Avec des intervalles d'à peine une seconde elle transperça un à un les vaisseaux interstellaires qui se dressaient sur son chemin.

La boule de feu thermonucléaire apparue au niveau du *Frontière Infinie* s'éteignit. La structure déjà entièrement fondue de l'appareil cracha un million de tonnes d'un liquide métallique aux lueurs rouge sombre comme un bouton de fleur s'ouvrant avec fureur. Le métal fondu s'éparpilla sans obstacle dans l'espace en une tempête de lave métallique bouillonnante.

La gouttelette poursuivit sa course, suivant une même ligne droite, enfilant les vaisseaux comme des perles, laissant derrière elle une traînée de dizaines de boules de feu. La formation de la flotte rutila sous les rayons de ces petits soleils ardents et se métamorphosa en océan de lumière. Derrière la rangée de boules de feu, les vaisseaux fondus continuaient à vomir des vagues de magma bouillant dans l'espace, comme des énormes rochers projetés dans un océan de lave.

En une minute et dix-huit secondes, la gouttelette couvrit un trajet de deux mille kilomètres. Elle avait perforé les cent vaisseaux de la première rangée de la formation rectangulaire de la flotte unie.

Lorsque le dernier vaisseau de la rangée – l'*Adam* – fut avalé par une boule de feu nucléaire, à l'autre extrémité, le magma métallique avait fini de se répandre et commençait à refroidir ; il n'y avait presque plus aucune trace au cœur de l'explosion, là où le *Frontière Infinie* se trouvait une minute plus tôt. Le *Lointain*, le *Corne de Brume*, l'*Antarctique*, le *Suprême*… tous s'étaient évanouis en magma métallique volant. Lorsque la dernière des boules de feu de la ligne s'éteignit, l'espace replongea dans le noir. Le magma, qui n'était déjà plus très visible, réémergea cependant soudain sous la forme de lueurs carmin, comme une rivière de sang longue de deux mille kilomètres.

Après avoir transpercé le dernier vaisseau de la rangée, la gouttelette continua à voler sur une petite distance de quatre-vingts kilomètres dans l'espace vide, avant d'exécuter un nouveau virage inexplicable pour la mécanique humaine mais, cette fois, avec un angle encore plus serré, environ quinze degrés, comme si elle tournait brusquement la tête et repartait en sens inverse, gardant la même vitesse inchangée. Elle réajusta quelque peu sa trajectoire vers la deuxième rangée de la matrice – ou la première, maintenant que le premier rang était détruit. Elle fonça en ligne droite à une vitesse de trente kilomètres par seconde dans la direction du premier vaisseau : le *Gange*.

Jusqu'ici, l'état-major de la flotte unie n'avait pas eu la moindre réaction.

Le système d'information militaire de la flotte avait pourtant accompli son devoir en dressant un rapport complet de l'offensive d'une minute et dix-huit secondes grâce à son réseau de surveillance. La somme colossale de ces informations ne pouvait être analysée que par le supercalculateur du système stratégique décisionnel, qui arriva à la conclusion suivante :

Une puissance ennemie spatiale colossale avait fait son apparition dans l'espace et lancé une offensive contre la flotte, mais le supercalculateur ne pouvait fournir aucune information sur cette puissance. Deux points pouvaient néanmoins être considérés comme certains : 1) La force ennemie provenait de l'emplacement de la gouttelette, et 2) Cette puissance était invisible pour toutes les méthodes de détection à disposition de la flotte.

L'état-major était paralysé par le choc. Pendant deux longs siècles, les technologies et les stratégies de guerre spatiale avaient envisagé toutes sortes de scénarios militaires, jusqu'aux plus extrêmes, mais jamais il n'avait imaginé être témoin de la déflagration en série, comme une ribambelle de pétards, de cent vaisseaux spatiaux en moins d'une minute. Cela dépassait son entendement. Noyé sous une marée d'informations, il ne pouvait s'en remettre qu'aux analyses et aux jugements du supercalculateur du système stratégique décisionnel et concentrer son attention sur l'observation de cette flotte ennemie invisible. Le système de surveillance élargit donc son champ d'observation vers l'espace lointain et en oublia le danger devant ses yeux. Une majorité des membres de la flotte crurent même que cet ennemi invisible et meurtrier était une troisième force qui n'était ni l'humanité ni Trisolaris car, dans leur inconscient, le faible monde trisolarien était déjà vaincu.

Si le système de surveillance de la flotte n'avait pas identifié la présence de la gouttelette plus tôt, c'était parce que sa longueur d'onde n'était pas détectable par les radars. Aussi, il n'était possible de la voir que grâce à une analyse des images du spectre visible, or ces images n'étaient pas traitées de façon aussi prioritaire que celles transmises au système par les radars. Les tempêtes de débris explosés et dispersés dans l'espace lors de l'attaque étaient pour leur grande majorité composées de métal liquide ayant fondu sous l'effet de la température des explosions nucléaires. Pour chaque vaisseau, ces morceaux de métal fondu atteignaient un million de tonnes et une quantité considérable d'entre eux avaient à peu près la même taille et la même forme que la gouttelette. Il était donc très difficile pour l'ordinateur chargé d'analyser les images d'identifier la gouttelette au milieu de tous les autres fragments. D'autant plus que la plupart des membres de l'état-major étaient persuadés que celle-ci s'était autodétruite dans le *Mante Religieuse*. Par conséquent, aucune instruction spécifique ne fut donnée pour effectuer ce type d'analyse.

Dans le même temps, d'autres éléments accrurent la confusion sur le champ de bataille : les débris éjectés lors de l'explosion de la première rangée de vaisseaux atteignirent rapidement la deuxième, forçant les systèmes de défense des appareils à réagir à coups de laser à haute énergie et de canons électromagnétiques pour les intercepter. Ces fragments volants, de tailles irrégulières, étaient pour la plupart des morceaux de métal fondu par les boules de feu nucléaires. Bien que ces fragments eussent été refroidis par la température glaciale de l'espace, seules leurs couches externes s'étaient solidifiées, tandis que l'intérieur était toujours dans un état de métal bouillant liquide, si bien que les fragments explosaient en un véritable feu d'artifice de lave lorsqu'ils entraient en collision avec un vaisseau. Bien vite, une barrière de flammes se forma en parallèle de la rivière sanguinolente laissée entre la première et la deuxième rangée. Telle la houle d'une mer déchaînée par le souffle d'un ennemi invisible, elle se contracta en un chapelet d'explosions frénétiques. Les fragments qui traversaient les airs étaient aussi épais que des grêlons et les systèmes de défense se montrèrent incapables de les intercepter tous. Une bonne partie d'entre eux vinrent donc percuter les coques des vaisseaux. Ces gerbes de métaux à moitié solides et liquides avaient une force de destruction considérable et bon nombre de vaisseaux de la seconde rangée de la flotte subirent des dommages irrémédiables. Certaines coques furent même perforées, déclenchant de stridentes alarmes de décompression…

Le reste de la flotte dirigea toute son attention sur cette lutte éblouissante des vaisseaux contre les fragments volants. Les supercalculateurs comme les membres de l'état-major eurent l'illusion que les vaisseaux s'engageaient dans un combat avec une force spatiale ennemie. Aucun ordinateur ni aucun humain ne remarqua le petit dieu de la mort qui avait commencé à détruire la deuxième rangée de la formation.

Aussi, lorsque la gouttelette fondit sur le *Gange*, les cent vaisseaux de la deuxième rangée formaient encore une parfaite ligne droite. Une ligne de mort.

La gouttelette surgit comme l'éclair et, en l'espace d'à peine dix secondes, elle transperça douze nouveaux vaisseaux : le *Gange*, le *Colombie*, le *Justice*, le *Massada*, le *Proton*, le *Yandi*, l'*Atlantique*, le *Sirius*, le *Thanksgiving*, l'*Avant*, le *Han* et le *Tempête*. Comme lors de la destruction de la première rangée, chaque vaisseau victime de la collision commençait par rougeoyer puis était englouti par une boule de feu nucléaire, suivie à son tour par l'éruption de millions de tonnes de magma métallique. Au milieu de cette terrible scène de chaos, les vaisseaux en ligne droite semblèrent s'embraser comme une mèche longue de deux mille kilomètres qui, après une combustion violente, ne laissa derrière elle que des cendres incandescentes.

Une minute et vingt et une secondes plus tard, les cent vaisseaux de la deuxième rangée avaient tous été anéantis.

Après avoir transpercé le dernier vaisseau – le *Meiji* – et rejoint l'extrémité de la rangée, la gouttelette exécuta une nouvelle fois un virage à angle serré pour attaquer le *Newton*, le vaisseau situé en tête de la troisième rangée. Durant le processus de destruction de la deuxième rangée, les débris issus des explosions des vaisseaux avaient eux aussi déferlé sur la rangée voisine. Parmi eux se trouvaient les fragments de métal liquide fondu de la deuxième rangée, mais aussi ceux de la première, qui s'étaient maintenant presque tous solidifiés. Tandis que s'activait le système de défense des vaisseaux de la troisième rangée, certains appareils avaient eu le temps de faire démarrer leurs moteurs et, par conséquent, contrairement aux deux premières rangées, la troisième ne formait plus une ligne parfaitement droite, même s'ils composaient toujours une même haie grossière. Après avoir embroché le *Newton*, la gouttelette ajusta sa trajectoire et, en un clin d'œil, elle parcourut les vingt kilomètres qui la séparaient du vaisseau du *Lumières*, qui s'était écarté de trois kilomètres de la rangée d'origine. Puis, une fois qu'elle l'eut transpercé, elle vira une nouvelle fois de bord et fonça vers le *Crétacé*, qui se déplaçait de l'autre côté de la ligne. En suivant une ligne courbe, la gouttelette alla frapper un à un les vaisseaux de la troisième rangée, sans jamais ralentir, en conservant toujours cette vitesse de trente kilomètres par seconde. Les experts découvriraient plus tard avec effarement que pendant tout son trajet chaque virage avait été pris avec un angle saillant, et non courbe comme les vaisseaux spatiaux des flottes terriennes. Cette diabolique trajectoire de vol démontrait une capacité de propulsion au-delà de l'entendement humain, comme si la gouttelette était une ombre sans masse se déplaçant telle la pointe d'un crayon divin, en faisant fi des principes de la dynamique. Tandis qu'elle attaquait la troisième rangée de la flotte, la gouttelette changeait brusquement de direction à une fréquence de deux ou trois fois par seconde. C'était l'aiguille d'un dieu de la mort dont le fil souple et agile finit par larder cent vaisseaux.

En deux minutes et trente-cinq secondes, la gouttelette eut raison de la troisième rangée.

À cet instant, tous les vaisseaux de la flotte avaient allumé leurs moteurs et la matrice avait déjà perdu sa forme régulière. La gouttelette, elle, continuait de frapper les appareils en train de se disperser. Sa vitesse de destruction s'était quelque peu réduite mais, à chaque instant, trois à cinq boules de feu jaillissaient entre les appareils et, sous l'éclat des rayons mortels qui surgissaient de leurs moteurs, ils devenaient des lucioles apeurées.

Le système de commandement de la flotte ignorait encore jusqu'ici la source réelle de cette attaque et persistait à chercher la trace d'une flotte ennemie imaginaire. Cependant, une étude qui serait menée plus tard de la marée d'informations transmises pendant l'offensive montrerait qu'une analyse relativement proche de la réalité avait été dressée par deux officiers subalternes à bord de deux vaisseaux de la Flotte asiatique : Zhao Xin, assistant du système d'examen des cibles du *Nord*, et Li Wei, contrôleur du système d'armement électromagnétique à bord du *Kunpeng*. Voici la transcription qui fut faite de leur conversation :

ZHAO XIN : *Nord*, poste de combat TR317 appelle *Kunpeng*, poste de combat EM986 ! *Nord*, poste de combat TR317 appelle *Kunpeng*, poste de combat EM986 !

LI WEI : Ici *Kunpeng* EM986. Faites attention, les communications de vaisseau à vaisseau à ce niveau d'informations enfreignent le règlement en état de guerre.

ZHAO XIN : Li Wei, c'est toi ? Ici, Zhao Xin. C'est toi que je cherchais !

LI WEI : Salut, content de te savoir encore en vie.

ZHAO XIN : J'ai découvert quelque chose que je voudrais envoyer au système de commandement partagé, mais je n'ai pas les droits d'accès. Tu peux m'aider ?

LI WEI : Moi non plus, je n'ai pas les droits d'accès, et puis de toute façon, il y a trop d'informations qui partent dans le système maintenant. Qu'est-ce que tu voulais transmettre ?

ZHAO XIN : J'ai analysé une image visuelle de la bataille et...

LI WEI : Tu ne devrais pas plutôt t'occuper d'analyser les informations transmises par les radars ?

ZHAO XIN : C'est justement là que le système se trompe. En analysant cette image visuelle, j'ai simplement extrait les caractéristiques de vitesse et tu sais ce que j'ai trouvé ? Tu sais ce qui se passe en ce moment même ?

LI WEI : Toi, tu as l'air de savoir, en tout cas.

ZHAO XIN : Ne me prends pas pour un fou... Nous sommes amis, tu me connais.

LI WEI : Tu es une créature à sang-froid, tu serais bien le dernier à devenir fou. Dis-moi.

ZHAO XIN : Écoute-moi ça : c'est la flotte qui est devenue folle, on s'attaque nous-mêmes !

LI WEI :...

ZHAO XIN : Le *Frontière Infinie* a attaqué le *Lointain*, le *Lointain* a attaqué le *Corne de Brume*, le *Corne de Brume* a attaqué l'*Antarctique*, l'*Antarctique*...

LI WEI : Putain, tu es devenu dingue !

ZHAO XIN : C'est ce qui est en train de se passer : A attaque B puis, avant d'exploser, B attaque C puis, avant d'exploser,

C attaque D… C'est comme si tous les vaisseaux avaient attrapé une maladie contagieuse : ils se font attaquer et aussitôt après, ils attaquent le prochain ! Comme une course de relais. Ils sont devenus fous, je te dis !

LI WEI : Quelles sont les armes qu'ils utilisent ?

ZHAO XIN : Je ne sais pas. J'ai seulement réussi à extraire un projectile dans l'image, tout petit, mais avec une rapidité… Putain, encore plus rapide que tes canons électromagnétiques. Et précis avec ça ! À chaque coup, il touche le réservoir de combustibles !

LI WEI : Envoie-moi l'analyse.

ZHAO XIN : C'est déjà fait, je t'ai envoyé les données brutes et l'analyse vectorielle. Regarde-moi ça, c'est totalement diabolique !

(L'analyse du sous-officier Zhao Xin, bien qu'erronée, se rapprochait tout de même de la réalité. Li Wei passa quant à lui une demi-minute à étudier le document envoyé. Pendant cet intervalle de temps, trente-neuf vaisseaux furent détruits.)

LI WEI : J'ai calculé la vitesse.

ZHAO XIN : Laquelle ?

LI WEI : Celle du petit projectile : sa vitesse diminue quand il est lancé à partir d'un vaisseau, mais il fait ensuite une pointe à trente kilomètres seconde. Et puis, il frappe le prochain et il ressort un peu moins vite, puis il réaccélère…

ZHAO XIN : Ça ne veut rien dire…

LI WEI : Ce que je veux dire, c'est que… Ça fait un peu comme une traînée…

ZHAO XIN : Une traînée ? Comment ça ?

LI WEI : Chaque fois que le projectile transperce une cible, la traînée le ralentit…

ZHAO XIN : Ça, j'avais compris, je ne suis pas idiot. Mais tu viens dire "le" projectile… Tu veux dire qu'il n'y a qu'un seul objet ?

LI WEI : Regarde dehors. Cent vaisseaux ont encore explosé.

Le dialogue entre les deux hommes n'avait pas été mené dans la langue moderne en usage au sein de la flotte, mais dans un chinois du XXIe siècle. À leur façon de parler, on pouvait deviner que c'étaient des hibernautes. Ceux-ci n'étaient pas très nombreux à servir dans la flotte et, bien que la majorité d'entre eux eussent été réveillés très jeunes, ils n'avaient pas la même faculté que les hommes modernes à absorber des connaissances. On leur attribuait donc la plupart des temps des postes subalternes. On découvrirait plus tard qu'au cours de cette grande destruction les officiers et les soldats qui avaient le mieux fait preuve de sang-froid et de bon sens étaient des hibernautes. Ces deux officiers, malgré leur faible échelon hiérarchique et l'impossibilité pour eux d'avoir accès aux systèmes d'analyse les plus avancés des vaisseaux, avaient néanmoins été en mesure d'établir un raisonnement remarquable.

Le message de Zhao Xin et Li Wei ne parvint pas jusqu'à l'état-major, mais les analyses du système de commandement commençaient, elles aussi, à s'engager dans la bonne direction. Réalisant que la flotte ennemie invisible dont l'existence avait été à l'origine postulée par le supercalculateur n'existait pas, le système s'attachait désormais à analyser la masse des informations collectées. Après avoir effectué des recherches et recoupé les données à disposition, le système conclut enfin à l'existence de la gouttelette. L'image du petit objet, qui avait pu être extraite à partir des données recueillies, montrait qu'en dehors de ses halos de propulsion sa forme était inchangée : c'était toujours cette même apparence de goutte parfaite ; seulement, sa surface miroitante reflétait maintenant au rythme de sa course la lueur des boules de feu thermonucléaires et du magma métallique. On aurait dit une goutte de sang en fusion. Des analyses plus approfondies révélèrent ensuite la trajectoire d'attaque de la gouttelette.

Plusieurs scénarios de l'Ultime Bataille avaient été envisagés durant les deux derniers siècles par les experts en stratégie spatiale, mais dans l'esprit de ces stratèges, l'image de l'ennemi avait toujours été gigantesque : ce que l'humanité affronterait pendant cette guerre serait une flotte monumentale dont chaque vaisseau serait une forteresse de la mort de la taille d'une petite ville. On avait imaginé toutes sortes d'armes que l'ennemi aurait peut-être en sa possession : les plus effrayantes d'entre toutes étaient les canons antimatière qui, même de la taille d'un fusil, pouvaient anéantir n'importe quel vaisseau interstellaire.

Mais la flotte unie devait bien admettre la réalité qu'elle avait devant les yeux : son seul ennemi était une petite sonde qui avait jailli comme une goutte d'eau de l'océan des forces trisolariennes, et sa tactique d'attaque était la plus vieille et la plus primitive de toute l'histoire des forces navales : le bélier.

Entre le moment où la gouttelette commença son attaque et celui où l'état-major arriva à un jugement correct, il s'écoula environ treize minutes. C'était rapide en considération de la complexité et de l'atrocité des conditions du champ de bataille, mais l'offensive de la gouttelette avait été menée avec une rapidité encore plus prodigieuse. Dans les batailles navales du XXe siècle, quand un navire ennemi apparaissait à l'horizon, on avait encore le temps de réunir tous les commandants sur le vaisseau amiral pour une réunion de guerre. Mais dans le contexte d'une guerre spatiale, le temps se comptait en secondes et, pendant ces treize minutes-là, plus de six cents navires avaient déjà été anéantis par la gouttelette. Ce ne fut qu'au cours de cet épisode que les humains comprirent que le commandement d'une guerre spatiale était hors de leur portée. Mais en raison des barrières érigées par les intellectrons, c'était aussi hors de portée de l'intelligence artificielle. Par conséquent, du simple point de vue du commandement, l'humanité ne pourrait jamais rivaliser avec la force trisolarienne.

En raison de la vitesse d'attaque de la gouttelette et de son indétectabilité par les radars, le système de défense de la flotte n'avait pu esquisser la moindre réaction. Mais à mesure que les vaisseaux s'éloignaient et que la distance d'attaque augmentait, les systèmes de défense des vaisseaux commencèrent à se réinitialiser en tenant compte des particularités de la gouttelette. Le *Nelson* fut le premier vaisseau attaqué à tenter d'intercepter l'objet, en utilisant des canons laser pour élever le degré de précision des tirs contre cette petite cible ultra-rapide. La gouttelette, touchée par quelques faisceaux, émit des rayons ultra-puissants, en dépit du fait que le *Nelson* avait pourtant fait usage d'un laser à rayons gamma, qui auraient normalement dû être invisibles à l'œil nu. L'invisibilité de la sonde sur les radars n'avait pas fini de susciter la perplexité des experts, car elle possédait une surface entièrement réfléchissante et sa forme permettait en théorie une diffusion parfaite. Sa capacité à convertir les fréquences des ondes électromagnétiques reflétées était peut-être le secret de son invisibilité ; toujours est-il que la lumière qu'elle émit était si intense qu'elle rendit presque ternes les boules de feu nucléaires qui l'entouraient et obligea même les systèmes de surveillance à baisser la luminosité de leurs images, pour éviter d'endommager leurs appareils optiques et de rendre aveugles ceux qui les regardaient. Le surgissement de ces rayons ultra-puissants revenait ainsi à accroître l'obscurité. Ce fut enveloppée par ces rayons engloutissant tout que la gouttelette transperça le *Nelson*. Quand ceux-ci s'éteignirent enfin, le champ de bataille se retrouva comme plongé dans le noir. Bientôt, les boules de feu montrèrent à nouveau leur puissance. La gouttelette sortit sans dommages du *Nelson* et fonça dans la direction du *Vert*, situé quatre-vingts kilomètres plus loin.

Le système de défense du *Vert* bascula sur un autre mode d'interception et se servit d'un canon électromagnétique à énergie cinétique pour attaquer la gouttelette. Les obus métalliques envoyés par le canon avaient un puissant potentiel destructeur et, en raison de la vitesse apportée par l'énergie cinétique, ils frappaient leurs cibles avec la force d'une bombe. Envoyés en rafale sur une cible au sol, ils étaient capables de raser une montagne en un rien de temps. De plus, la vitesse relative de la gouttelette amplifiait leur force de frappe ; toutefois, au moment de l'impact, les obus n'eurent pour seul effet que de la ralentir. La gouttelette réajusta immédiatement sa propulsion et repartit de plus belle sous la grêle d'obus du *Vert* qu'elle perfora sans difficulté. Si on avait observé à cet instant la gouttelette grâce à un microscope à haut grossissement, on aurait pu remarquer la même surface miroitante d'une lisseur absolue, vierge de toute égratignure.

La différence entre le matériau de la gouttelette composé par l'interaction forte et la matière ordinaire était en quelque sorte la même que celle entre un objet solide et un objet liquide. Les attaques des armes humaines contre la gouttelette n'étaient rien d'autre que des vagues frappant un rocher : elles ne lui infligeaient aucun dommage. Rien dans tout le système solaire ne pourrait jamais la détruire.

Le système de commandement de la flotte, qui venait tout juste de se stabiliser, sombra donc à nouveau dans le chaos. Mais cette fois, il était submergé par le désespoir : toutes les stratégies qu'il était en mesure d'envisager étaient vouées à l'échec, il ne s'en remettrait jamais.

Dans l'espace, l'impitoyable massacre se poursuivait. La distance entre les vaisseaux augmentant, la gouttelette accéléra et doubla bientôt sa vitesse pour atteindre soixante kilomètres par seconde. Derrière son attaque continue, elle faisait montre d'une intelligence froide et calculatrice, empruntant chaque fois des trajectoires d'attaque différentes et apportant une solution parfaite au problème du postier chinois[1]. Dans

1. Le problème dit du "postier chinois" consiste à optimiser la distribution du courrier en parcourant, au moins une fois, chacune

la mesure où ses cibles étaient en mouvement permanent, la gouttelette effectuait des mesures et des calculs complexes à toute vitesse et sans effort. Parfois, en plein cœur du carnage, elle se déportait brusquement et allait abattre quelques vaisseaux qui s'étaient un peu trop éloignés du gros de la flotte, rameutant de la sorte ceux qui avaient trop tendance à s'écarter, comme un chien de berger veillant à garder son troupeau en bon ordre aboie sur les moutons récalcitrants. N'ayant pas le temps de passer en état de mer profonde, les vaisseaux ne pouvaient produire de grandes accélérations et se révélaient incapables de se disperser rapidement.

Transpercés par la gouttelette, les vaisseaux se mettaient instantanément à rougeoyer, mais pendant une durée de trois à cinq secondes seulement, car les combustibles de la fusion explosaient et faisaient jaillir une boule de feu qui vaporisait toute vie se trouvant à l'intérieur. C'était du moins ce qui se passait dans la majorité des cas, lorsque la gouttelette parvenait à frapper avec précision les réservoirs des combustibles – dont elle identifiait peut-être l'emplacement en temps réel, à moins de puiser dans une base de données fournie par les intellectrons. Pour environ un dixième des cibles, en revanche, la gouttelette ne frappait pas les réservoirs. La destruction de ces vaisseaux n'était donc pas accompagnée de fusion nucléaire et davantage de temps s'écoulait entre le moment où l'appareil se mettait à rougeoyer et celui où il finissait par exploser. C'était la situation la plus cruelle, car les passagers étaient soumis à de très hautes températures avant d'être carbonisés.

L'évacuation des vaisseaux était complètement désordonnée. L'espace était rempli de débris solides ou d'autres à moitié solides et à moitié liquides, ainsi que de grands

des rues d'un secteur donné en cherchant à minimiser la distance totale parcourue. Ce problème fut posé pour la première fois par le mathématicien Guan Meigu en 1962. *(N.d.T.)*

morceaux d'épaves. Les systèmes de défense encore opérationnels devaient continuellement détruire ces objets volants à l'aide de leurs lasers et de leurs canons électromagnétiques. Atteints à des distances similaires, les débris s'assemblaient en arcs de flamme et de foudre et formaient comme un dais brillant au-dessus des vaisseaux. Une bonne partie d'entre eux échappaient toutefois aux systèmes de défense et allaient directement se fracasser contre les appareils, causant de graves dégâts et allant même jusqu'à leur faire perdre leur capacité de navigation. La collision avec des morceaux de plus grande taille se révélait, quant à elle, fatale.

Malgré l'effondrement du système de commandement de la flotte, l'état-major commença à donner des directives aux vaisseaux dispersés mais, en raison de la densité de la formation, il ne put empêcher le télescopage de certains vaisseaux. L'*Himalaya* et le *Thor* se percutèrent ainsi à grande vitesse et se changèrent en un instant en un amas de débris. Le *Messager* tamponna pour sa part l'arrière du *Genèse* et l'air libéré par le trou fait dans la coque souleva un ouragan qui projeta tout l'équipage et leur équipement dans l'espace, dessinant une longue queue à sa poupe.

Les scènes les plus atroces eurent lieu sur le *Einstein* et l'*Été*, dont les commandants contournèrent le système de surveillance et passèrent les vaisseaux en mode "Téléguidage", avant de donner l'ordre "Avant toute". Mais à cet instant, aucun des membres de l'équipage ne se trouvait en état de mer profonde. Les images transmises par l'*Été* montrèrent un hangar sans chasseurs mais occupé par plus d'une centaine de personnes qui furent plaquées au sol sous l'effet de l'hypergravité. À ce moment-là, des fleurs de sang s'ouvrirent sur une surface blanche de la taille d'un stade de football puis elles commencèrent à se répandre en couches plus fines jusqu'à se rassembler en un seul parterre… Le plus horrible se passa à l'intérieur des cabines sphériques : les occupants furent projetés jusqu'au fond de la cabine par l'hypergravité, puis la main d'un démon les écrasa en bouillie et malaxa leurs corps comme s'il s'était agi de figures d'argile. Ils n'avaient pas eu le temps de hurler qu'avait retenti le son des giclures d'organes et du broiement des os. Puis les tas d'ossements et de chair furent engloutis par le sang, qui devint sinistrement clair lorsque l'hypergravité eut sédimenté toutes les impuretés. Sous l'intensité de cette force, les flaques de sang ne furent bientôt plus que des surfaces miroitantes plates et immobiles, comme si elles étaient devenues solides. Les tas d'os, de chair et d'organes étaient emprisonnés en elles comme des rubis dans du cristal.

Plus tard, on commença par croire que le *Einstein* et l'*Été* étaient passés en mode "Avant toute" en raison de mauvaises manipulations commises sous le coup de la panique, mais des investigations plus approfondies réfutèrent cette théorie : le passage en mode "Avant toute" nécessitait une série d'opérations trop longues et trop complexes pour que cela pût avoir été une simple erreur. Grâce aux informations transmises par les deux vaisseaux, on apprit aussi qu'avant d'accélérer le *Einstein* et l'*Été* avaient évacué une partie des membres de l'équipage dans des chasseurs et de plus petits appareils. Ils n'étaient entrés en mode "Avant toute" qu'à l'approche de la gouttelette, au moment où les vaisseaux voisins avaient explosé. Ils avaient de toute évidence tenté de sauver les deux vaisseaux de l'attaque de la gouttelette. Mais ni l'un ni l'autre ne purent échapper à ses serres infernales, car ce petit dieu de la mort aux yeux acérés s'aperçut vite que deux vaisseaux accéléraient à une vitesse bien supérieure à la moyenne des autres et fondit rapidement sur ces citadelles sans vie.

Deux vaisseaux passés en mode "Avant toute" réussirent néanmoins à échapper à la tuerie : le *Quantum* et l'*Âge de Bronze*, qui étaient entrés en état de mer profonde avant le début de la bataille, sur les conseils de Ding Yi. Dès l'instant où la troisième rangée de la formation avait été détruite, les commandants des vaisseaux avaient donné l'ordre "Avant toute" et fui dans la même direction. Grâce à leur position relativement marginale dans la matrice, ils bénéficièrent d'un temps suffisant pour s'échapper dans les profondeurs de l'espace.

En vingt minutes, plus d'un millier de vaisseaux – soit la moitié de la flotte unie – avaient déjà été détruits.

L'espace était rempli de débris qui formaient un nuage métallique de cent mille kilomètres et ne cessait de s'étendre. Les boules de feu nucléaires illuminaient ses contours pâles, comme si le visage froid d'un géant clignotait par intermittence dans la nuit cosmique. Entre deux boules de feu, les rayons du magma métallique transformaient le nuage en un crépuscule rouge sang.

Les vaisseaux restants étaient éparpillés, mais presque tous se trouvaient au cœur du nuage métallique. La majorité d'entre eux avaient déjà épuisé les munitions de leurs canons électromagnétiques et ne pouvaient plus compter que sur leurs lasers pour se frayer un passage à travers le nuage. Mais en raison de l'importante dépense d'énergie, les armes avaient perdu de leur puissance. Les vaisseaux étaient contraints à ralentir et à essayer de se faufiler tant bien que mal entre les fragments. Beaucoup d'entre eux se déplaçaient désormais à une vitesse presque équivalente à celle de l'expansion du nuage métallique, devenu un piège mortel d'où il était impossible de s'enfuir.

La vitesse de la gouttelette était maintenant dix fois supérieure à la troisième vitesse cosmique, soit environ cent soixante-dix kilomètres par seconde. Dans sa course folle, elle percutait des débris qui se liquéfiaient aussitôt et fusaient de tous côtés avant d'entrer en collision avec d'autres débris, ébauchant un sillage étincelant derrière elle. Ce fut au début comme une comète hérissée de colère mais, à mesure que le sillage s'étirait, la gouttelette devint un gigantesque dragon argenté long de plus de dix mille kilomètres. Le nuage métallique rayonnait au rythme de la chorégraphie folle de la créature. Les vaisseaux étaient transpercés un à un par la tête du dragon et explosaient le long de son corps, si bien qu'à chaque instant celui-ci se mettait à luire de quatre ou cinq petits soleils de fusion nucléaire. Loin derrière, les vaisseaux fondus se muaient en éruptions de magma métallique qui teintaient sa queue d'une diabolique couleur sanguinolente…

Trente minutes plus tard, le gigantesque dragon rutilant volait encore, mais les boules de feu avaient disparu de son corps et sa queue avait perdu sa coloration carmin. Plus aucun vaisseau ne se trouvait dans le nuage métallique.

Le dragon prit son envol, et arrivé aux confins du nuage, il s'évanouit de la tête à la queue. La gouttelette commença alors à nettoyer les débris de vaisseaux traînant encore au-delà du nuage. Seuls vingt et un d'entre eux étaient parvenus à s'en échapper, mais les dégâts qu'ils avaient subis limitaient leur capacité d'accélération. La gouttelette eut tôt fait de les rattraper et de les détruire. En explosant, ceux-ci façonnèrent dans l'espace de nouveaux nuages métalliques qui se boursouflèrent et fusionnèrent bientôt avec le plus grand.

La gouttelette mit un certain temps avant de finir d'anéantir les cinq vaisseaux encore en état car ils avaient déjà réussi à prendre de la vitesse et s'étaient échappés dans des directions différentes. Quand elle rattrapa et désintégra le dernier d'entre eux, l'*Arche*, celui-ci se trouvait déjà loin du nuage métallique. La boule de feu née de son explosion et dont l'éclat ne dura pas plus de quelques secondes fut comme une lanterne solitaire soufflée par le vent d'un désert.

Les forces spatiales humaines avaient été anéanties.

La gouttelette accéléra dans la direction où avaient fui le *Quantum* et l'*Âge de Bronze* mais elle abandonna vite la poursuite, ses deux cibles se trouvant déjà beaucoup trop loin. Ces deux vaisseaux furent donc les seuls rescapés du massacre.

La gouttelette quitta le champ de bataille et fit cap vers le système solaire.

Outre l'équipage des deux vaisseaux encore intacts, quelques survivants humains étaient arrivés à échapper à la tuerie en fuyant à bord de chasseurs ou de petites navettes avant que la gouttelette n'entre en collision avec leur vaisseau-mère. Celle-ci aurait bien sûr pu les pulvériser sans effort, mais elle n'avait accordé aucun intérêt à ces petits appareils. La menace la plus grande pour ces petits engins avait donc été les fragments métalliques volant à grande vitesse. Dépourvus de tout système de défense, ils étaient particulièrement vulnérables en cas d'impact. Plusieurs avaient ainsi été détruits peu de temps après avoir quitté les vaisseaux. Leurs meilleures chances de survie avaient été au début et à la fin de l'attaque : au début car le nuage métallique ne s'était pas encore formé, et à la fin car celui-ci était devenu moins dense du fait de son expansion. Les navettes et les chasseurs qui avaient eu la chance d'en réchapper planèrent pendant quelques jours au-delà de l'orbite d'Uranus et finirent par être secourus par des appareils civils en service dans le secteur. Le nombre total de rescapés n'atteignit pas plus de soixante mille individus, parmi lesquels les deux hibernautes qui avaient les premiers émis un jugement juste au sujet de l'attaque de la gouttelette : les sous-officiers Zhao Xin et Li Wei.

Ce morceau d'espace redevint silencieux. Le nuage métallique perdit son éclat dans le froid glacial de l'Univers et se fondit dans l'obscurité. Plus tard, sous l'effet de la gravitation solaire, le nuage cesserait son expansion et commencerait à s'allonger en un long cordon qui deviendrait finalement une fine ceinture métallique tournant autour du Soleil, comme si des millions d'âmes ne parvenant à trouver le repos flottaient pour l'éternité aux confins glacés du système solaire.

La destruction de l'intégralité des forces spatiales humaines n'avait été l'œuvre que d'une petite sonde trisolarienne et neuf autres arriveraient trois ans plus tard dans le système solaire. Ensemble, ces sondes ne faisaient qu'un dix-millième de la masse d'un vaisseau et mille d'entre eux étaient aussi en route vers le système solaire.

Je te détruis, est-ce que cela te regarde ?

Se réveillant d'un long sommeil, Zhang Beihai vit soudain en regardant l'heure qu'il avait dormi pendant quinze heures. C'était peut-être la plus longue nuit qu'il avait faite de sa vie en dehors des deux siècles passés en hibernation. Il avait l'impression de renaître. Il sonda attentivement son âme et comprit d'où lui venait ce sentiment.

Il était à présent seul.

Avant, même en flottant dans le vide infini de l'espace, il n'avait jamais connu cette sensation de solitude. Les yeux de son père le fixaient sans cesse, avec la même permanence que la lumière du soleil pendant le jour et celle des étoiles pendant la nuit. Il faisait partie de son monde. Mais à présent, le regard de son père avait disparu.

C'est l'heure, se dit Zhang Beihai. Il ajusta son uniforme. Ayant dormi en apesanteur, ni ses vêtements ni ses cheveux n'étaient en désordre. Il jeta un dernier regard à cette cabine sphérique où il avait passé plus d'un mois, puis il ouvrit la porte et s'envola en dehors, prêt à braver la fureur de l'équipage, à soutenir ses regards de condamnation et de mépris, à affronter son dernier jugement… et enfin à faire face à sa vie : en militaire consciencieux, il s'était efforcé de faire son devoir et peu importait si celle-ci devait se terminer bientôt, il partirait en paix.

Le couloir était vide.

Zhang Beihai avança lentement, passant devant des cabines aux portes ouvertes. Elles présentaient toutes le même espace sphérique dont les cloisons blanches comme la neige avaient l'air d'yeux sans pupille. L'environnement était pur, il ne voyait pas la moindre fenêtre activée. Le système d'information du vaisseau avait probablement été reformaté.

Zhang Beihai se souvint d'un film qu'il avait vu il y avait bien longtemps, dans lequel les personnages se réveillaient dans un monde terrifiant composé de petites chambres cubiques identiques, chacune équipée de mécanismes mortels. Ils passaient d'une chambre à l'autre, sans fin…

Il s'étonna soudain de laisser ainsi libre cours à ses pensées. Autrefois, c'était un luxe mais, aujourd'hui, la mission qu'il s'était efforcé de remplir pendant deux siècles touchait à sa fin et ses pensées pouvaient vagabonder librement.

Il prit un virage et se retrouva au milieu d'un couloir encore plus long, mais toujours aussi vide. Les cloisons émettaient toujours la même lumière blanche et douce qui lui faisait perdre tout sentiment de relief. Le monde lui parut simple. Encore une fois, des deux côtés du couloir, les portes des cabines étaient ouvertes et on voyait à l'intérieur le même espace sphérique immaculé.

Le *Sélection Naturelle* paraissait avoir été abandonné. Aux yeux de Zhang Beihai, l'immense vaisseau était comparable à un prodigieux symbole condensant l'infinitude, il était la métaphore d'une loi dissimulée derrière la réalité visible. Il avait l'illusion que ces espaces blancs et sphériques identiques s'étendaient sans interruption dans l'espace, répétés à l'infini dans l'Univers. À cet instant, une idée émergea brusquement dans son cerveau : l'holographie.

Il était possible de contrôler le *Sélection Naturelle* depuis n'importe quelle cabine, ce qui signifiait que d'un simple point de vue informatique chaque cabine était la totalité du *Sélection Naturelle*. Le vaisseau était holographique.

Ce vaisseau était donc une graine de métal ayant pour cargaison la totalité des informations de la civilisation humaine. Si la graine germait dans un coin de l'Univers, elle pourrait faire pousser une civilisation complète. La partie contenait le tout. La civilisation humaine était donc peut-être elle aussi holographique. Zhang Beihai avait échoué. Il n'avait pas pu disséminer ces graines. Certes, il le regrettait, mais il n'était pas triste, et pas seulement parce qu'il avait fait son devoir. Ses pensées à présent libérées prenaient leur envol ; il sentait que l'Univers aussi était peut-être holographique. Chaque point englobait le tout. Même si un jour il ne restait plus qu'un atome, l'Univers entier existerait encore. Il eut soudain la sensation de tout contenir en lui-même ; c'était le même sentiment qui avait animé Ding Yi, dix heures plus tôt, lorsqu'il avait fini de parcourir le chemin qui le conduisait à la gouttelette, à l'autre bout du système solaire.

Zhang Beihai gagna le bout du couloir, il ouvrit la porte et entra dans le hall sphérique le plus vaste du vaisseau. Trois mois plus tôt, c'était ici qu'il était arrivé sur le *Sélection Naturelle*. Comme cette fois-là, une formation constituée d'officiers et de soldats flottait au milieu de l'espace central, mais ils étaient beaucoup plus nombreux que la dernière fois et formaient trois couches. Les deux mille membres de l'équipage du *Sélection Naturelle* étaient situés dans la couche centrale et Zhang Beihai remarqua alors que c'était la seule couche réelle. Les deux autres n'étaient que des hologrammes. Après un examen plus minutieux, il vit que ces formations holographiques étaient composées de l'équipage des vaisseaux de poursuite. Devant ces trois formations, se tenait une rangée de cinq officiers : Dongfang Yanxu et les quatre commandants des autres vaisseaux. Tous, à l'exception de Dongfang Yanxu, étaient des hologrammes, de toute évidence transmis depuis leurs vaisseaux respectifs. Lorsque Zhang Beihai pénétra dans le hall, plus de cinq mille yeux se portèrent sur lui, mais ce n'étaient visiblement pas des regards adressés à un traître. Les commandants s'inclinèrent à tour de rôle :

— *Espace Bleu*, de la Flotte asiatique !

— *Enterprise*, de la Flotte nord-américaine !

— *Espace Profond*, de la Flotte asiatique !
— *Loi Ultime*, de la Flotte européenne !
Dongfang Yanxu fut la dernière à s'incliner :
— *Sélection Naturelle*, de la Flotte asiatique ! Grand Aîné, les cinq vaisseaux interstellaires que vous avez préservés pour l'humanité et qui constituent maintenant les derniers vaisseaux humains dans l'espace sont à vos ordres !

— Anéantis. Tous anéantis. C'est un anéantissement mental collectif, soupira Shi Xiaoming en secouant la tête. Il venait de revenir de la ville souterraine : Toute la ville est hors de contrôle, c'est un véritable chaos.

Tout le personnel administratif du quartier assistait à la réunion. Des hibernautes, pour les deux tiers, tandis que le reste était composé d'hommes modernes. On pouvait à présent distinguer clairement les deux populations : même si tous étaient profondément abattus, les hibernautes conservaient une certaine contenance malgré leur profonde affliction. Les hommes modernes, eux, montraient à des degrés divers des signes de crise de nerfs. Depuis le début de la réunion, plusieurs d'entre eux n'étaient pas parvenus à contrôler leurs émotions et les mots de Shi Xiaoming avaient replongé les plus faibles dans un état de nervosité intense. Le haut responsable administratif du quartier pleurait à chaudes larmes, tout en se cachant le visage derrière les mains. Son chagrin se propagea à d'autres fonctionnaires. Le responsable en charge des questions d'éducation était pour sa part atteint d'un rire hystérique, tandis que quelques autres rugissaient de douleur en renversant leurs verres…

— Silence, dit Shi Qiang, sans élever la voix mais avec une autorité qui suffit à rétablir le calme ; le haut responsable administratif et ceux qui pleuraient avec lui s'efforcèrent de contenir leurs larmes.

— De vrais gamins, lâcha Hynes en secouant la tête.

C'était en tant que représentant citoyen qu'il assistait à la réunion. Il était peut-être bien le seul à avoir tiré bénéfice de la destruction de la flotte unie car la réalité était maintenant en phase avec son esprit. Il avait désormais recouvré son état normal. Avant cela, face à la victoire indiscutable qui semblait se dessiner, il avait été torturé par son poinçonnage mental au point de faillir devenir fou. Il avait été envoyé dans le grand hôpital de la ville, mais les psychologues de l'établissement s'étaient retrouvés démunis devant son cas. Ils avaient finalement soumis une idée insolite à Luo Ji et aux fonctionnaires du quartier. Inspirés par les histoires du *Siège de Berlin* d'Alphonse Daudet et du film de l'Âge d'or *Goodbye, Lenin !*, ils leur avaient conseillé de créer pour le malade un environnement fictionnel dans lequel l'humanité serait sur le point de perdre la guerre. De retour au quartier, c'est effectivement ce que l'on fit. Par chance, il n'était pas si difficile de fabriquer de toutes pièces un tel environnement à une époque où le développement des technologies de virtualité avait atteint son apogée. Hynes pouvait regarder chaque jour à son domicile les informations spécialement élaborées pour lui et illustrées par des images en trois dimensions plus vraies que nature. C'est ainsi qu'il découvrit qu'une portion de la flotte trisolarienne avait accéléré son allure de navigation et était arrivée plus tôt dans le système solaire. Dans une guerre ayant éclaté dans la ceinture de Kuiper, les flottes humaines avaient subi un grave revers et l'ennemi tenait maintenant l'orbite de Neptune. Les flottes spatiales humaines n'avaient donc eu d'autre choix que de se réfugier en orbite de Jupiter, d'où elles tentaient tant bien que mal de résister… Le responsable en charge des questions de santé à qui on avait demandé de concevoir ce monde virtuel s'acquittait de sa tâche avec beaucoup d'enthousiasme. Il fut le premier à s'écrouler mentalement en apprenant la nouvelle de la défaite réelle de l'espèce humaine. Il avait pris un grand plaisir à répondre aux besoins psychologiques de Hynes et avait épuisé toute son imagination. Il avait eu beau tenter de dépeindre la défaite de la façon la plus désastreuse qui fût, la cruauté de la réalité avait de très loin dépassé tout ce qu'il avait pu imaginer.

Lorsque les images de la destruction de la flotte étaient parvenues trois heures plus tard sur la Terre après avoir parcouru vingt unités astronomiques, les réactions de la foule furent celles d'une bande de gamins désespérés. Le monde devint un jardin d'enfants assiégé par les cauchemars. La crise de nerfs se propagea à toute vitesse et fut bientôt hors de contrôle.

Dans le voisinage de Shi Qiang, tous les fonctionnaires au rang plus élevé que le sien donnèrent leur démission ou, devenus incontrôlables en raison de leur effondrement psychologique, furent démis de leur fonction par le gouvernement local. Bien que sa position ne fût pas très élevée, Shi Qiang se vit confier le destin de la communauté des hibernautes en ces temps de crise. Heureusement, en comparaison avec la ville, la société hibernaute conservait un semblant de calme.

— Je vous demande à tous de bien prendre la mesure de la situation, dit Shi Qiang. Si l'environnement artificiel des villes souterraines connaît des problèmes, cela va devenir un enfer en bas, et les gens remonteront par vagues à la surface. On ne pourra pas continuer à vivre ici. C'est pourquoi il faut penser à émigrer.

— Émigrer où ? demanda quelqu'un.

— Dans un endroit moins peuplé, dans le Nord-Ouest par exemple. Bien sûr, on devra d'abord envoyer des gens en reconnaissance. Personne ne saurait dire maintenant ce que deviendra le monde. Il y aura peut-être un nouveau Grand Ravin. Il faut se préparer à dépendre exclusivement de l'agriculture.

— La gouttelette va-t-elle attaquer la Terre ? demanda quelqu'un.

— Est-ce bien la peine de se tracasser pour ça ? dit Shi Qiang en secouant la tête. De toute façon, rien ni personne n'est capable de l'arrêter. En attendant le jour présumé où elle transpercera la Terre, il faut bien continuer à vivre, non ?

— Il a raison. C'est une préoccupation inutile. Je suis le mieux placé pour en parler, ajouta Luo Ji qui avait jusqu'ici gardé le silence.

Les sept vaisseaux rescapés de la flotte spatiale s'éloignèrent du système solaire, séparés en deux groupes : l'un composé du *Sélection Naturelle* et des quatre vaisseaux de poursuite ; l'autre, des deux vaisseaux ayant réussi à échapper à l'attaque de la gouttelette : le *Quantum* et l'*Âge de Bronze*. Ces deux petites escadres se trouvaient à présent aux deux extrémités du système solaire, séparées par le Soleil, continuant chacune sa route vers l'espace immense, s'éloignant l'une de l'autre à mesure de leur avancée.

À bord du *Sélection Naturelle*, quand il eut fini d'entendre le récit de l'anéantissement de la flotte unie, les expressions du visage de Zhang Beihai restèrent les mêmes. Son regard était toujours aussi calme que l'eau d'un lac, il se contenta d'abord de prononcer une simple phrase : "Avoir imaginé une formation aussi dense est une erreur impardonnable. Tout le reste était prévisible."

— Camarades, dit ensuite Zhang Beihai, dont le regard balaya les cinq officiers et les trois couches de formation du hall. J'utiliserai désormais cette appellation ancienne qui signifie qu'à compter de ce jour, nous devrons tous partager les mêmes aspirations. Chacun doit prendre la mesure de la réalité. Nous devons aussi regarder le futur en face : camarades, nous ne rentrerons pas.

Et en effet, ils ne pouvaient plus rentrer. La gouttelette qui avait anéanti les flottes humaines était encore dans le système solaire et neuf autres débarqueraient dans trois ans. Pour cette escadre, ce qui était autrefois son territoire était devenu un terrain miné. Il n'y avait d'ailleurs plus aucun sens à rentrer car le jour dernier du monde terrestre arriverait bientôt. Des informations qu'ils recevaient, ils pouvaient même prédire que la civilisation humaine s'écroulerait avant même que les vaisseaux trisolariens aient atteint le système solaire. Ces cinq vaisseaux devaient donc assumer la responsabilité de perpétuer la civilisation. Tout ce qu'ils pouvaient faire, c'était de voler en avant, de voler loin. Ce vaisseau serait leur éternel foyer et l'espace, leur ultime destination.

Ensemble, les cinq mille cinq cents passagers étaient comme des enfants à qui on avait coupé le cordon ombilical : ils venaient d'être jetés cruellement dans les abysses du cosmos. Comme des enfants, ils ne pouvaient rien faire d'autre que pleurer, mais le regard tranquille de Zhang Beihai agissait comme un puissant champ de force qui maintenait l'équilibre des troupes et leur permettait de sauvegarder leur dignité militaire. Ce dont avaient le plus besoin ces enfants lâchés dans cette nuit sans fin, c'était d'un père et, maintenant, comme Dongfang Yanxu avant eux, ils ressentaient chez ce militaire venu d'une époque révolue une puissance paternelle.

Zhang Beihai poursuivit :

— Nous serons à jamais une partie de l'humanité, mais nous sommes déjà devenus une société autonome, nous devons nous affranchir de notre dépendance spirituelle au monde terrestre. À présent, il nous faut choisir un nouveau nom pour notre nouveau monde.

— Nous venons de la Terre, et nous en serons peut-être les seuls héritiers. Appelons-nous la "Terre des vaisseaux", dit Dongfang Yanxu.

— Très bien, dit Zhang Beihai en jetant un regard approbateur à Dongfang Yanxu ; puis il se tourna à nouveau vers les troupes : À compter de ce jour, chacun d'entre nous est un citoyen de la Terre des vaisseaux. Nous venons peut-être d'assister à la seconde naissance de la civilisation humaine. Nous avons beaucoup à faire. Que chacun retourne à son poste.

Les deux formations holographiques disparurent et celle du *Sélection Naturelle* commença à se disperser. Les projections holographiques des officiers, elles, étaient encore là.

— Grand Ancien, nos quatre vaisseaux ne devraient-ils pas se rapprocher ? demanda le commandant de l'*Espace Profond*.

Zhang Beihai secoua résolument la tête :

— Ce n'est pas nécessaire. Conservez votre distance actuelle de deux cent mille kilomètres avec le *Sélection Naturelle*. Se rapprocher davantage demanderait une consommation supplémentaire de combustible. Or, l'énergie est le fondement de notre survie. Il ne nous en reste déjà pas beaucoup et il nous faut donc économiser tout ce qu'il est possible d'économiser. Nous sommes les seuls humains dans cette portion de l'espace et je peux comprendre votre désir de vous rassembler, mais sachez que deux cent mille kilomètres constituent déjà une distance proche. À compter d'aujourd'hui, nous devons penser à long terme.

— Oui, nous devons penser à long terme, répéta à voix basse Dongfang Yanxu, les deux yeux rivés sur l'horizon, comme si elle regardait les longues années à venir.

— Il faut rapidement réunir une assemblée citoyenne, continua Zhang Beihai, il nous faut répartir les tâches au sein de la Terre des vaisseaux, puis nous ferons entrer un grand nombre de passagers en hibernation pour réduire au maximum le fonctionnement des écosystèmes autorégénératifs… Quoi qu'il arrive désormais, l'histoire de la Terre des vaisseaux a commencé.

Les yeux de son père étaient réapparus dans l'obscurité, comme des rayons venus des franges de l'Univers, transperçant tout. Zhang Beihai sentit son regard et murmura au fond de lui : *Non, père, vous ne pouvez pas vous reposer. Ce n'est pas terminé. Tout recommence.*

Le jour suivant – la Terre des vaisseaux comptait toujours en jours terrestres – fut organisée la première grande assemblée citoyenne, qui eut lieu simultanément dans un même espace où furent projetées les images holographiques des cinq équipages. Près de trois mille citoyens y assistèrent. Les autres, retenus à leurs postes, y prirent part par le biais du réseau interne.

L'assemblée commença par une problématique urgente : celle de la destination de la Terre des vaisseaux. Il fut décidé à l'unanimité de conserver la même direction, celle qu'avait à l'origine sélectionnée Zhang Beihai lors de son détournement du *Sélection Naturelle* : celle de la constellation du Cygne. Plus précisément, sa destination était l'étoile NH558J2 : un des systèmes planétaires les plus proches du système solaire. Le système comportait deux planètes : des géantes gazeuses similaires à Jupiter. Elles n'étaient pas adaptées pour la survie humaine, mais on pourrait y faire le plein de combustible de fusion nucléaire. Avec le recul, on comprenait que le choix de cette destination avait été mûrement réfléchi car dans une autre direction, seulement une année-lumière et demie plus loin que NH558J2, se trouvait une autre planète qui présentait, selon les observations, un environnement naturel similaire à celui de la Terre. Mais son système ne comportait qu'une seule planète et si jamais celle-ci s'avérait inhabitable – les conditions d'un monde habitable étaient de loin plus complexes que ce qu'il était possible d'observer à une distance de plusieurs années-lumière – la Terre des vaisseaux perdrait toute chance de remplir ses réservoirs. Après avoir atteint NH558J2, les vaisseaux pourraient au moins faire le plein de combustible et repartir plus rapidement vers leur prochaine étape.

NH558J2 était située à dix-huit années-lumière du système solaire. Au regard de la vitesse actuelle, et en prenant en considération toutes sortes de facteurs indéterminés au cours de leur voyage, les vaisseaux seraient en mesure de l'atteindre dans deux mille ans.

Deux mille ans. Ce nombre froid donnait encore une fois à voir une image claire du présent et de l'avenir. Même en prenant en compte le facteur de l'hibernation, la plupart des citoyens présents de la Terre des vaisseaux ne seraient pas vivants quand elle atteindrait enfin sa cible. Leurs vies ne seraient qu'un petit segment d'une traversée longue de vingt siècles. Et pour ce qui était des générations qui parviendraient à destination, NH558J2 ne serait qu'une zone de transit. Personne ne savait quelle serait la destination suivante, et encore moins quand la Terre des vaisseaux trouverait un foyer hospitalier où survivre.

En réalité, Zhang Beihai avait fait preuve d'une exceptionnelle rationalité. Il savait que si la Terre était propice à la vie humaine, ce n'était pas une coïncidence, encore moins un effet de quelque principe anthropique, mais davantage le résultat d'une longue interaction entre sa biosphère et son environnement, un résultat qui ne pourrait très probablement jamais être reproduit sur d'autres planètes dans des systèmes éloignés. Le choix de faire cap vers NH558J2 signifiait autre chose : un monde habitable ne serait peut-être jamais trouvable, et la nouvelle civilisation humaine serait peut-être éternellement vouée à naviguer dans l'espace.

Mais Zhang Beihai n'avait pas exprimé aussi explicitement sa pensée. Il faudrait sans doute attendre la prochaine génération pour que le principe d'une civilisation des vaisseaux soit vraiment accepté. Cette génération-ci vivrait dans l'espoir de trouver un jour une planète semblable à la Terre.

L'assemblée citoyenne fut aussi l'occasion de discuter du statut politique de la Terre des vaisseaux. On décida que les cinq vaisseaux appartiendraient pour toujours au monde humain mais que, dans la situation actuelle, ils ne pouvaient plus être subordonnés à la Terre ou aux trois flottes spatiales. Ils formeraient désormais une nation indépendante.

Cette résolution fut transmise au système solaire. L'ONU et le Comité conjoint de la Flotte solaire restèrent longtemps silencieux avant de répondre. Sans prendre position, ils ne leur envoyèrent finalement qu'une bénédiction tacite.

Par conséquent, trois types de statuts internationaux existaient maintenant dans le monde humain : les vieilles nationalités terrestres, les nationalités des flottes spatiales de la nouvelle ère et celle des vaisseaux voguant vers les profondeurs de l'Univers. Cette dernière nation n'était composée que de cinq mille hommes, mais c'était elle qui portait tous les espoirs de la civilisation.

Lors de la deuxième assemblée citoyenne, on commença par discuter du problème de la structure de commandement de la Terre des vaisseaux.

Zhang Beihai prit la parole dès le début de la réunion :

— Je pense que cet ordre du jour est un peu prématuré. Nous devrions d'abord décider quel type de société nous souhaitons mettre en place avant de réfléchir à la manière dont elle devra être dirigée.

— Nous devons donc avant tout rédiger une Constitution, compléta Dongfang Yanxu.

Les discussions se développèrent ainsi dans cette direction. La tendance principale qui se dégageait était la suivante : la Terre des vaisseaux était un écosystème fragile dans un environnement spatial hostile. Pour survivre dans ces conditions, il fallait donc établir une société disciplinée qui permette de garantir une unité d'action. Quelqu'un proposa de conserver le système militaire actuel et cette idée fut approuvée par le plus grand nombre.

— Une société totalitaire, donc, lâcha Zhang Beihai.

— Grand Ancien, nous pourrions trouver un mot moins fort. Après tout, nous sommes tous des militaires, dit le commandant de l'*Espace Bleu*.

— Je ne pense pas que ce soit une bonne idée, continua Zhang Beihai en secouant résolument la tête. Rester vivant ne garantit pas de survivre. Le développement est la meilleure assurance de survie. Pendant notre voyage, nous devrons développer nos propres sciences et nos propres technologies pour élargir notre monde. L'histoire du Moyen Âge et du Grand Ravin a prouvé que les régimes totalitaires étaient le plus grand obstacle au progrès humain. La Terre des vaisseaux a besoin de nouvelles idées et d'innovation créative. Cela ne sera possible que si nous bâtissons une société respectueuse de la liberté et des individus.

— Le Grand Ancien envisage-t-il donc de bâtir une société telle qu'il en existe sur Terre ? Notre Terre des vaisseaux présente un avantage : notre nombre, dit un sous-officier.

— Oui, reprit Dongfang Yanxu en hochant la tête à l'adresse de celui qui venait de prendre la parole. La population est réduite sur la Terre des vaisseaux et nos systèmes d'information sont très performants. Pour toute prise de décision, il sera possible de les utiliser pour récolter les avis et les votes de tous les citoyens. Nous pourrions fonder la première société réellement démocratique de toute l'histoire humaine.

— Je ne crois pas non plus que ce soit souhaitable, fit Zhang Beihai en secouant encore la tête. Comme certains des citoyens l'ont exprimé tout à l'heure, la Terre des vaisseaux évolue dans un environnement hostile. Notre monde peut se retrouver à tout moment face à la menace d'une destruction. L'expérience historique de la Crise trisolarienne a montré que face à ce genre de catastrophe, surtout lorsque notre monde nécessitera de faire des sacrifices pour préserver son existence en tant que totalité, le genre de société humaniste à laquelle vous aspirez se révélera extrêmement fragile.

Tous les participants s'observèrent. Leurs yeux posaient la même question : *Alors, que faire ?*

Zhang Beihai dit en souriant :

— Je pense de façon trop simpliste. C'est une question qui n'a jamais obtenu de réponse dans toute l'histoire de l'humanité. Comment pourrait-elle être résolue en une seule réunion ? Je crois qu'il nous faudra traverser de longues périodes d'expérimentations et de tâtonnements avant de savoir quel sera le modèle de société idéal pour la Terre des vaisseaux. Chaque citoyen pourra en discuter librement après la réunion… Veuillez me pardonner d'avoir perturbé l'ordre du jour. Revenons plutôt à ce qui était prévu.

Dongfang Yanxu n'avait jamais vu un tel sourire chez Zhang Beihai. Il ne souriait que très rarement, et quand il le faisait, c'était de confiance ou de bienveillance ; mais à l'instant, il avait exprimé pour la première fois un remords confus. Même si cette courte interruption était parfaitement excusable, Zhang Beihai était un homme réfléchi et il ne lui était jamais arrivé de se dédire après avoir exprimé son opinion. Dongfang Yanxu y vit une distraction dans son esprit. Il ne prit par ailleurs aucune note de toute la réunion, alors qu'il le faisait consciencieusement d'ordinaire. Il était le seul homme à bord à utiliser un crayon et du papier, ce qui était devenu son signe distinctif.

À quoi occupait-il maintenant ses pensées ?

Il fut rapidement à nouveau question du choix des instances dirigeantes. De l'avis général des citoyens, les conditions n'étaient pas encore tout à fait réunies pour organiser une élection, on conserverait donc temporairement inchangé le système de commandement militaire sur chaque vaisseau. Les commandants resteraient maîtres de leurs appareils et formeraient ensemble un Comité d'état-major, qui aurait la charge de prendre les grandes décisions communes quand ce serait nécessaire. On poussa Zhang Beihai à en devenir le président. En d'autres termes, on lui offrait l'autorité suprême sur la Terre des vaisseaux. Cette décision fut soumise à un référendum citoyen qui obtint cent pour cent de votes favorables.

Mais Zhang Beihai refusa ce poste.

— Grand Ancien, c'est votre responsabilité! insista le commandant de l'*Espace Profond*.

— Sur la Terre des vaisseaux, vous êtes le seul à posséder le prestige suffisant pour prendre la tête de toutes les flottes, dit Dongfang Yanxu.

— Je crois avoir déjà accompli tout ce qui était de ma responsabilité. Je suis maintenant fatigué et je suis arrivé en âge de prendre ma retraite, répondit sobrement Zhang Beihai.

Quand la réunion se termina, Zhang Beihai demanda à Dongfang Yanxu de l'attendre. Tous les autres étaient déjà partis.

— Dongfang, dit-il, je voudrais reprendre ma position de commandant exécutif du *Sélection Naturelle*.

— Commandant exécutif? s'étonna Dongfang Yanxu en le regardant.

— Oui, transférez-moi les pouvoirs correspondants.

— Grand Ancien, je pourrais tout simplement vous laisser prendre ma place. Je suis sincère. Et le Comité d'état-major, de même que l'ensemble des citoyens, n'y verrait aucune objection.

Zhang Beihai sourit en secouant la tête :

— Non, vous êtes toujours commandante, et je vous laisse toutes les responsabilités de commandement. Faites-moi confiance, je ne m'ingérerai pas dans votre travail.

— Alors pourquoi voulez-vous détenir les pouvoirs de commandant exécutif? Ce poste a-t-il encore un sens?

— C'est simplement parce que j'aime bien ce vaisseau. C'était notre rêve il y a deux siècles. Est-ce que vous savez ce que j'ai dû faire pour qu'un vaisseau de ce genre puisse un jour être construit ?

En voyant son regard, elle réalisa que la dureté de pierre de son visage s'était évanouie, révélant une impression de vide, de fatigue et de profonde tristesse. Il avait l'air de ne plus être le même. Ce n'était plus ce militaire puissant, calme et froid, aux pensées mesurées et aux actions audacieuses, mais un homme au dos courbé par le poids du temps. En le regardant, Dongfang Yanxu éprouva une sollicitude et une compassion qu'elle n'avait jamais ressenties auparavant.

— Grand Ancien, vous ne devriez pas repenser à cela. Les historiens ont établi un jugement positif de vos actions d'il y a deux siècles : orienter les recherches vers les propulseurs radiatifs sans médium a constitué un premier pas essentiel dans la direction de la technologie des vaisseaux spatiaux. Peut-être qu'à votre époque ce… c'était le seul choix possible, un peu comme lorsque vous avez détourné le *Sélection Naturelle*. Et puis, d'un point de vue judiciaire, il y a bien longtemps que le délai de prescription est passé.

— Mais je ne pourrai jamais me décharger de la croix que je porte sur mon dos. Vous ne pouvez pas comprendre… C'est pour cette raison que j'éprouve des sentiments pour ce vaisseau, avec peut-être plus de sensibilité que vous. C'est comme si j'étais une partie de lui. Je ne peux pas le quitter. Et puis, il faudra bien que je m'occupe à l'avenir. Si vous me donnez quelque chose à faire, je me sentirai mieux.

Quand il eut fini de parler, il se tourna et partit. Sa silhouette fatiguée s'éloigna en planant jusqu'à ne devenir plus qu'un petit point noir au milieu de l'immense espace sphérique. Dongfang Yanxu le regarda s'évanouir dans cette blancheur immaculée. Un sentiment de solitude inédit l'assaillit depuis les quatre coins de la cabine et finit par l'engloutir.

Durant les assemblées citoyennes qui suivirent, les occupants de la Terre des vaisseaux s'investirent passionnément dans le projet de création de leur nouveau monde. Ils débattaient avec entrain de sa nouvelle constitution et de sa nouvelle structure sociale, ébauchant toutes sortes de lois, planifiant la première élection… Des échanges abondants avaient aussi lieu entre des officiers de grades différents et des soldats, ainsi qu'entre les différents vaisseaux. Les passagers présentaient leurs perspectives d'avenir, espérant unanimement que cette Terre des vaisseaux deviendrait le noyau d'une boule de neige pour la civilisation du futur et ne cesserait de s'agrandir, de système stellaire en système stellaire. De plus en plus nombreux étaient ceux qui voyaient dans cette Terre des vaisseaux un deuxième jardin d'Éden et se préparaient à vivre la deuxième Genèse de la civilisation humaine.

Mais cet engouement ne dura pas longtemps, précisément car la Terre des vaisseaux était devenue un jardin d'Éden…

Le lieutenant-colonel Lan Xi était le psychologue en chef du *Sélection Naturelle*. Il était à la tête du Deuxième Bureau du service civil, une entité composée d'experts psychologues, dont la tâche était de veiller à la santé mentale de l'équipage pendant les longs voyages interstellaires et en période de guerre. Depuis que la Terre des vaisseaux avait commencé à entreprendre sa longue traversée sans retour, le lieutenant-colonel Lan Xi et son équipe étaient sur leurs gardes, tels des soldats prêts à affronter à tout moment un puissant ennemi. Les exercices qu'ils avaient pu mener dans le passé les avaient préparés à faire face à toute une gamme de crises psychologiques possibles.

Tous s'accordaient à dire que le plus grand ennemi qui les guettait était le “problème N”, N pour nostalgie. Il s'agissait, après tout, du premier voyage sans retour de toute l'histoire de l'humanité. Le “problème N” présentait le risque de provoquer une grave crise psychologique collective. Lan Xi confia à son équipe le soin de prendre toutes les précautions possibles, y compris en établissant des canaux d'échange dédiés à la communication avec la Terre et les trois flottes spatiales. Tous les membres de l'équipage pouvaient ainsi garder un contact constant avec leurs familles et leurs amis et regarder les informations et les autres programmes télévisés des deux entités. Même si la Terre des vaisseaux se trouvait en ce moment même à une distance de soixante-dix unités astronomiques du système solaire et que les signaux terrestres lui arrivaient avec un décalage de neuf heures, la qualité des communications restait excellente. En plus de mener des suivis psychologiques et de traiter les patients chez qui des signes du "problème N" avaient été détectés, les officiers psychologues du Deuxième Bureau du service civil mirent aussi en place une disposition radicale en cas de crise psychologique de masse : mettre en quarantaine les individus dont on avait perdu le contrôle en les faisant entrer en hibernation.

Les événements qui suivirent montrèrent que toutes ces angoisses étaient superflues. Même si le "problème N" était largement répandu au sein de la Terre des vaisseaux, il était loin d'être hors de contrôle, et n'atteignait même pas le degré habituel des navigations moins longues de jadis. Lan Xi fut d'abord confus devant le phénomène, mais il en trouva vite la raison : après l'anéantissement des forces spatiales humaines, la Terre avait perdu tout espoir. Même s'il restait encore deux siècles avant la fin du monde – selon les estimations les plus optimistes – les nouvelles qu'on recevait de Terre laissaient croire que le monde, plongé dans le chaos au lendemain du choc de cette monumentale défaite, empestait déjà l'odeur de la mort. Pour les habitants de la Terre des vaisseaux, le système solaire n'offrait plus aucun espoir et la nostalgie du pays natal était, de fait, limitée.

Mais un ennemi finit tout de même par surgir, encore plus insidieux que le “problème N”. Quand Lan Xi et son équipe le découvrirent, ils étaient déjà pris au piège.

De par son expérience des voyages spatiaux, Lan Xi savait que le “problème N” apparaissait en premier lieu chez les soldats et les officiers subalternes car, par comparaison avec les officiers de grade supérieur, leur travail demandait moins de concentration et ils étaient moins bien préparés mentalement à cette nostalgie. C’est pourquoi le Deuxième Bureau du service civil porta dans un premier temps son attention sur cette population. Mais cette fois-ci, l’ombre tomba d’abord sur les officiers les plus gradés.

Lan Xi remarqua un phénomène étrange. L’élection des instances dirigeantes de la Terre des vaisseaux allait bientôt commencer. Celle-ci avait lieu au suffrage universel direct et plusieurs officiers allaient donc passer du statut de militaires gradés à celui de représentants politiques, ce qui signifiait que les cartes seraient rebattues. Nombre d’entre eux seraient remplacés par des camarades peu ou pas gradés. Lan Xi découvrit pourtant avec étonnement qu’aucun des responsables du *Sélection Naturelle* n’accordait un grand intérêt à cette élection qui déterminerait pourtant leur avenir. Il ne vit par exemple aucun officier supérieur s’engager dans une campagne politique et, quand il avait l’occasion d’aborder le sujet, aucun d’entre eux ne se montrait intéressé. Il ne put s’empêcher de repenser à l’attitude distraite de Zhang Beihai, au cours de la deuxième assemblée citoyenne.

Parmi les membres ayant un grade supérieur à celui de lieutenant-colonel, commencèrent à apparaître des symptômes de déséquilibre psychologique. La majorité d’entre eux devinrent de plus en plus introvertis, passant beaucoup de temps seuls et plongés dans leurs réflexions, évitant les conversations et toute forme d’interaction sociale. Leurs prises de parole lors de réunions se faisaient de plus en plus rares, et beaucoup adoptaient même peu à peu un silence absolu. Lan Xi constata qu'une lumière s'était éteinte dans leurs yeux et que leurs expressions étaient devenues lugubres. Pire encore, ils n'osaient plus croiser le regard de leurs semblables de peur de trahir les ténèbres dont ils étaient habités. Quand ils croisaient malencontreusement un regard, ils détournaient immédiatement leur ligne de vision, comme sous l'effet d'une décharge électrique… Ces symptômes étaient les plus sévères chez les individus au grade le plus élevé, mais on pouvait voir cette tendance se propager aux membres des grades inférieurs.

Il était trop tard pour effectuer des consultations psychologiques volontaires, car ils refusaient catégoriquement de se confier aux officiers psychologues. L'équipe du lieutenant-colonel Lan Xi dut donc faire appel à son autorité pour procéder à des consultations forcées. Mais les patients continuaient à se murer dans le mutisme.

Lan Xi prit la décision d'en référer directement au Comité d'état-major et il alla trouver Dongfang Yanxu.

Zhang Beihai, qui disposait de l'autorité et du prestige les plus élevés à bord du *Sélection Naturelle* et sur toute la Terre des vaisseaux, les avait abandonnés. Il s'était retiré de la course à l'élection et voulait qu'on le considère comme un citoyen ordinaire. Il ne faisait qu'assumer ses fonctions de commandant exécutif, ce qui consistait à transmettre les ordres de Dongfang Yanxu au système de commandement. Le reste du temps, il arpentait tous les recoins du *Sélection Naturelle*, glanant auprès des officiers et des soldats des informations plus détaillées sur le vaisseau et montrant une affection de tous les instants pour cette arche spatiale. En dehors de cela, il apparaissait calme et posé, semblant indifférent à la menace psychologique qui planait tel un spectre au-dessus du vaisseau. C'était certainement lié au fait qu'il avait choisi de garder ses distances, mais Lan Xi savait qu'il existait une autre raison : les hommes de l'ancien temps n'étaient pas aussi sensibles que les hommes modernes et, dans de telles circonstances, l'apathie était le meilleur des boucliers.

Comme beaucoup d'autres hommes à bord du *Sélection Naturelle*, Lan Xi était fasciné par la beauté de Dongfang Yanxu. Quand il la vit à son tour si lugubre, si faible et si impuissante, il se sentit submergé de douleur.

— Commandante, ne pourriez-vous pas me donner quelques indices sur ce qui est en train de se passer ?

— Lieutenant-colonel, ce serait plutôt à vous de nous en donner.

— Est-ce que vous voulez dire que vous ne savez absolument rien de votre état ?

Une tristesse infinie surgit alors dans les pupilles sombres de Dongfang Yanxu :

— Je sais simplement que nous sommes les premiers humains à entrer dans l'espace.

— Que dites-vous ?

— C'est la première fois que les humains entrent réellement dans l'espace.

— Oh… Je comprends ce que vous voulez dire : autrefois, peu importait la distance qu'il parcourait, un vaisseau spatial n'était en fin de compte qu'un cerf-volant relié à la Terre par un fil spirituel. Mais maintenant, ce fil a été brisé.

— Oui. Et ce qui change tout, c'est que le fil ne s'est pas brisé parce qu'une main l'a lâché, mais parce que la main a disparu. La Terre va à sa perte. Dans notre esprit, elle est déjà morte. Nos cinq vaisseaux ne sont plus reliés à aucun monde. Autour de nous, il ne reste plus rien que le gouffre de l'espace.

— En effet. Jamais l'humanité n'avait eu à faire face à un environnement aux répercussions psychologiques aussi dévastatrices.

— Oui, et au sein de cet environnement, l'esprit humain va être radicalement bouleversé. Les humains vont devenir…

Dongfang Yanxu s'arrêta soudain. Le chagrin avait disparu de ses yeux, il ne restait plus qu'une couleur grise, comme un ciel couvert de nuages après la pluie.

— Vous voulez dire que dans ce genre d'environnement les humains vont devenir des nouveaux humains ?

— Des nouveaux humains ? Non, lieutenant-colonel, les humains vont devenir… des non-humains.

Le dernier mot prononcé par la commandante fit passer un frisson dans le cœur de Lan Xi. Il releva la tête pour la regarder et elle ne détourna pas son regard, mais dans le vide de ses yeux, Lan Xi ne vit que la fenêtre de son âme fermée sur le monde.

— Ce que je veux dire, c'est que nous ne pourrons plus nous définir selon la conception traditionnelle de l'humanité… Lieutenant-colonel, c'est tout ce que je peux vous dire. Essayez de faire du mieux que vous pourrez et puis… Les mots qu'elle prononça ensuite donnèrent l'impression d'avoir été murmurés dans son sommeil : Ce sera bientôt votre tour.

La situation continua à se détériorer. Le lendemain de la conversation que Lan Xi avait eue avec Dongfang Yanxu, un événement dramatique eut lieu sur le *Sélection Naturelle*. Un lieutenant-colonel travaillant en lien avec le système de navigation ouvrit le feu sur l'officier avec qui il partageait la cabine. Selon les souvenirs de la victime, l'agresseur s'était soudain réveillé en pleine nuit et, découvrant que lui aussi était réveillé, il l'avait accusé de l'espionner et d'écouter les paroles qu'il prononçait dans son sommeil. Au cours de leur dispute, il avait perdu le contrôle de lui-même et avait ouvert le feu. Lan Xi était aussitôt allé rendre visite au lieutenant-colonel qui avait été séquestré.

— Qu'aviez-vous peur qu'il entende ? demanda Lan Xi.

— Vous voulez dire qu'il a vraiment entendu ? demanda l'assaillant, le visage saisi d'effroi.

Lan Xi secoua la tête :

— Il nous a soutenu que vous n'aviez absolument rien dit pendant votre sommeil.

— Et même si j'avais dit quelque chose ? Vous n'allez quand même pas croire ce qu'on dit dans nos rêves ? Ce n'est pas ce que je pense, je ne vais quand même pas aller en enfer pour des paroles prononcées dans mon sommeil !

Lan Xi se révéla incapable de lui en faire dire plus sur le contenu des paroles qu'il avait imaginé proférer durant son sommeil. Il lui demanda toutefois s'il acceptait d'être traité par hypnose. Il ne s'attendait pas à ce que l'homme perde de nouveau le contrôle de lui-même et lui saute au cou. Des gardes étaient aussitôt entrés dans la cellule et les avaient séparés. Un officier de garde qui avait entendu leur conversation confia à Lan Xi :

— Lieutenant-colonel, ne parlez plus de traitement sous hypnose, ou bien le Deuxième Bureau du service civil risque de devenir l'entité la plus détestée sur le vaisseau et vous ne vivrez pas longtemps.

Lan Xi n'eut alors d'autre choix que de contacter le colonel Scott, psychologue à bord de l'*Enterprise*. Ce dernier était aussi le pasteur du vaisseau – un poste qui n'existait pas sur les vaisseaux de la Flotte asiatique. L'*Enterprise*, comme les autres vaisseaux autrefois lancés à la poursuite du *Sélection Naturelle*, se trouvait toujours à une distance de deux cent mille kilomètres.

— Pourquoi est-ce si sombre chez vous ? demanda Lan Xi en voyant l'image qui lui parvenait de l'*Enterprise*.

La cabine sphérique dans laquelle se trouvait Scott n'était éclairée que par une faible lueur jaune, tandis que sur les cloisons de la cabine était projetée l'image du ciel étoilé de l'extérieur. Scott paraissait baigner dans un univers envahi par la brume. Son visage était dissimulé dans la pénombre mais Lan Xi put tout de même noter qu'il avait détourné son regard du sien.

— Les ténèbres tombent sur le jardin d'Éden. Elles auront bientôt tout englouti, lâcha Scott, d'une voix fatiguée.

Si Lan Xi était allé consulter Scott, c'était parce qu'il pensait qu'en tant que pasteur de l'*Enterprise* des membres du vaisseau étaient probablement allés se confesser auprès de lui. Il avait pensé que celui-ci lui fournirait quelques indices mais, en l'entendant prononcer ces paroles et en voyant l'ombre se dessiner dans le regard du colonel, Lan Xi savait qu'il n'obtiendrait rien. Alors il réprima la question qu'il voulait poser à l'origine et en choisit une autre, qui le surprit lui-même :

— Est-ce que ce qui s'est passé dans le premier jardin d'Éden se répétera dans le deuxième ?

— Je l'ignore. Mais en tout cas, le serpent est apparu, il rampe dans l'âme des occupants du jardin.

— Vous voulez dire que vous avez goûté au fruit de la connaissance ?

Scott hocha lentement la tête. Puis il resta la tête baissée, comme s'il essayait de cacher ce regard qui risquait de le trahir :

— En quelque sorte.

— Qui sera renvoyé du jardin ? La voix de Lan Xi tremblait, ses paumes suintaient de transpiration.

— Beaucoup d'entre nous. Mais contrairement à la dernière fois, certains resteront peut-être.

— Qui ? Qui restera ?

Scott poussa un long soupir :

— Lieutenant-colonel Lan, j'en ai dit assez. Pourquoi ne pas chercher vous-même le fruit de la connaissance ? Chacun d'entre nous doit franchir le pas, après tout, n'est-ce pas ?

— Où dois-je chercher ?

— Abandonnez votre travail, réfléchissez davantage, ressentez davantage et vous trouverez.

Après sa discussion avec le colonel Scott, Lan Xi, déboussolé, cessa toutes ses activités. Et comme le lui avait conseillé le colonel, il se mit à réfléchir. Et cela arriva plus vite qu'il ne l'avait imaginé. Le serpent du jardin d'Éden, froid à en glacer les os, s'insinua à son tour dans sa conscience. Il trouva le fruit de la connaissance et le mangea. Le dernier rayon de soleil de son âme s'éteignit et tout sombra dans les ténèbres.

Deux jours plus tard, le commandant du *Loi Ultime* se donna la mort. On le retrouva sur le pont, à la poupe du vaisseau. Le pont était enveloppé par un dôme transparent, ce qui donnait l'impression qu'il était à l'air libre. Il faisait face à la direction du système solaire, où le Soleil n'était déjà plus qu'une étoile jaune un peu plus brillante que les autres. Dans cette direction, se trouvait la partie extérieure du bras spiral de la galaxie, où les étoiles étaient éparses et où l'espace exhibait sa profondeur et sa désolation. Ni le regard ni l'âme n'avaient plus rien sur quoi s'appuyer.

— Il fait sombre. Putain qu'il fait sombre, avait-il murmuré ; puis il s'était tiré une balle dans la tête.

Quand elle apprit le suicide du commandant du *Loi Ultime*, Dongfang Yanxu eut le pressentiment que le moment était venu. Elle réunit d'urgence ses deux vice-commandants dans le hangar sphérique des chasseurs.

Dans le vaste couloir qui menait au hangar, Dongfang Yanxu entendit quelqu'un l'appeler derrière elle. Elle vit que c'était Zhang Beihai. Immergée depuis deux jours dans son humeur lugubre, elle l'avait presque oublié. Il la considéra du regard, les yeux remplis d'une sollicitude paternelle. Elle fut submergée par une vague de chaleur inouïe. Il était rare alors de croiser sur la Terre des vaisseaux des yeux sans ombre.

— Dongfang, je crois que vous n'allez pas bien ces derniers temps. Bien que je n'en connaisse pas la raison, vous semblez tous cacher quelque chose au fond de vous.

Dongfang Yanxu ne répondit rien et l'interrogea à son tour :

— Grand Ancien, comment vous sentez-vous ?

— Bien, très bien. Je me promène un peu partout, je visite, j'apprends. Je me suis familiarisé avec le système d'armement du *Sélection Naturelle*. Mes connaissances restent encore superficielles, bien sûr, mais c'est très intéressant. Vous pouvez imaginer Christophe Colomb visiter un porte-avions ? C'est un peu ce que je fais.

En voyant Zhang Beihai si serein et si insouciant, Dongfang Yanxu éprouva une pointe de jalousie. Oui, il avait accompli sa glorieuse mission, oui, il avait le droit à cette tranquillité. L'homme qui avait écrit l'histoire était maintenant redevenu un hibernaute ignorant. Ce dont il avait seulement besoin, c'était de protection. Tandis que cette idée traversait son esprit, Dongfang Yanxu lâcha :

— Grand Ancien, n'interrogez pas les autres à ce sujet. Ne demandez pas ce qui se passe.

— Pourquoi ? Pourquoi ne devrais-je pas demander ?

— Ce sont des questions dangereuses, et puis, vous n'avez vraiment pas besoin de savoir. Croyez-moi.

Zhang Beihai hocha la tête :

— Bien, je ne poserai pas la question. Je vous remercie en tout cas de me traiter comme un simple citoyen, c'est ce que je souhaitais.

Dongfang Yanxu lui adressa un rapide au revoir et partit seule. Elle entendit derrière elle la voix du fondateur de la Terre des vaisseaux :

— Dongfang, peu importe ce que c'est, laissez la nature suivre son cours. Tout ira bien.

Dongfang Yanxu retrouva les deux vice-commandants au centre du grand hangar. Ils avaient choisi de se rencontrer ici car l'espace était très vaste et ils avaient l'impression d'être en plein désert. Tous trois flottaient au milieu d'un monde de pure blancheur, comme si, en dehors d'eux, l'Univers était entièrement vide. Cela conférait un sentiment de sécurité à leur conversation à venir.

Tous trois regardaient dans des directions opposées.

— Nous devons clarifier la chose, dit Dongfang Yanxu.

— Oui. Chaque seconde qui passe, la situation est plus dangereuse, dit le vice-commandant Levine. Puis Akira Inoue et lui se tournèrent vers Dongfang Yanxu, attitude dont le sens était évident : *Vous êtes la commandante, vous parlez la première.*

Mais Dongfang Yanxu n'avait pas ce courage.

C'était l'aube de la deuxième civilisation, tout ce qui se passait à présent servirait peut-être de base à une nouvelle épopée homérique ou à une nouvelle Bible. Judas était devenu Judas car il avait été le premier à embrasser Jésus, et cela faisait une différence fondamentale avec celui qui l'avait embrassé en second. C'était la même chose ici et maintenant. Le premier qui parlerait marquerait un jalon pour l'histoire de cette deuxième civilisation. Il ou elle deviendrait peut-être Judas, ou bien Jésus. Mais quel qu'il soit, Dongfang Yanxu n'en avait pas le courage.

Cependant, elle devait assumer sa mission, alors elle fit un choix intelligent : elle ne détourna pas son regard des deux vice-commandants. À ce point-là, le langage n'était plus nécessaire, leurs yeux pouvaient procéder à tous les échanges. Ils s'observèrent mutuellement, et leurs regards imbriqués furent comme un canal qui connecta leurs trois âmes et permit une communication à grande vitesse :

Combustibles.

Combustibles.

Combustibles.

Notre trajectoire de navigation est encore incertaine, mais nous avons déjà constaté la présence d'au moins deux nuages interstellaires.

Force de résistance.

Bien sûr. Après les avoir traversés, la vitesse du vaisseau sera ralentie par la force de résistance des nuages et tombera à 0,03 pour cent de la vitesse de la lumière.

Nous serons encore à dix années-lumière du système de NH558J2. Nous aurons besoin de soixante mille ans pour l'atteindre.

Nous n'y arriverons jamais.

Les vaisseaux, peut-être, mais sans vie à leur bord. Les systèmes d'hibernation ne pourront être maintenus aussi longtemps.

Sauf si…

Sauf s'ils maintiennent leur vitesse dans les nuages, ou s'ils accélèrent après les avoir traversés.

Mais les combustibles sont insuffisants.

Les combustibles de fusion nucléaire sont la seule énergie du vaisseau. Et ils ont aussi d'autres usages : l'écosystème autorégénératif, les possibles modifications de trajectoire…

Et aussi la décélération lorsque nous atteindrons le système. L'étoile NH558J2 est bien plus petite que le Soleil. Nous ne pourrons pas nous amarrer à son orbite uniquement grâce au ralentissement gravitationnel. Il faudra utiliser une grande quantité de combustibles ou nous risquons de passer au-delà du système.

Les combustibles de la Terre des vaisseaux ne suffisent que pour deux vaisseaux.

Mais il faut être plus prudent encore. Il ne peut y avoir qu'un vaisseau.

Combustibles.

Combustibles.

Combustibles.

— Il y a aussi le problème des pièces, dit Dongfang Yanxu.

Pièces.

Pièces.

Pièces.

Particulièrement les pièces des systèmes essentiels : les moteurs à fusion nucléaire, les systèmes d'information et de communication, l'écosystème autorégénératif.

Ce n'est pas aussi urgent que pour les combustibles mais, sans elles, il est impossible d'envisager une survie à long terme. Le système NH558J2 ne possède aucune planète habitable. Nous ne pourrons pas nous y établir ni même y fonder une industrie. Quand bien même nous le pourrions, il n'existerait pas les ressources pour le faire. Il ne s'y trouve que les combustibles qui nous permettront de faire cap vers le prochain système où établir une industrie de production de pièces.

Il n'y a que deux sets de pièces de rechange à bord du Sélection Naturelle.

C'est trop peu.

C'est trop peu.

En dehors des moteurs à fusion nucléaire, la plupart des pièces des différents vaisseaux de la Terre des vaisseaux sont interchangeables.

En les modifiant, celles des moteurs pourraient être utilisées.

— Concentrer tous les équipages sur un ou deux vaisseaux ? dit Dongfang Yanxu. Cette prise de parole n'avait pour seul but que de guider les échanges de leurs yeux.

Impossible.

Impossible.

Impossible, ils sont trop nombreux. L'écosystème autorégénératif et le système d'hibernation ne pourront pas subvenir à tous les besoins. Si la capacité des occupants actuelle devait augmenter, ce serait catastrophique.

— Dans ce cas, est-ce clair ? La voix de Dongfang Yanxu résonna encore une fois dans ce vaste espace blanc, comme les murmures d'un rêveur.

C'est clair.

C'est clair.

C'est clair.

Une partie devra mourir, ou bien tous mourront.

À cet instant, les yeux se turent, tous trois semblaient avoir été frappés par une tempête venue des profondeurs de l'espace. Leurs âmes frissonnaient de terreur, chacun éprouvait le désir terrible de détourner son regard. Dongfang Yanxu fut la première à stabiliser le sien.

— Pas comme ça, dit-elle.

Pas comme ça.

Pas comme ça.

Nous n'abandonnons pas.

Nous n'abandonnons pas ?

Nous n'abandonnons pas ! Car les autres n'abandonneront pas. Si nous abandonnons, nous serons renvoyés du jardin.

Pourquoi nous ?

Bien sûr, ça ne devrait pas être eux non plus.

Ça ne devrait être personne.

Mais il faut bien que certains soient renvoyés, le jardin ne pourra pas tous nous accueillir.

Nous ne voulons pas quitter le jardin.

Il est pourquoi nous ne devons pas abandonner.

Les trois regards, sur le point de se disjoindre, se réunirent à nouveau.

Bombes à hydrogène infrasoniques.

Bombes à hydrogène infrasoniques.

Bombes à hydrogène infrasoniques[1].

Tous les vaisseaux en sont équipés.

1. Cette arme spatiale est utilisée pour frapper des cibles ayant une protection efficace contre les radiations. Elle permet de déclencher une série d'explosions à une fréquence infrasonique. Chaque détonation produit des impulsions électromagnétiques puissantes qui interagissent avec la coque métallique du vaisseau et transforment l'énergie électromagnétique en énergie acoustique dans l'air du vaisseau. L'énergie est convertie en infrasons très puissants qui sont capables de tuer toute vie macroscopique, sans avoir aucun impact sur les équipements. *(N.d.A.)*

Il est plus difficile de se défendre contre des missiles furtifs.

Les regards des trois officiers se séparèrent quelques instants. Leur esprit était au bord de l'effondrement. Ils avaient besoin de repos. Lorsque les trois paires d'yeux se rencontrèrent à nouveau, leurs regards devinrent erratiques, comme des flammes de bougie vacillant dans le vent.

Monstrueux !

Monstrueux !

Monstrueux !

Nous deviendrons des monstres !

Nous deviendrons des monstres !

Nous deviendrons des monstres !

— Mais… Qu'est-ce qu'ils pensent, eux ? demanda Dongfang Yanxu à voix basse. Pour les deux vice-commandants, cette voix faible résonna dans l'espace blanc comme un bourdonnement de moustiques.

Oui, nous ne voulons pas devenir des monstres, mais nous ne savons pas ce qu'ils pensent.

Alors nous sommes tout de même des monstres. Sinon, comment pourrions-nous imaginer que les autres sont des monstres ?

Soit, alors nous ne les imaginons pas comme des monstres.

— Le problème n'est pas réglé, dit Dongfang Yanxu en secouant légèrement la tête.

Oui, même si ce ne sont pas des monstres, le problème n'est pas réglé.

Parce qu'ils ne savent pas ce que nous pensons.

Supposons qu'ils savent que nous ne sommes pas des monstres.

Le problème n'est toujours pas réglé.

Ils ne savent pas ce que nous pensons d'eux.

Ils ne savent pas ce que nous pensons qu'ils pensent de nous.

C'est une chaîne de suspicion sans fin : ils ne savent pas ce que nous pensons qu'ils pensent de ce que nous pensons qu'ils pensent de ce que nous pensons qu'ils pensent de ce que nous pensons…

Comment briser cette chaîne de suspicion ?

Communiquer ?

Sur Terre, c'est possible, pas dans l'espace : une partie devra mourir, ou bien tous mourront. C'est la règle du jeu de la survie édictée par l'espace pour la Terre des vaisseaux. C'est un gouffre infranchissable. À son sommet, la communication n'a aucun sens.

Il ne reste plus qu'un choix. La question est donc qui va choisir.

Il fait sombre, putain qu'il fait sombre.

— Nous ne pouvons plus attendre, affirma résolument Dongfang Yanxu.

Ça ne peut plus attendre, oui. Dans cette région obscure de l'espace, les duellistes retiennent leur souffle, la corde va être rompue.

À chaque seconde qui s'écoule, le danger est plus grand.

Si tout revient au même peu importe qui dégaine, alors autant que nous dégainions.

Akira Inoue brisa le silence :

— Il y a un autre choix !

Le sacrifice.

Pourquoi ?

Pourquoi nous ?

Nous trois, nous pourrions bien sûr, mais avons-nous le droit de faire ce choix pour les deux mille passagers du Sélection Naturelle *?*

Tous trois étaient debout sur une dague aiguisée. La douleur était intense, et la chute, de n'importe quel côté de la lame, les plongerait dans un abîme sans fond. C'étaient les douleurs de l'accouchement avant la naissance de la nouvelle humanité spatiale.

— Et si nous faisions cela ? dit Levine. D'abord, verrouiller les cibles, puis réfléchir.

Dongfang Yanxu hocha la tête. Levine fit aussitôt apparaître l'interface du système d'armement, il ouvrit la fenêtre de commande des bombes à hydrogène infrasoniques et des missiles furtifs. Sur un système de coordonnées sphérique ayant le *Sélection Naturelle* pour origine, l'*Espace Bleu*, l'*Enterprise*, l'*Espace Profond* et le *Loi Ultime* s'affichèrent sous la forme de quatre points de lumière placés à deux cent mille kilomètres de distance.

La distance brouillait la structure des cibles. À l'échelle de l'espace, tout n'était que des points.

Mais ces quatre points-ci étaient encerclés de quatre halos rouges, quatre cordes de potence, indiquant que les cibles avaient été verrouillées par le système d'armement.

Hormis eux, les officiers chargés de superviser le système d'armement détenaient aussi les droits de verrouillage des cibles mais, pour agir, ils devaient y être autorisés par le commandant ou les vice-commandants. Cependant, à bord du *Sélection Naturelle*, il se trouvait encore un homme qui avait le pouvoir de verrouiller une cible et de lancer une attaque.

Nous sommes des idiots. C'est lui qui a changé l'histoire à deux reprises !

Il a été le premier à y penser !

Personne ne sait quand il y a pensé, peut-être quand la Terre des vaisseaux a été fondée, peut-être encore plus tôt, lorsqu'il a appris la destruction de la flotte unie. Il a toujours été le premier à s'inquiéter. Comme les parents de son époque, qui veillent sans relâche sur leurs enfants.

Dongfang Yanxu traversa en volant le hangar sphérique aussi vite qu'elle le put, suivie de près par les deux vice-commandants. Quand ils furent sortis, ils traversèrent le long couloir et arrivèrent jusque devant la porte de la cabine de Zhang Beihai. Il était suspendu devant la même interface. Ils voulurent se ruer à l'intérieur, mais la même scène que lorsque le *Sélection Naturelle* avait pris la fuite fut rejouée devant eux : ils se heurtèrent à la paroi, il n'y avait pas de porte, simplement une portion ovale du mur devenue transparente.

— Qu'est-ce que vous faites ? hurla Levine.

— Mes enfants… dit Zhang Beihai. C'était la première fois qu'il s'adressait à eux en les interpellant ainsi et, bien qu'ils ne pussent distinguer que son dos, ils pouvaient imaginer son regard, aussi calme que l'eau d'un lac. Laissez-moi le faire.

— "Si je ne vais pas en enfer, qui ira[1] ?" C'est ça ? demanda Dongfang Yanxu d'une voix sonore.

— Depuis le moment où je suis devenu soldat, je me suis préparé à aller n'importe où si c'était nécessaire, affirma Zhang Beihai, puis il continua l'opération de mise à feu. À l'extérieur, tous trois le regardaient. Ses gestes étaient quelque peu malhabiles, mais chaque étape était correctement effectuée.

Des larmes jaillirent des yeux de Dongfang Yanxu, elle cria :

— Ensemble, d'accord ? Laissez-moi entrer, nous irons en enfer ensemble !

Zhang Beihai ne répondit rien, il continua l'opération et sélectionna le mode d'autodestruction manuelle des missiles, ce qui permettait de déclencher leur explosion depuis le vaisseau-mère. Il ne répondit que quand il eut accompli cette dernière étape :

— Dongfang, réfléchissez. Aurions-nous pu faire ce choix avant ? Absolument pas. Mais maintenant si, car l'espace a fait de nous de nouveaux humains.

Il paramétra la distance d'explosion des missiles à cinquante kilomètres des cibles, de manière à limiter les dégâts sur les équipements des vaisseaux. Même une distance plus lointaine aurait de toute façon été fatale pour les vies à bord.

1. Célèbre sentence de Kshitigarbha (*Dizang Pusa*, en chinois), l'un des huit grands bodhisattvas du bouddhisme mahayaniste, dont le vœu est de devenir bouddha une fois l'enfer devenu complètement vide. *(N.d.T.)*

— Une nouvelle civilisation est en train de naître, une nouvelle morale est en train de s'établir.

Il désactiva le premier verrou de sécurité des missiles.

— Quand, dans le futur, on regardera en arrière pour voir ce que nous avons commis, peut-être que cela apparaîtra comme une chose ordinaire. C'est pourquoi nous n'irons pas en enfer, mes enfants.

Il désactiva le deuxième verrou de sûreté.

Soudain, une alarme retentit dans le vaisseau, comme les hululements de dix mille fantômes venus des profondeurs obscures de l'espace. Des interfaces voletèrent dans l'air comme des flocons de neige, affichant une grande masse d'informations reçues par le système de défense du *Sélection Naturelle* au sujet de missiles en approche. Mais personne n'eut le temps de les lire.

Seules quatre secondes séparèrent le retentissement de l'alarme et la détonation des bombes à hydrogène infrasoniques.

Les images transmises par le *Sélection Naturelle* à la Terre montrèrent que Zhang Beihai avait peut-être tout compris en une seule seconde. Il pensait que son cœur était déjà devenu dur comme du métal après avoir traversé deux siècles de souffrances, mais il avait négligé une chose, probablement tapie au plus profond de son âme. Il avait hésité au moment de prendre la dernière décision. Il avait essayé de contenir les tremblements de son cœur. C'était cette ultime tendresse qui l'avait tué et qui avait tué tous les membres à bord du *Sélection Naturelle*. Après un long mois passé à affronter les ténèbres, il avait été plus lent que l'autre vaisseau de quelques secondes seulement.

Trois petits soleils illuminèrent la pénombre de l'espace. Ils formèrent un triangle équilatéral emprisonnant en leur centre le *Sélection Naturelle*, à une distance moyenne de quelque quarante kilomètres. La boule de feu de la fusion nucléaire dura vingt secondes et étincela au rythme de la fréquence des infrasons, impossible à voir à l'œil nu.

Sur les images qui furent envoyées vers la Terre, pendant les trois dernières secondes restantes, on vit Zhang Beihai se tourner dans la direction de Dongfang Yanxu. Il lui adressa un sourire et lui dit :

— Ce n'est pas grave. Ça revient au même.

On ne put que deviner ses derniers mots, car il n'eut pas le temps de finir. Les puissantes impulsions électromagnétiques déferlèrent depuis les trois angles du triangle, faisant vibrer l'énorme coque du *Sélection Naturelle* comme les vibrations d'ailes d'une cigale. L'énergie libérée par ces vibrations se convertit en infrasons. Dans l'image, une brume sanglante enveloppa tout.

L'attaque émanait du *Loi Ultime*. Douze missiles furtifs porteurs de bombe à hydrogène infrasonique avaient été tirés vers les quatre autres appareils de la Terre des vaisseaux. Les trois contre le *Sélection Naturelle*, à deux cent mille kilomètres de distance, avaient été lancés avant les neuf autres, de sorte que tous explosent en même temps. Après le suicide du commandant du *Loi Ultime*, un vice-commandant lui avait succédé, mais on ne sut pas – et on ne saurait jamais – qui avait finalement pris la décision finale de lancer l'attaque.

Car le *Loi Ultime* ne devint pas le dernier rescapé du jardin d'Éden.

Des trois vaisseaux de poursuite, l'*Espace Bleu* était celui qui s'était le mieux préparé à réagir face à ce type d'incident. Avant d'être attaqué, l'intérieur du vaisseau avait été transformé en vide spatial et tout l'équipage avait dû enfiler sa combinaison spatiale. Or, il ne pouvait se produire d'infrasons dans le vide, aucun membre ne fut donc blessé. Sa coque ne reçut que quelques infimes dommages provoqués par les puissantes impulsions électromagnétiques.

Au moment où les boules de feu s'illuminèrent, l'*Espace Bleu* commença sa contre-attaque. Il utilisa dans un premier temps ses canons laser, ses armes les plus rapides. Le *Loi Ultime* se retrouva bientôt sous les feux de cinq rayons gamma. Cinq trous furent percés dans sa coque. L'intérieur fut rapidement englouti par les flammes, et des explosions locales se déclenchèrent, lui faisant perdre toute capacité de combat. L'*Espace Bleu* répliqua plus violemment encore, et sous la pluie d'impulsions électromagnétiques et les attaques en rafale de missiles nucléaires, une énorme explosion retentit dans le *Loi Ultime*. Aucun de ses membres n'en réchappa.

Presque au même moment où la Bataille Sombre se déclenchait au cœur de la Terre des vaisseaux, au loin, à l'autre extrémité du système solaire, avait lieu la même tragédie : l'*Âge de Bronze* lançait une attaque soudaine contre le *Quantum*, utilisant lui aussi les bombes à hydrogène infrasoniques pour détruire toute vie macroscopique en préservant l'intégrité technique du vaisseau. Les données renvoyées à la Terre par ces deux vaisseaux furent moins nombreuses et les hommes ne surent pas ce qui s'était réellement passé. Ils avaient procédé à une accélération intense pour échapper à l'attaque de la gouttelette, mais n'avaient pas décéléré, contrairement aux vaisseaux qui poursuivaient le *Sélection Naturelle*. Leurs réserves de combustible étaient donc très probablement plus riches que les appareils de la Terre des vaisseaux.

C'est ainsi que l'espace infini donna dans ses bras obscurs la becquée à une nouvelle humanité non moins obscure.

Dans le nuage métallique en expansion né de l'explosion du *Loi Ultime*, l'*Espace Bleu* approcha de l'*Enterprise* et de l'*Espace Profond* où il n'y avait déjà plus aucune trace de vie. Il récolta leurs combustibles de fusion et désassembla leurs pièces. L'*Espace Bleu* parcourut ensuite deux cent mille kilomètres pour rejoindre le *Sélection Naturelle* qui subit le même sort. La Terre des vaisseaux avait maintenant l'aspect d'un grand chantier spatial. À l'intérieur des structures massives des trois vaisseaux morts, crépitaient une myriade de soudures laser. Si Zhang Beihai avait encore été en vie, cette scène lui aurait certainement rappelé le porte-avions *Tang*.

L'*Espace Bleu* réunit les épaves délabrées des trois vaisseaux en une formation rappelant Stonehenge, dressant de la sorte un mausolée spatial. Là, ils organisèrent les funérailles de la totalité des victimes de la Bataille Sombre.

Vêtus de leurs combinaisons spatiales, les mille deux cent soixante-treize membres rappelant l'*Espace Bleu* se placèrent au centre du mausolée. Ils constituaient à présent la totalité des citoyens restants de la Terre des vaisseaux. Autour d'eux, les épaves des énormes vaisseaux paraissaient être une chaîne de montagnes et les balafres béantes sur leurs coques, de profondes grottes noires. Les corps des quatre mille deux cent quarante-sept victimes reposaient au milieu des débris qui projetaient leurs ombres sur les vivants, comme s'ils se trouvaient dans une vallée au cœur de la nuit. Seuls les espaces entre les décombres laissaient filtrer la clarté glacée de la Voie lactée.

Le calme régna durant les funérailles. La nouvelle humanité spatiale venait de franchir le stade de la petite enfance.

Un cierge éternel fut allumé. Ce n'était qu'une petite ampoule de seulement cinquante watts, accompagnée de cinquante autres ampoules de réserve qui la remplaceraient automatiquement quand elle arriverait en fin de vie. Le cierge était alimenté par une petite pile nucléaire qui pourrait continuer à fonctionner pendant des dizaines de millénaires. Cette faible source de lumière était comme une lueur de bougie dans la vallée, elle projetait un halo blafard sur le sommet des épaves obscures, éclairant vaguement leurs parois en alliage de titane où avaient été gravés les noms de toutes les victimes. Il n'y avait aucune épitaphe.

Une heure plus tard, le mausolée spatial fut une dernière fois illuminé par les rayons produits par l'accélération de l'*Espace Bleu*. Le mausolée voyagerait à une vitesse d'un pour cent de la vitesse de la lumière. Dans quelques siècles, il serait ralenti par un nuage de poussière interstellaire et son allure descendrait à 0,03 pour cent de la vitesse de la lumière. Il atteindrait NH558J2 dans soixante mille ans. Cinquante mille ans avant lui, l'*Espace Bleu* se serait déjà envolé depuis ce système vers un autre système.

L'*Espace Bleu* mit le cap vers les profondeurs de l'espace, emportant avec lui un plein fret de combustibles de fusion et huit sets de rechange de ses pièces essentielles. L'intérieur du vaisseau ne pouvant contenir autant d'objets, on dut lui adjoindre quelques compartiments de stockage externes, ce qui changea profondément son aspect : c'était maintenant un objet énorme, lourdaud et irrégulier, mais qui ressemblait davantage à un aventurier partant pour un long voyage.

Un an plus tôt, à l'autre bout du système solaire, l'*Âge de Bronze* avait accéléré pour quitter les ruines du *Quantum* et faire cap vers la constellation du Taureau.

L'*Espace Bleu* et l'*Âge de Bronze* étaient issus d'un monde de lumière mais ils étaient désormais devenus deux vaisseaux des ténèbres.

L'Univers aussi avait jadis été étincelant. Peu de temps après le Big Bang, toute la matière avait d'abord existé sous la forme de lumière, puis l'Univers s'était métamorphosé en cendres brûlées, qui se condensèrent alors seulement en éléments lourds dans les ténèbres pour former les planètes et la vie. Les ténèbres étaient mère de la vie et de la civilisation.

Une cascade de jurons et de malédictions dégringola depuis la Terre sur l'*Espace Bleu* et l'*Âge de Bronze*, mais les deux vaisseaux ne répondirent pas. Ils avaient coupé tout contact avec le système solaire. Pour ces deux mondes, la Terre était déjà morte.

Les deux vaisseaux se fondirent dans l'obscurité, s'écartant peu à peu, chacun de leur côté, du système solaire.

Emportant avec eux toutes les pensées et les souvenirs de l'humanité et étreignant entre leurs bras ses gloires et ses rêves, ils s'évanouirent dans la nuit éternelle.

— Je le savais !

Ce fut la première phrase prononcée par Luo Ji lorsqu'il prit connaissance de la Bataille Sombre qui avait eu lieu aux deux extrémités du système solaire. Abandonnant sur place un Shi Qiang décontenancé, il sortit seul en courant de la chambre, traversant le quartier comme un dément jusqu'à ce qu'il s'arrête devant le désert de la grande plaine du Nord de la Chine.

— J'avais raison, j'avais raison ! cria-t-il à destination du ciel.

C'était la pleine nuit et, peut-être en raison de la pluie qui était tombée, la visibilité était excellente. Il pouvait voir les étoiles, mais moins clairement que dans le ciel du XXIe siècle. Les astres apparaissaient très diffus et il arrivait tout juste à distinguer les plus brillants d'entre eux. Toutefois, Luo Ji éprouva à nouveau cette sensation qui l'avait habité deux siècles plus tôt en cette nuit d'hiver où il avait marché sur le lac gelé. Luo Ji le citoyen ordinaire disparut. Il redevint Colmateur.

— Da Shi, j'ai entre mes mains la clef de la victoire de l'humanité, dit-il à Shi Qiang qui l'avait suivi.

— Oh ?

Shi Qiang eut un rire un peu moqueur qui tempéra l'excitation de Luo Ji.

— Je sais que vous ne me croyez pas.

— Alors dites, qu'est-ce que vous allez faire, maintenant ? demanda Shi Qiang.

Luo Ji s'assit sur le sable. Ses sentiments parurent dégringoler au fond d'un ravin :

— Ce que je vais faire ? Je crois que je ne peux plus rien faire.

— Vous pourriez au moins faire remonter votre réflexion là-haut.

— Je ne sais pas si ça marchera, mais essayons toujours, j'aurais au moins fait tout ce que je pouvais pour accomplir mon devoir.

— De quel niveau de hiérarchie avez-vous besoin ?

— Le plus haut. Le secrétaire général des Nations unies. Ou bien le président du Comité conjoint de la Flotte solaire.

— Ce n'est pas gagné. On n'est que des citoyens lambda… Mais bon, ça ne coûte rien d'essayer, vous pourriez, hum, commencer par aller voir le gouvernement de la ville, trouver le maire.

— Bien, je pars en ville, se leva Luo Ji.

— Je viens avec vous.

— Pas besoin, j'y vais seul.

— Je suis quand même un fonctionnaire du gouvernement. J'aurai plus de chances de les convaincre de nous rencontrer.

Luo Ji leva la tête vers le ciel :

— Quand la gouttelette atteindra-t-elle la Terre ?

— Aux informations, ils ont dit dans une dizaine d'heures.

— Savez-vous ce qu'elle vient faire ? Sa mission n'était pas de détruire la flotte unie, ni même d'attaquer la Terre. Elle vient pour me tuer. Je ne veux pas que vous soyez avec moi à ce moment-là.

— Hé hé, lâcha encore une fois Shi Qiang de son rire moqueur. Mais il nous reste encore dix heures, non ? Le moment venu, je prendrai mes distances, voilà tout.

Luo Ji sourit amèrement en secouant la tête :

— Vous ne me prenez absolument pas au sérieux, pourquoi voulez-vous m'aider ?

— Vieux frère, vous croire ou pas, ce n'est pas mon problème, c'est le leur, en haut. Moi, je ne prends pas de risque. Si vous avez été choisi il y a deux cents ans parmi des milliards d'habitants de la Terre, c'est qu'il y avait bien une raison. Si je vous retardais, je risquerais de devenir coupable pour l'éternité, non ? Si la hiérarchie ne vous prend pas au sérieux, je n'aurai rien perdu. J'aurai juste fait un tour en ville, pas vrai ? Mais il y a une chose : quand vous me dites que ce gadget qui fonce vers la Terre vient pour vous tuer, là je ne vous crois pas. Croyez-moi, je m'y connais en meurtre, et là, Trisolariens ou pas, c'est trop gros.

Luo Ji et Shi Qiang arrivèrent aux premières lueurs de l'aube à l'entrée de la vieille ville qui menait à la cité souterraine. Ils remarquèrent que l'ascenseur fonctionnait encore normalement. Une grande foule arrivait en traînant de gros bagages. Dans le sens inverse, peu nombreux étaient ceux qui descendaient. Il n'y avait que deux autres passagers avec eux.

— Vous êtes des hibernautes, non ? Ils sont tous en train de remonter, pourquoi est-ce que vous descendez ? C'est la cohue en bas, dit un jeune homme, dont les vêtements affichaient des boules de feu scintillantes. En y regardant de plus près, on voyait qu'il s'agissait d'images de la destruction de la flotte unie.

— Et vous, qu'est-ce que vous allez y faire ? demanda Shi Qiang.

— J'ai trouvé une maison à la surface, je redescends chercher quelques affaires, répondit-il en hochant la tête : Vous autres, de la surface, vous allez gagner le gros lot. Nous n'avons aucune maison là-haut, et les droits de propriété vous appartiennent encore pour la plupart. Nous qui montons, nous n'avons pas d'autre choix que de vous les acheter.

— Si la cité souterraine s'effondre et que tous ses habitants jaillissent à la surface, il n'y aura plus vraiment de commerce qui vaille, dit Shi Qiang.

Un homme d'âge moyen, recroquevillé dans un coin de l'ascenseur et qui les écoutait parler, se prit soudain le visage entre les mains et gémit :

— Oh, non, oh…

Puis il s'accroupit pour pleurer. Ses vêtements projetaient une scène biblique : Adam et Ève, nus, sous un arbre du jardin d'Éden. Un serpent maléfique ondulait entre leurs deux corps. C'était peut-être un symbole de la Bataille Sombre qui venait d'être livrée.

— Il y a plein de gens comme lui, fit le jeune en pointant insolemment celui qui pleurait. Ils n'ont plus toute leur tête. Puis ses yeux s'éclairèrent : En réalité, le jour de l'Apocalypse, c'est un jour magnifique, peut-être le plus beau d'entre tous. C'est le seul moment de toute l'histoire où les hommes ont une chance d'abandonner toute angoisse et tout fardeau, qu'ils peuvent entièrement appartenir à eux-mêmes. Ceux dans son genre sont des abrutis. La manière de vivre la plus responsable aujourd'hui, c'est de profiter de chaque instant.

Quand l'ascenseur arriva à destination, Luo Ji et Shi Qiang sortirent du grand hall et sentirent immédiatement une odeur étrange dans l'air. Une odeur de brûlé. Contrairement à la dernière fois, une forte luminosité inondait la cité souterraine. Elle était baignée d'une lumière blanche qui avait quelque chose d'angoissant. Luo Ji leva les yeux. À travers les interstices des arbres, il ne vit pas un ciel bleu, mais une infinité blanche. L'image d'azur autrefois projetée sous le dôme avait disparu. Ce blanc lui rappela les cabines sphériques des vaisseaux de la flotte qu'il avait vues aux informations télévisées. Les pelouses étaient jonchées des décombres des bâtiments-feuilles des arbres géants. Non loin se trouvaient également quelques épaves de voitures volantes, dont l'une était en feu et encerclée par une foule de personnes qui alimentaient le brasier en y jetant des débris tombés des arbres. Certains y lançaient même leurs propres vêtements encore scintillants. Dans une grande colonne d'eau qui jaillissait d'une canalisation éventrée, un groupe d'adultes batifolait comme des enfants. Ils poussaient des cris d'excitation, faisant un pas de côté chaque fois qu'un nouveau débris tombait d'un arbre, puis ils se regroupaient à nouveau et poussaient de nouvelles clameurs de joie. Luo Ji leva encore la tête et remarqua que certains arbres étaient en feu. Les sirènes de camions de pompiers retentissaient tandis qu'ils emportaient dans les airs des morceaux de feuilles en flammes. Les passants qu'il croisait dans la rue pouvaient se diviser en deux catégories, représentées par les deux individus qu'ils avaient rencontrés dans l'ascenseur. Une première partie d'entre eux étaient abattus, ils erraient, le regard maussade ou bien étaient simplement assis sur les pelouses, paralysés par le désespoir, un désespoir qui surgissait pour une autre raison : on ne craignait plus la fin de l'humanité, mais les conditions de vie du présent. D'autres étaient au contraire follement excités et se laissaient aller à des comportements désinvoltes, faisant fi de toute convention sociale.

Le trafic lui aussi était chaotique. Luo Ji et Shi Qiang durent attendre une demi-heure avant de réussir à monter dans un taxi volant. Lorsque ce véhicule sans conducteur les entraîna entre les arbres, Luo Ji repensa à son terrible premier jour dans cette ville et il éprouva la même nervosité que s'il avait embarqué dans des montagnes russes. Heureusement pour lui, la voiture arriva très vite à la mairie.

Shi Qiang s'y était déjà rendu plusieurs fois pour son travail, et il était relativement familier des lieux. Après un grand nombre de démarches, ils obtinrent enfin l'accord de rencontrer le maire. Mais il fallait attendre l'après-midi. Luo Ji avait prévu qu'ils devraient patienter, il était même surpris que le maire accepte de les recevoir. Dans cette période si trouble, ils n'étaient après tout que des personnages insignifiants. Au déjeuner, Shi Qiang lui expliqua que le maire venait d'être nommé la veille. Jusqu'ici, il était officier en charge des affaires hibernautes. Il était en quelque sorte le supérieur hiérarchique de Shi Qiang, qui le connaissait bien.

— C'est un compatriote, précisa Shi Qiang.

Le terme de "compatriote" n'avait plus la même signification que deux siècles plus tôt. Il n'était plus porteur d'un sens géographique, mais temporel. Tous les hibernautes ne pouvaient néanmoins pas se désigner ainsi entre eux. Seuls ceux qui avaient été hibernés au même moment pouvaient en faire usage. Des individus nés à une même époque avaient plus en commun que ceux qui venaient simplement d'un même périmètre géographique.

Ils ne purent rencontrer le maire qu'à 16 h 30. D'ordinaire, les dirigeants de cette époque devaient répondre à certains standards de beauté et de célébrité pour avoir une chance d'être élus, mais le maire actuel avait une apparence tout à fait quelconque. Il avait à peu près le même âge que Shi Qiang, mais était beaucoup plus maigre. Une de ses particularités faisait dire au premier coup d'œil que c'était un hibernaute : il portait une paire de lunettes – certainement des antiquités datant de deux siècles, car même les lentilles de vue avaient disparu depuis longtemps. Ceux qui dans le passé s'y étaient habitués avaient tendance à se trouver étranges sans et c'est pourquoi beaucoup d'hibernautes continuaient à en porter quand bien même ils avaient recouvré une vue parfaite. Le maire avait l'air épuisé. Le simple fait de se lever de sa chaise sembla lui demander un considérable effort. Lorsque Shi Qiang s'excusa du dérangement et le félicita pour cette promotion, il répondit en secouant la tête :

— C'est une époque instable qui permet à des hommes primitifs et robustes comme nous de revenir sur le devant de la scène.

— Vous êtes maintenant sans doute l'hibernaute politiquement le plus puissant de la Terre, non ?

— Qui sait ? Avec l'évolution de la situation, nous avons peut-être des compatriotes encore plus haut placés.

— Et l'ancien maire ? Crise de nerfs ?

— Non, non, il reste encore des hommes modernes à garder la tête froide. C'était un homme très compétent, mais il est mort dans un accident il y a deux jours, écrasé par une voiture lors d'une émeute.

Le maire regarda Luo Ji qui se tenait derrière Shi Qiang, et tendit immédiatement la main vers lui :

— Ah, docteur Luo Ji, bonjour ! Je vous connais, bien sûr, je faisais partie de vos admirateurs il y a deux siècles. Parce que des quatre, c'est vous qui ressembliez le plus à l'image que je me faisais d'un Colmateur. En ce temps-là, personne n'avait la moindre idée de ce que vous aviez derrière la tête. Puis il lâcha une phrase à demi-mot qui les surprit : Vous êtes le quatrième sauveur que j'accueille depuis deux jours. Une bonne dizaine attendent encore dehors, mais je n'ai vraiment pas la force de les recevoir…

— Monsieur le maire, il n'est pas comme eux, il y a deux siècles…

— Il y a deux siècles, il avait été sélectionné parmi des milliards de gens, et c'est la raison pour laquelle j'ai accepté de vous rencontrer aujourd'hui. Puis il pointa Shi Qiang du doigt : J'ai aussi quelque chose à vous demander, mais nous en reparlerons après. Dites-moi d'abord ce qui vous amène. Mais je vous en prie : ne me dites pas comment vous comptez sauver le monde, la plupart du temps, cela prend des heures : dites-moi directement ce que vous voulez que je fasse.

À peine Luo Ji et Shi Qiang eurent-ils fini d'exprimer leur intention que le maire secoua la tête :

— Même si je voulais vous aider, je ne le pourrais pas. J'ai moi-même tout un tas de dossiers à faire remonter. Et à un niveau hiérarchique moins haut que ce que vous pouvez imaginer – simplement auprès du gouvernement provincial et de quelques institutions nationales. Vous vous doutez bien que, plus haut, ils font face à des problèmes autrement plus graves que les miens.

Luo Ji et Shi Qiang suivaient les informations et ils savaient naturellement de quels problèmes parlait le maire.

L'annihilation totale de la flotte unie avait vu l'évasionnisme renaître après deux siècles de silence. La Fédération européenne avait même envisagé un premier projet de fuite qui consistait à procéder à un tirage au sort dans toute la société pour désigner les premiers cent mille citoyens qui pourraient partir. Ce plan avait contre toute attente été validé lors d'un grand référendum populaire. Mais après les résultats du tirage, la majorité de ceux qui n'avaient pas été choisis protestèrent et déclenchèrent des manifestations monstres à travers le pays. Aux yeux du grand public, l'évasionnisme était de nouveau devenu un crime contre l'humanité.

Après que la Bataille Sombre eut éclaté entre les vaisseaux rescapés de la flotte unie, les accusations envers l'évasionnisme se renforcèrent : la réalité avait prouvé que, dans l'espace, l'esprit humain s'aliénait s'il était coupé du cordon spirituel terrestre. Même si le projet de fuite réussissait, ceux qui s'en sortiraient ne pourraient pas représenter l'espèce humaine, mais quelque chose d'autre, de plus sombre et de plus pernicieux. Comme le monde trisolarien, cette autre chose se dressait tel un ennemi face à la civilisation humaine. On lui donna un nom : l'anticivilisation.

Alors que la gouttelette approchait de la Terre, l'évasionnisme devint pour le grand public un sujet plus sensible que jamais. Les médias s'alarmaient en disant qu'il y aurait certainement des tentatives d'évasion avant l'attaque de la gouttelette. Les bases des ascenseurs spatiaux et celles de lancement d'engins spatiaux se retrouvèrent encerclées par la foule, qui voulait bloquer toutes les voies menant à l'espace. Et la foule avait ce pouvoir. Tous les citoyens de la Terre avaient maintenant le droit de porter des armes, des petits pistolets laser, pour la plupart. Si un pistolet laser ne représentait pas en soi une menace contre les cabines des ascenseurs spatiaux ou les navettes spatiales, sa différence avec les pistolets traditionnels était que plusieurs pouvaient se concentrer sur un seul point. Si dix mille pistolets faisaient simultanément feu sur la même cible, ils étaient en mesure de détruire le matériau le plus résistant. Et les gens qui se massaient à proximité des bases n'étaient pas seulement des dizaines de milliers, mais des millions. Parmi eux, au moins un tiers était armé. Dès qu'ils s'apercevaient que des cabines ou des navettes décollaient, ils pointaient au même moment leurs armes sur les engins. La ligne de visée des lasers étant très précise, la majorité des tireurs parvenaient à pointer leurs armes sur la cible et arrivaient parfois à la détruire. Dans de telles circonstances, le trafic entre la Terre et l'espace fut interrompu.

Le chaos se poursuivait. Ces deux derniers jours, la cible des attaques avait changé : on visait maintenant les cités spatiales en orbite géosynchrone. Des rumeurs circulaient sur Internet prétendant que telle ou telle cité était en train de se convertir en vaisseau de fuite. Celles-ci furent l'objet d'attaques de la part de foules en colère. En raison de la distance, les faisceaux des lasers qui atteignaient les cités avaient une portée extrêmement faible, sans compter que les cités spatiales étaient en rotation permanente, si bien qu'aucune d'entre elles ne subissait de réels dégâts matériels. Mais cette activité était devenue un loisir collectif pour la dernière génération d'humains avant l'Apocalypse. Cet après-midi-là, Nouveau Paris, la troisième plus grande cité spatiale de la Fédération européenne, se retrouva simultanément irradiée par plusieurs millions de faisceaux laser, ce qui provoqua la montée soudaine de la température dans la ville et obligea l'évacuation de ses résidents. Depuis la cité, la Terre avait eu l'air encore plus brillante que le soleil.

Luo Ji et Shi Qiang n'avaient plus rien à dire.

— Votre travail au Bureau d'immigration des hibernautes m'a fait une grande impression, dit le maire à Shi Qiang. Tout comme Guo Zhengming, vous le connaissez, n'est-ce pas ? Il vient d'être promu directeur du Bureau de sécurité publique. Il vous a recommandé. J'aimerais que vous puissiez venir travailler ici. J'ai plus que jamais besoin d'hommes comme vous.

Shi Qiang réfléchit un instant, puis hocha la tête :

— Bon, attendez que j'aie fini de sécuriser le quartier à la surface. Quelle est la situation en ville ?

— De pire en pire. Mais elle est encore sous contrôle. L'important est maintenant de veiller au bon approvisionnement en électricité. Si les réacteurs s'arrêtent, la ville est foutue.

— Ce n'est pas le même genre de troubles qu'à notre époque…

— Non, en effet. C'est d'abord leur source qui est différente. Ils prennent naissance dans un profond sentiment de désespoir pour le futur et c'est quelque chose de très dur à gérer. En même temps, nous avons moins de moyens d'agir qu'à notre époque, continua le maire, puis il afficha une interface sur le mur : Regardez donc ce qui se passe sur la place centrale de la ville. C'est filmé à une hauteur de plus de cent mètres.

C'était le lieu où se trouvait le Mémorial du Grand Ravin et où Shi Qiang et Luo Ji s'étaient cachés pour échapper à la voiture volante contrôlée par le virus Killer. On ne voyait plus ni la stèle ni le petit désert, mais un parterre blanc. Des particules blanches ondulaient sur la place comme une marmite de gruau de riz en train de bouillir.

— Est-ce que ce sont des hommes ? demanda Luo Ji avec perplexité.

— Des hommes nus. C'est une gigantesque orgie. Il y a déjà près de cent mille participants, et ça continue d'augmenter.

La tolérance envers les différentes pratiques hétérosexuelles et homosexuelles avait largement dépassé l'imagination de Luo Ji. Ces scènes d'orgie collective n'étaient plus rares désormais, mais celle-ci leur parut néanmoins profondément choquante. Luo Ji ne put s'empêcher de penser aux scènes de déchéance dont parlait la Bible, avant que l'humanité ne reçoive les Dix Commandements. C'était une scène d'apocalypse typique.

— Comment le gouvernement peut-il autoriser ça ? interrogea Shi Qiang.

— Comment voulez-vous l'interdire ? C'est tout à fait légal aujourd'hui. Si nous intervenons, c'est nous qui serons dans l'illégalité.

Shi Qiang poussa un long soupir :

— Oui, je sais. Aujourd'hui, les policiers et les militaires ne contrôlent plus grand-chose.

— Nous avons retourné tout le Code civil, mais nous n'avons rien trouvé qui puisse nous aider à mettre un terme à cette situation.

— Si la ville entière est devenue comme ça, autant qu'elle se fasse pulvériser par la gouttelette.

Les paroles de Shi Qiang sortirent Luo Ji de sa torpeur. Il s'empressa de demander :

— Combien de temps avant que la gouttelette atteigne la Terre ?

Le maire quitta l'interface retransmettant ce grandiose spectacle lubrique et zappa sur une chaîne d'informations en direct qui présentait une carte virtuelle du système solaire. La ligne rouge saillante qui indiquait la trajectoire de la gouttelette ressemblait à l'orbite d'une comète, à la différence près que son extrémité arrivait sur Terre. Dans le coin en bas à droite de l'écran, un compte à rebours indiquait que si la gouttelette ne réduisait pas sa vitesse, elle gagnerait la Terre dans quatre heures et cinquante-quatre minutes. Le bandeau d'informations affichait maintenant l'analyse d'un expert sur la gouttelette. Malgré la panique qui gagnait le monde, la communauté scientifique avait recouvré sa raison après le choc initial de la défaite et l'analyse était calme et posée. L'expert considérait que même si l'humanité ne connaissait rien du moyen de propulsion et de la source d'énergie de la gouttelette, tout laissait croire qu'elle faisait à présent face à un problème de consommation d'énergie car, après avoir terminé la destruction de la flotte unie, son accélération était devenue bien moins puissante. Elle était passée à proximité de Jupiter, mais ne s'était pas préoccupée des bases spatiales et elle avait utilisé la gravité de la planète pour reprendre de la vitesse, une action qui renforçait l'hypothèse selon laquelle elle avait déjà épuisé une grande part de son énergie. Les scientifiques estimaient que l'idée que la gouttelette aille s'écraser sur Terre était sans fondement, mais ils n'avaient aucune idée de ce qu'elle venait y faire.

— Je dois partir, dit Luo Ji. Ou cette ville va vraiment être détruite.

— Pourquoi ? demanda le maire.

— Il croit que la gouttelette vient pour le tuer, dit Shi Qiang.

— Haha haha ! La voix était rouillée, cela faisait visiblement longtemps qu'il n'avait pas ri. Docteur Luo Ji, vous êtes l'homme le plus égocentrique que j'aie jamais rencontré !

Après être revenus à la surface, Luo Ji et Shi Qiang prirent immédiatement place dans une voiture. En raison du flux de migrants qui jaillissaient de la cité souterraine et du trafic devenu intense à la surface, il leur fallut une heure et demie avant de quitter la vieille ville. Leur véhicule longeait l'autoroute ; ils conduisaient en direction de l'ouest.

Depuis le téléviseur installé dans la voiture, on pouvait voir que la gouttelette approchait de la Terre à une vitesse de soixante-quinze kilomètres par seconde, et qu'elle ne montrait aucun signe de ralentissement. Si elle conservait cette vitesse, elle arriverait sur Terre trois heures plus tard.

L'affaiblissement des réacteurs électriques de la ville avait pour effet de ralentir l'allure de la voiture et Shi Qiang, qui était au volant, dut utiliser une batterie de secours pour maintenir sa vitesse. Ils traversèrent plusieurs quartiers habités par des populations d'hibernautes, dont le Cinquième Village de la Nouvelle Vie, et continuèrent à rouler en direction de l'ouest. Ils n'échangèrent rien de tout le long de la route. Leur attention était braquée sur la retransmission télévisée.

Toujours sans ralentir, la gouttelette franchit l'orbite de la Lune. Elle atteindrait la Terre dans une heure et demie. Comme on ne connaissait pas sa future orientation, pour éviter des mouvements de panique, les médias refusaient de donner la position présumée où elle allait frapper si elle suivait cette même trajectoire.

Luo Ji prit enfin la décision dont il avait jusqu'ici retardé l'échéance.

— Da Shi, arrêtons-nous ici.

Shi Qiang stoppa le véhicule. Ils descendirent tous deux. Le crépuscule qui affleurait presque l'horizon étendait l'ombre des deux hommes sur le sable. Comme son cœur, Luo Ji sentit que la terre sous ses pieds devenait plus molle. Il avait le sentiment qu'il ne pourrait pas rester debout longtemps.

— Je ferai de mon mieux pour me rendre dans l'endroit le plus désert possible. Il y a une ville devant nous. Je vais prendre ce virage. Vous arriverez à rentrer. Évitez simplement de prendre la même direction que moi.

— Vieux frère, je vous attendrai ici et, quand vous aurez terminé, nous repartirons ensemble, dit Shi Qiang ; puis il sortit des cigarettes. Ce fut seulement au moment de chercher son briquet qu'il se rappela qu'elles n'avaient plus besoin d'être allumées. Luo Ji remarqua que, comme toutes les autres choses qu'il avait apportées du passé, cette vieille habitude non plus n'avait pas changé chez lui.

Luo Ji eut un sourire triste. Il espérait que Shi Qiang pense vraiment ce qu'il venait de dire : au moins, leurs adieux seraient plus faciles.

— Attendez-moi, si vous le voulez. Le mieux dans ce cas, c'est de vous rendre de l'autre côté de la digue. Je ne sais pas quelle sera la puissance de la collision.

Shi Qiang secoua la tête en souriant :

— Vous me rappelez un intellectuel que j'ai connu il y a plus de deux cents ans. Un type comme vous. J'ai commencé par le retrouver en pleurs devant l'église Saint-Joseph de Wangfujing… Et puis tout s'est très bien passé pour lui. J'ai vérifié après mon réveil, il a presque vécu cent ans !

— Vous ne m'avez jamais parlé du premier homme à avoir touché la gouttelette, Ding Yi. Vous le connaissiez, non ?

— Il est allé chercher la mort tout seul. Il n'y a rien à faire contre ça. Shi Qiang regarda le ciel rempli de nuages crépusculaires, comme s'il essayait de se remémorer le physicien : Mais il avait les idées larges, c'était ce genre de gars à voir tout avant tout le monde. Je n'ai jamais rencontré personne d'autre comme lui dans ma vie. Un vrai sage. Vieux frère, vous devriez apprendre de lui.

— Et je vous répondrai la même chose, Da Shi : vous et moi, nous sommes des hommes ordinaires, dit Luo Ji en regardant sa montre ; il savait qu'il ne pouvait plus attendre, il tendit la main à Shi Qiang : Da Shi, merci pour tout ce que vous avez fait pendant deux siècles. Adieu, peut-être qu'on se reverra un jour ailleurs.

Shi Qiang ne saisit pas sa main, il la repoussa et lâcha :

— Ne me racontez pas de conneries ! Faites-moi confiance, il ne se passera rien. Allez-y, et puis repassez rapidement me prendre quand vous aurez terminé. Ce soir, quand on ira boire un coup, il ne faudra pas m'en vouloir si je me moque de vous !

Luo Ji s'empressa de tourner la tête et de monter dans la voiture, il ne voulait pas que Shi Qiang le voie pleurer. Il s'installa dans le véhicule et s'efforça de graver dans sa mémoire l'image de Da Shi qu'il voyait dans le rétroviseur. Puis il fit route vers son dernier voyage.

Peut-être pourraient-ils vraiment se revoir ailleurs. La dernière fois, ils avaient traversé deux siècles. Que lui faudrait-il traverser cette fois-ci ? Comme Wu Yue deux siècles plus tôt, Luo Ji regretta soudain de ne pas croire en Dieu.

Le soleil s'était entièrement couché, et le désert qui s'étendait des deux côtés de la chaussée brillait comme de la neige sous les dernières lueurs vespérales. Luo Ji se rappela que deux cents ans plus tôt, c'était le long de cette route qu'il conduisait sa Honda Accord, emmenant avec lui son amour imaginaire. Ce jour-là, la plaine était vraiment couverte de neige. Il sentit de nouveau ses longs cheveux soufflés par le vent, et une mèche chatouiller le côté droit de son visage.

Non, non, ne dis pas où nous sommes ! Dès que nous savons où nous sommes, le monde devient aussi étroit qu'une carte. Mais quand nous l'ignorons, il est sans limites.

Eh bien, c'est d'accord. Faisons de notre mieux pour nous perdre.

Luo Ji avait toujours eu le sentiment que c'était son imagination qui avait fait venir Zhuang Yan et sa fille dans ce monde. À ces pensées, il eut une pointe au cœur. En cet instant, l'amour et la pensée étaient les pires des tortures. Ses larmes brouillèrent une nouvelle fois sa vision, il s'efforça de faire le vide dans son esprit, mais les yeux magnifiques de Zhuang Yan s'acharnaient à combler ce vide, accompagnés par les rires enivrants de son enfant. Tout ce qu'il pouvait faire, c'était de concentrer son attention sur les nouvelles télévisées.

La gouttelette avait passé le point de Lagrange et continuait à fondre sur la Terre, à une vitesse inchangée.

Luo Ji arrêta la voiture dans un endroit qu'il jugeait idéal, à la frontière de la plaine et de la montagne. Aussi loin que pouvait porter son regard, il n'y avait ni humains ni habitations. Il gara la voiture dans une vallée en U, entourée par les montagnes, ce qui permettrait de limiter les effets de l'onde de choc qui aurait lieu lors de l'impact. Luo Ji prit la télévision de la voiture, et l'apporta jusqu'au milieu du sable de la plaine, où il s'assit.

La gouttelette passa sous les trente-cinq mille kilomètres d'altitude de l'orbite géosynchrone, elle frôla la cité spatiale de Nouveau Shanghai, où tous les habitants purent voir un point de lumière éblouissant se mouvoir rapidement dans leur ciel. Aux informations, on déclara que la collision aurait lieu dans huit minutes.

La longitude et la latitude de l'endroit de l'impact furent enfin révélées : il aurait lieu dans le nord-ouest de la capitale chinoise.

Luo Ji le savait déjà.

Le crépuscule s'était fait lourd et le ciel était terne, on aurait dit un œil blanc sans pupille regardant le monde avec indifférence.

Peut-être simplement pour faire passer le temps qui lui restait, Luo Ji commença à repasser sa vie en mémoire.

Son existence pouvait être divisée en deux périodes entièrement distinctes. Celle qui avait débuté quand il était devenu Colmateur était l'une d'elles. Même si cette période avait débuté il y a maintenant deux siècles, il avait l'impression qu'elle avait été dense et compacte, que tout cela semblait n'avoir commencé qu'hier. Il sauta rapidement cette période, car elle n'avait jamais semblé faire partie de sa propre vie, y compris même cet amour qui s'était infiltré jusque dans ses os : le rêve s'était évanoui, il n'osait plus repenser à son épouse et à son enfant.

Contrairement à ce qu'il aurait espéré, il découvrit que ses souvenirs précédant sa vie de Colmateur étaient complètement effacés. Tout ce qu'il pouvait pêcher dans cet océan de mémoire, ce n'étaient que quelques fragments, et plus il allait loin, plus les fragments se faisaient rares. Était-il vraiment allé au collège ? À l'école primaire ? Avait-il déjà eu un premier amour ? Ces souvenirs morcelés semblaient pourtant avoir laissé des empreintes tangibles qui lui rappelaient que ces moments-là avaient effectivement eu lieu. Les détails étaient encore nets, mais les sentiments qui y étaient associés avaient disparu. Le passé était comme une poignée de sable dans sa main, il croyait le serrer fermement, mais il avait depuis longtemps glissé entre les interstices de ses doigts. Sa mémoire était une rivière asséchée dont le lit ne contenait plus que des cailloux sans vie. Il avait toujours vécu pour le lendemain. Sitôt avait-il obtenu quelque chose qu'il en perdait une autre. Et à la fin, il ne lui restait presque plus rien.

Luo Ji regarda autour de lui les montagnes encore imprégnées de la lumière du couchant. Il se rappela cette nuit d'hiver, deux cents ans plus tôt, lorsqu'il avait parcouru ces montagnes qui, épuisées d'être debout des millions d'années durant, s'étaient allongées, comme des "vieillards du village qui se prélassent au soleil", avait dit son amour imaginaire. La Chine du Nord, jadis couverte de champs et de villes, était devenue un désert, mais les montagnes, elles, ne paraissaient pas avoir changé. Elles avaient toujours les mêmes formes, irrémédiablement constantes. Des herbes flétries et des buissons de vitex poussaient toujours obstinément entre les crevasses grises des roches, ni plus ni moins abondantes que deux siècles auparavant. Deux cents ans, c'était une durée trop courte pour qu'un changement visible se produisît sur ces énormes morceaux de rocher.

À quoi ressemblait le monde humain aux yeux de ces montagnes ? Ce n'était peut-être après tout que quelque chose qu'elles observaient nonchalamment, par un après-midi ordinaire. Des petites créatures vivantes étaient apparues sur la plaine, puis après quelque temps elles s'étaient multipliées, puis elles avaient érigé des structures semblables à des fourmilières. Ces structures brillaient de l'intérieur, il leur arrivait même de relâcher de la fumée. Encore un peu après, les lumières et la fumée avaient disparu, les petites créatures vivantes aussi, leurs fourmilières s'étaient écroulées et avaient été recouvertes de sable. Rien d'autre. Parmi la myriade d'événements dont avaient été témoins les montagnes, cet épisode-ci avait passé à toute vitesse, et il n'avait pas forcément été pour elles le plus intéressant de tous.

Enfin, Luo Ji parvint à retrouver son souvenir le plus ancien. Il découvrit avec surprise en fouillant dans sa mémoire que sa vie avait commencé sur un rivage de sable. C'était sa préhistoire à lui. Il ne se souvenait plus très bien où il était ni qui se trouvait alors à ses côtés, mais il pouvait se rappeler que c'était un rivage de sable au bord d'une rivière. La lune était ronde dans le ciel et les ondes de la rivière dansaient sous sa clarté. Il creusait dans le sable. Il avait fait un trou profond d'où suintait de l'eau et, dans l'eau, se trouvait une petite lune. Sans relâche, il avait continué à creuser énormément de trous, engendrant autant de petites lunes.

C'était son souvenir le plus ancien. Avant cela, tout était vide.

Dans la couleur de la nuit, seule la lumière de la télévision éclairait un petit cercle de sable autour de lui.

Il s'efforça de maintenir cet état de vide dans ses pensées ; la peau de son crâne le tirait, il avait le sentiment d'être pressé par une main de géant qui avait recouvert le ciel.

Puis la main relâcha lentement son emprise.

À une distance de vingt mille kilomètres de la surface, la gouttelette avait brusquement changé de direction et faisait cap vers le Soleil.

Le journaliste s'écria :

— Hémisphère Nord, attention ! Hémisphère Nord, attention ! La luminosité de la gouttelette s'est accrue ! Vous pouvez maintenant la voir à l'œil nu !

Luo Ji leva les yeux et, en effet, il put la voir. Elle n'était pas très brillante mais sa grande vitesse permettait de l'identifier facilement. Elle fendit la voûte comme une étoile filante et disparut à l'ouest du ciel.

La vitesse relative de la gouttelette et de la Terre descendit à zéro. Elle ajusta sa position pour se trouver en orbite géosynchrone, ce qui voulait dire que dans les jours prochains la gouttelette se trouverait entre le Soleil et la Terre, à une distance de quarante mille kilomètres de celle-ci.

Luo Ji eut le pressentiment que quelque chose d'autre allait se passer. Il se rassit sur le sable et attendit. Les trois flancs de ces montagnes-vieillards, à côté de lui et dans son dos, accompagnaient sa solitude et lui apportaient une sensation de sécurité. Plus aucune information importante n'était relayée par la télévision. Le monde, ne pouvant être sûr que la catastrophe était passée, attendait nerveusement.

Dix minutes s'écoulèrent et rien ne se passa. Les systèmes de surveillance terrestres montrèrent l'image de la gouttelette immobile et suspendue dans les airs. Les halos de propulsion à sa poupe s'étaient éteints, et sa proue ronde faisait face au Soleil, dont elle reflétait les rayons. Un tiers de sa surface paraissait incandescent. Aux yeux de Luo Ji, une mystérieuse induction était en train d'avoir lieu entre la gouttelette et l'astre.

L'image dans le téléviseur se brouilla soudain et la voix du journaliste se fit grésillante. Au même moment, Luo Ji sentit des perturbations tout autour de lui : des flopées d'oiseaux effrayés s'envolèrent dans les montagnes, un chien aboya dans le lointain. Ce n'était peut-être qu'une illusion, mais il ressentit de légers picotements sur sa peau. L'image et le son de la télévision tressautèrent encore quelques instants puis redevinrent clairs. On apprendrait plus tard que les interférences existaient encore, mais que les systèmes de télécommunication avaient rapidement pu contrôler le bruit grâce à leurs filtres anti-interférences. Toutefois, la chaîne d'informations n'avait pas été très prompte à réagir à cet incident, à cause des données de surveillance qui devaient être analysées. Il se passa encore dix minutes avant que l'on puisse à nouveau capter les informations.

La gouttelette émettait de façon continue de puissantes ondes électromagnétiques vers le Soleil, avec une intensité qui dépassait de loin le seuil d'amplification solaire et à une fréquence qui recouvrait toutes les longueurs d'onde que le Soleil pouvait amplifier.

Luo Ji se mit à glousser, il rit bientôt jusqu'à perdre son souffle. Oui, il était vraiment égocentrique. Il aurait dû prévoir cela. L'important, ce n'était pas Luo Ji, c'était le Soleil. À compter de ce jour, l'humanité ne pourrait plus utiliser le Soleil comme super-antenne amplificatrice pour envoyer des messages à l'Univers.

La gouttelette était en train de verrouiller le Soleil.

— Ha ha, vieux frère, vous voyez, il ne s'est rien passé ! J'aurais vraiment dû prendre le pari.

Luo Ji ne savait pas quand Shi Qiang l'avait rejoint, mais il remarqua qu'il avait emprunté une voiture pour venir jusqu'ici.

Luo Ji avait l'impression que quelque chose en lui s'était volatilisé. Il s'affala sur le sable, encore chaud des rayons de soleil du jour. Il se sentait bien.

— Oui, Da Shi. À présent nous pouvons vivre nos vies. Tout est fini.

— Vieux frère, c'est la dernière fois que je vous aide à accomplir une mission de Colmateur, lança Shi Qiang sur la route du retour. C'est vraiment un job dangereux psychologiquement, vous venez de refaire une crise.

— J'espère aussi sincèrement ne plus avoir à jouer au Colmateur, dit Luo Ji.

À l'extérieur, les étoiles visibles la veille avaient disparu. À l'horizon, le désert noir se fondait avec la nuit. Seuls les phares éblouissants de la voiture continuaient à s'allonger sur la portion de route devant eux. Le monde était à l'image des pensées présentes de Luo Ji : une obscurité omniprésente, avec une seule petite tache incroyablement claire.

— Vous verrez, ça ne sera pas compliqué pour vous de redevenir un homme normal. Vous n'aurez qu'à réveiller Zhuang Yan et votre gamine. Avec le bazar actuel, je ne sais pas s'ils vont suspendre le réveil des hibernautes, mais ça ne durera pas longtemps. Je suis persuadé que la situation va vite être rétablie. Il reste encore plusieurs générations qui devront vivre avant la fin, non ? Vous avez bien dit qu'on pouvait vivre notre vie maintenant, pas vrai ? J'irai me renseigner demain pour vous au Bureau d'immigration des hibernautes.

Les paroles de Shi Qiang ramenèrent Luo Ji à la réalité. Une petite lueur s'était enfin remise à scintiller dans son esprit grisâtre. Peut-être que ses retrouvailles avec son épouse et son enfant étaient sa seule chance de salut.

Mais pour l'humanité, c'était déjà trop tard.

Alors qu'ils approchaient du Cinquième Village de la Nouvelle Vie, Shi Qiang ralentit soudain la voiture.

— On dirait que quelque chose ne tourne pas rond, fit-il en regardant devant lui. Luo Ji remarqua dans l'air un halo projeté par une source de lumière au sol, mais les digues étaient trop hautes pour qu'on pût distinguer d'où venait cette clarté. Le halo vacillait, cela ne semblait pas être un lampadaire du quartier. Quand la voiture reprit l'autoroute, ils se retrouvèrent face à un paysage étrange et spectaculaire : la partie du désert située entre le Cinquième Village de la Nouvelle Vie et la route publique poudroyait comme un océan de lucioles. Ce ne fut qu'au bout d'un long moment que Luo Ji comprit qu'il s'agissait d'une foule de personnes, des gens de la capitale, et que ce qui émettait de la lumière, c'étaient leurs vêtements.

La voiture approcha lentement de la foule. Luo Ji vit que les gens au premier rang levaient les mains pour se protéger des phares violents du véhicule. Shi Qiang éteignit les phares, et ils firent face à une muraille humaine aux couleurs étranges et criardes.

— Ils ont l'air d'attendre quelqu'un, dit Shi Qiang en regardant Luo Ji, et ce regard inspira aussitôt de la nervosité à ce dernier.

Shi Qiang arrêta le véhicule.

— Ne bougez pas de là, je descends pour voir ce que c'est.

Il sauta de la voiture et marcha vers la foule. Devant cette scintillante muraille humaine, l'épaisse carcasse de Shi Qiang se découpa en une silhouette noire. Luo Ji vit qu'il s'était rendu au milieu d'elle. Il parut échanger quelques phrases simples, puis revint rapidement vers la voiture.

— C'est bien ce que je pensais, c'est vous qu'ils attendaient. Allons-y, dit Shi Qiang en lui ouvrant la porte. En voyant l'expression sur le visage de Luo Ji, il le rassura : Ne vous en faites pas, vous ne risquez rien.

Luo Ji descendit et se dirigea vers la foule. Il avait beau s'être accoutumé aux vêtements étranges des hommes modernes, sur cette plaine désertique, il lui semblait encore marcher au-devant d'une espèce différente de la sienne. Quand il fut suffisamment près pour distinguer leurs expressions, les battements de son cœur s'accélérèrent. La première chose qu'il avait apprise au lendemain de son réveil d'hibernation, c'était que les foules d'époques différentes avaient leurs expressions uniques. Les différences étaient incroyablement marquées entre deux ères ainsi éloignées dans le temps, c'est pourquoi il pouvait facilement discerner les hommes modernes des hibernautes réveillés depuis peu. Mais en observant maintenant l'expression de cette foule, Luo Ji ne vit ni l'époque moderne, ni le XXIe siècle. Il ignorait à quel temps elle appartenait. La peur le figea, mais sa confiance en Shi Qiang remit sa mécanique en marche et il continua à avancer. Quand la distance entre lui et la foule se réduisit encore, il s'arrêta net, car il voyait à présent les images projetées sur leurs vêtements.

C'était lui. Luo Ji. Des photographies statiques pour quelques-unes, ainsi que des vidéos.

Depuis qu'il était devenu Colmateur, il n'était quasiment jamais apparu devant les médias, et il ne devait pas exister beaucoup d'archives visuelles de sa personne. Mais c'était bien son image qui était à présent projetée sur les vêtements de la foule. Il reconnut même certaines photographies datant d'avant sa prise de fonction de Colmateur. Les vêtements étant connectés, ces images avaient dû être diffusées dans le monde entier par le biais d'Internet. Il remarqua aussi qu'elles étaient toutes authentiques. Elles n'avaient pas été retouchées, comme aimaient pourtant le faire les gens à cette époque, ce qui signifiait qu'elles venaient sans doute tout juste d'être postées sur Internet.

En voyant Luo Ji s'arrêter, la foule se mit à avancer vers lui. À deux ou trois mètres de distance, les gens du premier rang s'efforçaient de bloquer la progression de ceux de derrière puis ils s'accroupirent, et ceux des rangs de derrière firent de même. La foule scintillante ressemblait maintenant à une marée en train de refluer sur la plage.

— Notre Dieu ! Sauvez-nous ! entendit Luo Ji dire le premier individu, et sa phrase souleva un écho bourdonnant.

— Seigneur, sauvez notre monde !

— Grand porte-parole, faites respecter la justice du cosmos !

— Ange de la justice, sauvez l'humanité !

Deux personnes approchèrent de Luo Ji, l'une d'elles portait des habits qui ne scintillaient pas. Luo Ji la reconnut : c'était Hynes. L'autre était un militaire aux épaulettes et aux insignes clignotants.

Hynes dit gravement à Luo Ji :

— Docteur Luo Ji, je viens d'être nommé envoyé spécial du programme Colmateur, en charge de vos relations avec les Nations unies. J'ai reçu l'ordre de vous informer que le programme Colmateur a été réactivé, vous avez été désigné seul Colmateur.

— Ben Jonathan, dit le militaire, délégué spécial du Comité conjoint de la Flotte solaire. Nous nous sommes déjà rencontrés au moment de votre réveil. J'ai de mon côté reçu l'ordre de vous informer que les flottes asiatique, européenne et nord-américaine ont toutes approuvé la nouvelle entrée en vigueur de la charte des Colmateurs et ont reconnu votre statut de Colmateur.

Hynes pointa du doigt la foule accroupie dans le sable :

— Aux yeux du public, vous avez à présent deux identités : pour ceux qui croient en Dieu, vous êtes son ange de la justice ; pour les athées, vous êtes le porte-parole d'une supercivilisation de justice de la galaxie.

Une chape de silence tomba. Tous les regards convergèrent sur Luo Ji. Il réfléchit pendant un bon moment mais ne vit qu'une seule explication.

— La malédiction a fonctionné ? osa-t-il.

Hynes et Jonathan hochèrent tous deux la tête.

— L'étoile 187J3X1 a été détruite.

— Quand ça ?

— Il y a cinquante et un ans. L'événement a pu être observé il y a un an, mais personne n'accordait plus d'attention à cette étoile. Ce n'est que cet après-midi que les observations ont été redécouvertes. Face à la situation désespérée, des membres du Comité conjoint de la Flotte solaire ont essayé de trouver de l'inspiration dans l'histoire. Ils se sont souvenus du programme Colmateur et de votre malédiction et ils ont donc jeté un coup d'œil à la situation de 187J3X1. Ils ont découvert qu'elle n'existait plus et qu'à son emplacement ne restaient plus que des rémanents de supernova. Ils ont ensuite consulté toutes les données d'observation archivées au sujet de l'étoile et sont remontés sur la piste de sa destruction, il y a un an. Ils ont pu indexer les paramètres d'observation de 187J3X1 au moment où elle a explosé.

— Comment savez-vous qu'elle a été détruite ?

— Comme vous le savez, 187J3X1 était dans une phase stable, comme notre Soleil. Elle ne pouvait donc pas exploser naturellement en supernova. Mieux, sa destruction a été observée : un objet voyageant à la vitesse de la lumière est entré en collision avec 187J3X1. Ce minuscule objet – "particule de lumière", comme ils l'ont appelé – a pu être observé grâce à son sillage, au moment où il a franchi l'atmosphère stellaire de l'étoile. Malgré sa petite taille, sa vitesse proche de celle de la lumière a considérablement amplifié sa masse relative. Au moment d'entrer en collision avec 187J3X1, l'objet faisait déjà un huitième de celle de l'étoile. Les quatre planètes du système ont été vaporisées dans l'explosion.

Luo Ji releva la tête. La nuit était noire, on ne voyait presque aucune étoile. Il avança. La foule se leva et lui céda silencieusement le chemin, mais elle se referma aussitôt derrière lui. Tous voulaient le serrer de plus près, comme s'ils cherchaient un rayon de soleil au cœur d'un hiver glacial, mais ils lui laissaient toutefois un petit cercle, une tache noire au milieu d'un océan fluorescent, comme l'œil d'un cyclone. Quelqu'un sortit des rangs et se prosterna devant Luo Ji, l'obligeant à arrêter ses pas. L'homme lui baisa les pieds. D'autres firent de même en entrant dans le cercle. Alors que la situation n'allait pas tarder à dégénérer, des cris de terreur retentirent dans la foule, et certains se relevèrent, paniqués, et se replièrent en sursaut sur le reste de la foule.

Luo Ji continua à marcher, mais il songea soudain qu'il ne savait pas où il allait. Alors il s'arrêta encore une fois et leva la tête pour chercher Hynes ou Jonathan du regard et les rejoindre.

— Et qu'est-ce que je dois faire maintenant ? demanda-t-il quand il fut à la hauteur des deux hommes.

— Vous êtes un Colmateur, vous pouvez faire tout ce qui est dans le périmètre de la charte du programme Colmateur, dit Hynes en s'inclinant devant lui. Bien sûr il existe encore quelques restrictions de principe, mais vous pouvez aujourd'hui à peu près mobiliser toutes les ressources de la Terre.

— Ainsi que celles des flottes internationales, compléta Jonathan.

Luo Ji réfléchit, puis lâcha :

— Je n'ai besoin de mobiliser aucune ressource pour le moment, mais si l'on m'a effectivement réinvesti des droits qu'avaient autrefois les Colmateurs...

— Aucun doute à ce sujet ! anticipa Hynes, et Jonathan approuva de la tête.

— ... alors j'ai deux exigences : la première, c'est de rétablir l'ordre dans toutes les villes, que la vie reprenne normalement son cours. Il n'y a rien de mystique autour de cette exigence, je suis sûr que tout le monde peut la comprendre.

Tous hochèrent la tête et quelqu'un lança :

— Seigneur, le monde entier vous écoute.

— Oui, le monde entier vous écoute, renchérit Hynes. Rétablir l'équilibre dans les villes prendra du temps mais, avec vous, nous croyons que nous pouvons y arriver.

Ses paroles reçurent l'approbation générale.

— Et ma deuxième : que tout le monde rentre chez soi. Je souhaite que cet endroit soit calme. Je vous remercie.

En entendant cela, tout le monde se tut mais, très vite, un bourdonnement de voix s'éleva. Les paroles de Luo Ji se propageaient à travers la foule. Les gens commencèrent à se disperser, lentement, un peu contre leur gré au début, mais en accélérant peu à peu. L'une après l'autre, les voitures regagnèrent l'autoroute et repartirent dans la direction de la ville. Beaucoup d'autres personnes partirent en marchant au bord de la route, comme une longue colonie de fourmis scintillantes.

Le désert fut à nouveau vide. Sur le sable encore truffé d'innombrables empreintes de pas, il ne restait plus que Luo Ji, Shi Qiang, Hynes et Jonathan.

— J'ai vraiment honte de celui que j'étais autrefois, dit Hynes. La civilisation humaine n'a que cinq mille ans d'histoire, et nous accordons tant d'importance à la vie et la liberté. Peut-être y a-t-il dans l'Univers des civilisations de plusieurs milliards d'années. Quel genre de moralité possèdent-elles ? Est-ce qu'il faut s'en inquiéter ?

— Moi aussi, j'ai honte de moi. Ces derniers jours, j'en suis venu à douter de Dieu, dit Jonathan, puis il vit qu'Hynes voulait dire quelque chose, et il leva la main pour l'arrêter : Non, non, mon ami, nous parlons peut-être de la même chose.

Tous deux s'enlacèrent et éclatèrent en larmes.

— Messieurs, dit Luo Ji en leur tapant le dos. Je pense qu'il est pour vous aussi l'heure de rentrer. Si j'ai besoin de vous, je vous recontacterai. Merci.

Luo Ji regarda ce duo guilleret s'éloigner bras dessus bras dessous. Il ne restait maintenant plus que Shi Qiang et lui.

— Da Shi, qu'est-ce que vous avez envie de dire ? lui demanda-t-il dans un sourire.

Shi Qiang resta immobile, les yeux et la bouche grands ouverts, comme s'il venait d'assister à un tour de magie époustouflant :

— Vieux frère, je suis complètement paumé !

— Comment ? Vous ne croyez pas que je sois un ange de la justice ?

— Pas une seconde.

— Et le porte-parole d'une civilisation supérieure ?

— C'est déjà plus crédible mais, franchement, je n'y crois pas non plus. Je n'ai jamais vu les choses comme ça.

— Croyez-vous qu'il existe une équité et une justice dans l'Univers ?

— Je n'en sais rien.

— Mais vous êtes chargé d'appliquer la loi.

— Je vous ai dit que je n'en savais rien. Dites-moi, je suis paumé !

— Alors c'est vous qui êtes le plus sensé.

— Pouvez-vous me parler de cette justice de l'Univers ?

— Oui, suivez-moi.

Quand il eut fini, Luo Ji commença à se diriger plus profondément dans le désert, suivi de près par Shi Qiang. Ils marchèrent pendant un long moment en silence, et franchirent l'autoroute.

— Où va-t-on ?

— Là où il fait le plus sombre.

Au-delà de l'autoroute, les digues bloquaient les lumières des quartiers d'habitation. Luo Ji et Shi Qiang tâtèrent le sable pour trouver un endroit où s'asseoir.

— Commençons, dit Luo Ji, dont la voix résonna dans la pénombre.

— Faites simple, parce que, avec mon niveau de culture, je risque de ne pas comprendre tout ce qui est compliqué.

— Tout le monde peut comprendre, Da Shi, la vérité est simple. C'est un peu ce genre de choses auxquelles vous trouvez bizarre de ne pas avoir pensé plus tôt. Connaissez-vous les axiomes des mathématiques ?

— J'ai appris la géométrie au collège, une histoire comme "entre deux points, il ne peut y avoir qu'une ligne", c'est ça ?

— Exact. Maintenant, nous allons définir deux axiomes pour les civilisations cosmiques : *premièrement, la survie est la nécessité première de toute civilisation ; deuxièmement, une civilisation ne cesse de croître et de s'étendre, tandis que la quantité totale de matière dans l'Univers reste constante.*

— Et ?

— C'est tout.

— Et qu'est-ce qu'on peut en ressortir ?

— Da Shi, vous pouvez résoudre une affaire rien qu'avec une balle d'arme à feu ou une goutte de sang. La cosmosociologie s'appuie elle aussi sur deux axiomes pour décrire une cartographie de toutes les civilisations de la Voie lactée et de l'Univers. C'est cela, la science, Da Shi. Les fondations d'un système sont forcément simples.

— Alors, développez, pour voir.

— Tout d'abord, parlons de la Bataille Sombre. Me croiriez-vous si je vous disais que la Terre des vaisseaux est un microcosme de la civilisation cosmique ?

— Pas vraiment, non. La Terre des vaisseaux manque de combustibles et de pièces, mais pas l'Univers, il est trop grand.

— Vous vous trompez. L'Univers est certes très grand, mais la vie l'est encore plus ! C'est ce que nous dit le deuxième axiome. La matière est constante, mais la vie augmente de façon exponentielle ! Les fonctions exponentielles sont le démon des mathématiques. Imaginons qu'il y ait dans l'Univers un microbe invisible à l'œil nu, qui se scinde en deux toutes les demi-heures. Tant qu'ils continuent à avoir des nutriments en nombre suffisant, les descendants du microbe pourront un jour finir par remplir tout un océan. Ne vous laissez pas aveugler par les cas spécifiques des mondes humain et trisolarien. Ces deux civilisations sont minuscules, mais elles n'en sont qu'au stade embryonnaire de leur existence. Une fois qu'une civilisation a maîtrisé la technologie au-delà d'un certain seuil, l'expansion de la vie dans l'Univers devient terrifiante. Par exemple, prenons la vitesse de navigation humaine actuelle. Dans un million d'années, la civilisation terrestre pourra occuper la totalité de la galaxie. Un million d'années, à l'échelle du cosmos, c'est extrêmement court !

— Vous voulez dire qu'à long terme d'autres Terres des vaisseaux dans ce genre pourront apparaître dans tout l'Univers… en jouant, comment disent-ils, au jeu de la survie?

— Même pas besoin de voir à long terme, l'Univers tout entier est déjà un jeu de la survie! Comme l'a dit Hynes, la civilisation a peut-être bourgeonné dans l'Univers il y a déjà des milliards d'années. Si l'on regarde les signes, nous pouvons présumer qu'il est peut-être déjà plein à craquer. Qui sait combien d'endroits de la galaxie et de l'Univers sont encore inoccupés, et combien de ressources, inutilisées?

— Mais ce n'est pas possible, non? L'Univers a l'air totalement vide. Hormis Trisolaris, nous n'avons jamais détecté la présence d'autres vies extraterrestres, non?

— C'est ce dont nous allons parler un peu plus tard. Donnez-moi une cigarette!

Luo Ji tâtonna un long moment dans le noir avant de saisir la cigarette dans les mains de Shi Qiang. En écoutant les paroles de Luo Ji, ce dernier réalisa qu'il s'était déjà assis trois ou quatre mètres plus loin.

— Nous devons augmenter la distance entre nous, pour que nous ayons la sensation d'être dans l'espace, dit Luo Ji, puis il tordit le filtre de la cigarette et l'alluma. Au même moment, Shi Qiang alluma la sienne et, dans l'obscurité, ce furent comme deux petites étoiles brillantes qui se faisaient face.

— Bien. Pour expliquer ce problème, nous avons maintenant besoin d'établir le modèle le plus élémentaire d'une civilisation cosmique : ces deux étoiles représentent deux planètes civilisées. L'Univers tout entier n'est composé que de ces deux planètes, il n'y a rien d'autre. Effacez tout ce qui se trouve autour. Est-ce que vous le ressentez?

— Mmh, c'est un sentiment facile à éprouver dans un endroit sombre comme celui-ci.

— À présent, imaginons que l'un de ces mondes civilisés soit le vôtre et que l'autre soit le mien. Ils sont séparés par une distance relativement importante, disons cent années-lumière. Vous avez réussi à détecter mon existence, mais vous n'avez pas plus d'informations sur mon monde. Pour ma part, j'ignore tout de votre existence.

— Mmh.

— Pour la suite, nous avons besoin de définir deux concepts : la bienveillance et la malveillance entre les civilisations. Ce ne sont pas des notions scientifiquement très rigoureuses, c'est pourquoi nous avons besoin de restreindre quelque peu leur signification : la bienveillance consiste à ne pas prendre l'initiative pour attaquer et détruire les autres civilisations, la malveillance, c'est le contraire.

— Vous mettez la barre basse pour la bienveillance…

— Vous connaissez donc l'existence de ma civilisation. Réfléchissez maintenant aux options qui se présentent à vous me concernant. Attention, au cours de ce processus, il faut garder à l'esprit les deux axiomes de la civilisation cosmique, ainsi que l'environnement spatial et l'échelle de distance.

— Je choisis de communiquer avec vous.

— Si vous faites ce choix, il faut accepter le prix à payer : vous exposez votre position.

— En effet. Dans l'Univers, ce n'est pas rien.

— Il y a plusieurs degrés d'exposition : le degré le plus fort, c'est de me faire connaître précisément les coordonnées de votre système stellaire ; ensuite, c'est de me donner votre direction approximative ; et le plus faible degré d'exposition, c'est simplement de porter à ma connaissance votre existence quelque part dans l'Univers. Mais même ce degré le plus faible d'exposition va peut-être me pousser à faire des recherches pour vous trouver et il y a fort à croire que si vous-même avez réussi à me détecter, il y a des chances pour que je vous trouve un jour. D'un point de vue du développement technologique, c'est juste une question de temps.

— Mais, vieux frère, je peux toujours prendre le risque de communiquer avec vous. Si vous êtes malveillant, c'est foutu pour moi ; mais si vous êtes bienveillant, nous pourrons continuer à échanger et, à nous deux, devenir une plus grande civilisation bienveillante.

— Bien, Da Shi, nous en arrivons au point crucial. Revenons aux axiomes de la civilisation cosmique : même si je suis une civilisation bienveillante, m'est-il possible de savoir, au moment où s'engage notre échange, si vous êtes vous-même bienveillant ?

— Non, bien sûr, cela enfreindrait le premier axiome.

— Alors, que devrais-je faire après avoir reçu votre message ?

— Vous devez naturellement déterminer dans un premier temps si je suis bienveillant ou malveillant. Si mes intentions sont mauvaises, vous m'anéantissez ; si elles sont bonnes, nous continuons à échanger.

L'étoile scintillante du côté de Luo Ji avait pris de la hauteur et faisait des mouvements de va-et-vient. Luo Ji s'était manifestement levé et il faisait les cent pas.

— C'est possible sur Terre, mais pas dans l'Univers. Nous allons maintenant introduire un concept important : la chaîne de suspicion.

— Bizarre, comme expression.

— Au début, je n'avais que l'expression. Elle ne m'en a pas dit plus. Mais j'ai fini par deviner son sens grâce aux mots eux-mêmes.

— Elle ? Qui est "elle" ?

— … Nous en reparlerons plus tard. Poursuivons : si vous pensez que je suis bienveillant, ce n'est pas pour autant une raison pour vous sentir en sécurité car, conformément au premier axiome, une civilisation bienveillante ne peut pas prédire que l'autre le soit aussi. En d'autres termes, vous ne savez pas encore ce que je pense de vous. Vous ne savez pas si je vous crois malveillant ou bienveillant. Allons plus loin : même si vous savez que je vous pense bienveillant et que je sais que vous me pensez bienveillant, je ne sais pas ce que vous pensez de ce que je pense de ce que vous pensez. Alambiqué, n'est-ce pas ? C'est simplement le troisième niveau, mais cette logique se poursuit indéfiniment.

— Je comprends ce que vous voulez dire.

— C'est ce qu'on appelle la chaîne de suspicion. C'est quelque chose qui n'existe pas sur Terre. Dans un environnement où l'humanité est une même espèce, avec une culture proche, un même écosystème interconnecté et une échelle de distance proche, la chaîne de suspicion ne peut s'étendre au plus qu'au premier et au deuxième niveau avant d'être résolue par la communication. Mais dans l'espace, la chaîne de suspicion peut être très longue. Et avant d'être résolue par la communication, un événement comme la Bataille Sombre peut survenir.

Shi Qiang tira une bouffée de cigarette. Son visage pensif émergea un moment de l'obscurité :

— On dirait que la Bataille Sombre a beaucoup à nous apprendre.

— Oui. Les cinq appareils de la Terre des vaisseaux formaient cinq "civilisations de type cosmique", pas tout à fait des vraies, car elles étaient encore composées d'une même espèce : celle de l'humanité, et leur distance était par ailleurs très proche. Malgré tout, dans ce jeu de la survie, la chaîne de suspicion est apparue. Dans le cas de vraies civilisations cosmiques, les différences biologiques peuvent atteindre le niveau de l'embranchement, voire celui du règne[1]. Et les

1. Dans la taxonomie traditionnelle, les êtres vivants sont classés selon différents niveaux, du plus général au plus précis : le règne, l'embranchement, la classe, l'ordre, la famille, le genre, l'espèce, etc. Les différences biologiques entre les différentes populations humaines sont limitées et s'exercent en dessous du niveau de l'espèce. Dans le

différences culturelles peuvent être encore plus inimaginables. Ajoutez aussi la distance, et vous aurez une chaîne de suspicion impossible à briser.

— Ce qui veut dire que le résultat est le même, que vous soyez une civilisation bienveillante ou malveillante ?

— Oui. C'est là l'aspect le plus important de la chaîne de suspicion. Elle n'a rien à voir avec la moralité ou la structure sociale d'une société donnée. Il suffit de regarder les deux civilisations comme deux points à l'extrémité d'une chaîne. Que les civilisations soient intrinsèquement malveillantes ou bienveillantes, quand elles entrent dans la toile tissée par la chaîne de suspicion, elles deviennent toutes identiques.

— Mais si vous êtes beaucoup plus faible que moi, vous n'êtes pas une menace. Je peux tout de même communiquer avec vous, non ?

— Non plus, et c'est là qu'intervient un deuxième concept important : l'explosion technologique. Ce concept non plus, elle n'a pas eu le temps de me l'expliquer, mais c'était un terme plus facile à deviner que celui de chaîne de suspicion. La civilisation humaine a cinq mille ans d'histoire, la vie sur Terre atteint les quelques milliards d'années, et la technologie moderne n'a véritablement commencé à se développer qu'il y a trois siècles. À l'échelle du temps de l'Univers, ce n'est pas ce qu'on pourrait appeler une évolution, mais une explosion ! Un bond technologique potentiel est une poudre qui se cache à l'intérieur de chaque civilisation. Si un facteur interne ou externe y met le feu, elle explose instantanément ! Pour la Terre, cela a pris trois cents ans, mais il n'y a pas de raison de considérer que la civilisation humaine est la plus rapide des civilisations cosmiques, peut-être que d'autres explosions peuvent être plus violentes

cas d'une vie non organique, la différence pourrait peut-être même dépasser le niveau du règne. *(N.d.A.)*

encore. Je suis plus faible que vous mais, au moment de recevoir votre message, j'apprends votre existence. Une chaîne de suspicion est donc établie entre nous. Pendant ce temps, une explosion technologique peut intervenir à tout moment. Et d'un seul coup, je peux me retrouver loin devant vous, devenir bien plus puissant. Il faut savoir qu'à l'échelle de l'Univers quelques siècles ne constituent qu'une chiquenaude. Et ce message que vous m'avez envoyé et qui a dévoilé votre existence sera très certainement la meilleure mèche pour mon explosion technologique. Par conséquent, même si je ne suis qu'un embryon ou un bourgeon de civilisation, je reste un danger pour vous.

Shi Qiang regarda quelques secondes dans la direction de l'étoile de feu de Luo Ji, puis il observa à nouveau le bout de sa cigarette :

— Alors, le mieux est de garder le silence.

— Pensez-vous que cela puisse être possible ?

Tous deux fumaient. Au rythme de l'intensification lumineuse aléatoire de leurs étoiles, leurs deux visages émergeaient alternativement dans le noir, comme deux dieux d'un Univers primitif en train de réfléchir.

— Non plus, dit Shi Qiang. Si vous êtes plus fort que moi, si je vous ai découvert, il y aura forcément un jour où vous serez capable de me trouver. Et entre nous va alors apparaître une nouvelle chaîne de suspicion : si vous êtes plus faible que moi mais que vous pouvez à tout moment connaître une explosion technologique, alors on revient à la première situation. En résumé : vous dévoiler mon existence, comme vous laisser survivre, sont pour moi deux attitudes dangereuses qui enfreignent le premier axiome.

— Da Shi, vous êtes vraiment un homme aux pensées extrêmement claires !

— Pour l'instant, au moins, mon cerveau arrive encore à suivre.

Dans l'obscurité, Luo Ji resta silencieux un long moment ; son visage émergea encore deux ou trois fois dans la lueur de l'étoile, avant qu'il ne lâche :

— Da Shi, il n'y a rien d'autre. Notre raisonnement est terminé.

— Terminé ? Mais qu'est-ce qu'on a appris ? Et la cartographie des civilisations cosmiques dont vous avez parlé ?

— Une fois après avoir pris connaissance de mon existence, si ni l'échange ni la communication ne peuvent marcher, il ne vous reste plus qu'un seul choix.

Après un long silence, les deux étoiles s'éteignirent. Il n'y avait pas un soupçon de vent, le calme de la pénombre devint aussi épais que de la poix, faisant se fondre ensemble le ciel nocturne et le désert. Pour finir, Shi Qiang ne prononça qu'un mot :

— Putain !

— Extrapolez votre choix à des milliards de civilisations sur des milliards de planètes et vous obtiendrez votre carte des civilisations cosmiques, dit Luo Ji en hochant la tête dans le noir.

— C'est… vraiment trop sombre, non ?

— L'Univers réel est sombre, dit Luo Ji en secouant la main, comme s'il voulait toucher le velours de l'obscurité. L'Univers est une forêt sombre dans laquelle chaque civilisation est un chasseur armé d'un fusil. Il glisse entre les arbres comme un spectre, relève légèrement les branches qui lui barrent la route, il s'efforce de ne pas faire de bruit avec ses pas. Il retient même sa respiration. Il doit être prudent, car la forêt est pleine d'autres chasseurs comme lui. S'il remarque une autre créature vivante – un autre chasseur, un ange ou un démon, un bébé sans défense ou un vieillard boiteux, une magnifique jeune fille ou un splendide jeune homme, il n'a qu'un seul choix : ouvrir le feu et l'éliminer. Dans cette forêt, l'enfer c'est les autres. Une éternelle menace. Chaque créature qui dévoile son existence est très vite anéantie. Voici la cartographie de la société cosmique. C'est la réponse au paradoxe de Fermi.

Shi Qiang alluma une autre cigarette. Juste pour faire un peu de lumière.

— Mais dans cette forêt sombre, il y a un enfant idiot qui s'appelle l'humanité, qui a allumé une torche et qui crie autour de lui : Je suis ici ! Je suis ici ! dit Luo Ji.

— Quelqu'un l'a entendu ?

— C'est certain. Mais on ne peut pas forcément déterminer sa position. L'humanité n'a pas encore envoyé à l'Univers de messages indiquant la position exacte de la Terre et du système solaire. Des informations déjà transmises, on peut simplement connaître la distance relative entre le système solaire et celui de Trisolaris, ainsi que la direction approximative de ces deux mondes dans la Voie lactée. Mais leurs coordonnées exactes sont encore un secret. Étant situés à la marge de la galaxie, nous sommes relativement en sécurité.

— Alors, et votre histoire de malédiction ?

— J'ai utilisé les miroirs solaires pour envoyer trois cartes dans l'Univers. Sur celles-ci, se trouvaient trente points, représentants la projection en 2D d'un système de coordonnées en trois dimensions. En recomposant le système de coordonnées à l'aide de ces trois cartes, il est possible de former un espace cubique révélant ces trente points. Ceux-ci représentent la position relative de 187J3X1 et des vingt-neuf étoiles autour de lui. Et j'ai aussi utilisé un symbole pour désigner 187J3X1.

Réfléchissez plus minutieusement et vous allez comprendre : imaginez un chasseur dans une forêt sombre, qui marche en retenant sa respiration et voit soudain la trace d'une écorce éraflée, révélant un tronc blanc. À cet endroit, est gravé quelque chose dans une langue que tous les chasseurs connaissent et qui indique une position dans la forêt. Que va-t-il en penser ? Certainement pas que s'y trouve quelqu'un lui ayant préparé un bivouac. L'hypothèse la plus probable est que quelqu'un ait indiqué que se trouvait là-bas une proie vivante à éliminer. La motivation de l'informateur n'a pas d'intérêt, l'important, c'est que les participants au jeu de la survie de la forêt ont les nerfs à bout, et le nerf le plus facile à toucher est aussi le plus sensible. Supposons que la forêt compte un million de chasseurs – sur les centaines de milliards d'étoiles de la Voie lactée, les civilisations existantes sont peut-être des centaines ou des milliers de fois plus nombreuses – neuf cent mille ne prêteront peut-être aucune attention à ce signe. Parmi les cent mille autres, quatre-vingt-dix mille sonderont peut-être cette position, remarqueront qu'il ne s'y trouve aucune espèce vivante et la laisseront tomber ; mais parmi la dizaine de milliers de chasseurs restants, il y en aura forcément un qui fera le choix de tirer un projectile sur cette position, parce que, pour cette civilisation au développement technologique déjà très avancé, une attaque est peut-être moins coûteuse et plus prudente qu'une exploration. Et si rien ne s'y trouvait, ce ne serait pas une grosse perte. Et aujourd'hui, conclut Luo Ji, ce chasseur est apparu.

— Vous ne pourrez plus envoyer votre malédiction, n'est-ce pas ?

— En effet, Da Shi, je ne pourrai plus l'envoyer. La malédiction doit être diffusée dans la galaxie entière, mais le Soleil a été verrouillé.

— L'humanité a eu un pas de retard ? Shi Qiang jeta son mégot, et cette étoile volante dessina dans l'obscurité une courbe tombante, éclairant momentanément un petit carré de sable.

— Non, non, essayez d'y penser, si le Soleil n'avait pas été verrouillé, qu'est-ce qui se serait passé si j'avais envoyé une malédiction vers Trisolaris ?

— Vous auriez fini comme Rey Diaz, sous une pluie de pierres. Puis il aurait été aussitôt absolument prohibé d'avoir de telles réflexions.

— Exact, Da Shi, car la distance relative entre le système solaire et celui de Trisolaris ainsi que leur direction dans la Voie lactée auraient été dévoilées. Révéler la position de Trisolaris équivaudrait à révéler celle de la Terre. C'est une stratégie de perdant-perdant. Nous avons peut-être eu un pas de retard, mais l'humanité n'aurait de toute façon pas pu faire ce pas.

— À l'époque, vous auriez dû menacer directement Trisolaris.

— Les choses étaient trop étranges. Je n'étais pas sûr de moi à l'époque, j'avais besoin d'une preuve. Après tout, j'avais encore le temps. En réalité, la raison est peut-être à trouver au plus profond de moi. Je n'avais pas cette force mentale, et je crois que personne ne l'aurait eue non plus.

— En y pensant, nous n'aurions peut-être pas dû aller voir le maire aujourd'hui. Cette situation… si le monde la connaissait, il perdrait tout espoir. Rappelez-vous comment ont fini les deux premiers Colmateurs…

— Vous avez raison, j'aurais fini comme eux, c'est pourquoi j'espère qu'aucun de nous deux ne le dira jamais. Mais vous pouvez, si vraiment vous le voulez. Comme elle me l'avait dit elle-même : "Quoi qu'il arrive, j'aurais rempli mon devoir."

— Ne vous inquiétez pas, vieux frère, je ne dirai rien.

— Peu importe, il n'y a déjà plus aucun espoir.

Tous deux grimpèrent sur la digue. Il y faisait moins sombre, les lumières lointaines des habitations éparses suffisaient même à les éblouir.

— Une dernière chose, et cette… "elle", dont vous parlez ?

Luo Ji hésita un instant, et dit :

— Oubliez cela. La seule chose qu'il faut savoir, c'est que je n'ai inventé ni les axiomes de la civilisation cosmique ni la théorie de la forêt sombre.

— Demain, je retournerai travailler en ville. Si vous avez besoin d'aide dans le futur, n'hésitez pas à me le dire.

— Da Shi, vous m'avez déjà beaucoup aidé. Demain, moi aussi, j'irai en ville, au Bureau d'immigration des hibernautes, pour demander qu'on les réveille.

Contrairement à ce à quoi s'était attendu Luo Ji, le Bureau d'immigration des hibernautes lui indiqua que sa demande de réveiller Zhuang Yan et sa fille avait été rejetée. Le directeur du Bureau lui rapporta que les pouvoirs des Colmateurs ne s'appliquaient pas ici. Il consulta Hynes et Jonathan, qui affirmèrent ne pas être au courant des détails, mais ils l'informèrent que la charte révisée des Colmateurs comportait une clause grâce à laquelle l'ONU et le Comité d'audience du programme Colmateur pouvaient prendre toutes les mesures nécessaires pour s'assurer que le Colmateur restât concentré sur sa mission. En d'autres termes, cela voulait dire qu'après deux siècles on se servait encore de la même méthode pour faire de Luo Ji un outil contrôlable.

Ce dernier exigea que son quartier d'hibernautes reste dans la situation actuelle et qu'il soit préservé des perturbations du monde extérieur. Cette exigence fut fidèlement appliquée : les médias et les pèlerins qui arrivaient en masse furent tenus à distance. Le calme revint au Cinquième Village de la Nouvelle Vie, comme si jamais rien ne s'était passé.

Deux jours plus tard, Luo Ji participa à sa première audience depuis le rétablissement du programme Colmateur. Il ne s'était pas rendu au quartier général des Nations unies, encore situé en Amérique du Nord. Il était simplement resté dans sa propre maison, participant à la réunion par visioconférence. La scène de l'assemblée était projetée sur la télévision ordinaire de sa chambre.

— Colmateur Luo Ji, nous nous étions préparés à ce que vous soyez fâché contre nous, dit le président du Comité conjoint.

— Mon cœur n'est déjà plus qu'un tas de cendres brûlées. Je n'ai plus la force de me fâcher, répondit Luo Ji en s'affalant nonchalamment dans son canapé.

Le président hocha la tête :

— C'est une très bonne attitude. Toutefois, les membres du Comité d'audience estiment que vous devriez quitter votre quartier. C'est un lieu qui ne convient guère à l'établissement d'un poste de commandement pour la défense du système solaire.

— Connaissez-vous Xibaipo ? C'est un village encore plus petit que celui dans lequel je me trouve, pas très loin d'ici. Il y a deux siècles, les fondateurs de ce pays y ont établi leur poste de commandement et ont mené certaines des plus grandes offensives de l'histoire[1].

Le président secoua la tête :

— Vous n'avez pas changé. Très bien. Le Comité respectera vos habitudes et vos choix. Vous devriez vous mettre rapidement au travail. Vous n'allez tout de même pas faire comme avant et prétendre que vous n'avez pas cessé de travailler, n'est-ce pas ?

— Je ne peux plus travailler. Car les conditions qui me permettraient de le faire n'existent plus. Êtes-vous capables de transmettre ma malédiction vers l'Univers avec une puissance stellaire ?

— Vous savez bien que c'est impossible, répondit le représentant de la Flotte asiatique. Le parasitage du Soleil opéré par la gouttelette se poursuit et nous prévoyons qu'il

1. Petit village situé au sud de la province du Hebei, dans les monts Taihang, Xibaipo a été entre 1947 et 1949 le dernier siège du gouvernement central du Parti communiste chinois avant son entrée à Pékin. *(N.d.T.)*

ne cessera pas d'ici deux ou trois ans. Et il n'y aura plus rien à faire à ce moment-là, car neuf autres gouttelettes auront atteint le système solaire.

— Alors, il n'y a rien que je puisse faire.

— Si, Colmateur Luo Ji, répliqua le président. Il y a encore quelque chose d'important que vous n'avez pas fait : révéler le secret de votre malédiction aux Nations unies et au Comité conjoint de la Flotte solaire. Comment avez-vous fait pour détruire l'étoile ?

— Je ne peux pas vous le dire.

— Et si nous en faisions une condition pour réveiller votre femme et votre enfant ?

— Vous osez proférer ici et maintenant un chantage aussi abject…

— C'est une audience secrète et, sachez-le, le programme Colmateur n'a pas vraiment sa place dans nos sociétés modernes. Puisque nous avons réactivé celui-ci, cela signifie que toutes les décisions prises par le Comité il y a deux siècles sont toujours en vigueur. Par conséquent, Zhuang Yan et votre enfant ne seront réveillées qu'au moment de l'Ultime Bataille.

— Ne venons-nous pas d'assister à l'Ultime Bataille ?

— Ce n'est pas l'avis des deux sphères internationales. Après tout, le gros de la flotte trisolarienne n'est pas encore arrivé.

— Garder le secret de la malédiction relève de ma responsabilité de Colmateur, sinon, l'humanité perdra son dernier espoir. Même si à présent cet espoir ne semble déjà plus exister.

Dans les jours qui suivirent l'audience, Luo Ji s'enferma chez lui. Il noyait son chagrin dans l'alcool et était ivre la majeure partie du temps. On le vit sortir à quelques reprises, les vêtements débraillés et la barbe hirsute, comme un vulgaire vagabond.

Une deuxième audience de Colmateur fut convoquée. Une nouvelle fois, Luo Ji y assista depuis son appartement.

— Colmateur Luo Ji, votre état nous préoccupe, commença le président en voyant l'apparence négligée de Luo Ji dans son écran. Il dirigea l'objectif de la caméra vers sa chambre pour que tous les représentants puissent apercevoir le sol jonché de bouteilles d'alcool vides.

— Vous devez vous mettre au travail, ne serait-ce que pour retrouver un état d'esprit normal, dit le représentant de la Flotte européenne.

— Vous savez très bien ce qui me permettrait de retrouver un état d'esprit normal.

— Le réveil de votre épouse et de votre fille n'est pas si important, reprit le président. Nous n'avons pas l'intention d'utiliser ce prétexte pour vous contrôler. Nous savons que vous n'êtes pas contrôlable. Mais c'est une décision prise par les anciens membres du Comité et modifier cette clause n'est pas si facile. Du moins, une condition doit être fixée.

— J'ai déjà refusé votre condition.

— Non, non, docteur Luo Ji, la condition a changé.

À ces mots prononcés par le président, les yeux de Luo Ji s'éclairèrent. Il se redressa sur son canapé :

— Et la nouvelle condition... ?

— C'est simple, on ne peut plus simple : il faut que vous fassiez *quelque chose*.

— Tant que je ne pourrai pas envoyer de malédictions dans le cosmos, il n'y aura rien que je puisse faire.

— Trouvez tout de même quelque chose à faire.

— Vous voulez dire, même si cela n'a aucun sens ?

— Il suffit que le public pense que cela en ait un. À ses yeux, vous êtes le porte-parole d'une justice cosmique ou bien un ange de la justice envoyé par Dieu parmi les hommes. Votre identité présente au moins l'avantage d'être utilisée pour garantir la stabilité de la situation mondiale. Si vous continuez à ne rien faire, la société perdra foi en vous.

— C'est une façon dangereuse d'obtenir la paix sociale. Cela conduira à des troubles inéluctables.

— Mais nous avons aujourd'hui besoin que la situation soit stable. Les neuf gouttelettes arriveront dans trois ans dans le système solaire. Nous devons nous préparer à y faire face.

— Je n'ai pas envie de gaspiller des ressources inutilement.

— Dans ce cas, le Comité vous confiera une mission, une mission qui ne gaspillera aucune ressource. J'invite à présent le président du Comité conjoint de la Flotte solaire à vous expliquer en quoi elle consiste.

Alors, le président du Comité d'audience se tourna vers ce dernier en l'invitant à prendre la suite. Celui-ci se trouvait à présent dans une structure située dans l'espace, car on voyait des étoiles glisser lentement derrière sa fenêtre.

— Notre estimation de la date d'arrivée de ces neuf gouttelettes dans le système solaire est uniquement calculée à partir de leur vitesse et de leur accélération, constatées lors de leur dernière traversée d'un nuage de poussière interstellaire il y a quatre ans. Ces neuf gouttelettes diffèrent de la première en ceci que leurs moteurs fonctionnent sans émettre aucune lumière, ni aucun rayonnement électromagnétique à haute fréquence qui nous permettrait de les localiser. C'est très probablement un réglage effectué après que les humains ont été en mesure de détecter la trajectoire de la première gouttelette. Localiser et pister des objets aussi obscurs et minuscules dans l'espace est quasiment impossible, et nous avons maintenant perdu leur trace. Nous ignorons quand elles rejoindront finalement le système solaire. Nous ignorons même comment nous pourrons les retrouver lorsqu'elles seront arrivées.

— Et que puis-je y faire ? demanda Luo Ji.

— Nous souhaiterions que vous preniez la tête du chantier d'un champ de neige.

— En quoi cela consiste ?

— Utiliser des bombes à hydrogène à puissance stellaire et de l'oléatine neptunienne pour créer artificiellement un nuage de poussière dans lequel les gouttelettes laisseront des traces qui nous permettront de détecter leur présence.

— Vous plaisantez ? Vous savez bien que je suis absolument incompétent dans ce domaine.

— Vous avez jadis été astronome. Vous avez toute la légitimité pour mener ce projet.

— La dernière création d'un nuage a été une réussite, car nous connaissions la trajectoire approximative de la cible. Mais aujourd'hui, nous sommes dans le flou total. Si les neuf gouttelettes accélèrent ou changent de trajectoire, elles pourraient très bien arriver depuis l'autre côté du système solaire ! Où voulez-vous construire votre nuage ?

— Dans toutes les directions.

— Vous voulez dire, envelopper le système solaire dans une sphère de poussière d'oléatine ? Si vous y arrivez, c'est vous qui êtes un envoyé de Dieu.

— Il ne nous est pas possible de créer une sphère de poussière, mais nous pouvons fabriquer un anneau de poussière au niveau du plan de l'elliptique, entre Jupiter et la ceinture d'astéroïdes.

— Mais, et si ces gouttelettes passent à l'extérieur du plan de l'elliptique ?

— Alors, nous ne pourrons rien y faire. Mais dans une perspective astrodynamique, si le groupe de gouttelettes veut passer à une distance proche de chaque planète du système solaire, le plus probable est qu'il entre par le plan de l'elliptique, comme l'a fait la première gouttelette. Si c'est bien le cas, la poussière que nous aurons créée sera en mesure de capturer leurs sillages et le système de poursuite optique sera capable de "verrouiller" ces cibles.

— Mais quel est le sens de tout ça ?

— Nous pourrions au moins savoir quand ces gouttelettes seront entrées dans le système solaire et quelles cibles civiles spatiales elles pourraient attaquer. Nous aurons alors besoin de rappeler tous les vaisseaux, ou au moins ceux qui se trouvent dans leur trajectoire et d'évacuer les habitants des cités spatiales vers la Terre. Ces cibles sont trop fragiles.

— Et il y a quelque chose d'encore plus important, ajouta le président du comité du programme Colmateur. Cela permettra d'identifier les trajectoires sûres pour que les vaisseaux puissent se replier vers les profondeurs de l'espace.

— Se replier vers les profondeurs de l'espace ? Nous ne sommes quand même pas en train de parler d'évasionnisme ?

— Si vous ne pouvez pas utiliser d'autre terme…

— Pourquoi ne pas commencer l'évasion dès aujourd'hui ?

— Parce que les conditions politiques actuelles ne le permettent pas. Mais quand les gouttelettes seront proches de la Terre, une fuite à échelle limitée sera plus facilement acceptée par la communauté internationale. Bien sûr, ce n'est qu'une possibilité, mais il faut que les Nations unies et les flottes s'y préparent.

— Je comprends, mais vous n'avez pas besoin de moi pour lancer ce chantier.

— Si. Car rien que la construction d'un anneau de poussière en orbite de Jupiter est un énorme projet. Il faut pouvoir déployer près de dix mille bombes à hydrogène stellaires, et quelques centaines de milliers de tonnes d'oléatine. Cela nécessite de constituer une énorme flotte spatiale. Pour achever ce chantier en trois ans, nous allons avoir besoin de votre position et de votre prestige pour organiser et coordonner les ressources des Nations unies et des trois flottes.

— Si je m'engage à mener cette mission, quand pourrez-vous les réveiller ?

— Dès que le chantier aura démarré. Comme je vous l'ai dit, ce n'est plus un problème.

Mais le chantier du champ de neige ne vit jamais vraiment le jour.

Les différentes entités internationales n'étaient pas intéressées par cette initiative. En outre, ce qu'attendait le grand public du Colmateur, c'était une stratégie pour sauver l'humanité entière et non un projet qui consistait simplement à informer du moment de l'arrivée de l'ennemi, d'autant que tout le monde était bien conscient qu'il ne s'agissait pas d'un projet élaboré par le Colmateur lui-même, mais d'un simple programme des Nations unies et du Comité conjoint de la Flotte solaire qui s'étaient servis de son autorité. Contrairement aux prédictions des Nations unies et des flottes spatiales, l'évasionnisme suscitait de plus en plus de répulsion à mesure que le groupe de gouttelettes approchait du système solaire. La mise en route intégrale du chantier du champ de neige provoquerait un coup d'arrêt important de l'économie et entraînerait une récession de grande échelle, tant sur Terre qu'au sein des flottes. Personne ne voulait en payer le prix. Aussi, l'établissement d'une flotte capable de collecter de l'oléatine sur Neptune autant que la construction de bombes à hydrogène stellaires connaissaient des retards dans leurs avancées. Des cinq mille bombes qu'il restait du temps du Grand Ravin, seules mille pouvaient aujourd'hui encore être utilisées, ce qui était loin d'être suffisant.

Mais Luo Ji se dévoua corps et âme à ce chantier. Au début, les Nations unies et le Comité conjoint de la Flotte solaire avaient seulement dans l'idée de mettre sa popularité à profit pour réunir les ressources nécessaires, mais ce dernier finit par s'immerger dans chaque détail du projet. Il en oubliait même de dormir et de s'alimenter et passait ses journées entières auprès des scientifiques et des ingénieurs du comité technique du projet. Il formula un grand nombre de suggestions sur sa mise en œuvre, en proposant notamment d'installer des moteurs ioniques sur chaque bombe, afin de pouvoir leur permettre de se déplacer en orbite. Le moment venu, on pourrait ainsi ajuster la densité de la poussière sur différentes zones. Plus important encore, ces bombes pourraient être utilisées comme des armes offensives. Il les appela “mines spatiales”. Il expliqua que même s'il avait été prouvé que les bombes à hydrogène stellaires étaient inefficaces contre les gouttelettes, elles pourraient néanmoins peut-être servir à attaquer les vaisseaux trisolariens : rien ne permettait en effet d'affirmer que les appareils de la flotte ennemie étaient faits dans le même genre de matériau ultrarésistant utilisant l'interaction forte. Il sélectionna lui-même l'orbite où serait déployée chaque bombe. Même si, d'un point de vue technologique, plusieurs de ses suggestions étaient encore empreintes d'une candeur et d'une ignorance du XXIe siècle, en raison de son autorité et de son pouvoir de Colmateur, ces avis furent pour la plupart pris en compte. Luo Ji avait fait du chantier du champ de neige une échappatoire. Il savait que s'il voulait échapper à la réalité, le mieux était de s'immerger dedans.

Mais plus Luo Ji s'investissait dans ce projet, plus le monde était déçu de son attitude. Les gens n'étaient pas dupes : ils savaient que son engagement n'avait guère de sens. Ce qu'il voulait, c'était retrouver au plus vite sa femme et son enfant. On n'avait toujours aucun signe du plan de sauvetage du monde tant attendu. Luo Ji déclara à plusieurs reprises devant les médias que tant qu'il ne pourrait pas lancer sa malédiction à une puissance stellaire, il serait complètement impuissant.

Le chantier se prolongea pendant un an et demi avant d'être totalement interrompu. À ce moment-là, seules un million cinq cent mille tonnes d'oléatine avaient été collectées sur Neptune. Même avec les six cent mille tonnes déjà recueillies grâce au projet Parapluie de brume, on était encore très loin de l'objectif de départ. Pour finir, trois mille six cent quatorze bombes à hydrogène stellaires enveloppées d'oléatine furent développées sur une orbite située à deux unités astronomiques du Soleil. Cela ne représentait même pas un cinquième du programme originel. Quand elles seraient mises à feu, les bombes ne pourraient pas former une seule ceinture nuageuse continue, mais seulement quelques nuages indépendants les uns des autres tout autour du Soleil, ce qui réduisait grandement leur efficacité en termes d'alerte.

C'était un âge où le désespoir surgissait aussi vite que l'espoir. Après un an et demi d'attente, le public avait perdu patience et confiance envers Luo Ji.

Au cours du congrès de l'Union astronomique internationale – qui avait suscité l'attention mondiale en 2006 lorsqu'on avait retiré à Pluton son statut de planète – un grand nombre d'astronomes et d'astrophysiciens jugèrent que l'explosion de l'étoile 187J3X1 était un pur hasard. En tant qu'ancien astronome, Luo Ji avait sans doute simplement découvert quelques signes de l'explosion future de l'étoile au XXIe siècle. Quand bien même cette théorie comportait beaucoup de failles, de plus en plus de personnes y crurent et cela ne fit qu'accélérer le déclin du prestige de Luo Ji. Aux yeux du grand public, son image passa peu à peu de celle d'un messie à un homme ordinaire, puis à celle d'un escroc. Il bénéficiait encore de l'identité de Colmateur et le programme était toujours effectif, mais dans les faits il n'avait plus aucun pouvoir.

6

AN 208 DE LA GRANDE CRISE. FLOTTE TRISOLARIENNE À 2,07 ANNÉES-LUMIÈRE DU SYSTÈME SOLAIRE

C'était un après-midi d'automne froid et pluvieux. L'assemblée des résidents du Cinquième Village de la Nouvelle Vie avait pris la décision d'expulser Luo Ji du quartier. La raison invoquée était la suivante : sa présence affectait la vie ordinaire des habitants. Luo Ji était de temps en temps à l'extérieur pour assister à des réunions au sujet du chantier du champ de neige, mais il passait tout de même la majeure partie de ses journées dans le quartier. C'était depuis son domicile qu'il était en contact avec les différentes entités du projet. Depuis qu'il avait retrouvé son identité de Colmateur, le Cinquième Village de la Nouvelle Vie était en surveillance permanente et cela influait sur la vie et le travail de ses habitants. Plus tard, avec le déclin de la position de Luo Ji, la surveillance du quartier s'était relâchée, mais la situation était devenue encore plus insupportable car des foules de gens venaient fréquemment se rassembler au pied de son immeuble et l'interpellaient, se moquaient de lui, l'insultaient ou lançaient des pierres sur ses fenêtres. Les journalistes, attirés par le spectacle, étaient aussi nombreux que les protestataires. Mais la vraie raison de l'exclusion de Luo Ji était à trouver du côté de la désillusion profonde qu'il avait provoquée chez les hibernautes.

Il était déjà tard le soir quand la réunion se termina. La directrice du conseil des résidents se rendit chez Luo Ji pour l'informer de la décision du conseil. Après avoir sonné plusieurs fois sans réponse, elle poussa la porte entrebâillée. L'appartement empestait une odeur suffocante d'alcool, de fumée de cigarette et de transpiration. Elle remarqua que tous les murs de l'appartement étaient revêtus d'une surface connectée telle qu'on en trouvait partout dans les villes souterraines, sur laquelle on pouvait ouvrir n'importe où des interfaces d'information. Les murs étaient recouverts d'une profusion d'images confuses, dont la plupart affichaient des données et des courbes complexes. L'image la plus grande montrait quant à elle une sphère suspendue dans l'espace : une bombe à hydrogène stellaire enveloppée d'oléatine. Cette matière translucide à l'intérieur de laquelle on pouvait clairement voir la bombe rappela à la directrice les billes avec lesquelles elle jouait enfant. La sphère était en rotation lente. À un point de l'axe de la rotation se trouvait une petite proéminence : le moteur ionique. Sa surface lisse reflétait un petit disque solaire. Ces écrans scintillants faisaient de l'appartement une énorme boîte aux lumières tapageuses. Les lumières de la pièce étaient éteintes, celle-ci n'était éclairée que par les images s'affichant sur les murs, ce qui faisait tout se confondre dans une lueur terreuse, si bien qu'il était difficile de distinguer ce qui était réel et ce qui appartenait aux images. Une fois que ses yeux se furent habitués à cette luminosité, la directrice eut l'impression de se retrouver dans une cave de drogué : des mégots de cigarettes et des bouteilles d'alcool jonchaient le sol, la pile de vêtements sales était déjà tapissée d'une couche de cendre, comme un tas de déchets. Elle eut bien du mal à trouver Luo Ji au milieu de ces poubelles. Il était recroquevillé dans un coin du mur, semblant obscur devant toutes les lumières scintillant dans la pièce. On aurait dit une branche morte abandonnée. Au début, la directrice crut qu'il dormait, mais elle s'aperçut très vite que ses yeux étaient écarquillés et fixaient, le regard vide, le sol couvert de déchets. Ses yeux étaient injectés de sang, il avait le visage hagard, et son corps paraissait déjà si faible qu'il ne semblait plus pouvoir supporter son propre poids. En entendant les salutations de la directrice, il tourna lentement son visage et la salua à son tour en hochant lentement la tête. Elle put avoir la certitude qu'il était bien vivant. Cependant, les tourments de deux siècles s'étaient accumulés sur son corps et l'écrasaient à présent totalement.

Devant cet homme qui avait épuisé jusqu'à ses dernières ressources, la directrice n'eut pas la moindre pitié. Comme ses contemporains, elle avait toujours cru que, quelle que fût la noirceur du monde, il existait forcément quelque part, dans un lieu secret, une justice ultime. Luo Ji avait d'abord confirmé cette croyance, puis il l'avait purement et simplement brisée, et elle était passée de la déception à la honte, et de la honte à la colère. Elle lui annonça froidement la décision du conseil.

Luo Ji hocha encore une fois lentement la tête, puis d'une voix enrouée il dit :

— Je partirai demain. Je devais partir. Si j'ai fait quelque chose de mal, je vous demande pardon à tous.

La responsable ne comprendrait que deux jours plus tard le sens réel de cette phrase.

En réalité, Luo Ji avait eu l'intention de partir le soir même. Quand la directrice referma la porte, il se releva en hâte, alla dans la chambre pour prendre un sac de voyage, le remplit de quelques affaires, y compris une pelle courte qu'il avait trouvée dans la remise et dont la poignée triangulaire sortait du sac. Il attrapa ensuite une veste sale sur le sol, l'enfila, prit son sac sur le dos et sortit. Derrière lui, les murs continuaient à clignoter.

Le couloir était vide, mais il rencontra au pied de l'escalier un enfant qui venait sans doute de finir l'école et rentrait chez lui. Il regarda Luo Ji avec une expression étrange et indéchiffrable jusqu'à ce qu'il quitte l'immeuble. Une fois à l'extérieur, Luo Ji remarqua qu'il pleuvait encore, mais il n'avait pas envie de rentrer prendre son parapluie. Il n'alla pas chercher sa voiture car cela aurait attiré l'attention des sentinelles. Longeant la route, il sortit du quartier, sans rencontrer personne sur son chemin. Il traversa la forêt de protection des sables et arriva dans le désert. Une pluie fine caressait son visage à la manière d'une paire de petites mains glacées. Le désert et le ciel apparaissaient brumeux sous le crépuscule, comme le vide d'une peinture chinoise traditionnelle. Il s'imagina lui-même dans ce vide, à l'image de la dernière peinture laissée par Zhuang Yan.

Il rejoignit l'autoroute, et après quelques minutes d'attente, il héla une voiture occupée par une famille de trois personnes, qui l'invitèrent chaleureusement à monter. C'étaient des hibernautes qui retournaient dans la vieille ville, l'enfant était encore petit et la mère avait l'air très jeune. Tous deux se serraient sur le siège passager avant, se chuchotant des secrets. L'enfant jeta plusieurs fois sa nuque dans la poitrine de sa mère et, chaque fois, ils se mettaient à rire tous les trois. Luo Ji les regardait, émerveillé, il n'entendait pas clairement ce qu'ils disaient car la radio diffusait des vieilles chansons du XXe siècle. Après en avoir entendu cinq ou six, dont *Katioucha* et *Les baies rouges ont fleuri*, il se prit à espérer de tout son cœur entendre *Sous l'aubépine*, cette chanson qu'il avait fredonnée pour son amour imaginaire deux cents ans plus tôt sur la scène d'un théâtre à l'entrée d'un petit village et plus tard pour Zhuang Yan, au bord du lac où se reflétaient les monts enneigés dans leur jardin d'Éden d'Europe du Nord.

À cet instant, les phares d'une voiture éclairèrent la banquette arrière, et alors que l'enfant tournait involontairement la tête, il se retourna complètement et dévisagea Luo Ji en criant :

— Eh, regardez comme il ressemble au Colmateur !

Les parents se retournèrent aussitôt et Luo Ji avoua qui il était.

À cet instant, *Sous l'aubépine* résonna dans la voiture.

Le véhicule s'arrêta :

— Descendez, décréta froidement le père, tandis que la mère et l'enfant le toisaient avec un regard aussi glacial que la pluie à l'extérieur.

Luo Ji ne bougea pas. Il voulait écouter la chanson.

— Veuillez descendre, répéta l'homme.

Luo Ji pouvait lire ces paroles dans leur regard : *Ce n'est pas votre faute si vous n'avez pas le pouvoir de sauver le monde, mais donner de l'espoir au monde pour le briser aussitôt après est un crime impardonnable.*

Luo Ji se résigna donc à se lever et à descendre. Son sac de voyage fut jeté hors du véhicule. Quand celui-ci démarra, Luo Ji le suivit en courant sur encore quelques mètres, il avait envie d'entendre encore un peu *Sous l'aubépine*, mais la chanson finit par disparaître dans la nuit glaciale.

Il se trouvait déjà à la frontière de la vieille ville. Les gratte-ciel de l'ancien temps étaient visibles dans le lointain, se dressant de toute leur noirceur dans la pluie. Les lumières isolées et éparses sur les bâtiments avaient l'air de petits yeux uniques. Luo Ji s'abrita de la pluie pendant près d'une heure sous un arrêt de bus, avant qu'un bus sans conducteur arrive dans la direction où il voulait aller. Il était à moitié vide : six ou sept passagers, tous ayant l'air d'être des citoyens hibernautes de la vieille ville. Personne ne parlait, tous supportaient en silence la morosité de cette nuit d'automne. La première partie du trajet se passa sans encombre mais, au bout d'une heure, quelqu'un finit par reconnaître Luo Ji, et les autres passagers exigèrent unanimement qu'il descende. Il essaya de se défendre en précisant qu'il avait acheté son ticket et qu'il avait le droit de s'asseoir, mais un vieillard aux cheveux blancs sortit deux pièces qui semblaient très anciennes et devenues très rares de sa poche et les lui lança. Luo Ji se résolut finalement à descendre.

— Eh, Colmateur, qu'est-ce que tu fais avec une pelle sur le dos ? demanda quelqu'un en passant la tête hors de la fenêtre.

— Je vais creuser ma tombe, répondit Luo Ji, déclenchant des éclats de rire dans le bus.

Personne ne savait qu'il disait là la vérité.

La pluie continuait à tomber. Il n'y aurait plus de voitures désormais. Par chance, il n'était déjà plus très loin de sa destination. Luo Ji enfila son sac à dos et avança. Après environ une demi-heure, il prit un virage et emprunta un petit sentier. À mesure qu'il s'éloignait des lampadaires, tout devint sombre autour de lui. Il sortit une lampe de poche de son sac pour éclairer le sol sous ses pieds. La route était de plus en plus escarpée et ses chaussures trempées clapotaient dans le sol boueux. Il glissa plusieurs fois, son corps était maculé de fange, et il n'eut d'autre choix que de sortir sa pelle pour s'en servir de canne. Devant lui, il ne voyait qu'une brume humide, mais il savait qu'il était dans la bonne direction.

Après avoir marché encore une heure sous la pluie, Luo Ji arriva devant le cimetière. La moitié était déjà ensevelie sous le sable, tandis que l'autre émergeait encore en raison de l'élévation du terrain. Armé de sa lampe, il fureta entre les rangées de stèles, se désintéressant des grandes tombes fastueuses, ne cherchant que les inscriptions sur les sépultures les plus simples. Sur les pierres, la pluie reflétait la lumière, faisant apparaître des yeux clignotants. Luo Ji remarqua que toutes les stèles avaient été érigées à la fin du XXe siècle et au début du XXIe. Ces hommes avaient eu de la chance : avant de partir, ils devaient être persuadés que le monde où ils avaient vécu demeurerait pour toujours.

Luo Ji n'entretenait pas beaucoup d'espoir de trouver la tombe qu'il cherchait, mais il la repéra pourtant très vite. Étrangement, il la reconnut sans même avoir eu besoin de lire les inscriptions de la stèle, malgré les deux siècles qui s'étaient écoulés. Peut-être avait-elle été lavée par la pluie, car la tombe ne comportait aucune trace du temps. Les quatre caractères pour "Tombe de Yang Dong" semblaient avoir été gravés la veille. La tombe de Ye Wenjie était à côté de celle de sa fille. En dehors du contenu des inscriptions, les deux tombes étaient identiques. Sur celle de Ye Wenjie ne figuraient que son nom et les dates de sa naissance et de son décès. Luo Ji repensa à la petite plaque commémorative sur les ruines de la base Côte Rouge : des souvenirs pour oublier. Les deux tombes se dressaient paisiblement sous cette pluie nocturne, comme si elles attendaient depuis toujours sa venue.

Luo Ji se sentait épuisé, il s'assit à côté de la tombe de Ye Wenjie, mais il se mit vite à trembloter de froid. Prenant appui sur sa pelle, il se releva, puis commença à creuser sa propre tombe à côté de celle de la mère et de la fille.

Creuser dans la terre humide ne lui demanda pas beaucoup d'efforts au début, mais quand il fut arrivé à une certaine strate, la terre commença à durcir et à être pleine de cailloux. Luo Ji avait l'impression qu'il était en train de creuser à même la montagne. Il ressentit en même temps la puissance et l'impuissance du temps : peut-être que durant ces deux siècles une seule fine couche de sable s'y était déposée, mais cette longue période géologique sans hommes avait produit cette montagne qui abritait le cimetière. Il creusa avec beaucoup de peine, se reposant toutes les quelques minutes avant de recommencer. La nuit s'écoulait sans même qu'il s'en rende compte.

Quelque temps après minuit, la pluie cessa, et les nuages commencèrent à s'écarter, révélant une partie de la voûte étoilée. C'étaient les étoiles les plus lumineuses que Luo Ji contemplait depuis son arrivée dans cette époque. Ce soir-là, deux cent dix ans plus tôt, Ye Wenjie et lui avaient fait face ensemble au même ciel étoilé.

À présent, il ne voyait que les étoiles et les stèles, mais c'étaient les deux meilleurs symboles de l'éternité.

Luo Ji finit par être à bout de forces et n'arriva plus à creuser. Regardant le trou, il vit qu'il était encore peu profond pour une tombe, mais il ne pouvait pas faire plus. S'il agissait ainsi, ce n'était après tout qu'une manière de rappeler qu'il souhaitait se faire enterrer ici. Car son ultime demeure aurait probablement été le crématorium, où il aurait été brûlé et ses cendres répandues dans un endroit inconnu. Mais ce n'était pas très important. Il y avait de fortes chances que dans peu de temps ses cendres à lui comme celles de ce monde seraient bientôt réduites à des atomes individuels lors d'une incinération bien plus grande.

Adossé à la stèle de Ye Wenjie, Luo Ji tomba rapidement dans le sommeil. Peut-être en raison du froid, il rêva encore de la plaine enneigée. Une nouvelle fois, il vit Zhuang Yan et leur enfant dans les bras, son écharpe rouge comme une flammèche. Elle et son enfant l'appelaient sans voix, et lui leur criait désespérément de s'éloigner, car la gouttelette allait frapper ici. Mais ses cordes vocales ne produisaient aucun son, c'était comme si ce monde était déjà devenu muet, comme si tout était plongé dans un absolu silence de mort. Mais Zhuang Yan sembla comprendre ce qu'il voulait dire et elle s'éloigna sur la plaine enneigée avec son enfant, ne laissant derrière elle qu'une rangée d'empreintes de pas sur la neige, comme une légère trace d'encre sur une peinture traditionnelle. La plaine n'était qu'une étendue de vide et seule cette trace permettait de révéler l'existence de cette terre et du monde. Tout redevint comme la peinture de Zhuang Yan. Luo Ji comprit soudain que même en s'éloignant elles ne pouvaient échapper au désastre, car la destruction à venir emporterait tout, mais cette destruction n'avait rien à voir avec la gouttelette… Son cœur fut une nouvelle fois déchiré par la douleur et ses mains s'agitèrent dans l'air comme si elles essayaient d'attraper quelque chose, mais dans la blancheur de la plaine, il n'y avait que la silhouette lointaine de Zhuang Yan, qui n'était maintenant plus qu'un petit point noir. Il regarda tout autour de lui, cherchant quelque chose de réel dans ce monde de néant. Et il le trouva : deux stèles noires se dressaient côte à côte sur la plaine enneigée. Tout d'abord très limpides, leurs surfaces se mirent à changer, elles devinrent miroitantes, comme celle de la gouttelette. Les inscriptions funéraires avaient disparu. Luo Ji se prosterna devant l'une des stèles pour se voir à travers, mais il n'avait aucun reflet dans le miroir. La plaine reflétée par la surface miroitante des stèles ne montrait pas non plus celle de Zhuang Yan, il n'y avait que cette rangée d'empreintes de pas sur la neige. Il se releva brusquement et vit que la plaine en dehors du miroir n'était qu'une étendue de vide, même les pas avaient disparu. Alors il se retourna encore pour regarder les miroirs. Ils reflétaient un monde intensément blanc, eux-mêmes étaient presque invisibles. Sa main pouvait pourtant encore toucher leur surface, lisse et glacée…

Quand Luo Ji se réveilla, c'était déjà le point du jour. Sous les premiers rayons de l'aube, le cimetière était clair. En regardant de là où il était étendu, les tombes lui parurent être des mégalithes de Stonehenge. Il avait une forte fièvre, ses dents claquaient violemment et il grelottait. Son corps était comme une mèche brûlant à sec et se consumant elle-même. Il savait que le moment était venu.

Luo Ji s'appuya sur la tombe de Ye Wenjie pour se relever mais un petit point noir sur celle-ci attira son attention. Les fourmis étaient rares en cette saison, mais c'était bel et bien une fourmi qui gravissait la stèle. Comme sa congénère, deux siècles auparavant, elle était attirée par les inscriptions funéraires et elle entama l'exploration de ces tranchées secrètes aux lignes entrecroisées. En la regardant, Luo Ji fut pris pour la dernière fois d'une convulsion de douleur mais, cette fois, c'était pour toutes les créatures vivantes de la Terre.

— Si je faisais à l'avenir quelque chose de mal, pardon, dit-il à la fourmi.

Luo Ji parvint à se relever, non sans mal, tremblant de faiblesse. Il ne put se maintenir debout qu'en s'appuyant sur la stèle, il sortit une main, arrangea ses cheveux mouillés, pleins de boue et hirsutes, puis il chercha à prendre une sorte d'objet tubulaire dans le haut de sa veste : un pistolet, déjà chargé.

Il se plaça face à la lueur du soleil levant, et commença la dernière confrontation entre la civilisation terrestre et celle de Trisolaris.

— Je parle à Trisolaris, dit Luo Ji, à voix basse. Il voulut au début répéter sa phrase, mais il savait qu'ils écoutaient.

Rien n'avait changé. Les stèles se dressaient toujours paisiblement dans la torpeur de l'aube. Les flaques d'eau sur le sol reflétaient le ciel de plus en plus brillant, tels des miroirs. Elles faisaient naître l'illusion que la Terre elle-même était une sphère miroitante et que le sol comme le monde n'étaient que de fines couches à son sommet. Maintenant lavée par la pluie, cette surface sphérique, lisse et miroitante, révélait seulement quelques-uns de ses fragments.

Ce monde qui n'était pas encore réveillé ignorait qu'il avait été poussé comme un jeton sur le tapis de jeu de l'Univers.

Luo Ji leva la main gauche et dévoila un objet de la taille d'une montre accrochée à son poignet :

— C'est un moniteur de surveillance de signes vitaux. Il fonctionne grâce à un émetteur relié à un système de berceau. Vous vous rappelez certainement ce qui s'est passé il y a deux siècles avec le Colmateur Rey Diaz, et vous savez nécessairement de quoi je parle. Les signaux sont envoyés par l'émetteur jusqu'aux trois mille six cent quatorze bombes du chantier du champ de neige déployées en orbite solaire. Le signal est transmis une fois par seconde de manière à garder les bombes dans un état stationnaire. Si je venais à mourir, les signaux de maintien du système de berceau cesseraient et toutes les bombes exploseraient, changeant les membranes d'oléatine en trois mille six cent quatorze nuages de poussière spatiale autour du Soleil. Vu de loin, le Soleil scintillera à travers ces nuages à la longueur d'onde de la lumière visible et à d'autres fréquences de longueurs d'onde élevées. La position de chaque bombe en orbite a été soigneusement étudiée de manière à ce que le scintillement génère un signal transmettant trois figures simples, à l'image de celles que j'ai envoyées il y a deux siècles. Chacune de ces figures est un agencement de trente points, dont l'un est particulièrement mis en valeur. Ils composent une carte de coordonnées en trois dimensions. La différence, c'est que cette fois elle révèle la position relative de Trisolaris avec les vingt-neuf étoiles autour d'elle. Le Soleil deviendra ainsi un phare galactique faisant rayonner ma malédiction dans l'espace. Bien sûr, à cette occasion, les positions de la Terre et du système solaire seront aussi exposées. Dans n'importe quel endroit de la galaxie, la réception de ces figures durera plus d'un an, mais il existe certainement des civilisations possédant des technologies capables d'observer le Soleil avec différents points de vue simultanés. Par conséquent, celles-ci n'auront besoin que de quelques jours – voire quelques heures – avant d'obtenir l'information en entier.

En suivant la luminosité grandissante du jour, les étoiles s'effacèrent les unes après les autres, comme d'innombrables paupières se fermant, tandis que l'aube qui se levait à l'est s'ouvrait lentement, à la manière d'un gigantesque œil unique. La fourmi continuait son ascension sur la stèle de Ye Wenjie, elle traversait maintenant le labyrinthe formé par son nom. Son espèce vivait déjà sur cette terre des centaines de millions d'années avant que n'apparaisse ce joueur de poker debout et adossé à la stèle. Une partie de ce monde lui appartenait mais elle ne se préoccupait pas de ce qui se passait à cet instant.

Luo Ji quitta la stèle, et alla se placer à côté de la tombe qu'il avait creusée pour lui, puis il braqua le pistolet sur son cœur et ajouta :

— À présent, je vais faire cesser les battements de mon cœur et je vais devenir au même moment le plus grand criminel de toute l'histoire de nos deux mondes. Je demande aux deux civilisations de bien vouloir accepter mes plus sincères excuses au sujet du crime que je m'apprête à commettre. Mais je n'éprouve aucun regret, c'était la seule option possible. Je sais que les intellectrons sont autour de moi, mais vous n'avez jamais prêté l'oreille aux appels des hommes. Le silence est le plus grand des mépris. Depuis deux siècles, nous subissons ce mépris. Maintenant, si vous le souhaitez, vous pouvez continuer à rester muets. Je ne vous donne que trente secondes.

Luo Ji compta les secondes en se basant sur les battements de son cœur, comptant deux palpitations par seconde car ceux-ci étaient particulièrement rapides. Pris d'une extrême nervosité, il se trompa et dut reprendre depuis le début, si bien que si les intellectrons se montraient, il ne pourrait savoir combien de temps se serait écoulé. Peut-être après moins de dix secondes du temps objectif – une vie entière, selon un temps subjectif –, il vit le monde se scinder en quatre parties : l'une, faite du monde réel autour de lui, et les trois autres, des reflets déformés de celui-ci. Ces reflets provenaient de trois sphères qui avaient soudain émergé au-dessus de lui. Toutes possédaient une surface entièrement miroitante, comme les stèles de son rêve. Il ne savait pas en quelles dimensions s'étaient déployés les intellectrons, mais ces trois sphères étaient si grandes qu'elles occupaient la moitié du ciel et empêchaient l'horizon de s'éclairer à l'est. Dans le ciel d'ouest qui se reflétait dans les sphères, il vit quelques rémanences d'étoiles et, en bas des sphères, le reflet déformé du cimetière et de lui-même. Il mourait d'envie de connaître la raison de ce chiffre trois. Il pensa tout d'abord à un symbole de ce monde à trois corps, tout comme l'œuvre d'art que Ye Wenjie avait vue lors de la dernière réunion de l'OTT ; mais quand il regarda les reflets déformés, et extraordinairement clairs, de la réalité du monde dans les trois sphères, il eut le sentiment qu'elles étaient trois portes menant vers trois mondes parallèles, trois directions possibles. Toutefois ce qu'il vit ensuite mit une nouvelle fois à l'épreuve son imagination, car les trois sphères affichèrent le même mot :

Arrête !

— Puis-je discuter des conditions ? demanda Luo Ji en levant la tête.

Pose d'abord ton pistolet, puis nous pourrons négocier.

Les mots s'affichaient en simultané sur les trois sphères, rouges et éclatants. Luo Ji ne vit aucune déformation des lignes de texte, elles étaient droites et on avait l'impression en les regardant qu'elles apparaissaient à la fois dans et à la surface des sphères. Il se rappela que ce qu'il voyait n'était que la projection dans le monde tridimensionnel d'un espace à plus haute dimension.

— Ce n'est pas une négociation. Ce sont mes exigences pour continuer à vivre. Tout ce que je veux savoir, c'est si vous les acceptez.

Émets tes conditions.

— Faites que la gouttelette – ou la sonde – cesse ses transmissions vers le Soleil.

Cela est fait.

La réponse de la sphère avait été incroyablement rapide. Luo Ji n'avait pour l'instant aucun moyen de vérifier la véracité de cette parole, mais il sentit comme des changements infimes autour de lui, comme si un bruit de fond permanent n'ayant jamais été détecté par les hommes s'était évanoui. Naturellement, ce pouvait bien n'être qu'une illusion, car les hommes ne ressentent pas les radiations électromagnétiques.

— Donnez l'ordre aux neuf sondes en route vers le système solaire de changer immédiatement de trajectoire et de s'envoler ailleurs.

Cette fois, la réponse des trois sphères n'arriva qu'après quelques secondes.

Cela est fait.

— Donnez un moyen aux humains de pouvoir s'en assurer.

Les neuf sondes émettront une lumière visible. Votre télescope Ringer-Fitzgerald *pourra les détecter.*

Luo Ji n'avait toujours pas la possibilité de le vérifier, mais il croyait Trisolaris.

— Ma dernière condition : la flotte trisolarienne ne doit pas franchir le nuage d'Oort.

La flotte est maintenant déjà en propulsion maximale pour décélérer. Il lui est impossible d'atteindre une vitesse relative de zéro avec le Soleil avant de parvenir à l'extrémité du nuage d'Oort.

— Alors faites comme avec votre groupe de gouttelettes, donnez-leur une nouvelle trajectoire en dehors du système solaire.

N'importe quel changement de trajectoire mènerait à la mort. La flotte dépasserait le système solaire et se perdrait dans la désolation de l'espace. L'écosystème à bord des vaisseaux ne tiendra pas assez longtemps pour envisager un retour à Trisolaris ou partir à la recherche d'un autre système stellaire habitable.

— Pas forcément la mort. Des vaisseaux humains ou trisolariens pourraient peut-être les rattraper et les secourir.

Cela requiert l'ordre du chancelier.

— Si un changement de trajectoire est un processus long pour votre flotte, commencez dès maintenant. Cela donnera une chance, à toutes les créatures vivantes et à moi, de survivre.

Le silence dura cette fois-ci trois minutes :

La flotte commencera à changer de trajectoire dans dix minutes terriennes. Dans trente minutes environ, les systèmes d'observation spatiale humains pourront remarquer ce changement.

— Bien. Cela suffit en ce qui me concerne, dit Luo Ji en écartant le pistolet de sa poitrine. Son autre main était posée sur la stèle, il se tenait pour ne pas tomber. Vous saviez déjà que l'Univers était une forêt sombre ?

Oui, depuis longtemps. Ce qui est étrange, c'est que vous ne l'ayez compris que si tard… Ton état de santé nous inquiète. Cela ne risque-t-il pas d'interrompre accidentellement les signaux de maintien du système de berceau ?

— Non, ce dispositif est bien plus perfectionné que celui de Rey Diaz. Tant que je vivrai, les signaux ne seront pas interrompus.

Tu ferais mieux de t'asseoir. Tu iras mieux.

— Merci, dit Luo Ji qui s'assit contre la stèle. Mais ne vous inquiétez pas, je ne vais pas mourir.

Nous sommes en train d'établir le contact avec les plus hautes sphères des deux entités internationales. As-tu besoin qu'on t'appelle une ambulance ?

Luo Ji sourit en secouant la tête :

— Pas besoin, je ne suis pas le messie. Je suis juste un homme ordinaire qui souhaite partir d'ici et rentrer chez lui. Je m'en irai quand j'aurai pris un peu de repos.

Deux des trois sphères disparurent. Le texte resta sur la dernière, dont la lumière était devenue terne. Elle semblait triste et sombre :

Nous avons échoué à déchiffrer ta stratégie.

Luo Ji hocha la tête :

— Bloquer le Soleil avec des nuages de poussière pour envoyer des messages vers d'autres étoiles n'était pas mon idée. Un astronome y avait déjà songé au XXe siècle. En réalité, vous avez eu à plusieurs reprises la possibilité de voir clair dans mon plan. Durant tout le chantier du champ de neige, je me suis montré très tatillon sur le choix de l'emplacement exact des bombes en orbite solaire…

Tu as même passé tes deux derniers mois dans ton bureau à ajuster la position des bombes grâce à leurs moteurs ioniques. Nous n'y avons à ce moment-là accordé aucune importance, car nous pensions que tu cherchais simplement un moyen d'échapper à la réalité. Nous n'avons jamais imaginé que la distance entre les bombes pouvait avoir un sens.

— Il y a eu une autre opportunité, lorsque j'ai discuté avec une équipe de physiciens de la question du déploiement des intellectrons dans l'espace. Si l'OTT avait encore existé, elle aurait percé mon secret.

Oui, les abandonner a été une erreur.

— Et aussi lorsque j'ai exigé de construire cet étrange système de berceau pour le chantier de champ de neige.

Cela nous a en effet rappelé Rey Diaz, mais nous n'avons pas réfléchi davantage. Il y a deux siècles, Rey Diaz avait été inoffensif, tout comme les deux autres Colmateurs. Nous avons déplacé sur toi le mépris que nous éprouvions pour eux.

— Il était injuste de les mépriser, c'étaient tous trois de grands stratèges, ils avaient tous perçu que l'humanité perdrait nécessairement l'Ultime Bataille.

Peut-être pouvons-nous commencer à négocier.

— Ce n'est pas de mon ressort, dit Luo Ji, puis il poussa un long soupir. Il ressentait à présent de l'apaisement et la satisfaction de renaître.

En effet, tu as accompli ta mission de Colmateur. Mais peut-être as-tu quelques suggestions ?

— Les négociateurs humains commenceront sans aucun doute par demander que vous les aidiez à construire un meilleur système de transmission, pour que l'humanité ait la capacité d'envoyer à tout moment une malédiction dans l'espace. Même si la gouttelette cesse son verrouillage du Soleil, notre système actuel reste encore trop primitif.

Nous pourrons aider à construire un système de transmission par neutrinos.

— J'imagine qu'ils seront plus enclins à vouloir utiliser les ondes gravitationnelles. Après l'arrivée des intellectrons, c'est le domaine dans lequel la physique humaine a le plus progressé. Naturellement, ils auront besoin d'un système dont ils peuvent comprendre les principes.

Les antennes à ondes gravitationnelles seront gigantesques.

— C'est une affaire entre eux et vous. C'est étrange. Je ne me sens maintenant plus un membre de l'espèce humaine. Mon plus grand souhait à présent est de me libérer de tout cela au plus vite.

Ensuite, ils exigeront que nous fassions tomber les barrières érigées par les intellectrons et que nous leur transmettions nos sciences et nos technologies.

— C'est aussi quelque chose de très important pour vous. La technologie trisolarienne s'est développée à vitesse régulière et, après deux siècles, vous n'avez toujours pas été en mesure d'envoyer des vaisseaux plus rapides. Pour secourir votre flotte actuellement en vol, vous aurez besoin de l'aide des humains.

Je dois partir. Es-tu sûr de pouvoir rentrer seul ? De ta vie dépend celle de deux civilisations.

— Aucun problème, je me sens bien mieux à présent. Quand je serai rentré, je céderai immédiatement mon système de berceau. Puis, j'en aurai enfin terminé avec tout cela. Pour finir, je voudrais encore vous dire une chose : Merci.

Pourquoi ?

— Parce que vous m'avez laissé vivre. Ou bien, si on voit les choses autrement, nous pouvons dire que vous nous avez laissés vivre tous les deux.

Les sphères disparurent, retournant à leur monde microscopique en onze dimensions. Quelques rayons de soleil perçaient déjà à l'est et aspergeaient d'or ce monde qui venait d'échapper à la destruction.

Luo Ji se leva lentement, il regarda une dernière fois les tombes de Ye Wenjie et Yang Dong, puis il repartit en boitillant le long du chemin qu'il avait pris pour venir.

La fourmi avait déjà atteint le sommet de la stèle et pointait avec fierté ses deux antennes vers le soleil levant. De toutes les créatures vivantes de la Terre, elle avait été le seul témoin de ce qui venait de se passer.

7

CINQ ANS PLUS TARD

Au loin, Luo Ji et sa famille pouvaient voir l'antenne à ondes gravitationnelles, mais ils durent rouler encore une bonne demi-heure avant d'arriver à son pied. Ce ne fut qu'à ce moment-là qu'ils prirent vraiment conscience de son immensité. L'antenne était un cylindre horizontal, long d'un kilomètre et demi et de cinquante mètres de diamètre. Sa structure était suspendue à deux mètres au-dessus du sol. Sa surface était réfléchissante, la moitié reflétait le ciel et l'autre, la plaine de la Chine du Nord. Elle évoquait plusieurs choses : le pendule géant du monde des *Trois Corps*, un intellectron déployé en faible dimension ou bien encore la gouttelette. Cet objet miroitant reflétait un concept du monde trisolarien que l'humanité avait encore jusque-là du mal à comprendre. Comme le disait un vieil adage trisolarien : *Rendre fidèlement compte de l'Univers pour pouvoir s'y cacher est le seul chemin vers l'éternité.*

L'antenne était encerclée par une large prairie verdoyante qui formait comme une petite oasis dans le désert du Nord de la Chine. Cette prairie n'avait pas été créée artificiellement. Après la construction de l'antenne, celle-ci s'était mise à émettre des ondes continues et non modulées qui n'étaient pas très différentes des ondes gravitationnelles émises par les explosions de supernovas, les étoiles à neutrons ou les trous noirs. Mais la densité de ces faisceaux avait sur l'atmosphère un effet étrange : la vapeur d'eau se concentrait au niveau du sommet de l'antenne et il pleuvait souvent dans ses parages. Parfois, la pluie ne tombait que dans un rayon de trois ou quatre kilomètres autour d'elle et un petit nuage circulaire se suspendait dans les airs, comme une soucoupe volante, laissant voir à travers l'averse les rayons scintillants du soleil. Par conséquent, la végétation sauvage était particulièrement luxuriante dans cette zone. Aujourd'hui, Luo Ji et sa famille n'eurent pas l'occasion d'assister à ce genre de miracle. À la place, ils ne virent que quelques nuages blancs rassemblés dans le ciel au-dessus de l'antenne, qui disparaissaient chaque fois qu'ils étaient soufflés par un faisceau d'ondes gravitationnelles. De nouveaux nuages se formaient néanmoins sans cesse, si bien que cette petite parcelle circulaire du ciel avait l'air d'un trou de ver qui menait vers un autre univers nébuleux. Devant ce spectacle, sa fille déclara qu'on aurait dit les cheveux blancs d'un vieillard géant.

Luo Ji et Zhuang Yan marchèrent dans les pas de leur enfant qui courait sur la prairie et ils arrivèrent jusque sous l'antenne. Les deux premiers systèmes d'ondes gravitationnelles avaient été bâtis en Europe et en Amérique du Nord. Leurs antennes utilisaient une sustentation magnétique qui leur permettait d'être suspendues quelques centimètres au-dessus de la base. Mais ici, l'antenne utilisait l'antigravité et pouvait, si on le voulait, s'élever dans l'espace. Tous trois levèrent les yeux vers l'énorme cylindre qui s'étendait au-dessus de leur tête, c'était comme un ciel aux extrémités galbées. Son large rayon donnait une faible courbure à sa base et il ne se produisait donc aucune distorsion sur les reflets à sa surface. Le soleil du crépuscule brillait sous l'antenne et, dans le reflet, Luo Ji vit les longs cheveux de Zhuang Yan et sa jupe blanche flotter dans ses rayons dorés comme un ange veillant sur la terre.

Il souleva sa fille pour la laisser toucher délicatement la surface lisse de l'antenne. Elle tenta de la pousser avec force dans une direction.

— Est-ce que je peux la faire tourner ?

— Si tu la pousses suffisamment longtemps, elle tournera, répondit Zhuang Yan, puis elle demanda en souriant à Luo Ji : N'est-ce pas ?

Il hocha la tête :

— Si tu la pousses suffisamment longtemps, tu pourras même faire bouger la Terre.

Comme cela s'était passé d'innombrables fois dans le passé, leurs regards se croisèrent. C'était le prolongement de celui qu'ils avaient échangé deux siècles plus tôt devant le sourire de *La Joconde*. Ils avaient découvert que le langage des yeux que Zhuang Yan avait imaginé était maintenant devenu réalité, ou bien peut-être que les amoureux l'avaient toujours possédé. Quand ils se regardaient l'un l'autre, une richesse de significations jaillissait de leurs yeux, tout comme les nuages blancs s'échappaient du puits nuageux créé par le faisceau d'ondes gravitationnelles, à jamais et sans fin. Mais ce n'était pas un langage de ce monde. Celui-ci bâtissait au contraire son monde propre qui, en échange, lui donnait sens, et c'était seulement dans ce monde rose que les mots trouvaient leurs référents. Dans ce monde, chacun était Dieu, chacun avait le pouvoir de compter instantanément tous les grains de sable du désert et de s'en souvenir, chacun avait le pouvoir d'enfiler des étoiles en un collier de cristal et l'accrocher autour du cou de l'être aimé…

C'est donc ça l'amour ?

Une rangée de mots s'afficha sur un intellectron qui s'était soudain déployé en basse dimension à côté d'eux. Cette sphère miroitante ressemblait à une goutte tombée depuis quelque endroit du cylindre au-dessus de leur tête et qui aurait fondu. Luo Ji ne connaissait pas beaucoup de Trisolariens et il ignorait qui s'adressait maintenant à lui. Il ne savait pas non plus si celui-ci était sur Trisolaris ou s'il était membre de la flotte qui s'éloignait chaque jour un peu plus du système solaire.

— Sans doute, oui, sourit Luo Ji en hochant la tête.

Docteur Luo Ji, je suis venu pour protester !

— Pourquoi ?

Parce que hier soir, pendant votre conférence, vous avez soutenu que si l'humanité n'avait compris le principe de la forêt sombre de l'Univers que très tardivement, ce n'était pas en raison d'un stade trop précoce de sa civilisation ou d'un manque de connaissances sur l'Univers, mais parce que l'humanité avait l'amour.

— N'est-ce pas vrai ?

C'est vrai, même si le sens du mot "amour" est un peu vague dans un contexte scientifique. Mais la phrase qui a suivi était inexacte. Vous avez dit que l'humanité était peut-être la seule espèce de l'Univers à posséder l'amour et que c'était précisément cette idée qui vous avait soutenu durant les périodes les plus difficiles de votre mission de Colmateur.

— Bien sûr, ce n'était qu'une façon de s'exprimer, quelque chose de pas très sérieux… une simple métaphore.

Au moins, je sais que Trisolaris aussi possède l'amour, mais n'étant pas un sentiment propice à la survie de la civilisation, on le fauche dès ses premiers bourgeons. Mais les graines sont tenaces et elles poussent encore chez certains individus.

— Qui êtes-vous ?

Nous ne nous connaissons pas. Je suis le guetteur qui a transmis il y a deux siècles et demi le message d'alerte à la Terre.

— Mon Dieu, vous êtes encore vivant ? s'étonna Zhuang Yan.

Plus pour très longtemps. Je suis resté un long moment en état de déshydratation, mais après tant d'années, un corps déshydraté finit lui aussi par vieillir. Cependant, j'ai vu le futur que j'espérais voir et j'en suis extrêmement heureux.

— Veuillez accepter nos respects, dit Luo Ji.

Je voudrais simplement proposer ceci : peut-être que d'autres bourgeons d'amour existent ailleurs dans l'Univers. Nous devons les encourager à pousser et à grandir, partout.

— Cela mérite de prendre des risques.

Oui, cela mérite de prendre des risques.

— Je rêve qu'un jour un rayon de soleil suffisamment brillant puisse éclairer la forêt sombre.

Le soleil se couchait, seul son sommet saillait encore au-dessus des montagnes lointaines, comme une gemme incrustée sur les cimes. La petite était allée courir loin. Comme l'herbe de la prairie, elle baignait dans les rayons d'or du crépuscule.

Le soleil va bientôt se coucher, votre fille n'a donc pas peur ?

— Bien sûr que non. Elle sait que demain il se lèvera encore.

TABLE

Prologue 7

I. Colmateurs 25
1. An 3 de la Grande Crise. Flotte trisolarienne
à 4,21 années-lumière du système solaire......... 27

II. La malédiction 265
2. An 8 de la Grande Crise. Flotte trisolarienne
à 4,20 années-lumière du système solaire......... 267
3. An 12 de la Grande Crise. Flotte trisolarienne
à 4,18 années-lumière du système solaire......... 337
4. An 20 de la Grande Crise. Flotte trisolarienne
à 4,15 années-lumière du système solaire......... 369

III. La forêt sombre 437
5. An 205 de la Grande Crise. Flotte trisolarienne
à 2,10 années-lumière du système solaire......... 439
6. An 208 de la Grande Crise. Flotte trisolarienne
à 2,07 années-lumière du système solaire......... 711
7. Cinq ans plus tard 729

OUVRAGE RÉALISÉ
PAR L'ATELIER GRAPHIQUE ACTES SUD
REPRODUIT ET ACHEVÉ D'IMPRIMER
EN NOVEMBRE 2020
PAR NORMANDIE ROTO IMPRESSION S.A.S.
À LONRAI
POUR LE COMPTE DES ÉDITIONS
ACTES SUD
LE MÉJAN
PLACE NINA-BERBEROVA
13200 ARLES

DÉPÔT LÉGAL
1re ÉDITION : SEPTEMBRE 2019
N° impr. : 2004445
(Imprimé en France)